’20
年鑑代表
シナリオ集

日本シナリオ作家協会編

SCENARIO2020

令和3年度次代の文化を創造する新進芸術家育成事業

文化庁

二〇二〇年版　年鑑代表シナリオ集　目次

〈収録作品　公開順〉

37セカンズ……HIKARI　7
影裏《えいり》……澤井香織　39
のぼる小寺さん……吉田玲子　67
アルプススタンドのはしの方……奥村徹也　91
れいこいるか……佐藤稔　117

喜劇　愛妻物語……足立　紳　137
窮鼠はチーズの夢を見る……堀泉　杏　167
佐々木、イン、マイマイン……内山拓也　細川　岳　197
ミセス・ノイズィ……天野千尋　松枝佳紀　229
私をくいとめて……大九明子　271
『20年鑑代表シナリオ集』出版委員会を終えて……松下隆一　306
二〇二〇年日本映画封切作品一覧……325

装丁　塚本友書

37セカンズ

HIKARI

〈脚本家略歴〉

ＨＩＫＡＲＩ（ひかり）

撮影・吉松伸太郎

大阪市出身、ロサンゼルス在住の脚本家、映画監督、プロデューサー。南ユタ州立大学で芸術全般を学んだ後、役者、ダンサー、カメラマンとして活動し、USC大学院へ。２０１１年卒業制作の短編『Tsuyako』は世界の映画祭で絶賛され、米国監督協会DGA Student Award 最優秀女性監督賞を含めた計50賞を受賞。その他、ファンタジーアドベンチャー『A Better Tomorrow』やダンスショートフィルム『Where We Begin』等を制作。19年、初の長編『37セカンズ』が第69回ベルリン国際映画祭パノラマ部門観客賞と国際アートシネマ連盟賞をW受賞し、Best First Feature Film Awardにノミネートされる。近日は、米国HBO Maxのテレビシリーズ『Tokyo Vice』の監督を務めた他、Varity誌にて『グローバルエンターテインメントに影響を与えた世界の女性達』の一人としてフィーチャーされる。現在、長編2作目の準備をしながら、米英日にて長編映画とテレビシリーズを開発中。いつか性差別や人種差別、宗教対立が無くなり平和な世界になるよう、エンターテインメントを通じて貢献することを目標としている。

監督：ＨＩＫＡＲＩ
製作：ノックオンウッド
共同製作：ＮＨＫ　ＮＨＫエンタープライズ
配給：ラビットハウス

〈スタッフ〉
企画・プロデューサー　山口晋
ＨＩＫＡＲＩ
撮影　江崎朋生
スティーブン・ブラハット
照明　三善章誉
録音　石貝洋
美術　宇山隆之
編集　トーマス・A・クルーガー
音楽　アスカ・マツミヤ

〈キャスト〉
貴田ユマ　佳山明
貴田恭子　神野三鈴
俊哉　大東駿介
舞　渡辺真起子
藤本　板谷由夏

○　**黒幕**
壁の反対側から漏れるカップルの喘ぎ声。

（★印はＮＨＫ放送ではカットするシーンです）

★１　**ラブホテル・洗面所（夜）**
発色系のアイシャドーが塗られるまぶた。

いびつにマスカラをつけるすらっとした細い指。

オーバーサイズのフリフリのドレスを直し、エクステをフィックスする。

突然、廊下から聞こえてくる足音にハッとし、ドアの方を見つめる。

足音に耳をすましながら携帯に表示された時間を確認する。

隣の部屋のドアが閉まると、リップグロスをつける。

★２　**同・ベッドルーム（夜）**
ピンク色の照明に灯され、丸いベッドに一人座る脳性麻痺の貴田夢馬（タカダユマ）（23）。

天井の鏡に映る自分を見ては、身なりを整える。

突然、誰かがドアをノックすると、ハッとし、ドアの方を見る。

ユマ「……どうぞ！」

ゆっくりと開くドア。

息を飲むユマ。

★３　**線路／電車（夕方）**
（三週間前）
ホーンを鳴り響かせた列車がトンネルから出て来る。
×　×　×
レールと車輪が重なる金属音が、喘ぎ声のように車内に響く。
地味な服装を身にまとい、車椅子に座るユマ、静かに列車に揺られる。

★４　**駅・プラットホーム（夕方）**
大勢の乗客が下車するホーム。

その後を追いかけるように電動車椅子を操縦し、スロープを渡ってゆっくりと降りる。

手伝ってくれた駅員に頭を下げ、改札口に向かって進んでいく。

５　**同・改札付近（夕方）**
買い物バッグを抱え、ユマに手を振る、凛とした容姿の母、貴田恭子（50）。
買い物バッグをユマの膝に置き、車椅子を電動から手動に切り替える。
恭子「今日はどうだった？」
ユマ「……まあまあ……」
恭子「なんか最近それしか言わないわね」
ユマ「そうかな……？」
恭子「そうだ！　さっきね、古本屋でシェイクスピア見つけちゃった！」
ユマ「よかったね」
恭子「後で読んであげるね！」
車椅子を押す恭子。
人波の中を進んでいく母娘。

６　**貴田家・玄関（夕方）**
ドアの向こうから恭子のたわいない会話が聞こえる。

ドアが開くと、整頓された玄関に母娘が入ってくる。

ユマの靴を脱がせ、風呂場に向かう恭子。

ユマは室内用車椅子に乗り換える。

恭子「先にお風呂入ろ」

風呂場に向かうユマ。

７　**同・風呂場・脱衣所（夕方）**
床に座るユマの服を無造作に脱がせる恭子。

裸になったユマ、浴室の椅子に座る。

恭子が髪をゴシゴシと洗うと、ユマは頭を回転させる。

湯船に入るユマをサポートし、裸になっ

た恭子が自分も風呂に入る。

ひっくり返らないように後ろからユマを抱く恭子。

ユマの髪に指を通す。

恭子「そろそろ切らなきゃね」

ユマ「……伸ばしたい……なぁ」

恭子、無言になる。

8　同・ダイニング（夜）
ショートカットになったユマ、ゆっくりと静かに食事を摂る。

その前に立ち、恭子はシェークスピアの台本を真剣に朗読する。

恭子「『恋はまことに影法師、いくら追っても逃げていく、こちらが逃げれば追ってきて、こちらが追えば逃げていく』『望みを叶えてくれそうな約束はしてもらえなかったのか?』『してくれませんでした』『そうしてくれるように頼みもしなかったのか?』（ユマに）おかわりは?」

ユマの食べ物を小さく切り、また読み始める。

黙々と食べ続けるユマ。

9　同・ユマの部屋（夜）
数え切れないほどの漫画本が本棚にぎっしりと詰まっている寝室。

『彼は猫アレルギー』と題した、猫の耳を持つ少女漫画のポスターが壁に貼られている。

その原稿がパソコンの画面を埋め尽くしている。

黙々と漫画を描くユマ。

プリンターから原稿が出てくる。

乾いた洗濯物を部屋にもってくる恭子、原稿を手に取る。

恭子「この子の表情ちょっと硬いんじゃない?　もう少し笑ってるほうがいいよ」

ユマ「そう……かな」

恭子「うん、絶対良い」

原稿を机に置き、部屋を出て行く恭子。

突然、メールの受信音がなる。

漫画コンテストからの不合格を知らせるメールだ。

ユマ、残念そうに肩を落とす。

★10　同・ユマの部屋（翌朝）
朝日が部屋を包む。

携帯のアラームが鳴ると、ユマはベッドサイドのレールを掴み、体をゆっくりと持ち上げる。

リビングルームからシェークスピアを読む恭子の声が聞こえてくる。

恭子（O.S）「……ああ、ロミオ、ロミオ、あなたはどうしてロミオなの……」

ベッドの端に体を移動させ、もがきながらパジャマを脱ごうとするユマ。

恭子（O.S）「起きたー?」

恭子がやってくる。

恭子「呼べばいいのに……」

素早くパジャマを脱がせ、ブラトップを着せる恭子、クローゼットを開ける。

地味な服だけが並んでいる。

その中に一枚のワンピースがかけられている。

ユマ「今日はワンピース着たい」

恭子「一人で行くんでしょ?　じゃあダメ。最近変な人いっぱいいるんだから」

恭子は少し拗ねたように、白いシャツとカーキのパンツを取り出す。

恭子「やっぱりママも行く」

ユマ「一人で行かせてくれるって言ったじゃん……」

恭子「ママが一緒に行ってもいいなら、そのワンピース着ていいわよ」

ワンピースを見つめるユマ。

★11　道
車椅子からぶら下がるカラフルな防犯アラーム。

白いシャツ、カーキのパンツとベース

ボールキャップを被り、一見男の子のように見えるユマ、自分で操作し車椅子を走らせる。

その後ろを、恭子がそそくさと追う。

★12　駅

恭子、解けかけたユマの靴紐を結ぶ。

恭子「何かあったらすぐ電話するのよ」

改札を抜け、エレベーターの前に到着するユマ。

恭子「行ってらっしゃい！」

恭子は混み合ったエレベーターに乗り込む娘を、改札の向こうから心配そうに見送る。

エレベーターのドアが閉まるのを確認してその場を立ち去る。

★13　同・エレベーター

混み合うエレベーターになんとかして乗り込むユマ。

ドアが閉まると、キャップ帽を脱ぎ、髪を整える。

★14　電車内・女性専用車両

女性の乗客でいっぱいの車内。

携帯をいじりながらクスクス笑い合う女子高生、パソコンを開いて仕事をするキャリアウーマン、夜のシフトを終えて帰宅中のキャバクラ嬢。

自宅であるかのように慣れた手つきで化粧をする女たち数人。

＊実写からアニメーション
アニメと化する車内の女性たち。

×　　×　　×

その姿をiPadにスケッチするユマ。

ふとガラス越しに映った色気のない自分が目に入る。

★15　別の駅・改札付近

ユマ「すみません……通ります……」
人ごみを抜けて、繁華街の方に向かう。

★16　花屋

店頭に並ぶ華やかなブーケ。

悩んだ末、中サイズのブーケを買う。

★17　本屋前

本屋に入って行くユマ。

★18　イベント会場

エレベーターを降りるユマ。

遠くから若者たちの叫び声が聞こえてくる。

猫のカチューシャをつけた熱烈なファン達がイベント会場の前に並んでいる。

緊張した笑顔で行列を見つめ、深呼吸をしてから会場に向かって進んでいく。

ガラスドア越しに会場内を覗くと、ロリータファッションを身にまとったサヤカ（23）が、スポットライトに照らされている。

ふと、ユマの視線にサヤカが気づく。

その作り上げた笑顔は一瞬にして変貌し、引きつった笑顔でユマを凝視する。

それを受け取ったユマ、目のやりどころに困る。ユマが見つめた先にはブーケが。

サヤカとファンを背にし、その場をゆっくりと離れる。

★19　電車内

電車に揺られるユマ、その膝の上にはブーケ。

★20　貴田家・リビングルーム～玄関

内職作業用の段ボールに入った小さな人形を見ながら、作業の内容を電話で確認している恭子。

ユマの帰宅に気づき、玄関に向かう。

恭子「じゃあ、来週末までに１００体ですね？」

恭子がドアを開けると、元気のないユマが入ってくる。

恭子「（受話器を抑えながら）なんで電話してこないの⁉」

ユマ「一人でも帰ってこれるよ……」

恭子「そういう問題じゃないでしょ。（電話相手に）あ、はい！　承知しました。ありがとうございます。（電話を切る）」

ユマの靴を脱がす恭子。

ブーケに気づく。

恭子「（小声で嬉しそうに）やだ！　誰からもらったの⁈」

無言で室内用車椅子に乗り換えるユマ。

ユマ「……ファンの人から……」

恭子「ユマすごいじゃない！　こんな綺麗なお花をもらってるユマ、ママも見たかったなぁ！」

ユマ「ごめん……疲れたからちょっと寝る……」

恭子「はいはい……」

★21　同・ユマの部屋

部屋に入り、ベッドに横たわるユマ、枕元から、力強く描かれた手描きのポストカードを取り出す。

＊インサート・ポストカード

父親に抱き上げられる幼女の姿。

その絵は次第に動き出しアニメーションとなる。

＊アニメーション

無邪気に笑う幼女、父の顔を嬉しそうにペタペタと触る。

エコーするはしゃぎ声。

★22　同・ユマの部屋（夜）

サヤカ（O.S）「こんばんは！」

恭子（O.S.）「あらさやちゃん！」

サヤカ（O.S）「おばちゃん久しぶり！」

サヤカの黄色い声で目を覚ますユマ。

恭子（O.S）「元気にしてたの？　今日はおめでとうね！」

サヤカ（O.S）「ありがとう！」

恭子（O.S.）「ユマ！　さやちゃんよ！」

勢いよくドアを開け、部屋に入ってくるサヤカ。

サヤカ「ユーマっ！　おきて！　ユマ！」

サヤカがユマの布団を剥ぐと、電気の眩しさに目を細める。

サヤカ「お土産持ってきたよ！　食べよ！」

ユマが食べやすいように洋菓子の袋を開け、テーブルに置くサヤカ。

ユマ、ゆっくりと体を起こす。

サヤカ「ねぇねぇ、来月の巻頭カラー、どの作品が選ばれたでしょうか！」

ユマ「……カレ猫……？」

サヤカ「その通り‼　やばくない！」

笑顔になるユマを抱きしめるサヤカ。

だがユマの笑顔はすぐ真剣な表情に変わる。

ユマ「……締め切りは？」

サヤカ「来週末！」

ユマ「そんな急なの⁈」

サヤカ「大丈夫！　余裕だって！」

ため息をつくユマを抱きしめるサヤカ。

サヤカ「さっきはごめんね。ユマ急に来るんだもん、焦っちゃったよ」

ユマ「どんな感じなのか見てみたかったから……」

サヤカ「うん……でも、今度からは気をつけよ」

屈託のない笑顔でユマを見つめるサヤカ。

サヤカ「トップに行こうね」

嬉しそうな恭子がお茶を持って入ってくる。

恭子「さやちゃんの大好物のカレー作るから、食べてって！　お祝いしよ！」

サヤカ「うわ～まじで～？　食べた～い。でも、これからデートなんだよね～」

恭子「え？　やだ！　いつ彼氏できたの？」

サヤカ「彼氏じゃないよ、ただのデート。（ユマに）明日11時に来れる？」

　頷くユマ。

　サヤカの携帯が鳴る。

サヤカ「ごめん！　行かなきゃ！　じゃあね！」

　バッグを手にとり、玄関へと急ぐ。

　その後を恭子が追う。

恭子「今度はもっとゆっくりしていって」

サヤカ「うん！　お邪魔しました〜！」

　サヤカが家を出ると、キッチンに向かう恭子。

　外から響いてくるサヤカの足音。

　ユマが窓の外を見つめると、その先には、高級車のドアを開ける30代の男性と、車に乗り込むサヤカが。

　車の中でキスをする二人を、ガラス越しに見つめるユマ、カーテンを閉める。

　iPadを手に取り、絵を描き始める。
＊漫画／ＣＧ
　スチームパンクな衣装を身にまとい、凛と立つ女性。

　後ろから男性が彼女を抱きしめる。

23　バス車内

　ビジネスマンのお尻や股に囲まれるユマ。

　車椅子にじっと座るその前には、甘い声を出してイチャイチャする若いカップル。

　二人をちらりちらりと見てしまうユマ。

　二人がその目線に気づくと、はっと目をそらす。

24　不動産屋

　空室のチラシが一面に貼ってある不動産屋。

　ユマ、ふと止まり、チラシを見つめる。

　高い家賃にため息をつき道を進む。

25　サヤカのオフィスマンション

　『彼は猫アレルギー』のポスターが壁を覆う、リビングルームをオフィスにした２ＬＤＫのマンション、ポップな音楽が流れている。

　主人公のヴィヴィアンを描くユマと、背景にシャドーをいれるサヤカ。

　シャネルの鞄から封筒を取り出し、ユマに手渡す。

サヤカ「はい」

　封筒の中を見ると、5万円しか入っていない。

　小さく肩を落とすユマ。

サヤカ「先月はオフィスに買わないといけないものが多かったからさ」

ユマ「……うん」

　インターフォンが鳴る。

　サヤカがモニターをチェックすると、編集者の池谷（45）が笑顔で手を振っている。

サヤカ「何で来てるの……？　ユマ、そのファイル送って！」

　オートロックを解除する。

サヤカ「どうぞー！」

　転送されたファイルを確認するサヤカ。

　少しすると、興奮した池谷が部屋に入ってくる。

池谷「十万人のフォロワーですよ！　ありえない！」

サヤカ「そんなことないですよ、ほんとに皆さんのおかげです」

池谷「いやいや先生の実力ですってば！　で？　どうですか調子は？」

サヤカ「今ちょうど表紙を仕上げてたところで、……」

　先程までユマが描いていた絵をチェックする池谷。

池谷「あー良いじゃないですか！　いや、実はね、今日お伺いしたのは、この間お話ししたイベントの件で……」

　池谷を見上げるユマ。

　サヤカ、その視線が気になる。

サヤカ「ごめん、ちょっと席外してくれる？」

ユマはこくりと頷き、部屋を出る。
池谷「（ひそひそ声で）彼女、公にしたらどうですか？ 障がい者のアシスタントがいるって世間が知ったら、絶対イメージアップになりますよ……」
サヤカ「いや、それは……」
池谷「まあ、頭の隅に置いといて頂ければ」

26 同・廊下

近くの小学校から終業ベルの音が響いてくる。

マンションの廊下から、下の道を通りすがる人たちを観察するユマ。

黄色い帽子をかぶった小学生たちが一斉に学校から走り出してくる。

その中に、電動車椅子に乗った小学生が、母親と共に歩を進める。

ゆっくり進むその二人を元気よく次々に追い越していく子供達。

池谷（O.S）「お疲れ様でした」

マンションのドアが閉まり、池谷がエレベーターに向かって廊下を歩いていく。

少し考えてから、池谷の後を追うユマ。

ユマ「あの……！」

池谷「はい」

ユマ「……私が描いた作品、読んでもらえますか？」

池谷の表情が少し濁る。

池谷「……サヤカ先生さえよければ……」

ユマ「わかりました！」

エレベーターのドアが閉まるまで、頭を下げるユマ、笑顔が溢れている。

27 同・部屋

電話中のサヤカを通り過ぎ、静かに自分のデスクに戻る。

サヤカ「オッケー！ すぐ行くね！」

電話を切り、バッグを手に取るサヤカ。

ユマ「あのさ……」

サヤカ「ごめん！ ちょっと出ないといけないからこのまま作業続けてて。夕方までには戻って来るから！」

靴を履き替えマンションを出る。

一人呆然とするユマ。

パソコンを見つめメールを開き、思い切って池谷宛に原稿を送る。

28 公園（夕方）

太陽の光が燦々と降り注ぐ公園。

子供たちの笑い声が響いている。

お茶を飲みながら、遊ぶ子供たちを見つめるユマ。

突然電話が鳴る、恭子からだ。

恭子（O.S）「まだ仕事？」

ユマ「うん……」

恭子（O.S）「帰りは何時になるの？」

ユマ「まだわからない……」

恭子（O.S）「終わる頃にそっちに迎えに行こうか？」

キャッチホンが入る。

ユマ「ママごめん、行かなきゃ」

電話を切り替えるユマ。

雲梯を行き来する少年二人と少女が足の引っ張り合いを始める。

ユマ「もしもし」

池谷（O.S）「お疲れ様です、池谷です。原稿拝見しました」

ユマ「あ……どうでしたか？」

池谷（O.S）「いや、素晴らしい作品ですね。なのですが……ちょっと今はサヤカ先生にとって、大切な時期なので、出来ればそちらに集中していただけませんかね？」

ユマ「はい……」

池谷（O.S）「じゃあ、お疲れ様です！」

深くため息をつき、携帯を閉じる。

突然、雲梯の方から少女の叫び声が聞こえる。

その先には雲梯の下で嘆く少女の姿が。

ふと目が合うが、少女はとっさに目をそらし、その場から離れていく。

ペットボトルを捨てようとゴミ箱に向か

うと、成人漫画雑誌が入っている紙袋が横に置いてある。

じっとその中を見つめるユマ。

29 貴田家・ユマの部屋（夕）

編集者（O.S.）「ごめんなさいね」

ユマ「こちらこそありがとうござ……」

途中で切れる電話。

机の上に並んだ数冊の成人漫画誌の中から、週刊ブームを手に取るユマ。

電話をかける。

受付人（O.S）「週刊ブームです」

ユマ「あの、突然すみません、漫画家って募集されてますか?」

受付人（O.S）「えーっと、少々お待ちください」

保留にする受付嬢。

喘ぐ女性の声が流れてくる。

女性（O.S）「はぁ、はぁ……　あなたに抱かれていると、なんだか息が詰まっちゃいそうになるぅ……」

目を見開くユマ、すると、突然大きなシンバルの音がなり、男性ナレーターの声で勢い良く話し始める。

ナレーター（O.S）「こーれが週刊ブームの凄さ!!　ページをめくる度にこんな気分にさせられちゃうんですよね！　一度読んだら止まらない週刊ＢＯＯＭ！　この一冊さえあれば……！」

藤本（O.S.）「かわりましたー。藤本です」

編集長の藤本環（45）の、突然の応答にアタフタするユマ。

藤本（O.S.）「もしもし?」

ユマ「すみません、漫画家志望の者なんですが……！」

藤本（O.S.）「これまでの経験は?」

ユマ「……少女漫画ですが、連載中のものが一つあります」

藤本（O.S.）「あ、そう。じゃあサンプル送って。メールアドレスはfuji…」

慌ててメモを取るユマ。

ユマ「…moto @…すぐ送ります！」

藤本（O.S.）「よろしくでーす」

一瞬の出来事で信じられないユマ。

笑顔で電話を切ると、すぐさまiPadを開く。

漫画のアプリから、以前スケッチした、男性に抱かれた女性の絵が出てくる。

ユマ、ふと中庭を見つめる。

草木で茂った中庭が、漫画となり、荒れ果てた惑星に変わる。

＊イラストレーション／漫画／ＣＧ
スチームパンクの衣装を着たプリンセス、ハナ。荒れ果てた惑星や宇宙を目前にし、呆然と立ちすくむ。

ユマ（V.O.）「22世紀。第4次宇宙大戦で何千もの惑星が滅びてしまった……我が惑星フロレーシアもその一つ……」

× × ×

何かに取り憑かれた様に漫画を描き始めるユマ。

ユマが描く一線一線が宙に浮かび上がり、頭上で漫画の原稿が出来上がっていく。

× × ×

＊イラストレーション／漫画／ＣＧ
空中に浮かび、荒れ果てた惑星を観測し始めるHANNA。

ユマ（V.O.）「一刻も早くこの惑星を元どおりにするには……私がしなければならぬ事は、一体……」

目を細め宇宙の果てを見つめるハナ。

その先には青く光る地球があった。

ユマ（V.O.）「プラネット・アース……！」

突然、光線がハナを包み込み、一瞬にしてその場から消え去る。

波動が違うため、地球人には見えないハナ。

世界中を飛び回り、人体を透視する。

能力が優れ、健康な人間の脳にマイクロチップを埋め込んでいく。

＊ＣＧ
頭上で繰り広げられるハナのストーリーを透視しながら、ユマは漫画を描き続ける。

30　同・ユマの部屋（朝）
表紙に描かれた、堂々と惑星の前に立つセクシーなプリンセス、ハナ。

その下に『HANNA AND THE LUSTS OF TIME（以後HANAに省略）』が書かれている。

しょぼしょぼした目をこすりながら原稿を読み終え、藤本に作品を送信する。

★31　サヤカのオフィスマンション・昼
静かにサヤカの隣で漫画を描くユマ、電話が鳴る。
ユマ「もしもし、はい、そうです……え?! 本当ですか?! わかりました、じゃあ後ほど。ご連絡ありがとうございます！」
驚きが隠せないユマ、電話を切る。
サヤカ「なんかあったの?」
ユマ「えーっと……なんか、申請してた補助金がおりるかもって……」
サヤカ「へぇー、よかったじゃん！」

★32　週刊ＢＯＯＭビル
ビルに入ろうとするが、入り口の段差が邪魔をして入れない。

ユマ、通りがかった人に声をかける。

ユマ「……すみません、後ろ押してもらえますか?」

通行人に助けられるユマ。

ユマ「ありがとうございます」

緊張した表情で、ガラスに映る自分の見なりを整える。

33　週刊ＢＯＯＭオフィス
60年代の新聞社を思い出させるレトロなオフィス。
数え切れない原稿と漫画が、編集者たちのデスクに所狭しと置かれている。
廊下から顔を覗かすユマに気づく一人の編集者。
ユマ「すみません、藤本さんいらっしゃいますか?」
編集者「失礼ですが……?」
ユマ「貴田と申します」
編集者「藤本さん！　貴田さんがお見えです」
藤本（O.S.）「はーい」
シャープでセクシーな編集長の藤本（45）が、ユマの原稿を読みながら歩いてくる。
ユマと目が合う藤本。
お辞儀をするユマを二度見し、冷静な表情でその前に座る。
藤本「いいじゃん」
ユマ「ありがとうございます！」
藤本「あなた、なんで車椅子なの?」
ユマ「脳性麻痺で……でも絵を描くのには全然問題ないです」
藤本「そっか。あのさぁ、ヤったことある?」
ユマ「……何をですか?」
藤本「エッチ」
ユマ「いや……、ないです」
藤本「だよね」
原稿を再び手に取りページをめくる藤本。
藤本「キャラも面白いし、ストーリーもいいんだけどさ……リアルさにかけるのよね」
ユマ「どこを直せばいいですか?」
藤本「いや、直すとかそういう問題じゃなくてさ」
ユマ「はぁ……」
藤本「じゃあ、今まで好きな人に抱きしめられたことはあるの?」
ユマ「……ないです」
藤本「……あのさ、作家に経験がないのに、いい作品なんて描けないでしょ。妄想でしか描けてないエロ漫画読んでも、ぶっちゃけつまんないんだよね」

ユマ「はぁ……」
藤本「じゃあこうしよう！　エッチしたら連絡ちょうだい」
ユマ「えっ……？」
藤本「私達も女性のファンを増やしたくてさ。経験したらいいの出来ると思うよ。じゃあ、頑張ってね！」
唖然とするユマを後に、その場を立ち去る藤本。
その後ろ姿をただ見つめるユマ。

34　貴田家・ユマの部屋（夜）

ヘッドフォンをつけ、アダルトビデオの動画に釘付けのユマ。

＊ビデオ再生イメージ1
バースデーケーキをオフィスに持ってくるＯＬ。
いやらしい目付きで彼女を見つめながらキャンドルを吹き消す上司。
ＡＶ女優「今年のお願い事は？」
上司「去年と同じだよ……」
違う動画を探すユマ、喘ぎ声が聞こえるたびに、目を見開く。
若いカップルが抱き合っているアイコンをクリックする。

＊ビデオ再生イメージ2
イケメン男子が、女性の横に座り、首元にやさしくキスをする。
ビデオを早送りし、セックスシーンの途中で停止する。
深呼吸を何度かしては、真剣な眼差しで、二人の体を描くユマ。
女子「ああっ！　いくぅっ！」
ビデオを一時停止し、女性の表情をじっと見つめ、描いては早送りし、また描く。
ふと、その女性の目をじっと見つめるユマ。
部屋の隅にある姿見に身を向け、鏡に映る自分を見つめる。
シャツの中に手を入れるユマ。
鏡を見ながら胸を触り、腕にキスをする。
息がどんどん荒くなっていく。
恭子（O.S.）「ただいまー！　もうスーパーすっごい混んでた！」
突然帰ってくる恭子。
とっさにインターネットの画面を別のページに変える。
部屋のドアが開く。
恭子「すぐご飯の用意するね！」
ユマ「は、はい」
台所に向かう恭子と胸を撫で下ろすユマ。
前のページに戻すと、画面には『出会い系サイト』の広告が。
『新しい出会いを見つけませんか？』

35　バス停・昼

スロープを乗降口に設置する運転手。
恭子「今日は何時まで？」
ユマ「……遅くなると思う」
そそくさと乗車するユマ。
恭子「気をつけてね。着いたら連絡ちょうだい」
バスに乗り込む娘を見送る恭子。
バスが出発する。

★36　多目的トイレ

ユマ、必死でワンピースに着替える。
ぎこちない手つきで不完全な化粧をする。

37　カフェ　A

テーブルをじっと見つめる、男性の前に座るユマ、オレンジジュースをすする。
ニート「……あまり外に出たことがなくって……」
ユマ「どれくらいですか？」
ニート「10年……くらい……」
ユマ「結構出てないですね……」
ニート「そうかな……？ っていうか、外って、すごく明るいですね……」

38　カフェ　B

黒人のコスプレ男子の前に座る。
コスプレ男「アニメのイベントに行って、写真撮られるのが僕の仕事なの」
ユマ「へぇ……」
コスプレ男「いいよ、写真撮る？」
きめたポーズをとるコスプレ男。その姿を撮る。
コスプレ男「見せて、見せて」
映っている自分の姿に納得がいかないコスプレ男。
コスプレ男「……こんなのは？」
無理やり体をひねってポーズを取る男。
笑顔が引きつりながら写真を撮るユマ。

39　カフェ　C

優しい目をした吉岡（27）が屈託無く笑う。
吉岡「ユマちゃんって、可愛いよね！」
ユマ「えー！　そうですか？」
吉岡「ぶっちゃけさ……、障がい持ってる人達って、もっと暗いのかと思ってた」
ユマ「そんな、普通の人と変わらないですよ」
吉岡「だよね、ごめん」
笑顔で見つめあう二人。
ユマ「あの、一つ聞いていいですか？」
吉岡「何？」
ユマ「私みたいな子と、付き合うのって抵抗ありますか？」
吉岡「え？　いや、別に……」
ユマ「良かった！」
笑顔のユマに、苦笑いで返す吉岡。

40　映画館

映画館の前でそわそわと吉岡を待つユマ、吉岡に電話をするが、電話に出ない。
小さなため息をつく。
映画館に入っていくカップルを背に、そっとその場を離れる。

41　繁華街（夜）

賑わう繁華街で週末を過ごす若者たち。
呼び出し音が鳴る、ユマの携帯。恭子からだ。
とっさに電源をきるユマ。
風俗街のネオンサインがユマの瞳に反射する。

×　　×　　×

メイドのコスチュームを身にまとった若い女子達がお店の割引券を配る。
呼び込み男子は酔っ払いのサラリーマンを店に連れていくのに必死だ。
ギラギラ光るホストクラブの看板を見上げるユマ。
突然、酔っ払った3人のおかまがケラケラ笑いながらユマの方へとやってくる。
おかま1「やだこの子かわいい～！」
おかま2「これからどこ行くの？」
ユマ「……どこに行けばいいですか……？」
おかま3「そんなのあなた次第よ！」
笑いながらユマの車椅子をくるくる回すおねえたち。
やっと車椅子が止まる。
ユマが向くその先には、ギラギラ光る『無料案内所』が見える。

42　無料案内所（夜）

黒服を着たポン引き（40）がユマに気づく。
ポン引き「迷ったの？」
ユマ「いえ……」
一旦その場を離れるユマ。
振り返る。
ユマ「あの、男性の方って紹介してもらえますか……？」
ポン引き「いいよ」
ユマ「おいくらですか？」
ポン引き「90分で3万」
ユマ「3万円……ああ、じゃあ……」

頭を下げ、その場を離れるユマ。

ポン引き「まって！　もうちょい安いのいるかも！」

振り向くユマ。

店内に入っていくポン引き。

43　同・店内（夜）

入店する二人。

奥でポン引きが電話をかける。

その姿を横目で見ながら、壁一面に貼られた、女性達を見つめるユマ。

ポン引き「あ、お疲れー。あのさ、前に紹介してくれた細めの……そうそう、あいつ、まだやってる？（ユマに）いつ会いたいの？」

ユマ「できれば、すぐに……」

ポン引き「すぐだって。はいはーい」

電話を切り、メモを差し出す。

ポン引き「一時間後に、ここで待ってて」

ユマ、メモを受け取る。

44　ラブホテル

裏通りにあるラブホテル街。

45　同・ロビー／受付

各部屋がディスプレイされているロビー。

46　同・ベッドルーム

＊オープニングからの続き
扉が開き、細い体型で派手な格好をした、三枚目のヒデ（35）が部屋に入って来る。

ヒデ「こんにちは」

息を飲むユマ。

ベッドに座るユマを見つけるヒデ。

部屋の片隅にある車椅子に気づく。

ヒデ「あ……車椅子なんだ」

ユマ「ダメですか？」

ヒデ「いや、ダメってことはないんだけどさ……本当は基本料金が少し上がんだよね」

ユマ「ごめんなさい、聞いてなかった……」

ヒデ「まあ……いいよ、今日は。ちなみに、途中で発作とかないよね？」

ユマ「多分……でも、やってみないとわからないかもです……」

ヒデ「何かあったら？」

ユマ「１１９番……？」

ヒデ「オッケー。分かった。じゃあ……」

枕元にあるボタンをオンにすると照明が赤くなり、天井からぶら下がったDisco Ballがキラキラと部屋の壁を光らせる。

服を脱ぎながら、ユマの髪を撫で、首や耳にキスをし始めるヒデ。

ユマをベッドに寝かせ、服を脱がしていく。

震えながらその手を阻止するユマ。

ヒデ「リラックスしていいよ……」

目をつむり思い切って、ヒデの唇にキスをしようとするがブロックされる。

再度ユマがキスをしようとするが、また抵抗される。

ユマ「あの……キスしてもらえますか？」

ヒデ「あぁ、ごめんね、キスできないの。会社のルールでさ」

ユマの両手を抑え、ヒデは胸元にキスをする。

目を閉じたユマの息がどんどん荒くなっていく。

ヒデ「気持ちいい？」

だんだんと息が荒くなっていくユマ。

不安と緊張が混ざり合った表情で強く目を瞑る。

ヒデ「うわっ!!」

突然ベッドから飛び降りるヒデ。

ユマが慌てて下腹部を見ると、自分が排尿していることに気づく。

ユマ「え?!　あぁ……！　ごめんなさい！！」

シーツで体を隠し、必死に周囲を拭く。

風呂場からユマにバスタオルを投げ、ヒデはシャワーを浴びる。

肩を落とし、自分の周りを拭き続ける。

しばらくすると、半裸のヒデがでてくる。
ユマ「ごめんなさい……」
ヒデ「いいよ。でももうできないかも。なえちゃった」
　ベッドの端に座り、タバコに火をつける。
ヒデ「添い寝する？」
ユマ「いいぇ……もう大丈夫です……」
ヒデ「じゃあ、支払いだけお願いできるかな」
　財布からお金を取り出し、服を着るヒデに手渡す。
　確認し、ポケットにつっこむヒデ。
ヒデ「また何かあったら連絡してね」
　部屋を出るヒデ。
　ユマ、呆然と閉まるドアを見つめる。

47　同・シャワールーム（夜）

　這いつくばってシャワールームに到着する。

　シャワーの蛇口をひねると、ミストが浴室に舞い上がる。

　壁にもたれかかり、頭を垂れてシャワーに打たれる。

48　同・廊下（夜）

　エレベーターのボタンを押すユマ。

　エレベーターが来ないことに気づく。

　もう一度ボタンを押してみるが全く動かない。

　指がこぶしに変わる。

　いら立ちが限界に達し、階段下の受付に向かって突然叫び出す。

ユマ「すいません！　エレベーターこないんですけど！　すみません、誰かいますか？　すみません！」

　廊下に響き渡るユマの声。

　返答は全くない。

　階段の下から足音が聞こえてくる。

　少し経つと、介助者の大杉俊哉（28）が廊下でユマとすれ違う。

　奥の部屋のドアをノックする俊哉。

俊哉（O.S）「お待たせしました」

　車椅子に乗った熊篠（48）と、娼婦の舞（45）が出てくる。

熊篠（O.S）「はーい」

　エレベーターに到着する3人、ユマに気づく。

ユマ「エレベーター壊れてるみたいです」

舞「またぁ？（熊篠に）もうそろそろホテル変えようよ～」

熊篠「でもここ安いんだもん」

　ユマを見つめる舞。

舞「下行くの？」

ユマ「……はい」

舞「トシくん、この子を先に降ろしてあげて」

ユマ「いいんですか……？」

俊哉「うん。肩につかまって」

　ユマをいとも簡単に持ち上げる俊哉。

　その瞬間全てがスローモーションに変わる。

　筋肉質な俊哉の肩に手を回し、彼の脈と息づかいを間近で感じるユマ。

　気づかれないように俊哉の横顔を見つめる。

　自分の張り裂けそうな鼓動が俊哉に聞こえないかと、必死に息を止めるユマ。

　ゆっくりと細い階段を下りていく二人。

49　同・駐車場（夜）

　車椅子専用介助車に熊篠を乗せる俊哉。
ユマ「本当に助かりました。ありがとうございました」
舞「送っていこうか？」
ユマ「一人で大丈夫です！」
熊篠「いいから、乗ってきなよ」
ユマ「あ、はい……」
　俊哉、ユマを車椅子のまま後部スペースに乗せる。シートベルトを閉めてくれる彼の横顔を見つめるユマ。
　ドアを閉め、運転席に俊哉が乗ると、4

人を乗せた介助車は出発する。

50 介助車・車内（夜）

笑い声が響く車内。ユマは、イチャイチャする舞と熊篠を後ろから眺める。

舞の耳に何かをささやき、彼女の頬にキスをする熊篠。

視界の隅でユマが二人を見ているのに気づいてクスクスと笑う。

熊篠「（ユマに）ごめんね、もうちょっと楽しませてね」

ユマ「気にしないでください」

舞「ねえ、名前なんていうの？」

ユマ「貴田ユマです」

熊篠「クマです、んでこちらが舞ちゃんと、俊哉君。よろしくねー」

ユマ「お二人は仲がいいですね！」

舞「まあね、仕事だからね」

熊篠「えーーーそれだけ？？」

舞「嘘、嘘！　大好きに決まってるじゃん！」

ユマ「あの……仕事って？」

舞「この人は私の常連さん」

ユマにウインクする舞。

驚いて目を見開くユマを見て笑う熊篠。

ミラー越しにその光景を見て微笑む俊哉、ふとユマと目が合う。

51 バス停（夜）

俊哉、ユマの車椅子を降ろす。

舞「いつでも連絡して！」

ユマ「ありがとうございました」

熊篠「またねー！」

車に乗り込む俊哉。

走り出す介助車。

手を振り、3人をずっと見送る。

ユマの携帯が鳴る。

恐る恐る電話に出る。

恭子（O.S.）「今どこ?!」

ユマ「バス停に着いたところ！」

恭子（O.S.）「すぐに行くから、明るい所で待ってなさい」

ユマ「うん……」

笑顔で電話を切るユマ。

52 漫画『HANNA AND THE LUSTS OF TIME』

＊漫画／CG

怪獣「お前のような奴は、俺様が食っちまうんだぁ！」

ヒデ似の怪獣が、服のはだけたハナを飲み込もうとする。

すると突然、ボディコンを身に纏った舞に似た戦士KIKIが空から飛んでくる。

胸元からミサイルを発射するKIKI。

そのミサイルは怪獣をどんどん撃っていく。

今度はその後から、雲に座った手足のない熊篠似の仙人が、おでこに付いた目から光を放ち始めると、怪獣は瞬く間に煙となって消えていく。

怪獣から解放されたハナ、地面に向かって落ちていく。

KIKI「つかまって！」

KIKIがハナの手を掴もうとするが、ハナはどんどん落ちていく。その先には巨大な渦が。

ハナが渦に近づいていくと、ユマがバックミラー越しに見た優しい俊哉の瞳に変わっていく。

53 貴田家・ユマの部屋（夜）

その瞳を描いているユマ。

54 サヤカのオフィスマンション

携帯で、サヤカのビデオブログを撮影するユマ。

サヤカ「可愛い子猫ちゃん達！　準備はできたかな？」

歩き回るサヤカをカメラマンのように追

うユマ。
サヤカ「ここが私のパワースポット！　お話に行き詰まった時は、ここで瞑想をするの！」
床に座り込み、目を閉じるサヤカ。
サヤカ「(目を閉じたまま) カット」
携帯をユマから取り上げ、映像を確認するサヤカ。
サヤカ「髪型変じゃない？」
ユマ「そんなことないよ」
机に戻るユマ。
サヤカ「池谷さんから聞いたよ」
ユマの手が止まる。
サヤカ「私達の事バレたら終わりだよ。本当に解ってるの？」
ユマ「……ごめん」
ビデオを編集するサヤカ。
ユマ、黙って仕事に戻る。

55　**貴田家・ユマの部屋（夜）**
描いたHANNAを見つめる。
セックスシーンを描こうとするが、なかなかペンが動かない。
ふと携帯を手に取る。
ユマ「あ！　ユマです。先日はありがとうございました」
舞（O.S）「あぁ！　どうしたの？」
ユマ「あの、一つお願いがあって……」

56　**アダルトショップ**
ユマの車椅子を押し、店内の細い通路を進む舞。
舞「あった！」
偽ペニスのセクションに到着する二人。
サンプルをユマに手渡す。
舞「これなんてどう？」
ユマ「……本物に近ければ、どれでもいいです」
今度は違う偽ペニスを棚から取る舞。
舞「やだー！　これ前の旦那のに超似てる！　……やな奴だけどいいモノ持ってたのよね～。これにする？」
ユマ「……じゃあ、それで……」
レジに向かう二人。
ユマ「あの……」
舞「うん？」
ユマ「障がい者とエッチするのって、普通の人とどう違いますか？」
舞「障がい者の人たちの方が千倍エロいよ」
ユマ「へぇ……」
舞「ぶっちゃけ、結構ひどい人も多い。まあ、社会から受けるストレスなのかもね」
ユマ「そうなんですね……」
舞「なんでそんなこと聞くの？」
ユマ「いや……別に……」
苦笑いするユマ。
舞「あのさ、障がいがあってもなくても、あなたは女だからさ」
頷くユマ、突然、受信音が鳴る。
携帯をチェックすると『ママ』と表示された画面に気づく舞。
舞「出なくていいの？」
ユマ「大丈夫です……」
舞「まだ時間いける？」
ユマ「はい！」

★57　**エステサロン**
裸でマッサージベッドに横たわるユマと舞。
気持ちよさそうにマッサージを受ける。

58　**セレクトショップ・洋服屋**
派手めの店内で、舞が選んだ服を試着するユマ。

59　**化粧品店**
はしゃぐ子供達のように買い物客の合間をスイスイと抜けていく二人。
×　　×　　×
美容スタッフに化粧をしてもらうユマ。

色とりどりのメイクがユマをどんどん女性らしくしていく。
鏡に向かい変身した自分の姿に驚きが隠せない。
その姿を笑顔で見つめる舞、ふと腕時計に目をやる。
舞「あらやだ！　ユマちゃんごめん、行かなきゃ！」
ユマ「大丈夫です！」
舞「また今度ゆっくり会おう！」
ユマ「はい！」
舞、カバンをユマの膝から取り、その場を去る。

60 多目的トイレ（夕）

化粧を落とすユマ。

聞きなれない携帯の呼び出し音が鳴り響く。

慌てて音源元を探すと、舞の携帯が車椅子の隙間から見つかる。

着信画面に俊哉の写真が映っている。

ユマ「もしもし？」

俊哉（O.S.）「ユマちゃん、俊哉だけど、舞さんが携帯忘れたみたいで……今、どこにいる？」

ユマ「まだデパートです」

俊哉（O.S.）「じゃあそこで待っててくれる？着いたら電話するから」

ユマ「あ、はい！」

笑顔で電話を切るユマ。

★61 同（夕）

日没でオレンジ色の光に染まる建物。

その傍らに座るユマ。

少し経つと俊哉が駆け足で向かってくる。

俊哉「待たせてごめんね」

ユマ「いえ……」

携帯を手渡すユマ。

俊哉「舞さんがありがとうって」

ユマ「あ、はい！　私もとっても楽しかった……じゃあ」

俊哉「うん」

それぞれの方向に向かう二人。

ふと、振り返り、ユマの後ろ姿を見つめる俊哉。

俊哉「送ってこうか？」

振り返るユマ、笑顔で大きく頷く。

俊哉、ユマの元に行き、車椅子を押す。

★62 貴田家・台所（夜）

通帳を見て、ため息をつく恭子。

テーブルの上には、督促状が並んでいる。

恭子の携帯が鳴る。

恭子「もしもし、さやちゃん？」

サヤカ（O.S）「おばちゃん、ユマいる？電話が全然繋がらないんだけど」

恭子「一緒じゃないの？」

サヤカ（O.S）「え？　今日は来てないよ」

★63 介助車車内（夜）

慎重に運転する俊哉。
ユマその姿に気づく。
ユマ「俊哉さんは舞さんの運転手ですか？」
俊哉「ううん、普段は介助やってる」
ユマ「なんでこの仕事をされてるんですか？」
一瞬、俊哉の表情が険しくなる。
ユマ「……すみません」

★64 バス停（夜）

道角に停車する介助車。

車椅子ごとユマを道に降ろす俊哉。

ユマ「ありがとうございました」

俊哉「またね」

車に乗り込み、走り出す俊哉を見送る。

携帯をオンにすると、恭子から30件以上のメッセージが送られている。

65 貴田家・玄関～ユマの部屋（夜）

静まり返った家に、そっと入るユマ。
ユマ「ただいま……」

車椅子を乗り換え、恐る恐るリビングに向かうユマ。
険悪な表情の恭子がユマの前に立ちはだかる。
恭子「どこに行ってたの?!」
ユマ「仕事……」
恭子「嘘つかないで！　さやちゃんから聞いたわよ！」
ユマ「ついてない……今日は、カフェで仕事してたの……」
恭子「そんな所わざわざ行かなくても、家ですればいいじゃない！」
ユマ「たまには外にだって出たいの……」
恭子「出てるじゃない！」
言葉を失い、自分の部屋に向かうユマ。
恭子「あなた自分のこと分かってるの？　襲われたりしたらどうするの！」
ユマ「そんなことあるわけないじゃん！　誰も私のことなんて気にしてないよ……！」
恭子「そういう問題じゃないの！」
ドアを閉め、車椅子で開閉を抑えるユマ。
恭子、ドアを叩き、無理やり開けようとする。
恭子「開けなさい！」
ビクともしないドア。

★66　俊哉のアパート（夜）

殺風景なシングルマンション。

窓から入ってくる中華料理屋のネオンサインに照らされ、台所で、抗うつ剤を飲む俊哉。

ベッドに横たわる。

★67　貴田家・リビングルーム（夜）

テレビの前でうたた寝している恭子を覗き見るユマ。

★68　同・ユマの部屋（夜）

買ってきた偽ペニスを真剣な眼差しで、様々な角度からじっくりと観察するユマ。

スケッチをしては、再び観察する。

69　バス

ヘッドフォンで音楽を聴くユマ。

その横で恭子が黙って本を読む。

70　サヤカのオフィスマンション

恭子とユマが部屋に入ると、サヤカとお洒落な服に身をまとったサヤカの母、純子（50）が仲良く話している。

純子「あら、恭子さんお久しぶり！」

恭子「こんにちは」

恭子、車椅子のタイヤを掃除しながら、二人の様子をうらやましそうに時折見つめる。

その姿に気づくユマ。

純子が玄関にやってきて、ユマの頭を撫でる。

純子「ユマちゃんも元気そうで何より！」

サヤカ「ママ！　早く行かないと、パパまた怒るよ！」

お茶目に舌を出す純子。

純子「じゃあ、またね！」

部屋を出る。

車椅子のタイヤを拭き終わる恭子。

恭子「終わる前に必ず電話するのよ。（サヤカに）さやちゃん、よろしくね」

サヤカ「はーい」

恭子がマンションを出ると、ユマはデスクに向かう。

★　×　×　×

ユマ、洗面所で咳き込んだり、吐き気を催しているふりをする。
ユマ「オエェっ……」
サヤカ（O.S.）「大丈夫?」
ユマが洗面所から出てくる。
ユマ「ごめん、なんか気分悪いから早く帰っていい?」
サヤカ「原稿は?」
ユマ「さっきメールしたよ」
サヤカ「じゃあいいよ」

ユマ「お疲れさま……」
　そそくさと部屋を出るユマ。

71　教室

　教壇に立ち、看護師や、福祉の学生数十名の前で講義をする舞。
　部屋の後ろから見学している熊篠、俊哉とユマ。
舞「私が看護師をしてた頃、末期ガンの患者さんを担当していて、彼は誕生日とかクリスマスに、みんなにプレゼントをしてくれるような、優しい人だったのね。で、ある日、私の手を握ってきて『死ぬ前にもう一回だけ経験したいんだけど、手伝ってくれないか……』って言ってきたの。最初は笑ってごまかしたんだけど、家に帰って、考えたのね。彼は結構早くに奥様を亡くされていて、お子さん達もほとんど会いに来ないような感じで……なんかさ、人生ってなんだろうって、色々思ったんだよね。結局、次の日に手でやってあげたの。そしたらさ、痛みから解放されたって、すごく喜んでくれたんだよね……」
　生徒が手をあげる。
生徒1「病院では問題にはならなかったんですか?」
　苦笑いをする舞。
舞「なったわよ！『家族にできない事は専門家がしてあげるべきだ』って、訴えたら鼻で笑われたのよね。その後はみんなから白い目で見られるようになって、結局辞めちゃった。軽蔑する人もいるけど、私は意味のある仕事だと思ってる」
生徒2「もし、患者さんや家族の方に、性の介助の相談をされたらどうすればいいですか?」
舞「自分が嫌なことは絶対にしないこと。家族の人とちゃんと話して、患者さんの状況にあった適切な方法を一緒に考えてあげて。まあ、何かあったら私に連絡して！」
　湧き上がる教室。

★72　同・廊下

　恭子と電話で話すユマ。
恭子(O.S)「嘘ついていないわよね」
ユマ「ないよ……終わったらすぐ帰るから……」
　廊下に出てきた舞、俊哉と熊篠、ユマの方にやってくる。
舞「お待たせー！」
ユマ「(恭子に) またね！」
　電話を切り、3人の方へと向かう。

73　新宿2丁目（夕方）

　俊哉に押されながら、ゲイやオカマで賑わう新宿2丁目を通り抜けていく4人。

74　オカマバー（夕方）

　昭和のアイドルポスターやレコードが壁に飾られているバー。
　ママのクレオパトラが、カウンター席に座る舞、熊篠、ユマと俊哉のグラスにシャンパンを注ぐ。
熊篠「舞ちゃん素敵だった〜！」
舞「やだ〜！　もっと言って！」
ユマ「本当に、かっこよかったです」
舞「今日は来てくれてありがとね」
　笑顔で頷くユマ。
ユマ「舞さんみたいな人が女性のためにもいればいいですね」
舞「私両刀よ」
ユマ「……え?」
　首をかしげるユマ。
　皆がケラケラと笑う。
クレオパトラ「この子、私とでも寝れちゃうんだから」
舞「あんたは無理！」
クレオパトラ「冗談に決まってるでしょ。トシ君はいつでもウェルカムだからね〜」
　俊哉、苦笑いする。
熊篠「それではもう一度！　舞ちゃんお疲れ

様！」
舞「ありがとう！」
乾杯をし、シャンパンを一口飲むユマ。
ユマ「うわーおいしい……！」
一気に飲み干す。
舞「でしょ！　もう一杯飲む？」
ユマ「はい！」
舞「ママ！　ユマちゃんにもう一杯あげて！」

×　×　×

＊モンタージュ
・飲み続けるユマ、熊篠と舞
・クレオパトラのドラァグショーで盛り上がる店内
・どんどん酔いがまわるユマ
熊篠「ユマちゃん飲んでるか～い～！」
ユマのグラスにシャンパンを注ぐクレオパトラ。
三人で一気飲みをする。
その姿を心配そうに見つめる俊哉。
俊哉「大丈夫なの？」
ユマ「もちろん！　俊哉さんも一緒に飲もうよ！」
舞「トシ君は飲まないのよ！」
ユマ「えー！　なんで！　こんなに楽しいのに？」
俊哉「運転手が飲んでちゃダメでしょ」
ユマ「ですよね～」
俊哉、苦笑いでジュースをすする。

75　貴田家・リビング（夜）
21時を過ぎた時計。
携帯を手に取り、サヤカに電話をする恭子。
恭子「あ、さやちゃん、ごめんね忙しい時に、ユマにかわってくれる？」
サヤカ「え？　気分悪いって言って、とっくに帰ったよ」
恭子「……いつ⁉」

76　貴田家・ユマの寝室（夜）
ユマの部屋を見渡す恭子。
クローゼットの中を物色し、その奥から、見慣れない紙袋が出てくる。
中を見ると、そこには恭子が見たことのないセクシーなドレスや下着が出てくる。

×　×　×

気が狂ったように部屋中を探りはじめる。
ベッドの下に手を伸ばし、奥から箱を引っ張り出す。
ふたを開けると、アダルト漫画、エロ雑誌、その下には偽ペニスが。

77　駐車場（夜）
車椅子にもたれかかり、水を飲み干すユマ。
俊哉、店からまた水を持ってくる。
ユマ「本当にごめんなさい。あーもうなんなんだこれは……」
舞「こんな時もあるわよ！（俊哉に）本当にいいの？」
俊哉「通り道ですから」
舞「ありがとね。（ユマに）俊哉くんが家まで送ってくれるからね、心配しないで大丈夫よ！」
ユマ「はい……」
介助車にユマを乗せる俊哉。
二人は走り去る。

78　介助車車内（夜）
ユマ「本当にすみません……」
俊哉「気にしなくていいよ」
ネオンライトが輝く街中を走り抜ける介助車。
窓にもたれかかるユマに、街の明かりが反射する。
ユマ「わぁ……」
俊哉「どうした？」
ユマ「流れ星みたい……」
俊哉「酔っ払ってるからじゃない？」
無邪気に笑う二人。

信号で停車する介助車。
ユマ「あ！　いた！」
俊哉「何が？」
ユマ「あのビル、顔に見えませんか？　窓が目でしょ、鼻、で口があって……」
俊哉「……見えないよ」
ユマ「あの子たち、時々私たちのこと観察してるんですよ」
俊哉「誰？」
ユマ「宇宙人……」
俊哉「何それ」
俊哉、半笑いで空を見上げる。
ユマ「宇宙から見たら、私たち人間の人生なんてほんの一瞬の出来事なんですよね……」
不思議そうにユマを見つめる俊哉。
ユマ「たまに思うんですよね。私の人生って、彼らの夏休みの課題みたいなものなのかなって……」
俊哉がユマを見ると、ユマはすでに寝息を立てている。
もう一度空を見上げる俊哉。
街の灯りがその顔を照らす。

79
貴田家・付近（夜）
ユマ、車外で俊哉が車椅子を降ろす音で目覚める。
俊哉に担がれ車椅子に乗る。
俊哉「家どこ？」
ユマ「ここで大丈夫です」
俊哉「じゃあ」
介助車に戻ろうとする俊哉。
ユマ「あの！　何かあったら連絡してもいいですか？」
車から名刺をとって、ユマに手渡す。
介助車に乗り込み走り去っていく俊哉。
その姿を見送るユマ。
深呼吸をして、家に向かう。

80
同・玄関（夜）
そっと玄関のドアを開け、静まり返った真っ暗な家へ入る。
物音を立てないように車椅子を乗り換え、自分の部屋に向かう。
部屋のドアの隙間から灯りが漏れている。

81
同・ユマの部屋（夜）
部屋に入ると、アダルト雑誌や、下着、セクシーな服や偽ペニスが床に広げられている。
ベッドに座りユマを睨みつける恭子。
恭子「説明しなさい……」
歯を食いしばり、床に散らばった物をただ見つめるユマ。
恭子「何なのこれは！」
ユマ「言ったってわかってくんないじゃん……」
恭子「こんなもの着て……ママに嘘ついて……！　こんな汚らわしいもの……あなたどういうつもりなの！」
舞が買ってくれた新しい服をユマから無理やり脱がす恭子。
ユマ「やめて！」
車椅子で恭子を部屋から追い出そうとする。
ユマ「出てって！」
酔っているユマに気づく恭子。
恭子「あなたお酒飲んでるの?!　誰と飲んだの？」
ユマ「放っといてよ！」
恭子「なんてこと言うの！　一人じゃ何も出来ないくせに！」
ユマ「できる！」
恭子「お風呂にだって一人で入れないじゃない！」
ユマ「入れる！」
恭子「じゃあやってみなさいよ！」
恭子、ユマの車椅子を押して、風呂場に向かう。

82
同・風呂場（夜）

扉を開け、ユマを浴槽に放り込む恭子。

ユマ、水面から浮かび上がり浴槽の淵に掴まる。

恭子「ほらね！　あなたは私がいなくちゃ何もできないの！」

ユマを引き上げようとする恭子。

その手を振り払うユマ。

ユマ「もうやめて！　私に命かけてるようなフリしてるけど、自分が一人になるのが嫌なだけでしょ」

言葉を失い、とっさにユマを平手打ちする恭子。

ユマ「……いつもサヤカと比べてるのだって分かってるんだから」

恭子、我を失い、風呂場から出て、ドアをロックする。

ユマ「ママ?!」

ドアを開けようとするがビクともしない。

ユマ「開けて！」

83　同・リビングルーム（夜）
机の上に並んだ小さな人形を部屋中に投げ散らかす恭子。

床に伏せ、涙をこぼす。

84　同・風呂場（翌朝）
ドアが開く音で目をさますユマ。

恭子が浴室に入ってくる。

濡れたユマを浴槽から引き上げ、その体をタオルで拭く。

85　同・ユマの部屋（朝）
部屋に入るユマ、携帯を探すが、どこにも見当たらない。iPadをオンにするが、Wi-Fiが切断されている。

86　同・リビングルーム（朝）
人形が散らばっていたリビングルームはすでに整頓されている。
ユマ「携帯かえして」
恭子「必要ないでしょ。何かあったら、ママの使えばいいじゃない」
歯をくいしばるユマ、静かに部屋に戻る。
×　×　×
少し経つと、買い物バッグを手に持ち、恭子が家を出ていく。
玄関のドアが閉まり、鍵がかけられたのを確認して、玄関に行くユマ。
ドアを確認するが、ユマが届かない位置で鍵がかかっている。
家中の窓や扉もチェックするが、同じく高い位置で全て鍵がかけられている。

87　同・ユマの部屋
部屋に戻り、ポストカードを取り出すユマ。

父娘の絵をじっと見つめる。
＊アニメーション
ポストカードに描かれた、幼女を抱き上げる父の絵。

地面に座り、その姿を遠くから見つめる幼いユマ。

★88　同・ユマの部屋
リビングから恭子が唱える般若心経が響いてくる。

黙々と『彼は猫アレルギー』を描くユマ。

89　台所（夜）
黙って食事をとる二人。

90　道
恭子、淡々とユマの車椅子を押す。

91　サヤカのオフィスマンション
ユマが作業をしていると、サヤカが膨大なリストを持ってくる。
目を見開くユマ。
ユマ「何これ?」
サヤカ「グッズ用のイラスト。言ってなかったっけ?」

首を振るユマ。
サヤカ「週末までにヨロシク！」
車椅子に沈み込み、再びそのリストを見つめる。

92 **貴田家・リビング（夜）**
夕食を食べている二人。
恭子「明日のリハビリ、2時からよ」
黙々と食べる二人。

93 **バス車内**
バスに揺られる母娘。
恭子の手が、ユマの肩をぎゅっと抑えている。
ふと反対側の窓に光る何かを見つけるユマ。
すると突然、窓の外に、自由に飛ぶハナが見える。
＊アニメーション
反対側の窓からユマ側に移動するハナ。
ユマを見つめてから空へと舞い上がっていく。
バスの中から、飛んで行くハナの姿を見つめるユマ。

94 **病院・リハビリルーム**
たくさんの患者たちがリハビリを受けている。
その中にユマもいる。
恭子は廊下で本を読む。
床に横たわり、脚をストレッチしてもらうユマ。横目で恭子を見る。
ユマ「あの……お手洗いに行っても良いですか？」
トレーナー「はーい」
ユマを車椅子に乗せ、トイレに向かう二人。
その姿を見つめる恭子、再び本を読み始める。

95 **同・廊下**
到着する二人。
ユマ「あの……先に戻ってて下さい」
トレーナー「いいよ、手伝うよ？」
ユマ「いや、大丈夫です」
トレーナー「じゃあ後でね」
トイレに入るユマ。
少し経つと、ユマはそっと扉を開ける。
廊下にいる恭子を確認すると、まだ本を読んでいる。
恭子が見ていない間に、出口に近い診療室に入る。

96 **同・診察室**
部屋に入ると、奥に『解放厳禁、ブザー音発信』と書かれた非常出口が見える。
扉を開けるか開けまいか迷っている間に、患者と先生が入室してくる。
思わず扉を開け屋外に出るユマ。
ブザーは鳴らないまま、脱出に成功する。

97 **同・廊下**
首をかしげ、お手洗いから出てくるトレーナー。本を読む恭子に声をかける。
トレーナー「ユマちゃん見かけました？」
恭子「いいえ……」
トレーナー「あれー、どこに行ったんだろう……」
ハッとする恭子。

98 **同・表**
取り乱した恭子が病院から駆け出してくる。
恭子「ユマ‼」
周囲を見渡す恭子。
だがユマの姿はどこにもない。

99 **道路**
必死に道を進むユマ。

100　道（夜）

道端で、呆然と通りすがる人たちを見つめるユマ。
ふと公衆電話に目がいく。
受話器を手に取り、電話をかける。

101　交番（夜）

デスク上に置かれている恭子の携帯に映るユマの写真。
情報をコンピュータにタイプする警官の前に恭子が座っている。
警官「23歳、女性で、脳性麻痺、ショートカットで……」
恭子「車椅子の色は緑で、小柄です……」
警官「母娘喧嘩はよくしますか？」
恭子「いや、しないです……」
警官「全くですか？」
ぎこちなく頷く恭子の表情を伺う警官。
警官「じゃあ、これから届けを出すので、とりあえず、娘さんからの連絡を待ちましょう」
恭子「待ちましょうって、その間にあの子に何かあったらどうしてくれるんですか?!」
警官「お母さん。あなたの話を聞いてると、誘拐とは思えないんですわ。娘さんっていっても、もう立派な大人でしょ？　家で嫌なことがあったから、飛び出してみただけだと思いますよ」
恭子「いい加減なこと言わないでください！あの子車椅子なんですよ！体だって小さいし……！」
警官「じゃあなんで娘さんが急にいなくなったのか、もう一度考えてみましょうか？」
言葉に詰まる恭子。

102　道（夕方）

呆然としながら道を歩く恭子。

103　介助車・車内（夜）

舞が来るのを待つ俊哉とユマ。
舞が介助車に入ってくる。
舞「ユマちゃん！　大丈夫なの？」
ユマ「はい……」
舞「これからどうするの？」
ユマ「なんとかします……」
舞「狭いけど、よかったらうちに来る？（急に頭を抱える）あっちゃー、やばい、うちエレベーターないんだった……しかも5階……」
ユマ「気にしないでください。これからホテルも探すので」
俊哉「うちに来る？」
ユマ「ホントに大丈夫です」
俊哉「いいから」
舞「俊哉くんがよければ、私もその方が安心」
ユマ「じゃあ、すみません……」
財布の中からお金を取り出し、机に置く舞。
舞「とりあえずこれ渡しとくから」
ユマ「こんなに……！」
舞「いいの！　度胸出してここまでやってきたんでしょ。とことんやり尽くしなさい。足らなくなったらまた言って」
深々と頭をさげるユマ。
舞「でも、気が済んだらお母さんには連絡するのよ」
ユマ「はい……」

104　俊哉のアパート（夜）

部屋に入ってくるユマと俊哉。
俊哉「俺、床に寝るから、ベッドつかって」
ユマ「すみません」
ゆっくりとベッドに横たわるユマ。
ユマ「今日はありがとうございました……おやすみなさい」
そっと目を閉じる。

105　俊哉のアパート（翌朝）

俊哉が作った食べ物がテーブルの上にある。

俊哉「お腹すいたらこれ食べて」
ユマ「ありがとうございます」
俊哉「家の鍵はここね。じゃ行ってくる」
ユマ「行ってらっしゃい！」
ばたりと閉じるドア。

106 サヤカのオフィスマンション
ドアベルを鳴らすが応答がない。

そっとその場を離れる。

107 コインパーキング／介助車
助手席に座る舞。
舞「トシくん何日か休みとんなよ。最近ずっと働いてくれてたし、ユマちゃんのそばにも居てあげてよ」
俊哉「いや、大丈夫ですよ」
「ちょうど私も亮太の受験のことやらでやることと溜まってたから」
頷く俊哉。
舞「うん。みんなで休もうよ」
俊哉「はい」
舞、俊哉の表情を伺い、背中を叩く。
舞「何かあったらいつでも言って。じゃ行ってくるね！」
介助車を出て、足早にラブホテル街に向かっていく。

★108 俊哉のアパート・洗面所（夕方）
戸棚に置いてある抗うつ剤を見つめるユマ。

俊哉（O.S）「ただいま」

はっとし、洗面所を出る。

109 俊哉のアパート（夕方）
スーパーの袋を抱えて家に入ってくる俊哉。
洗面所から出てくるユマ。
ユマ「お帰りなさい」
ユマが描いた『彼は猫アレルギー』の絵がiPadに写っている。
俊哉「これが連載してるやつ?」
ユマ「はい……」
俊哉「すごいね……あ、晩ご飯ラーメンでいい?」
ユマ「ラーメン大好きです！」
俊哉「ちょっとまってね」
俊哉、食事の準備をはじめる。
テーブルに座るユマ。

×　×　×

俊哉が作ったラーメン。
ユマの前に置き、自分のラーメンにレモンを入れる。
ユマ「え?」
俊哉「食べてみる?」
自分のラーメンをユマに食べさせる俊哉。
目を見開くユマ。
ユマ「美味しい！　なんでレモンなんか入れようと思ったんですか?」
俊哉「うちの親父、いつも変なもの料理に入れるんだけど、結構うまかったりするんだよね」
ユマ「……私のお母さんはレシピ通りにしか作らないな……」
俊哉「入れる?」
ユマ「はい！」
ユマのラーメンにレモンを入れる俊哉。
子供のように嬉しそうに食べるユマを見て微笑む。

110 貴田家・リビング
人探しのチラシが部屋中に散らばっている。

ソファーに呆然と横たわる恭子。

突然携帯電話が鳴る、サヤカだ。

恭子「もしもし！　さやちゃん?」

サヤカ（O.S）「おばちゃん！　ユマどこ?」

恭子「……」

サヤカ（O.S）「今帰ってきたらユマからのメモがあって、もう仕事できないって!!　そんなの嘘だよね?!　もうどうなってるの～！　おばちゃん!?」

言葉を失い頭をかかえる恭子。

111 **俊哉のアパート・夜**

それぞれ寝床につく二人。
天井を見上げている。
ユマ「俊哉さん……」
俊哉「うん？」
ユマ「……人生で後悔したことってありますか？　自分が正しいと思ってした事が、後でしっぺ返しにあったりとか……」
俊哉「……そんなのしょっちゅう……でも、あとで後悔するよりはいいんじゃない」
枕元に置いてあったポストカードを手に取るユマ。
ユマ「これ、ずっと前に送られてきたんです……」
俊哉「誰から？」
ユマ「多分、お父さんです……」
俊哉「会ったことないの？」
ユマ「ないです……」
ユマの手垢で汚れてシワシワになった古いポストカードを受け取る俊哉。
俊哉「連絡とったことは？」
ユマ「だいぶ前に、手紙を送ったんですけど、返事こなかった」
裏を返すと、住所と送り主に『古谷喜久』という名前。宛先には貴田ユマの文字。
ユマ「わたし、明日そこに行ってみます」
ユマを見つめる俊哉。

112 **俊哉のアパート（朝）**

ユマ、物音で目が覚める。
俊哉が荷造りをしている。
俊哉「行くよ」
ユマ「……え？」

113 **介助車**

＊モンタージュ
・東京から遠ざかる二人を乗せた介助車
・トンネルを通過する
・高速道路のサインが見える
・道路の脇に見える綺麗な草木
・窓を開け、外の空気を手で掴もうとするユマ
・笑う二人

114 **介助車**

海岸沿いを走り抜けるバン。

ポストカードを見つめるユマ。

窓の外を眺める。

青い空と海が広がる。

115 **一軒家**

ラスタカラーの椅子やPEACE ON EARTH と書いた小さな旗が掲げられている海辺の一軒家。

緊張した表情で、玄関に立つ二人。

ユマ「すみませーん！」

ドアをノックする俊哉。

俊哉「どなたかいらっしゃいませんか！」

家の周りを探索する俊哉。

ユマを見て、残念そうに首を振る。

男の声（O.S.）「はーい」

ハッとする二人。

突然曇りガラスの引き戸が開く。

向こう側に50代の男性、古谷翔太が立っている。

息を飲むユマ。

ユマ「……古谷さんですか……？」

翔太「はい……」

ユマ「突然すみません……」

ユマをじっくり見る翔太、はっとした表情に変わる。

扉を大きく開く。

翔太「どうぞ」

116 **同・中**

翔太に促され家の中に入る二人。

台所でお茶をいれる翔太を見つめるユマ。

翔太、氷が入ったお茶を持ってくる。

ユマ「……あの、私……」
翔太「知ってるよ。ユマちゃんでしょ」
3人に少しの間沈黙が流れる。
翔太「ここは？　恭子さんに聞いたの？」
恭子さんという言い方に違和感を感じるユマと俊哉。
カバンからポストカードを出し、翔太に渡すユマ。
受け取ると皮肉な微笑みを浮かべる翔太。
翔太「恭子さんが、これを君に渡してたの？」
ユマ「え……いえ……これはたまたま……」
翔太「はは。やっぱり。そういう人だもんね」
俊哉「……」
翔太「兄さんは毎年君に送ってたんだよ」
ユマ「え……」
翔太「たぶん恭子が捨ててると思うけどって言いながらね」
ユマ「……」
俊哉「あの……彼女のお父さんは……？」
翔太「……8年前に癌でね……」
ユマ「……」
翔太「兄さん最後までユマちゃんに会いたがってたよ」
涙が溢れだすユマ。
ユマを優しく見つめる俊哉。
改めてポストカードを見つめ、少し笑う翔太。
翔太「由香も小さかったな……」
ユマ「……由香？」
翔太「え!?　知らないの？」
ユマ「……」
俊哉「……」
翔太「君の双子のお姉ちゃん」
言葉が出ないユマ。
翔太「今、タイで小学校の先生やってるよ」

117　**介助車車内（夕方）**
静かに海岸線を走る車。
黙り込むユマを横目でちらりと見る俊哉。
ユマ「……俊哉さん、一生のお願いをしてもいいですか？」
恐る恐る、でも強い眼差しで。
俊哉「会いたいんでしょ？」
頷くユマ。
俊哉「じゃぁ、その代わり……」

118　**貴田家・リビング**
突如携帯が鳴る。
憔悴しきった恭子が慌てて電話に出る。
恭子「もしもし?!」

119　**ドライブインの公衆電話**
ユマ「……ママ？」
恭子「ユマ!!　大丈夫？」
ユマ「……うん」
恭子「今どこなの?!　誰と一緒なの……!」
ユマ「大丈夫だから、もう少しだけ、時間をください」
恭子「ユマ……!」
電話を切る。
腰が抜けたように床に座り込む恭子。

120　**証明写真ブース**
パスポート用の証明写真を取る俊哉とユマ。
フラッシュが二人を照らす。

＊漫画・CG『HANNA』
HANNAにハグをするKIKI。
HANNAに仕える俊哉に似たDUSTINは船に乗って宇宙へと飛び立つ。

121　**空港・昼**
着陸する飛行機。
×　　×　　×
空港から出てくるユマと俊哉。

122　**電車車内（夕方）**
夜行列車に乗り、移動を続ける二人。

123　街

荷台付きのタクシーに乗り移動する二人。

突然子供が道路に飛び出し、二人が乗るタクシーにひかれそうになる。

俊哉「……!」

急ブレーキをかける運転手。

冷や汗を拭う俊哉のあまりの表情に驚くユマ。

124　民宿（夕方）

虫の鳴き声が響きわたる、田舎のゲストハウス。

×　　×　　×

小さな部屋に二人の荷物を降ろす俊哉。
ユマ「さっき……大丈夫でしたか?」
俊哉「何が?」
ユマ「すごく焦ってたから……」
俊哉「……」

125　同・シャワールーム（夜）

シャワールームでタンクトップと下着を着たユマが一生懸命自分の髪を洗う。

その姿を見つめる俊哉。

俊哉「手伝おっか?」

ユマ「大丈夫です……」

シャンプーを流し終わり、蛇口に手を伸ばすユマだが、どうしても届かない。

とっさに手を貸す俊哉。

笑顔で俊哉を見あげるユマ。

ユマ「ありがとう」

俊哉、タオルをユマに手渡し、ユマの髪を乾かす。

126　同・部屋（夜）

月明かりに照らされた部屋。

寝付けない俊哉。

寝返ると、すぐ隣でユマが丸くなって寝ている。

微笑む俊哉、目を瞑る。

127　貴田家・物置部屋（夜）

（＊または、ＳＣＥＮＥ　１１５内でインターカットする）

押入れを開け、奥の方から段ボール箱を取り出す恭子。蓋を開け、中身を見つめる。

箱の中には赤ちゃん用の靴や服が2人分ずつ入っている。

一足は歩いた跡がある靴、もう一足はほとんどまっさらの状態。

ユマ宛に送られてきた父、喜久からのポストカードが何枚も入っている。

128　田舎・道（朝）

路面から蒸気が上がる田舎道。

ユマ、地図を見て行く先を指差す。

その方向へ車椅子のユマを押す俊哉。

129　学校（朝）

日に焼けた子供達が楽しそうに中庭を駆け回っている。

車椅子に乗ったユマを物珍しそうに見つめる子供達。

職員室のような部屋を見つける俊哉。

130　同・職員室（朝）

机に座り作業をしている女性教員に声をかける。

ユマ「Excuse me? Is Yuka here?（すみません、ゆかさんはいますか?）」

教員「Yuka?」

壁に貼られたスケジュール表を見つめる教員。

教員「Yuka? She should be done with a class soon. Let me get her.（もうすぐ授業が終わるわ。ちょっと待ってて）」

職員室を出る教員。

緊張した表情で俊哉を見上げるユマ。

×　　×　　×

カラフルな廊下の向こうから、ユマと

そっくりな双子の姉、由香が歩いてくる。

ユマを遠くから見て、一瞬立ち止まる由香。

ユマがお辞儀をすると、再びゆっくりと歩き出し、ユマの前で立ち止まる。

ユマ「初めまして……貴田ユマと申します」

お辞儀をする由香。

ユマ「由香さんですか……？」

由香、小さく頷く。

131
丘の上

景色を眺めるユマと由香。
少し離れたところで俊哉が座っている。
ユマ「……お父さんってどんな人でしたか？」
由香「平和主義で、自由人。私には好きな事だけして生きろって言い続けてた。あとは、そうだ、何でも拾ってくる人」
ユマ「お母さんとは正反対です……」
由香「嫌なことがあったら『おめでとう！』死ぬ直前も、『またどうせいつか会えるんだから悲しむな！』って」
ユマ「仲良かったんですか？」
由香「二人だけだったからね……」
ユマ「いいな……」
由香「お母さんは、どんな人？」
ユマ「ご飯が上手です。でも超過保護で困ってます……」
由香「へぇ……」
ユマ「……でも、私がこの体じゃなかったら、お母さん、もっと違う感じの人になってたかもしれないなぁ……」
苦笑いするユマ、その目には寂しさが見える。
ユマ「なんで、二人は別れたんでしょうね……」
言葉を探す由香。
由香「……お母さんにとって、一番大切なのがユマちゃんだったからじゃないかな」
太陽の光に包まれる自分に似た微笑む由香を見つめるユマ。

132
貴田家・ユマの部屋

ユマのベッドで目を覚ます恭子。

ゆっくりと部屋の中を見渡す。

ふと本棚にある、古いスケッチブックを手に取る。ページをめくると、沢山の女性の絵が描かれている。

希望に満ち溢れた少女が宇宙を飛び回る絵、ページをめくるたびに成長していく少女の姿。

更に古いスケッチブックを手に取ると、昔、恭子が描いたお手本の絵と、ユマが描いた絵が隣同士に並んでいる。

鳥、馬、犬、木、家……最後のページには、車椅子に乗ったユマと恭子が手をつないで歩いてる。
＊アニメーション
ゆっくりと動き始めるスケッチブックの母娘の姿。

133
学校

学校の前に立つユマと由香と俊哉。

その周りで子供たちが走り回っている。

ユマ「日本に帰ってきた時は、絶対遊びに来て下さい。お母さんもきっと逢いたいはずだから」

由香「ありがとう」

俊哉「じゃあ」

俊哉、頭を下げ、ユマの車椅子を押して学校を後にする。

落ち着かない表情で、二人を見送る由香。

由香「あの……！」

ユマが振り返ると、由香が二人の元に走って来る。

由香「私ユマちゃんのこと知ってたの。でも、障がい持ってるって聞いてたから、怖くて連絡できなかった……　ごめんなさい……」

頭を深々とさげる由香。

その手をそっと握る。

ユマ「……もう怖くないですか?」

ユマを見上げる由香、大きく首を振り、ユマに抱きつく。

西日を浴び、田舎道で抱擁する双子の姿。

ユマ「お母さんと、待ってるね」

二人をじっと見つめる俊哉。

涙をぬぐい、ユマを笑顔で見つめる由香。

再び進み出す二人。

立ち尽くす由香の周りに子供たちが駆け寄ってくる。手を振って二人を見送る由香と子供たち。

★134 民宿(夕方)
オレンジ色の太陽が山に沈んでいく。

食事やお酒を楽しむ人たちで賑わう屋台街。

その中にユマと俊哉の姿も見える。

＊モンタージュ
・乾杯してお酒を飲む二人。
・ユマの手を引いて踊る俊哉。
・ご飯をユマに食べさせてあげる俊哉。
× × ×

ダンスミュージックが外から聞こえる部屋。

ユマと俊哉はベッドに横たわる。

電灯がユマと俊哉を照らす。

ユマ「37秒だったんです……」

俊哉「何が?」

ユマ「私が産まれた時に呼吸してなかった時間……もし私が先に生まれてたら、由香さんが私みたいになってたのかもしれない……もし私が一秒でも早く呼吸ができてたら、彼女みたいに自由に生きれてたのかもしれない……」

ユマを見つめる俊哉。

ユマ「でも……私で良かった」

俊哉に微笑む、一見少女のような、でもしっかりとした女性に成長したユマ。

ユマ「俊哉さん、ありがとう」

真っ赤になった目を手で覆う俊哉。

ユマ、ゆっくりと体を近づけ、すすり泣く俊哉を抱きしめる。

135 同・部屋(朝焼け)
隣で横たわる俊哉の寝顔を見つめるユマ。

窓際にはっていき、うっすらと明るくなってきた空をみつめる。

136 同・部屋(朝)
抗うつ剤を薬袋から取り出す俊哉。

鏡に映った自分を見て、手を止める。

137 電車内
窓を開け、風に当たるユマと俊哉。

138 学校(昼)
歌を唄う小学生達に囲まれる由香。

139 貴田家・前
荷物を持ち、ユマを玄関まで押そうとする俊哉。

ユマ「ここで大丈夫です」

ユマ、笑顔で見あげる。

俊哉「またね」

優しく微笑み、介助車に乗りこむ俊哉。

ユマ、車が見えなくなるまで見送る。

140 同・玄関~リビングルーム
ユマ、玄関の扉を開ける。

ユマ「ただいま」

奥の部屋から玄関にいるユマの姿を見て、思わずその場に座り込む恭子。

恭子「……よかった、無事だった……!」

車椅子を乗り換え、泣く恭子の元へとやってくる。

カバンの中から、スケッチブックを取りだすユマ。

あるページを開き、恭子に手渡す。

＊イラスト
遠くから聞こえてくる子供達の声。
子供達に囲まれ、木の下で本を読む由香の姿。
その絵を見つめる恭子。
ハッとした表情でユマを見上げる。
ユマ「……ママに会いたいって」
一瞬にして、恭子の目から涙が溢れる。
やつれた母の肩を、ユマがそっと抱く。

141 **同・ユマの部屋（夜）**
HANNAとDUSTINが抱き合っている漫画をじっと見つめるユマ

142 **歩道**
歩道の脇に、供えられている花とぬいぐるみ。
花束をお供えし、じっと手を合わせる俊哉。

143 **週刊ブーム**
廊下の隙間から顔をのぞかせるユマ。
編集者「こんにちは！」
笑顔でお辞儀をするユマ。
車椅子を押し、ユマを会議室に連れていく。

144 **同・会議室**
部屋に入ってくる二人。
編集者「貴田さん来られましたー」
奥から出てくる藤本。
お辞儀をするユマ。
藤本「出来たの？」
ユマ「いや……できてません」
藤本「じゃあなんで来たの？」
ユマ「お礼を言いたくて……」
藤本「エッチした？」
ユマ「えーっと、一応は……」
藤本「で？」
ユマ「いや……その……漫画とかビデオとかと違ってました……」
笑い出す藤本。
藤本「当たり前よ！　で？　何にも描いてないの？」
ユマ「描いたんですけど、アダルトではないので……」
藤本「いいよ、見せて」
カバンから原稿を取り出し、藤本に手渡す。
原稿を読む藤本、少し考える。
藤本「これさ、メールして」
ユマ「でも、エッチなシーンはないんですけど……」
藤本「いいから」
iPadからファイルを藤本にメールするユマ。送信音が鳴る。
藤本「またね」
ユマ「ありがとうございました」
お辞儀をし、部屋を出るユマ。
ユマが去ったのを確認し、『HANNA』の原稿を読みながら、電話をかける藤本。
藤本「もしもし。あ、お疲れー。あのさ、いま新しい作家さんに会ったんだけど、結構いいの描くのよ。これから送るからちょっと読んでみて。うん、終わったら電話ちょうだい。はーい、よろしく！」

145 **道**
キラキラと光る真夏の太陽。
木漏れ日と人混みの中をしっかりと進んでいくユマの姿。
太陽の光が、彼女の笑顔を照らす。

THE END.

エンドクレジット

★＊最終シーンの実写から漫画／アニメーションに変わる道を進むユマの車椅子が未来的な物体に変わると、背景の建物から、舞、藤本、熊篠、サヤカ、俊哉、その他登場人物が出てくる。

恭子、由香と父の喜久も手をつないで、皆のあとを追う。

突然ビルの建物がヒデ似の怪獣に変わり、皆を攻撃し始める。

全員がユマの車椅子に飛び乗った瞬間、車椅子は新しい乗り物へと変化し、猛スピードで走り出しては、タイムトラベルを始める。

宇宙的空間を通り抜けるスチームパンクの衣装を身にまとった皆の姿が、電車の車内一面に、プリントされている。

×　　×　　×

★＊実写（又は漫画）
電車が駅に到着すると、乗客達が一斉に電車から降りてくる。

プラットホームを歩く乗客、服を脱ぎ始めるその下には、舞、藤本、熊篠、サヤカ、俊哉、恭子、由香そして、ユマの姿が見える。

走り出す電車にタイトル『YUMA AND THE LUSTS OF TIME（仮）』が描かれている。

影裏《えいり》

澤井香織

〈脚本家略歴〉

澤井香織（さわい　かおり）

１９７８年生まれ、東京都出身。武蔵野美術大学造形学部映像学科卒業後、社会人を経て、東京藝術大学大学院映像研究科映画専攻脚本領域修士修了。２０１６年『シェル・コレクター』（監督：坪田義史）で脚本家デビュー。主な作品に『愛がなんだ』（19／監督：今泉力哉）、『影裏』（20／監督：大友啓史）、『Arc アーク』（21／監督：石川慶）など。『かそけきサンカヨウ』（監督：今泉力哉）が２０２１年秋公開予定。

監督：大友啓史

原作：沼田真佑「影裏」（文春文庫刊）

製作：「影裏」製作委員会

企画・制作プロダクション：OFFICE Oplus

配給：ソニー・ミュージックエンタテインメント

配給協力：アニプレックス

〈スタッフ〉

プロデューサー　五十嵐真志
　吉田憲一
撮影　芦澤明子
照明　永田英則
録音　照井康政
美術　杉本亮
編集　早野亮
音楽　大友良英

〈キャスト〉

今野秋一　綾野剛
日浅典博　松田龍平
日浅征吾　國村隼
西山　筒井真理子
副島和哉　中村倫也
鈴村早苗　永島暎子
日浅馨　安田顕
清人　平埜生成

1　**実景・流れる川面**

仄暗い水草の深みに、虹鱒の赤い縞模様が閃く。

暗転。

タイトル「影裏」

2　**バイタルネット盛岡支部・倉庫（夜）**

薬品の保管棚が一面に並ぶ倉庫。

空きが目立つ棚の間を、作業着姿の職員たち（西山もいる）が、忙しく立ち働いている。

その中に一人、スーツ姿の今野秋一（31）がいる。

職員たちがセットしたコンテナの中身と届け先を、リストを見ながら確認していく今野。

届け先は、陸前高田、釜石、宮古、久慈など。

搬出口近くに、梱包されたダンボールが届け先別に次々と積まれていく。

3　**同・連絡通路（夜）**

事務棟と物流棟を繋ぐ廊下。

すでに電気が落ちている。

物流棟の方から来た今野、ふと足を止める。

通路の途中に設けられた、自動販売機とパイプ椅子だけ置かれた休憩所。

無人の休憩所のパイプ椅子の上に一本、置きっ放しの空缶が、自販機の白々した光に照らされている。

4　**同・事務所（夜）**

帰り支度を整えた今野。

まだ残っている同僚に、

今野「すみません、お先に」

と声をかける。

事務所脇の休憩スペースで、テレビを観ながら夜食のカップ麺を食べていた同僚、

同僚「（今野を見て）ごくろうさん。気をつけてな」

声をかけると、また画面に視線を戻す。

テレビからは、先月起きた東日本大震災のニュースが流れている。震災から一ヶ月経った各地の様子を伝えていくアナウンサー。

アナウンサーの声「……このように東日本大震災から一ヶ月を迎え、被災地には様々な支援の活動の輪が広がっています……次のニュースです。震災の混乱に乗じた犯罪などを防ごうと、全国の警察から集まった特別機動捜査派遣部隊が今日、出動しました。県警によりますと沿岸部の大船渡署と、宮古署、釜石署管内では、今月10日現在52件の犯罪が確認されており……」

その声を背に聞きながら、出ていく今野。

5　**同・駐車場（夜）**

駐車場を歩いていく今野を、暗い車中の運転席から見ている女（西山）の視点。

女は急いで車を降りると、走っていく。

6　**今野の車・車中（夜）**

車で出庫口へ向かう今野。

目の前の国道に出ようとした瞬間、不意に手前の歩道からヘッドライトの中に人影が躍り出る。

驚いて急ブレーキを踏む今野。

運転席の窓に小走りに走って来たのは、パート従業員の西山（47）。

西山「えっと、今野さん、今、帰りですよね？」

息が上がっている西山。

吐く息が白い。

西山「これから少しだけお時間、もらえないよね？」

7　**国道を走る今野の車・車中（夜）**

前を走る西山の軽自動車を追っていく今野。

国道沿いのカフェダイナー手前で、ウィンカーを出す西山。今野も倣う。

8　カフェダイナー・店内（夜）

テーブルで待つ今野に、西山がトレイに載ったコーヒーとパンを持ってくる。
西山「普通のコーヒーにしちゃったけど」
今野「あ、はい」
今野の向かいに座る西山。
西山「ごめんね、帰りがけに。営業さんも、ここんとこずっと残業続きだよね」
今野「ええ」
西山「こっちも出られるパートさん減っちゃって。でもまぁ大変な時は、お互い様だから」
今野「……ええ」
西山「ここのスイートポテト、おいしいよ」
食べて食べて、と薦められるままひと口食べる今野。
西山、自分もひと口齧ってから息をつき、今野を見ると、
西山「今野さんは、課長と、最近会ったりしてた?」
今野「……（西山を見て）いえ」
西山「ふたり仲良かったのに。あれっきり?」
今野「……そういう訳じゃないですが、ここ半年は特に連絡も取っていません」
そっか、と呟く西山。
皿の上のスイートポテトを機械的に口に運ぶ今野をじっと見つめると、
西山「……課長なんだけどね」
今野「……」
西山「死んじゃったかもしれない」
口の中のものを無理矢理飲み下す今野。
今野「……どういうことですか。そんなの、ちゃんと順を追って説明しないと」
思わず高圧的な大声になっている今野。
周りの客が手を止めて、こちらを見ている。
今野「（声を落として）すいません……」
西山「いいのいいの、そうだよね、誰だってそうなると思うよ。急にこんなこと言われて……」
今野の周囲の音がフェードアウトしていく。
テロップ「1年半前　2009年・夏」

9　バイタルネット盛岡支部・倉庫〜連絡通路（夕）

スーツ姿の今野（29）が、薬品棚からコンテナの中身と届け先を、リストを見ながら確認している。

×　×　×

今野、台車に載せたコンテナを運んでいる。

ガタガタと響く台車の音に気後れしながら連絡通路に来ると、通用口に一人、作業着姿の男・日浅典博（29）が佇んでいる。

窓の外に沈みゆく夕日を一心に見つめている。

引き寄せたパイプ椅子には座らず、座面に缶コーヒーを置いて、火のついた煙草を持っている。

すれ違いざま、男に声をかける今野。

今野「あの、煙草……」

今野を見た日浅。

不意に吸いさしの煙草を今野に差し出す。

面喰らう今野。

日浅「吸う?」

今野「……いや、禁煙です、ここ」

日浅「そっか」

今野の言葉など気にも留めぬ様子で、煙草の続きを吸う日浅。

フィルターギリギリまで吸い切ると、靴で踏み消す。

潰れたタバコの箱（青いゴロワーズ・レジェール）が入った作業着の胸ポケットには、「日浅」の刺繍。

日浅、今野の荷台を指して、
日浅「それ、もらうよ」

ご苦労さん、そう呟くと、また夕日に見入る。

落ちかけた夕日を、名残惜しそうな顔で見つめている日浅。

その横顔を見つめる今野の表情。

10　今野のアパート・駐車場～前（夜）

駐車場に車が止まる。中から出てきた今野、コンビニの袋を手に提げて帰ってくる。

ポスト（１０３）に回覧板が差さっている。

中をパラパラとめくってすぐに、次のポスト（２０１）を見つけて、差し入れる。

11　同・今野の部屋（夜）

帰宅すると、冷蔵庫にビールを仕舞い、スーツを脱ぐと、洗濯機を回し、浴室へ。

（一連ルーティーン）

しばらくするとシャワーの音が聞こえてくる。

ダイニングテーブルとソファ、本棚、テレビが置かれたシンプルな室内。窓辺には観葉植物の鉢（ホワイトジャスミン）が置かれている。

部屋の隅には、まだダンボールに入ったままの荷物が幾つかある。

×　　×　　×

夜のベランダに干された洗濯物。

12　同・窓辺（朝）

窓辺に並んだ観葉植物の葉が、朝日を浴びている。

起きて来た今野、霧吹きで水をやる。

13　同・表・玄関（朝）

支度を整え、出てくる今野。

鍵を差そうとすると、ドアの表に四角く折った紙がテープで留めてある。

手に取り、広げると、中には几帳面な字で、

「回覧板は、ドアポケットにお願いします。

２０１号室　鈴村」とある。

14　実景・朝の盛岡市街

15　バイタルネット盛岡支部・事務所

デスク作業をしている今野。
12時の休憩ベルが鳴る。
上司「昼飯、たまには外出るか」
同僚「いいですね」
上司「今野もどうだ」
今野「あ……はい」

16　同・駐車場

を、横切っていく今野たち。

夏の日差しが、真上から照りつける。

ハンカチでしきりに首元を拭う上司、
上司「日向はもう暑くてしょうがねえな」

倉庫の脇のベンチで、倉庫勤務の職員たちが休憩を取っている。

そこから小さく太鼓と笛の音が聞こえてくる。

倉庫の日陰になった場所でパート職員の女性たち（西山もいる）が踊りの練習（さんさ踊り）をしている。

女たちに、やってるね、と声をかけていく上司の後ろを歩いていく今野。

ふと見ると、女たちの踊りに合の手を入れながら見ている者の中に、日浅の姿もある。

17　同・倉庫

薬品の在庫を取りに来る今野。

棚で書類を見ながら商品をピックアップしている。

奥の棚のダンボールがいくつか下されて、その隙間から作業する日浅の顔が見える。

今野に気づく日浅。（今野は気づいていない）

日浅「だーれだ」
ふと、今野の視界が暗くなる。
後ろから日浅が今野の両目を塞いでいる。
今野「当てましょうか」
日浅「(笑って) うん」
今野「昨日、連絡通路の、通用口で会いました」
手を離す日浅。
日浅「なんで分かった?」
今野「人と違う煙草の匂いがしたから」
日浅、今野の顔を覗き込んで、ニッと笑う。
日浅「日浅、日浅典博。覚えてよ」

18 同・連絡通路

日浅、販売機でコーヒーを二つ買って、一つをおごり、と、今野に渡す。
日浅「いつからこっち?」
今野「先月です」
日浅「埼玉の本社から?」
今野「はい」
日浅「どうよ、盛岡は」
今野「……正直まだよく分からないです。でも酒は旨いですね」
日浅「お、飲めるね?」
今野「好きですよ」
嬉しそうに笑う日浅。
日浅「そのさ、敬語やめてくんねぇか。なんか調子狂うんだわ。いくつ?」
今野「30です、今年で」
日浅「ほら、同い年」
そう言って、胸ポケットの煙草に手を伸ばす日浅。
今野「だからここ、禁煙だって」
日浅「いいね、その調子」
日浅、気兼ねなく煙草を吸い始める。
思わず、呆れて笑ってしまう今野。
と、物流棟から日浅を呼ぶ声がする。
おーい、と、返す日浅。
日浅「行くわ」
そう言って、吸い始めたばかりの煙草を今野に差し出す。
日浅「吸うんだろ?」
今野「やめたんだ。こっち来る前に」
日浅「(笑って) 見なかったことにしてやる」
今野、思わず煙草を受け取る。
戻っていく日浅、思い出したように、
日浅「台車、持ってけよ。直したから。あれじゃ、うるさくてな」
返事の代わりに煙草を持った片手を上げる今野。
迷って、煙草をコーヒーの飲みさしに落とす。

19 同・連絡通路

カラの台車を押して連絡通路を渡る今野。

窓の外は、もう夕日が落ちている。

20 朝、曇天の夏空

21 今野のアパート・今野の部屋

休日。ベッドで目覚める今野。

額にうっすら汗が惨んでいる。

時計を見ると、10時過ぎ。

起き上がると、脱いだTシャツで汗を拭い、窓を開ける。

窓辺の鉢をベランダの日向に出す。

22 同・集合ポスト

ラフな格好の今野。

差さっていた回覧板を脇に挟むと、ポストを開け、郵便物をその場で確認していく。

その中に、宅急便の不在票が一つと、家族写真(夫婦と小学生の少年)のついた暑中見舞いが一通、紛れている。

「新天地、元気にやってるか?」

という一文の下に、皆川正紀と署名がある。

と、携帯が鳴る。

会社からの着信。

今野「はい、今野です。お疲れさまです……はい、そうですが……え？……それはちょっと……分かりました、すぐ向かいます」

電話しながら急いで回覧板を２０１のポストに入れると、部屋に戻っていく今野。

23　**盛岡市中心部・取引先の病院（夕）**

今野が出てくると、夕立。

パーキングに走る今野。ドアの前でなかなか鍵が出ずずぶ濡れになる。

24　**今野のアパート・今野の部屋のベランダ（夕）**

ベランダの鉢が、雨に打たれている。

25　**同・今野の部屋（夜）**

ずぶ濡れの今野が帰ってくる。

×　　×　　×

窓辺のハンガーに干されたスーツ。

服を着替えた今野が髪をタオルで拭いていると、ドンドンドンッと、拳でドアを強く叩く音がする。

今野がドアを開けた途端、

鈴村「こったにしてしゃんて、なんじょするってゃ!!」

大きな怒鳴り声が廊下に響き渡る。

雨でびしょ濡れになった回覧板を指先につまんだ鈴村（72）が、憤怒の形相で立っている。

鈴村「うぢのポストは一番端だがら、雨降ったら濡れでしまう。ちょっと考えだら分がるべ、分がんねぇが⁉　おめだぢ若げもんは、口ばりでなんも出来ねぇ。言われだごどひとっつも、ちゃんと守れねで！　おめ、わがねやづだなぁっっ!!」

鈴村の剣幕に、圧倒される今野。

すみませんでした、と平謝りに謝る。

×　　×　　×

少し開けた玄関ドアから、帰っていく鈴村の背中を見送る今野。

両足を擦るようにゆっくりと歩く、独特な歩き方。

鈴村が階段を上がって姿が見えなくなると、ようやく詰めていた息を吐く。

×　　×　　×

居間に戻った今野、ふと窓辺のスーツのポケットを探る。濡れてくっついた手紙が入ったままになっている。開くと、

「回覧板は、ドアポケットにお願いします。

２０１号室　鈴村」

の文字が水に惨んでいる。

今野「……（見つめて）」

26　**翌日（日曜）同・キッチンの床～リビング**

封の開いたダンボール箱。

中にはたくさんの桃が入っている。

×　　×　　×

居間のテーブルで、桃を丸のまま食べている今野。

手紙（暑中見舞いの返信）を書いている。

書いている文面が断片的に見える。

「ご無沙汰しています。皆様お元気そうでなによりです。盛岡は、北といえど、やはり夏は暑い。ジャスミンの鉢は元気にしています。ご安心を」

窓辺には、鉢に溜まった水を抜かれた観葉植物が、新聞紙の上に並べられている。

27　**翌日（月曜）盛岡市街・道**

外回り中の今野。

道沿いにポストを見かけると、鞄から手紙（昨日書いたもの）を出し、投函する。

28　**数日後　今野のアパート・今野の部屋（夜）**

本を読んだまま、ソファで眠っていた今

野。

玄関のチャイムで目が覚める。

時刻は22時。

今野がそっとドアを開けると、日浅が立っている。

日浅「よう」

今野「どうした?」

日浅、鷲の尾の一升瓶を提げている。

日浅「（酒をかざして）どうよ?」

今野「（笑って）……いいね」

× × ×

日浅「春に、山火事あったろ?」

部屋に入るなり、興奮したように呟く日浅。

今野、台所の棚から猪口を出す。

今野「山火事って……ニュースになってたな」

日浅「それ。今やっと見て来た、焼け跡」

今野「こんな夜にか?」

日浅「着いたのは夕方だよ。なにしろ広いから。いってみたらダーッと一面、のっぺらぼうでな。焼けっぱなしの木なんか、まだ幹が真っ黒に焦げたまんまよ」

一升瓶をローテーブルに置く日浅。

ざっと部屋を見渡すと、ソファには座らず、下のラグにあぐらをかく。

日浅「月末に地拵《じごしら》えするって聞いたから、慌てて見て来た」

猪口とつまみ（乾き物など）を持ってくる今野。

日浅に倣って、向かいにあぐらで座る。

酒を注ぐ日浅。

互いに猪口を上げると、
日浅「じゃあ、まあ乾杯」

今野「乾杯」

ふたり、飲む。

飲む今野の表情を見ている日浅。

今野「……旨いな」

日浅、ニッと笑う。

今野の器に酌をしながら、
日浅「こっちは春んなると山火事出るんだわ。空気がカラッカラになったところに、強い風が吹くだろ？　そうすると水気がすっかり抜けちまった落ち葉は、一気に燃え上がるんだよ」

今野「へぇ」

日浅「知り合いに消火にいった団員がいてな。そいつが言うには、消したそばから火が広がって、どうしようもなかったって」

美しいものでも語るような日浅の声。

日浅「原因は墓参りの線香だってよ。あんな小さい火がな、風に煽られて、山三つ焼いちまうんだからなぁ」

感嘆と諦めの入り混じった不思議な熱っぽさで語る日浅。

× × ×

一升瓶は既に空いて、家にあったラムを飲んでいる。
時刻は午前三時を過ぎている。
目を瞑っている日浅に、ブランケットをかけようと身を乗り出す今野。
日浅、ふっと目を開けて、
日浅「……そろそろ行くわ」
今野「今から？　泊まってけよ」
日浅「いいって。代行呼ぶ」
今野「あと3時間もしたら、もう朝だぜ」
日浅「いやぁ、いいんだって。電話貸してくれ」
今野の携帯で、代行業者を呼ぶ日浅。

× × ×

窓辺の観葉植物を眺めている日浅。
今野「（気付いて）こっちに来るとき、一緒に連れて来たんだ」
日浅「小っさな鉢ん中で、窮屈そうだな」
日浅の手が、ジャスミンの葉に触れる。
今野「桃、持ってかないか」
日浅「桃?」
今野「送ってきたんだ、実家から。一人じゃ食いきれなくて」
日浅「んでも、うちも親父と二人だから」
今野「そうか」

日浅「果物なんて、女っ気がなきゃ」
今野「ずっと親父さんとか?」
日浅「大学で4年、東京。またこっち戻って、そっから」
今野「へえ」
日浅「……あの4年で、俺の東北訛りは、ほとんど消えちまったよ」
呟くように言う日浅。
束の間、物思いに耽るような日浅の表情を見つめる今野。
と、今野の携帯に代行業者から電話がくる。
今野「(電話を取って) はい……(日浅に) 着いたって」
腰を上げる日浅。
日浅「今度、釣りに行こう」
今野「釣りか。子どもの頃以来やってないな」
日浅「教えてやる。身一つで来いよ」
笑う日浅。
今野「そうだ、連絡先……」
再び携帯を開こうとする今野に、尻のポケットで潰れた自分の会社の名刺を渡す日浅。
日浅「着信専用で私用にも使ってる。自前の携帯、持たねぇんだ」
今野「……(名刺を見て)」
日浅「どうせ会うだろ、毎日」
そう言って帰っていく日浅。

29　翌週　日浅との待ち合わせ場所

細い道を車で上がっていく今野の視点。
と、日浅が道に出ている。
今野に向かって片手をあげる日浅。

30　山道を行く今野の車・車中

運転する今野の助手席に日浅。
日浅の案内で、山道に入っていく。

31　志戸前川（日浅の川）

並んで川べりに座る今野と日浅。
葡萄虫を手馴れた様子で針につける日浅。
日浅「(虫を) やさしく握ってな……こう、尻から頭に沿って針出してやる」
今野も倣うが上手くいかない。
かしてみ、と今野の針に虫を刺してやる日浅。
日浅「針先はほんのちょこっとだけだ」
日浅の手元を見つめる今野。
その、案外繊細な指先。
襟足に惨む汗に濡れた毛先。

×　×　×

山女魚を釣り上げる日浅。
川岸の石の上で山女魚が跳ねる。
日浅「まずまずだな」
日浅は、くわえ煙草で手際よく針を抜くと、魚籠に入れる。

×　×　×

川面に糸を垂らしているふたり。
魚籠には、山女魚が数匹。
辺りには、川の流れる音と、木々の葉擦れの音、鳥の鳴き声しか聞こえない。
ぼうっと川面を見つめる日浅を見る今野。
と、今野の竿に引きがある。
日浅、空いた手でタモを取る。
今野が釣り上げた獲物をさっと掬うと、
日浅「……(珍しそうに) お前、どっから来た」
今野が釣り上げたのは赤い縞模様の光る虹鱒。
今野「虹鱒か」
針を外そうとする今野。
日浅「この辺で自然繁殖なんて聞いたことねぇ」
今野「あ」
と、針が外れた途端、今野の手から虹鱒が逃げる。
水の中に消えていく魚影。
今野「悪い。逃がした」
日浅「残念だな」
今野「誰かが放流したのか」

日浅「さあなぁ。上に養殖場出来たなんてのも聞かねえけど」
今野「帰ったら調べてみよう」
日浅「……まあ、知らんままでいるのも悪くない」
　そう笑う日浅。

32　バイタルネット盛岡支部・入庫スペース

西山ら女性パートたちの作業を手伝う日浅。
手際よく使用済みのダンボールを折りたたみ、綺麗に積み上げていく。
今野も倣って手伝うが、遅い。
以下、作業しながら、
西山「課長もさ、髪切ったらいい男なのに。ねぇ」
パート2「行きなよ、床屋」
日浅「やだよ」
西山「なんで」
日浅「髪なんて本来自分で切るもんなんだ。なぁ（今野に）」
今野「課長？」
パート1「（あはは、と笑って）ダンボール畳むの、あんまり早いもんで、ここじゃダンボール課長って呼ばれてるんだよね？」
今野「（笑って）なるほど」
日浅「あんまり格好いいもんじゃねぇなあ」
西山「今野さんは、どの辺住んでるの？」
今野「中野です」
パート2「独り身？」
今野「はい」
パート1「ちゃんと食べてる？」
今野「ええ、まぁ」
パート3「あの辺だったら、肉のタケムラが安いよ。惣菜も安くて美味しい」
日浅「ほら、喋るのはいいけど、手ぇ、動かす！」
　上手く女性パートたちを扱う日浅。

33　今野と日浅の点描（遅れてやってきた青春のようなひと時）

盛岡さんさ祭り。見物客でいっぱいの大通りで、日浅と今野、流れていく踊りの列を見物している。
　×　×　×
志戸前川（日浅の川）。
それぞれ、思い思いに釣りをする今野と日浅。
竿を垂らす今野を、川岸の石に座り煙草を燻らせながら見ている日浅。
　×　×　×
古本屋。棚をじっくり見る今野、渓流釣りの本を見つけ、手に取ってみる。
日浅は店の表にある100円コーナーの本をぱらぱらとめくりながら、煙草を燻らせている。
　×　×　×
日浅とふたり、酒を酌み交わす今野。
釣りの話をしながら、互いに手酌で飲む。
　×　×　×
志戸前川（日浅の川）。
今野の竿に引きがある。
釣り上げたのは見事な山女魚。
上達している今野を見てニヤッと笑う日浅、旨そうに煙草を吸う。
　×　×　×
ジャズバーで。ウイスキーの盃を傾ける今野と日浅。
店内にセロニアス・モンクの「Abide with me」が流れる。ふっと日浅の頬が緩む。（好きな曲である）
目を閉じて聴き入る日浅の横顔を見つめる今野。
　×　×　×
映画を観ている二人。（何の映画かはわからない）
今野の目が心なしか潤んでいる。
　×　×　×
まだ夜の明けぬ盛岡の街中を、酔った今野と日浅がゆらゆらと歩いていく。
手には缶ビール。些細なことで笑い転げ

るふたり。

34 **定食屋（秋・夜）**

定食のおかずをつまみに、熱燗を飲む今野と日浅。

店にカップルが入ってくる。

笑っていた日浅が、ふと目を留め、真顔になる。

気付いた今野が振り向くと、カップルの男の方が、日浅を見ている。その表情は硬く、怯えたような警戒しているような。

臆することなく見つめ返す日浅、よう、という風に片手を上げる。

男「……（女に向かって）やっぱり違う店にしよう」
いぶかしむ女を急かして、逃げるように店を出ていく男。
今野「……知り合いか?」
日浅「同級生だよ、中学の」
今野「……」
何事もなかったように、今野の猪口に酒を注ぐ日浅。

35 **今野のアパート・今野の部屋（晩秋）**

Yシャツに丁寧にアイロンをかけている今野。

傍には、かけ終わったシャツが綺麗に畳まれている。

（一週間分をまとめてアイロンがけしている）

表から短いクラクションの音がする。

手を止めて、いそいそと外出する準備をする今野。

36 **同・前〜駐車場**

今野が駐車場にやってくる。

日浅が車で迎えにきていた。

日浅、上着のポケットから何かを取り出し、今野に放り投げる。

今野、それを受け止め、
今野「なんだ、これ?」

日浅「来る途中の線路脇で見つけた。珍しく大っきな木でな」

今野、手にしたものをよく見ると、ざくろ。

今野「とってきたのか?」

それには答えず、自分のざくろを手に取る日浅。

日浅「ウチも裏にざくろの木があったなぁ」

懐かしむような日浅の顔を見つめる今野。

ざくろを手で割って片方を今野に渡す。

今野、戸惑いながら、粒を手で削いで食べる。

それを見た日浅、今野の分を横取ると、手本を見せるように、そのままガブリと齧る。

果汁を啜るように齧る、日浅の赤い口元。

ほら、と、齧ったざくろを今野に渡す日浅。

今野「……（ざくろを見つめて）」

今野も齧る。

日浅「旨いか」

今野「ああ」

日浅「人間の味がするからな」

今野「え?」

日浅「ざくろの実は、人の肉と同じ味がするんだって、昔、近所のばあちゃんが言ってたよ」

今野「……」

日浅「（笑って）そうやって近所の子どもビビらせてヒマつぶししてたんだ、昔の年寄りは」

今野「……」

今野の掌の中、つやつやと赤く輝くざくろの実。

37 **日浅の車・車中**

運転する日浅。助手席に今野。

カーラジオから軽快なスイングジャズが流れている。

38 秋または冬の実景

39 バイタルネット盛岡支部・駐車場（冬・朝）
残雪が疎らに残った駐車場。
車で出勤した今野、駐車場を歩いていく。
後ろから来た上司と同僚が今野に追いつく。
上司「おう、今野」
今野「おはようございます」
今野「……え？」
上司「物流課の日浅、辞めたってな」
上司「昨日付だってよ。急なもんで、総務課のやつが困るって文句垂れてたよ」
今野「……」
同僚「まあ、物流課は、基本出世も何もないですからね」
上司「まあなぁ」
同僚「今野さん、何か聞いてる？」
今野「いえ……」

40 同・連絡通路
足早に物流棟の方へ歩いていく今野。

41 同・倉庫
やってきた今野の顔を見た西山。
気の毒そうに、
西山「課長ならいないよ、辞めちゃったんだよ」
パート1「二人、仲よかったもんねえ。寂しいよね」
今野「……みなさんの顔見に寄ったんですよ」
パート1「やだ、嬉しいこと言ってくれるねぇ」
西山「課長、今野さんにも言ってなかったんだね」
今野「……」

42 今野の部屋（冬・夜）
洗い物をしている今野。

水を止めても、まだ耳の奥で流れる水の音が続いている。

水の音が徐々に川の音になって、一緒に釣りをした日浅の姿（断片）がフラッシュバックする。

43 近所の道を自転車で走る今野（夜）
小さな川を見つけ、自転車から降りる今野。

両岸の土手に緑が茂るごく小さな流れの川。

僅かに滝のようになっている場所の下が暗い深みになっている。

川岸に止まった自転車。

見つめる今野。

暗転。

テロップ「２０１０年　夏」

44 簗川（今野の川）
両岸に濃い緑が繁っている。

ひとり川に入り、釣りをする今野。

魚籠の中の、幾匹もの山女魚。

葡萄虫を針に刺す手も、慣れている。

45 今野のアパート・階段
休日。回覧板を手に、階段を上がっていく今野。

46 同・２０１の扉の前
鈴村と表札のかかったドアのポケットに、回覧板を静かに差し入れる今野。

中から微かに、声が聞こえている。

耳をすますと、聞こえているのは、繰り返し流れている英語の語学学習用のテープ。

47 同・今野の部屋・玄関先
今野が部屋に戻ると、玄関チャイムが鳴った。

鈴村かと、一瞬身を硬くする今野。

しかし、玄関を開けると、立っていたのは日浅。

×　×　×

久々に会った日浅は、服装も髪型も一変していた。

見慣れぬスーツ姿で、髪も整えられている。

これ、と名刺を差し出す日浅。

日浅「たまたまこの辺回ってたな。挨拶がてら寄ってみた」

渡された名刺には、「株式会社アイシン・フューネラルマネージャー　日浅典博」とある。

今野「就職したのか」
日浅「ああ」
今野「いつ頃」
日浅「2月」
今野「会社辞めてすぐか」
日浅「まあな」
今野「どんな仕事なの」

上がり框に鞄を置く日浅、中から取り出したパンフレットを今野に渡し、

日浅「営業だよ。訪問型ってやつ。飛び込みで行って会員募る」

今野、パンフレットを見ると、表紙には「当互助会の五つの特典」と書かれてある。

続いて鞄のポケットから八つ折りになった厚紙を出す日浅。

日浅「見てくれよ、これ」

照れくさくてかなわない、というふうに今野に渡す。

開いてみると、「岩手支部五月度月間MVP日浅典博殿」とある。

今野「……岩手でナンバーワンか。すごいな」
日浅「取れない奴は十日動いたって、ひとつも取れない」

上機嫌の日浅。

日浅「門前払いはしょっちゅうだよ。怒鳴られることもあるな」
今野「この歳で人に怒鳴られるのは、結構しんどいだろ」
日浅「最初はな。慣れたらなんでもない」
今野「そうか」

パンフレットをめくる今野。

新郎新婦が白亜のチャペルの前で笑顔で並ぶ写真が出てくる。

今野「月々2千円で挙式か」
日浅「なかなか立派だろ？　結婚式もそうだけどな、葬式の心配してる独居老人ってのが、これが結構いるんだわ」

今野、次のパンフレットをめくると、葬儀プランが並んでいる。

日浅「自分じゃなかなか動けんところに、オレたちが行くだろ？　そうすると、これがまぁ、結構喜ばれるんだ。申込書に記入して判もらってよ、ほんの一回分だけ、月賦金払えば済むから」
今野「そうか……簡単だな」
日浅「こないだ契約取ったじいちゃんはよ、来てもらって本当に助かったって、わざわざ事務所まで礼状送ってきたりしてな……そこまで感謝されると、なんかくすぐってえような気分だな」

日浅の声が遠くなる。

48　バイタルネット盛岡支部・事務所

デスクワークの今野。

窓の外は、激しい雨が降っている。

と、雷が一筋、空に閃く。

少し遅れてドーンと響く音。

同僚「こりゃ、落ちたな」

外を見つめる今野。

49　今野のアパート・今野の部屋（夜）

21時を回った頃、チャイムが鳴る。

ドアを開けると、スーツ姿でないラフな日浅が一升瓶を提げて立っている。

どことなくホッとする今野。

×　×　×

酒を飲みながら話すふたり。
日浅「足で稼ぐ商売だろ？　これが役得でよ。思わぬ所でいい川、見つけたりするんだわ」
今野「そうか」
日浅「車にはいつも、竿、積んでる」
今野「こっちも、いい川見つけたんだ」
日浅「へぇ、釣ってるのか？」
今野「まあ、最初は近所の里川から。今は車出して上流の方もいくよ」
日浅「どんな川よ？」
今野「米内川の上流だけど、そこまで奥じゃない。でも、深みに針を落とすと、面白いくらいかかるんだ、山女魚が。小振りの奴がほとんどだけどな」
今野の言葉に、ニッと笑う日浅。
日浅「俺でも契約がスッカラカンって時もあるわけよ。そんな時はもう午後は釣り。山女魚の数では、まあ負けねえわな」
今野「（笑って）」

×　　×　　×

真夜中。
ふっと目が覚める今野。
ダウンライトの薄明かりの中、じっと自分を見つめている日浅の目と視線が合う。
日浅「今野……」
今野「……」
日浅「蛇」
その途端、今野の首元に手を伸ばす日浅。
一匹の蛇を捕まえる。
今野「!!」
日浅、蛇を掴んだまま窓まで持っていくと、外に投げる。
日浅「毒のある奴じゃねぇ。どっから入ったかな」
戻った日浅、放心している今野を覗き込む。
日浅「大丈夫か？」
と、突然、今野が日浅の顔を引き寄せて、強く唇を奪う。
日浅を押し倒そうとする今野を、日浅が思い切り突き飛ばす。
肩で息をする二人。
今野「……悪かった」
日浅「……寝るぞ」
今野に背を向け、毛布に包まる日浅。
その背中を見つめる今野。

×　　×　　×

翌朝。
目覚める今野。
日浅の姿がない。
と思うと、ベランダで煙草を吸っている。
日浅、起きた今野に気付くと、戻ってくる。
何事もなかったような顔で、
日浅「お前の川、案内しろよ」

50　米内川（今野の川）

生い茂る草を分けて進む今野。
その後ろから日浅が来る。
と、目の前に立派なミズナラ（種類による）の倒木がある。
その表面は一面、緑の苔に覆われている。
今野を追い越して、倒木に近づく日浅。
日浅「見ろよ、今野。ミズナラだ」
倒木の幹に両手を回す。
日浅「うん、立派」
ふと、天を仰ぐ。
木漏れ日が日浅に注ぐ。
眩しそうに目を細める日浅。
手の甲で汗を拭う。
日浅「苔は、こういう木漏れ日の下の倒木が好きなんだ」
日浅に水筒を差し出す今野。
日浅、受け取ると、喉を縦にして旨そうに飲む。
その波打つ喉や、汗に光る首筋を見つめる今野。
日浅、今野に水筒を戻すと、
日浅「死んだ木に苔がついて、その上にまた新しい芽が出る。その繰り返しだ」

今野「……」
日浅「いわば、屍の上に立ってるんだな、俺たちは」
今野「……行こう。ポイント、もう少し奥の方だ」
日浅「……ああ」
倒木を越えていく二人。

× × ×

釣り糸を垂らすふたり。
山女魚はあまり上がらず、ウグイばかりが掛かる。
日浅「ウグイの楽園だな」
今野「移動しよう」
日浅「いやぁ、結構楽しんでるよ、俺は」
今野「……雑魚釣りをか」
日浅「雑魚釣りも悪くねぇ。なんでか飽きがこねぇんだな、これが」
と、日浅に強い引きが来る。
日浅「でっけぇ！　糸ブチ切るか！」
なんとか岸に上げたウグイは、40センチはある大物。
日浅「ウグイを餌盗人なんて言う奴もいるけど、嫌いじゃないよ、俺は」
日浅はそう言って、岸で跳ねるウグイの口から無造作に針を外すと、また川に投げ戻す。
日浅「貪欲に、生きてるだけだ」

51　数日後　今野のアパート・今野の部屋（夜）

ゴミを出しにいこうと、ドアを開ける今野。
と、玄関脇にスーツ姿の日浅が立っている。
今野「どうした、日浅。上がれよ」
しかし、玄関に突っ立ったままの日浅。
その表情は陰になって見えない。
日浅「今野、すまねえが、互助会入ってくんねえか。今月のノルマ、どうしてもあと一口足らねえんだ」
今野「……」
日浅「今日中に取って帰らねぇと、契約解除されちまう。もう全部手詰まりで……お前しか、ねえんだ」

× × ×

ダイニングテーブルで、言われた通りに書類に記入していく今野。

今野「いや、あれからずっと考えてたから。実際いいなと思ってた所だった」

日浅「損はさせねえから」

記入が終わった書類を手に足早に部屋を後にする日浅。

日浅「正社員になったら、焼き肉でも食おう」

そう言って、玄関を出ていく。

走り去るジムニーのエンジン音。

玄関扉を開けて、遠ざかる車のライトを見送る今野。

と、玄関外のすぐ脇に、フィルターギリギリまで吸われたゴロワーズ・レジェールの吸殻が5本、落ちている。

今野「……」

ドアポケットに挟まっていたチラシで吸殻を集めると、廊下のゴミ箱に捨てた。

52　二週間後　バイタルネット盛岡支部・事務所

パソコンに向かっている今野。

マウスの横で携帯が光る。

メールの着信。

確認すると、送り主に、副島和哉、件名に「久しぶり」とある。

今野「……」

メールを開こうとした時、今度は電話に着信がある。

日浅からだ。

数コールして切れるが、すぐにまた着信がある。

53　今野の車・車中（夜）

車を走らせる今野。

夜釣りに備えて着替えている。

会社での日浅との電話がカットイン。

× × ×

バイタルネット盛岡支部・連絡通路
電話を受ける今野。

日浅（声）「今夜、鮎のガラ掛けするんだ。来いよ」

今野「ガラ掛けか。初めてだな」

日浅（声）「卵が旨いんだ、落ち鮎は。焚き火して、塩焼きで、朝まで飲むべや。眠たくなったら寝袋貸してやる。車で寝ろよ。明日休みだろ、会社」

× × ×

川が近くなってくる。

日浅の声がナビのように画に被る。

日浅（声）「鷺の沢のバス停近くの交差点、その先に橋があってな、その上手側の道を降りてくと、ゲートがある」

ヘッドライトの明かりに、ならされた畑の横に立つ小さな小屋が見えてくる。

日浅（声）「畑の隅にある小屋の脇に車止めればいいから。その小屋の持ち主とは懇意にしててよ。井上さんて、俺が会社入って一番最初に契約取った客なんだ」

小屋の脇に車を止める今野。

日浅（声）「今夜7時。酒も、食う物も煙草もいらねぇ、身一つで来いよ。……この間の礼だ」

エンジンを切る。

54　葛根田川（夜）
河原に降りていく今野。

55　同・夜の川の流れ
河原の砂利を踏む音が近づいてくる。

56　同・川べり（夜）
日浅「なんだ、ままごとかよ」
今野が振り向くと、黒いスーツと革靴に釣り道具を持った日浅が目を細めて立っている。
今野の持参したアウトドア用のチェアやテーブル・食器などを見て鼻で笑う。
日浅「いかにも素人が買い揃えましたって風情だな」
今野「まあ、そう言うなよ」
笑って返す今野。
今野「仕事から直か」
日浅、今野の服装（ダウンベストやブランケット、ニット帽など）を見て、
日浅「（今野の質問には答えずに）今日なんかそんなに寒くもねぇんだけどな」
今野「……」
日浅「（今野のニットキャップを見て）頼むからその帽子、やめてくんねぇか。ゴムみたいで気色悪いんだわ」
今野、黙って帽子を取る。
日浅「あと小屋の脇のお前の車だけどよ、前輪畑に乗りあげてたぞ」
今野「ほんの少しだろ？」
日浅「それでも俺が井上さんに悪りぃなってこと。やり直してこいよ」
今野「今か？」
日浅「そうだよ、早く直して来いって」
今野「（日浅の言葉を遮るように）もういいだろ」
今野、思わず尖った声が出る。
繕うように、
今野「ガラ掛け、初めてなんだ……早く見せてくれよ」

× × ×

闇の中で踊る10メートルの長竿。

冷気を割いてびゅんと鳴る。

日浅が手本に竿を振っている。

日浅「錨型のフックが六つあるだろ。これを川底這わせながら泳いでる魚、引っ掛ける」

引きが来る。

日浅があげると、小ぶりの鮎が2匹掛かっている。

魚籠に鮎を入れると、今野に竿を渡す。

日浅「やってみろよ」

　日浅に倣って、竿を振る今野。

　その間に、日浅は河原の丸石を集めて、炉を組んでいく。

×　×　×

日浅「数はまずまず、形はちゃっけな」

　魚籠の中の今野の釣果を見て言う日浅。

　日浅の組んだ炉は、焚き火がよく燃えている。

　音もなく燃える美しい炎に見惚れる今野。

　気付いた日浅、
日浅「流木の火だよ」

今野「流木？」

日浅「夏に仕事で秋田に遠征してな。その時寄った海岸で拾ったんだ」

今野「ガラスみたいな火だな」

　思わず今野が呟くと、
日浅「薪でいちばん優秀なのは、流木なんだぜ」

　今野の方に身を乗り出す日浅。

日浅「流木はひとつひとつ、燃焼の速度が違ってくるんだ。よく乾いてるかどうかが、いい火になるかどうかの分かれ道だな。でもこればっかりは火を点けてみるまでは誰にもわからねぇ」

　火を見つめる二人。

日浅「本当は、でっかい丸太一本燃やしたいけどな。盛大な火でよ。そういうでっかい火は人気のないところでなくちゃできねぇが」

　火の傍で、素手で手際よく鮎をさばいていく日浅。

　串に刺すと、塩を振り、炉の周りに立てていく。

日浅「焚き火ってのはよ、いくら大きい火でも、乱暴にやるんじゃ、ダメだ……」

　じっと火を見つめる今野。

日浅「……勢いに任して闇雲に押し倒すんじゃなくてよ、それこそ最初は焦らすように育てていかねぇと。前戯が上手くないといけねぇな」

　そう言って皮肉っぽく笑う日浅。

　鞄から出した酒を、持参した紙コップに二つ注ぐと、一つを今野に差し出した。

今野「……やめとく」

日浅「おい（なんだよ、という風に）」

　鞄から緑色の四合瓶をテーブルに出す日浅。

日浅「田酒だぜ。こいつを飲まずに帰ろうってのかよ。変人通りこして、狂人だな」

　もう一度紙コップを取り上げ、今野に差し出す日浅。

今野「やめとくよ、やっぱり。帰らなきゃならないんだ。明日、出勤になったから」

　途中、口ごもる今野。

　今野をジッと睨む日浅。

　日浅を待つ間飲んでいたコーヒーの入ったカップを手に取ると、日浅の紙コップに無理矢理カチ当て乾杯する今野。

今野「気にしないでやれよ。四合くらい、一瞬であくだろ」

　不意に立ち上がる日浅。

　車の方へ歩き去る。

　一人、焚き火を見る今野。

　遠くに走り去る列車の音が聞こえる。

　乱暴に砂利を踏む音とともに、日浅が戻ってくる。

　両手にそれぞれ一升入りの南部美人のパックを持っている。

　小さなテーブルに、二つをドンっと置く日浅。

　ジッと今野を見据える日浅。

　今野、日浅の視線から逃げて、
今野「……帰るんだよ」

×　×　×

　焼けた鮎を、黙々と食べる今野。
　日浅は、最初の1匹の腹を齧って、
日浅「大して卵入ってねぇな」
　残りには手をつけず、手酌で酒を飲んでいく。
　気まずい沈黙。

流木の火が終わりそうになる。

普通の薪を火に足していく日浅。

火に照らされた顔が、闇に浮かぶ。

日浅「知った気になるなよ」

今野「……何をだよ」

日浅「お前が見てるのは、ほんの一瞬、光が当たったところだけだってことだ」

今野「……」

じっと今野の目を見る日浅。

日浅「人を見るときはな、その裏っかわ、影の一番濃い所を見るんだよ」

今野が言葉を返そうと口を開きかけた時、日浅の背後の暗闇に、ヘッドライトが光る。

橋のたもとから軽トラが一台、降りてくる。

車を止めると、年配の男・井上（70）が降りてくる。

日浅「井上さんだな」

独り言のように呟く日浅。

井上「いんや、おめさん方、だいぶ出来上がってるみでだな。まだ9時ちょっとだべや？」

焚き火の方に近づいてくる井上。

井上「すっかり酔っ払ってだべ？」

日浅「そったなごどねっす。誰も出来上がってねがったっすよ」

自分の椅子を井上に譲る日浅。

自分は上着を河原に敷くと、あぐらをかく。

井上に酒を注ぐ日浅。

井上「（今野を見て）こちらさん、友達だが？」

今野「今野です。日浅の前の職場の同僚です」

よかったら、と持参したピクルスの瓶を井上に差し出す今野。

井上、楊枝に刺さった一つを食べて、
井上「酸っぺえな」

日浅「だべ？　こんなバタ臭えモンおらぃは食《け》ね」

井上の持参した塩豆の袋を開けて、皿に出す日浅。

日浅「こっちの方が断然美味えもんなあ」

×　×　×

お互い手酌で飲み会う日浅と井上。

井上が今野に酌をしようと酒を傾けるが、断る今野。

日浅「この男は駄目ですよ。下戸なんです」

今野を見て言う日浅。

見返す今野。

57 今野のアパート・今野の部屋（夜）

帰宅する今野。

荷物をぞんざいにソファに放り投げる。

時刻は22時半。

落ち着かず、携帯を開く今野。

朝のメールを読み返す。

副島和哉からの、「久しぶり」という件名のメール。

開くと、

「今、盛岡に出張中で、なんとなく連絡してみました。明日の朝の新幹線で帰ります」

今野、アドレス帳から和哉の携帯番号を探す。

58 ホテルのラウンジ（夜）

今野が着くと、テーブル席に和哉が座っている。
完全に女の姿になっている和哉。
今野に気づくと、ゆったりした微笑みを向ける。
和哉「電話、ちょっとびっくりした。なんか突然って感じで」
声も、女の声。
和哉「まあ、いつも秋一は突然なんだけどね」
今野「別に用事なんてないのに。妙に懐かしくてさ」
和哉「わたしも。だから、メールした」

和哉の隣に座って、コーヒーを注文する今野。
今野「その声、似合ってる」
和哉「ありがとう」
今野「いつ受けたの」
和哉「秋一がこっちに来て、すぐくらい」
今野「そっか。仕事はどう？」
和哉「うん。まぁ楽しくやってる。秋一は？」
今野「俺は……こっちは友達もないし。冬なんか心底気が滅入るよ」
和哉「……あれこれ比較しすぎてるんじゃないかな」
相変わらず、とでも言いたげな和哉の言葉。
和哉「こっちに出向が決まった時、清々しい顔して、いろんなもの捨ててったくせに」
今野「……」
黙ってしまう今野を見て、ふっと笑う和哉。
和哉「でも三年経ったら戻れるんでしょう？埼玉の頃の先輩、皆川さんだっけ、彼も松本に出向になって、三年目で本社に戻ることになったって、言ってなかったっけ？」
今野「皆川さん、向こうに残ったよ」
和哉「そうなの？」
今野「本社に戻る辞令蹴って、会社辞めて。今じゃ家族でディスカウントショップ経営してるよ」
和哉「へぇ」
今野「俺は……あんな風にはなれないよ」
和哉「……」

59 ホテル・エレベーター（夜）
上昇するエレベーター。

今野と和哉が並んで乗っている。

ヒールを履いた和哉の頭は、今野と同じくらいの高さに並んでいる。

60 同・客室の前（夜）
ドアを開ける和哉。
今野「明日、気をつけて帰れよ」
和哉「うん。ありがとう」
と、和哉、今野に正面になって、両手を広げる。
和哉「ハグ、しよう」
今野「いいよ」
ハグする二人。
目を閉じる和哉。
和哉「煙草、また始めたの？」
今野「そうなんだ。長続きしなかったな」
和哉「今は、いい人は？」
今野「……いないよ」
二人、離れる。
和哉「（やさしく笑って）じゃあおやすみ」
今野「……おやすみ」
和哉、ドアを閉める。
一人になった今野の脳裏をよぎる、川辺の、ガラスのような流木の火。
暗転。
テロップ「2011年3月11日」

61 暗闇に、波の音、押し流される建物の軋む音などが重なり、やがて轟音となって渦巻く（※暗闇に二分間ほど、音だけの津波の情景）

62 実景・盛岡市街（震災当日・夜）
真っ暗な街。

街灯も、信号機の明かりも、何もない。

63 今野のアパート・今野の部屋（夜）
暗い部屋の中、地震で崩れた本や食器、観葉植物の鉢などが散乱している。

余震で、床の上の割れたグラスが小さく揺れる。

アナウンサーの声「イシダ　サトシさん、ナンブ　ヨウイチロウさん　ナンブサキコさん、キシ　ムネノリさん、キシ　シズエさん……」

行方不明者の名を、順に読み上げていくラジオのアナウンサーの声。

64 カフェダイナー・店内（夜）

＃8の続き。
向き合う、今野と西山。

西山「課長が互助会の仕事してたのは知ってる?」

今野「それは知ってます。8月の終わりにふらっと本人が現れて、どうしてもひと口足りないって。それで契約しました」

西山「私は6月。まず自分のをひと口契約したの。それから10月にもう一つって言われて夫の分でしょう、で、年末にこれで最後だからって言うから、高校生の長女の分、成人式のプランで契約したの。で、明けてお正月にまた課長から電話がきて。お礼がしたいって言うから行ったんだけど、ラーメン食べたら、あと一口だけ入ってくれってお願いされちゃって。ちょっと迷ったけど、結局断ったんです。下の娘なんて、まだ中一だし」

今野「でも、それがどうして……」
今野の言葉を、手を上げて制する西山。

西山「分かってます。今ちゃんと話すから」

今野「お願いします」

西山「課長にね、お金貸してるの」
指を三本立てて、30万、と言う西山。

西山「下の娘の契約断った、その翌週かな。課長が来たの。2月に実家を出なくちゃならなくなって、大至急お金が必要なんだって。今日私が今野さん待ち伏せしたやり方、あれ、そん時の課長のやり方、真似したの」

× × ×

今野のイメージ（冬・夜）
車のヘッドライトの中に飛び出してくる日浅。

西山（声）「結局、言われた30万にプラス5万足して貸したの。でもね、震災で状況が変わっちゃって」

× × ×

西山「沿岸で被災した親戚が、しばらくウチに身を寄せることになったの。なんだかんだ出費がかさんじゃって。少しでもいいから今返してもらえたら助かるなって。それで課長の携帯に電話したけど全然繋がらない。私もちょっと頭に来てたから、会社の方にも電話したんです」

今野「本宮の事務所ですか? 黒石野にも、所属の会館があったはずですが」
本宮の、と頷く西山。

西山「たどたどしい感じの女の子が出てね、そしたらいきなり、日浅なら、行方不明ですって言うの」

65 今野の車・車中（夜）

ダイナーからの帰りの車中。
妙に気が急く今野。
車線変更や追い越しをしながら遅い車をどんどん抜き去っていく。

× × ×

西山との会話の回想がカットイン。

西山「匿ってるんだと思って問い詰めたら、急に上役の男に代わってね。失礼ですが、どのようなご関係ですか、って。咄嗟に私、彼女ですって言っちゃった」
少し照れたようにコーヒーを飲む西山。

西山「そしたらその男、ご心配は分かりますが、あなただけじゃないですから、って。沿岸では大勢の行方不明者が出てるんですよ?って言うの。念のためお伝えしておきますが、労災の認定は厳しいでしょうって」

× × ×

西山（声）「津波の時ね、課長、釜石に営業に行ってたんだって。その日は休みだったらしいんだけど、月のノルマが足らなくて。前の日、職場の仲間には、明日は絶対手ぶらじゃ帰らないって宣言してたんだって。契約が空振りでも、魚だけは必ず釣って帰るから、って……」

夜道を走りながら、あの日・3月11日の

日浅の行動に想像を巡らしていく今野。

66　今野のイメージ／夢

日浅のジムニーが、釜石の海沿いの道を走っていく。

×　　×　　×

堤防に場所を定め、クーラーボックスを椅子代わりに、釣りをしている日浅。

時刻は午後14時46分。

大きな揺れの後、日浅は逃げることも忘れ、沖に突如出現した巨大な波の壁に目を奪われている。

諦めと感嘆が入り混じったような目をして、波に飲み込まれる、その瞬間。

日浅の、恍惚とした表情。

67　今野のアパート・今野の部屋

ダウンライトがつけっぱなしの部屋で目覚める今野。

じっとりと脂汗をかいている。

68　同・集合ポスト

部屋から出てくる今野。

一部屋一部屋全てのポストに何かを投函している鈴村の姿が見える。

今野、思わず身をひそめる。

鈴村が去ってからポストの中を見ると、新聞記事をコピーした用紙が一枚入っている。震災についての少女の作文。よくできている。

紙の下に小さく、

「私の元教え子のお嬢さんが書いた作文です」

と几帳面なボールペン字で書いてある。

その横には、シャチハタ印。

少しずつ足を出して歩く、鈴村の摺り足を思い出す今野。

×　　×　　×

今野のイメージ
一人、ゆっくり歩を進め、自室の扉の前に来る鈴村。

扉を開け、家に入る。パタンと閉まる扉。

静かな部屋から英語教材の声が聞こえてくるが、伸びたテープの声が、次第に間延びした低い声になっていく。

巻き戻しては、繰り返し同じ箇所が流れ続ける。

69　葛根田川

休日の昼下がり。

川べりに来る今野。

河原に腰掛け、流れを眺めている。

傍には、うっすらと黒く残る焚き火の跡。

×　　×　　×

小屋の脇に止めた車に戻ってくる今野。
と、小屋から井上が出てくる。
声をかける今野。
今野「すみません、勝手に止めてしまって」
井上「これ、あんたの（車）だが？」
今野「はい。前に夜釣りで日浅とご一緒した、今野です。ご無沙汰してます」
今野の顔をじっと見ていた井上、しかし思い当たらないという風に、
井上「……さぁてな、そんなこともあったかね」
小屋の脇に立てかけてある鍬と苗（オクラ）を手に取ると、駐車スペースの脇の小さな畑へ向かう井上。
植わっている野菜の苗の様子を見ながら、
井上「ここんとこ、雨続きだったべ？　やっとこさ晴れて、いがったな」
今野「茄子ですか」
井上「そ。それとトマトとキュウリ、ピーマンも。あと唐辛子がちぃっと。今日はオクラだ」
畑のまだ作物の植わっていないスペースに、鍬を入れはじめる井上。
今野「最近、日浅とは連絡取っていますか」
井上「いやぁ、もうこの年なって、名前っつのが覚えれねくてなぁ」
今野「井上さんが入会した、互助会のセール

スマンです」
井上「互助会?……ああ、それ息子がそんなんヤメれって、解約するのなんので揉めてよ。いんや、大変だったんでや」
今野「……そうですか」
畑仕事を始める井上。

70　今野のアパート・201の扉の前
回覧板を持って、鈴村の部屋の前に来る今野。
と、不意に扉が開いて、男が二人出てくる。
面食らう今野。
扉の隙間から見えた室内は、空っぽ。
今野「(思わず) あの……」
男「はい?」
今野「鈴村さんは……」
男「え?……ああ、この部屋の住人のことですか?」
今野「ええ」
男「ウチはクリーニング業者なんで、そういうのはちょっと分かりません」
行き場を失った回覧板を見つめる今野。

71　数日後　同・今野の部屋
新聞の震災死亡者欄の名前を赤字で潰していく今野。

テレビからは、死者・行方不明者の名を読みあげるアナウンサーの声。

72　6月　日浅の実家に続く坂道
車で細い道を上がっていく今野。

73　日浅の実家・表
坂のどん詰まりに建つ一軒家。

家の後ろにすぐ藪が迫っている。

インターフォンを押す今野。

74　同・客間
部屋に通された今野。

古びた客間のテーブルについている。

静かな部屋に、置時計の秒針が進むカチカチという音だけが響いている。

コーヒーを運んでくる日浅の父・征吾(70)。

今野の前にコーヒー茶碗を置くと、今野の向かいに腰掛ける。

今野「突然押しかけて申し訳ありません。今野秋一と申します」

今野、名刺を征吾に差し出す。

征吾「…… (名刺を見て)」

今野「典博さんとは、バイタルネットでの同僚で、友人でもありました。自分は盛岡に知り合いもなくて、彼にはとてもよくしてもらいました。飲み仲間で、釣り仲間でもあって。典博さんはこちらに来て初めて心を許せた友人でした」

黙って珈琲をすする征吾。

今野「典博さんが転職してからも会っていましたし、彼の新しい仕事の顧客でもあります。その職場の方から伺ったんですが……まだ捜索願は出されていないようですね?」

征吾「(淡々と) ええ」

今野「息子さんが釜石で被災した可能性があるのはご存じでしょう?」

はっきりと頷く征吾。

今野「もう三ヶ月になろうとしてますよ」

今野の言葉に、濃いため息をつく征吾。

それに反応して今野の語気が強くなる。

今野「捜索願をすべきじゃないでしょうか。息子さんから、なにか反応があるかもしれません」

征吾「……」

今野「ご家族としての責任もあります」

征吾「よくわかりました。では、友情にお応えするとして」

不意に席を立つ征吾。

2階に上がると、何かを探したり、引きずったりする音が聞こえ、また降りてくる。

客間に戻った征吾。脇にブックタイプの

ホルダーを挟み、片手にコーヒーサーバーを持っている。
今野と自分の茶碗にコーヒーを注ぎ足しながら、
征吾「私はもう、あいつの父親ではないんですよ」
口の端に皮肉な笑みが浮かんでいる。
征吾「次男とは縁を切ったんです」
脇に挟んでいたホルダーを今野に渡す征吾。
今野が開くと、大学の卒業証書。
日浅が東京の某大学の法学部政治学科を卒業したと記してある。
困惑する今野に、
征吾「偽造したんです」
今野「え?」
征吾「年明け早々、不愉快な電話がありましてね。息子の秘密を知っているとか言うんです」
電話台の引き出しから、一枚のファックス用紙を取り出し、今野に渡す征吾。
卒業証書と文字の掠れ具合まで全く同じもの。
今野「……」
征吾「息子の依頼で作成したとか。その男は、データはこちらが保存しているから何千枚でも複製できると、サンプルを一枚送って寄こしました。勤務先に知られたらクビが飛ぶぞと、親切に助言もいただきましてね」
今野「大学に確認は取りましたか?」
征吾「卒業証明書の発行を申し込みました。そうしたら追って教務課から返事が来て、そういう学生は、過去にも現在にも存在せんのだそうですよ」
今野「相手から何か要求されましたか」
征吾「指定された口座に、指定された金額を振り込みました」
今野「それは……」
征吾「いえ、私は、あくまで謝礼としてお支払いしたつもりです」
今野「謝礼、ですか」
征吾「あの男と縁を切る覚悟を固めてくれたわけですから」
今野「とにかく……、捜索願は出しましょう」
征吾「あなたもご存知でしょう? 被災地が今、どんな状況か。あの馬鹿者のために、どなたの手も、煩わせる気は起こらんのですよ。それにお言葉ですが……息子なら死んではいませんよ」
窓から抜けた風が、日に焼けたカーテンを揺らす。
飛びそうになったファックス用紙を、手で押さえる今野。
征吾「あれは、4つの時に母を亡くしましてね。そこから私と典博と、あの頃もう中学に上がっていた長男と3人の、男所帯になりました。典博は兄の馨を母がわりのように慕って懐いていましたよ。一方で私は、次男とは全く会話ができない父親になっていました」
客間の小さな飾り棚の中。
並んだ小さなトロフィーと家族写真が飾ってあるのを見つける今野。
写真の中には4人家族が写っている。
征吾「妻が死んですぐの頃でしたか、近所の公園に典博を連れて行ったことがありました」

75 今野のイメージ

大きな木の幹に、日浅(5)がしゃがみこんでいる。

そのそばにある、キノコのような形をした回転遊具の上に、小学校3、4年生くらいの女の子が3人、手をつないで立っている。

口を半開きにした少女たちを、日浅が、下から見上げて、一心不乱に何かの数字を数えている。

征吾(声)「おぞましいものを感じましてね」

その様子は、幼い日浅が幼女たちを操っているかのようにも見える。

征吾（声）「思えばあれが、息子との隔たりの種とでも言えましょうか。私が息子を不気味だと感じてしまったことが」

76 日浅の実家・客間

向き合う征吾と今野。
表を下校する小学生たちが通っていく声が聞こえる。
征吾「あれには特殊な傾向がありましてね。特殊というより、ただ不器用というのに過ぎんのかもしれんが、必ず一人の人間としか付き合わんのですよ。かなり早い時期からそうでしたな。いつも同じ子供とばかりいるなと思って見ていると、ある朝全然別の子供が玄関にきて、その子と一緒でなければ登校しない。そしてまた、違う子供が現れる。それを繰り返すんです。どれも長続きはせんのですが」
二人の間に、しばし沈黙が流れる。
今野「絶縁するほどのことでしょうか。たかが経歴詐称です、罪名から言っても」
征吾「いやぁ、4年間ですよ」
今野「……」
征吾「4年間、東京に部屋を借りてやって、月々の仕送りまでして、半期に一度は学費だというので80万ずつ、私はあいつの口座に振り込んだんだ。これはもう立派な横領罪でしょう」
今野「でも、4年も気づかないというのは……」
征吾「信じとったんです」
今野「……」
征吾「信じる者を裏切った男が、呑気に釣糸なんぞ垂らしておったところを大津波にのまれたとして、なんだっていうんです？　他の真っ当な生活者の方々と、あの男とを、同じ行方不明者のリストに載せるなんて私はおこがましいですよ。真面目な人生に対する一種の、冒涜です」
今野「東京での4年間、彼はどんな風に過ごしていたんでしょう」
征吾「さぁ。さっぱりわかりませんし、知りたいとも思いません。あなたも、あいつを随分と買い被ってるようだが、あんな奴にこれ以上関わらないほうがいいですよ」
今野「……」
征吾「震災直後は、タチの悪い火事場泥棒が横行していたそうですよ。あいつは元来、そっち側の、盗人のような類いの人間なのです」
時計を見る征吾。
そろそろ、というように腰を上げる。
征吾「そのうち、何らかの事件で、あいつの名前を新聞で見ることになると、私は確信しとります」

×　　×　　×

玄関で靴を履く今野、お礼を言おうと振り向くと征吾と目が合う。

と、征吾がズボンのポケットから一枚の紙を取り出し今野に手渡した。

征吾「大学の合格通知書です」

はにかむように微笑む征吾。

書面には「日浅典博殿」と書かれてある。

今野、それを見ると征吾に返す。

征吾「こちらは本物でした。高校ではきちんと裏を取るそうです」

そう言ってまた丁寧に紙をたたみ、ポケットに仕舞う征吾。

今野「……」

77 ゴルフ練習場〜併設の喫茶店

客がまばらな練習場。

その中に、ワイシャツの袖をまくったスーツ姿で、クラブを振る日浅の兄・馨(41)がいる。

馨、やってくる今野に気付く。

会釈する今野。

×　　×　　×

喫茶店。

今野の向かいに座る馨。
今野「すみません、急にお時間作っていただいて」
馨「いえ。どうせ次の客との約束まで暇をつぶしてたところですから」
今野「弟さんの捜索願の件なんですが……」
馨「それなら、私も放っておけと父から釘を刺されています」
今野「お父さんから、彼があなたをとても慕っていたと聞きました」
馨「（少し笑って）子どもの頃の話ですよ。最近じゃあ、二人で会うこともありませんでした」
今野「大学の件は？」
馨「私も全く（気づきませんでした）」
今野「その4年間、彼は何をしてたんでしょうか」
馨「さあ。でも、出張がてら一度だけ、東京で一緒に飲んだことがありました。大学の授業や友人のことなんかを、さも楽しそうに話していましたよ」
今野「……ひとつ伺ってもいいですか」
馨「はい」
今野「2月の頭に実家を出てから、日浅はどこに住んでいたんですか？」
馨「わかりません」
今野「……」
馨「会社にも住所変更は申し出ていないそうで、登録は実家のままでした。同僚の方たちは、実家を出たことすら知りませんでした」
今野「……そうですか」
馨「車も見つかっていません。きっと流されたのでしょうが……」
今野「つまり、生きている証拠もないが、死んでいる証拠もない、ということですね」
じっと今野を見る馨。

78 帰り道（または駐車場）

人の流れに、ひとり逆行して歩いていく今野。

× × ×

喫茶店での馨との会話がカットバックする。
馨「母が亡くなったのは、突然で。急にいなくなった、そんな感じでした。私はとにかく泣き通しました。でも弟は、死んだ母の顔と、周りの大人たちの様子を、ただ見ていました。不思議な顔でしたよ。なにかとてつもなく大きなものが崩壊したのを目の当たりにしたような、それをなす術なく傍観しているような……今思い返すと、そんな風に思えます」

× × ×

馨の台詞に、今野のイメージもカットバック。
夕方の公園。
少年の日浅が、沈みゆく夕日に目を奪われている。

× × ×

馨「私も、典博は生きていると思います。あいつはどこででも、どうやってでも、生きていける奴です。それを軽薄さというか、身軽さというかは、人によって別れるところでしょうが」

× × ×

喫茶店の外階段で馨を見送る今野。
今野「お引き止めして、すみませんでした」
馨「いえ。では」
去り際の馨に、ふと今野、
今野「庭に、ざくろの木がありませんでしたか？」
馨「……は？」
今野「あ……いえ、前に日浅から聞いたことがありまして」
馨「……ああ。それなら父が切りました」
今野「切った？」
馨「ええ。あれも母が亡くなって間もない頃でしたか。朝起きると、父が庭のざくろの木を切っていました。ずいぶん立派な木でしたが、ざくろの木は、縁起が悪いという人もいますから」
今野「……」
馨「父も当時は今の私より若かった。突然小さな子ども二人残して妻に先立たれて……何かの所為にしないと、どうにもできなかったんじゃないでしょうか」
腕時計を見る馨、一礼すると去っていく。その後ろ姿、足許を見ると、革靴の踵が磨り減っている。

79 今野のアパート・集合ポスト
帰ってきた今野、ポストを開ける。中から郵便物の束を取り、部屋へ向かう。

80 同・今野の部屋〜ベランダ
ダイニングテーブルで、立ったまま郵便物を確認していく今野。（窓に背を向けている）

と、日が陰って、窓から差していた光が、すっと消える。

×　×　×

ベランダで煙草を吸っている日浅の後ろ姿（あるいは、手許や首筋など部分のみ）が一瞬、カットイン。

×　×　×

気配を感じたように振り返る今野。

太陽は雲間から抜けて、窓辺にはまた光が差し込んでいる。

手元に視線を戻すと、互助会からの郵便物。

封を開けると、

「以前お送りしたコース・追加プランのご案内はご覧頂けましたか」

という書面。

×　×　×

棚の抽き出しを開ける今野。

封を開けずに仕舞ったままになっていた互助会の封筒を出す。

封を開けると、中には、「コース・追加プランのご案内」と書かれた書面と、申込書が一通入っている。

月2千円のスタンダードコースから、月6千円のコースを契約するための変更書類。

申込書の担当者の欄は、既に記入済みで捺印してある。

そこに手書きの、「日浅典博」の文字。

今野「……（じっと見つめて）」

張りつめていたものが解けたように、ふと、笑む。

×　×　×

ベランダに出る今野。

胸ポケットから煙草を出すと、火をつける。

その煙草は、ゴロワーズ・レジェール。

静かに一服する今野。

目を閉じる。

テロップ「２０１４年・夏」

81 バイタルネット・盛岡支部・廊下
掲示板を見ている西山。
隣に今野（34）が来る。
西山「本社に戻る辞令、断ったんだって？」
今野「ええ」
掲示板には、
「辞令
営業部　販売一課　今野秋一殿
平成26年7月30日付で退職とする」
と書かれた辞令が貼ってある。
西山「こっち残るの」
今野「そのつもりです」
西山「辞めちゃって、どうすんの」
今野「（笑って）釣りでもしながら、しばらく考えますよ」
まったく、と呆れたように笑う西山。
×　×　×
さんさ祭りで賑わう大通り。
人々の中を歩いていく今野。
と、見物客の中にいる、車椅子の老婆に目が留まる。
傍に寄り添う娘らしき女性と共に、手拍

子で踊りを見ていたのは、鈴村。

82 米内川（今野の川）

苔生した倒木が、まだ残っている。

表面にそっと掌で触れる今野。

× × ×

魚籠の中の、ウグイと、山女魚。

× × ×

川に釣り糸を垂らす今野。

颪に揺れる川べりの木々。

その茂みの中の、葉と葉が幾重にも重なった、ひと際影の濃い場所に、じっと佇む人影が浮び上がる。

日浅の、残像のような人影。

日浅（声）「ウグイの天国だな、ここは」

耳に蘇る日浅の声。

と、不意に視野が暗くなる。

後ろから今野の両眼を塞いでいた手が離れる。

塞いでいたのは清人（29）。

清人「いいところだね」

今野「ああ。前はよく釣りに来たんだ」

清人「懐かしい？」

今野「まあね」

再び茂みの中に目をやる今野。

人影のような残像は消えている。

清人「うちの親がね、次の週末、どうかって」

今野「わかった。ちゃんと空けとく」

清人「うん。ありがとう」

今野「やってみる？」

清人「うん」

清人に釣りを教える今野。

× × ×

日が少し傾いてきた川べり。

清人は、木陰に広げたレジャーシートの上で、午睡している。

と、今野の竿に引きが来る。

釣り上げたのは、ここにいるはずのない立派な虹鱒。

今野「……どこにいたんだよ、お前」

丁寧に針を外して、また川に戻す。

水草の深みに消えていく虹鱒。

流れる川の音が徐々に大きくなって、暗転。

終

のぼる小寺さん

吉田玲子

〈脚本家略歴〉

吉田玲子（よしだ　れいこ）

広島県出身。1992年、セシールシナリオ大賞（オリジナルビデオ）にて『B級パラダイスへ行こう』が佳作、『ドラゴンボールZ』（94）にて脚本デビュー。2014年、東京アニメアワードオブザイヤー部門において脚本・オリジナル原作賞を受賞。また、2017年にも自身二度目の原作・脚本賞を受賞した。映画『けいおん!』（11）、映画『聲の形』（16）、『夜明け告げるルーのうた』（17）、劇場版『ヴァイオレット・エヴァーガーデン』（20）等、後世に残る話題作を手がけている。

監督：古厩智之

原作：珈琲『のぼる小寺さん』（講談社アフタヌーンKC刊）

製作：映画「のぼる小寺さん」製作委員会

制作プロダクション：C&Iエンタテインメント

配給：ビターズ・エンド

〈スタッフ〉

エグゼクティブプロデューサー　岡本東郎
田中亮祐
プロデューサー　村山えりか
田中美幸
撮影　下垣外純
照明　佐々木貴史
美術　須坂文昭
編集　大重裕二
音楽　上田禎

〈キャスト〉

小寺　工藤遥
近藤　伊藤健太郎
四条　鈴木仁
倉田梨乃　吉川愛
田崎ありか　小野花梨
益子　両角周
津田　田中偉登
烏丸梢　中村里帆
国領　小林且弥

1 渕上学園高校・外観
5月くらい。
近藤N「あの頃、僕には」

2 同・教室
楽しげに話している同級生たちの中、近藤はひとり席に座ってケータイをいじっている。
近藤N「何もなかった」

3 同・廊下
近藤、俯いて歩いて行く。
近藤N「いつもひとりで」

4 同・体育館
卓球部の練習中。
近藤、練習している先輩たちを壁にもたれて、ぼんやり見ている。
近藤N「何にも夢中になれず」
近藤のところに玉が転がって来る。
拾おうとするが、零れ落ちる玉。
近藤N「毎日は手のひらから滑り落ちて」
ドスンと落ちる音。
音がした方を見る近藤。
女の子――小寺がマットレスの上に落ちている。
近藤N「だけど彼女は」
小寺、ウォールを見上げる。
立ち上がり、壁にとりつく小寺。
そのウォールを登って行く、
ホールドを掴み、つま先をかけ、ひたすらに登っていく小寺。
小寺、ホールドに必死に手を伸ばす。
近藤N「手を伸ばし」
しっかりとホールドを掴む小寺。
近藤N「掴んで、掴んで」
小寺は上へ上へと一心に登り続ける。
近藤N「ただひたすら上へ」
近藤、小寺を眩しげに見つめて。
近藤N「そんな彼女を僕はただ……見ていた」

○タイトル『のぼる小寺さん』

5 渕高・1年1組教室
授業が終わり、生徒たちが教室から出ていく。

近藤、小寺、四条、アート系っぽい少女――ありかだけが残って席に着いている。

担任が憮然とした表情で一同を見る。

担任「何で残されたかわかってるか？」

五枚の白紙の進路調査票をヒラヒラさせる担任。

担任「進路調査票。白紙なの、お前らだけ！」

小寺はきちんと背筋を伸ばしているが、
近藤たちはダラッと聞いている。

近藤「(意外そうに小寺を見て)……」

それぞれの席に名前だけ書かれた調査票を置いていく担任。

担任「まだ決めなくていい、なんて思ってると、結局、三年間、ムダにするからな！もう一度ちゃんと考えて、提出するように！」

小寺「うっす！」

担任「じゃあ行ってよし！」

一同、立ち上がり前から出て行く。

担任の手の中の調査票、一枚余っていて。

近藤たちと入れ違いに、派手な少女――

梨乃が後ろから入って来る。

担任「(梨乃に)こら、倉田、今頃来てどうする！」

近藤は小寺を目で追いつつ、出て行く。

6 渕高・体育館
卓球台の上で白い球が行きかう。

卓球部の練習中。

近藤が、他の一年生部員――、松平、水谷たちと壁際に座っている。

チラとクライミング部の方を見る近藤。

近藤「……」

ウォールに取りついていた小寺が、近藤

の方を見る。
近藤「！」
が、小寺は右側（近藤たちがいる方）のチップを確認しただけだった。
ちょっと落胆する近藤。
近藤「（ポツリ）おれのこと……見るわけないよな」
そんな近藤を見て、呆れる松平、水谷。
松平「お前、今からでもあっち入れば。お前が辞めたって誰も何も言わねーよ」
松平、クライミング部の方を見る。
松平「お前と同じクラスのやつも入ってんじゃん」
背の高い髪の長い暗そうな男・四条を見る松平。
近藤「……口利いたことないし」
水谷「つか、何でお前、卓球部入ったの」
近藤「……何でって。親がスポーツマンで。何か運動部に入れってうるさいから。とりあえず一番ゆるいとこ入った」
水谷「はぁ？」
部長の星が声をかける。
部長「一年、交代！」
松平・水谷「うい～っす」
立ち上がる松平、水谷。
近藤も立ち上がり。

×　　×　　×

松平と打ち合う近藤。

近藤が打った球がウォールの方へ転がって行く。

近藤「……取って来る」

クライミング部の方へ行く近藤。

松平「（呆れ）……」

近藤、ウォールの近くまで来る。

益子、津田、四条も小寺が登るのを見守っていて。

近藤、球を拾いつつ、チラと小寺を見る。

登っていた小寺の手が滑る。

近藤「！」

近藤の目の前に落下してくる小寺。

小寺「（悔し気に）ああっ！」

マットの上に落ちた小寺は回転し、起き上がろうとする。

その小寺の顔が近藤の目の前に。

近藤「！」

焦る近藤。

小寺はウォールを見て、また登り始める。

近藤、拾った球をぎゅっと握り、卓球部の方へ戻る。

7　渕高・1年1組教室

休憩時間。

近藤、後ろの方の席に座っている小寺の姿を見ている。

近くの席の男子たちがアイドルの画像を見ていて。

「いーじゃん」「かわいー」

チラとそのアイドルの画像を見る近藤。

1組男子1「何、近藤、お前もキョーミあんの？」

近藤「……別に」

1組男子1「何だよ。だったら見んなよ。（冗談っぽく）おまえのそーいうとこ、クラスのやつらにめちゃめちゃ嫌われてんぞ」

近藤「……！」

小寺が立ち上がり、廊下に出て行くのが見える。

近藤、めちゃめちゃ小寺を目で追っている。

男子たち「………」

通り過ぎる小寺を追って、席を立つ近藤。

1組男子2「……めちゃめちゃ見てたな」

8　同・体育館

1組の男子（四条もいる）、女子（ありかもいる）がそれぞれ体育の授業中。

全員、バレーボールをしていて。

1組女子1「小寺さん、いったよーっ」

近藤、女子の方を見る。

小寺、ボールを受け損ね、顔に当てる。

×　　×　　×

小寺、女子2の所へ突っ込んでいく。
1組女子2「小寺さん、あたしのボール！」

×　　×　　×

小寺、遠くのボールに飛びつくが受けられず、ぶつかる。
女子2、3が驚く。
小寺の鼻からツーと血。
同じチームだったありかが驚く。
1組女子1「小寺さん……鼻血……」
近藤も鼻血を流した小寺を唖然と見る。
近藤M「……球技はダメなんだ」

9　同・1年1組教室

昼食時間。
近藤、弁当食べている小寺を見ている。
小寺がおかずを落とす。
小寺「！」
恨みがましく、落ちたおかずを見ている小寺。
近藤M「……意外と諦め悪いんだ」

×　　×　　×

放課後。掃除の時間。
1組女子1「蛍光灯きれてるー」
近藤がカラのゴミ箱手に戻ってくる。
1組女子2「脚立ないのー？」
1組女子3「あっ、小寺さんならいけるんじゃない？」
近藤、ビクッとして中を見る。
小寺が上履きを脱ぎ、黒板に手をかける。
ありかや他の女子たちも見守っていて。
小寺、黒板の縁に足を引っかけ、制服のまま登って行く。
近藤M「……スカートでも登るんだ」
近藤、どきどきしつつ見ている。

10　道

日曜の午後。
近藤、学校へ向かっている。
近藤「あ〜日曜まで部活行きたくね〜。辞めて〜。……でも辞めたら……」
――登る小寺。
近藤「……見れない……」
小寺が向こう側の道を歩いて行く。
近藤「！」
ついていく近藤。

11　大型ショップ・前

近藤、小寺の後を尾けて行く。
小寺、ＤＩＹ店に入る。
近藤「あっ」
近藤も焦って店内へ。

12　同・店内

近藤、エスカレーターに乗っている。
上の方には小寺がいる。
距離を縮めることができないまま、小寺を見つめる近藤。

13　同・ＤＩＹ売り場

近藤、そっと小寺を追っている。
小寺、ＤＩＹ売り場で足を止める。
近藤も立ち止まり、陰に隠れる。
小寺はカゴを持ち、電動ドライバーの品定め。
近藤「？」
移動して、金具に目を留める小寺。
小寺、高い位置にある金具に必死に手を伸ばす。
見ていた近藤、躊躇するが、小寺の背後へ。
近藤、金具を取ってやり、黙って小寺に渡す。
小寺「……」
小寺、ヘッドホンを外し、丁寧にお辞儀をする。
小寺「ありがとうございました」
ぎこちなく手を上げ、挨拶を返す近藤。
近藤「……や」
小寺はまたヘッドホンをつけ、金具を吟味する。

所在なく立ち尽くす近藤。
小寺、レジへ向かう。
近藤、立ち尽くし、見ている。

14　通学路

歩いて行く小寺。
近藤は少し離れて後ろを歩いて行く。
校門をくぐる小寺。

15　渕高・体育館

近藤、入って行く。
まだ誰もいない体育館で、小寺が電動ドライバーでホールドを固定している。
小寺、金づちで強度を確認する。
近藤、その作業を入り口付近で見守る。
作業が終わり、小寺はホールドを見つめて。
小寺「(うずうずしてきて)……」
小寺、服のまま登り始める。
近藤「!」
ホールドに指をかけ、足をのせ、登って行く小寺。
スカートの先から出た腿や膝の裏。
近藤「(見たいような見ちゃいけないような)……」
が、小寺は真剣な表情で上へ。
手をぶらりと休め、考え、ルートを探し、体を伸ばしチップを掴む。その繰り返し。
近藤、その集中力に打たれる。
近藤「……」
その時——小寺のスカートが大きくたなびく。
近藤「……!」
が、小寺は下にクライムパンツを履いていた。
近藤「(拍子抜けし)……」
近藤、カバンを落としてしまう。
小寺が振り向く。
近藤、慌てて、カバン拾って、走り去る。

16　同・体育館裏

走って、走って、立ち止まる近藤。
息を整える。
近藤「(息荒く)……」
顔を上げる近藤、情けないような表情に。
近藤「……何やってんだ、おれ……」

17　渕高・1年1組教室

昼休み。
小寺がケータイの画面を見ている。
ボルダリングの動画が映っている。
小寺は見ながら、指の関節も鍛えていて。
近藤、その様子をそっと見ている。
近藤「(ちょっと真似て指動かしてみる)……」
小寺の近くには四条の席。
四条、小寺と同じように指の関節を鍛えている。
近藤「(手を止め、フーンと見て)……」
ありかも小寺を見ている。
ありか「(小寺を見つめ)……」
カメラ雑誌を取り出すありか。
ありかも雑誌をそっと見始める。
ありかの友達——市子、うの、エリカがありかのところに来る。
市子「ありか～」
エリカ「何、見てんの～?」
ありか「あ、何でも……」
雑誌見るクラスメイトたち。
うの「へ～そっち系?」
エリカ「そういや、いいカメラ持ってるもんね」
市子「将来、そういう仕事したいとか?」
うの「マジ?」
ありか「いやいや、まさか」
ありか、焦って否定する。

18　渕高・体育館・外観

19　同・中

近藤が松平を相手に練習試合している。

近藤の打った玉が大きくコートからはみ出す。

クライミング部の方へ転がっていく球。

近藤「おれ、行く」

近藤、駆け出し、ウォールの近くへ。

転がった球を拾う近藤を、益子、津田、四条が見る。

小寺はウォールを登っている。

近藤、小寺をチラと見る。

津田「おまえ、よく球拾いにくるなー」

近藤、ギクッとする。

津田が登っている小寺を見る。

津田「の、せい？」

近藤「え（動揺）」

津田、ニヤリと四条を見て。

津田「まー四条がウチに入ったのも、あいつのせいだろ？」

小寺を指す津田。

四条「！」

近藤、驚いて四条を見る。

改めて四条を見ると、背は高いがキョドっている。

近藤「（こいつには勝ってる、的に見て）……」

益子「きっかけは何でもいいだろ。四条は登り始めた。あとはどれだけがんばれるかだ」

四条、ゴールに到達した小寺を見上げる。

四条「（真剣な表情で）……」

近藤「（何かおれ、負けてる？）……」

卓球部の部長が部員たちに声をかけている。

卓球部部長「じゃあちょっと休憩ー、みんな水分補給しろよー」

近藤、益子たちにペコリと会釈して体育館を出て行く。

20 同・体育館・前

ありかが虫か何かを撮っている。

ふと体育館の中を見るありか。

小寺が登っている。

レンズを小寺に向けるありか。

近藤が出て来る。

シャッター音が聞こえる。

小寺を撮っているありかに気づく近藤。

近藤「（あの子も小寺さんを見てるんだ）……」

ありかも近藤に気づく。

ありか「！」

ありか、近藤から目をそむけ行ってしまう。

不思議そうに呟く近藤。

近藤「何で、みんな（小寺さんを）……」

21 岩山・見晴台（夕）

ちょいヤンキー風の少女・梨乃がきれいにネイルが塗られた自分の指先を見ている。
バーベキューをした後で、紙皿や割りばしなどが散乱していて。
周囲では梨乃の友人たちが帰り支度をしている。
女友達「学校サボってこんな事してていいのかなー」
男友達1「そんなのおれらの自由じゃん」
男友達2「そーそー」
梨乃「（聞いていて）……」

22 駐車場（夕）

車に乗り込んだ梨乃たち。
後部座席の梨乃、バッグの中を探している。
梨乃「あ」
女友達「何」
梨乃「ポーチ忘れたかも。探してくる」

23 岩山・見晴台（夕）

梨乃、走って戻って来る。

ジャージ姿の小寺がゴミ袋を広げ、梨乃たちが残して行ったゴミを拾っていた。

黙々と拾い続ける小寺。

梨乃「……」
　顔を上げる小寺。
梨乃「（小寺に気づき）……あれ？」
小寺「はい？」
梨乃「小寺……さん？」
小寺「？」
　驚いて梨乃を見る小寺。
梨乃「同じクラスだって」
小寺「……すいません！」
梨乃「……まぁ、滅多にいかないから。今日もサボっちゃったし」
小寺「えっと……」
梨乃「倉田。倉田梨乃」
小寺「倉田さん。覚えました」
　小寺、またゴミを拾い始める。
梨乃「……」
　一緒にゴミを拾い始める梨乃。
小寺「？」
梨乃「……これ、ウチらのゴミ」
小寺「え？」
梨乃「バーベキューやってて」
小寺「へぇ、楽しそう」
　梨乃、小寺の手を見る。
　節くれだったり、マメが出来たり、荒れていて。
梨乃「何、この手！　ボロボロ！」
　梨乃、小寺の手首を掴む。
小寺「そうかな」
　梨乃の指を見る小寺。
小寺「倉田さん……の指はキレイだね。爪も」
　一瞬、驚く梨乃。
梨乃「（照れて）ありがと……」
　小寺、自分の爪を見る。
梨乃「ネイルとかしないの？」
小寺「やった事ないんで」
梨乃「マジ？（わざとぞんざいに）……やったげよっか」

×　×　×

　木製のテーブルにネイルや爪やすりが並んでいる。
　ベンチに座り、小寺の爪の手入れをする梨乃。
梨乃「好きな色は？」
小寺「えっ。……白……と紺」
梨乃「好きな柄とかは？」
小寺「……リボン？」

×　×　×

　白と紺に塗られた小寺の爪、リボンの柄が描かれている。
小寺「自分の指じゃないみたい…。倉田さん、すごいね」
　梨乃を見て、嬉しそうに言う小寺。
小寺「ありがとう！」
梨乃「！」
　小寺に見とれる梨乃。
　その後、うろたえて。
梨乃「……別に大した事じゃ」
小寺「でも、ごめんね」
梨乃「え？」
小寺「爪、あんまりもたないかも。わたし、これからボルダリングやるんだ」
梨乃「なに、それ」
小寺「岩、登るの」
　梨乃、周囲を見回す。
　辺りには高い岩壁が。
梨乃「（見て）……」
小寺「マット敷くから大丈夫だよ。じゃあ行くね。みんな待ってるから」
梨乃「あ！　わたしも友達、待たせてた。ちょっと見てみたいけど、行かなきゃ」
小寺「よかったら、体育館でやってるから見に来て」
　ゴミ袋を手にする梨乃。
梨乃「捨てとく」
小寺「うん。じゃあ、また学校で」
　立ち去る小寺を眩し気に見ている梨乃。
梨乃「……学校か」

24　岩壁の下（夕）

　四条が登っている。

見守っている津田と益子。
小寺が来る。
小寺「すいません、遅くなりました！」
益子「どこ行ってたんだ」
ネイルを見せる小寺。
小寺「先輩、ほらこれ！」
益子「ほんとにどこ行ってた⁉」

25　渕高・外観（朝）

26　同・1年1組教室（朝）

梨乃が登校してくる。
驚いて見ているクラスメイトたち。
近藤も思わず梨乃を見てしまう。
梨乃「（近藤をギロリと見て）」
近藤「（ビクッ）！」
小寺が駆け寄って来る。
小寺「倉田さん！」
近藤「⁉」
梨乃「小寺ちゃん」
小寺、ハゲ落ちたネイルを見せる。
小寺「やっぱり結構ハゲちゃった」
梨乃「またやったげるよ」
ありかも驚いて見ている。
四条も見ていて。
近藤も二人のやり取りを驚いて見ている。
近藤「（不思議で）……」

27　ボルダリングジム・外観

28　同・中

受付に宮路。
四条がその前にいる。
宮路「最近、よく来てんじゃん。渕高だっけー？」
四条「はぁ……」
宮路「あのコも同じガッコ？」
四条、ウォールの方を見る。
小寺がジムのウォールを登っている。
宮路「（受付の紙を見て）小寺、ちゃんかー」
小寺を見て、
宮路「よし、落ちたらアドバイスなんかしちゃったりして、知り合うきっかけに……」
が、小寺はガンガン登って行く。
宮路「え？　シロートじゃないの？」
反動を生かし、小寺はさらに上へ。
宮路「何⁉　そのムーブ！」
四条「（ワクワクと見て）……」
小寺、最後のホールドを掴む。
宮路「最後のホールドまで行った！」
が、小寺の指は離れ、マットの上に落ちてしまう。
小寺、悔しげにウォールを見て、振り返り、後ろにいる四条に気づく。
小寺「あ、四条くん」
近づいてくる小寺。
宮路、驚いて四条を見る。
宮路「え⁉　知り合い⁉」
小寺、四条を見る。
小寺「よく来るの？　ここ」
四条「え、まぁ……」
小寺「わたしは初めて。一度来てみたいなと思ってたんだけどなかなか来れなくて。じゃあ、また登ってくるね！」
小寺、また登り始める。
宮路、ちょっとマジな表情になって。
宮路「……何かがむしゃらだなーあの子。手を伸ばして、掴んで掴んで、今しかないって感じで。おれも前はあんなふうに登ってたんだけどなー……」
四条「（小寺を見て）……」

29　同・体育館

卓球部の練習中。
壁際の近藤、クライミング部の方を見る。
小寺、ホールドから指が滑り、ウォールから落ちる。
近藤「！」
小寺、マットの上で悔しそうに足をバタバタさせる。

ふと笑みを浮かべてしまう近藤。

ふと横を見ると、出入り口のところに梨乃の姿が見えて。

近藤「……」

×　×　×

小寺も梨乃に気づく。

30　同・体育館・外

ドリンク手にした小寺が出て来て、梨乃に声をかける。
小寺「倉田さん！」
梨乃「あ」
小寺「見に来てくれたんだ」
梨乃「うん」
座って、ドリンク飲む小寺。
梨乃「がんばるね。疲れない？」
小寺「うーん、体力より頭が」
梨乃「頭？」
小寺「パズルみたいで頭も使うんだ」
梨乃「（自嘲気味に）じゃあ、あたし、無理だ。頭、悪いもん。学校もあんま来てないし」
小寺「来たじゃない」
梨乃「……今日はね」
小寺「いつも何してるの？」
梨乃「何って……。友達と遊んだり、イベント行ったり」
小寺「……楽しい？」
梨乃「……まぁ」
そっと梨乃を見てから、立ち上がる小寺。
小寺「そろそろ戻るね」
梨乃「……ねぇ」
小寺「？」
梨乃「ボルダリングって、やってて褒められることあんの？」
小寺「うーん……」
小寺、考える。
小寺「大会で勝ったり、難しい課題をクリアすると、周りの人たちも喜んでくれるけど……。でも…何度も挑戦して、やっと完登できたときは……やっぱり自分が嬉しい」
梨乃、その言葉に目を瞠る。
小寺、空を見る。
梨乃も空を見てしまう。

×　×　×

出入り口のところで近藤と四条が二人を見ていた。

近藤と四条も思わず空を見てしまう。

同じ動作をした四条を思わずムッと見てしまう近藤。

四条は気にせず空を見ている。

×　×　×

小寺、梨乃を見て微笑む。
小寺「じゃあね」

×　×　×

小寺、戻り様、近藤と四条がいるのに気付き会釈して通り過ぎる。

四条「（会釈を返し）……」

バツが悪い近藤。

×　×　×

梨乃、ネイルの施された自分の爪を空にかざしてみる。

31　渕高・1年1組教室

それぞれの席や場所で窓の外に広がる空を見ている梨乃、四条、近藤。

担任が入って来る。

担任「小寺、ちょっと」

近藤、小寺の方を見る。

小寺「はい？」

立ち上がる小寺。

担任が小寺に進路調査票を返す。

担任「進路調査票」

『クライマー』と書かれている。

担任「第一志望『クライマー』って何だ」

近藤、四条、梨乃、小寺を見る。

友達と一緒にいたありかも小寺を見て。

担任「お前が中学の頃からボルダリングやって……部活もがんばってるのは知ってるが……もっと現実的に考えろ。例えば体育大学を目指すとか、スポーツ推薦狙って進学

　とか」
小寺「（悪気なく）嘘を書けばいいんです
　か？」
担任「そう言われると困るけどさぁ！」
小寺「まずは、目指してみます」
　絶句する担任。
　近藤、梨乃、ありかも驚いて。

32　ドラッグストア
　色とりどりに並んだネイルの瓶。
　梨乃が手を伸ばす。
梨乃「まずは……」

33　街
　街中にあるアート系の写真広告。
　見上げて手を伸ばすありか。
ありか「目指してみる……？」

34　ラーメン屋
　小寺、四条、益子、津田がラーメンを食
　べている。
益子「第一志望、クライマー？」
津田「いや、本気で目指したとしても、もっ
　と要領よくやれるだろ。何、バカ正直に書
　いてんだ」
四条「でも、小寺さんらしいです……」
益子「クライミングを仕事にするなら、主に
　ジムのスタッフやインストラクター。それ
　から課題を作るルートセッターなんて仕事
　もある。ウォールやホールドを作る業者と
　かもな。でも、どれも一本で食ってくのは
　大変だろ」
　小寺は黙々とラーメンを食べている。
益子「あとは、プレイヤーとしてクライミン
　グで稼ぐ『プロクライマー』。つまり、ス
　ポンサーがついて、クライミングができる
　人間。これは本当に一握りの選ばれた人間。
　日本ではまだ数えるほどしかいない……」
津田「つまり、『宇宙飛行士』とか『ハリ
　ウッド女優』とかそういうレベルだな」
益子「進路希望に『クライマー』と書くって
　のは、よっぽどの意図があるのか、あるい
　は何も考えてないのか……」
　小寺、必死にラーメンを食べている。
津田「小寺、本気なのか？」
　箸を置く小寺。
　小寺、ティッシュで鼻をかむ。
一同「…………」
　小寺、顔を上げて、きっぱりと言う。
小寺「本気です！　本気で食べてます！」
　またラーメンを食べ始める小寺。
津田「すげえ食った感じなのに、全然減って
　ねぇ」
　益子、苦笑する。
益子「うまいか小寺」
小寺「おいしいです」
益子「がんばって食え」
小寺「食います」
　四条も食べるが髪がラーメン丼に入りそ
　うになる。
津田「四条、その髪、何とかなんねーの。暑
　苦しいんだよ」
益子「おい、よせ」
津田「なぁ、どーよ、小寺。彼氏がこんな髪
　型だったらどーする」
小寺「似合っていれば……。でも、登るには
　少しでも軽い方がいいと思います！」
津田「そういう基準？」
女子高生の声「あの」
　近くでバレー部女子とラーメン食べてい
　た女子高生――梢が四条に髪ゴム渡す。
梢「よかったら、どうぞ」
四条「（恥ずかしく）……」

35　渕高・1年1組教室（朝）
　髪を切った四条が登校してくる。
　近藤、驚いて四条を見る。
　近藤のそばにいた市子とうのも四条を見
　ていて。
市子「誰？」
エリカ「四条くん？」

うの「マジ？」
　小寺が四条の前に来る。
　四条の前で両手で鋏を作って動かす小寺。
小寺「さっぱりしていいねー」
四条「（ちょっと嬉しい）」
　その様子を近藤も見ていて。
近藤「……」
市子「あの二人、付き合ってんの？」
近藤「!?」
うの「うっそ～」
エリカ「え、でも、四条くん、中学ン時、小寺さんに告ったんだって」
近藤「（驚愕）……！」

36 同・体育館

　近藤、クライミング部の方を見ている。
　髪を切った四条、登っている。
　小寺、益子、津田が下でアドバイスしていて。
益子「四条、右上！」
津田「背高いんだから反動つけて跳べ！」
小寺「四条くん、ガンバガンバ！」
　四条、ホールドを掴もうと跳ぶ！
近藤「！」
　掴みそこね、落ちてしまう四条。
　が、顔を上げた四条はどこかすがすがしい表情。
近藤「（もやもやして）……」

37 同・体育館裏手

　近藤が来て、ハッと立ち止まる。
　四条が自販機で飲み物を買っている。
　四条が気づいて、振り向く。
四条「近藤くん……だっけ。卓球部の……」
近藤「……」
　何も言わず立ち尽くす近藤。
　四条、行こうとする。
近藤「四条くん」
四条「？」
近藤「小寺さんと付き合ってるって本当？」
四条「……何で？」
近藤「……最近の四条くん見てたら、なくもないかなって。ボルダリングのこと、よくわからないけど、前より、がんばってるし」
四条「……ボルダリングがんばったら、小寺さんと付き合えるの？」
近藤「えっ。……そりゃあ、そういうことも」
四条「じゃあたとえば近藤くんが、今からクライミング始めて、がんばったら……小寺さんと付き合えると思う？」
近藤「!?」
四条「近藤くん、小寺さんのこと、よく見てるよね」
近藤「！」
四条「でも、案外、小寺さんのことわかってないんじゃない？」
近藤「……」
　四条、近藤に背を向け、立ち去る。
　敗北感で立ち尽くす近藤。

38 渕高・外観

39 同・体育館

　隅のボードに『自習』と書いてある。
　バスケしたり、喋ったりしている生徒たち。
　近藤は座って、ぼーっとしてる。
　ウォールの下でたむろしている生徒たちが。
1組男子1「数字書いてあるけど、この順番に上れってこと？」
　そばには『クライミングシューズ以外で登らないでください』という貼り紙。
近藤「……」
　勝手に登り始める男子たち。
　四条、無言で立ち上がり、ウォールのそばまで行く。
四条「（ためらい）クライミングシューズ以外で……」

男子1が四条を見る。
1組男子1「うるせーよ」
四条「クライミングシューズ以外で」
1組男子1「うるせえって言ってんだろ！」
男子1が四条を突き飛ばす。
近藤「！」
四条、倒れたまま叫ぶ。
四条「……登るな。登るな。登るなーっ！」
男子1たち、怯んだ様子で四条を見て、白けた表情でバスケを始める。
近藤、倒れている四条に近寄る。
近藤「四条くん、大丈夫……」
四条、答えず、立ち上がり、出て行く。
近藤「……」

40 同・体育館前・廊下

放課後。
部活に向かう近藤。
廊下の先、バケツに水を入れている小寺が。
近藤「……」
小寺、雑巾を絞り、バケツにかけ、向こうへ歩いて行く小寺。
見つめる近藤。

41 同・体育館

小寺がバケツの上で雑巾をぎゅっと絞り、床を拭いていく。
近藤、入り口のところで驚いて見ている。
松平、水谷が来る。
松平「早いじゃん、近藤」
近藤「（小寺を見ていて）……」
部員A、Bは見慣れた光景のようで。
松平「小寺さん、部活前は毎日、掃除してるよ。いっつも一人で早く来て」
水谷「お前は遅れて来るから、知らんかったか」
ウォールのホールドも丁寧に拭いている。
近藤「……」
近藤、こみ上げるものがあるが、ただ立ち尽くす。

42 同・校外

ランニングしている卓球部。
先頭走る部長。
うしろからだらだらついて行く松平と水谷。
松平「あ〜だり〜」
水谷「だよな〜」
近藤は無言で走って行く。
近藤、部員をひとり、またひとりと抜き、前へ。
驚いて近藤を見る松平、水谷。
近藤、ついには部長に並ぶ。
部長をも追い越す近藤。
部長「え」
近藤、ぶっちぎりで全力で、走って行く。

43 通学路

近藤、学校へ向かっている。
近藤M「どうしておれ……日曜だってのにこんな早く……」

44 渕高・廊下

近藤、誰もいない廊下を歩いて行く。
近藤M「そういうの嫌だから卓球部に入ったんじゃないのか?」

45 同・体育館・前

近藤、ラケット手に体育館へ向かう。

46 同・体育館・中

近藤が中に入ると、ウォールに取りついている小寺がいた。
近藤「……」
その集中を邪魔しないようそっと卓球台の準備をする近藤。
近藤、小寺をそっと窺ってから壁打ちを始める。
登る小寺。
球を打つ音だけが響く体育館。

×　×　×

クライミング部も卓球部も部員が集まり、練習中。
近藤、部長相手に打っている。

部長「もっと声出せー」
近藤「サァー！」
部長「もっとぉ！」
近藤「サァーーーっ！」
近藤のスマッシュが決まる。
部長「よし、休憩——」

47　同・体育館裏手

近藤、自販機の前にやって来る。
飲み物を買い、外へ出ようとすると、裏口に小寺が座っていた。

近藤「……」
小寺も缶ジュースを手にしている。
間を空けて、並びに腰を下ろす近藤。
小寺、プシュッと缶を開け、それを飲む。
近藤、その一挙一動を意識してしまう。
ゆっくりと近藤を見る小寺。

小寺「こんにちは」
近藤「あ……やあ……」
近藤も焦って飲み物を飲む。
気まずい間。
近藤「（思い切って）いやあ……夏だね」
小寺「……」
小寺の笑顔が弾ける。
小寺「そうだね」
近藤、ドキンとする。
小寺「好きなの？」
近藤「えっ⁉」
小寺「夏」
近藤「……」
小寺「わたし、暑いの苦手で」
近藤「あ、わかる。夏ってやだよね！」
小寺「……でも、夏は好き」
近藤「……どういうとこが？」
小寺「何ていうか夏は静かな感じがする」
近藤「セミとかめちゃくちゃうるさいじゃん」
小寺「そうかなぁ。ほら、松尾芭蕉の歌にもあるじゃない」
近藤「え」
小寺「『閑けさや　岩にしみ入る　蝉の声』」
近藤「……」
小寺「こう……夏だなぁって思ってると……だんだん聞こえなくなって……」
何も音がしなくなる。
空は青く、雲は湧き。
校舎が見えて。
一緒にその景色を見ている小寺がいる。
近藤「（満ち足りて）……」
小寺「なんか近藤くんと久しぶりに話したね」
近藤「え……おれの名前……憶えててくれたの⁉」
小寺、コクンと頷く。
舞い上がる近藤。
四条が来る。
四条「……小寺（と、呼び捨て）」
近藤、ハッと四条を見る。
四条「課題、組み終わったって」
小寺が立ち上がる。
近藤「あ、部活、がんばってね」
小寺「ありがとう。近藤くんもね」
行ってしまう小寺。
でも、近藤、満ち足りた気持ちで。
近藤「（小さくガッツポーズする）……」

48　道路（夜）

梨乃たちが乗った車が夜の道を走っている。
バーベキューの時と同じメンバー。

49　車内（夜）

黙って爪を見ている梨乃。
女友達「梨乃、最近、ガッコ行ってんだって？」
梨乃「……うん」
女友達「なに急にマジメやってんの。チョー受ける～」
男友達1「この後、どうする?」
男友達2「海、行こうぜ、海」
女友達「夜景、超見たーい」
　黙っていた梨乃が口を開く。
梨乃「……停めて」
女友達「え?」
梨乃「そこで降ろして」
　車が停車する。
　梨乃、車を降りる。
男友達1「どうしたんだよ」
梨乃「明日、学校だから」
　驚く梨乃の友達。
梨乃「わたし、将来、ネイリストになりたいんだ。高校はちゃんと卒業して、ネイルの専門学校入ろうと思う」
　一同が驚いて見る中、梨乃はひとりで歩いて行く。

50　渕高・外観

51　同・裏庭

昼食時間。
ありかがベンチに座って、カメラの画像をチェックしている。
近藤が通りかかる。
ありかの画像を見てしまう近藤。
　小寺の画像がある。
近藤「……」
　ありか、近藤が立っているのに気づく。
ありか「……近藤くん……」
近藤「あ、ごめん」
ありか「別に。いいよ。近藤くんなら」
近藤「え」
ありか「だって近藤くんもいつも見てるでしょ」
近藤「!」
ありか「もっと見る? 小寺さん」
　ありか、嬉々として、他の小寺の画像を見せる。
近藤「いや、それ盗撮じゃ……」
　言いつつ、小寺の画像を食い入るように見る近藤。
ありか「中学、一緒だったよね」
近藤「あ、ああ……」
ありか「ふふっ」
近藤「?」
ありか「中学の時、近藤くんさ、授業中、先生に『やる気ないなら帰れ』って言われて、本当に帰ろうとしたよね」
近藤「……」
ありか「でも、何か最近はがんばってるってウワサだよ」
近藤「……」
　ちょっと照れる近藤。
近藤「田崎……は何で写真撮ってんの」
ありか「この間、小寺さんが書いてたでしょ。進路希望に『クライマー』って。それで、『まずは目指してみます』って」
近藤「……」
ありか「だから、わたしも」
　と、誰かが横に来て、ありかの画像を見る。
　それは小寺。
近藤「!」
ありか「!」
小寺「それ……わたし?」
ありか「いやっ、これは、その……」
小寺「イメージと違う」
ありか「へ?」
小寺「ちょっと見ていい?」
ありか「あ、うん」
　ありか、小寺にカメラを渡す。
小寺「動画もあるんだ。お～～自分の思ってる動きじゃない。反省点いっぱいあるなぁ……」
　小寺、真剣な顔でありかを見る。
小寺「すごく参考になる! もっと撮ってくれる?」
ありか「(焦りつつ)うっ、うん」
近藤「(苦笑)……」

52　同・体育館

ボルダリング部の一同の前に、カメラを手にしたありかがいる。
小寺、ありかを見て嬉しそうにニコニコしていて。
津田「小寺のクラスメイト？　可愛いね〜」
ありか「田崎ありかです」
小寺「参考用の映像を撮ってくれるそうです」
益子「助かるな。来月、夏のユース大会があるしな」
壁にユース大会のポスターが貼ってある。
小寺たち、そのポスターを見て。
益子「大会は全員参加する」
戸惑っている四条を見る益子。
益子「四条。お前もだ」
四条「大会って……たくさんの人が見てるところで登るんですよね……」
津田「当たり前だろ」
四条「なんでこんなやつが出て来たって思われませんかね？」
津田「思わねーよ」
四条「でも」
津田「誰もそんな悪口言うやついねーよ。ま、おれも最初、チビがこんなとこ出てきて……って言われるかと思ったけどな」
四条「……」
小寺「大会に出れば、新しいルートが登れるし。いろんな人が登ってるとこ見られるし。たくさん人がいるかもだけどみんな登るのが好きな人だから」
四条「……」
近藤が走って入ってくる。
部長が近藤に声をかけ、
部長「おー気合い入ってんなー。もうすぐ夏の予選だからなー」
近藤、部長に会釈し、クライミング部の方を見る。
四条がウォールを登り、ありかが写真を撮っている小寺は四条に声をかけて。
小寺「ガンバ！」
近藤、小寺に背を向け、またラケットを構える。
近藤「……ガンバ」
小さく呟いてまた素振りを始める近藤。

53　コンビニ・前（別日）

店内から声が聞こえる。
店員の声「ありがとうございましたーっ」
近藤、飲み物とパンの入った袋を下げて出て来る。
前のバス停にヘッドホンした私服姿の小寺が立っている。
小寺は肩にはマットを背負っていて。
近藤「！」
バスが来て、乗り込む小寺。
近藤、慌てて乗り込む。

54　バス車内

乗り込んだ近藤、小寺に気づかれぬように椅子に座る。
立っている小寺をチラチラと見る近藤。
小寺の横顔が見える。
近藤、何だか楽しくなり、テンション上がる。

55　岩山近くのバス停

小寺がバスを降りてくる。
近藤もうつむき加減に降りて来る。

56　岩山への道

近藤、離れて小寺の後をついて行く。

57　岩山

自然の岩壁がある場所。
もうすでにマットが敷いてある。
小寺、服を脱ぐ。
近藤、岩陰から見ていてドキッ。
小寺、上下セパレートの練習着になる。
岩の下にマットを敷き、登り始める小寺。

近藤「……」
　小寺から目をそむける近藤。
近藤「……何やってんだ、おれ」
小寺の声「……あっ！」
　声がして、思わず小寺のところへ駆け寄る近藤。
　小寺、振り向き、近藤を見る。
小寺「……」
近藤「……」
　岩から下りる小寺。
小寺「……近藤くん？　何で……」
近藤「え～と、ひとりピクニック！」
　近藤、コンビニの袋を見せる。
小寺「……」
　気まずい間。
近藤「（誤魔化すように）あ、さっき叫んでたけど、どうかした？」
　小寺、岩を見る。
小寺「チッピング」
近藤「え？」
　小寺、手を伸ばし、岩が裂けたところに、指を突っ込む。
小寺「第二関節まで入る。ここ、削られてるの」
近藤「自然に削られたんじゃ」
小寺「傷が細かいでしょ。誰かが削ったの。上へ登るために」
近藤「……」
小寺「自然の岩を削って形を変えるなんて。一度、削ったら、もう元には戻らない。身体ひとつで登るのがフリークライミングなのに……自分の技術と体力で登るのがフリクライミングなのに……！」
　小寺の目が潤む。
近藤「……！」
　近藤、慰めることも出来ず、小寺を見ている。
　益子、津田、四条、ありかが来る。
小寺「あっ、部長。津田先輩。四条くん、田崎さんも」
益子「もう来てたのか、小寺」
津田「早いな～」
ありか「……あれ、近藤くん？」
津田「何でお前がいるんだよ」
小寺「ひとりでピクニックだそうです」
津田「はぁ!?」
　疑わしげに近藤を見る一同。
近藤「（気まずい）……」
　そこへ梨乃が来る。
　両手にスーパーの袋提げていて。
梨乃「小寺ちゃーん！」
ありか「倉田さん？」
梨乃「バーベキューの材料持って来たよー」
小寺「ありがとう」
ありか「何で倉田さんまで」
梨乃「ここ、ウチらがよくバーベキューやってたとこで。小寺ちゃん、『楽しそう』って言ってたから。今日はここ登るって聞いて」
小寺「……うん、登る」
　削られたホールドを指差す小寺。
小寺「チップされたホールドを使わずに登る」
津田「ひでーっ」
益子「ほんとだ。削られてるな……」
ありか「チップ？」
　登り始める小寺。
益子「おい、小寺」
　小寺、チップされた箇所を避け、違う裂け目に手をかける。
　反動をつけ、グイと体を伸ばし、上へ。
近藤「……！」
　登っていく小寺を見つめる一同。
　上を見る小寺。
　一同も上を見て。
　小寺、もう少しで登れそう。
　が、落ちてしまう。
近藤「！」
ありか「！」
益子「おー惜しーっ」
津田「ツメが甘いんだよっ」

梨乃「小寺ちゃん、残念」
ちょっと落胆して息吐く近藤。
四条もフッと息吐く。
思わず顔見合わせる近藤と四条。
四条「（ニコッ）」
近藤「（何かバツ悪く顔をそむけ）……」
×　×　×
バーベキューをしている一同。
肉を焼いて皿に乗せる梨乃。
もりもり食べる小寺。
四条、津田、益子も食べる。
みんなの写真を撮るありか。
益子「田崎、お前も食べろ」
ありか「あ、はい」
近藤も食べながら、小寺や一同を見る。
前とは違う。
周囲に人がいる。
近藤「（不思議な感じがして）……ひとりじゃない……いいな、こういうの……」
益子「おーこのタレいいだろー」
タレの瓶、ガッと掴む益子。
近藤「（苦笑）」

58　渕高・校庭

学園祭の設営をしている生徒たち。

59　同・廊下

教室の飾りつけをしている生徒たちも。

60　同・体育館

1年1組の生徒たちも文化祭の準備をしている。
『どうぶつ喫茶』の看板や衣装を作ったりしている一同。
ありかはみんなの写真を撮っていて。
男子1「あっつー」
男子2「めんどいなー」
サボっている生徒もいる中、近藤や四条は黙々と準備していて。
近藤「四条くん、こっち持ってくれる？」
四条「うん」
ちょっと微笑む四条。
近藤「？」
四条「……文化祭の準備するなんて初めて」
近藤「え？」
四条「中学の時はキモい……って言われてたから」
近藤「……」
四条「中学の時、ぼくに声かけてくれたのは小寺だけだった」
近藤「……おれも初めてかな」
四条「え？」
近藤「文化祭にちゃんと参加するの。中学ン時は『おまえ、こういう行事、バカにしてんだろ』って言われてたから」
四条「……」
四条、ガバッと近藤をハグする。
近藤「いや、ちょっと！　やめろよ！」
近藤、ジタバタと抵抗する。
が、ふと四条を見て。
近藤「……四条くんならいいかな……付き合っても」
四条「……え」
サッと近藤から離れる四条。
近藤「おれとじゃねーよ！」
近藤、小寺の方を見る。
小寺のそばに梨乃が来る。
梨乃「学校中が色めきたってるね～」
小寺どんよりと覆われたウォールを見ている。
悶絶する小寺。
小寺「登りた～い……」
小寺、ウォールにすがる。
梨乃「ちょっ、小寺ちゃん！　文化祭の間は登っちゃだめって」
止める梨乃。
ありかはじゃれ合うような小寺と梨乃を羨ましげに見ている。
ありか「……」
近藤、その様子を苦笑して見ている。
四条「近藤くん、何のキャラになるんだっ

け」
近藤「え、おれは……」

61 同・校庭

カッパ姿の近藤が屋台で塩漬けキュウリを売っている。

近藤「……」

座れる席もあり、どうぶつ姿の生徒たちが注文とったり飲み物を運んだりしている。

四条はブタの格好。

ブタ姿の生徒「お…お待たせしました…豚まんです！」

ニワトリ姿の生徒「焼き鳥二本ですねー」

ありかも亀のカッコでカメラを手にしている。

小寺は近くで猿のカッコでチラシを配っている。

小寺「1年1組どうぶつ喫茶です～」

梨乃が通りかかる。

小寺「あれっ、梨乃ちゃん?」

梨乃「あたし、バイト行くから帰る」

小寺「バイト?」

梨乃「授業料結構かかるし」

小寺「え?」

梨乃「夜、ネイルのスクール行き始めたんだ。毎日遅い。遊び回ってたときと同じだけどね」

小寺、ちょっと微笑んで。

梨乃「それに、何か」

近くに貼ってあった文化祭のポスターを見る梨乃。

『渕高文化祭　ひとつになれ！　この思い出よ永遠に』

梨乃「『ひとつになる』…その言葉の意味が、16年生きてきて今だにわかりません」

小寺「うん、わたしも」

あっさり言った小寺を見て驚く梨乃。

小寺「ひとつになんてなれない。みんな違うんだもん」

笑い出す梨乃。

梨乃「やっぱ小寺ちゃん、いいわー」

宮路が来て、小寺に気づく。

宮路「お～やってるやってる」

小寺「あ、宮路さん」

宮路は風船手にした子供を連れている。

子供「わあ～っ、お猿さん！」

子供は着ぐるみ姿の小寺を見て喜ぶ。

小寺「お子さんですか?」

宮路「いや、姉貴の子だって！」

子供の手から風船が離れる。

子供「あっ！」

小寺「！」

風船は上へと昇って行く。

小寺「(子供に) そこで待ってて」

小寺、校舎に取りつき、風船を追って登り始める。

校庭にいた生徒たちが小寺に注目する。

「何だ⁉」「猿が登ってる！」

梨乃、宮路と四条、子供驚いて見ている。

カメラを手にしていたありかも小寺に気づく。

四条も小寺を見る。

近藤も小寺を見る。

皆が唖然として登る小寺を見上げる一同。

シャッターを切るありか。

ハラハラと見守る近藤。

笑い出す梨乃。

梨乃「ふふっ」

カメラを構えていたありか、笑顔になった梨乃に気づく。

ありか、笑顔の梨乃の写真を撮る。

ありか「(梨乃を見て) ……」

梨乃「(うっ) ……」

小寺、風船が2階に達したところで、見事に掴む。

62 同・二階教室（益子と津田のクラス）

女装喫茶のウェイトレスをやっている益子と津田。

その教室の窓から風船を手にした、猿の

着ぐるみ姿の小寺が入ってくる。
津田「小寺⁉」
小寺「先輩……」
周囲の生徒たちは窓から入ってきた小寺を見て、驚いていて。
焦る益子。
益子「何やってんだ！」
小寺「部長も先輩も何やってるんですか……」
小寺、女装した益子と津田をまじまじと見る。
津田「お前だよ！」
益子「問題起こして、部活停止になったらどうすんだ！」
小寺「あ、すいません！」
益子「早く行け！」
小寺「はいっ！」

63 同・校庭

小寺、子供に風船を渡す。
小寺「はい」
子供「ありがとう」
宮路、梨乃、近藤、それぞれの表情で小寺を見ている。
ありかはシャッター押して。
近藤「……」
女装したままの益子と津田が、ありかと梨乃に近づいて来る。
津田がありかのカメラを見て、
津田「小寺の写真、拡散とかするなよ」
ありか「あっ、はい」
ありか、モニターで子供に風船を渡した小寺の画像を見る。
益子が覗き込んで。
益子「お、いい写真だな」
ありか「！」
益子と津田、行ってしまう。
ありか、益子をじっと見ていて。
ありか「（ぽつり）わたし、益子先輩、好きかも」
梨乃「マジ⁉」
ありか「何かよくないっ⁉」
梨乃「ないわー。つか、あたしら初めてまともに会話したよね？」
ありか「あ、そうだね」
近藤が四条を見る。
四条の隣には梢がいて。
梢「じゃ、四条くん、あとでね」
四条「うん」
いい雰囲気の二人を驚いて見る近藤。
梢は行ってしまう。
近藤、ダダッと四条のもとに駆け寄る。
四条「……近藤くん？」
近藤「今の子っ……」
四条「え、見てた？」
近藤「誰⁉」
四条「……前にラーメン屋でゴム貸してくれて」
近藤「え⁉」
四条「それがきっかけで……」
近藤「付き合ってんの⁉」
四条「まぁ」
近藤と四条、着ぐるみのまま木陰に移動する。
近藤「小寺さんは⁉」
四条「小寺さんには……フラれたんだ……。告って」
近藤「え……、って、告ったの⁉」
四条「中三の時だけど……」

64 四条の回想

中三の卒業式の日。

証書を手にした中三の小寺と四条。

四条「3年間……ずっと見てました。小寺さんが僕の消しゴム拾ってくれたり……教室変更教えてくれたり……今まで誰もそんな事してくれなくて……。ずっと気になってて……」

小寺、四条を見つめたまま、固まっている。

四条「……僕のこと、わかるよね？」

小寺「あっ、はい……」
四条「小寺さん」
小寺「はい」
四条「すっ……好きです」
小寺「（目を伏せ）……」
四条「……迷惑だよね。ごめん。釣り合うわけないのに……なにカンチガイしてるんだろーね……はは……」
　小寺は泣いていた。
四条「……」
小寺「ごめんなさい」
　四条の制服の袖を掴んで、泣き続ける小寺。

65　戻って～校庭
　四条の話を聞いている近藤。
四条「あの時、何でだか、小寺の方が傷ついたような顔してた……」
近藤「……ものすごく悪いことをしたって思ったんじゃない？　四条くんの思いに応えられなくて」
四条「やっぱり？」
近藤「（呆れ）わかってたんなら、何でクライミング部入ったの……」
四条「入学式の時に誘われて……つい、流れで入って……。でも、やってるうちに……登るのが楽しくなって……。それでがんばったら、周りの見る目が変わった。先輩も優しくなって」
　×　×　×
　体育館で四条に告白するバレー部姿の梢。
梢「ずっと見てました……四条くんのこと見てました……」
　×　×　×
四条「好きだって言ってくれる女の子も出来た」
　きっぱりと言う四条。
四条「でも、僕が前のままでもダメでも下手くそでも……、きっと小寺さんは態度を変えたりしない」
　四条、近藤を見る。
四条「近藤くんもいつも見てたよね。小寺さんが登るとこ」
近藤「！」
四条「小寺さんを見てると、何だか……自分も登らなきゃって思うよね」
　空に手を伸ばす四条。
近藤「……」
　近藤も空を見上げ手を伸ばし……ぐっと空を掴んだ。

66　渕高・体育館（別日）
　近藤が部長を相手に練習している。
　真剣な表情の近藤。
　必死に足を動かし、腕を振り、玉を叩き込む。

67　渕高・体育館出入り口（夕）
　近藤が汗を拭いながら出て来る。
　と、出入り口のところで小寺が休憩していた。
近藤「！」
　立ち尽くしていたが、急に自販機の前に行き、飲み物を買う近藤。
　買った缶を小寺に差し出す。
近藤「小寺さん、話したいから一緒に飲んでくれ！」
小寺「……」
　小寺、頷く。

68　同・中庭（夕）
　ベンチに背中合わせに座っている小寺と近藤。
近藤「あ、ユース大会、予選通過したんだって？　おめでとう」
小寺「ありがとう。近藤くんも県大会出るんだってね。四条くんから聞いたよ」
近藤「あ、うん……」
小寺「卓球、好きなんだね」
近藤「……好きってわけじゃ」
小寺「……すごいね、好きじゃないものを頑

張れるって。わたしは……好きなことしか
　頑張れない」
近藤「おれは……小寺さんみたいにまだ何や
　りたいかわかんないから……。今、目の前
　にあること、とにかくがんばってみようと
　思って……」
小寺「そっか。目の前にある壁を登ってるん
　だ」
近藤「うん。手を伸ばして、掴んで掴んで、
　上へ……」
　缶を手にしていた小寺が近藤を振り向く。
小寺「あれ？　近藤くんの飲み物は？」
近藤「それしか買ってない」
小寺「何で？」
近藤「金ないから」
小寺「……じゃあ」
　小寺、缶を差し出す。
小寺「半分こする？」
近藤「！」
　差し出された缶を受け取り、飲む近藤。
　小寺が息つき、近藤の背にもたれる。
　背中同士がくっつく二人。
　どきどきする近藤。
近藤M「心臓の音って……背中からでも伝
　わるんだろうか……」
　目を閉じる近藤。

69　**卓球・県大会会場**
　目を閉じている近藤。
　開けると、目の前に試合相手がいる。
　試合が始まる。
　ラリーが続く。
　相手のスマッシュを受けられない近藤。
　相手のサーブ。
　近藤、必死に食らいつく。
　部長や部員Ａ、Ｂが声援を送る。
　球を返す近藤。
　が、入らない。
　苦しい。
　目を閉じ、集中する。

70　**ギャラリー**
　アマチュアの写真展。
　ありか、自分の撮った写真を大きなパネ
　ルにして飾っている。

71　**駐車場**
　梨乃がネイルのスクールで勉強している。

72　**県大会会場・控室**
　急いで帰り支度している近藤。
　松平と水谷が来る。
松平「近藤！　惜しかったな。勝てば午後も
　試合できたのにな」
水谷「でも、ベスト8だよ！」
近藤「うん、ベスト8まで行けるなんて思わ
　なかった。すげーな！」
水谷「（笑って）確かにすげーけど自分で言
　うなよ！」
松平「帰り、何か食ってくか？」
近藤「悪い、おれ、行かなきゃ！」
　駆け出す近藤。

73　**公立体育館・外観**
　『スポーツクライミングユース大会』の
　看板。
　近藤が走って来る。

74　**同・中**
　周囲の壁はチップのついたウォールだら
　け。
　ＤＪがいて、軽快な音楽を鳴らしてい
　る。
　司会がアナウンス。
司会「それでは女子の部・決勝開始です！」
　小寺がじっとホールドを見ている。
　見守っている益子、津田、四条。
　写真を撮っているありか。
　近藤が入って来て、ありかの隣に来る。
ありか「あっ、近藤くん！」
　小寺、最初のホールドに手をかける。

司会「予選5位通過の小寺選手。さぁ、スタートホールドに手をかけました！」

益子、津田、四条が「ガンバ！」と声を上げる。宮路も来ていて。

ありか「小寺さん、登り始めた！」

宮路が近藤とありかを見る。

宮路「君たち、小寺ちゃんの友達?」

近藤「（宮路を見て）?」

ありか「あ、はい、同じ学校の……」

宮路「あ、おれ、ボルダリングジムのインストラクター。小寺ちゃんと四条くん、うちに時々練習に来てるんだ」

小寺の登りを見る宮路。

小寺、2手目に進む。

上の方に『ゴール』のホールドがある。が、小寺、落ちてしまう。

近藤「！」

宮路「制限時間内だったら、何回トライしてもOKだ」

小寺、ほっぺたをペチペチして、またウォールに取りつく。

宮路「ゴールまで行った選手が何人もいたら、ボーナスポイントがもらえるゾーンを通ったか、何回トライしたかで順位が決まる」

登っていく小寺。

近藤「（小寺を見て）……がんばれ」

宮路「応援するときにかける言葉はね……」

近藤「（小さく力強く）『ガンバ』」

宮路「（近藤を見てフッと笑う）」

小寺を見守る益子たち。

益子・津田「ガンバ、ガンバ！」

小寺、ズルッと滑りそうになる。

近藤「！」

ありか「あっ！」

が、小寺、耐える。

津田「よしっ」

3番目のホールドは遠い。

小寺、ズリズリと体を捩じりつつ、近づく。

が、手をかけたところで落ちる小寺。

あ～っと観客の吐息。

津田「やっぱダメか」

益子「惜しい……」

また1手目に取りつく小寺。

次の2手目は一度目のトライと違う。

宮路「今度は全然、ムーブを変えて来た!?」

ありか「ムーブ?」

宮路「ホールドを取るまでの動きのこと」

登る小寺を見つめる近藤。

3手目を取る小寺。

ありか「3手目取った！」

が、4手目で滑り落ちる。

近藤「……」

マットの上に転がった小寺。

が、小寺はすぐ起き上がり、ウォールに。

四条「もう次のトライ……」

小寺、次は5手目で滑り落ちる。

また起き上がり、登り始める小寺。

6手目に手をかける。

司会「小寺選手、4アテンプト！　しかし登るたびに先へと進んでいます！」

疲れが見える小寺。

津田「明らかにへたってるのに……」

小寺、7手目に手をかける。

益子「また進んだ……！」

近藤、じっと見守っている。

ありか「何か登れそう。やっぱ小寺さんは特別なのかな……」

宮路「特別じゃないよ、小寺ちゃんは。ただ、彼女は今、目の前にある壁を必死に、でも楽しんで登ってるだけじゃないかな?」

小寺、わくわくした表情で登っている。

近藤「（小寺を見つめ）……」

落ちる小寺。

が、休みもせず、またトライ。

司会「小寺選手、レストなしで再トライしました！　まるで1秒が惜しいとでも言わんばかりです！」

観客から声が上がり出す。

「ガンバ…」「ガンバ…！」

近藤、声をかけたいが、言えない。

前と違うムーブの小寺。
四条「また別のムーブ……」
津田「ド根性かよ、あいつ！」
次の手を考える小寺の生き生きした顔。
宮路「……うらやましい」
梨乃「え？」
宮路「……おれもまた試合、出るかな」
最後のホールドまであと一つ。
益子「あとひとつ……」
ゴクリとなる一同。
手を伸ばす小寺。
が、滑った！
近藤「……！」
思わず声を上げる近藤。
近藤「小寺さーーーん！　ガンバーーーーっ！」
小寺、耐える。
近藤「ガンバ！」
ありかも声を出す。
ありか「…ガンバ！」
梨乃の声「ガンバ！」
その声に驚く近藤とありか。
梨乃が来ていた。
梨乃「もっと声出しなさいよ」
近藤「（頷き）……」
近藤、小寺を見る。
苦しげな小寺。
近藤「ガンバ！」
ホールドを掴む小寺の手が汗で滑る。
宮路「ぬめった…！」
近藤「ガンバ！」
ありか「ガンバ！」
梨乃「小寺ちゃん、ガンバ！」
小寺、最後のホールドを掴む！
大きな歓声が上がる。
×　×　×
二位の表彰台に上った小寺。
小寺、トロフィーを手にニコニコしている。

75　同・会場前（夕）

近藤、小寺、ありか、梨乃、四条、益子、津田がいて。
益子「おう、応援ありがとうな！」
津田「ラーメンでも食ってくか？」
小寺「いえ、今日は。（トロフィー入れた袋見せて）早くうちに帰って飾りたいんで」
ありか「わたしは写真展の準備に戻ります」
梨乃「あたし、久しぶりに遊びたい気分ー」
近藤「あ、ぼくは一回、学校戻るんで」
津田「じゃあ四条、俺らだけで……」
と、四条を見ると、梢が来ていた。
四条、益子たちにぺこりと会釈して梢の方へ。
梨乃「じゃー行くわー」
ありか「失礼します」
梨乃、ありか、行ってしまう。
益子「おれらも行くか」
津田「おー」
益子と津田も行ってしまう。
小寺と近藤だけが残る。
近藤「……」
小寺、近藤を見て微笑む。
小寺「応援ありがとう。聞こえたよ、声」
近藤「あ……、準優勝……おめでとう」
小寺「近藤くんもベスト8おめでとう」
近藤「！」
感激して立ち尽くす近藤。
が、決意の表情になる。
小寺「……？」
近藤「……あ、えっと……おれ」
小寺「……？」
近藤「おれ……」
必死に言おうとする近藤。
近藤「大好き……かも」
小寺「……」
近藤「……夏」
近藤が見上げた先に夕空。

END

アルプススタンドのはしの方

奥村徹也

〈脚本家略歴〉

奥村徹也（おくむら　てつや）

1989年7月13日生まれ。岐阜県出身。2008年、早稲田大学演劇倶楽部にて演劇活動を開始。卒業後、1年間のサラリーマン生活を経て2014年『劇団献身』を旗揚げ。以降、全作品の脚本・演出を担当。3秒に1度放たれるギャグを武器にコメディ作品を次々と発表し、着実に動員を伸ばしていく。2017年、ゴジゲンの劇団員になり俳優としても活躍。同年、メ～テレドラマ『まかない荘2』にて、ドラマ脚本家デビュー。2018年から2年連続で、小野賢章らの演劇ユニットTeam Unsuiにて脚本・演出も手がけた。アニメモンスターストライク新シリーズの脚本執筆や小説連載、MOOSICLABにて、短編映画『cat fire』の脚本・監督も務めるなど、活動は多岐にわたる。2019年には演出した舞台『アルプススタンドのはしの方』が浅草ニューフェイス賞を受賞。翌年、同作品が映画化され、脚本を務める。

監督：城定秀夫
原作：籔博晶　兵庫県立東播磨高等学校演劇部
製作：2020「アルプススタンドのはしの方」製作委員会
制作プロダクション：レオーネ
配給：SPOTTED PRODUCTIONS

〈スタッフ〉
企画　直井卓俊
プロデューサー　久保和明
撮影　村橋佳伸
録音　飴田秀彦
編集　城定秀夫

〈キャスト〉
安田あすは　小野莉奈
藤野富士夫　平井亜門
田宮ひかる　西本まりん
宮下恵　中村守里
久住智香　黒木ひかり
進藤サチ　平井珠生
理崎リン　山川琉華
厚木修平　目次立樹

1　東入間高校・校庭一角または駐車場など（半年前・冬）

　――画面いっぱいの教師の背。

教師「……しょうがないよ」

　教師、歩を進め、目の前で話を聞いていた女生徒・安田の肩を叩く。

　何も答えずただ呆然と立ち尽くす安田。

　溜息の教師、安田の前から歩き去ると、その後ろ、荷積み用のハイエースの前で肩を落としている数人の高校生たちの前に立ち、何やら話す。

　泣き出す高校生たち。

　グラウンドからは野球部の声が聞こえる。いつまでも立ち尽くす安田、その髪を風が揺らす。

　野球部の声が大きくなっていく。

　さらに、どこからか歓声が聞こえてくる。歓声もまた、徐々に大きくなってゆき――

2　アルプススタンド・点描（現在・昼）【5回表】

　久住智香を筆頭に、ブラスバンド部の演奏。

　×　×　×

　チアリーダーが踊り、ベンチに入れなかった野球部員たちが懸命に声援を送っている。

　売り子がかちわり氷を売りながら練り歩き、おじさんが美味しそうにビールを飲み……など、熱気に包まれる甲子園の様子を点描。

3　同・端【5回表】

　人ごみの中、観客席の階段を上がってゆく二人の女生徒、安田と田宮の足。

　二人、人のいない端の席に並んで腰かける。

安田「……あっつ」

　安田、スポーツドリンクを飲む。

田宮「……ここ、ちょっとは涼しいね」

安田「うん、ちょっとは」

田宮「もうここでいいよね」

安田「いいんじゃない。あっち、なんかノリ違うし」

田宮「……そうだね」

　二人、応援する気もなくぼんやりとグラウンドを眺める。

　打球音――歓声――落胆の声。

安田「今のアウト？」

田宮「アウトじゃない？　みんなベンチ戻ってるし」

安田「今度守り？」

田宮「だと思う」

安田「ふうん」

4　球場内・通路【5回裏】

　男子生徒・藤野がイヤホンを付け、壁に凭れている。

　ラジオを聴いているようで、実況が漏れ聞こえる。

実況の声「……りバント成功でワンアウト三塁、5回裏、平成実業高校の攻撃、打席には4番の松永が入ります」

　藤野、スタンドへ続く入り口を見つめる。

藤野「……」

　と、後ろから眼鏡を掛けた大人しそうな女生徒・宮下が歩き来る。

　宮下、ちらりと藤野を見るとその横を通り過ぎ、スタンドへ入ってゆく。

　宮下の背を見送る藤野、意を決し、入り口へ向かって歩いてゆく。

　ラジオの音量が大きくなっていく。

実況の声「園田、セットポジションから第一球！」

　カキン、という打球音。

実況の声「打ったぁぁ!!」

5　アルプススタンド・端【5回裏～グラウンド整備】

　安田と田宮が騒いでいる。

安田「え、今の点入ったの？」
田宮「？」
最上段の棚の前に立ちグラウンドを見つめてる宮下の向こう、藤野が歩いてくる。
安田「何で？　だって捕ったじゃん？　捕ったらアウトでしょ？」
田宮「アウトだと思う」
安田「なのに何で、そこの、そこのさ」
田宮「三塁」
安田「三塁の人走ったの？　アウトなのに」
藤野、会話を聞きつつ、どこに座るか思案する。
田宮「……落としてたら分かるけどね」
安田「何？」
田宮「いやだから、キャッチできなくて、落としてたら、走ってもいいじゃない？」
安田「あー」
田宮「……落としてたのかな実は」
安田「今私も同じこと思った」
田宮「私たちには取ったように見えたけど」
安田「アウトじゃなかったんだ」
田宮「実は落としてた」
安田「それだ、絶対それ」
安田と田宮、スコアボードを見る。
田宮「アウトかー」
安田「……迷宮入りだね」
田宮「（藤野に気づき）あ」
藤野「（会釈する）」
田宮「……前のほうも空いてるよ？」
藤野「いや……、いい」
盛り上がる球場の端っこで浮いている四人。
打球音——目でフライの軌道を追う四人の姿に——
メインタイトル『アルプススタンドのはしの方』
周りの客席から歓声。フライは捕られたようだ。
安田「今のはさすがに普通にアウトだよね？」
田宮「うん、スリーアウトチェンジ？」
観客がパラパラと席を立ち、出口へ向かう。
安田「？……何かあんのかな」
田宮「え？」
安田「みんな中入ってく」
田宮「（見渡し）ほんとだ」
安田「何だろ」
田宮「……（閃いて）ファウルボールに当たらないように」
安田「……急に？」
田宮「うん」
安田「（釈然とせずも）まぁファウルボール怖いよね、確かに」
田宮「……当ったら死ぬらしいよ」
安田「マジで？　死ぬの？」
田宮「おじさん言ってた。当ったことあるんだって」
安田「……死んだの？　おじさん」
田宮「え？　生きてるよ」
安田「当ったら死ぬんじゃないの？」
田宮「……ん？」
安田「もういいや……」
田宮「ねえ私たちも避難しよ。藤野君も避難したほうがいいよ」
藤野「グランド整備だから」
田宮「え？」
藤野「今、五回裏終わったとこだろ？　六回の表までの間にグランド整備入るから、その間にトイレ行ったり飲み物買い行ったりするんだよ」
田宮「あー。そうなんだ。さすが、詳しいね」
藤野「別に……」
田宮「今来たの？」
藤野「うん」
田宮「遅くない？」
藤野「朝、ホテルで補習あって」
田宮「あー」

安田「……私間に合ったよ?」
藤野「え?」
安田「いや、私も補習終わってから来たけど、普通に間に合ったよ?」
藤野「あ、いや……」
声「おい、お前ら!」
　突然の声に振り返る一同──スタンド上の通路、教師の厚木が足早に向かってきている。
厚木「何してんだ、こんなとこで。もっと前のほうで応援すりゃいいだろ」
　厚木、傍らの宮下に寄り、
厚木「宮下もだぞ。みんなで気持ちを一つにして一生懸命声を出す。そうやって友情が深まる。これがBaseballの醍醐味だぞ。ほら、声出していこう」
宮下「え?……」
厚木「(全員に)じゃあいくぞ。One, two, three, go!!」
四人「……」
厚木「(ため息)いいかお前ら? 人生ってのはな、空振り三振の連続だ。でも一番いけないのは怖がってバットを振らないことだ。分かるよな?」
四人「……」
厚木「(藤野に)分かるよな⁉」
藤野「え、あ、はい!」
厚木「オーケー。お前をこのTeamの応援団長に任命する」
藤野「え?……え?」
厚木「必ずや東入間の反乱分子を更生させてくれ。頼んだぞ」
　厚木、スタンド前方に降りていく。
藤野「……今の誰?……なんか、任命されたんだけど」
安田「(厚木の去った方を見て)知らないの? 厚木先生」

6　同・前方【グラウンド整備】

　厚木が他の生徒たちにも声をかけている。
安田OFF「今年転任してきた」
田宮OFF「藤野君、英語の選択授業とってないもんね」

7　同・端【グラウンド整備】

安田「……で、何で?」
藤野「え?」
安田「いや、なんで来んの遅かったの?」
藤野「あ、まぁちょっと……迷って」
安田「ホテルからここまで迷うようなとこあった?」
藤野「来るかどうか迷って」
安田「……まぁでも、私もサボろうかな、って ちょっと思った」
藤野「そうなの?」
安田「だって嫌じゃん。夏休みなのにさ、野球部の応援とか」
藤野「あー……」
安田「しかもなんで全員強制なの? わざわざ何台もバス借りて。(田宮に)おかしくない?」
田宮「おかしいと思う」
安田「決勝とかならまだわかるけどさ、まだ一回戦じゃん。ほんと、何で野球だけ特別扱いなのかなー」
藤野「……」
安田「あと野球部の人何か偉そうじゃない? 俺野球部ですけど、みたいな。嫌いだわー。もう野球部ってだけで自動的に嫌い」
藤野「……」
田宮「藤野君野球部だよね」
安田「え」
藤野「……今それ言う?」
安田「……いや、あれよ。嫌い嫌い言っておいて、内心実は好きなやつよ?」
藤野「いや、大丈夫大丈夫」
安田「いやほんとに」
藤野「ほんと大丈夫だから。ていうか俺もう野球部じゃないし」
安田「え?」
藤野「辞めてるし。だいぶ前に」

安田「そうなんだ……」
藤野「偉そうにするよな、野球部のやつって」
安田「うん……園田君とか」
藤野「あー、園田ね」
田宮「園田君ってピッチャーの？　そうかな？」
藤野「ちょっとプロのスカウトに目つけられたぐらいでさ」
安田「そうなの⁉」
田宮「すごいじゃん！」
藤野「いやスカウトとかどこでも見に来んだから」
田宮「でもすごいよ、ね？」
安田「うん、演劇だったら絶対そんなんないよね」
藤野「演劇？」
安田「あぁ、私ら演劇部なんだ」
田宮「演劇でプロからスカウトとかないよね」
安田「ないね。全国行っても、こんなふうに見に行こうとかならないしね」
藤野「……演劇の大会って何すんの？」
安田「……演劇」
藤野「……あー、え、でもあれか、一応なんか地区大会とか県大会とかあって」
安田「そうそう、私が台本書いて」
藤野「へぇ」
安田「一応、関東までは行ったんだよ」
藤野「すごいじゃん」
安田「すごいでしょ」
田宮、俯いており、
藤野「……田宮さん？」
田宮「え？　あぁ、ごめん、えっと、何？」
藤野「いや、関東大会、すごいなって」
田宮「あぁ……うん」
藤野「それって今年？」
安田「いや、去年」
藤野「今年はこれから？」
安田「今年は出ない」
田宮「あ」
藤野「え、何で。受験だから？」
安田「……まぁそれもあるし、関東大会までは年内なんだけど、全国大会は来年の夏にあって」
藤野「え、じゃあ、今年勝っても全国には出られないって事？」
安田「そう」
藤野「……不思議な大会だな」
安田「そう言われたらそうかも」
田宮「……あのさ」
安田「(同時に) 暑……、え、何？」
田宮「いや……グランド整備長いね」
安田「あー」
藤野「ここんとこずっと暑いし。地面相当乾燥してんだと思う」
田宮「乾燥してるとだめなの？」
藤野「イレギュラー増えるからね」
田宮「イレギュラー？」
藤野「ボールが、変な跳ね方するんだよ」
田宮「へぇ」
安田、席を立つ。
田宮「どこ行くの？」
安田「ちょっと飲み物」
田宮「あ、じゃあ私行くよ」
安田「いや、いいよ」
田宮「いいって私行くから」
安田「なんで、自分で行くって」
田宮「いや、ほんと、私もちょうど買いに行こうと思ってたとこだから」
安田「いや」
田宮「何がいい？」
安田「……じゃあ、何か、お茶系の」
田宮「分かった」
田宮、出て行こうとするが、途中で足を止め、スタンドを上がっていき、
田宮「(宮下に) 疲れない？」
宮下「え？」
田宮「座ったら？」
宮下「いや、いい」
田宮「そう？」

田宮、出て行く。

安田「あー暑……でもさー、まさか甲子園来てまで補習受けさせられると思わなかったよね」

藤野「うん……」

安田「……志望校どこ？」

藤野「県立大」

安田「あ、一緒」

藤野「マジで？」

安田「……行けそう？」

藤野「E判定」

安田「……やっぱね」

藤野「やっぱって」

安田「私もE判定」

藤野「あぁ……やっぱな」

安田「……ま、補習受けてるぐらいだもんね」

藤野「俺さ、東入間入ったら県立大は普通に行けると思ってた」

安田「私も……あー高校三年生の夏ってこんなんなのかなー？」

藤野「どんなんなの？」

安田「いや、もっとなんか、青春みたいなさ」

藤野「青春な……青春って何？」

安田「なんだろ……まぁでも、甲子園は青春なんじゃないの？」

藤野「あぁ。……演劇はさ、青春じゃないの？」

安田「……どうだろ」

藤野「関東大会出たんでしょ」

安田「……」

× × ×

S1の断片――立ち尽くす安田。

安田OFF「……厳密に言うと、出てはない」

× × ×

藤野「え？」

安田「本番、部員がインフルエンザかかっちゃってさ。出れなかったんだよね」

藤野「え？ マジで？」

安田「うん」

藤野「それは、悔しいな」

安田「まぁ、しょうがないよ」

藤野「でも脚本も書いてさ、頑張ったんだろ？ ちゃんと評価してもらいたかったんじゃないの？」

安田「頑張ったけど、……でも結果としてさ、上演できなかったら意味ないもん。だから、そこまでのもんだったんだって」

藤野「そっか」

安田「しょうがない」

厚木の声がかすかに聞こえてくる。

厚木の声「お前らなに弱音吐いてんだ！ 試合はこれからだぞ！」

安田「（スタンド前方を見て）うわぁ……」

8　同・前方【6回表】

厚木「東入間高等学校の逆転勝利を願ってぇー！ 声出していくぞぉー！」

× × ×

ブラスバンド部の演奏が始まる。

試合は6回表、東入間高校の攻撃へ。

9　同・端【6回表】

安田「……これ、正直相手のほうがだいぶ強いよね」

藤野「うん。春にも甲子園出てたし」

安田「向こうの四番の人って何か有名な人なんでしょ？」

藤野「あぁ松永な。すごい有名。春は5本ホームラン打ってる」

安田「へー。じゃあ一点しかとられてないのって結構すごい？」

藤野「園田いなかったらもっとボコボコに打たれてるだろうな」

安田「やっぱそうなんだ」

藤野「県予選でもあいつ9点しか失点してないし」

安田「ふーん」

藤野「まあすごいよ、あいつは」

安田「……詳しいね」
藤野「別に」
安田「来るかどうか迷ってたのに」
藤野「……まぁ普通に、友達だったし」
安田「そっか」
藤野「最近はあんま喋ってないけど」
声　「おぉい！」
　厚木が下から突進してくる。
安田「わ！」
厚木「だぁから……なんで声出さないんだ。お前らもしかして応援したって試合には関係ないなんて思っちゃったりなんかしてるのかぁ？」
安田「いや……まあ……」
厚木「全くわかってない！　いいか？　人生ってのはな、送りバントなんだ」
安田「え？」
厚木「バッターは塁に出られない。でもバッターが気持ちを込めてプレーすることで、初めてランナーが走れるんだよ」
安田「いや、さっきは空振り三振って……」
厚木「（無視して）応援だって一緒だ。お前らが腹から声を出す。それが選手の力になるんだ。な、宮下」
宮下「え？」
厚木「みんなと一緒に、声出したいよな？」
宮下「……」
厚木「ほら、宮下も声出したいって」
安田「今、そう言いました？」
厚木「いいから腹から声出せよ。（汚い声で）がんばれー!!　こうだ。な？　お前演劇部なんだろ？　だったら、腹からこうやって、（汚い声で）がんばれー!!」
安田「……それ腹から出てないですよ」
厚木「……あ？」
安田「完全に喉から出ちゃってるんで。それずっとやってたら喉つぶしちゃうからやめた方がいいですよ」
厚木「いや、そんなことないだろ……がんばれー！　ゴホゴホゴホ」
安田「ほら喉痛めてるじゃないですか」
厚木「いや、ゴホゴホ、そんなこと言いたいんじゃねえんだよ！　声を出して気持ちを一つにする。そうすることで、ゴホ、思いは……ゴホゴホ……」
　厚木、喉を押さえながら、出入り口の方へ去る。
藤野「……大丈夫かな。え、授業もあんな感じなの？」
安田「あのまんま。で、やたら気持ちを一つにとか言って、ペアワークとかやらせたがるんだけど、私あれ苦手でさー」
藤野「あー、苦手そう」
安田「（少し気に障って）……」
　田宮、飲み物を持って戻ってくる。
安田「おかえり」
田宮「（出入り口の方を見て）先生何かあったの？」
安田「なんで？」
田宮「ちょっと血吐いてたから」
安田「やばいやばい。喉切れちゃってるじゃん」
田宮「野球部の先生って大変だね」
藤野「え？　野球部じゃないでしょ？」
田宮「そうなの？　じゃあ何部？」
藤野「いや……」
安田「茶道部」
田宮「うそでしょ？」
藤野「絶対大声出したらだめじゃん」
安田「だよね。絶対向いてない」
田宮「はい（と、お茶を差し出す）」
安田「ありがと……（ペットボトルを見て）あれ？」
田宮「え？　お茶って、言ったよね……」
安田「これ、黒豆茶……」
田宮「違かった？」
安田「うん、まあ……私的にはお～いお茶とかのつもりだったんだけど」
　宮下、出て行く。
田宮「ごめん。買いなおしてくる」
安田「あ、いやそれはいいって」

田宮「え、でも間違えたから」
安田「いやいや、間違いではないし」
田宮「いやでも」
安田「いいって、ほんとに！」
田宮「ほんとに？」
安田「うん、ありがとう」
田宮「……。あれ？　宮下さんは？」
藤野「あ、なんか」
田宮「（もう1本黒豆茶を取り出し）宮下さんの分も買ってきたのに……あ、藤野君飲む？」
藤野「あ、うん、ありがと」
安田「でもさ、宮下さんよく来たよね。絶対来なさそうなのに」
田宮「たしかに、勉強優先すると思ってた」
藤野「常に成績学年トップだしな」

10　通路【6回表】

宮下が自動販売機で飲み物を購入している。
安田ＯＦＦ「でも、こないだの模試は一位じゃなかったんだよ」
藤野ＯＦＦ「あ、知ってる」
田宮ＯＦＦ「そうなの？」

11　アルプススタンド・端【6回表】

藤野「宮下さんが二位になるなんて初めてだから、ちょっとびっくりしたよな」
安田「……詳しいね、藤野くん」
藤野「え？　あ、いや、そりゃ、宮下さん有名人だから」
田宮「で、誰が一位だったの？」
安田「智香」
田宮「あぁ」
藤野「智香って」
安田「久住智香。吹奏楽の部長の（前の方を指さし）あそこ」

12　同・前方【6回表】

久住がトランペットを吹いている。
安田ＯＦＦ「トランペット吹いてる」

13　同・端【6回表】

藤野「あぁ……、あー、久住さんね」
安田「絶対知らないでしょ」
藤野「……女子の顔と名前とかいちいち覚えてないって」
安田「でも宮下さんは分かるんだ」
藤野「いや、だからそれは、有名だから！」
安田「ふーん」
田宮「宮下さん、どう思ってるんだろ。高校入って初めて負けたわけでしょ？」
安田「気になるよねー。でも、宮下さん話しかけづらいオーラ出てるからなぁ」
田宮「そう？」
安田「そうだよ、あたし一回授業でペア組んだことあるけど、教科書読む以外お互いずっと無言だったからね」
田宮「でも、厚木先生とは仲良さそうじゃなかった？」
藤野「え、あれ仲いいの？」
安田「やっぱ、先生とかには気に入られるんだよ」

14　通路【6回表～裏】

厚木が喉の調子を整えている。
厚木「（喉の調子を確認しつつ）ん、あ、あ～……ん？」
宮下がスタンドに続く出入り口のところで、立ち止まっている。
厚木「おぉ！　宮下！　ちゃんと応援してるか？」
宮下、逃げ出す。
厚木「（追いかけて）おい、どこ行くんだ」
宮下「……お手洗いです」
厚木「じゃあ、先生も付いて行っちゃおうかな」
宮下「……」
厚木「今のは不適切だな。取り消そう。お？　お～いお茶か、いいなぁ渋くて、お茶はやっぱりお～いお茶に限るよな」

宮下「……あの」
厚木「ん?」
宮下「すみません、無理させてしまって」
厚木「え?……」
宮下「気使ってますよね。あたしがいつも一人でいるから」
厚木「いや……」
宮下「……友達いないといけませんか?」
厚木「いけなくはないけどな、うん。……でもな、友達と勉強競い合ったり、おしゃべりしたり、そういうのいいって思わないか?」
宮下「……（ちいさく首を振る）」
厚木「先生も逃げないから、本音で話そう。な? みんなと一緒に声を届けるっていうBaseballの醍醐味を宮下にも味わってほしいんだよ」
宮下「……それが先生の本音ですか?」
厚木「おぅ」
宮下「……でも先生は、……監督席から声を出したかったんですよね、本当は」
厚木「……いや、何言ってんだ……この観客席から選手を後押しする。そのために俺はここにいるんじゃないか」
宮下「……」
厚木「俺が監督席にいたらおかしいだろ。俺は茶道部顧問だからな。I love SADO!!」
宮下「茶道を愛している人が『お茶はお～いお茶に限る』とは言わないと思います」
厚木「お前さあ……」
と、スタンド側から久住と吹奏楽部の女子たち（サチ、リン）が入ってくる。
久住と目が合う宮下、トイレの方へ歩き去ってゆく。
厚木「（見送り）お～い宮下ぁ……」
久住「……」
気を取り直す厚木、女子たちにずかずか寄ってゆき、
厚木「おう、お前ら演奏はどうした。みんなで力を合わせ――」
サチ「やめてくださいよ、暑苦しい」
リン「攻撃終わったんで休憩です」
三人、厚木を無視しトイレに向かいながら
サチ「あつ～、もう帰りた～い!」
久住「そんなこと言わないのぉ」
一人見送る厚木、さみし気に入口に歩むとグラウンドに向かって叫ぶ。
厚木「がんばれーー!!……ゴホ、ゴホ……」

15 アルプススタンド・端【6回裏】

6回裏の平成実業高校の攻撃中。
安田「あれ……こっちの攻撃終ったの?」
藤野「いや、とっくに終わってるよ」
安田「なんか早くない?」
藤野「ヒット打てないからなぁ」
安田「……向こうのさぁ、なに? あの辺の守備の人」
藤野「外野?」
安田「あ、そう。外野の人っている必要あるの?」
藤野「いや、あるよ」
安田「でも全然注目もされないしさ」
藤野「まあ、それはそうかもしれないけど、でも外野が注目されるときもあるって」
安田「どんなとき?」
藤野「……」
安田「ないじゃん」
藤野「いや、あるって。あるある……ほら……エラーしたときとか」
安田「最悪じゃん。エラーしたときしか注目されないの?」
藤野「……でもそれ言ったらさ、矢野って分かる?」
田宮「矢野君? 野球部の?」
藤野「あいつさ、今もベンチに座ってると思うんだけど、試合に出ることなんかないんだよ」
田宮「何で?」
藤野「へただから」
安田「はっきり言うね」

藤野「いやほんと、バッティングとかもさ、普通（実演して）こうじゃん？　でもあいつ（実演）こんな感じで（笑う）」
安田「……ん？」
藤野「え？」
安田「もっかいやって」
藤野「だから、普通は（実演して）こう。あいつは……こう！」
安田「ごめん、違いがわかんない」
藤野「いや、全然違うじゃん！」

16　トイレ前の通路【6回裏】

宮下、トイレから出て来ると通路ベンチで久住とその取り巻きがだべっている。気にせず歩き去ろうとする宮下に声を掛けるサチ。

サチ「残念だったね、宮下さん」
宮下「え？」
サチ「こないだの模試」
リン「智香に負けちゃってさ」
宮下「……」
久住「ねぇ、そういうのやめなよ。たまたまヤマが当たっただけだし。（宮下に）ごめんね」
宮下「……知らなかった」
久住「え？」
宮下「順位とか、気にしたことなかったから」
サチ「いやいや、それ苦しいでしょ」
　笑う二人をたしなめる久住。
久住「ちょっと……」
　宮下、無視して歩き去ってゆく。
サチ「何、今の」
リン「感じ悪ぅ」
久住「……」
藤野ＯＦＦ「だーかーら！」

17　アルプススタンド・端【6回裏】

藤野がタオルをバットに見立てて、実演してる。

藤野「普通は（素振りをして）こう！」
安田「矢野くんは？」
藤野「（大げさに）こう！」
安田「……」
藤野「伝わった？」
安田「うん、たぶん間違って伝わってる」
藤野「……（息切れして）まぁ、まず俺ピッチャーだから打撃うまくないんだけど」
安田「え、そうなの」
藤野「うん」
安田「じゃあ意味ないじゃん。なんだったの今の時間」
　宮下、戻ってくる。
宮下「（お茶を渡そうか悩み）……」
　強い打球音。
藤野「あっ」
田宮「え？　なに？」
　歓声。
藤野「……あぁー（落胆）」
安田「え、分かんなかった」
藤野「二塁打」
安田「なにそれ？」
藤野「ツーベースヒット」
安田「なにそれ？」
　宮下、結局渡せず、スタンド上段へ。
　（松永専用の）音楽がかかる。
アナウンス「4番サード松永君」
安田「松永だ」
田宮「誰？」
安田「なんか向こうの4番の、めっちゃすごい人らしいよ」
　打球音。
安田「あ」
　長い滞空時間の後、打球はスタンドへ
　――歓声。
田宮「……入った」
安田「……すご」
藤野「やられたな」
田宮「3－0かー」
安田「しょうがないよね。完全に別世界の人だもん」

田宮「……うん」
　安田、席を立つ。
田宮「どこ行くの？」
安田「ごみ捨てに」
田宮「あ、私いくよ」
安田「え？　いいよ」
田宮「いや、ほんとに」
安田「いいって、トイレも行きたいし」
田宮「……そっか、じゃ一緒にいこ」
　田宮、出て行こうとするが、安田は動かない。
田宮「あすは？」
安田「あ、うん」
　東入間、スリーアウトを取る。
藤野「(小さく) よし……(安田たちに) こっちの攻撃始まるよ」
田宮「点とったら教えて」
藤野「あ、うん」
　田宮と安田、出て行く。

18　同・前方【7回表】

　――7回表、東入間の攻撃。
　暑さにだべっているサチたちに声をかける久住。
久住「何やってるの、始めるよ」
サチ「わかってるよ〜」
リン「(ひそひそ) 智香、なに熱くなってんの」
サチ「園田でしょ」
リン「あー……(笑って) アツイアツイ」
　久住を先頭に吹奏楽部の演奏が始まる。

19　同・端【7回表】

　藤野、吹奏楽に合わせて鼻歌を歌っている。
宮下「……(藤野に、小さい声で) あのさ」
藤野「……え？」
宮下「野球部だったんだよね」
藤野「え？……(少し宮下に近づく) 何て？」
宮下「野球、詳しいんでしょ」
藤野「え、いや……詳しいってほどでもないけど、まあ」
宮下「ちょっと教えて欲しいことがあるんだけど」
藤野「いいよ。何？　何でも教えるよ」
宮下「……園田君って野球以外で何が好きなの？」
藤野「……え？……何で俺に聞くの？」
宮下「野球部だったんでしょ？」
藤野「そうだけど……直接聞けばいいじゃん」
宮下「……ごめん」
藤野「あ、そうじゃなくて……それ、よく聞かれるんだけど、ないと思うよ」
宮下「ないの？　野球以外に好きなもの」
藤野「野球のことしか考えてないやつだから、たぶん」
宮下「そうなんだ」
　打球音。しかし、凡打のようで、
藤野「……あぁ」
　田宮、戻ってくる。
田宮「どんな感じ？」
藤野「ツーアウト。ランナーなし」
田宮「厳しいね」
　(園田専用の) 音楽が流れる。
アナウンス「4番ピッチャー園田くん」
田宮「私この曲好き」
藤野「園田もこの曲好きなんだ」
宮下「……」
田宮「あ、そうなの？」
藤野「トレイントレイン。園田の打順の時はこの曲なんだよ」

20　同・前方【7回表】

　久住を筆頭にブラスバンド部が演奏している。
田宮ＯＦＦ「そんなの決まってるんだ」
藤野ＯＦＦ「全員じゃないけど。園田は決まってる」
田宮ＯＦＦ「ふーん……あ、そっか」

必死にトランペットを吹く久住の頬に汗が伝う。

21 同・端【7回表～7回裏】

藤野「え、そっかって何?」
田宮「だって、久住さんと園田君付き合ってるでしょ」
藤野「え……」
宮下「!?」
田宮「あ、ちょっと待って今のなし」
藤野「マジで、付き合ってんの?」
田宮「ちょっと待って、違う違う」
藤野「園田が?　マジかよ」
田宮「今のなし今のなし」
藤野「いつから?」
田宮「いや違うんだって」
藤野「うわー、そうかー、いや、なんなんだよあいつ」
田宮「いやちょっと待って。待って、待てぇ!」
藤野「何」
田宮「今の、違うから」
藤野「え、じゃあ付き合ってないの?」
田宮「(固まって)……んー」
藤野「付き合ってんじゃん!」
打撃音。
田宮「あー打った!　園田君打った!」
が、あっさりアウト——攻守交替。
田宮「あーあ……」
藤野「(それどころでなく)まじか～園田と久住さんが……」
田宮「まだ言う?　ほんと違うから。私、何も言ってないし」
藤野「久住さんと園田が付き合ってるってハッキリ言っただろ」
宮下、しゃがみこんでいる。
藤野「あれ?」
田宮「ん?……(見て)宮下さん?　どうしたの?」
田宮、宮下に近づいていき、
田宮「大丈夫?」
宮下「……ちょっとめまいがしただけ」
田宮「一回中入って休も」
宮下「いや」
田宮「ほら(と、肩を貸す)」
宮下「……」
田宮、宮下を担ぎ、
田宮「藤野君、ちょっとそっち持って」
藤野「え」
藤野、宮下に触れるかどうか葛藤し、
藤野「……失礼します(かなり遠慮した持ち方をする)」
田宮「大丈夫?」
藤野「……うん」
田宮「こっち、なんかすごい重いんだけど」
藤野「行こう」
田宮「……」
三人、ヨタヨタと動き出す。
入れ違いで安田が戻ってくる。
安田「(3人を見て)え、何、どういう状況?」
田宮「大丈夫大丈夫」
安田「いやいや」
田宮「大丈夫だから試合見てて」
と、行ってしまう三人。
安田「……えー?」

22 同・前方【7回裏】

休憩中のブラスバンド部。

久住はスマホを取り出し、ライン画面を開く。

園田とのやりとりが画面に表示されるが、『ごめん、今は集中したいから』という文言以外、園田からのラインはなく、久住からのラインは無視されている。

久住、ラインを閉じ、傍らのサチたちに、
久住「……」

サチ、リンが近づいて来て、
サチ「智香」

久住「ん?」

サチ「なんか先生がもっと音出せって言って

んだけど」
久住「え」
リン「向こうに負けてるって。人数からして違うのにさあ」
久住「……分かった、あたし話しとくから」
サチ「これ以上はしょうがないよねー」
久住「……うん」
と、リンが上を指さし
リン「ちょっと、なにあれ？」
見ると、上の通路、宮下らがヨタヨタと移動してる。
サチ「（笑って）ああいう連中、マジ意味わかんないよね」
久住「（宮下の方見て）……」

23　同・端【7回裏】

安田、席に座っている。
田宮、戻ってきて、宮下の荷物を持つ。
安田「ねえ、ほんとにどうしたの？」
田宮「宮下さんがちょっと、体調崩して」
安田「え」
田宮「大したことないと思うんだけど」
安田「私も行くよ」
田宮「いやいいよ、私行くから」
安田「いやいや、行くって」
田宮「いいって。座っといて」
安田「いや」
田宮「いやほんと。ね？」
田宮、行こうとする。
安田「……あのさぁ」
田宮「なに？」
安田「そういうのもうやめない？」
田宮「え？」
安田「そういうふうにされたら、逆に申し訳ないし」
田宮「別にそんな」
安田「別にさぁ、いいじゃんもう。半年以上経ってるんだよ？」
田宮「……」
安田「ひかるのせいじゃないじゃん」
田宮「……」
安田「インフルエンザなんかさ、かかるときは誰でもかかるもんだし」
田宮「……でも」
安田「じゃあ逆にさ、もし私がかかってたら、ひかるは私の事責める？」
田宮「（首をふる）」
安田「でしょ？　だからさ、しょうがないんだって」
田宮「……でも、せっかく頑張ったのに」
安田「……人生はさ、送りバントなんだって」
田宮「何それ」
安田「わかんないけど何か、バッターは塁に出られないんだけどランナーが走るんだよ」
田宮「……どういう意味」
安田「だからあ……（詰まり）……自分が活躍できなくても、諦めて他の人の活躍を見てろってことじゃない？」
打球音。
安田「（打球を目で追い）……ひかるもさ、はやく気持ち入れ替えてやっていこうよ。受験勉強とかさ、もっと大事なこと一杯あるんだし」
田宮「……」
安田「もう、やめよ。そういう、引きずんの……あ」
田宮「え？」
田宮が振り返ると後方にいつの間にか藤野が立っていた。
藤野「（動揺して）あ、なんか、飲み物」
田宮「あ、ごめん」
藤野「俺持っていくよ」
田宮「いいよ、私いくから」
藤野「いや」
田宮「藤野君、試合見てて！」
田宮、出ていき、藤野は気まずくグラウンド見やる。
藤野「……ランナー出られてんじゃん」
安田「何かさ、向こうはぽんぽんヒット打つよね。こっちは打てないのに」
藤野「うん」
安田「まぁ、そもそも厳しい勝負だもんね」
藤野「……」
安田「こんな田舎の公立高校がさ、甲子園常連校と戦うっていうのがまず無茶だよね」
藤野「だいぶ」
安田「……」

×　×　×

シーン1の断片――顧問に肩を叩かれる安田。

×　×　×

安田「……しょうがないって思って受け入れなきゃいけないことって、あるよね」
藤野「うん、あると思う」
安田「藤野君はさ、……なんで野球やめたの？」
藤野「……矢野ってさ、すげぇ下手なんだよ、野球」
安田「あぁ、これ（バッティングの真似）でしょ」
藤野「（笑って）へただから試合なんか出れるわけない。出れるわけないのに、すげえ練習するんだよ。で、俺それ見てさ、なんでこんな練習するんだろって思ってた」
安田「うん」
藤野「……俺は、俺はさ、ピッチャーじゃん。だから、園田がいるとさ、試合で投げれることなんかまずないんだよ。どんなに頑張っても」
安田「……ぅん」
藤野「最初はさ、こいつに負けないように頑張ろって思った。けどさ、もう全然違うんだよ。同じ練習しててもあいつばっかりうまくなるんだ」
安田「むかつくね」
藤野「……それで俺は野球やめた。矢野は今でも続けてる」
安田「……」
藤野「……俺のほうが正しいよな？」
安田「……うん。正しいと思う」
藤野「だよな。三年間練習してさ、試合にも出られない、誰からも褒められない、それだったらさ、その時間、別のことやってたほうが有意義じゃん？」
安田「勉強とか？」
藤野「勉強……は、やらなかったな……何でだろ」
打球音。
安田「（打球を目で追い）あー、だめだ」
平成実業の攻勢が続く。

24　**通路【7回裏】**

宮下がベンチに腰掛けている。傍らには田宮。
宮下が手に持つ『お～いお茶』は量が半分くらいになっている。
田宮「やっぱり医務室行ったほうがいいって」
宮下「……うん、本当に大丈夫だから」
田宮「でもさ」
宮下「試合、最後まで見たいから……」
田宮「……そ」
二人、しばしの沈黙。
宮下「……何かあったの？」
田宮「え？」
宮下「田宮さんも、元気なさそうに見える」
田宮「あぁ……宮下さんは、しょうがないって思うことある？」
宮下「しょうがない？」
田宮「頑張ったのにうまくいかなかったときにさ、簡単にしょうがないって言って受け入れられる？」
宮下「……」
田宮「ごめん、なんでもない」
宮下「……安田さんだよね……しょうがないって言ったの」
田宮「……うん」
宮下「安田さん、英語で私がペアいない時に声かけてくれた」
田宮「あすはも言ってた。全然会話できな

かったって」
宮下「（俯き）……うん」
田宮「……あ、違うよ。宮下さん悪くないよ？　あすはも割と人見知りなところあるし」
宮下「嬉しかったんだ……安田さんに声かけてもらって。でも全然話せなかった」
田宮「……」
宮下「……私運動もできないし、性格暗いし、勉強ぐらいしか取り得がないと思ったから……勉強だけ必死に頑張ってきたんだ……」
田宮「すごいことじゃん」
沈黙。
宮下「……来るんじゃなかったな。いいことないし、田宮さんにも迷惑かけるし……結局、園田君の応援も全然できてないし」
田宮「……園田君？」
宮下「（顔を上げ）あ、いや……」
宮下が何かに気づく。
田宮「？」
田宮、宮下の目線を追うと久住が立っていた。
二人の間に何やら緊張が走るが、
久住「……はい（と、スポーツドリンクを差し出す）」
宮下「……」
久住「塩分もとった方がいいから」
久住、宮下に優しく笑いかける。
藤野ＯＦＦ「……久住さんはさ、すごいよな」

25　アルプススタンド・端【7回裏】

安田「え？」
藤野「吹奏楽の部長やりながら、勉強でも宮下さんに勝って」
安田「で、園田君とも付き合って」
藤野「あ、知ってるんだ」
安田「割とみんな知ってると思うよ」
藤野「でもさっき田宮さん、誰にも言ったらだめみたいな感じだったよ」
安田「あぁ、私が『誰にも言ったらだめだからね』って言ったからだと思う」
藤野「でもみんな知ってんの？」
安田「私がみんなに言いふらしたから」
藤野「最低だなぁ」
安田「（笑って）でもほんとすごいよね、部活に勉強に恋愛だよ」
藤野「うん」
二人「……進研ゼミじゃん」
安田「（苦笑）そういうのが青春なのかな」

26　通路【7回裏】

宮下は、ドリンクを受け取らない。
田宮「宮下さん？」
宮下「……」
田宮「……もらいなよ。ここの自販機高いんだよ？　黒豆茶以外２００円もするんだよ？　絶対もらった方がいいよ」
宮下、立ち上がり歩き出す。
久住「……無視しないでよ」
宮下「……」
久住「そしたら、頑張ってるあたしがバカみたいじゃん」
宮下「……別に」
久住「？」
宮下「あたし一人が無視しても、久住さんは、あたしが欲しいもの、全部、持ってる。だから……」
久住「なにそれ」
宮下「……」
久住「何も知らないくせに」
宮下「……」
久住「……あたしは普通だよ。……でも、だから努力してる。無理して頑張ってる。そしたら、ちゃんと全部報われたいって思うの、そんな変かな」
宮下「……」
久住「……真ん中は真ん中でしんどいんだよ」
久住、椅子にドリンク置いて、去る。

　重苦しい空気が流れ——
田宮「（ドリンク取り）いらないならもらっちゃおうかなー」
宮下「……いいよ……」
田宮「……実はね、あたしも園田くんのこと好きなんだ」
宮下「……え？」
田宮「あすはがあんまり園田君好きじゃないから言わないようにしてたんだけどね。園田君かっこいいよね」
宮下「えっと」
田宮「背も高いし。あと声もいいよね」
宮下「うん。あの」
田宮「だよね、声いいよね。だから私、割と園田君のこと好きなんだよね」
宮下「……割と？」
田宮「うん。割と好き」
宮下「え、好きってどういう」
田宮「宮下さんも園田君好きなの？」
宮下「……うん。割と好き」
田宮「だよね！　よかった、仲間がいた～！」
宮下「……（微笑む）」

27　アルプススタンド・端【7回裏～8回表～8回裏】

安田「……あれ？　いつの間にランナー二人も出てる」
藤野「うん」
安田「厳しいね」
　打球音——平凡なフライが打ち上がる。が、東入間の外野が落球した。
安田「……あぁ！」
藤野「落とした！」
安田「え、これどうなるの？　これどうなるの？」
藤野「……ああー……」
安田「終わったね。もうだめだ」
藤野「結局こんなんで点取られんだよなー」
安田「（外野見て）ほんと、こんなときだけ注目されるんだね」
藤野「うん……」
安田「まぁ、しょうがない」
　打球音。
安田「お。（凡打のようで）おー」
　田宮と宮下が戻ってくる。
　田宮は気まずそうにしているが、
安田「……おかえり」
田宮「ただいま。……次もう8回？」
安田「うん」
田宮「4-0かー。厳しいね」
藤野「（宮下に）もう、大丈夫なの？」
宮下「うん、あの……ありがとう」
藤野「え、いや、俺別に何もしてないし」
宮下「そっか」
藤野「……」
　8回表、東入間の攻撃へ。
安田「なんか園田君もさ、さすがに疲れてきてる感じするよね。特にホームラン打たれてから」
田宮「うん……」
安田「ま、しょうがないよね。そもそも相手のほうが格上なんだしさ」
田宮「……うん」
宮下「……あのさ……しょうがないって言うのやめて」
安田「え？……私？」
宮下「しょうがないって言うのやめて」
安田「……なんで？」
宮下「園田君だって一生懸命頑張ってるよ。なのに、なんでそんなこと言うの？」
安田「え、何？　怒ってんの？」
宮下「頑張ってるのに、周りで見てる人にしょうがないとか言われたら、嫌だと思う。……それに、安田さんにそういうこと言ってほしくないって、思ってる人もいるから」
田宮「宮下さん」
安田「……私は言われたけどね」
宮下「え？」
安田「私はしょうがないって言われたよ。めちゃくちゃ頑張ってた。でも、言われたよ。

しょうがないって。……そんな経験ないだろうけどさ。宮下さんには」
と、「おーーーい！」という声が。
厚木がやってきた。
厚木「お前らー、声出せ声ー！（声がかすれている）」
藤野「先生。声ヤバいですよ？」
厚木「今の状況分かってんのか？　今こそ気持ち一つにして、俺らの声を届けなきゃいけないとこだろ。宮下もほら、かっ飛ばせー!!」
宮下「……」
藤野「ってか先生、もう無理に声出さないほうが」
厚木「そうはいくか。俺は選手に勝利をつかませるためにここに来たんだ。お前らだってそうだろ」
安田「無駄ですよ。観客席にいたんじゃ」
厚木「無駄？」
安田「意味ないですよ。グランドに出れない人間がどんなに頑張ったって」
厚木「……そんなことねぇよ……いけー！　打てー！　げほげほげほげほ」
安田「無理して声出したってしょうがないですって」
厚木「しょうがないことなんてあるか！！」
安田「……！」
厚木「たしかに、今の俺にできることは少ない。けどな、それでも俺は、自分のBaseball spiritを信じてんだよ！　なんで、しょうがないなんて言うんだよ！　お前も信じろよ！　自分のspiritを！　声出せよ！　演劇部だろ！」
安田「いや、もうさぁ」
田宮「がんばれー！」
厚木「田宮……。いいじゃないか、腹から声でてるぞ！」
安田「……ひかる？」
厚木「もっと叫べ！」
田宮「がんばれー！」
打球音
田宮「あ！（喜び）」
藤野「いや、ボテボテ」
安田「ほら」
一同「……あ！」
藤野「イレギュラー！」
歓声
田宮「……やった」
厚木「……やった……やったな田宮！　お前の声が届いたんだよ！」
田宮「はい」
厚木「そうだ。やっぱりそうだよ。ちゃんと届くんだよ。（田宮に）お前を応援団長に任命する。この反乱分子たちを頼んだぞ。おおお！」
厚木叫びながら降りて行く。
安田「（田宮に）どうしたの、そんな声出して」
田宮「……しょうがないことなんてあるか」
安田「え？」
田宮「先生偉いよね。まだ三ヶ月ぐらいなのにさ、私たちのことちゃんと演劇部だって覚えててくれたんだよ」
安田「そりゃ……そういうもんじゃないの？」
藤野「そういや、授業違うのに俺のことも覚えてたな」
安田「……まぁ、ヒット打っててよかったよね」
田宮「次、誰かな？」
アナウンス「選手の交代をお知らせします。6番、センター赤木君に代わりまして、矢野君」
藤野「え！」
安田「矢野君？」
田宮「矢野君って、あの矢野君？」
藤野「……矢野……」
一同、グラウンドに注目——小さな打球音。
田宮「あ……今のなに？」

藤野「バントだよ」
田宮「ああ……」
安田「……かわいそうだよね」
田宮「え？」
安田「どんなに頑張ってもバントしかさせてもらえないって」
田宮「……でもさ、何か嬉しそうじゃない？」
安田「え？……顔なんか見えないじゃん」
田宮「でも、嬉しそう」
　矢野のバントがフェアゾーンに転がる。
安田「あ」
田宮「やった！……走って！　走ってー！」
　しかし、アウトになったようで、
田宮「あぁ……、あれ？……一塁の人、二塁に進んでる」
安田「え」
田宮「……送りバント？……これが送りバントじゃない？」
安田「あー」
田宮「すごい、送りバントだ。藤野君、矢野君、送りバント成功だよね？」
藤野「……うん」
田宮「すごい……宮下さん見てた？　送りバント。矢野君」
宮下「うん」
田宮「すごいねー」
安田「……嬉しいのかな、打席に立つのは」
田宮「そりゃ嬉しいよ」
安田「あんな……バントでも？」
田宮「だってさ、一生懸命頑張ったのに出れないって、すごい悔しかったと思うんだ。それがさ、出れたんだよ。絶対嬉しいよ」
安田「……」
田宮「あすは……もっかいさ、……大会出よ」
安田「え」
　打球音。ヒット。
田宮「やった！……行け！」
　セカンドランナーがホームイン。
　歓声が上がる。
田宮「やったー！」
安田「一点、取った」
藤野「すげぇ……」
田宮「矢野君のおかげだね！」
藤野「……うん」
安田「……今年出てもさ、全国行けないんだよ？」
田宮「分かってるよ」
安田「そんなの、意味あるのかな。野球だってさ、甲子園目指して頑張ってるわけでしょ？　最初からそれが無理って分かってんのにさ」
田宮「そんなの関係ないよ。私は、あすはともっかい舞台に立ちたいだけ」
安田「……」
　打球音。高く打ち上がり、
田宮「あ……あー取られた」
宮下「三塁走ってる」
田宮「え？」
　歓声が上がる。
田宮「え？……今の入ったの？　ねぇ、今の点入ったの？」
宮下「わかんない」
田宮「何で？　だって取ったでしょ。アウトじゃないの？」
宮下「……落としてたのかな実は」
田宮「私も思った。私たちには取ったように見えたけど」
宮下「実は落としてた」
田宮「それだ、絶対それ（スコアボード見て）アウトかー」
宮下「迷宮入りだね」
田宮「（笑って）うん、迷宮入り」
　打球音。
田宮「よし！……あぁ、おしい！　でも4－2！　これなら次の回で追いつけるかも」
安田「でも、次、点取られたら一緒でしょ」
田宮「絶対0点で抑えるって」
安田「何でそんなふうに言えるの」
田宮「頑張ってるもん。私らが勝手に諦めたらだめだよ。ね、宮下さん」
宮下「え?」
田宮「園田君だったら0点におさえるよね」
宮下「……うん」
――8回裏、平成実業の攻撃へ。
田宮「がんばれー!」
打球音。高く打ち上がり、
田宮「……よし……取れる!……やった!　1アウト!　宮下さん!　一緒に応援しよ」
宮下「え?」
田宮「園田君応援しよ。声出して」
宮下「でも……」
田宮「やった!　ストライク!　ほら立って」
宮下「……（立つ）」
田宮「がんばれー!……よし!　あと1球!」
宮下「……」
田宮「がんばれー!」
宮下「……がんばれ」
歓声。
田宮「やった!　やったね、三振取ったよ!」
宮下「うん」
田宮「すごいね園田君!　かっこいいね!」
宮下「うん!」
田宮「あすは!　ほら、あと一人だよ」
安田「……でもさ」
（松永専用の）音楽がかかる。
アナウンス「4番サード松永君」
田宮「松永……!　ここで……いや、でも、抑えるよ。ね」
宮下「……うん」
打球音。
田宮「ああ!……あー……ファウル……すごい、今、ヒヤッとしちゃった」
宮下「私も」
田宮「でも、ストライク1つ」
宮下「いける」
打球音。高く打ち上がり、
田宮・宮下「あぁ!……おぉ」
田宮「あー、今ホームランかと思った」
宮下「ちょっとずれてたらホームランだったね」
田宮「あー、もう、怖い」
宮下「うん、でもさ……園田君はもっと怖いよね、きっと」
田宮「……そっか……そんなこと、想像したこともなかった……あぁ、ボール」
宮下「これだけの観衆の中でさ、カメラにも映ってさ、たった一人で、怪物みたいなやつを相手にしてるんだもん。怖いに決まってるよね」
田宮「そっか、……何か、こっから見てると別世界の人みたいに思えるけど、私たちと同じ高校三年生だもんね……」
宮下「今、どんな気持ちであそこに立ってるんだろう」
田宮「……あぁ、またボール……緊張してるのかな」
宮下「ストライクゾーンに投げるのが怖いのかも」
田宮「……ボール四つになったら、一塁に出るんだよね」
宮下「そう」
田宮「……ああ（ボール）……この際さ、もう一つボールでもいいんじゃない?」
宮下「わざと歩かせて」
田宮「で、次の人を抑えればいいんだもんね」
宮下「うん」
田宮「そうだよ、きっと園田君そう考えて」
藤野「（突然立ち上がり）おーい!　お前、何のために野球やってんだよ!　何のために野球やってんだよ!　何の!　ために!　野球やってんだよー!」
田宮・宮下「……」
藤野「どんな気持ちで立ってるかって、負けたくないって思ってるに決まってるだろ。そういうやつだよ。園田は」

3人が、園田を見つめる。
安田も立ち上がる。
松永に対し、園田の6球目が投じられ歓声。
藤野「よっしゃー!」
喜び合う田宮と宮下。
田宮「0点に抑えたよ! すごいね!」
宮下「うん!」
田宮「園田君すごい!」
安田「ほんとに松永に勝った……」
田宮「これなら、次の回で逆転できる」
安田「……中屋敷法仁が『贋作マクベス』書いたのはさ、高三のときなんだって」
田宮「え?」
安田「ひかる」
田宮「何?」
安田「今年はさ、……ちゃんと予防接種打っといてよ」
田宮「うん(と、再びグランドを注視)」
安田「……今の伝わった?」
田宮「うん」
安田「今年はちゃんと予防接種打っといてねって言ったんだよ」
田宮「受験生だしね」
安田「違う! え? 分かんない?」
田宮「いや、分かってるって。予防接種でしょ? 打つって」
安田「(笑って)もういい。後で言う」
藤野「なぁ、あれ(と、前方を示す)」
安田「(前方を見て)あ、……すごい」

28 同・前方【9回表】

厚木が体を激しく動かし、応援している。
安田OFF「声出てないのに、うるさい……」

× × ×

久住がスマホのライン画面を開いている。
園田に『ラスト、頑張って』と送ろうとしてやめる。
久住「(部員たちに)最後、目一杯やるよ」
サチ「充分やってんじゃん」
久住「まだ音出るでしょ」
リン「もう無理だって」
久住「無理じゃない! もっと音出して!」
二人「(顔を見合わせ)……」
久住「音! 出して! もっと!……もっとぉ!!」
サチ「……もぉ……分かったよ!」
リン「(後ろの後輩に)みんな思いっきりね!」
一同「はい!」
久住「(微笑み)じゃあいくよ」
演奏が始まる。
九回表、東入間の攻撃へ。

29 同・端【9回表】

四人の応援に熱がこもってゆく。
※吹奏楽、応援団EX等も適宜インサート。
藤野「……がんばれー!」
田宮「いけー」
安田「かっ飛ばせー!」
打球音。
藤野「よし!」
宮下「いけ」
安田「間に合え」
間一髪セーフ——歓声。
藤野「よっしゃー!」
田宮「すごい、ほんとにいけるかも」
安田「うん」
アナウンス「2番サード三宅君」
藤野「続けよー」
安田「がんばれー」
打球音。高く打ち上がり、
外野フライに打ち取られる。
田宮「よし!」
安田「あぁ……捕られた」
藤野「おっけおっけー!」
安田「ナイスバッティン!」
アナウンス「3番ショート吉田君」
藤野「よしいけ」

安田「頼む……あぁ」
田宮「ストライク……」
藤野「おっけーおっけー」
安田「次打とう」
宮下「落ち着いて」
田宮「がんばって」
藤野「……あぁ」
田宮「ストライク……」
安田「大丈夫大丈夫！」
田宮「打てるよー！」
藤野「自信持って行けよー！」
安田「頑張れー！」
藤野「いけ！……ああー……ツーアウト……」
宮下「あと一人……」
意気消沈しかけるが、
安田「おっけーおっけー！」
田宮「いいよー」
藤野「ナイスファイトー」
（園田専用の）音楽が流れる。
宮下「あ、この曲」
アナウンス「4番ピッチャー園田君」
田宮「園田君！」
宮下「園田君」
藤野「ここで回ってくるか、園田に」
安田「いけー！」

30 同・前方【9回表】

園田のテーマを必死に演奏する久住と部員たち。

31 同・端【9回表】※吹奏楽、応援団EX等も適宜インサート

打球音。高く打ち上がり、
安田「おお！……ああー！」
田宮「ファウルか」
藤野「惜しい惜しい！」
安田「ちゃんと当ってるもんね」
田宮「うん。打てる打てる」
安田「次、次！」
宮下「がんばれ」
藤野「打てるよー！」
打球音。高く打ち上がり、
田宮「お！……ああー……ファウル……！」
悔しがる一同。
藤野「いいよいいよ！」
安田「ツーストライク?」
田宮「うん」
藤野「バット当ってるよ！　打てる打てる！」
安田「あー、おねがい、打って」
宮下、試合を直視できずに座り込んでしまう。
宮下「園田くん……」
藤野「……もっと声出そうよ！」
宮下「⁉」
藤野「トランペットに負けてるだろ！　もっと声出せよ！　いいのか！　トランペットに負けてて！」
宮下「……がんばれー！　園田君ー！」
安田「頑張れー！」
田宮「打てー！」
藤野「いけー！」
打球音。
藤野「よし！」
打球はセンター前で落ちて、
藤野「……よっしゃー！」
田宮「おおお！」
安田「よし！」
宮下「やったー！」
藤野「園田ー！　ナイスバッティン！」
田宮「一、二塁だよ！　一、二塁！」
安田「うん！　ほんとに追いつけるかも！」
アナウンス「5番ファースト遠藤君」
宮下、スタンド前方を見て、
宮下「久住智香ー！　ナイス演奏ー！」

32 アルプススタンド・前方【9回表】

久住が振り返る。
久住「（宮下に）……逆転するぞぉぉぉ！！」

驚く部員たち。
サチ「(皆に)おー!」
部員たち「おお!」

×　　×　　×

厚木「(嬉しそうに)……」

33　アルプススタンド・端【9回表】
宮下「はぁ、はぁ……」
安田たちは、宮下の絶叫に驚いたが、
安田「フフッ……」
宮下「?」
安田「いや、いい発声してるよ」
宮下、持っていた『お〜いお茶』を渡す。
宮下「あげる」
安田「え?」
宮下「英語、ペアになってくれてありがとう」
安田「あ、うん……なんで今?」
打球音。
安田「え?」
藤野「よし!」
田宮「おお!」
宮下「やった!」
安田「いけ!」
一塁セーフ。
藤野「……よーし!」
安田「やったー!」
田宮「満塁! 満塁!」
安田「逆転できる!」
宮下「いけるよ!」
田宮「次、誰?」
アナウンス「6番センター矢野君」
四人「矢野ー!」
四人、精一杯の声援を送る。
打球音。高く打ち上がる。
四人「いっけぇぇぇぇ!」
沈黙演奏が止んでいき……

34　同・みんな【9回表】
演奏の手を止め、グラウンド上空を見上げる久住、サチ、リン。

×　　×　　×

声にならない雄たけびを上げる厚木。

×　　×　　×

打球を目で追う、安田、田宮、藤野、宮下。
――三塁側から歓声が上がる。

35　同・端【試合終了】
立ち尽くしている四人。
安田「……え? おわった?」
藤野「……うん」
田宮「……負けたの?」
宮下「……うん」
アナウンス「ただいまの試合、ご覧のように4－2で平成実業高校が、勝ちました」
安田「……」
安田、ナインに向けて拍手を送る。
田宮たちもそれに続き、球場全体に拍手が鳴り響く。

36　同・前方【試合終了】
拍手している、久住、サチ、リン、吹奏楽部。
泣きながら拍手している厚木。

37　同・端【試合終了】
拍手している安田、田宮、藤野、宮下。
安田「……私さ、来てよかった」
藤野「うん」
安田「……ありがとー!……あー……悔しい」
それぞれに充実した表情。
万雷の拍手の中、サイレンが流れだす。
――暗転

38　スタンド(数年後・夜)※ワンカット構想
ナイターの球場――応援団の鳴り物が響き渡る。
上段の通路を歩く二人の女性(安田と宮

下）。
宮下「それで、どうなったの？」
安田「まぁ、なんとか話し合って、うん」
宮下「大変なんだね」
安田「ほんと、自分が舞台に立つのとはわけが違うからさー、難しい」
宮下「でも良かったんじゃない？　演劇に関われて」
安田「まぁ、やりがいはあるよ。生徒かわいいしね」
次第にはっきり見えてくる大人びた安田と宮下。
宮下「（チケットを見て席を探し）えっと……」
田宮「あすは！」
田官が駆け寄って来る。
田宮「よかった、いたー」
安田「もー、遅いよ。デビュー戦、見に行こうって言ったのひかるじゃん」
田宮「ごめんごめん」
三人、席に向かって歩きながら、
宮下「でもすごいよね、ほんとにプロになっちゃうなんて」
安田「大学入ってからもめちゃくちゃ頑張ったんだってね。野球部の先生も言ってたよ。昔から練習量は誰にも負けなかったって」
田宮「あ、（宮下に）あすは、今東入間で先生やってるんだよ」
宮下「うん、聞いた。部活大変だって」
安田「部活って言えばさ、茶道部全国大会行くんだよ」
宮下「え!?」
田宮「顧問は？」
安田「厚木先生」
田宮「えー」
安田「最初は茶道なんて全然知らなかったはずなのにね。それで全国行っちゃうんだもんなー」
三人、端の方の席に着く。
安田「やっぱ、はしっこが落ち着くな～」
田宮「（笑う）」
宮下「あ（と、前方に手を振る）」
安田「？（前方を見て）え、うそ」
スーツ姿の藤野がやってくる。
安田「藤野君!?」
藤野「久しぶり」
安田「えー、なんか意外」
藤野「そっちこそ、来てると思わなかった」
田宮「でもすごい偶然じゃない？　こんなに広いのに」
藤野「いや、まぁ偶然っていうか」
宮下「あたしが誘ったから」
田宮「え、なんで」
藤野「なんでって、まぁ……」
安田「まさか二人……」
宮下「いやいや、そんなんじゃないよ？　ね？」
藤野「うん。最近仕事でたまたま再会して」
宮下「それ以来よくＬＩＮＥしてるってだけ」
藤野「そうそう、で、たまに飲みに行ったりとかな」
安田「これは……わかんないぞ……」
田宮「仕事何やってんの？」
藤野、カバンからグローブを取り出し、
藤野「これ」
安田「？」
藤野「野球用品作ってる」
安田「へー」
藤野「小っちゃい会社だけどね。あ、で、こないだ仕事で名古屋の社会人野球見に行ってすげーびっくりしたんだけど」
安田「何？」
藤野「超大企業でさ、先発で投げてんだよあいつが」
安田「誰？」
藤野「園田」
安田「え？　ほんと？」
藤野「あいついくらもらってんのかなー、とか色々考えてたら、なんかムカついてきてさ」
安田「……やっぱ変わってないね藤野君」

田宮「あ、次出てくるよ」
宮下「いよいよだね」
アナウンス「8番、センター、矢野」
大歓声が球場を包む。
四人「矢野ー!」
宮下「頑張ってー!」
安田「打てー!」
田宮「ファイトー!」
藤野「かっとばせー!」
打球音。
四人「おお!」
打球はぐんぐん伸びて、安田たちの方へ。
安田「え? こっち来る……きゃああ!!」
安田、思わず避けるが、藤野がグローブでボールを捕った。
グローブを掲げ自慢する藤野に笑って拍手する一同、ボールを避けたため出遅れた安田、グローブ見て、
安田「え……ホームラン⁉ やった! すごい矢野君!(拍手)」
藤野「あ……いや、ファウルだよ」
安田「あぁ……なんだぁ……」
笑う一同。
カキン!——再び打球音。
一同「(グラウンドを見て)あっ⁉」
球場全体から歓声が上がった。

了

れいこいるか

佐藤 稔

〈脚本家略歴〉

佐藤稔（さとう　みのる）

１９６６年神奈川県生まれ。日本シナリオ作家協会シナリオ講座修了。第三回ピンク映画シナリオ募集準入選作『ニコミホッピー』で脚本家デビュー。主な作品、『東京のバスガール』（堀禎一監督）、青春Hシリーズ『再会』（榎本敏郎監督）、『つぐない～新宿ゴールデン街の女～』（いまおかしんじ監督）、『丸純子のおいしいひとり酒』（北沢幸雄監督）など。

監督：いまおかしんじ
製作：朝日映劇
制作：国映株式会社
配給：ブロードウェイ

〈スタッフ〉

企画　朝倉大介
プロデューサー　川本じゅんき
　朝倉庄助
撮影　鈴木一博
録音　弥栄裕樹
編集　蛭田智子
助監督　女池充
　坂本礼
音楽　下社敦郎

〈キャスト〉

北伊智子　武田暁
野田太助　河屋秀俊
野田太郎　豊田博臣
北佳江　美村多栄
片山健　時光陸
ヒロシさん　佐藤宏
碇譲治　田辺泰信
猿谷一郎　上西雄大
黒板勇樹　上野伸弥
野田怜子　テルコ

1　東遊園地

神戸。

二〇一七年一月一七日早朝。

集っている人々。マスコミ。

一九九五年の大地震から二十二年経ったという情報。

その中で、ヒロシさんがふらふらと歩いている。

メインタイトル
『れいこいるか』

2　須磨海岸

夕刻。冬。

ビニールシートの上で野田太助（30）と伊智子（24）が娘の怜子（3）を間に座っている。

怜子は駄菓子を食べている。

傍らにはイルカのぬいぐるみ。

太助、怜子の頭を撫でながら、
太助「三年経ったんやな」

伊智子「そやねえ」

太助「ごめんな怜子。お父ちゃんの稼ぎがないばっかりに。来年の、四歳の誕生日にはこんなおっきなケーキ買うたるよって」

伊智子「私も期待しよ。もう、芥川賞でも何の賞でもええから、早よ作家デビューして、私らを楽さして」

太助、何の迷いもなく、能天気に、
太助「まかしとき」

怜子、イルカのぬいぐるみをポンと放る。

太助「こら、せっかくお母ちゃんが買うてくれたもんを」

太助、拾う。

伊智子、笑顔で、
伊智子「今日のイルカのショーのことや。イルカさんがこうして飛んでくれへんかったってゆいたいんやな怜子は」

太助「確かに、トレーナーがいっくら合図しても、プールん中ぐるぐる回っとったな。あんなん初めてや」

伊智子「なあ？」

と、ポケットベルが鳴る。

伊智子、取り出し、見る。

伊智子「……ちょっと、電話せな」

太助「お」

伊智子、小走りに行く。

太助、怜子に、
太助「うまいか？」

怜子、首を横に振る。

と、いつの間にか、太助たちの近くにヒロシさんが座っている。

ヒロシさん、遠い目で海を見ながら、誰に言うでもなく、
ヒロシさん「昔なあ、神戸にキングジョーいうロボットが来てなあ、えらい往生したわ」

立ち上がると、行く。

3　ラブホテル

深夜。

4　ラブホテルの一室

伊智子と片山健（22）が舌を絡ませている。二人とも酔っ払っている。
伊智子、唇を離し、
伊智子「イルカ」
健「いるか？」
伊智子「イルカはいるか」
健「どないしたん？」
伊智子「イルカ、いないか」
健「いるかいらないかやろ」
二人、ベッドになだれ込む。
伊智子「イルカ、いないか。イルカ、いないか」
健「俺のちんこ、いるか？」
笑い出す二人、ふと見つめ合う。
と、また笑い出し、何度かキスを交わす。

5　アパートの表

明け方。まだ暗い。

太助が怜子を抱っこしながらあやしている。
太助「おかあちゃんほんまどこ行ったんやろなあ」
怜子「おかあちゃん」
太助「怜子やっぱ寒いし、中入ろか」
怜子「おかあちゃん」
怜子、イルカのぬいぐるみを持っている。
怜子「おかあちゃん！」
太助「ああ、よしよし」
太助、アパートの中へ入って行く。

6　ラブホテルの一室
健、伊智子の体を愛撫している。

伊智子、健を抱きしめる。

7　太助の部屋の前
怜子を寝かしつけた太助が、そっと出て来て、静かにドアを閉める。

8　ラブホテルの一室
健、腰を動かしている。

伊智子、喘いでいる。

9　アパートの表
太助、息で手をあたためながら、前方を見ている。まだ暗い。

「随分と早いやないですか」

という声に太助、振り返る。

太助「おはようございます。大家さんこそ」

大家「なんや寝覚めが悪うて」

10　ラブホテルの一室
健の腰の動き、速くなっている。

それに応えるかのようにして喘いでいる伊智子。

伊智子「ジャンプ」

その時、地鳴りとともに、大きく激しい揺れが起きる。

伊智子と健、地震に気づかず、没頭している。急に停電になる。

11　アパートの表
アパートが倒壊する音に、太助と大家、振り返る。
太助、呆けたように、
太助「怜子……」

12　ラブホテルの一室
真っ暗。
従業員が懐中電灯を照らしながら入って来る。
従業員「生きてますか？」
と、明かりを向けると、伊智子と健が裸のまま重なっている。
二人、眩しそうに目を細める。
従業員「ようこんな状況でやってられますな。早よ逃げな」
健「手伝うて」
従業員「は？」
健「抜けなくなってしもうた」
伊智子が膣痙攣を起こしてしまったのだ。
従業員「えらいこっちゃ」
従業員、懐中電灯の明かりを二人に向けた状態で置くと手伝う。
が、抜けない。
従業員「無理やわ」
健「無理やて。どうする？」
伊智子、ぼんやりと天井を見やり、
伊智子「もう終わりやな」

13　公園
春の陽射しに映える木々の緑。

小鳥のさえずり。

野田太郎（70）が来る。

突如、ヒロシさんが現われ、太郎を脅かす。

ヒロシさん「わお！」

太郎、大げさに驚く。

太郎「ひゃー、びっくりしたわ。なんや、いつものキミやないか」

とわざとらしく。

ヒロシさん「ウルトラ警備隊が神戸に来たんや。だからもう安心やで」

太郎「せやな。安心やな」

と歩きだす。

ヒロシさん、並んでついていきながら、
ヒロシさん「じきにセブンも来よる。（声をひそめ）ここだけの話やけどな、モロボシ隊員いうんが実はセブンやねん。そのこと知っとんの俺だけや。おっちゃんにだけは教えたる」

太郎「ほんまか！　嬉しいなあ。嬉しい嬉しい」

わざとらしく言う。

ヒロシさん、人懐っこい笑顔を浮かべながら、太郎についていく。

14　北酒店

角打ち。
店の奥で調理をしている北佳江（55）、扉が開く音に、
佳江「いらっしゃい！」
太郎が入って来る。
太郎「すっかり春ですな」
佳江、複雑な表情で、
佳江「野田さん」
太郎「はい」
佳江「帰って」
太郎「何やねん」
佳江「いっつもただ酒やん。五百円だけでも払うてほしいわ」
奥から伊智子（29）が来る。
伊智子「ええやないのおかあちゃん。お義父さんいらっしゃい」
太郎「（破顔一笑）伊智子ちゃん」
伊智子、一升瓶とコップを出して、太郎になみなみと酒を注ぐ。
太郎「ありがとう」
太郎、顔をコップに近づけて飲む。
太郎「あー、しみる」
伊智子、サバの水煮缶を開けると太郎の前に置く。
太郎「いつもすまんのう」
太郎、ふと視線を感じ、外を見る。
外からヒロシさんが太郎を凝視している。
太郎「しっ、しっ」
と、手で追い払う仕草。
外でヒロシさん、しょんぼりすると、歩いて行く。
太郎、サバの水煮缶を食べ、酒を飲む。
奥から、碇譲治（30）が出て来て伊智子に、
碇「ちょっと出かけて来る」
伊智子「行ってらっしゃい。気をつけてね」
碇、佳江に、
碇「行って来ます」
佳江「行ってらっしゃい」
碇、太郎に、
碇「いらっしゃい」
と、会釈をすると出て行く。
太郎、唖然と見送り、
太郎「誰？」
伊智子「主人です」
太郎「誰の？」
伊智子「私の」
佳江「伊智子、再婚したんです」
太郎「再婚て。太助と別れた時もそうやったけど、一言ゆうてほしかったわ」
伊智子「何でです？　私の勝手やないですか」
太郎「……それはそうやけど」
伊智子「今までいろいろとありがとうございました」
伊智子、太郎のコップに酒を注ぐ。
太郎、飲み、
太郎「ここへもよう来られんようになるやないか」
伊智子「遠慮なくいつでも来て下さい」
太郎「ただ酒ゆうわけにはゆかんやろ」
佳江、調理をしながら、
佳江「そらそやわ」

太郎「……」
　太郎、飲む。

15　**解体作業現場**

夕刻。
太助（35）、解体作業員として働いている。無精ひげ。
仕事が終わり、水道の水で顔を洗う。
ほろ酔いの太郎が来る。
太郎「太助！」
　顔拭きながら、太助、見る。
太郎「太助」
太助「なんや、金か？」
太郎「伊智子ちゃん再婚しとん」
　太助、太郎を一瞬見つめ、
太助「そうか」
　と、顔を拭く。
太郎「怜子がのうなってまだ五年やで」
太助「もう五年や」
太郎「……」
太助「あん時浮気しとった男と一緒になったんかな」
太郎「知らん。花見に来たら分かるんとちゃう」
太助「花見なあ」
太郎「ワシは今年は行かんぞ。ほなな」
太助「ビールでも飲もうや」
太郎「またにするわ」
　と、軽く手を上げると去る。

16　**長船旅館**

夜。

風呂上がりの太助がレジ袋を提げて帰って来る。

太助「ただいま」

17　**太助の部屋**

入って来る太助、電気をつける。

レジ袋からビールを出し、飲む。

部屋の片隅にはイルカのぬいぐるみ。

壁のカレンダーは二〇〇〇年三月になっている。

太助、カレンダーをめくって四月にする。

18　**下中島公園**

満開の桜。

花見客で賑わっている。

その中に、伊智子と碇と佳江がビニールシートの上に座って、料理を食べ、且つ飲んでいる。太郎も和気あいあいと加わっている。

そこへ、太助が来る。

太郎「太助！　こっちやこっち」

　伊智子、太助を見る。

伊智子「……」

太助「（皆に）どうも」

佳江「太助さん、さ、さ、私の隣り座り」

　碇、立ち上がり、
碇　「（微笑）はじめまして。私、碇と申します」

　と、握手を求める。

　太助、じっと見つめて握手に応じ、
太助「野田です」

　太郎と佳江、何となくホッとする。

伊智子「……」

×　　×　　×

　トイレの近く。
　伊智子がトイレから出て来る。
　と、太助が待ち伏せしていた。
伊智子「……今日何で来たん」
太助「ええやん別に。毎年のことやん」
伊智子「お義父さんから聞いたんでしょ？　気ィつこてよ少しは」
太助「あん時の男とちゃうやろ」
伊智子「ちゃうよ」
太助「どこで知り合うたん」
伊智子「なんでゆわなあかんの」
太助「ええ人そうやん」
伊智子「ええ人よ」
太助「仕事何しとう？」
伊智子「フリーライター」

太助「物書きか。一緒やな」
伊智子「あんた一銭も稼いで来ォへんかったやん」
太助「稼いでるんかあいつ」
伊智子「あんたよりはね」
太助「凄いな」
伊智子「そうでもないけど」
太助「今日で会うの終わりにしような」
伊智子「そもそもそんな会うてないし」
太助「それもそやな」
伊智子「だぼ」
太助「だぼゆうほうがだぼや」
伊智子「そやな。あたしはあんたより何倍も何十倍もだぼや」
花見客の中には、小さな子供を連れた夫婦もいる。
太助「伊智子」
伊智子「ん？」
太助「あんまり自分を責めんとき」
伊智子「嫌味ゆうて」

× × ×

太助と碇が荷物を持ちながら、並んで歩いている。
伊智子と太郎と佳江が続く。
碇「娘さん、震災で亡くなったそうですね」
太助「（見て）……」
碇「アパートの下敷きになったって。僕、その時東京にいたんで、ニュースの映像でしか知らないんですけど」
太助「一瞬にしてペチャンコですわ。娘の頭なんか、柱の形のまんま窪んでました」
碇「……」
太助「……」
桜の花びらが風に舞う。

19 メトロこうべ

古本屋。
主人が競艇新聞に印をつけたりしながら予想している。
目の前に文庫本が置かれる。
主人、顔を上げる。
太助が立っている。
太助「どうも」
主人、それに応えず、文庫本を袋に入れながら、
主人「伊智子ちゃんと別れたんやて？」
太助、苦笑し、
太助「いつの話しとんねん」
主人「五十円」
太助、五十円を置く。
主人「時間あるか？　三十分」
太助「ない」
主人「十五分」
太助「ないて」
主人「十分。いや五分でええわ。店番頼むわ」
太助「ほなな」
主人「昔はよく、伊智子ちゃんと引き受けてくれたやないか」
太助「暇やったからな」
主人「今はちゃうんか？」
太助「ちゃう」
主人「小説書いとんか」
太助、言葉に詰まる。
主人、まずいこと聞いたと思い、
主人「……ええわ。ありがとう」
太助「……」
太助、去る。

20 駅の近く

別の日。夜。
太郎が人待ち顔で立っている。
そこへ、仲間の大田と小田が来る。
大田も小田も太郎と同じ年恰好。
大田「来たで」
太郎「すまんの。一人じゃ入りづろうてな」
大田「どんな店やねん」
小田「なあ」

21 公園

太郎が、大田と小田とともに来る。
と、ヒロシさんが、懐中電灯で自分の顔を下から照らして脅かす。
ヒロシさん「知っとお！」
大田と小田、マジで驚く。
大田「何じゃい！」
小田「(同時に) びっくりした！」
ヒロシさん「知っとう？」
太郎「(二人に) 大丈夫や。どないしたん？」
ヒロシさん「神戸、こんなんしたんは、キングジョーのせいや。セブンのせいやない」
大田「こいつ、何ゆっとん」
ヒロシさん「おっちゃんたちに教えたろ思うて」
太郎「せやな。せやせや」
と、歩き始める。
ヒロシさん、ニコニコしながらついていく。
大田と小田、顔を見合わせ、首をかしげる。

22 **北酒店**

常連客たちで賑わっている。
佳江が一人できりもりしている。
太郎が大田と小田を連れて入って来る。
佳江「いらっしゃい！」
太郎と大田と小田、座る。
太郎「おんなじもんでええか」
大田と小田「おんなじもんでええ」
太郎、佳江に、
太郎「伊智子ちゃんは？」
佳江「伊智子、この時間はおらへんのよ」
太郎「いつも伊智子ちゃんに注いでもらってる酒下さい。三つ」
佳江「何やったかな」
それでも佳江、一升瓶とコップを三つ持って来て、酒を注ぐ。
三人、顔をコップに近づけて、飲む。
佳江、お通しを三つ持って来る。
太郎「佳江さん、紹介します。仮設仲間の大田君と小田君」
大田「大田です」
小田「小田です」
佳江「ようこそ」
太郎「ま、ゆうてもみんなバラバラやけど」
佳江「仮設もうあらへんしね」
太郎「たまに会うて、こうして酒でも呑も思いましてな」
佳江「そらええわ」
太郎「今日はお金払いますよって」
佳江「当たり前や」
大田「おばあさんゆうから、えろう腰の曲がった人想像しよりましたがなんや、可愛らしい娘さんやないですか」
佳江「あらま。どうしましょ」
太郎「口だけは達者やねん」
大田「口だけやないで」
小田「あそこもや」
大田「それゆうたらあかん。そこまでゆうたらあかんねん」
小田「反省！」
他の客が佳江を呼ぶ。
佳江「はーい」
と、行く。
大田「うまいなこれ」
小田「ええわここ」
太郎「そやろ」

23 **定食屋の前**

和田岬辺り。
「ごちそうさん、また寄らせてもらいますわ」と、労働者然とした太助が出て来る。
太助、商店街の通りを歩き出す。
と、濃い化粧にスプリングコートを着た伊智子が歩いているのが見える。
太助「伊智子……？」
伊智子、スナックへ入って行く。
太助、目で追っている。

24 **スナック**

カウンターの中で新米ママの健（27）が数人の客を相手にしている。
ドアが開いて、伊智子が入って来る。
健「来た来た。あの人があたしの最後の女よ」
客たち、へえ、となる。
伊智子、スプリングコートを脱ぎながら、
伊智子「またあの話してるの？」
客A「膣痙攣て、そんなに痛いもんなんやろか」
伊智子「恥ずかしいからやめて」
健「ちょん切れるかと思ったわ」
客B「（笑って）まさか」
健「ホントよ」
客C「でも今はもうないんでしょ」
健「一応あるわよまだ」
伊智子、コートを持って奥へ行く。
客A「でもなんでそっちにいったんやろか」
健「挿入するのが怖くなってね。できなくなっちゃったの。それをその時勤めてたお店のマスターに打ち明けたのよ。そしたらマスターがじつは」
客たち、ハッとなる。
健「そう」
奥で伊智子、コートをハンガーにかけようとするが、ふいに目がかすんで手元が覚束なくなる。コートを落とす。
客Bの声「挿入されるの怖くなかったんですか逆に」
健の声「全然」
客Cの声「目覚めちゃったんだ」
客Aの声「そんなことってあるんやね」
健の声「そのマスターの口利きで店も持てたし。結果オーライよ」
伊智子、辺りを見回す。まぶたを押さえる。
落ちたコートに目をやる。見える。
伊智子「……」
コートを拾い、ハンガーにかける。

25　スナックの前

太助、スナックを見ている。
太助「……」

26　灼熱の太陽

27　須磨海岸

夏。海水浴客でごった返している。
伊智子（34）と健（32）が歩いている。
伊智子はサングラスをかけている。
健は女のままである。
健「昔、伊智子とここでこんな風にして歩いたことあったわね。私が男だった頃」
伊智子、健の今の姿をサングラスを上げて、改めて見る。
そして、フフフと笑い出す。
健「何がおかしいのよ？」
と、健も笑い出す。
ふいに「伊智子やないか」と呼ぶ声がして、二人、そのほうを見る。
太助（40）が寝そべっている。
健、小さく悲鳴を上げ、強張った顔で、
健「先行ってるわね」
と、足早に去って行く。
太助「？」
伊智子、健が去って行くのを見、太助を見る。
伊智子「しばらくやね」
太助「いつ以来や」
伊智子「さあ」
太助「再婚して何年になる？」
伊智子「会うのもうよそうなって言った時以来やで確か」
太助「うまくいっとんのか、あの旦那と」
伊智子「別れたんよ」
太助「何やっとん」
伊智子「三、四年がええとこやわ。確かあんたん時もそやったな」
太助「そのうち罰あたるで」
伊智子「なんで一人でこんなとこおるん」
太助「海が見とうなってな」

伊智子、フッと笑う。
太助「お前と初めて会うたんもここやったな」
伊智子、ふと真顔になり、
伊智子「そやったかな。……全然覚えてへん」
遠くから健が様子を窺っている。
伊智子「待ってるし、行くわ。ほなね」
伊智子、去る。
太助「（見送り）……」

28　北酒店の表

蝉時雨。

ヒロシさんが、店の中を窺っている。

サングラスをかけた伊智子がチラシの束を手に来る。

伊智子「暑いね」

ヒロシさん「ね」

伊智子、中へ。

29　北酒店

太郎（74）がちびちび飲んでいる。
他に客は二人ほど。
伊智子、入って来て、
伊智子「タロちゃん来てたんや」
太郎「暑うおますな」
伊智子、チラシを目立つところに置く。
太郎「何やそれ」
伊智子「よかったら」
と、チラシを一枚渡す。
見ると、
〝自分探しの旅に出てみよう！〟
『猿谷作家養成塾二〇〇五年夏季受講生募集中』とある。
太郎「伊智子ちゃん、こんなん興味あるん」
伊智子、サングラスを外し、目薬をさしながら、
伊智子「あたしの人生ってドラマチックやと思わへん？　カタチにせなもったいない」
太郎「ほう」
佳江（60）、調理場から、
佳江「たかがバツ2やで。バツ5ぐらいせなドラマチックとはゆえないんとちゃうの」
伊智子、太郎に小声で、
伊智子「ああみえておかあちゃんも還暦やアタックアタック」
佳江「何かゆうたか？」
伊智子「タロちゃんも自分探しの旅せいゆうたんや。な？」

30　猿谷作家養成塾

雑居ビルの中にある。

猿谷一郎（40）、生徒たちが書いたプロットを読んでいる。

生徒の黒板勇樹（24）、新聞のコピーを手に来て、
黒板「先生」

猿谷「（プロット読みつつ）何や」

黒板「これです。ここ」

と、新聞の一部を指さす。

猿谷、見る。

それは、短歌の投稿欄で、そこには、
圧死せし友を悲しむ私は
生きて暗夜に生理始まる
とある。

黒板「当時僕は中学生でした。この歌を詠んだんは同じ中学生の女子やったと思います。それだけに物凄い衝撃受けたんです。伊智子さんの短歌は絶対これをパクってます。間違いありません。『圧死せし／娘を悲しむ母親は／生きてアンヨに生理始まる』しかも暗夜をアンヨと読み間違えるやなんて、志賀直哉先生に対しても失礼や」

猿谷「幼い娘の死を連想させたかったんとちゃうかな。それでアンヨと詠んだんや」

黒板「ゆうてる意味がわかりません」

猿谷「もし仮にな、伊智子さんがこれをパクッたとしてもやで、それが何やっちゅうねん」

黒板「冒涜や思います」

猿谷「この歌をひな型にして、ご自分の人生

の一部を当てはめたんや。そう思わへんか？　だとしたら立派な脚色やで」
黒板「納得できません」
猿谷「そうゆう君かてパクッとるやないか。『私は道になりたい』ゆうんは、君の作品とちゃうんか」
黒板「パクリやありません、オマージュです」
猿谷「オマージュ？　どの口がゆうとん」
黒板「……」

31　雑居ビルの表

黒板、ぶつぶつ言いながら出て来る。汗を拭う。
すぐそこに側溝がある。
黒板、グレーチング（側溝のふた）を外すと、側溝に入る。
そこへ、伊智子が来る。
伊智子「黒板君、また考え事？」
と、しゃがむ。
黒板、ジロッと伊智子を見る。
足から汗ばんだ胸元にかけて……。
伊智子「ほんま、変わっとう」
黒板「何でパクッたんですか」
伊智子「何のこと？」
黒板「短歌ですよ」
伊智子「バレた？」
黒板「やっぱり」
伊智子「一番初めの夫が新聞に投稿しとう」
黒板「嘘や。あれは女子中学生が詠んだんや」
伊智子「何でわかるん？」
黒板「何でて」
伊智子「その女子中学生が詠んでるとこ見たんか」
黒板「（伊智子をジッと見ている）……」
伊智子「（小さく笑って）黒板君の想像しとう通りや」
黒板「……」
伊智子「も一つ、ほんまのことゆうていい？」
黒板「？」
伊智子「私な、もうじき目ェが見えへんようになるんやて」
黒板「何で？」
伊智子「わからへん」
黒板「原因不明のまま、見えへんようになるんですか？」
伊智子「ま、強いてあげれば、罰やな」
黒板「罰？　なんの？」
伊智子「いろいろ。だから目が見えとううちに、何か書き残したい思うてここに入ったんやけど。なかなか難しいな」
と、行く。
黒板「……」

32　猿谷作家養成塾

猿谷、パソコンに向かっている。
猿谷「オマージュなくてもパクリありや」
生徒が書いたプロットを書き写している。
伊智子、コーヒーを運んで来て、
伊智子「コーヒーがはいりましたで」
と、置く。
猿谷「ありがとう」
伊智子「この部屋、暗くないですか？」
猿谷「充分明るいで。（と飲み）自分探しの旅やのうて、ほんまもんの旅でもしよか」
伊智子「まあ、嬉しい。どこ連れてってくれるんですか？」
猿谷「そやなあ。ワイハなんかどうや」
伊智子「海外！　まるで新婚旅行やね」
猿谷「伊智子さん」
伊智子「はい」
猿谷「猿谷姓、名乗ってくれへんか？」
伊智子「それって」
猿谷「そうや」
伊智子、感動して、
伊智子「いやー」
猿谷「あんたにようけ借金しとるよって、責任とらなあかんとずっと思うとったんや。返事はすぐにとは言わん。考えといてくれへんか？」

伊智子「ホンマですか？　いやー」

33　メトロこうべ

卓球場。

太助が常連の子供・翼（10）と卓球に興じている。

翼、太助を圧倒している。

翼「まだまだやな」

34　北酒店

夕刻。

常連客たちで賑わっている。

太郎もまだいる。猿谷もいる。

伊智子がヒロシさんを店の中に入れようとしている。

ヒロシさん、抵抗する。

佳江、伊智子にやめなさいと言っている。

それでも伊智子、強引にヒロシさんを引き入れようとする。

ヒロシさん、伊智子に引っ張られて店の中へ。

盛り上がる客たち。

35　メトロこうべ

古本屋。

太助、翼とエロ本を読んでいる。

主人はいない。

太助「（ふと一方を見る）……」

『サル』という薄っぺらい同人誌がある。気になり、手に取る。ページをめくる。

目次には『私は道になりたい……黒板某』の文字があり、『短歌一首……野田いるか』という文字もある。

太助「……？」

太助、短歌のページをめくる。

『圧死せし娘を悲しむ母親は
生きて暗夜に生理始まる
野田いるか』

太助「……」

翼が太助を突っつき、エロ本の中身を見せる。

太助「（ジッと見）……（翼を見やる）」

主人が戻って来る。

36　アパートの前の道

太助が翼と来る。
遠くでひぐらしが鳴いている。
翼、アメリカンドッグを食べている。
食べ終え、
翼「また相手したるわ」
と、アメリカンドッグの棒を渡す。
太助「よろしくお願いします」
反対側から翼の母がレジ袋を提げてくる。
翼の母、口元に殴られてできたような痕がある。
翼「おかあちゃん」
翼の母「翼がいつもお世話になっております」
とお辞儀をする。
太助「いえ、こちらこそ」
太助、翼の母の痕が気になっている。
翼「気をつけて帰り」
太助「はい」
翼と翼の母、アパートの中へ行く。
見送っている太助、歩き出す。歩きながら、考え事をしている。
ふと、立ち止まる。

37　アパートの中

太助が来る。
と、ある部屋から怒声が聞こえ、女の悲鳴と物の割れる音がする。
太助、部屋のドアをノックする。
ドアが開いて、ランニングに短パンの屈強な男が顔を出す。
屈強な男「なんや？」
翼、太助に気づいて、
翼「あ、おっちゃん助けて！」
翼の母も太助を見る。
屈強な男「お前誰や」
屈強な男、太助が手にしているアメリカ

ンドッグの棒をさり気なく見る。

太助「子供が怖がっとう」

屈強な男「誰やて訊いとるんやこっちは」

太助「この子の友だちや」

屈強な男「友だち？　ほう。わしはこいつの父親やで」

太助「ホンマか」

翼　「おかあちゃんの愛人や。ホンマのおとうちゃんちゃう。おかあちゃんいつもこいつに殴られて泣いとう」

翼の母「どうかお気になさらずに。大丈夫ですから」

太助「大丈夫とちゃうやろ」

屈強な男「友だちやったら金貸せや」

太助「いくら？」

屈強な男「とりあえず百万や」

太助「無理やな」

屈強な男「だったら余計な口出しせんと早よ行きいな」

太助「友だちを見捨てるわけにはいかへん」

屈強な男「なに眠たいことゆうとん」

屈強な男、いきなり太助をぶん殴る。不意を突かれて倒れ込む太助にすかさず蹴りを入れていく。

翼　「おっちゃん」

と太助をかばう。

屈強な男「このガキ！」

屈強な男、翼にも容赦なく暴力を振るう。

翼、あっけなくのびてしまう。

翼の母「翼！」

屈強な男、翼の母にも暴力をふるう。のびてしまう。

と太助、アメリカンドッグの棒を屈強な男の足に突き刺す。

屈強な男「アイタッ！　何しよる」

屈強な男、もう一方の足で太助を何度も蹴りを入れる。

太助「ウッ……！」

太助、必死に屈強な男の足にしがみつくと、力を振り絞って、倒す。

と、倒れた拍子に、屈強な男、頭を強く打つ。不吉な鈍い音。

太助、汗だくになって男を見ている。

屈強な男、打ちどころが悪かったのか、あっけなく絶命している。

血が流れ出している。

太助「（唖然）……」

太助、屈強な男の頬を軽く叩きながら、

太助「おい、おい……」

翼と翼の母は、まだのびている。

遠くひぐらしの声。

立ち上がる太助、ふらついている。

そのまま、ふらふらと歩いて行く。

38　北酒店

夜。

ドンチャン騒ぎの中心に、伊智子と猿谷がいる。

太郎とヒロシさん、一緒に踊っている。

伊智子と猿谷、キスをする。

盛り上がる客たち。

39　スナック

健がカウンターの中にいる。

扉が開いて、暗い表情をした太助が入って来る。他に客はいない。

健　「いらっしゃ……」

ドキッとなる。

太助「いいですか？」

健　「……どうぞ」

太助、座る。

健、おしぼりを渡しながら、

健　「はじめてですよね。なんにします？」

太助「酒ならなんでも」

健　「なんでもて言われても」

太助「ほんなら、日本酒を」

健　「はい」

健、小皿にグラスを置き、日本酒をなみなみと注ぐと太助の前に置く。

太助、こぼさないようにグラスを持つと、一気に飲み干す。

太助「もう一杯」
健、なみなみと注ぐ。
太助、また一気に飲み干す。
太助「ここに、伊智子ゆう人が働いてるって」
と、改めて健を見て、
太助「あれ？」
健「……何か？」
太助「……いえ」
太助、グラスを差し出す。
健、グラスに日本酒をなみなみと注ぐ。
健「えらいピッチ早いけど。何かあったん？」
太助「最後の一杯です。これ飲んだら、警察に行こ思うてます」
太助、三たびグラスを一気に飲み干す。

40 雑居ビル

二、三日後。
伊智子が来る。

目の調子がよくないのか、入口の辺りで軽くつまずく。

41 猿谷作家養成塾

黒板ら生徒が数人がいる。

中はもぬけのから。だが黒板たちは、仕方ないかという諦めムードである。

伊智子が「おはよう」と来て愕然となる。
伊智子「（目をこする）……」
生徒の一人が、
「ま、お金じゃ買えない何かを得ましたわ。伊智子さんは心も体も奪われたんやね」
黒板「（伊智子を見る）……」
伊智子、ぶっきらぼうに、
伊智子「悪い？」

42 太郎の遺影

読経の声。

焼香の煙。

43 霊園

高台にある。

柿の実の色づく頃。太郎の一周忌。

野田家の墓の前にいる伊智子（39）、佳江（65）、大田、小田。

伊智子、光を失っている。杖を持っている。大田も小田も老けている。大田は車椅子に座っている。

最後に小田が線香をあげて、
佳江「一年なんてあっとゆう間やね」

伊智子「おかあちゃんのお腹の上で死んだやなんて、おとうちゃんほんまに幸せもんや」

小田「羨ましいですわ。（大田に）な？」


大田、頷く。

44 公園

佳江が伊智子に寄り添いながら来る。大田が座る車椅子を押して小田が続く。

突如、ヒロシさんが現われ、脅かす。

ヒロシさん「わお！」

伊智子以外、ヒロシさんを見る。

伊智子「ヒロシさんか？」

ヒロシさん「知っとう？」

四人、太郎に思いを馳せながら、歩いて行く。

ヒロシさん、人懐っこい笑顔で見送っている。

45 北酒店

大田、小田が並んで座っている。佳江が酒を注いでいる。
大田と小田、顔をコップに近づけて飲む。
その隣には太郎の遺影とコップ酒。
伊智子「おかあちゃん、おとうちゃんと実質何年くらい一緒に暮らしとったん？」
佳江、調理場から、
佳江「四年や。太助さんがあないなことした直後やったわ」
伊智子「太助さんな……」
佳江「情状酌量やゆうても人殺したことには

違いないわけやし。あん人、相当ショック受けて寝込んでしもうて」
　大田と小田、同情して頷く。
佳江「そのまま寝技に持ち込まれたんや」
　大田と小田、頷く。
伊智子「……」
　伊智子、物思いに耽っている。

46　霊園

夕刻。
野田家の墓の前で太助（45）が手を合わせている。

47　道

太助が来る。
昔住んでたアパートはコインパーキングになっている。
太助、見ている。
そこへ、かつての大家が通りかかる。
太助「大家さん」
大家「？」
太助「野田です。覚えてませんか」
大家「覚えてるような、覚えてないような。すんません」
　歩いて行く。
太助「……」
　背後で側溝のふたが外れ、黒板（29）がむくっと起き上がる。
太助「……？」
　黒板、太助をチラッと見、そそくさと去る。

48　コーポラスの一室

伊智子が喪服を脱いでいる。
そこへ、黒板が帰って来る。
黒板のほうへ顔を向け、
伊智子「お帰り」
　黒板、伊智子に抱きつく。
伊智子「どうしたん？　ちょっと着がえさせて」
　黒板、伊智子を押し倒すと、むしゃぶりつく。
黒板「人に見られた」
伊智子「こないだは猫やってんな」
黒板「ああ、そそる」
伊智子「こない硬なって」
　伊智子、黒板を抱きしめるが、心ここにあらずのようである。

49　スナック

開店前。
健がカウンター席に座って、伝票のチェックをしている。
扉が開いて、太助が入って来る。
　健、見て、
健「太助さん?!」
　太助、一礼して、
太助「ママには、ホンマにご迷惑おかけして」
　と、また頭を下げる。
健「何ゆうとん。いつ出てきたん？」
太助「昨日です」
健「そう。さ、どうぞ」
　太助、かぶりを振り、
太助「挨拶だけしに来たんで。ほな」
　太助、軽く頭を下げると、出て行く。

50　コーポラスの一室

黒板、パソコンに向かって小説を書いている。
伊智子、杖を手に、
伊智子「ちょっと飲みに行って来るわ」
黒板、伊智子の声が耳に入らないくらい、集中している。

51　道

伊智子、杖をついて歩いている。
コインパーキングにさしかかる。
ふと立ち止まり、何気なく顔を向ける。
伊智子「……」
　再び歩きだす。

52　北酒店

常連客たちで賑わっている。電話が鳴る。
調理場から佳江来て、受話器を取る。

佳江「はい、北酒店です。ああ、×××さん」

53　公衆電話ボックスの中

太助、電話をかけている。が、話し中。
受話器を一旦、置く。
北酒店が遠くに見える。

54　スナック

扉が開いて、杖をついた伊智子が入って来る。

伊智子「こんばんは」
健、カウンターの中で、

健「いらっしゃい」
バイトの菜々美、ボックス席のテーブルを拭いていて、

菜々美「いらっしゃい」
菜々美、伊智子をカウンター席までエスコートする。
伊智子、座る。

菜々美「杖、ここに置きますね」
菜々美、伊智子の手のそばに置く。

伊智子「ありがとう」
菜々美、酒の用意をする。
健、おしぼりを渡しながら、

健「太助さん、来たのよ」

伊智子「いつ？」
健、時計を見て、

健「一時間くらい前」

伊智子「出てきたんや」

健「昨日やゆうとったわ」

伊智子「なんや知らん、今日、ずっとあの人んことが頭から離れんかった」

健「（フッと笑って）虫が知らせたんやなきっと。もしかしたらあとで来るかもしれへん」

伊智子「それやったら帰るわ。こないな姿よう見せられへんし」

健「伊智子」
伊智子、杖を持つと立つ。

55　北酒店

電話が鳴る。
常連の一人が出てしまう。

常連「もしもし、北酒店でおます。……もしもし？……は？　はあ。少々お待ち下さい」
佳江、来て、

佳江「誰？」

常連「ようわからん」

佳江「だったら出んといて」
と、受話器を受け取り、

佳江「もしもし。……は？……太助さん？」

56　公衆電話ボックスの中

太助、電話をかけている。

太助「親父んこと、いろいろとありがとうございます。ホンマ感謝してます」

57　北酒店

佳江「今どこにおるん？　顔ぐらい見せてぇな」

58　公衆電話ボックスの中

太助「そのつもりやったんですけど、今はやめときます。心がそうゆうとう」

59　北酒店

佳江「何ゆうとう。心に遠慮することない。今すぐ来なさい。……もしもし？　もしもし？」
切れた。

佳江「……」
佳江、受話器を置く。

60　スナック

扉が開いて、太助が入って来る。
菜々美「いらっしゃいませ」
健、カウンターの中で、
健「もうヤダ」
太助「?」
健「三十分前まで伊智子いたのに」
太助「……日本酒下さい」
菜々美「はい」
菜々美、グラスを出し、日本酒を注ぐ。

61 メトロこうべ

古本屋。
主人が店を閉めようとしている。
そこへ、杖をつきながら伊智子が来る。
主人「伊智子ちゃん?」
伊智子「ああ、ご無沙汰してます」
主人「目ェどないしたん」
伊智子「ちょっとな」
主人、伊智子に手をかざしながら、
主人「見えへんのか? ちょっとどこやないで」
伊智子「そやな」
それでも伊智子、本を手に取ろうとする。
主人「太助は人を殺してしまうし」
と、ため息をつく。
伊智子、本を手に、小さく微笑む。
主人「お茶いれるわ。飲んでき」
と、行く。
伊智子「ありがとう」
伊智子、見えない目で辺りを見回し、匂いを嗅ぐ。
伊智子「初めて会うたんはここや」

62 旅館の一室

冬の朝。

アラームが鳴る。

布団に寝ていた太助(53)、咄嗟に上半身を起こす。

アラームを止め、布団から出ると、リモコンでテレビをつける。

テレビ、阪神淡路大震災から明日で二十三年であることを伝えている。

太助、丁寧に布団をたたんでいる。

63 北酒店の表

店のシャッターが開く。

中から伊智子(47)が出て来る。

眼鏡をかけているが、視力は戻っている。

64 旅館の一室

コンビニの袋を提げた太助が入って来る。

太助、どっかと座り、スポーツ新聞を読みながら、コンビニで買って来たサンドイッチやコーヒーで朝食をとりはじめる。

黒板がわいせつ容疑で捕まったという記事が紙面を賑わしている。

『私は道になりたい』という見出し。

65 北酒店の表

軽ワゴン車が停まっている。
伊智子、店の中へ、
伊智子「配達、行って来るわ」
と、運転席に乗り、軽ワゴン車を走らせる。

66 軽ワゴン車の中

信号で停まる。

AMラジオが流れている。

フロントガラス越し、行きかう人々が目の前を通り過ぎて行く。

と、その中に、太助がいた。

伊智子「……ん?」

伊智子、目で追う。

いつしか信号が青になり、後ろの車からクラクションを鳴らされる。

伊智子、スタートさせようとするがスムーズにいかない。

67 モトコーの中にある古着屋

太助、厚手のジャンパーを選んでいる。

68　モトコーの出口

軽ワゴン車が停まっている。

太助、紙袋を提げて出て来る。

と、軽ワゴン車、スーッと進んで太助の目の前でわざとらしく停車する。

伊智子、運転席から、

伊智子「太助さんやないの」
太助「おう、しばらくやな。元気にしとったか」
伊智子「うん。帰ってきよったん？」
太助「ほんの一時な」
伊智子「そうなんや。ね、時間ある？　もしよかったら乗らへん？　ここじゃなんやし」
太助「免許取ったんやな」
太助、助手席のドアを開け、乗る。
伊智子「取りたてよ。年齢とおんなじくらいお金がかかるてほんまやね。私は目ェ悪くしとったから、もっとかかったけど」
太助「かかっとんけ。まだ死にとうないから降りる」
言うなり、軽ワゴン車、走り出す。

69　フロントガラス越しに見える神戸の街並み

太助の声「……伊智子さん」
伊智子の声「はい」
太助の声「水族園行ってみいひんか」
伊智子の声「……ええよ」
太助の声「あれから行っとう？」
伊智子の声「行ってへんなあ」
太助の声「覚えとう？」
伊智子の声「イルカやろ？」
太助の声「あん時、トレーナーがいっくら合図してもプールん中ぐるぐる回っとってな。ショーにならへんかったんや」
伊智子の声「……」
太助の声「……」
伊智子の声「……怜子の誕生日やな」
太助の声「……うん」
伊智子の声「今日、太助さんに会うまで、すっかり忘れとったわ」
太助の声「……嘘や」
伊智子の声「……」

70　須磨海浜水族園

イルカライブ。

若い女性のトレーナーの合図に飛び跳ねるイルカたち。

拍手。

観客たちの中に伊智子と太助がいる。

×　×　×

巨大な水槽の中を魚たちが回遊している。

伊智子と太助、眺めている。

そこへ若いカップルが来て、水槽を見ながら男が女の尻に触れるが、途端に女の手ではじかれる。

太助「（見やり）……」
と、若い男、太助に気づき、
若い男「おっちゃん？」
太助「？」
若い男「俺や」
若い男、卓球のラケットを振る仕草をする。
太助「おう。大きゅうなったなあ」
大きくなった翼（23）である。
太助「彼女か」
翼「れいこいいます」
れいこ「れいこです」
お辞儀をする。
太助、笑顔でお辞儀を返す。
伊智子、れいこを見つめている。
太助「おかあちゃん、どないしとう？」
翼「何とか元気でやってます」
太助「そらよかった。ホンマ取り返しのつかないことしてしもうて」
太助、頭を下げる。
翼、首を振り、
翼「俺がもう少し大きかったら、殺してたかもしれへん。いくらおかあちゃんにとってかけがえのない人でもあんまりや。あれは酷かった」
太助「……」
伊智子「……」

71 **北酒店の表**

軽ワゴン車が来て停まり、伊智子と太助が降り立つ。

72 **北酒店**

客は一人もいない。
太助「お義母さんは?」
伊智子、手招きをする。

73 **佳江の部屋**

佳江(73)、病臥している。年の割には老け込んでしまっている。
伊智子「おかあちゃん、太助さんが来てくれたで」
佳江、うつろな目で太助を見る。
太助「お義母さん、すっかりご無沙汰してしもうて」
佳江「……太郎さん」
太助「……」
太助、佳江の手を握り締める。

74 **北酒店**

夕刻。
誰もいない。
一升瓶が二本、空いている。

75 **メトロこうべ**

古本屋。閉まっている。
伊智子と太助が千鳥足で来る。
太助「伊智子」
伊智子「なんや」
太助「お前と俺はここで知り合うたんやな。俺がナンパして」
伊智子「……嘘や」
太助「ここやで確か」
伊智子「須磨の海水浴場ちゃうの?」
太助「ちゃう」
伊智子「ほな信じるわ。わー」と、バンザイをする。
太助もバンザイをし、
太助「わー」
伊智子「わー」

76 **旅館の一室**

酔った伊智子と太助が踊りながら入って来る。
伊智子「いるか? いないか? いないか? いるか?」
太助「(一緒になって)いるか? いないか? いないか? いるか?」
伊智子「イルカはいるか」
太助「イルカはいるか」
伊智子「イルカはいるか」
太助「イルカはかるい」
笑い出す二人、そのまま布団になだれ込む。
と、伊智子の視線の先、太助のバッグの中から、イルカの顔がちょこんと見えている。
例のイルカのぬいぐるみである。
伊智子「イルカは……」
太助はまだ笑っている。
伊智子「(眼鏡をはずす)……」
伊智子、太助にキスをする。
二人、見つめ合う。
太助、伊智子に被さり、愛撫していく。
伊智子「(微かに息を洩らす)……」
太助、動きがとまる。
伊智子「?」
太助、伊智子を見つめ、
太助「……勃たへんのや」
伊智子、太助を抱きしめる。

77 **東遊園地**

集っている人々。マスコミ。
その中に、ヒロシさんもいる。
時報。

『午前五時四十六分ちょうどをお知らせします』
プップップップーン！

78 **旅館の一室**
伊智子と太助、一つの布団で服を着たまま眠っている。
二人の間にはイルカのぬいぐるみ。

79 **須磨海岸**
伊智子と太助が来る。
伊智子「久しぶりに来たわここ」
太助「ああ」
伊智子「れいこと三人で来たな」
太助「そん時以来か？」
伊智子「どやったかな」
太助「まええわどうでも」
伊智子「今どこにおるん？」
太助「東北や。解体の仕事で、あっちゃこっちゃ行っとう。今は宮城県や」
伊智子「芥川賞、いつとるん？」
太助「……」
伊智子、太助を見る。
太助「ほな行くわ」
太助、歩いて行く。
振り向き、手を振る。
伊智子、振り返る。
歩いて行く太助をずっと見送っている。
伊智子「……」

80 **道**
太助が歩いている。
太助「芥川賞なあ……」

81 **新長田の若松公園**
ヒロシさんが鉄人28号のモニュメントを見上げている。
ヒロシさん「……」
ポーズを決めている鉄人28号。
ヒロシさん「ご苦労さまです」
深く一礼する。

［おわり］

喜劇　愛妻物語

足立紳

〈脚本家略歴〉

足立紳（あだち　しん）

1972年生まれ、鳥取県出身。日本映画学校卒業後、相米慎二監督に師事。助監督、演劇活動をへてシナリオを書き始める。主な作品に『キャッチボール屋』『百円の恋』（日本アカデミー賞最優秀脚本賞）『お盆の弟』（ヨコハマ映画祭脚本賞）『嘘八百』シリーズ（今井雅子と共作）『志乃ちゃんは自分の名前が言えない』『こどもしょくどう』（山口智之と共作）『アンダードッグ』など。NHKドラマ『佐知とマユ』にて市川森一脚本賞受賞。監督作に『14の夜』。『喜劇　愛妻物語』で東京国際映画祭最優秀脚本賞、ヨコハマ映画祭脚本賞受賞。

監督：足立紳

原作：足立紳『喜劇　愛妻物語』（幻冬舎文庫）

製作：『喜劇　愛妻物語』製作委員会

制作プロダクション：AOI Pro.

配給：キュー・テック　バンダイナムコアーツ

〈スタッフ〉

エグゼクティブプロデューサー　濱田健二

プロデューサー　西川朝子

代情明彦

撮影　猪本雅三

照明　山本浩資

録音　西條博介

美術　平井淳郎

編集　大関泰幸

音楽　海田庄吾

〈キャスト〉

豪太　濱田岳

チカ　水川あさみ

アキ　新津ちせ

吾妻　大久保佳代子

由美　夏帆

杉森菜々美の母　ふせえり

杉森菜々美の父　光石研

1 **柳田家**

日曜の朝。東京のとある住宅街の隅にある質素な団地。

2 **同・柳田家のドア前**

『柳田豪太』と立派な字体で書かれた木製の表札。その横には『笑門』の木札。

そこに豪太の声が被さってくる。

豪太N「ここ2か月ほど、妻とセックスをしていない」

3 **同・居間（狭いダイニングキッチン）**

洗濯物が干されている。男物のトランクスに女の子のパンツ。ほつれたブラジャーや女物のパンツ。

豪太N「当然妻以外の女ともしていないから俺は丸2か月セックスをしていない」

4 **同・豪太の仕事部屋**

6畳ほどの狭い部屋に本やDVDが散らかっている。壁には額に入った『暴力温泉』という映画のポスター（脚本柳田豪太）と脚本コンクール佳作の賞状。

豪太N「俺は最近はやりの草食系男子ではないから、せめてひと月に一度か二度はセックスしたい」

5 **同・寝室**

敷布団に豪太（38）と妻のチカ（36）、二人の間に娘のアキ（7）が寝ている。

豪太はトランクスにTシャツ姿。チカは黒いスリップに赤いパンツ姿だ。

豪太N「俺が売れっ子シナリオライターならば、愛人の2、3人でも作りたいと思うところだが、」

アキ、目覚めると布団から出て行く。

6 **同・居間**

入ってきたアキ、リモコンでテレビをつけるとユーチューブに見入る。

豪太N「ここ数年の年収が50万円以下では愛人を作る金もなければ風俗に行く金もない」

7 **同・寝室**

豪太N「だからセックスがしたければ妻とするしかない」

眠っている豪太が薄目をあける。

赤いパンツのチカのお尻が目に入る。パンツは所々ほつれている。

豪太N「だが妻とのセックスのハードルは無駄に高い。飽き飽きしたこの体にありつくためには数日前から家事育児を率先してやり妻の機嫌を取らねばならない」

× × ×

インサート。

手抜きな家事をしている豪太。適当に洗濯物を畳み、いい加減に部屋を片づける。

× × ×

豪太、そっと抱き着くようにチカの大きな背中を手でなではじめる。

チカ「……（まどろんで）ちょっとなに」

豪太「マッサージだよ（と囁く）」

チカ「いいからしなくて……アキは？」

豪太「テレビ見てる」

チカ「あんたも見てきてよ。あたし、昨日遅かったんだから」

豪太「アメトーク、何本分見たの？」

甘ったるい声でマッサージを続ける豪太。

チカ「5本。いいってホントしなくて」

が、豪太はなおも続け、

豪太「プロレス芸人、最高だったでしょ」

チカ「……ちょっと。なんか当たってるから」

豪太、股間をチカの尻に密着させている。

豪太「え？　なに？　何が？　あ、ネギ芸人は？　食べたくなったんじゃないネギ。チカちゃん、ネギ大好きだし今度行こうよ」

豪太、とぼけてさらにこすりつける。

チカ「（不機嫌に）ちょっと。セックスなんかしないからね、こっちは疲れてんだから」
豪太「いやマッサージだよ」
チカ「だからいいって、下手くそだし」
豪太「いやだいぶ上手くなったから。愛情だからこういうのは」
豪太、背後からチカの胸元に手を伸ばす。

8　同・居間
アキがテレビを見ている。
チカの声「しつこいんだよっ！」
豪太の声「あいた！」
アキ、その怒鳴り声に少しだけ振り向く。
豪太N「結婚10年、まさか妻とのセックスのハードルがここまで高いものになるとは思いもしなかった」

タイトル『喜劇　愛妻物語』

9　同・居間（時間経過）
チカ、モヤシを炒めている。
豪太はスマホをいじっている。
アキはまだテレビを見ている。
チカ「ほらもうテレビ消しなさい、ご飯よ」
アキ「あとちょっとだけ。お願い！」
チカ「ダメ。（豪太に）あんたスマホばっかいじってないでテレビ消しなさいよ」
豪太「ん……。ねぇ、坂本義也不倫だって」
チカ「え、マジで⁉　誰と」
豪太「なんかグラビアアイドル。ほら」
とスマホでニュース記事を見せる。
チカ「えー、信じられない！　あたし好きだったんだよな。いろいろ社会活動もしてんじゃんこの人。途上国に学校作ったり」
豪太「（ニヤニヤして）売名行為なんじゃないの。たいしたヤツじゃないと思ってたんだよ。なんか台本とか演出にもガンガン口出してくるらしいよ、こいつ」
チカ「なにその醜い顔。あー、ほんと萎えるわあんた。お願いだから口開かないでよ。ご飯終わったらアキ連れ出してよ。掃除すんだから」
豪太、納豆を運びながら、
豪太「こーゆータイプとは仕事したくないんだよなあ」
チカ「ないじゃん、仕事することなんか。ほらアキさっさと食べて」
とテレビを消す。

10　児童公園
子供たちや付き添いの親たちがいる。
アキは友達と滑り台を上ったり下りたり。
豪太はベンチに座って、スマホでアキを見ているようで、若いお母さんたちを眺めている。
うしろから誰かに肩をたたかれ振り返る豪太。驚く。
豪太「え⁉　え、なに吾妻さん⁉」
恰幅の良い吾妻が、アキくらいの男の子を連れている。吾妻はだらしなさと紙一重の胸の露出度だ。
吾妻「なにその顔。チョー久しぶりじゃん」
豪太「（狼狽し）え、何で……え」
吾妻「なに焦ってんの？」
豪太「いや焦ってないけど……少し太った？」
吾妻「はぁ？　痩せたから。てゆーか、あんた何でいきなり店やめてんのよ？　逃げたんでしょ？　ラインもやめてるし」
豪太「いや違うよ。だって……」
吾妻「だってなによ？　家近いんだから会っちゃうとか思わなかった？　バカなの？」
吾妻の息子のケン、砂場へ走る。
豪太「いや……。あれケンちゃん？　え、もうあんな……。いくつ？」
と言いながらも豪太の視線は吾妻の胸に。
吾妻「4歳。なに見てんのよ」
豪太「（照れて）え、いや……まぁ……」
豪太のスマホが鳴る。
豪太「あ、ごめん、ちょっと――もしもし」
逃げるように電話に出る豪太。
プロデューサーの代々木からだ。

豪太「あ、どうもご無沙汰してます。いやまぁボチボチ。そんな忙しくもなく……」
　豪太、ふと吾妻の方を見るとニヤリと笑っている。
　豪太も微妙な笑顔を返した。
豪太「あ、聞いてます聞いてます……あ、来週ですか？　えーとどっか大丈夫です」
　と吾妻に背を向ける豪太。

11　柳田家・豪太の仕事部屋（夜）

イヤホンしてパソコンのエロ動画を見ている豪太。（VR眼鏡設定に変更の可能性あり）。
　突然ドアが開いて不機嫌なチカが来る。
チカ「お前音漏れてんだよ」
豪太「え、あれ？（とイヤホンとって）」
　恥ずかしそうにズボンをあげる豪太。
チカ「仕事もしねえでエロ動画ばっか見やがってよぉ。アキが起きんだろうが」
豪太「だってチカちゃんがさせてくれないから。あ、そうだ。今日、代々木さんから電話あってさ、新しい仕事やるかもよ」
チカ「フン。どうせ実現しねえよ。代々木さんて時点でヤバイじゃん」
　行ってしまうチカ。
　豪太、中途半端にズボンあげたまま。

12　とある制作会社（日替わり）

パーテーションで仕切られたような会議室とも言えない場所に豪太がいる。
「おいっす」とプロデューサーの代々木周一郎（47）がお茶と書類を持ってくる。
豪太「あ、どうもご無沙汰してます」
代々木「（豪太にお茶を出して）ねぇ。何年ぶり？　このプロットもらったときだから」
豪太「3年くらいすかね」
代々木「フェイスブックもぜんぜん更新してないし心配してたんだから」
豪太「（苦笑い）」
代々木「でまぁ昨日電話で話した通りなんだけどさ、スイートピーの社長が売り出したい子がいて金出すって言ってんのよ。それで柳田ちゃんのプロット見せたら面白いからホンにしてようよってことでさ。笑えて泣けるって言うんだよ、猛スピードでうどん打つ女子中学生が」
豪太「でもこれ3年前のニュースなんでもう女子高生になってますけど……」
代々木「え、これ実話だっけ？　ま、一緒じゃない、女子高生も中学生も」
豪太「はぁ……でもこれ香川の話なんで、もしホンにするなら―」
代々木「行ってくりゃいいじゃんシナハン。ある程度形になれば金は出すからさ。近々どうなの時間。何かやってんの？」
豪太「まぁボチボチは……」
代々木「あ、そう。じゃとりあえず別のライターたてとく？」
豪太「あ、いや何とかやり繰りすれば行けないことはないと思いますけど……」
代々木「じゃヤリクリしてくださいよ先生。鉄は熱いうちに打たないと」
豪太「でも俺、車の免許ないんで……」
代々木「誰かに運転させりゃいいじゃん。弟子の2、3人いるでしょ。あ、そうだ。もう一つビッグニュース。電話では言わなかったんだけど、進みそうだよ『八日村の祟り』」
豪太「え⁉　ホントですか⁉」
代々木「時間かかっちゃったけど年内にインできそうだよ。ほらこれ」
　代々木、印刷台本を豪太に渡す。
豪太「え、もう刷ってたんですか⁉」
　豪太、表紙をめくると『脚本　柳田豪太』の文字が目に飛び込んでくる。
豪太「……（感慨深い）」
代々木「あとはキャスティングだな。監督もホンはオッケーって言ってるし。キテンじゃないですか先生、ブレイクの兆し。お、臼井ちゃん、なに早いじゃない」

臼井「いや代々木さんの前に内堀さんと。（豪太に）ども。お久しぶりです」
豪太「久しぶり」
代々木「内堀ともやってんの？　売れてんなーおい」
臼井「ぜんぜんお金になんないすけどね。じゃ後ほど。柳田さんまた」
豪太「あ、うん」
代々木「年明けに連ドラやる予定なんだけどさ、今書いてもらってんのよ」
豪太「へぇ～……連ドラ」
代々木「柳田先生にも早くそういうの書いてもらわなきゃ困るんだから。ま、そういうことでこれもなる早やでお願いしますよ」
と席を立ちつつ。
豪太「あ、はい」
豪太も席を立つ。

13　道

仕事帰りのチカ、自転車で飛ばしている。

14　柳田家・仕事部屋

パソコンで香川県のサイトを見ている豪太。『八日村の祟り』の台本が横に。
プリンターから用紙が出て来る。
「ただいま」とチカとアキが帰ってくる。
豪太、玄関に行く。

15　同・玄関～台所

豪太来て、
豪太「お帰り。あのさぁ──」
チカ「（聞かず）この時間に帰ってんならアキのお迎え行ってよね！」
豪太「あ、ごめん、ごめん。思ったより早く打ち合わせ終わっちゃって」
上がってキッチンのほうへ行くチカ。
ついて行く豪太。
アキはすぐに居間のテレビをつける。
豪太「あのさ……旅行行かない？　香川」
チカ「はぁ？　アキすぐテレビつけない！」
豪太「アキ（と取ってつけたように）」
アキ「ユーチューブだよ」
豪太「いや旅行っていうかロケハン。ほらうどんの女子高生のプロットあったじゃん前に読ませたヤツ。あれに興味持ってくれてる人がいてさ」
チカ「勝手に行ってきたら。どうして私が行かなくちゃいけないのよ」
豪太「いや運転。田舎だから車なきゃまわれないからさ」
チカ「だからなんで私が付き合わなくちゃいけないのよ。あんたと違って仕事してんだからねこっちは。だからそこ邪魔」
買い物してきた物を冷蔵庫にしまおうとするチカ。
豪太「いやチカちゃんしかお願いできる人いないんだよ。ね、お願い！　すぐホンが欲しいって言われてるし、ホン書けばギャラも入るしさ。それにほら、たしか由美ちゃんって小豆島じゃなかった？　旦那の実家手伝ってんでしょ。旅館だっけ？　久しぶりに会えば？」
チカは無視して野菜を洗い始める。
豪太「あとあれ、ワイン飲むとこなんつったっけ？　あ、ワイナリー、ワイナリー。なんかこんなワイナリーとかあるし」
豪太、プリントアウトした紙を差し出す。
チカ「ちょっとカラーで印刷しないでって言ったでしょ！」
豪太「ごめんごめん。でもほらこういう機会でもないと旅行も行けないしさ、食い物もうまそうだし頼むよ」
チカ「邪魔。食い意地だけ張りやがって」
豪太「いや別に毎食うどんでもいいから。俺、絶対モノにするからこの企画は」
チカ「そう言って今まで何本モノにできなかったのよ。臼井さんとか暇なんじゃないの」
豪太「いや……あいつ今、連ドラ書いてるらしいよ」
チカ「え、マジで⁉」

豪太「うん。今日、偶然会って」
　チカ、なぜか沈黙し、
チカ「あんた、また嫉妬に狂って時間無駄にしてたんでしょ。しかもそれ言えば私まで落ち込むとか思ったんでしょ。一瞬落ち込んだけどね、道連れにしたあんたに」
豪太「いや……だから俺も頑張らなくちゃいけないだろ。あ、そうだビッグニュースもあるから。『八日村の祟り』、インできそうだって年内に！　流れ来てるよ今。チカちゃん、流れつかみ損ねるなってよく言ってたじゃん。ほらこれ！」
　豪太、チカの目の前に『八日村の祟り』の台本を差し出す。
チカ「……何これ。やめてよ、いきなり人の顔の前に」
　チカが払いのけると、台本は床に落ちる。
　一瞬気まずい空気が流れる。
チカ「ほら邪魔邪魔。アキと遊んでやってよ」
　豪太、台本を拾い上げ……。

16　同・寝室（夜）
　豪太、アキに絵本を読んでいる。

17　同・居間
　チカ、洗濯物を畳んでいる。
　ふと『八日村の祟り』の台本が目に入る。
　チカ、手に取ると、パラッとめくる。
　「脚本　柳田豪太」の文字。
チカ「……（その文字を見つめて）」

18　アパートの部屋・夜（回想・10年前）
　本やＶＨＳの散らかった部屋の布団で若き日の豪太が赤いトランクスで寝ている。カタカタとパソコンを打つ音がする。
　その音で目覚める豪太。見ると、若き日のチカが豪太の原稿を打っている。豪太はＴシャツに下は新品の赤パンツ姿だ。
豪太「……チカちゃん、起きてたの？」
チカ「あ、起こしちゃった？」
豪太「……朝、早いんでしょ。もう寝たら」
チカ「手書きで提出しても読んでもらえないよ、こんな字。締め切り明日でしょ」
豪太「なかなかワープロ覚えられなくて」
チカ「覚える気なんかないでしょ。せっかくプレゼントしたのに。しかもこれワープロじゃないから」
　言いながら打ち続けるチカ。
豪太「……どうせまたダメだよ」
チカ「私、好きだけどな。タイトルもいいじゃん、『暴力温泉』って。次は絶対デビューできそうな気がする。これ、はいたしね」
　と赤パンツのお尻をあげるチカ。
　豪太も苦笑して自分の赤パンツを見る。

19　道（回想・10年前）
　チカがケーキの箱を持って走っている。

20　豪太のアパートの階段（回想）
　駆け上がるチカ。

21　豪太の部屋（回想）
　チカ、入って来ると、豪太が『暴力温泉』の印刷台本を持って立っている。
　豪太、恥ずかしそうに台本を開くと、「脚本　柳田豪太」の文字。
チカ「おめでとう。赤パンツ効果だね！」
　と豪太に抱きつく。

22　柳田家・居間（回想明け）
　チカ、脚本をパラパラと捲っている。
　「ママ」とアキがやって来る。
チカ「ん？……どした？　またパパ先に寝ちゃったの？」
アキ「起きてる。あのね、パパが今回は絶対にチャンスをつかむって」
チカ「（苦笑して）パパが言えって言ったの」
アキ「うん」
チカ「……そう。……ダメなパパだね」

アキ「どうして？」
チカ「（小さく微笑んで）……おいで」
　チカ、アキを優しく抱きしめる。
　豪太がドアの隙間から見つめている。
豪太「……（見つめて）」
チカ「おい、そこの雑魚！」
豪太「あ」
チカ「こっちはお前のために仕事のシフトもやりくりしなきゃいけないんだからな。モノにしなかったらぶっ殺すぞマジで」
豪太「あ、うん、絶対モノにするから……」
チカ「なにその頼りない声。（アキに）あー、ママまた騙されるよ。この言葉に千回騙されてきてるのー」
　とアキに抱き着く。

23　**柳田家のアパート・表（数週間後）**
　まだ薄暗い早朝。寝ているアキを抱っこした豪太と大きなリュックを前後に背負ったチカが出て行く。

24　**道**
　豪太とチカ、あくびしながら歩く。

25　**ローカル線車内**
　柳田家がボックス席に座っている。チカはスポーツ新聞を読み、アキは寝ている。

豪太「あー、眠い。やっぱもう青春18切符はつらいわ」
チカ「あたしなんか三時に起きてお握り作ってんだから。あんたまだガーガー寝てたでしょうが」
豪太「腹へらない？」
チカ「お握り食べなさいよ。駅弁なんかなしだからね。毎食うどんでいいってあんたが言ったんだから」
豪太「そうだけどさぁ。でもチカちゃんだってビールくらい欲しいでしょ」
チカ「いらない。お酒入れてきたから」
　チカ、リュックから水筒を取り出し、
チカ「あたしがこんな節約してんだから贅沢言ってんじゃないわよ。こっちはシフトやりくりして休みとったんだから」
　豪太、仕方なくリュックからチカが握った巨大なオニギリを出しかぶりつく。

26　**ローカル線の車内の点描**
　チカとアキがご機嫌に歌を歌っている。
　チカの寝顔に落書きしている豪太とアキ。
　爆睡している3人。

27　**岡山駅・ホーム～階段**
　電車が到着し、扉が開いた瞬間チカと、アキを抱えた豪太が飛び出す。

チカ「ほら1分しかないよ！」
　チカ、目的のホームへ階段を駆け下りる。
　豪太、後方からヒイヒイ言いながら、
豪太「ちょっと待ってよ！　こっちはアキ抱っこしてんだから！」
　と追いかける。

28　**快速マリンライナー・車内**
　窓外の風景を見ている柳田家。
チカ「ほらアキ、海がきれいだねー」
アキ「泳ぎたーい！　泳げる？」
豪太「泳げるよ。でも海よりママのほうがきれいだねー」
チカ「いらねえわ、そういうの」

29　**高松駅・表**
　アキを抱えた豪太が駅から出てくる。
　続いてチカ。
豪太「アキ、着いたよー、四国だよー！」
アキ「ここシコク？　シコク？」
豪太「そうだよ！　四国だよー。おなかすいたねー！　なに食べようか、美味しいものいっぱい食べようねー」
チカ「シレっとなに言ってんのよ。毎食うどんって言ったでしょ。ほら歩くよ。ホテルまで30分くらいかかるんだから」
豪太「え、歩くの？」

　　チカ、さっさと歩き出す。

30　商店街

　　チカが地図を見ながら歩いている。
　　少し遅れて豪太とアキ。

アキ「もうダメ」
豪太「……歩けるでしょまだ」
アキ「ねぇ、ダッコ」
　　アキは立ち止まってしまう。
　　豪太、ため息ついて、アキを抱っこする。
アキ「お腹すいたー」
豪太「ママに言ってごらん」
　　が、チカは地図を見ながらすたすた行く。
豪太「（チカに）ねぇ。……ねぇちょっと」
チカ「なによ」
豪太「もうアキも限界だよ。うどんでも何でもいいから食べようよ」
チカ「何でもいいって何よ。あんたが毎食うどんって言ったんでしょ。どさくさに紛れてそういうとこ腹立つんだよ」
　　豪太、そのチカの言い草にため息つく。
チカ「なにそのため息。ここまで来てやったんだから感謝しなさいよね」
豪太「……してるよ」
チカ「してないからそんなため息つくんでしょうが」
豪太「いやため息じゃなくて息しただけだから」
チカ「息もすんな」
豪太「（苦笑して）じゃあ死ぬじゃん」
チカ「死ね」
　　豪太、またため息つき、
豪太「あ、ため息じゃないからね今の。ただの呼吸だから。あ、もうあそこでいいじゃん。あのうどん屋。なんか富士そばよりひどい感じだけど」
　　先に貧相なうどん屋がある。
チカ「何よその言い草。ちょっと待ちなさいよ！」
　　逃げるように行く豪太。

31　うどん屋

　　狭い店内。トッピングには『売り切れ』の札とパサついた天ぷらがまばらにあるだけだ。
　　チカ、苦虫を噛み潰したような顔。
　　そんなチカの顔を見て一瞬笑う豪太。
チカ「なによ」
豪太「え、なに……？」
チカ「今、笑ったでしょうが」
豪太「だって、すげー顔してるから」
チカ「あんたでしょそれは。こんなうどん屋選びやがって。ザマ見ろ」
豪太「いや別に一番近くにあっただけだから」
チカ「うるせぇ。顔に書いてあんだよ最悪って」
豪太「自分が最悪って思ってんだろ。オレは別にどこでも――」
チカ「いいからさっさと選びなさいよ。こっちは疲れてるから早くホテル行きたいの」
豪太「……いいよ素うどんで」
チカ「出た。惨めぶりやがって。絶対素うどんだからな。それ以上注文すんなよ。すいません、素うどんと釜玉の中とビールください」
豪太「アキのは？　どうすんの？」
チカ「いらない。アキは私と半分こするから。お金ないし。ね、アキ」
アキ「えー。アキ、おなかすいたよ」
チカ「いいの。ママいらないからアキが全部食べなさい。ウチ、ビンボーなんだから」
アキ「ママ、そー言っていつもいっぱい食べちゃうじゃん」
チカ「食べないでしょ。パパでしょ、それは。あ、やっぱりビールじゃなくて発泡酒にしてください」
豪太「……（ため息が出てしまう）」

×　　×　　×

　　3人がボソボソとうどんを啜っている。
　　アキだけが美味しそう。

豪太「さすがに香川のうどんは一味違うね」
　返事もせずに発泡酒を飲むチカ。

32　ビジネスホテルの前

　豪太たちがやって来て、
チカ「あんたとアキで先にチェックインしてよ。シングル一部屋しか予約してないから」
豪太「え、なに……どういうこと……?」
チカ「シングルに三人で泊まるから」
豪太「はぁ!?　何だよそれ」
チカ「寝られるでしょ別に」
豪太「いや、そんな三人で泊まっていいの?」
チカ「だからあんたたち先にチェックインしてって言ってんじゃん。私、裏口から忍びこむから。どうせあんたそういうのできないでしょ」
豪太「いや、そういう問題じゃなくて……」
チカ「うるさいなぁ。どうせ今日だけだからいいんだよ。明日は違うとこだから。言っとくけどここ一泊四千五百円もすんだからね。ウチの四千五百円って他の家じゃ四十五万なんだから」
　チカ、荷物を豪太に押し付けて行く。

33　同・フロント

　小さな受付で豪太がチェックインの用紙に記入している。
アキ「ねぇ、ママは?」
受付「?」
豪太「え……あ、ママ?　ママは……」
アキ「どうしてママ来ないの?」
豪太「ママはお留守番だから。あ、これ」
受付「はい。こちらお部屋の鍵になります」
　豪太、鍵を受け取るとアキの手を引いてそそくさとエレベーターへ。

34　同・3階の廊下〜301号室

　エレベーターから豪太とアキが降りて来る。豪太は電話している。
豪太「301だよ。どうやって来んの?　受付かなり小さいからバレるよ」
　部屋に入って行く豪太とアキ。狭いシングル部屋。

35　同・裏

　チカ、電話しながら建物の周囲を探っているが暗くてよく見えない。
チカ「だから今、裏口探してんでしょ。何か塀で囲まれててよく分かんないんだもん、暗いし。気をつけてじゃねーよバカッ!」

36　同・301号室

　電話をブツッと切られる。
豪太「(舌打ちして) 自分で予約したんだろうが……」
アキ「ママ、来るの?」
豪太「あとで来るからね。お風呂入ろお風呂」
アキ「いい。アキ、入んない」
豪太「よくない、入るの。自分で脱いで来るんだよ」
　豪太、服を脱ぎ散らかしながらユニットバスに入っていく。
　勝手にテレビをつけ、見始めるアキ。
　浴室からシャワーの音が聞こえる。
　豪太が顔を出し、
豪太「アキ、おいでー」
アキ「あとでー」
　アキ、テレビを見たまま。

37　同・裏

　塀を乗り越えるチカ。手を滑らせ、背中から落ちる。
チカ「いった……」
　服が破れている。
チカ「ゲーッ!　これまだ2回しか着てないのに!(舌打ちして)」
　チカ、地面にパンチする。
チカ「イッタッっ!!　クソッ!」

38 同・3階の廊下

『非常口』の扉がそっと開き、チカが入ってくる。
カップルの客がギョッとする。
チカ「あ……ごめんなさい（と照れ笑い）」
チカ、３０１号室を探す。

39 同・３０1号室の風呂

豪太が湯船に浸かって眠っている。
そこへアキが入って来る。
アキ「パパ！ ねえパパ！」
豪太「（目を覚まし）ん？ んあ。なに？あ、まだ服着てんの？」
アキ「ドアがドンドンいってるよ」
豪太「え、なに？ 今、何時⁉」
豪太、慌てて風呂から飛び出し、濡れた裸体のままドアの覗き窓から覗く。
鬼のような形相のチカが立っている。
豪太「！」
再び激しくドアがノックされる。
豪太、一瞬迷うが、意を決して開ける。
チカ、裸の豪太を見て、
チカ「はぁ⁉ 風呂入ってんじゃねーよお前！」
豪太「ご、ごめん、だって……」
チカ「こっちはクソみたいな思いしながら忍び込んできたのによぉ‼」
豪太「ど、どうやって入ったの……？」
チカ「どもるな！ すげぇ高い塀乗り越えたんだよ！ どうせ風呂入ってるか寝てると思ったけど案の定だよ。このクソ野郎が！」
豪太「ちょっと声落として。隣に聞こえるよ」
チカ「知らねーよ！ タコッ！」
チカの凄まじい怒りにアキは呆然。
豪太「……とりあえず、風呂入っといでよ」
チカ「言われなくても入るわ！」
ユニットバスに入っていくチカ。
力任せに扉を閉める。
アキ「……ママ、どうしたの？」
豪太「ん？ 何でもない。大丈夫だよ。あんな言葉使っちゃダメだよ」
アキ「アキもお風呂入ったほうがいい？」
豪太「あー、いい、いい。今日はいいよ、入らなくて。もう寝よ。ね。ほら、着替えて。特別にもう少しテレビ見ていいから」
アキ「ママ、怒らない？ お風呂入らないと」
豪太「入ったことにしとこ。ね。入ったって言うんだよ」
チカ、顔を出し、
チカ「冷蔵庫にお酒あったら取って！」
豪太、冷蔵庫から缶ビールを取り、ユニットバスのドアを開ける。
チカが湯船につかってバシャバシャ顔を洗っている。
豪太「高いよ、部屋のお酒」
チカ「しょうがないでしょ飲まなきゃやってられないんだから。それよりアキさっさと寝かしてよ。いつまでテレビ見せてんのよ」
豪太「寝るよ。もう寝るとこだったんだから、ちゃんとお風呂も入れて」
チカ「当たり前でしょうが。つーか、お前何か着ろ。ここまで来て風邪ひいたら殺すからな。粗チン野郎が」
豪太「（ヘラッと）一緒に入ろうか」
チカ「なに勃ってんの。消えろ」
豪太、退散する。

40 同・部屋

シングルベッドに一家3人が寝ている。

41 レンタカー屋（翌朝）

レンタカーがガクンガクンと出発する。

42 同・車内

サングラスかけたチカが運転して豪太が助手席にいる。アキは後部席。
豪太「……大丈夫？」
チカ「うるさい。3年振りの運転なんだから話しかけるな」

43　国道11号線

海沿いをゆっくりと走っていく車。
豪太、小型のレコーダーをいじっている。
アキが後ろの席で海を見て騒ぎ始める。
アキ「海だー！　ねえ、海だよママ！」
豪太「ママ今運転だからね。あー、あー、ただいまマイクのテスト中。テストテスト」
アキ「パパかしてー」
豪太「ちょっと待って。アキ、何か歌ってごらん。ここ押して」
アキ「スイカの名産地でもいい？」
豪太「いいよ何でも。あれ？　動かない」
勝手に歌い出すアキ。
チカ「ちょっと壊さないでよね。それ、あたしのなんだから」
豪太「え、これ俺に買ってくれたんじゃん」
チカ「やっぱやめた。あんた、ぜんぜん使う機会ないし」
豪太「なんでよ。使ってたじゃん。てゆーか、いないよもう、こんな古い機械使ってる奴」
チカ「じゃあ使うな！」
怒鳴られて、豪太、ため息。

44　杉森家・キッチン

杉森菜々美（17）が凄まじいスピードでうどんを打っている。悪霊に憑依されたかのように、体を揺らし白目を剥いて麺棒でうどん粉を延ばす。
覇気のない顔で見ている豪太とチカ。アキは興味深々。菜々美の父母もいる。
母「（さぬき弁）似たようなことを考える人がいるもんですねぇ。この子が映画やらマンガになるなんて信じられません」
父「（さぬき弁）来月、映画がクランクインなんです。マンガとのメディアミックスとかっちゅうやつで」
母「なに、メディア何とかなんて覚えたばっかりの言葉使って」
父「バカ、常識だよ。ね、先生。メディアセックス……ミックスなんて常識でしょ。お前は分かっとらんくせに余計なこと言うな。ささ先生、お昼も食べていってくださいね。いけるクチでしょ？　奥さんも……あ、車だぁ。そら残念！」
などと言いながら、さっさと奥へ。
豪太・チカ「……」
母「ほんとたいしたもんはありませんけど、適当にこしらえてますからどうぞ。あとで菜々美の作ったうどんもお出ししますから。あの人、朝からはしゃいで釣りとか狩りとかいって準備してて」
憑依中の菜々美を残し、移動する一同。

45　同・居間

テーブルの上には刺身、唐揚げ、地酒など、ご馳走が並んでいる。
アキが唐揚げをバクバク食べている。
父「さ、先生、もう一杯。奥さんもほら、お水。うまいでしょ、東京の水と違って」
チカ「……（苦笑している）」
父「それにしてもいいですなぁ、先生みたいな自由な仕事は。家族旅行も兼ねて」
豪太「いや……（と苦笑するしかない）」
父「私は何の才能も無い平凡な地主ですけど、それが菜々美のおかげでこうやってねぇ、テレビやら映画やら、なんちゅーか夢見させてもらえて……これの（と妻を指し）役やってくれるのが天海祐希なんてそれこそ夢みたいっちゅーか……」
母「ちょっとお父さん。もう恥ずかしい。どっちかって言えば米倉さんとかねえ、あ、お水、おかわり持ってきましょうか？」
チカ「いえ結構です。あの、もう本決まりなんですか？　その、今回の映画とかマンガの話……」
父・母「……？」
チカ「何とかなりませんか？　多分、こっちのほうが面白いと思うんですけど……」

シーン。
豪太「お、おい……なに言ってんの……」
母「でも……来月には撮影始めるって。昨日も監督さんやらスタッフの方も来て。ねぇ」
父「クランクインする言うてましたよ……」
チカ「でも映画って、直前で頓挫することもあるんです。いい加減な会社が多いんですよ。この人も何度も直前でダメになったりして……ね」
豪太「いや……ねって……」
チカ「あるよね、そういうこと。けっこう」
豪太「……ま、まあ。確かにそういうことも多いんですけど……。そこまで話が進んでるなら別に……。あの……大丈夫だと思いますよ」
チカ「でもこの人、菜々美ちゃんのニュースを見てから何年もこの企画温めてたんです。あたしもすごい面白いと思うし、あんたも自信あるんでしょ？」
豪太「え……」
チカ「えじゃなくて、こういうときにしっかりアピールしなきゃダメじゃん。なにウジウジしてんのよ」
豪太「いやしてないけど……」
チカ「してるよ。この人、いつもこうなんです。こうやってチャンス逃すんです。あたし、いつももっと積極的にならなきゃって言うんですけどダメなんです。家じゃ威張ってるくせに、外じゃ小さくなって。あ、すいません、こんな話。でも、情けないんですもん。外ッ面だけ良くて良い人ぶってるくせにあたしのことガンガン怒鳴り散らして他人はディスって。ほんと腹立つからそういうとこ」
とチカは止まらなくなる。
豪太「いやあの……ちょっと待てよ、なに言ってんだよこんなとこで」
チカ「なによ、ホントのことでしょうが」
豪太「いやウチのこと聞かされても困るだろ」
チカ「ウチじゃなくてあんたのことでしょ」
菜々美の両親は口をポカンと開けている。
豪太「いやだからそんな話……あ、じゃ、もし何か……何か万が一延期とかそういう話になればご一報いただくとか……」
チカ「何それ。もっとしっかり言いなさいよ。あたしにばっかり言わせて」
豪太「自分が勝手に言ってんだろ」
チカ「あんたが何も言えないからでしょうが。だから仕事ないんだよ、そんな態度だから」
チカの文句が続きそうなところへ、「あの、うどん……」と菜々美がうどんを持って恥ずかしそうに来る。
一同、静まったまま、アキだけがパクパクと唐揚げを食べ続けている。

46 同・玄関前〜道

ポカンとした両親の間で菜々美が小さく手を振っている。
車の助手席から作り笑顔で会釈する豪太。
アキは後部席から菜々美に手を振る。
チカも笑顔で一礼し、発車させるとすぐに笑顔が消える。
豪太「いやー、参ったよね、ほんともうあんな話になってるなら言ってくれって――」
チカ「黙れ。ハラワタが煮えくり返ってんだよ私は。お前の持ってなさに」
豪太「なに……？　持ってないって」
チカ「持ってねえだろうが何にも。香川まで来てこれだぞ」
豪太「だって……しょうがないだろ。俺だってまさかだよホントに……」
チカ「しょうがなくねえよ。お前はなるべくしてこうなってんだよ。だいたいホントにここまで来る必要あったのかよ。ただ旅行に来たかっただけだろうがお前。現実逃避したかっただけだろ」
豪太「いやどんなとこか分かんないと書けな

いだろ、町の空気とか」
チカ「何が空気よ、空気なんかまったくよめないくせに。いいよね、あんたは横に乗ってふんぞり返って、あたしのこと財布や運転手代わりに使ってな。あーあ、あんたに付き合ったあたしがバカだったわ。ほんとバカ。クソバカッ。我ながらイヤになるわ、このバカさ加減」
アキ「ねぇケンカ？　ケンカ？」
チカ「ううん、ケンカじゃないよ。パパの仕事が何もできなかっただけ。こんな遠くまで来たのにね。もったいないね。ダメだね。何しに来たんだろうね。ダメダメだね、アキのパパは」
豪太「お前、いいかげんに……」
　口をつきそうになる言葉をぐっと堪える。
チカ「なに？　お前つった今？　ハン。いいかげんにしてほしいのはお前だっつーの。自分だけ酒飲んで赤い顔しやがって」
豪太「しょうがないだろ。取材してあんなご馳走出されたら無下にできないじゃん」
チカ「取材なんかしてねえだろうが」
豪太「でも断れないだろあの状況で。チカちゃんだって刺身とか食ってたじゃんかよ」
チカ「食ってねーわ」
豪太「食ってたじゃんカツオ。見たよ、俺」
チカ「お酒が飲みたかったんだよ!!」
　シーン。
アキ「ねぇ、酔った」
豪太「え？　ゲー出るの？」
　コクンと頷くアキ。
豪太「もう出るってよ」
チカ「出るってよじゃなくて、何とかしなさいよ。これレンタカーなんだから。ほら、そこにビニール袋あるでしょ。アキ、もう少し我慢できる？　すぐ停めるからね」
アキ「もうダメ……」
チカ「待って！　どっか停まるから！」
　アクセル踏み込むチカ。

47　屋島の展望台・駐車場

　車の陰で吐いているアキ。
　チカ、アキの背中をさすっている。

48　同・自動販売機前

　豪太、缶コーヒーを飲んでいる。

49　同・駐車場

　豪太が車に戻ってくる。
　チカがアキの額をなでている。
豪太「はい、お水買ってきたよ」
チカ「何分かかってんのよ水買うのに」
　チカ、アキに飲ませてやる。

50　展望台

　太陽光に映える海が美しい。
　豪太、海を見ているが、チカはアキを見ている。
　アキはケロッとアイスをなめている。
豪太「……きれいでしょ。海」
チカ「でしょってなんだよ。お前のかよこれ」
豪太「……（ヘラヘラ）」
チカ「もう宿行く。ずっと運転して疲れたし無意味な一日に心が折れたし」
豪太「あ、じゃあワイナリーでワイン買ってけば。商店街で総菜も買って宿で飲めばいいじゃん」
チカ「言われなくても行くんだよ」
アキ「ママ、また怒ってるの？」
豪太「いっつも怒ってるね。ダメだね」
　豪太とアキも行く。

51　寂れたワイナリー

　柳田家のレンタカーがやって来る。

52　同・中

　店内には柳田家以外に客がいない。アキがウロウロしている。
　チカ、ワインの匂いをかいでいる。

豪太、一口飲んで顔をしかめる。
チカ「いいよね、また自分だけ飲んで」
豪太「いや別に俺、ワイン好きじゃないし」
チカ「ちょっとあの店員の目そらしてよ。なんか万引きジーメンみたいにじっと見てて腹立つ」
店員の一人がチカたちのほうを見ている。
豪太「何で見てるの？」
チカ「私が車なのに飲んでると思ってんでしょ。見ててよ。水筒に入れるから」
豪太「え、何を？」
チカ「ワインに決まってんでしょ」
チカ、豪太の体を目隠しにして水筒に試飲用のワインを入れる。
豪太「おい……ドロボーじゃんそれ」
チカ「うるさい。試飲用だろうが」
店員が怪訝そうに見ている。

53　道

柳田家が歩いている。いつものようにチカが地図を見ている。

54　激安ホテル・表

4階建てほどのアパートのような外観。
買い物袋を持った柳田家が来る。
豪太「え、なにこのアパートみたいなとこ？」
チカ「あんたホント文句ばっか。ウィクリーマンション日貸ししてくれて安いの！」
アキと手をつないで入って行くチカ。

55　同・室内

ダイニングキッチンと四畳半の畳部屋、それに寝室と三部屋もある室内。
豪太「いいじゃん、いいじゃん！　何これ！よく見つけたね、こんなの！」
チカ「目ぇつぶれるくらい検索しまくって探したんだから。感謝しなさいよ」
豪太「いや、ほんとすごい！　これで一部屋三千五百円ってあり得ないよ！　一人ほとんど千円じゃん！　ほら、アキおいで」
豪太がアキをベッドの上に放り投げると、アキはピョンピョン飛び跳ねる。
チカ「ちょっとベッド壊さないでよ」
豪太とアキはベッドで跳ねる。

×　　×　　×

買い込んだ夕飯が食べ散らかされている。
風呂上がりのチカ、Tシャツに短パン、頭にタオル巻いてワイン片手に足をテーブルにあげて電話で由美と話している。上機嫌。
豪太、ベッドでアキを寝かしつけながら、チラチラとチカの太腿を見ている。
チカ「それで今日もさぁ、ほんと使えないの、聞いてよ、もうやんなっちゃうんだから」
豪太N「今さら妻の太ももに欲情したわけではないが、こういう状況だしセックスできるかもしれないと俺は思った」
豪太、ふとチカの方へ行くと、チカのグラスにワインを注ぐ。
チカ「うわーヤダヤダ。ワインつぎに来たよ。何か考えてるよ！　下心あるよ絶対」
豪太「え、ないよ、そんなの。俺だって疲れてんのに」
豪太、ソファに腰かけてテレビを見る。
豪太N「セックスしたいモードがオンになってしまうと、どうにかして事に持ち込みたくなる俺は策を練った」
チカ「じゃ明日12時ね。私もお酒買ってくから！　じゃねお休みー！」
電話を切るチカ。
チカ「替えるよこれ、つまんないから」
ベッドに横になると、リモコンでテレビのチャンネルを替える。
豪太「なんか……やっぱり由美ちゃんとは気が合うよね。声がすげー楽しそうだもん。いいよね、友達っていうか、なんか2人の関係って。ベタベタしてないし、サラッとしてるようだけど根っこは深いし」
チカ「あたし由美が一番しっくりくるんだよね。一緒にいて楽だし」
豪太「分かる分かる。俺も由美ちゃん好きだもん。唯一俺たちの結婚に賛成してくれたし」
豪太もそれとなくベッドに移動する。
チカ「由美ってなぜかあんたの評価謎に高いもんね。そこだけなぁ」
豪太「でも由美ちゃんってユニークなとこあったじゃん映画の趣味も。女子なのにペキンパー好きだったり。俺も久しぶりに会うの楽しみだなぁ。明日は旦那もいるの？」
チカ「仕事なんだって。て言うかあんた来るの？　アキ連れて海とか行って来てよ。せっかく久しぶりに会うんだから」
豪太「そりゃ海も行くけどさ。由美ちゃん、俺とも話したいんじゃない？」
チカ「ないからそれ。ほんとイラないから」
豪太Ｎ「ここからどのような会話でセックスまで持ち込むか非常に難しいところだ」
番組は普通のニュース番組に落ち着く。しばしニュースを眺める二人。
豪太「……そういえばこないだあったじゃん、何か変なニュース」
チカ「知らない。変なニュースなんて毎日たくさんあるじゃん」
豪太「いやほら、山の中に寝泊まりしてる土木作業員がさ、遭難したカップル助けたやつ。あれ、土木作業員のオッサンがこないだ逮捕されたの知ってる？」
チカ「まったく知らないし興味もない。こっちはお前みたいに日がな一日ネットなんか見てねぇし」
豪太「いやまぁそういう事件があってさ、そのオッサンがなんかムラムラしちゃって、女の方にイタズラしちゃったんだって。介抱してるうちに」
チカ「……で？」
豪太「え……？」
チカ、つまらない話にイライラが募る。
チカ「それがなに？」
豪太「いや……男のほう、そのとき何してたのかなと思って……」
チカ「そのときって」
豪太「（モゴモゴと）だから……彼女が悪戯されてるとき……」
チカ「何が言いたいの？　キモイんだけど。聞き耳立てて欲情してたとか言いたいんでしょ。バカじゃないの。ＡＶの見すぎだわ。あんたならそうしそうだけど。つーか、つまんないこの話。すっーげぇつまんない」
豪太、慌てて話を変える。
豪太「あ、マッサージでもする？　俺、だいぶツケ溜ってるでしょ。ウノの負け」
チカ「いい。何年前の話よ。10年以上だろうが」
豪太「三十分くらい、がっちりやるよ。疲れてんでしょ運転とかで」
チカ「下手だからいい、しかもあんた30分じゃなくて30時間くらいあるからね。なに誤魔化してんの」
豪太「分かってるよ……いや上手にするから」
チカの足を揉む豪太。
チカ、振り払う。
チカ「しつこいな。言っとくけどセックスなんかしないからね」
豪太「え、別にそんなこと言ってないじゃん。あ、やっとく？　せっかく旅行来てるし」
チカ「しない」
豪太「何で？」
チカ「（あくびして）したくないから」
豪太「いいじゃん、こういうときくらい。お願い。ね」
チカ「ヤダ。もう寝る。無駄に疲れたし」
チカ、アキを抱きかかえるよう横になる。
豪太「じゃ、横で寝かせて」
コバンザメのように、チカの背中にしがみつく豪太。
チカ「うぜー」
そっとチカの胸に手を入れる豪太。その瞬間、チカの裏拳が豪太の鼻を捉える。
豪太「グッ！」
豪太、思わずカッとなり、

豪太「チョップ！」
　チカの後頭部にチョップしてしまう。
　チカ、冷たい目で豪太を見て、
チカ「……ダセッ。セックスできないからってＤＶかよ」
　チカ、再び豪太に背を向ける。
　感情のやり場なく佇む豪太。

56　高松の商店街

　酔っ払った観光客や地元の人間を横目に、レコーダーに呟きながら歩く豪太。
豪太「8月6日。シナリオハンティングにわざわざ香川までやって来たが取材もできず妻にはセックスを拒否られ途方に暮れて高松の街をさまよう。風俗にでも入ろうかと悩むが持ち出してきた妻の財布からお金を使う勇気もなく……（舌打ちすると）クソ女が畜生。ブタ！　ブタブタブタ！」
　フウと息をつく豪太。スマホを出すと、吾妻さんにメールを打ち始める。
『ごめん、メールしちゃった。こないだ久しぶりに会ったときなんか少しドキドキしちゃったかなぁ……って。ごめんね、返信不要です。やっぱり辛くなるし』
　送信ボタンを押す豪太。
豪太「あーあ、送っちゃった。知らね」
　半ばヤケになって歩いている豪太。
　ふと豪太の視線の先に、道の端で酔ってうずくまっている若い女がいる。「あー、オエ」とか「おーウプ」とうめいている。
　女をチラチラ横目で見ながら過ぎる豪太。ミニスカートの間からパンツが見えそうだ。シャツの胸元も大きくはだけている。
　辺りをキョロキョロ見る豪太。人通りはないしツレの人間がいる気配もない。
　豪太、女にソロソロと近寄っていく。
豪太「……どうしたの？」
女　「あー。うぇ……うぷ……」
豪太「……気持ち悪いの？」
　シャツの隙間から見えるブラジャーを覗き込む豪太。
豪太「大丈夫……？」
　言いながら、地面に顔をこすりつけんばかりにしてスカートの中を覗き込む。
　豪太、女の背中をさすりながら、もう一方の手を乳房にのばす。
女　「うぷ……うぇ……」
豪太「ほんとに大丈夫……？」
　言いつつオッパイ揉む豪太。
　ずっと揉んでいると、背後から
警官「どうしました？」
豪太「え!?」
　いつの間にか自転車の警官がいた。
警官「あー、あぶない、あぶない。だいぶ酔ってるねぇ。大丈夫？」
女　「おー……」
豪太「ああ、なんか……ええ、だいぶ酔ってるみたいで」
警官「知り合い？」
豪太「え？」
警官「この人と知り合い？」
豪太「いえ……なんかそこで倒れてて……」
警官「どこ行こうとしてたの？」
豪太「え？」
警官「今、この人とどっか行こうとしてたでしょ」
豪太「いや……なんか……あぶないんでちょっと……」
警官「ちょっとなに？」
豪太「……」
警官「身分証、見せてくれる？」
豪太「え？」
警官「身分証」
豪太「いや……今ないんですけど。旅行中で」
警官「どっから来たの？」
豪太「東京から……」
女　「あー、うぇ……」
　女は完全に横になってしまい苦しそう。
警官「ほら、お嬢ちゃんも起きて。こんなとこで寝てたらあぶないよ」

力強く女を担ぎ上げる警官。
警官「あんた、その自転車、引いてきて」
豪太「え……」
警官「ほら、早く。ちょっと話聞きたいから」
青ざめながらついて行く豪太。

57 ホテルの部屋

チカとアキが寝ている。
チカのスマホが鳴る。

58 交番・奥の畳み部屋

女が大の字になって寝ている。
チカの怒声「非常識じゃないんですか！ こんな時間に！」

59 同・事務所

アキを抱いたチカが怒鳴り散らしている。
その剣幕に圧倒されている警官。
豪太は俯いて小さくなっている。
チカ「留置しといて朝にでも呼び出せばいいでしょう！ こっちは小さい子供もいんのに！ あんたも何してんのよ、こんな時間に！ 死ね！ お巡りさんも名前教えなさいよ！ 抗議するから！」
警官「あの……すみません。どうしても我々のほうも仕事でして……ご主人、酔った女性を介抱されとったみたいで……」
チカ「知りませんから、そんなの」
警官「本当に申し訳ないです。これ、お返しします……」
警官、チカに免許証を返す。
チカ、ひったくると出て行く。
警官「……もういいですよ」
豪太「……すんません」
交番を出て行く豪太。

60 道

ズンズン歩くチカに付いて行く豪太。
豪太「……ね。ね、ごめん。ごめんね……。いやホントこっちは介抱してただけなのに不審者扱いされてさ。もう最悪だよ」
チカ「……」
豪太「……アキ、抱っこするよ」
チカ、振り向き、
チカ「てゆーか何してたのあんた、こんな時間にフラフラ」
豪太「いやシナリオのネタ思いついたからちょっと頭の中でまとめようと思って散歩に――」
チカ「どうせセックスできなくて悶々してたんでしょうが。代わりなさいよ、抱っこ」
チカ、アキを豪太に押し付ける。
チカ「しかも最低なこと思い出しちゃった」
豪太「え……？」
チカ「さっき私が迎えに行ったときのあんたの顔」
豪太「顔……？」
チカ「アキ妊娠したとき生理が来なくて、子供ができたかもしれないって言ったら、あんたこの世の終わりみたいな真っ暗な顔したでしょ」
豪太「え……」
チカ「ほらほらその顔。あーやだ。だいたいあんた自分が映画辞める理由欲しくてアキのこと作ったんでしょ。分かってんだから」
豪太「はぁ？ え、何で今そんな話――」
チカ「だからさっきのお前の醜い顔見て思い出したんだよ。子供生まれりゃ良い言い訳になるもんね」
豪太「いやでも……子供欲しいって言ったのチカちゃんだろ」
チカ「別にあんたの子じゃなくて良かったから。別れてくれつったらあんたが子供作ろうって言い出したんでしょうが。すっげえ慌ててたよねあのとき。しかもあんたはアキが生まれても何一つ変わらなかったけどね。自分のことが一番大好きな甘ったれ野郎のままで」
豪太「いやちょっと……落ち着いてよ」

チカ「あー、ほんとどうしてあのとき別れなかったんだろ」
豪太「いやでも、チカちゃんが育休中のときとかパートに出たじゃん」
チカ「当たり前でしょそんなの。少しでも助かるから続けてって言ったのに、あんたよく分かんない理由で辞めちゃったじゃん」
豪太「いや……いろいろ人間関係が……」
チカ「なに人間関係って。どこに行ってもあるからそんなの」
豪太「そりゃそうだけど……。あ、でもほら！『八日村の祟り』は映画になるからさ！　そうすりゃ少しは仕事につながっていくかもしれないし」
チカ「今まで何度そんなこと言ってきたのよ。どうせ実現なんかしねえよ。あー、ホントあのとき別れとけばよかった。気づいてたのに、あんたが雑魚だって」
　豪太、さすがに少しムッとして、
豪太「おい絡むのもいいかげんにしろよ。こっち来てからずっと不機嫌じゃねーかよ」
チカ「こっちに来てからじゃねーよ。お前といるからずっと不機嫌なんだよ。稼ぎもないくせに屁理屈ばっかこねて食い意地だけ張りやがって雑魚が」
豪太「……アキの前でそういう言い方やめろって言っただろ。だいたい自分が雑魚雑魚言うからホントにそうなってんじゃないの」
チカ「人のせいにしないでくれる。もともと才能ない雑魚だからって」
豪太「雑魚と一緒にいること選んだ自分も雑魚だろ」
チカ「そうだよ、あたしも雑魚だよ。あんたほどじゃないけどね。あんたはクズに近い雑魚だから。痰ツボだから」
豪太「ツ、唾飛んでんだよ、汚ねえな」
チカ「ダセ。それしか言えないのかよ。お前なんか唾浴びてんのがぴったりなんだよ、もうほんと消えてなくなれよ」
豪太「お前、今、自分がどんな声でどんな酷いこと言ってるか録音してやろうか」
　チカの顔前にレコーダーを突き出す豪太。
チカ「録れば。そんなの録ってどうすんの？　取材もろくにできないくせに。だいたい今どきそんなレコーダー使ってるヤツなんていないよ。さすが雑魚だわ」
豪太「こ、こりゅ、お前のレコーダーだろ！」
チカ「なに噛んでんの？　ダサッ。だいたいお前なんか、ほんとは書きたいものなんて何もなくて、ただ世に出たい人に認められたいだけだろうが。だから周りと差つけられんだよ！」
　豪太、思わずチカに蹴りが出る。が、アキの重みで体がぐらつき外れる。
チカ「なに？　蹴り？　怖いんですけど。あ、そういえばさっきチョップしたよね。手が使えなかったら蹴り？　あー怖い。そのうちもっと激しいDVやり出すんだよ、お前みたいな雑魚は。あー、ダサッ！　ほんっとダサいわお前！　宇宙一ダサいっ！　もう一緒にいたくない。顔も見たくない。マジ死んでほしい！　私、どっかで一杯飲んでそのまま由美のとこ行くから財布返しなさいよ、ドロボー！」
　豪太、キレて財布を道に叩きつける。
チカ「なにキレてんの。キモイわお前」
　チカ、財布を拾い行ってしまう。
　怒りで震えながら見ている豪太。
豪太「死ねブタ畜生!!」

61　激安ホテル（翌朝）

　ぐっすり眠る豪太を揺するアキ。
アキ「ねぇ、パパ起きてよー。パパー」
豪太「んあ……なに？」
アキ「ママ、いないよー」
豪太「んー……今、何時？」
アキ「知らない。ねぇママは？」
豪太「んー。ちょっと待って……」
　トイレに行く豪太。

アキがトイレの中までついて来る。

アキ「ねぇ、おしっこ、はみ出てるよ」

豪太「いいの、おウチじゃないんだから」

トイレから出ると、またベッドに横になる豪太。携帯電話を見る。

アキ「ママに電話する？」

豪太「うーん……。なんか今日、ママは用事があるみたいだからパパと海行こうか」

スマホの画面には吾妻からの返信。

『あんたまた私とセックスしたくなったんでしょ。バレバレ。マジ腹立つ。けど私もしたいかも。マジ腹立つ♡』

アキ「島？　島の海？　お船!?」

豪太「島じゃなくてもいいんじゃない？」

豪太はメールを見ながらニヤニヤ。

アキ「島行くの。お船乗るの！」

豪太「パパ、お船は気持ち悪くなるんだけどなー」

ニヤニヤ顔で返信を打つ豪太。

62　フェリー

甲板で走り回るアキ。

豪太はベンチでメール。

『そりゃアズマさん見たら男は誰でもしたくなっちゃうよ。それは許して！』

手すりから海を覗き込むアキ。

アキ「ねぇ、パパ見てー！　海だよ！　すごいよ！　落ちるよ！」

豪太「……あぶないから走っちゃダメだよ」

アキ「パパ、あれ？　あれ、島？　ショードシマ？」

豪太「そ。ママもあそこで遊んでるよ。でもパパとアキは来ちゃダメなんだって。ずるいね。楽しいことは全部一人だね。練馬のおばあちゃんに言いつけな」

アキ、全然聞いてない。走り回っている。

63　小豆島・港

フェリーからアキが飛び出してくる。

アキを追って、豪太も走ってくる。

豪太「アキ！　危ないよ！」

64　観光案内所

豪太、地図を見ながら、

豪太「このオリーブビーチって、遠いですか？」

係りの男「（さぬき弁）バスで十分くらいかねぇ。今さっき出ちゃったとこだから、次のまで一時間以上待つけど」

豪太「自転車で行けます？　そこのあの、レンタサイクルで」

男「行ったことないけどバス待つよりゃ早いかなぁ。途中に坂道もあるけどねぇ」

豪太「……」

65　道

アキを乗せた豪太の自転車が、風を切って颯爽と走っていく。

66　長い長い坂道

と言うか、ほとんど一山だ。

苦悶の表情で汗びっしょりかいて自転車を押している豪太。

アキ「ねぇ、いつ着くの……？」

豪太「……（答える余裕もない）」

アキ「パパ～」

豪太「わかんないよパパだって！」

怒鳴られて泣きそうになるアキ。

豪太「泣くな！　泣きたいのパパだよ！」

アキ、殊勝に黙る。

自己嫌悪も感じる豪太。ため息。

67　由美の家・居間

立派な一軒家の広い居間。

チカと親友の新田由美（37）がお酒を飲みながら大笑いしている。

チカ「笑いごとじゃないんだってマジで！　ホントしょうもないんだからアイツは」

由美「豪さんっぽいわー。絶対その酔っ払い女に何かしてたね」

チカ「逮捕されちゃえばよかったんだよ。痴漢で逮捕とかやつの成れの果てにぴったりだわ、ほんと終わってんだから」
由美「ヒドイ」

68 オリーブビーチ

海水浴客で賑わっている。

豪太はまたスマホでメール。

アキ「パパ、見てー！」

波打ち際で砂山を作っているアキ。

「んー見てるよ」とスマホ見たまま生返事の豪太。そのスマホがいきなり鳴る。

豪太「あ、も、もしもし。あ、そうだよね、話したほうが早いよねこれ。いやホントびっくりしたよ、こないだは……えー、だからホント逃げたわけじゃないって……なんかあんまりシフト入れなくなっちゃったし……いやホントホントホントホント」

69 由美の家

由美「学生の頃はあんなに輝いてたのにねぇ。シナリオの賞取ったりして映研のスターだったのにね」
チカ「あそこがヤツのピークだったねぇ」
由美「久しぶりに会いたかったなー、豪さんとも。ね、呼ぼ呼ぼ。私の前で仲直りして」
チカ「ヤだよ。どうせ調子こいて私の悪口とか言い出すんだから」
由美「いいじゃん別に。アキちゃんにも会いたいし。旅館の女将が休みもらうとかありえないんだから。私が電話しちゃお」
チカのスマホで勝手にかける由美。

70 オリーブビーチ

ニヤケた顔で電話している豪太。
豪太「いや俺もこないだほんとドキドキしちゃったから……心臓の音聞かれるかと思ったもん。マジマジ。何なら今も。聞く？ え、俺はいいけど……明日？……はいないんだよね東京に。うん仕事。水曜？はいいけど……え、じゃあホントに会っちゃう？ 俺駐輪場で待ってるよ。えー、いつもそうだったっけ？ じゃ、そのあともいつも通りな感じでいっちゃう？ はっきり言って今、俺、ビンビンだよ話しながら」

71 回想（スーパーのバックヤード）

スーパーのユニホームを着た豪太と吾妻が立ったままセックスしている。
吾妻「あ、きて！ きてほら！ ねえきて！」
豪太「え、きて！ きてない？ き、きて」
豪太N「つーか第一我慢汁発射しまくりだもん。マジでマジで。何ならイキそうだし。吾妻さんのせいだからねこれ」

72 元の砂浜

股間を押さえつけて電話している豪太。
豪太「メッチャヤね。もうメッッチャ責任取らせるから。うんメッチャね。もうメッチャ覚悟しといて。やめないよ泣いても。俺、吾妻さんの体に溺れたいから。うん。じゃ水曜に。じゃ」
電話を切り、気味の悪いニヤケ顔で波打ち際に目を遣ると、アキがいない。
豪太「……アキ？ アキッ!!」
豪太、辺りを見回すがアキの姿はない。
豪太「（立ち上がり）アキーッ!!」

73 由美の家

電話をかけている由美。
由美「あ、やっとつながった……けど出ない」
チカ「いいってもう。どうせアキのことテレビ漬けにして部屋で寝てんだから」

74 オリーブビーチ

青くなってアキを探している豪太。

豪太「アキ！ アキ！」

背後から「パパ！」と声がする。

豪太、振り向くと、アキが若い監視員の

お兄さんに連れられてくる。
豪太「アキ！」
駆け寄る豪太。
監視員「お父さんですか？」
豪太「あ、はい。どうもすみません……」
監視員「目、離さないようにお願いしますね。危ないので」
豪太「すみません（ペコペコして）」
監視員「海なのでね、ここ。お子さんの事故が多いですから」
豪太「はい……」
監視員「最近、そういう親御さん多いですから。すぐ目ぇ離しちゃう」
豪太「……」
監視員「海はほんと危険なので」
豪太「……（少しムッとしてくる）」
監視員「（アキに）良かったね、パパいて」
行ってしまう監視員。
豪太、そんな監視員に舌打ちすると、アキに八つ当たりするように、
豪太「どっか行っちゃダメでしょ！　ここ海なんだから！」
アキ「……ごめんなさい」
豪太、素直なアキに少し気まずい。
豪太「……かき氷食べる？」
誤魔化すように手をとって歩き出す。

75　同・豪太とアキのシートの場所

豪太、かき氷を持ったアキと戻って来るとスマホが鳴っている。

着信画面には「チカ」の文字。

豪太「もしもし……え、誰？　あ、由美ちゃん!?　あー久しぶり！　うん、俺も会いたかったけど、子供と海に……あ、小豆島。えーとね、オリーブビーチってとこ」

76　由美の家

電話で話している由美。
由美「レンタサイクルでぇ!?　頑張りましたねー。えー、こっち来ません？」
チカ「いいってホント。調子こくから。俺呼ばれたとかって」
由美「（チカに）いいから。（豪太に）タクシー代出すから来てくださいよー！」

77　オリーブビーチ

豪太「じゃあ……ちょっとお邪魔しちゃおうかな……うん、電話します。はい」
と電話を切る。
豪太「ママのとこ行く？」
アキ「（頷く）」
豪太「も一つかき氷買ってあげるから迷子になったことはママに言っちゃダメだよ」
アキの頭をなでる豪太。

78　青空

79　由美の家・庭

豪太も含め3人で飲んでいる。
アキは由美の膝で料理を食べている。
由美「かわいいなー。ウチも見てもらおうかな旦那」
チカ「見てもらったら。家でとって病院持ってけばいいし。豪太なんかチョー弱いって言われたから。ほぼ死滅状態」
豪太、恥ずかしそうに薄ら笑い。
由美「（笑って）豪さん弱そう。もう一人くらい考えてないの？」
チカ「無理だよ。一人でもヒーヒー言ってんのに」
豪太「俺は別にもう一人くらいいてもいいんだけどね」
チカ「どこにあんのよそんなお金。あんたほんとなんも考えてないよね」
豪太「いや一人も二人も変わんないって黒岩監督も言ってたし」
チカ「黒岩さんちはお金あるでしょ。そういうので人の意見に流されるのやめてよ腹立つなあ」
由美「でも、豪さん家のこととかやってくれるんでしょ」

チカ「保育園の送り迎えしか出来ないって」
豪太「いや飯も作ってるじゃん」
由美「料理するんですか⁉」
豪太「するよ。チョー上手いよね、俺」
チカ「クックパッドのパクり。シナリオも料理もパクりだからこの人」
豪太「シナリオなんかパクんないよ！」
チカ「前に何とかってのパクってバレないかすげぇ心配してたでしょうが。これ似てるかな似てるかなって。似てるどころじゃないよって言ったらいきなり怒鳴り出して逆ギレ。オマージュとパクりの区別もつかないのかって。超怒鳴り散らしたよねあん時」
　豪太、また恥ずかしそうに薄ら笑い。
由美「（アキに）ママたち面白いねぇ。豪さん、テレビドラマも書けばいいじゃないですか。食い扶持に。くだらないのも多いですよ」
豪太「まぁ機会があればねぇ」
チカ「テレビは書きたくないとかほざいてんの。仕事来ないだけなのに」
豪太「そんなこと言ってないだろ」
チカ「言ってんでしょうが。山田太一と倉本聰以外はクソだって」
豪太「いやクドカンとかも認めてるから俺」
チカ「お前が認めるな。ダントツ一番のクソが。て言うかクソにもなってないわ。あー、また腹立ってきた」
由美「まあまあ。豪さん少し昼寝します？　奥に布団敷きますよ」
豪太「あ、じゃあちょっと……（苦笑して）こうなると止まんなくなっちゃうから」
チカ「都合悪くなるとすぐ逃げるんだから」
　由美、豪太を部屋から連れ出しながら、
由美「豪さん、こっちこっち。行こ」
チカ「そんな優しい言い方するとすぐキモい妄想するよ」
由美「いいもん豪さんなら」
豪太「……（満更でもない）」

80　奥の部屋

　由美が布団を敷いている。
由美「ごめんなさい私が無理やり呼んじゃったから。相変わらずキツイですよねチカ」
豪太「いつもより軽いからあれでも」
由美「（笑って）じゃ、たくさん妄想してくださいね、遠慮なく」
　出て行く由美。
豪太「由美ちゃん……」
　豪太、思わず涙が滲みそう。
　布団に抱きついて腰を振る豪太。
豪太「由美ちゃん！」
×　　×　　×
　ふと目が覚める豪太。いつの間にか横でアキも寝ている。
　トイレに行こうと布団を出る。

81　同・廊下

　豪太が来ると、部屋からチカと由美の会話が聞こえてくる。

由美の声「だってさぁ、あたしから求めてんだよ。そりゃ子供も作りたいけどさ、ぶっちゃけ単にしたいときってあるじゃん」

　豪太、そっと居間を覗く。

82　同・居間

由美「朝から晩まで忙しいから疲れてるのは分かるんだけどさぁ、勇気出してこっちが求めてんだよ」
チカ「そっかぁ……まだしたいかぁ」
由美「チカはもうそんなのぜんぜんないの？」
チカ「ないねぇ。特にアキが生まれてからはまったく」
由美「でもそれ寂しくない？　子供生まれてレスってお約束みたいで。ぜんぜんしたくなんないの？」
チカ「うーん、ほとんどないね。アキがどうのじゃなくて、あいつ稼がない上に口ばっか達者で屁理屈こねるわ卑屈だわ怒鳴るわあげたらキリないけどもう男としての魅力皆無だもん。一挙手一投足がムカついちゃうんだよね」
豪太「……（ショック）」
由美「でもさぁ、求められてるうちが華だよ。ちょっと我慢してりゃいいじゃん」
チカ「やっちゃえばどうってことないんだけど……。でもあいつ、ニヤニヤしながら余計なこととか言うのよ」
由美「なに？　余計なことって」
チカ「久しぶりだよねとか、感じてるねとか。気持ち悪いの。どんどん萎えさせるの。騎乗位ばっかで自分はマグロだし」
由美「かわいいじゃん、それくらい」
チカ「かわいくないよ。させないとブチ切れることもあるんだから。俺が求めなかったら誰もお前のことなんか求めねーぞ、もう一生やんねーぞ！　とかさ。俺が求めてるから夫婦関係が成り立ってんだぞとか逆ギレすんの。あげくどっかでやってくるぞってエバってほざくし。バカだよ」
由美「とか言いながら、ほんとはまだ豪さんのこと信じてるから別れないんでしょ」
チカ「いやもうないね。ヤツにはもう何も求めてない。期待値ゼロだよ」
　豪太、ほとんど泣きそうな表情。
チカ「もういいよあいつの話は。腹立ってくるから。あんたはレスでどうしてんの？　はけ口は」
由美「実はさ……私、彼氏いるんだよね」
豪太「！（興味津々）」
チカ「は？　なんつった今？　すんごい軽く聞こえたんだけど。誰よ相手」
由美「旅館でアルバイトしてる子。大学生なんだけど」
チカ「はぁ⁉　え、何で？　何でそうなっちゃったわけ？」
豪太「……（食い入るように聞いている）」
由美「何度か旦那がここに連れてきてさ。かわいいなって思ってたんだけど、旦那がちょっと席外したときいきなりキスされちゃった……」
チカ「はぁ⁉　何それ⁉」
由美「へへ。私、ラブラブオーラ出しまくってたから」
チカ「ラブラブオーラってあんた……やるねぇ」
由美「も、すっごイイの。あんな年下の子に言葉でイジメられたりするとさ……ほんと最高だよ、落ちていく感じの疑似体験っていうか……」
豪太「……（生唾を飲み込んで）」
チカ「バカ！　擬似じゃなくて本当に落ちてるっつーの！」
由美「フフ。とか言いながらチカもしたくなったんじゃない？」
チカ「はぁ⁉　ないから！　呆れてるから！」
由美「うそぉ。ムキになるとこが怪しい」
　豪太、そのチカの顔を見ている。
豪太Ｎ「由美ちゃんの言う通りだ。ムキになるとこが怪しい。きっとチカは今、したくてしたくて堪らないはずだ」

83　フェリー（夜）

　豪太が膝の上にアキを抱えて甲板のベンチに座ってチカを見ている。

　チカは手すりにもたれて海を眺めている。

豪太Ｎ「心なしかチカの顔が高揚して見えるのは、由美ちゃんの刺激的な話でチカの股間も熱くなっているからに違いない」

84　道

　柳田家が黙々と歩いている。

　チカの様子をうかがっている豪太。

豪太Ｎ「もしかしたら、今日はセックスできるかもしれない」

85　ホテルの部屋

　アキはベッドで爆睡している。

　シャワーを浴びたあとのチカが化粧水を

顔に塗っている。
ベッドの上でじっと見ている豪太。
チカ「（豪太の視線に気づき）……なに？」
豪太「いや……楽しかった？ 久しぶりに由美ちゃんと会って」
チカ「楽しかったよ」
豪太「なに話してたの？ 俺が寝たあと」
チカ「別に。いろいろ」
豪太「なんか……由美ちゃん、きれいになってたね」
チカ「由美はもともときれいだよ」
豪太「でも、あれほどじゃなかったよ。やっぱりあれかな。瀬戸内海のいいエキスをたっぷり吸ってんのかな」
豪太Ｎ「由美ちゃんのエロ話を、チカの脳裏に再現させようと俺はそう言ってみた」
チカ「知らない。旦那が素敵なんじゃない」
豪太「（妙に芝居がかり）……ごめんね」
チカ「なにが」
豪太「俺、素敵じゃなくて」
チカ「……」
豪太「それに……せっかくここまで来てくれたのに何もなくて……」
チカ「……いいよもう別に。全部があんたのせいじゃないし」
豪太「え……」
チカ「……（顔に化粧水ぬっている）」
豪太Ｎ「イケる。これはイケる」
豪太「俺……頑張って素敵になるよ」
チカ「何いきなり」
豪太「いや……ホント頑張る。俺、チカのためにイイ男になりたいってずっと思ってたから」
チカ「そうだよ。そしたら私だってギスギスしなくてすむんだから。男に掛かってんだからね女が綺麗になるのは」
豪太Ｎ「この言い草はもう間違いない」
豪太「うん。俺、絶対素敵になる」
豪太、チカの背後から手を回し、
豪太「チカちゃん……今日、したい……」
チカ、わざとらしくハァとため息つき、
チカ「まったく……。いいよ。特別だぞ」
豪太「やっぱり！」
チカ「何よやっぱりって」
豪太「何でもない！ じゃあ頑張ってデルトロになるよ今日は」
チカ「いいからなんなくて。無理だから」
豪太「じゃ、佐藤浩市？」
チカ「役所広司できて」
豪太「いいねぇ。でもチカちゃんはチカちゃんのままでいいからね。別にジェニファー・ローレンスとかいいから」
チカ「当たり前でしょ。やめてよ、そのニヤけ顔。気が変わるから」
豪太、リュックを取りに行くと、中から大人のオモチャを出す。
豪太「エヘヘ。万が一に備えて一応これも持って来ちゃった」
チカ「（恥ずかしそうに）バカ」

86 激安ホテル（翌朝）

朝日が差し込む中、下着姿でベッドでコーヒー飲んでいるチカ。伸ばしているチカの両足の間に入り、仰向けで横になっている豪太。豪太はチカのお腹あたりに頭を置いている。アキはまだ寝ている。
豪太「……やっぱさ、いいセックスすると仲いいよね。俺たち」
チカ「そういうこと言わないでよ萎えるから。思ってるだけにして」
豪太「だからさ、せめて週一くらいはしようよ。夫婦仲のためにも」
チカ「週一は多い」
豪太「俺、チカちゃんの体に溺れてんだから」
チカ「お腹、プニプニになってきたけど」
豪太「逆に大好きだからこういうお腹。マニアだから俺」
チカのお腹をぷにぷに触る。
チカ「それが一言多いの」

チカ、豪太の顔にコーヒーを垂らす。
豪太「あっっ、あっっ！　熱いよ！」

87　金刀比羅宮
アキを真ん中にして手を繋ぎ、励まし合いながら長い石段を上っていく一家。

88　同・本堂
一家三人、手を合わせて拝んでいる。

チカ「東京から来た柳田チカです。どうか旦那の映画が無事に形になりますように……」

小声で祈る。

89　足湯
足湯につかりながらかき氷を食べる三人。幸せそうな笑顔。

90　寿司屋・店内（夜）
三人がカウンターに並んで座っている。
アキがイクラをパクパク食べる。
チカも地酒を飲みながら刺し身をつまむ。
豪太「月に一度くらいはこうしてアキに寿司食わしてやれるくらいにはなりたいなぁ」
しみじみ言いつつ、寿司を頬張る豪太。
チカ「あたしは？　まずはあたしでしょうが」
豪太「そりゃあたしは当たり前だよ。毎日でも食わせてやりたいよ」
チカ「じゃあ頑張りなさいよね。あたしだって本当はケチケチしたくないんだから」
豪太「うん。頑張るよ俺。すいません中トロもう一つ」
チカ「またそうやってさりげなく頼む。中トロ何個め？」
豪太「ま、いいじゃん今日くらい。『八日村の祟り』が公開されたらさ、また家族で旅行行こうよ。今度は久しぶりに海外」
チカ「言うねぇ。あたし、『八日村の祟り』は絶対実現すると思ってたんだよね。だって面白かったもん。あんたの読んで久しぶりに感動しちゃったから。原作よりはるかに良かった」
豪太「またぁ。どーせ実現しないなんて言ってたくせに」
チカ「なにあんた、今そういうつまんないこと言う？　だからダメなのよ、あんたは」
豪太「（慌てて）いや違うよ。あんなつまんない原作からよくあそこにまでしただろ。印刷台本まで三年も書いてたもんなぁ」
チカ「うん。よく頑張った。ねぇ、あんたも小説書けば。そっちのほうがいいんじゃない？　負けてないよ」
豪太「まーなー。実は書いてみようとか思ってんだけどさ」
チカ「書いちゃえ書いちゃえ。それが映画になれば自分でシナリオ書けばいいんだし絶対そっちのほうがいいよ。売れっ子になったら私がマネージャーしてあげる」
豪太「そしたら監督も自分でするよ。だいたい監督やプロデューサーなんてバカばっかだもん。ロクに台本も読めないし無駄な苦労させられるのはライターなんだから」
チカ「そうだよ。これからは原作も脚本も自分で書いて監督もやる時代だよ」
その気になっているバカ夫婦。
豪太の携帯電話が鳴る。
豪太「代々木さんだ」
チカ「ほらもう来た！　新しい仕事だよ」
豪太、「もしもし」と店から出て行く。
チカ「（アキに）パパこれからいっぱい頑張るんだって。アキにイクラたくさん食べさせたいんだってよぉ」

91　同・表
入り口の脇で、豪太が電話している。
豪太「そうなんですよー。来月にはクランクインですって。まぁ何か別の企画考えますよ。笑って泣けるやつ。ええ全然。全然落ち込んでないっすよ」

92　代々木の会社

代々木「まぁ仕方ないかぁ。じゃ頼むよ。号泣して爆笑できるやつ」
豪太の声「はい！　頑張ります！」
代々木「うん。それとさ、もう一つ話があるんだけどぉ――」

93　寿司屋の中

アキがいくらを頬張っている。
チカ「おいしい？　パパ本気出したらけっこうすごいんだから。すみませーん、これもう一本お願いします。今度は常温で」
大将「よく飲むねぇ、奥さん」
チカ「すっごく美味しいですこれ。フルーティーで香りも良くて。ほんと幸せ」
そこへガラガラと扉が開き、豪太が死にそうな顔で戻ってくる。
チカ「……なにその顔……」
崩れ落ちるように椅子に座る豪太。
豪太「よ……『八日村の祟り』……」
チカ「なに……（不安）」
豪太「お、俺の……俺のシナ」
チカ「（遮って）ちょっと待って！」
チカ、自分を落ち着けるように胸に手をあてて大きく深呼吸し、一口酒を飲む。
そして不安感を払うような空元気で、
チカ「何だ！　どうした！　福山出るのか！」
豪太「……俺のシナリオ……使われないって」
チカ「ウソでしょ」
チカのカラ元気が一瞬で吹き飛ぶ。
チカ「何で……。どういうこと……」
豪太「よく……分かんないけど……」
チカ「よく分かんないってなによ！」
チカの怒鳴り声に、店内の客の視線が一斉に集まる。
豪太「何で……怒るんだよ……」
チカ「（怒って）怒ってないでしょ！　なに言われたの！」
アキ、心配そうに見ている。
豪太「何か……原作者がいきなりあの脚本じゃダメだって。よく分かんないけど……」
アキ「……どうしたの？」
チカ、アキに答えることもできず、胸に手を当てて必死に呼吸を整えている。
豪太「何か……もう目の前が真っ暗だよ。俺のホンに問題はないみたいなんだけど……監督もいいっつってて……だったら原作者と戦ってくれりゃいいのにさ……」
泣き言のように言う豪太。
チカ「……」
豪太「俺、ずっと言ってたんだよ、代々木さんに。途中で原作者に見せたほうがいいって……。なのにあの人、大丈夫大丈夫って。文句つけてきたら返り討ちにしてやるからって。いつもそうなん――」
チカ「（遮り）やめて」
豪太「……」
チカ「そんな話、聞きたくない……どうして……なんでうまくいかないの」
チカ、オシボリを目に当て、肩を震わせながら声を押し殺して泣く。
アキ「ママ、大丈夫……？」
アキがチカの背中を優しくさする。
豪太はどうしていいのかわからない。
豪太「な、泣かないでよ……」
おそるおそる店内を気にする豪太。
チカ「こんなときでも、人目が気になるんだ」
チカ、真っ赤な目で豪太を睨みつける。
豪太「え、いや……」
チカ、「ふぅ」と一つ大きくため息をつく。
チカ「（アキに）ありがとね。もう平気。アキが背中さすってくれたからママ元気になった。すみません、お勘定お願いします」
豪太「え？　もう行くの？」
チカ「こんな気分でお寿司なんか食べれるわけないでしょ」

大将「はい、カウンターさん、お会計!」
　ほかの店員たちが威勢の良い返事をした。

94　商店街

　アキと手を繋いだ厳しい表情のチカが、足早に歩いていく。時折、豪太を振り返るアキ。

　不安げな表情でついて行く豪太。

豪太「ね、ねぇ……」

チカ「……」

豪太「……ねえっ」

　チカの肩に手をかけようとすると、
チカ「さわらないでよ!」

　豪太の手をはね退けるチカ。

　アキもチカの態度に驚いている。

　チカはアキを置いて歩いて行く。

　不安そうな表情で豪太を見上げるアキ。

　豪太は力のない笑顔を返すのが精一杯だ。

　アキの手を取り、歩き出す。

95　道

　糸が切れた凧のように歩いて行くチカ。
　チカの背中について行く豪太とアキ。
　チカ、唐突に立ち止まり、振り返る。
チカ「……別れて」
豪太「え……」
チカ「もう別れて。本当に」
豪太「ちょ……ちょっと待てよ……。何だよいきなり……」
チカ「いきなりじゃないでしょ。今まで何度も言ってきたでしょ」
豪太「でも……ちょっと待てよ。なんで――」
チカ「もう無理」
豪太「……」
チカ「もうダメだよ……ホント無理だよあたし。もう、どうしていいか分かんない」
豪太「ま、待てって。落ち着けって」
チカ「落ち着いてるよ。あんた、ダメなんだよあたしがいると。甘えてんのよ。あんたといるとあたしとアキもダメになるの……もうイヤだよ、こんなの」
　チカの目から、またはらはらと涙が。
チカ「ほんとに……もうどうしていいか分かんないよ……何で……頑張ったもんあたし……ずっと頑張ってきたもん……」
アキ「ねぇママ……どうしたの……?」
チカ「でもあんたは……何でよ、あれが映画になれば……何か変わると思ったのに……あんたはただの雑魚じゃないって……でもあんた……一人になるのが怖いだけでしょ!」
アキ「ママ……ねぇ、ママ泣かないでよ」
チカ「ごめんね……。ママだって……ママだって泣きたくないよ。でも……でも泣きたいのぉ! ウワーン!(と声上げて泣く)」
アキ「泣かないで……。ねぇ、泣かないで。泣かないでよ! ウェーン!」
　大泣きするアキ。
チカ「ごめんね……。ごめんね、アキ。ウワーン!」
　チカ、アキを抱きしめて泣く。
　抱き合う二人を見つめる豪太。
豪太「お、俺だって……俺だって頑張ってるよ。でも……でもうまくいかねーんだもん! どうすりゃいいのか俺も分かんないよ! 俺も……俺も泣きたいよ!」
　そう言う豪太もすでに泣いている。
　泣き出した父親を見て、びっくりしてしまったアキがピタリと泣き止む。
チカ「うるさい……。うるさい泣くな。お前は泣くな! お前に泣く資格はない! 泣くんじゃねぇ!」
豪太「だって……だって俺……俺だって……頑張ってんのに……」
　泣きながらチカたちに近寄る豪太。
チカ「うるさい泣くな! 黙れ! 情けない声出してんじゃねぇ! お前のその芝居は見飽きてんだよ!」
アキ「もうパパに怒らないでー!!」
　チカを怒鳴りつけたアキ。また泣き出す。

チカ「だってこのパパ、バカなんだもん！　ワーン！」

　チカが一層激しく泣き始める。

　なぜか笑ってしまう豪太。笑いながら、でも泣けてくる。そしてこの状況をうやむやにするかのようにチカたちに寄っていく。

チカ「泣くな！　笑うな！　お前は泣く資格も笑う資格もない！　死ね！」

　鼻水たらしながら言うチカ。

　豪太、泣き笑いながら二人を抱こうとする。

チカ「笑ってんじゃねぇ！　お前なんか死ね！　死んじまえ！」

　そう言うチカも、泣きながら、でも少し笑っているように見える。

アキ「どうして笑いながら泣いてるのー！　ねぇ、ママ！　ママ！　ウェーン！」

　アキが、ひと際大きな声で泣き出した。

　夜道の真ん中で家族三人泣いている。

96　**激安ホテル**
　ベッドでチカが、アキを抱えて眠っている。チカはボロの赤いパンツにキャミソールのような下着。（ブラトップ？）。

　豪太がソファからボケッと眺めている。

　チカ、歯ぎしりしながら寝返りを打つと、アキがベッドから転がり落ちる。

豪太「……（見つめている）」

　豪太、アキを戻してやる。

　チカは寝返りを打ち豪太に背を向ける。

　赤いボロパンツのお尻を見つめる豪太。

97　**とある激安洋品店（回想）**
『幸運を呼ぶ、赤パンツ』と貼り紙。
豪太とチカがいる。
赤いトランクスを手に取り、広げるチカ。
チカ「買おうよ」
豪太「え……いいよ、そんなの」
チカ「あんた、人一倍努力してるんだからあとはゲン担ぎよ。やれることは全部やるの。あたしも買うから」
豪太「チカちゃんも？」
チカ「あたしも履かなきゃ、あんたに幸運来ないでしょ」
　女物の赤パンツを選ぶチカ。

98　**激安ホテル（回想明け）**
　赤いパンツのお尻を見つめている豪太。

　チカはこのパンツをずっと穿いていたのか……そんな思いが込みあげる。

　ふとそのお尻に近寄り呟く豪太。

豪太「あ……愛してるよ」

　少し間があり、返事の代わりにチカがブヒッ！とおならをした。

　アキがムクッと起き上がり、また寝る。

　豪太、息を止め、窓を開ける。

99　**帰りの電車（翌日）**
　一家3人疲れ切って寝ている。

100　**柳田家・仕事部屋（数か月後）**
　カタカタとワープロを打つチカの後ろ姿。
チカ「字、読めない！」
　豪太がフレームインしてきて、
豪太「えっとね……あ、このタコ野郎」
チカ「（舌打ち）何でこんな汚ねえんだよ字」
　豪太、フレームアウトすると、また戻ってきてお茶を出したりして……。
　エンドクレジットが流れてくる。
チカ「お茶じゃなくてビール持って来いよ、気がきかねーなぁ」
　豪太、またフレームアウトして缶ビールを持って戻ってくる。
豪太「けっこう面白いでしょ」
チカ「別に普通」
　と言ったかと思うとチカ、吹き出したりして……。
　二人の後ろ姿にクレジットが流れ続ける。

おわり

窮鼠はチーズの夢を見る

堀泉杏

〈脚本家略歴〉

堀泉杏（ほりずみ　あん）
主な作品に、『真夜中の五分前』（14／行定勲監督）、行定勲監督の出身地・熊本の地方創生を目的とした「くまもと映画プロジェクト」で手掛けた中編作品『うつくしいひと』（16）『うつくしいひとサバ？』（17）、『ジムノペディに乱れる』（16／行定勲監督）、『ナラタージュ』（17／行定勲監督）などがある。またコロナ禍の2020年には外出自粛応援配信ショートムービー『きょうのできごと a day in the home』（20）、『いまだったら言える気がする』（20）、『映画館に行く日』（20）の脚本を手掛けた。

原作：水城せとな『窮鼠はチーズの夢を見る』『俎上の鯉は二度跳ねる』（小学館「フラワーコミックスα」刊）
監督：行定勲
製作：©水城せとな・小学館／映画「窮鼠はチーズの夢を見る」製作委員会
企画：ＣＡＪ
制作プロダクション：セカンドサイト
制作協力：ザ・フール
企画協力：小学館
配給：ファントム・フィルム

〈スタッフ〉
プロデューサー　長松谷太郎
　吉澤貴洋
　齋藤Sunnyしゅん
　新野安行
共同プロデューサー　金吉唯彦
撮影　今井孝博
照明　松本憲人
録音　伊藤裕規
美術　相馬直樹
編集　今井剛
音楽　半野喜弘

〈キャスト〉
大伴恭一　大倉忠義
今ヶ瀬渉　成田凌
岡村たまき　吉田志織
夏生　さとうほなみ
大伴知佳子　咲妃みゆ
井出瑠璃子　小原徳子

1　道（朝）
ある視線が自転車のペダルをこぐ男の後ろ姿を追いかけている。
その視線の主は車に乗っていて、男に追いつく。
自転車に乗っている男は大伴恭一。
恭一は交差点で止まる視線から離れていく。

2　駐輪場
自転車を停める恭一。

3　オフィスビル・表
中に入って行く恭一。
前の道にチョコレート色の車が止まる。
その窓が開くと視線の主である男の顔が現れる。その男は今ヶ瀬渉。

4　同・一階のロビー（昼）
エレベーターから降りてくる社員たち。
その中に同僚と話している恭一もいる。
竹田「来月結婚記念日なんだけどさ、大伴いつもどうしてんの？」
恭一「うちは、少し前に食べたいものリサーチしておいて一緒に行ったり、あとは一応ちょっとしたもの贈ったりする感じですかね」
竹田「買い物苦手なんだよなぁ」
恭一「ナミさんだったら演劇とか連れていってあげるのも喜ぶんじゃないですか？　あ、コンテンポラリーダンスとか」
竹田「なんで分かんの？　すげぇな、そういうの好きだよあいつ」
恭一「ですよね」
今ヶ瀬が恭一を見ている。
竹田、その視線に気づいて目をとめる。
恭一もそこに目を移す。
目が合う今ヶ瀬と恭一。
恭一「……あれ……」
今ヶ瀬「……」
恭一「……久しぶりだなあ」
今ヶ瀬「……」
竹田「じゃあ俺、先に飯行っとくわ」
恭一「はい」
今ヶ瀬、微笑む。

5　同・ロビーの一角
封筒をテーブルに出す今ヶ瀬。
恭一「何これ」
今ヶ瀬「まあ、見てください」
封筒から書類を出す恭一、硬直する。それは浮気調査の結果報告書。
そこには恭一が女と手を繋いで歩いている写真がある。
恭一には結婚指輪がはめられている。
恭一「………どういうこと？」
興信所の名刺を出す今ヶ瀬。
名刺を見る恭一。
今ヶ瀬「僕は今ここで働いてるんです」
恭一「……で？」
今ヶ瀬「調査対象者が大伴先輩だったから僕も驚きました」
恭一「金か？」
今ヶ瀬「いやいや、僕はちゃんとした調査員です。ただ相手が先輩だったので、さすがに心が動いたというか、迷いましたけど」
恭一「言わないでくれるってこと？」
今ヶ瀬「迷ってます。仕事なので」
恭一「……なんとか誤魔化して貰えないかな」
今ヶ瀬「そうですよね」
恭一「……言わないでくれるの？……どうすればいい？」
今ヶ瀬「できれば先輩に考えてもらいたい」
恭一「……とりあえず今夜」
今ヶ瀬「……」
恭一「うまい店知ってるんだ。生の魚は大丈夫なんだっけ？」
今ヶ瀬「鮨ですか？　好きです」
恭一「行こう」

6 鮨屋

上品な店内。カウンターに座っている2人。
宝石のような鮨が恭一の口に運ばれるのを見ている今ヶ瀬。

恭一「食べてごらん、ここのほんと旨いから」
今ヶ瀬「……」
表情ひとつ変えずに食べる今ヶ瀬。
今ヶ瀬の様子を窺う恭一。
今ヶ瀬「よく来るんですか?」
恭一「何回かウチのと、お祝いなんかで来るかな」
今ヶ瀬「あそこのイタリアンも美味しそうでしたよね」
恭一「?」
今ヶ瀬「南青山の少し隠れたようなところにある」
恭一「……それも写真撮ってんの?」
今ヶ瀬「見ますか?」
恭一「……見るけど。今はいいよ」
笑う今ヶ瀬。
恭一「……」
今ヶ瀬「……」
恭一「今ヶ瀬は結婚は?」
今ヶ瀬「ないですね」
恭一「そういう相手いないの?」
今ヶ瀬「いないこともないですけど、結婚とか思えるほどの相手ではないです」
次に置かれる握りを食べる今ヶ瀬。それを見て恭一も食べる。その恭一をちらと見て、目が合う前に逸らす今ヶ瀬。
恭一「……」
今ヶ瀬「奥さんの、知佳子さん……」
恭一「ん?」
今ヶ瀬「……大学の頃からああいうタイプに弱かったですよね」
恭一「そうかなぁ」
今ヶ瀬「可愛らしくて、でもしたたかで、いかにも女の子らしいコ」
恭一「(笑って) そうかもね」
その恭一を見つめる今ヶ瀬。
今ヶ瀬「……なんで結婚しようと思ったんですか?」
恭一「なんでだろう……なんとなく、2年付き合ったし……まあ」
今ヶ瀬「それで結婚しちゃうんだ」
恭一「あまりこだわってると結婚できないぞ」
今ヶ瀬「(失笑して) しなきゃいけないものじゃないでしょ。相変わらずだな……」
恭一「なんなんだよおまえは」
笑う恭一。
その恭一を見つめる今ヶ瀬。
恭一「……大切にしたいんだ、知佳子のこと。やってることおかしいと思うかもしれないけど。でもそれとこれとは全然違う気持ちっていうか、馬鹿だったよ。でも今ヶ瀬も男なら分かるだろ」
恭一に見られて目を逸らす今ヶ瀬。
今ヶ瀬「大切にしたいってどうしてですか?」
恭一「……好きだから。そんなのあたりまえだろ」
今ヶ瀬「……好き? なんとなくじゃなくて?」
恭一「好きだよ」
恭一が目を向けると、今ヶ瀬がじっと自分を見つめている。
しばらく視線が合ったままの2人。
恭一「(視線をグラスに移して) ……ちゃんと整理するから、頼むよ」
今ヶ瀬「……」

7 同・表

大通りに向かって歩く2人。
今ヶ瀬「今日はごちそうさまでした」
道路に出ようとする今ヶ瀬を掴まえる恭一。
今ヶ瀬「……」
恭一「知佳子には黙っててくれるよな?」

今ヶ瀬「……」

8　ホテル

暗い部屋に一人立っている恭一に今ヶ瀬が近づく。
目を閉じる恭一にゆっくりと顔を近づける今ヶ瀬。
恭一「お前タバコくさい」
今ヶ瀬「先輩もうやめたんですか?」
恭一「知佳子が嫌だっていうから」
ジャケットを脱がせる今ヶ瀬。
恭一「(目を開けて) キスだけだって言っただろ」
今ヶ瀬「シワになるといけないと思って」
脱がしたジャケットをベッドに置くと、改めて恭一の前に立つ今ヶ瀬。
再び目を閉じる恭一。
恭一「ごめん」
顔を近づける今ヶ瀬。
目を開ける恭一。今ヶ瀬の顔が目の前にある。
今ヶ瀬「何がごめんなんですか?」
今ヶ瀬の間近に迫った顔を見られない恭一。
恭一をじっと見る今ヶ瀬の目。
恭一「無理……」
今ヶ瀬「キスだけでいいって言ってんのに?」
恭一「だけって……簡単じゃないよ」
恭一から離れる今ヶ瀬。
恭一「……おまえ俺のこと好きなの?」
今ヶ瀬の顔を見つめる恭一。
今ヶ瀬「好きですよ」
今ヶ瀬は強引にキスをする。
離れる恭一。
恭一「おい!……舌はダメだよ……」
今ヶ瀬「言える立場じゃないでしょ」
観念して目を閉じる恭一。
再び今ヶ瀬がキスをする。

9　恭一のマンション・洗面所 (翌朝)

念入りに歯を磨いている恭一。

10　恭一のマンション・リビング (朝)

爽やかな朝。
部屋は知佳子の趣向で可愛らしく高級な装飾でまとめられている。
知佳子の様子をちらちらと観察している恭一。
朝食を出す知佳子。
恭一「週末どっか外で食事しない?」
知佳子「え?」
恭一「何か食べたいものある?」
知佳子「どうしたの?」
恭一「いや、久しぶりに映画とか観たいなと思って。出るついでに買い物したいしさ」
知佳子「映画観たいのあるよ」
恭一「じゃあそれにしよう」
知佳子「ホラーでもいいの?」
恭一「ホラー?……うん、いいよ」
笑う知佳子。
知佳子「私もちょうど洋服買いに行こうと思ってたんだ」
微笑む恭一。
知佳子「……楽しみにしてる」
恭一「うん、俺も」

11　マンション・一室 (数日後/夜)

恭一がセックスしている。
相手は知佳子、ではなく写真に写っていた女・瑠璃子。

12　同・表の道路

マンションから出てくる恭一。
今ヶ瀬が立っている。
今ヶ瀬に気づいた恭一の顔に滲む露骨な不快感。
それは今ヶ瀬に冷たく突き刺さる。
今ヶ瀬「……」
激しく車が往来している音。
今ヶ瀬「何やってるんですか?」

恭一「何が?」
今ヶ瀬「……別れ話できました?」
恭一「……」
今ヶ瀬「奥さんのほうが先に証拠を掴んじゃって、こっちが調査を怠ったって後でクレーム入れられるかもね」
恭一「俺のことまだ調べてるの?」
今ヶ瀬「奥さんには浮気の証拠はあがらずと報告したんです。そしたら続行してほしいって言われました」
恭一「……ちゃんと別れるよ」
今ヶ瀬「部屋に戻って別れようって言っちゃえば? この場でメール送っちゃうって手もありますけど」
恭一「……そんなことできるかよ」
呆れる今ヶ瀬。
今ヶ瀬「結婚してる身で付き合って、事が表面化したら結局奥さんを選ぶ。そんなのどんなに丁寧なお別れの遣り方したって結局残酷だろ……」
恭一「……そうだけど彼女とは、……彼女がそれでいいって言ったんだ、結婚しててもいいって。そんなふうに言われたら、断りかた見つけられなくて……そういう関係なんだよ。ここに来たのも3回だけで……もう会わない、だけど今メールしたら彼女どう思う?……俺は、別れ方って大切だと思うけど」
今ヶ瀬「報告します」
恭一「なんでだよ」
今ヶ瀬「……」
恭一「……」
今ヶ瀬「決まってるでしょ、それが仕事なんだから」
恭一「……今ヶ瀬」

13 ホテル

恭一に激しくキスをする今ヶ瀬。恭一のベルトに手をかける。
恭一「おい、キスだけだろ」
今ヶ瀬「どこにしたっていいじゃないですか」
今ヶ瀬に口で愛撫される恭一。
感じてしまう。
恭一「あっ……ああ」

14 恭一のマンション

帰ってくる恭一。
知佳子の姿がない。
浴室からシャワーの音がする。
恭一「……」
浴室のドアを開ける。
恭一「ただいま」
顔を出して覗くと知佳子は反射的に体を隠す。
知佳子「(驚いた目で)どうしたの?」
恭一「いや、帰ってきたよって。……俺も入ろうかな」
知佳子「わかった、すぐに出るから」
ドアを閉められる恭一。
恭一「……」

15 広告代理店・オフィス(翌日/昼)

仕事をしている恭一に部下の岡村たまきが近づいてくる。
たまき「大伴さん、企画書を、昨日の打ち合わせで出た意見を参考に直してみたんですけど、見てもらえますか?」
恭一「うん、見せて」
受け取る恭一。
恭一「……岡村さん、コーヒー飲みたくない?」
たまき「え! 買ってきましょうか?」
恭一「昨日ちょっと寝れなくてさ……一緒に行く?」
たまき「はい!」

16 コーヒーショップ

テラス席でコーヒーを飲む2人。
恭一はたまきが作成した企画書に目を通している。

恭一「うん、いいね」
　自然と笑顔を向ける恭一。
たまき「ありがとうございます。……じゃあ、先方に送っておきます」
恭一「うん、送っといて。……この絵は？」
たまき「……変ですか……？」
恭一「もしかして岡村さんが描いた？」
たまき「はい……こういうのって良くないですよね、やっぱり外しておきます」
恭一「いや、いいんじゃないかなぁ、雰囲気が出るし、可愛いよ。絵うまいんだね」
　はにかむたまき。
　恭一は欠伸を噛み殺す。
たまき「……本当に眠そうですね」
恭一「うん」
たまき「……昨日寝られなかったのって、何かあったとか……」
恭一「ん……？……いや……寝つきがね、最近悪くなってるのかな？　岡村さんは、いつも何時くらいに寝るの？」
たまき「私は……恥ずかしいんですけど、何もない日だと10時くらいに寝ちゃうんです」
恭一「え、ずいぶん早いね。でも、いいことなんだろうね」
たまき「なんですかね……」
　恭一は、自然とたまきを見つめ、微笑む。
たまき「……」
恭一「俺も見習わないと」

17　オフィス
　机に戻ってくる恭一。
　机の上に付箋の貼られたハーブティーの箱が置いてある。
　手に取る恭一。

×　　　×　　　×

　廊下でたまきを見つける恭一。
恭一「岡村さん」
たまき「はい」
恭一「あのハーブティーって僕にくれるの？」
たまき「はい。さっきお昼食べたお店で見つけて、あれ、寝る前にお薦めのブレンドって、書いてあったので。もしよかったら試してください」
恭一「ありがとう。お金払うよ」
たまき「いらないです」
恭一「いいの？　じゃあ、今度お礼するよ」
たまき「お礼なんてほんと気つかわないでください」
恭一「ありがとう」

18　銀座（昼）
　買い物をする知佳子。恭一がカードで支払う。

19　中華料理店・個室（夜）
　食事をしている恭一と知佳子。
知佳子「今日は色々ありがとう」
恭一「ここんとこ一緒に出かけたりできなくてごめんなさい」
知佳子「……」
恭一「ごめんな」
知佳子「……恭ちゃんはお仕事大変だもんね」
恭一「どっかで旅行でもしようか」
知佳子「……」
恭一「……？」
　恭一を見つめる知佳子の目から突然ポロポロと涙。
恭一「……どうした？」
知佳子「……」
　イスから立って知佳子のそばに行く恭一。
恭一「……ごめん」
　涙が止まらない知佳子。
恭一「水いる？」
知佳子「……私と、別れてください……」
恭一「え？　待って、ちょっと、ちゃんと話そう」
知佳子「……」
恭一「……誤解がある」
知佳子「誤解って？」

恭一「……」
知佳子「……勝手でごめんね。……私、興信所に恭ちゃんの女性関係とか調べてもらってた」
恭一「……」
知佳子「恭ちゃんは、非の打ちどころのない旦那さまなんだね」
恭一「……ん？」
知佳子「何も出てこなかった。浮気でもしてれば、慰謝料たくさん貰えるんじゃないかって思ってたのに」
恭一「……」
知佳子「私お付き合いしてる人がいるの、もう1年以上だよ。……全然気づかなかった？」
恭一「……信じてたから……」
知佳子「信じてた？」
恭一「……」
　知佳子は恭一をじっと見つめる。
知佳子「私たちって、恭ちゃんがお金持ってきてくれて私が使う、それだけしかツナガリがなかったじゃない」
恭一「……それだけってことはないだろう」
知佳子「……」
恭一「……」
知佳子「そうやっていつも、私が何か言うのを待っている空気がもうキモチワルイの」
恭一「……」
知佳子「彼の為に、別れたい」

20　今ヶ瀬の部屋

　ソファに寝転んでいる今ヶ瀬。
　同棲しているデザイナーの男がヘッドフォンをしてパソコンをいじっている。
　今ヶ瀬の携帯電話が鳴る。
今ヶ瀬「……」
　電話に出る今ヶ瀬。
今ヶ瀬「はい」

21　国道沿い

　歩きながら今ヶ瀬と電話している恭一。
　車が激しく往来している。
恭一「おまえ知ってたのか？（何がですか？）……知佳子が調査を依頼した理由だよ。（理由……？）……ごめん、ちょっと……また電話する。（何かあったんですか？）……なんでもない。（依頼者がそんなことわざわざ打ち明けると思いますか？）だよな、ごめん、また連絡する。（待って）……（知佳子さんと何かあったから電話してきたんでしょ？）……ないって。（離婚したいって言われました？）……おまえに関係ない。（別れるんですか？）……そうだよ。（そんなにあっさり受け入れるんだ）……は？（ちゃんと引き止めたりしたんですか？）……しないよ。……別れてくれってお願いされてんのに、なんで引き止められるんだよ」
男「誰？」

22　今ヶ瀬の部屋

今ヶ瀬「……そう……だったら、離婚決定ってことですよね、僕の調査も完全に終わりってことか」
　電話している今ヶ瀬に背後から抱きつく男。今ヶ瀬の表情はそれに対し不快を表している。

23　国道沿い

恭一「……悪い、誰かいるんだろ？　もう切るよ」

24　今ヶ瀬の部屋

今ヶ瀬「……お元気で」
　電話を切る今ヶ瀬。
男「誰なの？」
今ヶ瀬「昔からずっと好きな人」
　今ヶ瀬の頬を叩く男。
　間髪入れずに今ヶ瀬はそれよりも強い力で叩き返す。

25　国道沿い

切れた携帯電話をポケットにしまう恭一。
恭一「……」
——インサート
暗い部屋で今ヶ瀬にキスされている恭一。

26　回想

大学時代。キャンパスでテニスサークルの恭一たちが新入生を勧誘している。
別のサークルの勧誘を受けている今ヶ瀬に目を留める恭一。
後輩部員に声をかけてこいと合図する。
後輩部員「そこの君、新入生だよね？」
今ヶ瀬「はい」
恭一「うちのサークルどうかな？」
今ヶ瀬は恭一を見る。

×　×　×

男たちで居酒屋に集まって盛り上がっている。端の席には今ヶ瀬の姿もある。
若い男たちは、男と女の考え方の違いについて語っている。
煙草の煙を吐き出す恭一。
恭一「女の子の難しさもまたそれはそれで可愛いなって思うことあるけどね」
黙っていた今ヶ瀬が恭一の意見に対し、小さく鼻で笑うような反応を見せる。
恭一はそんな今ヶ瀬が気になっている。
目が合う2人。
今ヶ瀬は恭一をじっと見つめる。
恭一「……」

27　恭一が引っ越したマンション・外観（数ヶ月後／昼）

28　同・外廊下～室内

エレベーターから降りる今ヶ瀬。
インターフォンを鳴らす。
しばらくすると、玄関のドアが開き、恭一が顔を出す。
恭一「……」
今ヶ瀬「……」
恭一はメガネをかけていて、寝ぐせのついた髪に寝巻きのような格好。全体の雰囲気も、なんだか以前より力が抜けている。
恭一「俺の引っ越し先知ってたの？」
今ヶ瀬「これ引っ越し祝いです」
恭一「いまさら？」
笑ってビールが入った箱を受け取る恭一。
軽い仕草で今ヶ瀬を招き入れる。
今ヶ瀬「（靴を脱ぎ）独り身生活にウンザリしてきた頃でしょ？」
恭一「気楽にやってるよ。気、遣わなくて楽だし」
今ヶ瀬「へ～」
部屋を見回す今ヶ瀬。台所へと歩いていく。
今ヶ瀬「ちゃんと料理するんだ」
恭一「……おまえは？　恋人とは仲良くやってんの？」
今ヶ瀬「はい？」
恭一「……」
今ヶ瀬「……ああ」
台所に寄りかかっていた今ヶ瀬の横に行き、途中になっていた野菜を切る恭一。
恭一の横顔を見つめる今ヶ瀬。
恭一はその視線に気づいているがまな板に顔を向けたまま今ヶ瀬のほうを見ない。
今ヶ瀬「もうとっくに別れましたよ」
恭一「……」
今ヶ瀬「俺と付き合いますか？」
恭一「（小さく笑って）なんで俺が男と付き合うんだよ」
今ヶ瀬「そっか」
笑う今ヶ瀬。
今ヶ瀬「……じゃあ……たまには飲みにでも行きましょう。それで……連休には、温泉になんか行ったりして」
恭一「温泉か……いいな」
今ヶ瀬「……」
今ヶ瀬が膝をついて、スウェットをずり

下げる。

恭一「ちょっと、おいっ……」

今ヶ瀬を見おろしている恭一の顔。

その複雑に変化していく表情は、性的な興奮よりも、この状況を受け入れてしまっている自分に対する興味と動揺が勝っている。

29 同・洗面所（数日後／昼）
恭一のシャツや下着などを洗濯機に入れる今ヶ瀬。

自分の履いている下着を脱いで入れるとスタートボタンを押す。

今ヶ瀬は洗面所から出て、リビングに掃除機をかけ始める。

×　×　×

煙草に火をつける今ヶ瀬。

今ヶ瀬が持ち込んだ印象的な灰皿。

そこに灰を落とす。

そしてパソコンの横に置かれた高校の同窓会を知らせる葉書に気づく。

×　×　×

夜。
ベッドで眠っている恭一。
床で眠っていた今ヶ瀬が入ってくる。
恭一「（背中を向けたまま）……なに入ってきてんだよ」
今ヶ瀬「高校の同窓会、参加するんですか?」
恭一「……どうして?」
今ヶ瀬「昔ちょっと好きだった女がいい感じの人妻になってたりして、オイシイこと言われてコロッとその気になっちゃったりするんでしょ」
恭一「……なに言ってんだよ……」
恭一の服を脱がそうとする今ヶ瀬。
恭一「やめろよ……」
恭一の肌にキスをする今ヶ瀬。
恭一「（頭を抱えるように）ああっ!! 駄目だってマジで!」
今ヶ瀬「……」
恭一「……寝かせてよ」
今ヶ瀬「男のくせに往生際が悪いな」
恭一「往生してたまるかよ……」
恭一の背中に大人しく抱きつく今ヶ瀬。
恭一「……同窓会にはいかないよ」
今ヶ瀬「……」
目を閉じる恭一。

30 ラブホテル前の道
今ヶ瀬が女と立っている。
久保田「あなた恋人はいるの?」
今ヶ瀬「まあ……」
久保田「やっぱり彼女の浮気とか調査しちゃうわけ?」
今ヶ瀬「まあ、そんなことしてロクなことはないですけどね」
久保田「……ねえ、私って魅力ある?」
今ヶ瀬「（久保田をよく見て）まあ、はい」
久保田「抱ける?」
今ヶ瀬「……」
久保田「いや、このまま私たちもホテルに入っちゃうとかね……」
今ヶ瀬「いや、僕ゲイなんで」
久保田「（失笑して）それ気を遣ってるの?」
今ヶ瀬「いえ、実際ゲイなんで」
久保田「……そう……ごめんなさい」
今ヶ瀬「（時計を見て）そろそろ2時間ですよ」
久保田「……はい」
今ヶ瀬「こういう時は感情的になっちゃ駄目ですよ」
久保田「え、私冷静でしょ。いたって冷静です」
ラブホテルから出てくるひと組のカップル。
今ヶ瀬の隣にいたはずの久保田は2人に駆け寄り、女のほうに掴みかかる。
今ヶ瀬「……」

31 広告代理店・ミーティングルーム（日替わり／昼）

打ち合わせ中の恭一。
クライアントの中に、瑠璃子がいる。
何度か目が合う2人。
恭一「……」

32 同・廊下

瑠璃子「大伴さん！」
振り返る恭一、足を止める。
瑠璃子「……久しぶり」
恭一「うん」
瑠璃子「離婚したって、本当？」
恭一「うん、本当」
瑠璃子「私のせい？」
恭一「違うよ」
瑠璃子「……そう。奥さんのこと、大切にしてたのにね」
恭一「……」
瑠璃子「……急に返事くれなくなったのは、どうして？」
恭一「……ごめん。引っ越しとかで、いろいろ忙しかったから」
瑠璃子「……もう一人で暮らしてるの？」
恭一「……うん、一人で暮らしてる」
瑠璃子「……ごはんとかちゃんと食べれてる？」
恭一「（笑っちゃって）食べれてるよ、なんだよそれ」
恭一の笑顔で気まずさから少し解放される瑠璃子。
瑠璃子「だって少し痩せた？」
恭一「そう？」
瑠璃子「うん。雰囲気変わったよね」
瑠璃子の携帯電話が鳴る。
瑠璃子「もう行かなきゃ、（なにかまだ言おうとするが）……」
恭一「……」
瑠璃子「……じゃあね」
恭一「うん」
瑠璃子「……」
歩いて行く瑠璃子。瑠璃子を目で見送ったりせずに反対方向へ歩いて行く恭一。

33 恭一のマンション

だらしない格好で本を読んでいるメガネの恭一に後ろからくっつく今ヶ瀬。
恭一はそのままの姿で本を読む。しばらくして、
今ヶ瀬「キスして」
恭一「……離れろ」
今ヶ瀬「ケチ」
今ヶ瀬は寝そべり恭一の膝に頭をのせる。
恭一「重い」
今ヶ瀬「耳掃除して」
恭一「やだよ」
今ヶ瀬「じゃあしてあげましょうか？」
恭一「え。いいの？」
今ヶ瀬「うまいですよ俺」
恭一「じゃあ、はい」
今ヶ瀬と入れ替わり、嬉しそうに寝そべる恭一。

34 同・駐輪場（日替わり／夜）

仕事から帰ってきた恭一が自転車を停めている。

35 同・エントランス

部屋に向かって歩いている恭一。
携帯電話が振動し、ポケットから出すと〝井出瑠璃子〟の表示。
恭一「……。（電話に出て）はい……」
瑠璃子の声「いま、家？」
恭一「うん、もうすぐ家」
瑠璃子の声「そっか……」
恭一「……そっちは、家？」
瑠璃子の声「うん、家」
恭一「……どうした？」
瑠璃子の声「会えないかな……今から」

36 瑠璃子のマンション

ドアが開く。
瑠璃子「……こんばんは」

恭一「こんばんは」
瑠璃子「入って」
　中に入る恭一。
恭一「急に電話しちゃってごめんね」
瑠璃子「……何かあった？」
恭一「何かあった？」
瑠璃子「……うーん……このあいだ恭ちゃんの会社で会った時も変な感じのまま終わっちゃった気がして……次の打ち合わせ日が決まったでしょ？　このままでまた会うのも、……なんか、いやだなって思って」
恭一「……」
　恭一にそっと抱きつく瑠璃子。
瑠璃子「……会いたかったんだ……嫌われちゃったの？　私」
恭一「……」
　恭一から瑠璃子にキスをする。

×　　　×　　　×

　事が終わった後の2人。
　恭一は退屈そうにしている。
恭一「……」
　恭一は立ち上がる。
瑠璃子「帰るの？」
恭一「うん」

37　同・表
　出てくる恭一。
　以前、今ヶ瀬が立っていたところを見て佇む。

38　恭一のマンション
　帰ってくる恭一。
恭一「……ごめんね、遅くなった」
今ヶ瀬「食べたんでしょ？」
恭一「うん、食べた。……今日の夜ごはん何だったの？」
今ヶ瀬「グラタン」
恭一「え、ちょっと食べようかな」
今ヶ瀬「欲ばり」
恭一「……」
今ヶ瀬「明日にしたら。太りますよ」
恭一「そうだね。ごめん、明日食べるから」
今ヶ瀬「お風呂は？」
恭一「お湯入ってんの？」
今ヶ瀬「ちょうどさっき入れたとこです」
恭一「じゃあ、入る」
今ヶ瀬「……」

×　　　×　　　×

　眠っていた恭一が目を覚ます。
　暗い部屋の真ん中で今ヶ瀬の顔が青く浮かんでいる。
恭一「……」
　目を凝らす恭一、メガネをかける。
　今ヶ瀬が手にしているのは自分の携帯電話。
　ベッドから出て奪い取る恭一。
恭一「やめろよ」
今ヶ瀬「……あの女とまだ切れてなかったんですね……たいして好きでもないみたいなこと言ってましたよね」
恭一「また仕事で会っちゃって、……会いたいって言われて、断れなかったの」
今ヶ瀬「何が断れないだよ、ユルイやつ……」
恭一「あのさ、おまえと付き合ってるわけでもなんでもないんだからな」
今ヶ瀬「そうですよ。じゃあなんで仕事だなんて嘘つくんですか」
恭一「……」
今ヶ瀬「……」
恭一「嘘は、……悪かった。本当のこと言ったら、おまえが厭がると思ったから」
　沈黙する二人。
恭一「……俺は……おまえがそんなにこだわるようないい男じゃないよ」
今ヶ瀬「分かってますよそんなの。あんたみたいなのは最悪だよ」
恭一「……」
今ヶ瀬「だけどね、見た目が綺麗で人間ができてて自分にいい思いさせてくれるような、完璧な人をみんな探してると思ってるんですか？　そういうもんじゃないんだよ……」

恭一「……」
　出ていく今ヶ瀬。
恭一「今ヶ瀬……おい！」
　閉まるドア。

39　恭一のマンション（一週間後）
　静かな部屋。恭一はひとり、退屈そうにコンビニ弁当を食べている。
　携帯電話が鳴って、過剰に反応してしまう。

40　瑠璃子のマンション
　飲んでいる2人。
瑠璃子「……私のことそんなに好きじゃないでしょ」
恭一「……」
瑠璃子「どうして来てくれるの？」
恭一「……好きじゃなきゃ来ないよ」
瑠璃子「そう？……じゃあ結婚する？」
恭一「俺離婚したばかりなのに？」
瑠璃子「……そうだね」
恭一「……」
瑠璃子「……」

41　同・表
　出てくる恭一。やはり以前今ヶ瀬が立っていたところに目が行ってしまう。
恭一「……」
　しばらく歩いて立ち止まる。

42　今ヶ瀬の部屋
　暗い部屋。光っている携帯電話を取る今ヶ瀬。
恭一の声「……どうしてる？」
今ヶ瀬「……」
恭一の声「まだ怒ってるの？」
今ヶ瀬「なんで電話してきたんですか？」
恭一の声「……だよな、じゃあな」
今ヶ瀬「僕は……ここんとこ仕事で家出人捜してずっと九州やら四国やら飛び回ってました」
恭一の声「今どこ？」
今ヶ瀬「家にいます」
恭一の声「ひとり？」
今ヶ瀬「はい」
恭一の声「……飯でもどうかな」
今ヶ瀬「今から？」
恭一の声「もう食べてるか」
今ヶ瀬「まだ食べてないんですか？」
恭一の声「……食べたよ」

43　タイ料理の店
　待っている恭一。
　入ってくる今ヶ瀬。恭一の前に座る。
今ヶ瀬「この一週間ほど、どう過ごしてたんですか？」
恭一「……別に、普通だよ」
今ヶ瀬「で、何の用ですか？　こんな時間にお腹がへって、女を呼び出すのも面倒で……ってことですか？」
恭一「おまえはなんで来たの？」
今ヶ瀬「好きな人に呼ばれたらすぐに飛んでいくような男なんですよ俺は」
　笑う恭一。
今ヶ瀬「……」
恭一「家出人は、男？　女？」
今ヶ瀬「女です。どうしてですか？」
恭一「見つかったの？」
今ヶ瀬「死んでました」
　哀しそうに笑って恭一を見る今ヶ瀬。その顔の中にある疲労の色に、はじめて気づく恭一。
恭一「……」

44　恭一のマンション・玄関
　ドアを開けて入る恭一。
恭一「どうした？　あがんないのか？」
今ヶ瀬「……あがっていいんですか？」
恭一「いいよ、もちろん」
今ヶ瀬「やらせてくれるんですか？」

恭一「……いいからあがれよ」
　恭一は今ヶ瀬の手を掴み中に引き込む。
今ヶ瀬「……」
恭一「……」
　2人を入れて閉まるドア。

45　恭一のマンション（数ヶ月後／夜）
　ソファの上で2人くっつき、テレビを見ながら、だらっとスナック菓子を食べている。
　眠そうな恭一は弄びぐさに今ヶ瀬の髪をいじっている。
　されるがままの今ヶ瀬。
　口を開ける恭一。
　恭一にスナック菓子を食べさせてやる今ヶ瀬。
　　×　　×　　×
　屋上。今ヶ瀬と恭一の洗濯物が揺れている。
　遊んでいる2人。無邪気にじゃれ合う。
　隣のマンションのベランダで洗濯物を取り込む主婦が2人を白い目で見ている。

46　オフィス付近の街中（数日後／昼）
　昼食を終えた恭一が同僚の男たち数人と歩いている。
女「……恭一？」
恭一「あ、夏生！」

47　タイ料理の店（数日後／夜）
　食事をしている2人。
夏生「バツイチってとこがさすが恭一だね。流され侍は不倫しまくった？」
恭一「流され侍って」
夏生「懐かしいでしょこの呼ばれ方」
恭一「懐かしいな」
　いつになく明るい恭一。他の女といる時の態度とは明らかに違う。
夏生「あの頃の誰かと会ってる？　私このあいだ麻美ちゃんの結婚式行ったよ」
恭一「へえ、麻美ちゃん結婚したんだ」
夏生「そうそう」
恭一「俺は……吉川とか土田あたりとはたまに飲むよ」
夏生「へー、混ぜてよ」
恭一「うん、今度あいつらと会う時連絡する」
　恭一の背後に今ヶ瀬の姿。近づいてくる。
今ヶ瀬「あれ？　夏生先輩」
　その声に驚いて振り返る恭一。
今ヶ瀬「お久しぶりです」
夏生「今ヶ瀬〜！　久しぶりじゃん元気だった？」
　目が合う恭一と今ヶ瀬。
今ヶ瀬「……大伴先輩」
恭一「……ん？」
今ヶ瀬「お久しぶりです」
恭一「うん、久しぶり……」
今ヶ瀬「相席してもいいですか？　友だちも一緒なんですけど」
夏生「いいよー、もちろん」
高杉「どうも……高杉です。今ヶ瀬とは長い付き合いの友だちで……すみませんなんかお邪魔しちゃって」
夏生「いえいえ座ってください」
　夏生の隣に座る今ヶ瀬。
　恭一の隣には高杉が座る。
夏生「いま来たの？」
今ヶ瀬「はい」
夏生「注文は？」
今ヶ瀬「まだです」
　と会話を交わす夏生と今ヶ瀬の中、高杉が小さめに恭一に話しかける。
高杉「大伴先輩ですよね」
恭一「え？」
高杉「あなたのこと、よく聞いてます」
恭一「……え？」
今ヶ瀬「夏生先輩、大伴先輩とまだ続いてたんですか？」
夏生「まさか！　ついこのあいだバッタリ会ったんだよね？」

恭一「うん」
今ヶ瀬「そっか……（夏生を見つめ）先輩相変わらず綺麗だなぁ」
夏生「えー、やめてよ。だいぶ変わったでしょ」
今ヶ瀬「全然。ご結婚は？」
夏生「ないない、あてもないから」
今ヶ瀬「そうなんだ」
夏生「今ヶ瀬はどうなのよ」
ちらっと恭一を見る今ヶ瀬。
恭一「……」
今ヶ瀬「僕はねぇ……好きな人を振り向かせようと必死です」
夏生「えー、ちょっとどんな人？」
今ヶ瀬「……タバコいいですか？」
夏生「どうぞ」
ジッポーで火をつける今ヶ瀬。
それを見る夏生。
揺れる炎が今ヶ瀬の指で遮断される。
夏生「……」

× × ×

食事をしている4人のスローモーション。

4人の視線が思いとともに絡み合う。

夏生は今ヶ瀬を、高杉は恭一を特に注意深く見つめている。

今ヶ瀬も恭一の夏生に対する態度を見つめており、夏生と今ヶ瀬は度々目が合うが、互いに本心を隠し、微笑んだりする。

48 同・男子トイレ

用を足している今ヶ瀬。

49 同・男子トイレ前

出てくる今ヶ瀬。
足早に歩いてくる恭一。
辺りを見まわし今ヶ瀬の腕を掴む。
今ヶ瀬「なんですか？」
恭一「おまえまた俺の携帯勝手に見たのか？」
答えず歩き出す今ヶ瀬。腕を掴んだまま ついて歩く恭一。
恭一「メール見たんだろ」
今ヶ瀬「なんで今さら夏生先輩なんかと会ってるんですか？」
恭一「おまえだってあの男なんだよ」
今ヶ瀬「久しぶりに連絡来てメシに誘われたんで」
席が見えるところに出る手前で恭一は立ち止まるが今ヶ瀬は歩いていく。
恭一「あの男とのほうがお似合いなんじゃない？」
今ヶ瀬、立ち止まり恭一にキスをする。
恭一「やめろ！」
今ヶ瀬を突き放す恭一。
恭一「お前が誰と何しようと別に興味ない、ただ、お前とあいつは『お仲間』で俺とは違う世界の人間なんだなって思った」
今ヶ瀬「……」
恭一「ごめん。嫌な言い方した」
席に戻っていく今ヶ瀬。
恭一「……」

50 同・テーブル

恭一が戻ると今ヶ瀬がいない。
夏生「今ヶ瀬たち約束があったんだって。帰っちゃったよ」
恭一「そう」
夏生「よろしく言っといてくれって」
恭一「うん」
夏生「今ヶ瀬ますます格好良くなってたね」
恭一「ああ、そうだね」
夏生「……あの頃さぁ、……今ヶ瀬って恭一のこと好きだったんじゃない？」
恭一「は？……どうして？」
夏生「よく、気づくとさ、こっち見てたんだよね。私のこと好きなのかなって思ってたんだけど、……あのライターで分かっちゃった」
恭一「ライター？」
夏生「恭一、前の彼女から貰ったライターそのまま使ってて喧嘩になったの覚えてる？」

恭一「そんなことあったっけ?」
夏生「ピンクのジッポーだよ、いかにも女から貰いましたみたいなやつ。覚えてないかなぁ。……それ恭一あげたんだよ、今ヶ瀬に欲しいって言われて。……まだ使ってたよ」
恭一「……へぇ……物もちいいんだな」
夏生「本当はあの頃、なにか言われたりしてたの?」
恭一「なにかって?」
夏生「だから迫られたりしてたの?」
恭一「ないよ全然」
夏生「もし迫られてたらどうしてた?」
恭一「……」
夏生「黙らないでよ。男はさすがに断れるでしょ?」
恭一「当たり前だろ」
気まずくなって恭一は小皿の上のものを食べる。
夏生「好意しめされると拒めないからなぁ恭一くんは。何回やらかしたっけね」
恭一「なんだよ。もうないよ」
夏生「へえ……でも、あの頃の私もね、もうちょっと頑張ればよかった。なんで別れちゃったんだろうって、……今でもたまに思ったり」
恭一「……俺はさ……いまだに捨てられてるよ。今回の離婚もそうだけど、いつも捨てられる。自分から別れようなんて言ったことない」
夏生「……」
恭一「……」
夏生「それは……んー……恭一は優しかったけど情熱みたいなものは見せてくれなかったよね」
恭一「……」
夏生「別れたくない! とか、すがったことある?……ないでしょ」
恭一「……」
夏生「一緒にいると淋しくなるんだよ」
恭一「……周りにいい男いないの?」
夏生「ぜんぜん。一緒にいてしっくりくるってなかなかあるもんじゃないよね……ちょっといいなって思っても、いまいち息が合わなかったり……昔はあんまりそういうこと、気にならなかったのになぁ。……ムリして相手に合わせても、疲れるよ」

51　恭一のマンション・表

タクシーが停まる。
夏生「(運転手さんに)やっぱり私もここで降ります」
恭一「いいよ。大丈夫」
酔っ払っている恭一はタクシーから降りる際、バランスを崩してこける。
恭一「……」
夏生「大丈夫じゃないじゃん」

52　同・外廊下

夏生「鍵どこ?」
恭一「……あれ……?」
鍵を見つけられない恭一。
夏生「……もー、なんであんなに飲むかな」
恭一「……」
夏生「ポケット? 鞄?」
恭一とともに鍵を探す夏生。
中からドアが開く。
夏生「……」
今ヶ瀬「おかえりなさい」
恭一「あれ帰ってたの? てっきりあの男とどっか行ったと思ってたよ」
今ヶ瀬「ずいぶん飲んだんですね。大丈夫ですか?」
酔った恭一を抱きとめる今ヶ瀬。
夏生「……」
夏生を見る今ヶ瀬。目が合う2人。
夏生「……」
今ヶ瀬「すみません、わざわざ送っていただいて」
夏生「……」
今ヶ瀬「あがっていきますか?」

夏生「……ううん……もう、こんな時間だし……」
今ヶ瀬「……」
夏生「……」
今ヶ瀬「それじゃ、おやすみなさい」
閉まるドア。
夏生「……」

53 同・部屋（翌朝）
ベッドで目を覚ます裸の恭一。
椅子に座っている今ヶ瀬がジッポーで煙草に火をつけ煙を吐き出す姿を見ている。
恭一「……大学の頃……正直おまえは俺のこと、嫌ってるのかと思ってたよ……」
恭一に顔を向ける今ヶ瀬。黙っている。
恭一「……」

54 釣り堀
釣りをしている2人。
恭一の携帯電話が鳴る。
恭一「……」
電話に出る恭一。
恭一「もしもし?……ああ、うん。……いいよ。うん、はーい。分かった。じゃあ」
電話を切る恭一。
今ヶ瀬「夏生先輩?」
恭一「うん。……夜会うことになった」
今ヶ瀬「そう」
恭一「平気なの?」
今ヶ瀬「どうぞ」
恭一「……」

55 駅近く（夜）
待っている夏生。
恭一が来る。

56 恭一のマンション
恭一のいない部屋。
今ヶ瀬はおもむろに服を脱ぐ。
そして脱ぎ捨てられた恭一の下着と部屋着を着る。

57 同・表
帰ってくる恭一。

58 同・部屋
恭一が鍵を開けて入ってくる。
今ヶ瀬「早かったですね」
恭一「そう?」
着替えようと部屋着を探す恭一。
恭一「あれ……?」
今ヶ瀬「何?」
恭一「俺の部屋着は?」
今ヶ瀬「……」
今ヶ瀬が着ていることに気づく恭一。
恭一「……（部屋着を引っぱって）変態だな」
今ヶ瀬「今日はそんなに酔っ払ってないんだ」
恭一「……なんだよ」
今ヶ瀬「夏生先輩なんだったんですか?」
恭一「……や……別に何も」
今ヶ瀬「……」
今ヶ瀬、恭一にキスをしようとするが、顔を背けられる。
今ヶ瀬「ちょっと外でも歩いてこようかな」
立ち上がる今ヶ瀬。
恭一「……早く帰ってこいよ」
部屋を出ていく今ヶ瀬。

× × ×

ベッドの恭一、玄関から鍵の音がして目を開ける。
恭一「……」
ドアに背を向ける恭一。
しばらくしてベッドに入ってくる今ヶ瀬。
恭一「……」
今ヶ瀬「……」

59 タイ料理の店（数日後）
席で誰かを待っている今ヶ瀬。
そこに現れるのは、夏生。

目が合う2人。
夏生が歩いてくる。
今ヶ瀬「……」
座る夏生。
失笑する今ヶ瀬。
夏生「やだ、こわーい。粘着質なゲイに呼び出しくらうなんて、私どうなっちゃうんだろ」
今ヶ瀬「やる気満々な顔で来られたんでこっちがビビりまくりですよ」
夏生「大学時代さあ、よく恭一のことで私の相談乗ってくれてたよね」
今ヶ瀬「……わざとでしょ？ 夏生さんは僕の気持ち知ってたでしょ」
夏生「……相談に乗るふりして必死で別れさせようとするんだもんなぁ」
今ヶ瀬「……」
夏生「（店員に）すみませーん」
店員が来る。
夏生「シンハーください」
今ヶ瀬「僕カールスバーグで」
去っていく店員。
今ヶ瀬「……」
夏生「おごるよ、なに食べる？」
メニューを見る夏生。
今ヶ瀬「おごる？ 結構です」
夏生「そう？」
今ヶ瀬「退《ひ》いてください」
夏生「……」
今ヶ瀬「……」
夏生「……」
店員がビールを持ってくる。
夏生「（店員にメニューを指して）これください」
去っていく店員。
今ヶ瀬「……」
夏生「……」
今ヶ瀬「やっとここまで漕ぎつけたんです。……結構いっぱいいっぱいでやってるんですよ」
夏生「いつから好きなの？」
今ヶ瀬「初めて話した日からです」
夏生「恭一のどこがいいわけ？」
今ヶ瀬「理由なんてないでしょ」
夏生「8年？ ホントよく頑張ったよね。お疲れさま」
今ヶ瀬「……」
夏生「これ以上続けても、今ヶ瀬がつらいだけだと思う。もう諦めて楽になりなよ。恭一はね、ハメルンの笛吹きにホイホイついていくネズミみたいなもんなの。みすみすドブに溺れさせるわけにはいかない」
今ヶ瀬「ドブ……」
夏生「ドブ」
恭一が店に入ってくる。
恭一「何やってんのおまえ。夏生呼び出したりしてどういうつもりだよ」
今ヶ瀬「……」
夏生「私が呼んどいたの。どうせなら三人で話すほうが事が進展しそうでしょ」
今ヶ瀬「……」
恭一「夏生に変なこと喋った？」
今ヶ瀬「……」
恭一「なんか言えよ」
今ヶ瀬「……」
夏生「変なことって？」
恭一「……」
夏生「ね、せっかくだからここで決めちゃってよ。私か今ヶ瀬、今夜どっちを持ち帰るのか」
恭一「はあ？」
今ヶ瀬「……」
恭一「いきなり何？」
店員がおしぼりを持ってやってくる。
店員「お飲み物はお決まりですか？」
恭一「カールスバーグください」
夏生「ちょっと、もしかして選べないの？」
恭一「……いきなりそういうのってなんなの？」
夏生「（笑って）もう……分かってる？ 女と男だよ」

恭一「……分かってるよ」
今ヶ瀬「……」
　店員が恭一のビールとパパイヤのサラダを持ってくる。
夏生「（店員の前で）ねえ、どこまでいってるの？　待って、やっぱり言わないで」
恭一「……」
夏生「流されてるんじゃない？　恭一、もうここで降りなきゃ取り返しつかなくなっちゃうよ？」
　店員が去っていく。
恭一「……」
今ヶ瀬「容赦なく追いつめるなぁ。女性的なやり方ですね。でも逃げ道作ってやらないと男は死にますよ。特にこの人みたいなタイプは」
　ビールを飲む恭一。
夏生「……」
今ヶ瀬「夏生先輩はあれかな、この人が初めての男だからいまだにこだわってるのかな」
夏生「そういう今ヶ瀬の初体験の相手ってどんな人だったの？　興味あるなー」
恭一「（夏生に）やめろよ」
夏生「恭一は知ってるの？」
恭一「知るかそんなの……」
　夏生はこの辺りから徐々に表情が引きつっていく。複雑に昂る感情を抑えようと頑張っている。
今ヶ瀬「……俺は高1の時、部活の先輩に居残り練習させられて」
夏生「男の先輩？」
今ヶ瀬「もちろん。放課後、シャワー室で後ろから、」
恭一「（怒りから）やめろよ。聞きたくないそんな話」
夏生「……」
今ヶ瀬「……」
恭一「……なんだよこれ……」
今ヶ瀬「……」
恭一「……俺は、（今ヶ瀬を見て）おまえを選ぶわけにはいかないよ。普通の男には無理だって……。分かるよな？」
　微笑む今ヶ瀬。
今ヶ瀬「はい」
恭一「……」
夏生「結論出たよね。行こう」
　立ち上がる夏生。会計を済ませに行く。
恭一「……」
　恭一、立ち上がる。
恭一「……」
　恭一は夏生とともに店を出ていく。
今ヶ瀬「……」
　今ヶ瀬は恭一の残したビールを飲み干す。
今ヶ瀬「……」

60　同・表

夏生「どうしよっか、そのへんのホテルにでも入る？」
　哀しい目で夏生を見つめる恭一。
夏生「……」
恭一「……もう充分だろ。……なんなんだよ……」
夏生「嫉妬するとあんなふうに怒るんだね、初めて見た」
恭一「はあ？」
夏生「……でも駄目だよ、恭一は今ヶ瀬を選べなかったんだから」
恭一「こんなかたちで選べるかよ」
夏生「じゃあ、どんなかたちだったら選べるの？」
　夏生の目にはいつからか涙が滲んでいる。
恭一「……分かんないよ。……ずっと考えてるけど……分かんない」
夏生「ズルズル期待持たせてこれからも何度も今ヶ瀬を傷つけるつもり？」
恭一「……」

61　ホテル

　恭一に背を向けて寝ている夏生。
恭一「……あいつを哀しませたくないって

思ってて、これが、どういうことでこんな気持ちになってるのか、分かんない……」
夏生「……何言ってるの？　まさか勃たないことの言い訳じゃないでしょ？」
恭一「……」
夏生「（シーツの中で下着をつけながら）呆れる」
恭一「……」
起き上がる夏生、脱いだ服を着る。
夏生「ちゃんと人を好きになったことある？」
恭一「……」
夏生「……帰るね」

62　恭一のマンション・部屋

今ヶ瀬はソファに座って暗い部屋で古い映画を観ている。

恭一が帰ってくる。

恭一「……ただいま」

今ヶ瀬「……」

恭一「……映画？」

今ヶ瀬「うん……」

今ヶ瀬の隣に深く座る恭一。

今ヶ瀬「……」

恭一「……」

今ヶ瀬「（映画に目をやったまま）俺と寝てください。……これを拒まれたら、もう二度と、触らない」

恭一「……」

今ヶ瀬「……厭だって言えば済むことなのに。そんなだからつけこまれるんですよ」

恭一「……」

ソファから立ち上がる今ヶ瀬の腕を掴む恭一。

見つめ合う2人。

立ち上がり恭一は今ヶ瀬にキスをする。

そして恭一は今ヶ瀬を抱く。

×　　×　　×

暗い部屋。

裸で求め合う2人の青い腕や背中に雨の影が映る。

今ヶ瀬が恭一をうつ伏せにし、臀部にオイルを垂らす今ヶ瀬。

恭一「ゆ、ゆっくり……」

背後から挿入する今ヶ瀬。感じる恭一。

×　　×　　×

朝の光の中、裸の今ヶ瀬が椅子の上で膝を抱えて煙草を吸っている。

ベッドの中でそれを見ている恭一。

暗転。

63　同・寝室

ベッドの中の恭一はまだ眠気眼。ダラダラしている。
恭一に覆いかぶさる素っ裸の今ヶ瀬。
今ヶ瀬「風呂、沸きましたよ」
恭一「……」
体を起こす恭一。
恭一「……入ってくる」
今ヶ瀬「髪洗ってあげましょうか？」
恭一「（少し考えて）いいよ、一人で入らせて」
今ヶ瀬「昼飯作りますね」
ベッドから離れ台所へ行く今ヶ瀬。
その背中を見つめる恭一。
恭一「……」
恭一も裸のままベッドから出て、冷蔵庫から水を出す。
タバコをくわえながら、手際良く昼食の仕度を始めている今ヶ瀬。
恭一「……部屋、引き払わないの？」
今ヶ瀬「あぁ……」
恭一「家賃もったいないだろ」
今ヶ瀬「うん……」
笑う今ヶ瀬。
恭一「……」
今ヶ瀬「来週の土曜、何の日か知ってます？」
恭一「ん？　ああ」
今ヶ瀬「……」
恭一「今ヶ瀬渉さんが27歳になる日ね。欲しいものがあるの？」

今ヶ瀬「……」
恭一「言ってごらん」
　ふわり恭一に抱きつく今ヶ瀬。首筋に顔を寄せる。
今ヶ瀬「北京ダックが食べたい」

64　広告代理店・エレベーター

　恭一とたまきだけが乗っている。
たまき「……」
恭一「岡村さんって……ワインとか詳しい？」
たまき「え……あまり……」
恭一「ちょっと知人に、生まれ年のワインを贈ろうと思って。でもそういうのさっぱり分かんなくてさぁ」
たまき「あ、あの……すごく詳しい友人がいるので、明日でよければリストアップしてもらってきます」
恭一「お願いできるかな」
たまき「はい」
恭一「ありがとう」
たまき「……彼女さんにですか？」
恭一「彼女ではないんだけど……」
たまき「みんな言ってますよ、大伴さんには絶対素敵な彼女がいるって」
恭一「そうなの？　彼女はいないけどね」
たまき「そうなんですか？」
　嬉しそうな顔になってしまうたまき。

65　恭一のマンション（数日後／夜）

　恭一のシャツのボタンをつけている今ヶ瀬。
恭一「ほら」
　今ヶ瀬にワインを差し出す恭一。
今ヶ瀬「……なに……？」
恭一「なにって、誕生日だろ？　0時過ぎたよ」
今ヶ瀬「……」
恭一「北京ダックだったら明日の夜で予約したから。けど、それだけじゃアレだし……おまけっていうか、サプライズ？」
今ヶ瀬「……ありがとうございます。こんなに奮発してくれるなんてどうしちゃったんですか……」
恭一「そう？……見て分かるなんておまえは凄いね」
今ヶ瀬「これは開けません。もったいないもん」
恭一「え？　飲もうよ」
今ヶ瀬「だって飲んだらなくなっちゃうし……」
恭一「だったら来年またあげるから、それでいいだろ？」
　その言葉に胸がつまる今ヶ瀬。
恭一「あー、ツマミ買っとくの忘れたなぁ。生ハムまだあったっけ？」

66　同（翌日）

　テーブルの上で恭一の携帯電話がしつこく振動している。
　今ヶ瀬がやってきて恭一の携帯電話を見る。
　〝岡村さん〟の表示。
今ヶ瀬「……」
　ベッドに行く今ヶ瀬。
　恭一の隣で横になり、寝顔を見つめる。
今ヶ瀬「そろそろ起きて」
恭一「……うん……」
今ヶ瀬「ねー、北京ダック何時ですか？」
恭一「ん……夜……」
今ヶ瀬「だから何時？」
　寝ぼけたまま恭一は今ヶ瀬をふとんで挟むようにして抱きしめる。ふたたび眠る。
今ヶ瀬「……」

67　青山一丁目・駅近く

　恭一と今ヶ瀬が何かを待っている。
　今ヶ瀬は恭一の服を着て、恭一は今ヶ瀬の服を着ている。
　駅から出てくるたまき。
恭一「（見つけて）ちょっと待ってて」
　たまきのほうへ行く恭一。

今ヶ瀬「……」
2人を見ている今ヶ瀬。
たまきからポスターを受け取っている恭一。
今ヶ瀬「……」
いつまでも話している2人に業を煮やした今ヶ瀬は歩き出す。
近づいてくる今ヶ瀬に目を向けるたまき。
今ヶ瀬「こんばんは」
たまき「……こんばんは」
恭一「……あ、彼は、友人」
たまき「えっと、大伴さんにはいつもお世話になってます、岡村です」
今ヶ瀬「岡村さん。今ヶ瀬です。こちらこそ恭一くんがお世話になってます」
微笑む今ヶ瀬。
たまき「あ、あのこれチーズケーキなんですけど、よかったらおふたりで食べてください」
恭一「(受け取って)ありがとう」
今ヶ瀬「いいの?」
たまき「もちろんです」
今ヶ瀬「ありがとう」
たまき「……では、私帰ります」
駅に戻っていくたまき。一度振り返る。
見送っていた恭一がたまきに手を振る。
嬉しそうに頭を下げ、駅のほうへと消えるたまき。
今ヶ瀬「月曜じゃ駄目だったの?」
恭一「急ぎのチェックが必要だったんだよ」
今ヶ瀬「そのチーズケーキ、どういうつもりだったんですかね」
恭一「どういうって?」
今ヶ瀬「それ渡して、じゃあ一緒にうちで食べる?って誘いを期待して買ったのかな」
恭一「(笑って)そんなのないだろ。なんかいつも色々と気遣いのコなんだよ」
今ヶ瀬「ふーん」
今ヶ瀬の体に腕をまわす恭一。
恭一「さ、行こう、北京ダック」
今ヶ瀬「……」
恭一「なんだよ」
今ヶ瀬「お店どこですか?」
そこへ女の2人組が向こうからやってくる。
その視線を気にしてか恭一はさりげなく笑って今ヶ瀬から体をすっと離す。
今ヶ瀬「……」

68 街中(数日後/朝)

自転車に乗っている恭一が信号待ちをしている。
柳田常務と親密な様子で肩を寄せ合い歩くたまきを目撃する。
恭一「……」
笑顔の2人。
恭一は見ないふりをして通り過ぎる。

69 広告代理店(昼)

社内を歩いている恭一。
柳田常務とすれ違う。
柳田常務「あ、大伴くん」
恭一「はい……」
振り返る恭一。

70 蕎麦屋

柳田常務に昼食に誘われた恭一。
柳田常務「君の課にいる岡村たまきは、どうかな、どう思う?」
恭一「え……よく色々なことに気づいてくれて、真面目ないい子ですよ。……クライアントにも受けがいいですし、……とても助かっています。彼女がいるだけで場の雰囲気が明るくなるので」
柳田常務「そうか」
恭一「……」
蕎麦をすする恭一。
柳田常務「……今朝、僕たちが一緒にいるところを君見ただろう」
恭一「……」
柳田常務「どう思った?」

恭一「……いえ……私は別に……なにも……」
柳田常務「（笑って）年甲斐もないって思ったんだろう？」
恭一「いえ、ほんとに、そんな……」
柳田常務「若い女に入れ揚げてるオヤジに見えたか」
恭一「……僕は……自由だと思います」
柳田常務「自由か。娘なんだよ、たまきは」
恭一「え？」
柳田常務「誤解されるといけないと思って、特に君には」
恭一「……いえ、あの……まさか、娘さんだとは思いませんでしたけど」
柳田常務「……ここだけの話と思って聞いてくれる？」
恭一「はい」
柳田常務「僕には内縁の妻がいてね、たまきはその娘なんだ」
恭一「はい……」
柳田常務「コネ入社ではないよ。僕をビックリさせたかったって、自力でね。……僕はさ、あの子が可愛いんだ。たまきはここのところ、会うと君の話ばかりするんだよ」
恭一「……」

71　広告代理店

自分の席から働くたまきを見ている恭一。
たまきは物凄く真剣な顔でパソコンを打っている。
たまきが恭一を見る。目が合う2人。
たまき「？」
なんでもない、と小さく首を横に振る恭一。
頷くたまき。
微笑む恭一。
恥ずかしそうに微笑み返すたまき、可愛らしく俯き、仕事に戻る。
恭一「……」

72　恭一のマンション・洗面所（数日後／朝）

顔を洗っている恭一。
煙草を吸った今ヶ瀬が入ってくる。
恭一「……（匂いで気づき）今回はどれくらい？」
今ヶ瀬「4、5日で戻れると思います」
恭一「ふ～ん……気をつけてな。……山形なら、ラフランス買ってきて」
今ヶ瀬「好きなんですか？」
恭一「うん、好き」
今ヶ瀬「……ラフランスって、フォルムとか女性的ですよね」
恭一「え、そう？」
今ヶ瀬「たまには本来の自分を取り戻して女と寝たいでしょ」
恭一「……なんでそういうこと言うの？」
顔を拭き今ヶ瀬を見ると不安そうな顔をしている。
今ヶ瀬から煙草を取って吸う恭一。
その綺麗な仕草を見つめる今ヶ瀬。
今ヶ瀬「大学の頃、あなたの煙草になりたいって思ってた。指先に挟まってる煙草が羨ましかったんです」
恭一「……馬鹿だねおまえは」
恭一は今ヶ瀬を愛おしく思い頬に触れる。

73　葬儀場（数日後／夜）

雨の中、通夜が行われている。
柳田常務の遺影を前に焼香をしている恭一。

74　同・表

焼香を終えて出てくる恭一。表の隅に佇むたまきの姿を見つける。
恭一「……」
中には柳田常務の本妻や娘たち親族の姿がある。
たまきのところへ歩いていく恭一。
恭一「岡村さん……」
たまき「大丈夫です、ただの下っ端社員があまり泣いていたらおかしいですから……こんなところにいつまでも立っているのも変なの、分かってるんですけど……帰れなくて……」

恭一「……」

まわりから隠すようにたまきを支える恭一。

75 恭一のマンション（数日後／夜）
ラフランスを食べている2人。
恭一の携帯電話が振動する。
携帯電話を確認する恭一を見ている今ヶ瀬。
今ヶ瀬「……」
顔を上げる恭一。
恭一「なに……仕事のメールだよ」
今ヶ瀬「なにも訊いてませんよ」
恭一「あっそ」
メールの返信を打つ恭一。
今ヶ瀬「……」
× × ×
夜中、暗い部屋で恭一の携帯電話を見ている今ヶ瀬の背中。
恭一はそれを密かに見つめている。

76 チョコレート色のセダン・車内（夜）
オフィスビルの入り口を見ている今ヶ瀬。

出てくる恭一とたまき。

2人は楽しそうに話しながら歩いていく。

77 恭一のマンション
帰ってくる恭一。
今ヶ瀬はいない。
恭一「……」
× × ×
朝になっている。
目を覚ますと今ヶ瀬が隣で眠っている。
眉間に皺が寄り力の入った寝顔。
恭一「……」

78 恭一のマンション（夕）
静かな部屋。

台所のシンクを黙々と掃除している今ヶ瀬の背中。

79 イベント広場（夕）
イベント会場の準備に立ち会っている恭一。

健気に動き回るたまき。

80 恭一のマンション（夜）
ソファに座っている今ヶ瀬。
帰ってくる恭一。
今ヶ瀬「遅かったですね」
恭一「うん……」
今ヶ瀬「誰と一緒だったんですか？」
恭一「誰って……仕事だけど」
今ヶ瀬「岡村たまきは？」
恭一「……一緒だよ、直属の部下なんだから」
今ヶ瀬「チーズケーキのコでしょ？ 常務の娘さんだったんですね」
恭一「……」
今ヶ瀬「やっぱなんか、苦労知らずのお嬢さんって感じのコだったもんなー」
恭一「ちょっと挨拶したくらいで分かんの？」
今ヶ瀬「……」
恭一「……」
今ヶ瀬「俺のこと鬱陶しくなってるでしょ」
恭一「……」
今ヶ瀬「邪魔になりました？」
恭一「なんでだよ」
今ヶ瀬「喪服、どうして早くクリーニングに出さなかったんですか？……もしかしてわざと？……察しろってことですか？」
恭一「なにが？」
今ヶ瀬「ファンデーションで汚れてた……考えられないよ、あんな無防備に汚せるなんて」
恭一「……」

今ヶ瀬「……」
恭一「彼女とはなにもないよ」
今ヶ瀬「……」
恭一「お父さんが亡くなって……ついていてあげて当然だろ?」
今ヶ瀬「当然かな? そういう関係だからじゃなくて?」
恭一「やめろ」
今ヶ瀬「どこまでしたんですか?」
恭一「ないって」
今ヶ瀬「本当のこと言ってくださいよ」
恭一「……そういうのじゃないって」
溜息をつく恭一。その溜息に反応し、睨む今ヶ瀬。
恭一「……」
今ヶ瀬「……」
恭一「……」
今ヶ瀬「あなたじゃ駄目だ。……あなたには俺じゃ駄目だし」
恭一「……なんだよそれ」
今ヶ瀬「……」
恭一「本気で言ってんの?」
今ヶ瀬「はい」
恭一「……」
今ヶ瀬「……」
恭一「……そうだな。おまえが駄目だって言うなら、駄目なんだろう……終わりにしよう」
今ヶ瀬は恭一の頬を叩く。そして感情のままに泣く。
恭一「……ずっと、苦しかっただろう?」
泣き続ける今ヶ瀬を、ただ見ている恭一。なす術もなく2人は動けない。

81 チョコレート色のセダン・車内（夜）

恭一が運転している。
助手席には今ヶ瀬。
二人は海に向かっている。
今ヶ瀬「先輩みたいな人はさ……男の家に上がり込んで、コトコト長く煮込むような料理を作る女と付き合うといいですよ」
恭一「なんだよそれ」
今ヶ瀬「そういう女が向いてるんですよ」
恭一「そうかな……」
今ヶ瀬「……」
向かう先の空が明るくなっていく。

82 海（夜明け後）

車の中に、静かにただ海を見つめる今ヶ瀬と恭一がいる。
暗転。

83 恭一のマンション（数週間後／朝）

ベッドの中の恭一。
恭一が見つめている先には、たまきの姿。
たまきは恭一のスウェットの上だけを着て、軽やかに部屋を徘徊している。
そのスウェットは以前、今ヶ瀬が恭一の留守中に勝手に着た部屋着。
たまきの小さくて華奢な体にはそのスウェットはとてもアンバランス。
たまきは灰皿を見つける。中には吸い殻が残ったままになっている。
たまき「大伴さん煙草吸われるんですか?」
恭一「出ていった相手が置いていったんだ。それだけ置いていかせてくれって。……そんなものなくても忘れるわけないのに……」
たまき「……どんな人かな煙草吸う女の人。クールで大人な感じかな。でも意外と寂しがり屋だったりとか……」
恭一「……」
たまき「違ったかな……すみません、勝手に想像したりして」
恭一「……」
たまき「……どうして終わってしまったんですか?」
恭一「……あなたじゃ駄目だって言われてあっさり終わったんだよ」
たまき「……」
恭一「苦しそうだったからね、本当に……

俺は幸せだったけどさ……勝手なんだ俺。もっと早く別れてあげればよかった」
たまき「……」
こらえるたまき。
たまき「変なこと聞いちゃってごめんなさい。……私、前の人との同じ失敗は繰り返したくないと思って……」
恭一「……」
たまき「……好きになりすぎないようにします」
恭一「……」
椅子に座るたまき。そこはいつも今ヶ瀬が裸で煙草を吸っていた場所。
恭一「……おいで」
ベッドに呼び、恭一はたまきを抱きしめる。
たまき「……あまりにも相手を好きになりすぎると、自分の形が保てなくなって壊れるんですよね」
失笑する恭一。
たまき「……」

84 ゲイたちの集うクラブ・表（数日後／夜）
歩いてくる恭一。

クエラブの前に男たちがたむろしている。

そこに入っていく恭一。

85 ゲイたちの集うクラブ
中に入る恭一。

薄暗く上品でセンスのいい店内は程よく賑わっている。

浴びせられる視線に不安になり、隅の席に座る。

バーボンをショットで注文し、一気に飲み干す恭一。格好つけてこらえているが喉元が苦しそう。

酔いが急激にまわる中、店のマスターや隣の席の男に話かけられ会話を交わすものの、溶け込むことができない。

当然の疎外感に恭一は、小さく笑うが、溢れだす涙を止められない。

男の声「大丈夫？」

顔を上げる恭一。

優しくハンカチを差し出すのは綺麗な顔をした男。

恭一「ごめんなさい」

ハンカチを受け取らず、金を置いて、店を出ていく恭一。

86 夜の街
涙を残したまま走っている恭一。力が抜けていく。

87 たまきの家（半年後／昼）
椅子の上に乗っている恭一。開かなくなってしまった木製の棚の戸を直している。

顔を揃えて見守るたまき。

恭一もたまきも髪型が変わっている。

恭一「（作業を終え）どうかな？」

たまき「お母さん！」

お茶を用意していたたまきの母がやってくる。

戸を開け閉めしてみるたまきの母。スルスルと動く。

たまきの母「わー完璧！」

たまき「ありがとう」

たまきの母「調子が悪くなるとあの人がいつもいじってくれてたんだけど、なんか騙し騙しだったみたいで……これならもう大丈夫ね、助かります。あ、あとね、ちょっと開かなくなっちゃった瓶があるんだけどそれもお願いしていーい？」

恭一「はい、もちろんです」

瓶を取りに行くたまきの母。

たまきと顔を見合わせ笑う恭一。

88 恭一のマンション・表（夜）
帰ってくる恭一。チョコレート色のセダンが停まっていて、暗い車内に今ヶ瀬を見つける。

恭一「……」

嬉しさや怒りが一気に込み上げてくるが恭一は、気づかないふりをして中へと入っていく。

89　同・部屋

灯りをつける恭一。カーテンの端から外を覗く。

今ヶ瀬の車がライトをつけ、去っていく。

恭一「……」

90　たまきの家（昼）

母に左薬指につけた指輪を見せるたまき。

恥ずかしそうなその笑顔。

感極まったたまきの母は涙ぐんだ目で恭一を見つめ、「ありがとう」と頭を下げる。

恭一も「よろしくお願いします」と頭を下げる。

91　道

帰り道を歩いている恭一。

突然足を止め、素早く道を戻る。

隠れている今ヶ瀬を見つける。

恭一「……」

今ヶ瀬は逃げようとする。

恭一「待てよ」

立ち止まる今ヶ瀬。

恭一「誰からの依頼なの？」

今ヶ瀬「……」

恭一「俺のこと見てたの？……別れてからずっと？」

今ヶ瀬「……まさか、そんなに暇じゃないですよ」

恭一「自転車盗んだのおまえ？」

今ヶ瀬「ずっと埃かぶってたのに気づいたんだ。大切に使ってるから安心してください」

恭一「……気づかれたかった？　隠れかたが下手くそだったよ」

今ヶ瀬「……」

恭一「調査済みかもしれないけど、結婚するって決めたから」

今ヶ瀬「……そうですか」

振り返る今ヶ瀬。

今ヶ瀬「きっといい夫婦になりますね。心配しなくても大丈夫、邪魔するつもりはありません」

今ヶ瀬の顔を見つめる恭一。

恭一「……どうしてるの？」

今ヶ瀬「……」

恭一「元気でやってるか？」

今ヶ瀬「……」

恭一の前に立つ今ヶ瀬。

今ヶ瀬「……傍に置いてください。彼女と結婚するのを止めようなんて思わないから。ただ月に一度、半年に一度でも会ってもらえればそれでいい。体の関係もいらないし絶対に迷惑かけないから。全部言う通りにするから」

恭一「……要らないよ。おまえは要らない」

今ヶ瀬「……そりゃそうだ。最初から、出逢った時から、そう言ってくれればよかったのに」

92　恭一のマンション（昼）

掃除機をかけている恭一。

インターフォンが鳴る。

ドアを開けると、たまき。

たまき「ハンバーグにしました。このあいだお母さんにジューシーに仕上げるコツ教えてもらったんだ」

恭一「なに味？」

たまき「和風でいい？」

恭一「うん、おいしそう」

微笑むたまき。部屋の中に入ると顔が少しこわばるが、恭一は気づかない。

たまき「掃除機かけてたんですか？」

恭一「うん。たまきはさ、コトコトする料理ってあんまりやらないの？」

たまき「……なあに？　コトコト？……（微笑み）煮込み料理が好き？」
恭一「別にそういうわけじゃないんだけど」
たまき「今度お母さんに教わっておきますね」
部屋の隅に未開封のまま放置されている箱がある。
たまき「あ、カーテン届いてるんですね」
恭一「ああ」
たまき「いつ？」
恭一「え？」
たまき「いつ届いてたんですか？」
恭一「先週だったかな」
たまき「……そうですか……」
箱の前にしゃがむたまき。
恭一に背を向けている。
たまき「開けますね」
箱のテープを剥がして中のカーテンを出すと立ち上がるたまき。
たまき「……（振り返って、そして微笑む）綺麗に仕上がってる。やっぱり恭一さんの言ったとおり青のほうにして正解だった」
恭一「ああ、うん」
たまき「……」

×　　×　　×

台所で棚の扉をこっそり開けるたまき。
たまき「……」
そこには灰皿があり、その横に煙草とピンクのジッポーが置かれている。

×　　×　　×

ハンバーグを食べている2人。
恭一「ごちそうさま。……たしかプリンがあったよ、食べる？」
たまき「……次は煮込み料理にしますね」
食器を洗いはじめるたまき。
恭一「俺やるよ」
たまき「大丈夫」
恭一「……」
たまき「これ洗ったら帰る」
恭一「泊まっていかないの？」
たまき「うん」
恭一「送ってくよ。食器そのままでいいから」
たまき「……うん」

93　バス停

たまきを乗せたバスが去っていく。
恭一「……」

94　恭一のマンション・表

今ヶ瀬の車が停まっている。
戻ってくる恭一、車に近づいていく。
窓が開く。
今ヶ瀬「帰ったの？」
恭一「うん、今日泊まらないって。行こう」

95　同・部屋

激しく抱き合う恭一と今ヶ瀬。
恭一が今ヶ瀬をうつ伏せにして挿入する。
感じる今ヶ瀬。

×　　×　　×

ベッドに寝転がった裸の今ヶ瀬が新しくなったカーテンを見ている。
壁にもたれた裸の恭一。
今ヶ瀬「だっさいカーテン」
恭一「……だな」
今ヶ瀬「（振り返って）酷い男ですね」
恭一「……」
今ヶ瀬「じゃあ彼女と別れてください」
恭一「……」
今ヶ瀬「別れられるわけないか」
恭一「別れるよ」
驚く今ヶ瀬。
今ヶ瀬「いつ？」
恭一「明日」
今ヶ瀬「嘘でしょ？　らしくない。彼女にバレないようにうまくやればいいじゃないですか」
立ち上がり、水を飲みに行く恭一。
今ヶ瀬「無理ですよそんなの」

恭一「おまえはなんなわけ?」
今ヶ瀬「……」
恭一「恋愛でじたばたもがくより大切なことが人生にはいくらでもあるだろ。お互いもうそういう歳だろ」
今ヶ瀬「……」
恭一「一緒に暮らそう」
　恭一は真っすぐな想いで今ヶ瀬を見つめる。

× × ×

夜明け。
ベッドで眠っている恭一。
椅子の上で膝を抱えている裸の今ヶ瀬。
今ヶ瀬「……」
今ヶ瀬は、恭一の有るべき幸せを壊すことを初めて実感し、恐くなる。
煙草から灰がぽろっと落ちる。

× × ×

朝から強い光が射している。
目を覚ます恭一。
今ヶ瀬を探すが、いない。
吸い殻でいっぱいだった灰皿も消えている。
ゴミ箱の中には吸い殻とともに灰皿が捨てられている。
恭一「……」
灰皿を拾い上げる恭一。
　哀しくて笑ってしまう。

96 喫茶店

恭一「別れたい。……ごめん、俺が悪い」
たまき「……」
恭一「……」
たまき「私の目を、ちゃんと見て話して」
　たまきを見る恭一。
恭一「……ごめん。前の相手が戻ってきた」
たまき「そう……戻ってきちゃいましたか」
恭一「……」
たまき「……それでヨリを戻すんですか」
恭一「うん」
たまき「……その人と結婚するんですか……」
恭一「……俺は……難しい道でもなんとかやっていけるようにどうにかしようって、でも、またいなくなった」
たまき「……だったら、このまま私がそばにいちゃ駄目ですか?」
恭一「……なんでそんなこと言うんだよ」
たまき「私……お母さんすごく私の結婚喜んでいて……結婚できないまま私を産んだから……だから私の結婚が、すごく、嬉しかったみたいなんです」
　恭一が苦しい顔になる。
たまき「一緒に結婚式場のパンフレット見たりして……」
恭一「……」
たまき「狡いですよね私、こんな話して。だから恭一さんだって私のこと狡く使っていい」
恭一「……」
たまき「……また彼女が戻ってきたら、その時はおとなしく引きます。……もうそれじゃ駄目ですか?」
恭一「……」
たまき「どうして黙るんですか。なにか優しいことを言わなきゃって考えてるの? 別れるならそれらしいことなんでも言えばいいじゃないですか。嫌いになったって」
　たまきは最後まで涙をこらえる。
恭一「ずっとこのままやっていくつもりだった」
たまき「だったら……私全然平気ですから」
恭一「本当にすまないと思ってる。……ごめん。どうにもできなくて……ごめん」
たまき「……」
恭一「……今度こそ戻ってこないかもしれない。でも俺待ちたいんだ。一人になって。できることをしてやりたい」
たまき「……戻ってくるって、信じてるんですね」
　恭一の顔に不安がにじむ。

たまき「……私、幸せでした。最後まで優しくしてもらって」
恭一「……」
たまき「性格悪いですね私……」

97　回想・チョコレート色のセダン・車内（夜）

恭一が車を運転している。
助手席には今ヶ瀬。
2人は海に向かっている。
今ヶ瀬「先輩みたいな人はさ……男の家に上がり込んで、コトコト長く煮込むような料理を作る女と付き合うといいですよ」
恭一「なんだよそれ」
今ヶ瀬「そういう女が向いてるんですよ」
恭一「そうかな……」
今ヶ瀬「……」
向かう先の空が明るくなっていく。
恭一「……おまえは、次はもっと情の深いタイプにしとけよ」
今ヶ瀬「(笑って) 情の深いタイプ?」
恭一「もっとおまえを大事にして、愛してくれる奴だよ」
今ヶ瀬「愛してくれる人か……あなたらしい考え方ですね」
恭一「……」

98　海辺

夜明け前。
今ヶ瀬「あなたは愛してくれる人に弱いけど、結局その愛情を信用しないで、自分に近づいてくる相手の気持ちを次々嗅ぎまわる……」
恭一「……」
今ヶ瀬「ね」
恭一「……」
今ヶ瀬「俺そういうやつ大嫌いなんだけどな……」
恭一「……悪かったな」
今ヶ瀬「……心底惚れるって、全てにおいてその人だけが例外になっちゃうってことなんですね」
恭一「……」
今ヶ瀬「あなたには分かんないか」
恭一「分かるよ」
今ヶ瀬「……」
今ヶ瀬を見つめる恭一は、何か言いたげで、したげだが、動かない。
恭一「ごめん……本当に、ありがとう」
夜が明けてくる。
今ヶ瀬の頬に涙が伝う。
今ヶ瀬「ああ、本当に好きだったなぁ……」
波の音が2人の乗った車を包む。

99　恭一のマンション

置かれた今ヶ瀬の灰皿。

手に取る恭一。

100　ホテル

今ヶ瀬が行きずりの男とセックスしている。

突然顔を腕で覆う今ヶ瀬は、泣いている。

涙は激しくなり、気づいた男は優しく今ヶ瀬に触れて慰めるが、今ヶ瀬はそれを無視して、ひとり泣き続ける。

101　恭一のマンション

恭一「……」

灰皿を丁寧に洗っている恭一。

そしてテーブルの上に灰皿を置くと、今ヶ瀬がいつも座っていた椅子に目を向ける。

ポツンと置かれた椅子。恭一、椅子に座る。

カーテンは煙草の匂いの沁みついた元のものに戻されている。

外からの風がそのカーテンを揺らす。

おわり

佐々木、イン、マイマイン

内山拓也　細川岳

〈脚本家略歴〉

内山拓也（うちやま　たくや）

１９９２年5月30日生まれ。新潟県出身。文化服装学院に入学。在学当初からスタイリストとして活動するが、経験過程で映画に触れ、その後、23歳で初監督作『ヴァニタス』を制作。同作品で初の映像作品にして「ＰＦＦアワード２０１６」観客賞、香港国際映画祭出品、批評家連盟賞ノミネート。近年は、King Gnuなどのミュージックビデオや広告など様々を手掛ける。『佐々木、イン、マイマイン』で、劇場長編映画デビュー。「東京国際映画祭 TOKYOプレミア２０２０」に正式出品され、本作で「第25回新藤兼人賞」「第42回ヨコハマ映画祭」「第30回日本映画批評家大賞」など、数々の新人監督賞を受賞。

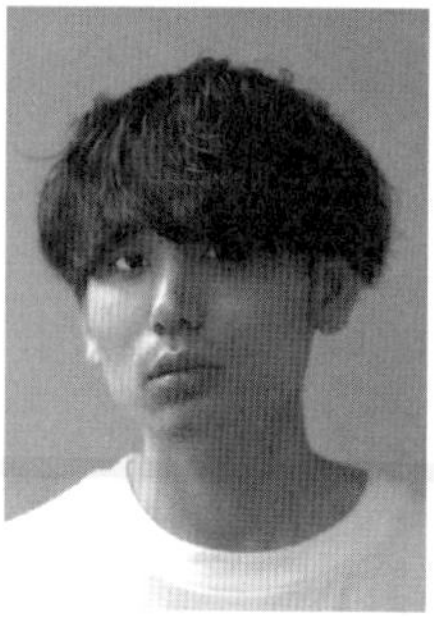

細川岳（ほそかわ　がく）

１９９２年8月26日生まれ。大阪府出身。２０１４年、『ガンバレとかうるせぇ』（佐藤快磨監督）で役者デビュー。『佐々木、イン、マイマイン』（内山拓也監督）ではおおさかシネマフェスティバル２０２１にて日本映画新人男優賞や、第42回ヨコハマ映画祭審査員特別賞を受賞。最近の出演作としては、『愛うつつ』（葉名恒星監督）、『無頼』（井筒和幸監督）、『泣く子はいねぇが』（佐藤快磨監督）などがある。

監督：内山拓也
製作：Shake.Tokyo
配給：パルコ

〈スタッフ〉
プロデューサー　汐田海平
撮影　四宮秀俊
照明　秋山恵二郎
録音　紫藤佑弥
美術　福島奈央花
編集　今井大介
音楽　小野川浩幸

〈キャスト〉
石井悠二　藤原季節
佐々木　細川岳
ユキ　萩原みのり
多田　遊屋慎太郎
木村　森優作
一ノ瀬　小西桜子
苗村　河合優実
吉村　井口理
佐々木正和　鈴木卓爾
須藤　村上虹郎

1 **佐々木の一人暮らしの家**

昼下がりの暖かな陽の光が窓から射し、鳥のさえずりが聞こえる狭い部屋。小説、画材、衣類が散乱していて足の踏み場がなく、物で溢れている。隅にコタツが置かれている。

2 **バス車内**

県道を走る。最後尾の中央に座る悠二(28)。何かのリズムに合わせて足をパタパタしている。

3 **(過去) 高校・保健室~階段**

保健室から廊下にかけて眼科検診を受けるための生徒の列ができている。保健室の入り口から端整な顔立ちをしている一ノ瀬灯(18)が出てくる。人の列に見向きもせず、廊下を進み、階段を登っていく。階段を登り始めると、騒がしい声が聞こえてくる。

4 **佐々木の一人暮らしの家**

佐々木(27)の背中。物の間を足で上手く掻き分けて歩き、丁度よく収まるコタツ前のスペースに腰をおろし、穏やかな時間を過ごす。

5 **バス車内**

悠二、先程よりも明確にリズムに合わせて足をパタパタさせている。

6 **(過去) 高校・階段~教室**

遠くの方で声が聞こえてくる。

男子生徒達「佐々木! 佐々木! 佐々木! 佐々木」

三階まで登りきった一ノ瀬、教室へ足を進める。が、教室の出入り口から舌打ちをしている女子、しかめっ面の女子達が続々と溢れ、教室の前に溜まっている。そんな女子達を見向きもせず、扉を開ける一ノ瀬。お祭りの如く机の上に立ち、佐々木が全裸で踊り狂っている。

男子生徒達「佐々木! 佐々木! 佐々木! 佐々木!」

多田(18)、木村(18)を筆頭に、悠二(18)や他の男子達もこの祭りを盛り上げようと手拍子をし、煽っている。一ノ瀬、何事もなかったように自分の席から荷物を持ち、教室を出ていく。

7 **劇場**

本番前の舞台袖、暗闇で立つ悠二(28)。息遣いが聞こえる。合図が出されると僅かに肩の力を入れ、台詞をブツブツと呟きながらゆっくりと歩いていく。青白いスポットライトが舞台上に強烈に当てられている。

タイトル「佐々木、イン、マイマイン」

8 **悠二とユキのアパート・寝室(深夜)**

悠二とユキが同棲している2DKのアパート。キッチンの前には二人が食事をする変わった形のテーブルが置かれ、6畳程の和室が寝室となっている。悠二が横になっている布団の横には、もう一つ折りたたまれた布団が置いてある。中々寝付けない悠二(27)。閉じていた目を開ける。

9 **同・キッチン(深夜)**

外通路に面している窓、換気扇の灯りだけがつく薄暗い空間。悠二、マッチを点けては消しを繰り返して、ただ火を見つめる。煙草に火を点ける。ふと壁に掛けてある時計を見ると、時刻は深夜「二時四十二分」。

10 **同・寝室(早朝)**

悠二、目覚まし時計のけたたましい音で目を覚ます。素早く時計を止め、目を開ける。

悠二「（時間が止まったかのように刹那ぼーっとする）」
体を起こし、隣を見ると、ユキ（25）がぐっすりと眠っている。お互いの布団の間には、スペースが空いている。

11 派遣先の工場・更衣室（朝）

人がすれ違うにも窮屈な、寒々しい空間。悠二や中年男性らがロッカーの前でくたくたの作業着に着替えている。小田（40）は、真新しい作業着をジロジロと周囲を気にしながら着替えている。出て行こうとする悠二に
小田「あの、すいません」
悠二、声を掛けられたと気付いていない。
小田「え、あの、すいません」
悠二「え？」
小田「（服を見ながら恥ずかしそうに）あの、これ大丈夫そうですかね？」
悠二「はい？」
小田「……この服大丈夫ですか？」
悠二「……？」
小田「……似合ってますか？」
悠二「ちょっともう時間なんで」
小田「あすみません」
足早に去っていく悠二。

12 同・作業場（朝）

作業場の灯はどんよりと薄暗く、その内の一本は電気が切れかかっている為か、チカチカしている。区切られた空間に長いテーブルが二つ置かれており、そのテーブルの周りを七人のアルバイトが囲み、空間の隅を縁取る様に、ダンボールがびっしりと積まれている。二チームに分かれ、段ボールを開封し中の丸いボールを机にぶちまける人、パッケージを組み立てる人、パッケージに丸いボールを入れる人、完成したパッケージをまたダンボールに詰める人。と役割が分担されている。悠二はひたすらパッケージを組み立て、小田がそのパッケージに丸いボールを詰めている。慣れない小田は手際が遅く、悠二が作ったパッケージがどんどん机に溜まっていく。
小田「ちょちょっと」
悠二「……？」
小田「もうちょっとゆっくりやってもらってもいいですか？」
悠二「あ、すいません」
小田「手悪くて。ちょっとボールが持ちづらくて」
悠二、小田の手を見る。手には酷い火傷の跡が残っている。
悠二「痛そうですね」
小田「僕居酒屋やってたんですけど、こないだ鶯谷の火事あったでしょ？　あれで全部燃えちゃったんですよ」
悠二「へえ……」
暗い顔をせず陽気に話している小田。一時間を知らせるタイマーが鳴り、五分間の休憩に入るおじさんたち。
悠二「え？　店が全部ですか？」
小田「キレーに全焼です。あ、僕小田明夫って言います。よろしくお願いします」
悠二「石井悠二です。お願いします」
小田「こんにちは」
小田、丸いボールを持ち、
小田「あと、これ、洗剤いらず！　無限洗濯ボール！　って書いてますけど？」
悠二「……？」
小田「（小声で）これ、ね？　いやー、ね？」
無言で頷く悠二。
小田「（楽しげに）これは中々ねえ、何というか」
小田、ニヤニヤしながら再び手を動かし始める。
悠二「……（小田を見る）」

13 悠二とユキのアパート・キッチン（夜）

ユキ、足の爪を切っている。悠二、キッ

チン横の玄関から帰ってくる。袋に入ったコンビニ弁当を持っている。
悠二「ただいま」
ユキ「おかえり」
悠二、テーブルに弁当を置き、キッチンで手を洗う。椅子に座り弁当を食べ始める。
ユキ「足の爪切るのってさ、生きていく中で一番めんどくさい作業じゃない？」
悠二「そんな事ないでしょ」
ユキ「絶対そう」
悠二「どっか行くの？」
ユキ「うん。飲みに」
悠二「そう……」
ユキ「今日は？　どんな仕事だった？」
悠二「箱組み立てて、箱組み立てて、箱組み立てる仕事」
ユキ「箱職人じゃん」
悠二「違うよ」
ユキの携帯電話が鳴り、電話に出るユキ。悠二、弁当を食べながらユキを見ないようにしている。
ユキ「もしもし、うん、もう出るよ、わかった、じゃあ先入ってて。うん、じゃあ後で」
電話を終えたユキ、上着を羽織り出て行く。
ユキ「行ってくる」
悠二「行ってらっしゃい」
一人部屋に残された悠二。弁当を食べるのを止め、ポケットから携帯電話を取り出し、アドレス帳を開くが、誰に連絡するわけでもなく、携帯をテーブルに放り投げる。少しして、電話が鳴る。

14
立ち飲み屋（夜）

カウンター。日本酒を飲んでいる悠二と須藤（25）。
須藤「最近どうです？」
悠二「どうって？」
須藤「どうってじゃなくて。芝居、やってます？」
悠二「やってない」
須藤「え、辞めるんすか？」
悠二「……須藤は？　調子良さそうじゃん。CM見たよ」
須藤「いやー全然ですよ。良い番手ででかい映画決まったと思ったら、つまんない役だったりとか。あとはドラマとか、そんなんばっかで」
悠二「すごいじゃん」
須藤「凄くないっすよ、本当」
悠二「なら、なんかひとつ頂戴」
須藤「いやー…、悠二さんならすぐっすよ」
悠二「いいよ」
須藤「僕もだいぶ溜まっていますよ。全員ぶっ殺してえって常に思ってます」
悠二「あ、そう」
少しの間。
カバンから原稿を取り出し、悠二に渡す須藤。
悠二「…台本？」
須藤「ロンググッドバイ」
悠二「？」
須藤「知ってます？」
悠二「聞いたことはある」
須藤「それを悠二君とやりたいなって。アレンジして」
悠二「……お前に俺とやるメリットあんの？」
須藤「え？　メリット？」
悠二「だから、今更あんのかなって」
須藤「悠二君、僕はあなたの芝居が好きだ」
悠二「（少し鼻息を抜くような）いいよ」
須藤「悠二君みたいな人は続けなきゃダメ」
悠二「……」
須藤「俺は才能ないからとか前言ってましたけど、だったら僕はどうなるんですか？」
悠二「だから……才能あんじゃない？」
須藤「芝居する以外やる事ありますか？……あるなら」

悠二「いや」

15　悠二とユキのアパート・キッチン（深夜）

悠二、換気扇の下、マッチで煙草に火を点ける。読んでいた台本を閉じて寝室を見る。悠二の布団は朝起きたままの状態になっていて、隣ではユキが眠っている。ユキの布団と悠二の布団の間にはスペースが空いている。煙草を消し、少しだけ自分の布団をユキの方に近づける悠二、布団に入る。

16　同・寝室（早朝）

明け方。頼りない夜の青さが窓に残っている。窓を見つめる悠二。寝返りを打ち、目を覚ますユキ。

悠二「おはよう」
ユキ「（声になってない）うん」
　思い出すような顔のユキを見て
悠二「今日は？　どんな世界だった？」
ユキ「（寝ぼけながら）なんかね」
悠二「うん」
ユキ「頭が牛で体が人間の人が、真っ白なシーツを頭から被ってて、でもシーツは真っ赤に染まってて、何でそう思うのか分からないけど、絶対に血なの。その人は電車の真ん中に座ってて、大事そうにずっと遺影を持ってる。遺影に誰が写ってるのか私には見えないし、電車が停車してもその人はずっと降りようとしない。で、終点の駅に着く」
悠二「うん」
ユキ「その前に目が覚めた」
悠二「へえ。不思議だね」
ユキ「何だったんだろう」
悠二「（少し思案し、さあ？　という顔）」
ユキ「バッティングセンター行きたいなあ」
悠二「もう飽きたのかと思ってた」
ユキ「タイミングがなかったから」
悠二「タイミングか」
ユキ「やっぱり、冬にはここ出てくね」
悠二「……うん」
ユキ「…悠二は？　出る？」
悠二「まだ決めてない」

17　稽古場1

ロンググッドバイの稽古をしている悠二と須藤、他に舞台役者の浅尾、上村がいる。演出家の伊藤（33）はテーブルに座り、二人の芝居を見ている。シルバ役を悠二が演じ、ジョー役を須藤が演じている。

隣の部屋から、ラジオの音楽が聞こえる。

テーブルに向かって原稿と取っ組みあっているジョー、タイプライターを打ち込んでいる。ジョー、ラジオの音にイラついて、窓を閉める。音は変わらず、隣の部屋にあるもう一つの窓を閉めるとラジオの音は小さくなる。奥の扉から入ってくるシルバ。挨拶がわりにニヤッと笑い、シャツを脱ぐ。

シルバ「暑いな」
ジョー「ラジオだ！　なんだ！　まともな本なんか書けやしないよ！」
シルバ「相変わらずだな」
ジョー「昼も夜もずっとだぞ！」
シルバ「どうだい、調子は？」
ジョー「頭が沸騰してる。眠れない」
シルバ「（原稿をちらっと見て）ロウソクを両端から燃やしてるようなもんだ…（テーブルから離れて）俺にはわからんが、残るのは燃えかすだけじゃないのか？…お前今日は引っ越しなんだろ？」
ジョー「そうだよ。（椅子に座りなおし、一行打ち込んで紙を抜く）運送屋に電話してくれよ。もう来てもいい頃なんだ」

途中で芝居を止める伊藤。二人に演出をつけ始める。

18　派遣先の工場・休憩室

昼休み。悠二、一人弁当を食べている。
小田「石井君、ここで食べてもいいですか?」
悠二「はい」
悠二の隣に座り、手製の弁当をバクバク食べ始める小田。
小田「この仕事だいぶきついね」
悠二「すぐ慣れると思いますよ」
小田「慣れるかなあ。作業はまあいいんだけど、作業場の空気が重いよなあ」
悠二「僕はそれが楽だったりするんですけど」
小田「悠二くん、コミュニケーションとらないと腐っちゃうよー。心が」
悠二「はい」
小田「ずっとこの作業?」
悠二「冬終わるまでは洗濯ボールです」
小田「洗濯……いや〜そっかあ。きっついなあ」
悠二、大げさにおどけている小田を見て、少し頬が緩む。煙草を取り出し、マッチで火を点ける。それを見て
小田「若いのに珍しいね」
悠二「はい?」
小田「なんでマッチなの?」
悠二「(少し思案して)火を見ると、落ち着くんです」
小田「えっ」
悠二「え?」
小田「いや、え?」
悠二「ないですか? 昔からなんか僕は、こう……見てるとたまにどうでもよくなるというか」
小田「……(悠二をじっと見つめる)」
悠二「……え?」
小田、自分のカバンを開け、ロウソクや線香が入ったクシャクシャのビニール袋の中からマッチを取り出し、
小田「これあげる」
悠二「あ、ありがとうございます」

19 同・二階

二階には物を降ろす為のクレーンがあり、一階と繋がっている。クレーンに大きなダンボールを乗せる悠二。スイッチを押し、ゆっくりとクレーンが降下していく。と、一階で話していた上司の筒香(34)と、多田(27)がクレーンを見上げる。
悠二は窓から顔を出し降下するクレーンを見つめている。
多田「……悠二?」
自分の名前を呼ばれたことにハッとする悠二。
悠二「多田?」
多田「(驚いて)お前何してんだよ」
悠二「……箱職人?」
多田「は?」
悠二「……久しぶり」

20 居酒屋(夜)

全席座敷の広い大衆居酒屋。店内は賑わっている。向かい合って座っている悠二と多田。悠二の後ろのテーブルに座っている男たちはひどく酔っ払っている。
多田「で? 最近は? どうしてんの?」
悠二「みんなそれ聞くよな」
多田「そりゃあ聞くだろ。俳優、続けてるんだろ?」
悠二「ウチが取引先とか、お前の会社大丈夫か?」
多田「今日はたまたま飛び込みだから」
悠二「へえ」
多田「お前の心配なんかいらねーよ。話すり替えんなって。俳優、続けてるんだろ?」
悠二「……うん」
多田「それだけで食ってくってのは難しいのか?」
悠二「うん」
多田「やっぱ厳しい世界なんだな。なんかやる時は呼んでくれよ。観に行くからさ」
悠二「……そのうち」
多田「この前の同窓会、何でお前こなかった

んだよ？　佐々木も来たぞ」
悠二「……え？　佐々木、来たの？」
多田「おう。相変わらずだったよ」
　多田、嬉しそうに話している。
悠二「会いたかったな」
多田「悠二今どこに住んでんの？」
悠二「新百合ヶ丘、駅から15分」
多田「京王線か」
悠二「小田急ね」
多田「まだこっちに居たなら言えよ」
悠二「多田もな」
多田「一人暮らし？」
悠二「……いや、同棲っていうか、二人暮らし」
多田「何だ、彼女いるのか。絶対いないと思ったわ」
　笑いながら話す多田。後ろの席に座る酔っ払いたちが女についての話を始め、徐々に言葉の端々が強い口調になっていく。
悠二「……いないよ。別れたけど、一緒に住んでる」
多田「え？…何で？　普通別れたらどっちか出るだろ」
悠二「……出てくって。冬に」
多田「何で別れたの？」
悠二「さあ……俺がこんなんだからじゃない？」
多田「…あれだ。そういう時は遊べ」
悠二「遊ぶ？」
多田「俺が付き合ってやるから。勿論嫁には内緒でな」
悠二「何で？　てか嫁さんそんな知らないし」
多田「いいか、寂しい時は、無理してでも女と遊べ。セフレでも作りゃあ、そのうち寂しさも消えてくるし、また次の良い女も見つかるから一旦、セフレ、遊べ、セフレ、遊べ。な」
悠二「……多田の言うセフレってセックスフレンドって意味として俺に言ってる？」
多田「ん？　それ以外ある？」
悠二「だったら俺に二度とセフレって言葉使わないでもらっていい？」
多田「はい？」
悠二「別に誰かとセックスして埋めたいわけじゃないし、誰かで寂しさを紛らわせようなんて考える気もしない。あと、セフレって汚い言葉は二度と俺に使って欲しくない」
多田「いやなんだよ、いきなり怒るなよ。あ、まだ好きなんだ？　その人のこと」
悠二「……だったら何？」
多田「お前の事だから、まだ言ってないんだろそれ？」
悠二「……さあ」
多田「ちゃんと伝えろよ」
悠二「そのうち伝えようと思ってる」
多田「そのうちやるとか伝えるとか、そのうち結婚するだとか、そのうちそのうちってのはみんなよく言うけどさ、ただ背けてるだけだと思うわ俺」
悠二「……俺とその人の関係とか、どんな人だとか何にも聞いてないのに俺が逃げてるって言いたいの？」
多田「お前とその人の事だけを言ってるんじゃないよ。俺は」
悠二「じゃあ何が言いたいの？」
多田「……お前の今の生活と、やりたい事が出来てない現実が、数年ぶりに会ってね、数時間で俺が感じてるって事が問題じゃないか？」
悠二「……多田には何にも一切関係ない」
多田「（悠二をジッとみて）ああそう」
　後ろの酔っ払いのセフレの話がボルテージを増す。突然テーブルにあるものを投げ付ける悠二。喧嘩になる。

21　新宿・靖国通り（早朝）

　顔に傷ができている悠二と多田、缶ビールを飲みながら歩いている。車通りは少ない。多田は自分の顔の傷を気にしている。
多田「俺嫁に何て説明したらいいんだよ」
ニヤつく悠二。
多田「お前意外と強いんだな」
悠二「ボクシング始めた」
多田「はあ？　今更？」
悠二「負けたくないから」
多田「何にだよ。（ふって笑いながら）いい大人が」
悠二「だから負けたくない」
多田「お前、似てきたな」
悠二「（多田の方を見る）」
多田「あいつに」
悠二「……そう？」
多田「あれから会ってないの？」
悠二「会ったよ。一度だけ」
多田「そうか。もう一軒行くか」
悠二「俺はいいや」
多田「わかった。じゃあ、俺行くわ」
駅へと向かう多田の背中を見送る悠二。

22　悠二とユキのアパート・キッチン（朝）

ユキ、出社前でお弁当を詰めている。帰宅する悠二。
悠二「ただいま」
ユキ「（キッチンに向かい悠二に背を向けたまま）おかえり」
悠二、背後から冷えた足をユキの足にこっそり乗せようとするが、分かっていたかのようにユキの足はそれをスルりとかわす。悠二、そのままユキの隣で口元を洗う。
ユキ「飲んでた……え？　顔どうしたの？」
悠二「ちょっと色々あって」
ユキ「うそでしょ。喧嘩したの？」
呆れた顔をしているユキ。
悠二「まさか本当にボクシングが役に立つと思わなかった」
ユキ「何言ってんの。何してたの？」
悠二「高校の同級生の多田って奴と飲んでた。で、そこにいた全然知らない奴と喧嘩になった」
ユキ「やめなよもう。ダサいよ大人なんだから」
悠二「うん。でも多田と話してて、思い出しちゃって（笑みを浮かべ）」
ユキ「何？」
悠二「同級生で佐々木って奴がいてさ、そいつがさ」
ユキ「え？」
悠二「いや、本当にアホでさ。高三になってもどこでも服脱いじゃうの。全裸だよ」
ユキ「え」
悠二「女子がいても、街でもどこでも、（手を叩きながら）佐々木！　佐々木！　佐々木！　ってするとさ、（体をくねらせ）こうやって、全裸で踊り狂う奴なんだよ」
懐かしそうに話している悠二を、微笑ましく見ているユキ。包んだお弁当を持ってテーブルに移動する。
ユキ「やばい奴じゃん」
悠二「やばい奴なんだよ、佐々木コール」
ユキ「二十代後半になって急にボクシング始めて、他人と喧嘩する奴よりやばい？」
悠二「佐々木の方が全然やばい」
ユキ「へー。会ってないの？」
悠二「卒業してからは一回だけ。五年くらい前だったかな」
ユキ「もう、会わないの？」
悠二「んー、どうだろう」
ユキ「でも、仲良しだったんだね」
悠二「何で？」
ユキ「気付いてないかもしれないけど、そんなに嬉しそうに話す姿、久々に見たよ」
悠二「……そう？」
ユキ「そう」
メイクを再開するユキ。
悠二「（物憂げな顔を浮かべる）」

23　（過去）公道

ぜえぜえ息を切らしている悠二(18)。

だだっ広い公道。ほとんど車は走っていない。道の真ん中で二人乗りをした二台の自転車が爆走している。悠二の後ろに佐々木、多田の後ろに木村が座っている。

両手を広げ空気を揉む佐々木と木村。悠二と多田は全速力で自転車を漕いでいる。

佐々木「おっぱいってこんなもんなの？　悠二、100キロいける？」

悠二「全然無理」

多田「あーだめだ。足ちぎれる」

佐々木「悠二！　頑張れ！　木村！　揉むな！　感じろ！　愛だよ！」

ペダルを踏みながら吠える悠二と多田。

佐々木と木村は空気を揉み続けている。

24　（過去）佐々木の実家・居間

テレビ画面・映画「エデンの東」。
悠二と佐々木、映画を食い入る様にボーッと見つめボソボソと
悠二「あいつら遅いな」
佐々木「たまんねえよなあこの顔」
悠二「どこまで買いに行ってんだろ」
佐々木「母性本能をくすぐるよなあ」
悠二「？」
佐々木「……こんな男になりてえ……生き様だよなあ、人生って」
悠二「そうだな」
佐々木「……悠二も役者やれば、役者」
悠二「……うん、そうだな」
佐々木「（いきなりスイッチが入り）うんそうだよ！　役者目指せよ、悠二！」
悠二「え？」
佐々木「俺見えたわ、今バッと世界広がった！　悠二、お前は役者だ」
悠二「やだよ」
佐々木「今やるって言っただろ！」
悠二「言ってない。できる訳ないだろ俺に」
佐々木「（ため息を大袈裟に）馬鹿だなーお前は。出来るからやるんじゃないだろ。出来ないからやるんだろ」
悠二「もー意味わかんないよまた」
テレビ画面を見つめ、満足げな佐々木。
佐々木「そうかー役者かあ」
悠二「……（悠二の顔）」
××××××××××××
サッカーのボードゲーム、ボールを弾く。
築50年の2Kの平家。部屋の隅には小説がびっしりと積まれ、床は洗濯物と漫画が散らかり、冷蔵庫近くに大量にある飲料水のダンボールと流し台のカップ麺のゴミが目立つ。ボードゲームをしている悠二と佐々木。多田と木村、洗濯物に寝そべり、漫画を読んでいる。
木村「なんか臭くない？」
多田「……本当だ臭え！　めっちゃ臭くなってきた」
木村「何これ」
多田「多分、生乾き？」
佐々木「（ゲームをしながら）ウチじゃねーぞ？　ウチは干しすぎて寧ろパリパリだから」
木村「えっ、じゃあ何だろう……この匂い」
多田「怖……」
悠二「（ゲームをしながら）いや俺だわ！」
皆クスクス笑い。
悠二「（ゲームをしながら）お前ら、不意にいじるな俺を」
多田「このくだり何回やっても面白え」
悠二「（ゲームをしながら）いやもういいわ」
笑みをこぼす四人。
佐々木「（悠二との会話で、突然）どうすんの？」
悠二「何が？」
佐々木「東京。行くんだろ？」
悠二「まだその話。急だよお前」
佐々木「急じゃねえよ。行けよ、お前。そしてナタリーポートマンと会ったら俺を呼べ」
悠二「……」
漫画に飽きた多田。二人の横に入って来

て、
多田「どっち勝ってんの？」
佐々木「俺に決まってんだろ」
悠二「いや、俺じゃん、3対2だろ」
佐々木「俺さ、思うんだけどさ、セリエエーとかさ、リーガ…リーガなんとかとかさ全然名前違うわけじゃん？　ややこしいじゃん？　だからもういっその事、日本だったらセリエJとかさ。セリエ統一でよくない？」
多田「いやいや、駄目。全然よくない」
佐々木「え？　なんで？　いいよな木村？」
木村「ブンデスJは？」
佐々木「……ありだな」
多田「なしだろ」
悠二「今日も帰ってこないの？　親父」
佐々木「知らん。多分」
悠二「そっか」
多田「なんか腹減ったな。カップ麺まだあんの？」
佐々木「あるけど。多田、俺の命よ。カップ麺は」
多田「食いたい」
　本当に食いたいのか見極めるために多田の目を見つめる佐々木。
佐々木「…おし、佐々木スペシャル作ってやるよ」

××××××××××××××
鍋の中の水を見つめている佐々木。徐々に泡が上がり、沸騰しそうになっている。
「ガチャッ」と扉の開く音がし、玄関を見る佐々木。冴えない中年の佐々木の父、正和（45）が立っている。小汚い服装でビニール袋を持っている。
正和「友達いるのか？」
佐々木「うん」
正和「印鑑を、取りに来たんだよ」
居間に上がる正和。多田、悠二、木村と目が合う。
多田「お邪魔してます」
悠二・木村「お邪魔してます」
正和「刺身買ってきたから、みんなで食え」
ビニール袋をテーブルに置く正和、押入を開け、印鑑を探している。正和を見ている佐々木。
佐々木「（何か言いたそうな顔）」
正和、印鑑を見つけ、玄関に向かう。
佐々木「次はいつ帰ってくんの？」
正和「なに、仕事が落ち着いたら帰えるさ」
佐々木「そう」
家を出て行く正和。
多田「焦ったー。帰ってくんじゃんか」
佐々木「俺の方が焦ったわ、女でも連れてきたのかと思った」
多田「そんなこともあんの？」
佐々木「ねえよ。あの見た目だぞ。笑えよジョークだよ」
佐々木、火を止め沸騰したお湯をカップ麺に注ぐ。

25　（過去）バッティングセンター・打席

快音をあげて次々とボールを前に飛ばす悠二。隣の打席の多田と木村も気持ち良さそうにバッティングをしている。佐々木、バックネットの後ろでかじりつくように三人を見ている。

××××××××××

佐々木、機械に三百円を入れ、90キロを選択し打席に入る。

投球機のランプが点灯し、「タフィ！タフィ！」と吠えながら力一杯バットを振るも、ボールには当たらない。三人はバックネットの裏と隣の打席で爆笑しながら佐々木を見ている。

佐々木「おい、どうやったらホームラン打てるか教えてくれ」

多田「おめえは一生無理だ」

佐々木「バカヤロウ。俺は元韮崎ヤンチャーズの一員だぞ」

多田「なにそれ？」

佐々木「小学生の時入ってた野球チーム。知らねえのか」
多田「知る訳ねえだろ」
一向にボールに当たらない佐々木。
木村「脇締めて、最後までボール見るんだよ」
佐々木、ボールが来るも、バットを振らずに最後まで見送る。
多田「いや見過ぎだろ!」
佐々木「ぜってぇホームラン打つ」
佐々木、揮身の力でバットを振るもボールに当たらず、投球機のランプが消灯する。

26 (過去) 祖母の家・台所(夕)
築年数は古いが、広さに余裕がある平屋建ての日本家屋。台所で夕飯を作っているタカミ(74)。出汁をとった鍋に味噌を溶かしている。時折、咳き込んでいる。

玄関の閉まる音がし、通学カバンを背負ったまま台所に来る悠二。

タカミ「おかえり、手洗ってこうし」

悠二「うん」

脱衣所に向かう悠二。

27 (過去) 同・居間(夜)
食卓に並べられたぶり大根、酢の物、ぬか漬け、味噌汁。並べられた料理を一口ずつ順番に食べて行く悠二とタカミ。

28 (過去) 同・脱衣所(夜)
悠二、着ていた服を洗濯機の中に入れようとすると、洗濯済みの物がそのまま放置されている事に気付き、一瞬動きが止まるが、何事もなかったように服を脱ぎ風呂場に行く。

29 (過去) 同・悠二の部屋(夜)
悠二、Tシャツにトランクス姿。髪の毛は濡れている。

机の上に進路希望の紙を広げている。ペンを持ち、少し考え、放り投げる。自分の着ている服の匂いを確認し、ため息をつく。

30 (過去) 佐々木の実家・寝室(深夜)
布団の上で目を覚ます佐々木。天井を見つめ、何かを考えている。少しして、布団を出る。

31 (過去) 佐々木の実家・居間(深夜)
佐々木、居間につながる襖を開けると、父、正和が暗い部屋でテレビゲームをしている。
正和「これ面白いな。どうしたんだこれ」
佐々木「木村に古いやつもらった。帰ってきたなら起こしてよ」
正和「いやあ、寝てたからなお前」
佐々木「……。それ二人プレイできるからさ、勝負する?」
正和「おお、もうすぐ出るから一回だけな」
佐々木、正和の隣に座り、二人でゲームを始める。

32 (過去) 高校・教室
一日の授業が終わり、下校を始めている生徒たち。

下校の準備をしている悠二。

佐々木「多田お前もう一回言ってみろこのやろう」

悠二、顔を上げると、佐々木と多田が口論をしている。

多田は自分の席に座り、佐々木は多田の前に立っている。

多田「だから、俺が女だったらお前みたいにすぐちんこ出す男とは付き合わねえ」

佐々木「……お前本当に二回言ったな。多田、立て」

立ち上がる多田、笑いを我慢している。

佐々木「勝負してやるよ」

33 (過去) 同・体育館(夕)

放課後の解放された体育館。佐々木と多田はゴール下で向かい合い、悠二と木村が見守っている。

多田「なー、ほんとにやんの？　どうせ俺勝つじゃん」

佐々木、ボールを見つめ、念を送っている。

多田「あのな、お前が美術部でずっと絵描いてた時、俺はずっとバスケしてたんだぞ」

佐々木「俺はお前がバスケしてた時、ずっと絵の具いじってたよ」

多田「それ、俺今言ったじゃん」

姿勢を低くし戦闘態勢に入る佐々木。

佐々木「悠二、木村、お前らが目撃者だぞ」

悠二「ほんとにやるの？」

佐々木「軽く超えてやるよ」

佐々木、体重をかける。

××××××××××××

斜陽。夜の始まりが見える体育館。多田にぼろ負けした佐々木。床に突っ伏し、悠二は隣に座っている。

佐々木「もう絶対死ぬまでバスケットボール触らねえ」

悠二「勝てるわけないでしょ」

佐々木「勝つんだよ」

悠二「負けたじゃん」

佐々木「勝つんだよ」

悠二「（ん？　という呆れ）」

体を起こす佐々木。

佐々木「もうこのボールには二度と触らねえ」

佐々木がボールから手を離し、ボールはゆっくりと転がっていく。

佐々木「紙書いたか？　進路の？」

悠二「まだ。（敢えて話を逸らして佐々木を見る）佐々木は？」

佐々木「悠二……」

悠二「ん？」

佐々木「俺にそんな話すんな。お前おもんな」

自分のカバンから一冊の文庫本を取り出す佐々木。

佐々木「これやる」

悠二「読んだことある」

佐々木「百回読め、血となり肉となる」

仕方なく本を受け取る悠二。

悠二「父さんは？　帰ってきてる？」

佐々木「……悠二」

悠二「ん？」

佐々木「お前やっぱおもんな」

悠二「（理解して）そっか」

34　（過去）バッティングセンター・打席（夜）

放課後。気持ち良さそうにバッティングする悠二、その隣で佐々木は何度も何度も空振っている。

35　（過去）高校・体育館

体育の授業中。バスケットコートが二つある体育館。一つを男子が使用し、もう一つは女子が使用している。

男子のコートでは試合が行われていて、多田と佐々木が同じチームでプレイしている。ゴール付近で佐々木にパスを出す多田。佐々木はギリギリのところでボールを避け、ボールはコートの外に転がっていく。

多田「おい！　ちゃんと取れよ！」

佐々木「うるせえ！　お前のパスは二度と取ってやらねえ」

もう一度プレーが始まり、ボールを奪う多田。ゴール付近で敵に囲まれ、渋々佐々木にパスを出すも、避ける佐々木。

多田「避けんなって！」

佐々木「うるせえ！」

悠二と木村、得点係をしながら笑って試合を見ている。

女子のコートに目を移す木村。一ノ瀬が楽しそうにバスケをしている。

木村「悠二さあ、この学校だったら誰が一番可愛いと思う?」
悠二「……何で?」
木村「いいから。誰?」
悠二「……一ノ瀬灯じゃない?」
木村「やっぱそうだよなあ……」
悠二「何?」
木村「……恋してしまってるわあ、俺」
悠二「え? 一ノ瀬に?」
木村「うん……」
悠二「お前が? 無理でしょ」
木村「(聞く耳を持たない)なんて言うかこう……夜眠れないくらい」
悠二「いやめっちゃ好き」
木村「佐々木には絶対言わないで。あいつに言ったら一瞬で回るから」
悠二「うん、そうだね」
木村「(悠二を見て)ん?」
悠二「案外佐々木が一番口固いよ」
木村「え? (悠二の顔を覗く)」
悠二「佐々木ってさ、女子のこと好きとか思うのかな?」
木村「さあ、考えられない。考えたこともないわ」
悠二「だよなあ」

36 (過去) 同・教室
佐々木、教室の隅で全裸で踊り狂い、多田、木村、悠二は手を叩き佐々木を煽っている。

女子生徒からは「きっしょ」「汚え」「死ね」という荒い言葉が飛び交っている。

一人の女子生徒が、担任の前野(55)を連れて教室に入ってくる。前野の怒声が飛ぶ。

前野「佐々木! パンツ履け! こっち来いお前!」

37 (過去) 同・廊下
一直線の長い廊下を全裸で駆け抜けていく佐々木。

38 (過去) 佐々木の実家・寝室 (深夜)
起きたままの、乱雑な状態の佐々木の布団。奥から音が漏れ出て聞こえてくる。

39 (過去) 同・居間 (深夜)
電気をつけていない暗い部屋。テレビ画面のみの灯りで、一人テレビゲームをしている佐々木。おもむろに洗面所に立つ。

40 (過去) 同・洗面所 (深夜)
鏡前。完全に脱力した顔の佐々木、バリカンを手に取り頭を刈り上げていく。上手く出来ておらず歪になっていくが、気にせず淡々と進めていく。 (F・O)

41 (過去) お好み焼き屋・外 (時間経過)
季節は過ぎ、冬。雪が残る駐車場、奥に雪かきをする人。結露するお好み焼き屋の窓。

42 (過去) 同・店内
賑わう店内。悠二と佐々木、向かい合ってお好み焼きを食べている。悠二、様子がおかしい佐々木を伺っている。

二人に会話はない。

43 (過去) 神社・境内
初詣の客でごった返している。甘酒や、ホットレモネード等、暖かい飲食物の屋台が目立つ。おみくじで大凶を引いた多田、そのおみくじを木に結んでいる。
木村「多田ってさあ、去年も大凶じゃなかった?」
多田「ここのおみくじ大凶しか入ってねえだろ」
木村「俺大吉だし、悠二は吉だよ。なあ?」
悠二「うん」
多田「うるせえよ。佐々木も引いたら絶対大凶だぞ」
佐々木「やらねえ。なんで金払ってゴミもらうんだよ」
木村「ゴミじゃないぞ。未来だよ未来。だからこの大凶も多田の未来」
多田「ゼッテー何かの間違いだ」
　三人から視線をズラす佐々木。遠くの方に見覚えのある顔が見える。段々とその輪郭がくっきりとし、表情が変わっていく佐々木。突然走り出す。

44　（過去）神社付近の道

人々で賑わっている通り。人の間を縫うように全速力で何かを追う佐々木。悠二、佐々木の後を必死に追っている。

45　（過去）商店街

商店街、シャッター通り。目標となるものを見失った佐々木が肩で息をしながら、その場でうろうろしている。やっとのことで追いつく悠二。
悠二「どうした？」
佐々木「（息遣いで聴き取れない）」
　少し声が震える佐々木。
悠二「……父さん？」
佐々木「全然わかんねえよ。だから。全然わかんねよ。何なんだよ、だから」
　再び走ろうとする佐々木を咄嗟につかむ悠二。
佐々木「触んな!!」
　悠二を振り払う佐々木。勢いで二人の近くに置いてあった大きなごみ箱が倒れてしまう。悠二の表情を見ていつもの顔を作ろうとする佐々木。
佐々木「悪い。今日は帰るわ。多田達にもなんか適当に言っといて」
　何も言えない悠二。去って行く佐々木を見ている。

46　（過去）祖母の家・居間（夜）

洗濯物を畳んでいるタカミ。畳まれているものを崩しては、繰り返し畳み続ける。悠二、帰宅し、そのままソファに座り込む。
タカミ「手洗ってこうし」
悠二「……後で」
タカミ「後になっちめえば、意味ねえじゃんけ。今洗ってこうし」
悠二「後で」
タカミ「何でも後回しにやってると、ロクなもんにゃあならんよ」
悠二「……なれないでしょ」
　悠二に視線を移すタカミ。
悠二「今やれ今やれ言うけどさ、ばあちゃんだって洗濯物もずっと放置するじゃん？あれ生乾きで臭いからやめてほしいんだけど」
タカミ「……（あまり理解できない）ほうだねえ」
悠二「……（言ってしまった）ごめん、やっぱいいや」
　悠二、部屋を出て行く。

47　（過去）同・悠二の部屋（夜）

ベッドに寝転がり窓の外を見ている悠二。起き上がり、引き出しからマッチを取り出し、点けては消しを繰り返し、その火を見つめる。

48　（過去）高校・教室

英語の授業中。一ノ瀬が席を立ち英文を読んでいる。席替えがしてあり、一ノ瀬の隣の木村、気づかれない様にチラチラと見上げる。悠二、空席の佐々木の席を見ている。悠二の後ろに座る多田、
多田「あいつが学校休むの初めてじゃない？」
悠二「うん」

49　（過去）佐々木の実家・居間（夕）

外は日が沈みかけており、青くなり始めている。洗濯物に体を預けていた悠二、目を覚ます。多田と木村の姿はなく、座

椅子に座りニュースを見ている佐々木。
悠二「やべー。めっちゃ寝てた」
佐々木「おはよ」
悠二「あいつらは？」
佐々木「帰った」
悠二「そう」
佐々木の横に座る悠二、ニュースを見る。
悠二「何かあった？　事件」
佐々木「ゾウの赤ちゃんが生まれたらしい」
悠二「へえ」
佐々木「でも親のゾウが踏んじゃったんだって」
悠二「え、まじ？」
佐々木「でも助かったらしい」
悠二「そんなことあるんだね」
佐々木「うん」
悠二「ずっと帰ってないの？　父さん」
佐々木「うん」
悠二「警察は？」
佐々木「行った」
悠二「……飯でも食いに行く？」
佐々木「行かない。最近カップ焼きそばにはまってんだよ」
悠二「……あれ美味しいよな」
佐々木「くそうめえよ」
またニュースに意識を戻す二人。テレビモニターの光だけが二人を照らしている。
佐々木「悠二」
悠二「？」
佐々木「やりたい事やれよ。お前は大丈夫だから。堂々としてろ」
悠二「うん」

50　(過去) 公道

自転車に乗っている悠二、多田、木村。多田の後ろに木村が座っている。悠二の後ろには誰も座っていない。

51　(過去) バッティングセンター・打席 (夜)

打席に入り、バッティングをしている悠二、多田、木村。

52　(過去) 祖母の家・台所 (夜)

薄暗い。荒れたキッチン。悠二、洗い物をする。

53　(過去) 高校・教室

自習中。ノートを書いたり、誰かと話したり、寝ている生徒もいる。一ノ瀬、木村の消しゴムを無言で取り使う。佐々木の席は空席のまま。窓外を見る悠二。

54　(過去) バッティングセンター・室内 (夜)

待機スペースのベンチに座り、くつろぐ悠二、多田、木村。額縁に飾られた、月間ホームラン賞の結果を見上げると
「一位　紅様　四十本、二位　マキシモ様　三十八本、三位　カンブレラ様　三十五本」と、ランキングの十位までが張り出されている。

55　(過去) 高校・教室 (朝)

ホームルーム前。賑やかな朝の教室。教室に入ってくる前野先生。

前野「席につけ」

だらだらと席に着く生徒達。出席を取り始める前野。

佐々木の返事は聞こえない。悠二は空席の佐々木の席を見ている。出欠確認が終わり、生徒にどう話すべきか、考えている前野。変な沈黙の時間。

前野「……佐々木の事だけど。最近、佐々木が学校に来てないのは皆んなも気付いてると思うけど……昨日お父さんが亡くなりました。皆んなにこうやって話すべきか悩んだんだけど、話すことにしました。佐々木は当分学校には来れないと思う。石井、多田、木村は後で職員室に来てほしい。先生もお前らに聞いておきたいこともあるから、

休み時間にでも……」
前野の話の途中で勢いよく教室の前扉が開き、視線を移す悠二、佐々木が立っている……。いつもの甲高い声で
佐々木「お前ら、そんな暗い顔すんなよー」
息を飲む一同。クラスが静まり返る。何事もなかったかのように自分の席に座る佐々木。

56　（過去）同・廊下

昼休み。各クラスの扉が開き、一斉に生徒が出てくる。

57　（過去）同・教室

各々が仲の良い友達と弁当を食べる準備を始めている。悠二、佐々木と前野とのやりとりを見ている。
前野「佐々木、飯食ったらちょっと職員室来てくれんか？」
佐々木「何で？」
前野「いいから。少し話そう」
佐々木「へーい」
教室を出て行く前野。佐々木、悠二に近づいてくる。
佐々木「食堂行こう」

58　（過去）同・廊下～階段

食堂に向かっている、悠二、佐々木、多田、木村。
言葉少なに、拙い会話。廊下の中腹に差し掛かったところで立ち止まる佐々木。
佐々木「お前ら佐々木コールやれよお」
何も言葉を返せない三人。佐々木、自ら佐々木コールを始め、リズムをとり始める。
佐々木「佐々木、佐々木、佐々木、佐々木」
悠二「……」
乗ってこない三人に嫌気がさし、無理やり悠二の手を持ち、手拍子をさせようとする佐々木。
悠二「……やめろよ」
佐々木「は？　何で？」
悠二「……」
佐々木「え？　何でって聞いてるんだけど」
悠二「……出来ない」
佐々木「は？　え？　何で？　親父死んだから？　だってさ、お前らいつもやってんじゃん。俺の事脱がせて楽しんでたじゃん」
多田「……無理すんなよ」
佐々木「は？　無理？　してる？　俺が？　頭沸いてんじゃねえの？　あんなクソが一人死んだところで」
三人「……」
佐々木「もういいや、お前らしょうもねえよ」
階段を下っていく佐々木、目に涙を浮かべている。その場で動けない三人。

59　コンビニ・店内（深夜）

外観実景。
店内、怠そうにもたれながらレジに立つ若者の店員・岡野と年長の店員・新妻。
新妻、あみだくじを作っている。淡々と
岡野「新妻さんて、お子さんいらっしゃるんでしたっけ」
新妻「居ないけど。結婚してないし」
岡野「そうでしたっけ。今後、その予定は」
新妻「ないけど」
岡野「（頷きながらも応えず少し間を置いて）」
新妻「なんか言いなさいよ」
悠二が入ってくる。
岡野・新妻「いらっしゃいませ」
新妻、あみだくじの結果で岡野の名に辿り着く。
新妻「岡野くん、先休憩で」
岡野「うす。寝るんで起こしてください」
レジ奥の椅子に座る。
新妻「30分？」
岡野は、既にアイマスクをしていて応え

ない。2リットルの水を二本持ち、レジ台に乗せる悠二。
悠二「四十一番ひとつ」
棚から煙草を一箱持ってくる新妻。バーコードをかざすと、レジのモニターに年齢確認の表示が出ている。「未成年ではありません」のボタンをタッチする悠二。
新妻「年齢確認お願いします」
悠二「え？ 未成年に見えます？」
新妻「一応、確認なので」
財布から免許証を取り出す悠二。
新妻「ありがとうございます。あ、誕生日ですか？」
悠二「あ、いや」
新妻、時計と悠二を交互に指差し、楽しそう。時刻は十二時を回っている。
新妻「ね、ほら、今日」
悠二「あ、はい」
新妻「（指折りながら）んー、28歳。おめでとうございます」
悠二「……ありがとうございます」
眠る岡野が肘をぶつけ音を立てる。

60 派遣先の工場・更衣室（朝）

ロッカーが閉まる。悠二と中年男性たちが着替えている。小田の姿がない。強面社員の筒香、ホットドッグを食べながら気怠そうにやってきて
筒香「はい急いで急いでー、給料削るよー」
筒香を避けるように急いで出ていく中年男性たち。
おじさんA「筒香さん、小田さんまだ来てませんよ？」
筒香、なんとなくあたりを見渡し
筒香「（分かるように舌打ち）」
おじさんを無視して奥に消えていく。悠二、部屋を出ていく。

61 同・作業場（朝）

長机を囲う悠二、アルバイトの男女達。皆マスクをしている。ダンボールを机の上にひっくり返し、白く丸い物（野球で使うロージンのような物）が机に散らばり、白い粉塵が上がる。作業員達はその丸い物を袋に入れ、箱に詰めていく。箱には「半永久的に使える洗顔」と書かれ、ラジオからは激しい曲が流れている。

62 稽古場2

シルバを悠二、ジョーを須藤が演じ、浅尾、上村がそれぞれ運送屋1、2を演じる。
ジョー「（原稿をひったくり）いかれてるんだよ、頭が」
シルバ「そっちの方が」
ジョー「ああ、全くだ。独り身に夏は都合が良くねえ」
運送屋1「（外から）こんちは！」
ジョー「（扉の方に向かって）開いてるぜ」
運送屋1「（入ってきて）では、早速失礼して」
運送屋1、2がドヤドヤと入ってくる。
シルバ「どうだい景気は？」
運送屋1「いやあ、からっきし」
運送屋2「あなたの、私の、ポケットにいっぱいの夢！」
ジョー「……どこも同じか」
運送屋2「そんなもんだ。ところで今何時だ」
シルバ「4時10分」
運送屋2「ひえ！ ラジオを頼む、野球が終わっちまう」
ジョー「ラジオはダメだ、うんざりだ！」
運送屋2「けっ、何だよにいちゃん」
運送屋1「どうでもいいだろ、早漏！ とっとやるぞ」
荷物に取り掛かる運送屋。
シルバ「（ジョーを見て）さあ、外に出よう。こんなところにいたら気が滅入っちまう」
ジョー「荷物を見てないと」
シルバ「行こう。ビールでも飲もう。街に一

杯10セントの店ができたんだ」
ジョー「シルバ、待ってくれ」
シルバ「何だよ?」
ジョー「……」
　ジョーは運送屋の二人の男がベッドを運び出すのを見つめている。
ジョー「……あの上で、俺は生まれたんだ」
シルバ「おいおい、よく見ろよ。もうただの普通のベッドだ」
ジョー「あの上で、俺は生まれた」
　運送屋の男たちはベッドをジョーの前に置き、部屋を出て行く。
ジョー「親父は、この上で死んだ」
シルバ「あっという間だったんだろ? 普通癌であれば、もっと長引き、もっと苦しむはずだ」
ジョー「自殺だったんだ。あの朝、朝起きたら、この部屋で…俺は全部見たんだ。あの人が怖かったのは、体の痛みじゃない。医者と病院の支払いだ。俺たちに、保険だけは残そうとして」
シルバ「……」
　次のセリフが出てこない悠二。
悠二「すいません」
伊藤「一回休憩しようか」

63　同・喫煙所

　喫煙所で煙草を吸っている悠二と伊藤。
伊藤「ずいぶん力入ってるね」
悠二「すみません」
伊藤「いや、いい意味でね」
悠二「あ、はい」
伊藤「シルバを悠二くんにやらせたいって言った須藤くんの気持ちがわかる気がするなあ」
悠二「……シルバと同じように、友達がどんどん底の方に落ちていったら、僕はあんな風に接する事は出来ないと思います」
伊藤「(悠二を見る)」
悠二「有難いですが、言ってもらえるほど器用じゃないです」
伊藤「……不器用で、出来なくて、何がダメなの?」
悠二「え?」
伊藤「人は一人でいる時だけが寂しいんじゃなくて、誰かと一緒にいる時でも、ちゃんと孤独を感じる生き物だよ」
悠二「……」
伊藤「落ちていく友達を救い上げるのはもちろん簡単じゃないけど、悠二君はそれを知ってる人間だって、僕は思うかなあ」
悠二「……はい」
伊藤「表に立ったら、自分で輝け(クシャッと笑顔)」

64　悠二とユキのアパート・キッチン(深夜)

　悠二、帰ってくる。荷物を置き、換気扇の電気をつける。少し明るくなった部屋の玄関付近には、ユキが荷造りをした段ボールの山が置いてある。ポケットから煙草を取り出す。灰皿の横にラッピングされたプレゼントが置いてある事に気付く。

65　同・寝室(深夜)

　ラッピングしていた包装紙が綺麗に破かれている。姿見の前でタグがついたマフラーを巻いている悠二。玄関の扉が開く音がし、見るとユキが立っている。
ユキ「ただいまあ。お、気付いた?」
　ふらふらと悠二に近づくユキ、悠二の肩を抱く。ユキは泥酔している。
悠二「似合う?」
　二人で姿見を覗き込む。体が密着している。
ユキ「うん、いい感じだ」
悠二「ありがとう……近くない?」
ユキ「近い?」
悠二「結構飲んでるでしょ?」
ユキ「金曜だからね。いい感じに飲みましたよ」

久しぶりの距離感に、次に話す事を探す悠二。ユキを見るとユキはこちらを見つめている。キスをする悠二。すぐに顔を離し、ユキの顔を見る。ユキはトロンとした目でこちらを見ている。もう一度キスをする。そのまま布団に横になる二人。幾らかの時間口付けを交わしながらユキのニットを脱がし、そのままズボンを脱がして自分もズボンを脱ぐ。再度キスをしようとするも、ユキが眠っている事に気付く。（悠二の首元のマフラーは巻いたまま）

66 同・キッチン（深夜）

悠二、換気扇の下で電気ストーブの電源を捻る。マッチを取り出し擦るが、力が入り根元から折ってしまう。

悠二「（折れたマッチを見つめ）……」

空箱を放り投げる。足元は電気ストーブの灯りでオレンジ色に照らされている。溜息、おもむろに膝を床につけてストーブの電気で煙草に火を点けようとするが、熱さに耐えられない。馬鹿らしくなってガスコンロで点ける。滑稽な姿。カットソーに首元はマフラー、下はパンツしか履いていない。

67 同・寝室（深夜）

眠っている悠二とユキ。二人の布団はくっ付いて敷かれている。電話の音で目を覚ます悠二。着信画面、佐々木から。
悠二「……もしもし」
少しの間。
悠二「……佐々木？」
苗村「夜分にすみません。悠二さんの携帯でお間違いないでしょうか」
悠二「（あれ？）はい。どなたですか？」
苗村「わたし、苗村と言います」
悠二「（眠い目をこすりながら時計を見て少したため息）ほんと夜中ですね」
苗村「すみません」
悠二「何ですか？　この番号」
苗村「はい。高校時代……（声が震えだす）佐々木君と仲良かったと思うのですが……」
悠二「はい、佐々木？」
苗村「はい」
悠二「佐々木がどうしたんですか？」
苗村「今日……亡くなりました」
悠二「……!?」
苗村「（鼻水を必死にすする音）」
悠二「（携帯を一旦、耳元から離す）……それで」
苗村「佐々木君が待ってるんです」
悠二「え、はい、えっと、待ってるって？」
苗村「佐々木君が、皆さんを待ってるんです……だから、会いに来てください」
苗村の声が段々と遠くなっていく。悠二、電話を切ってしまう。ユキ、目を覚まして
ユキ「どうかした？」
悠二「（気づいて）佐々木って覚えてる？　この前話した」
ユキ「あの、服脱ぐ人？」
悠二「うん……その佐々木が死んだって」
ユキ「……え？　何で？」
悠二「わからない。あいつが待ってるって」
ユキ「待ってる？」
悠二「……うん」
ユキ「大丈夫？」
悠二「……行かなきゃ」

68 佐々木の一人暮らしの家（朝）〈現代から一年前〉

ボロボロの平屋。コタツの周りで丸まって眠っている佐々木（27）ジリリリと目覚ましが鳴り、体を起こす。

69 パチンコニューパレス・外〈現代から一年前〉

開店前のパチンコ屋の列に並んでいる佐々木。列の大半はおじさんで、佐々木が若者に見える。佐々木の少し前に並んでいた若者の遠藤、木戸と途中から合流し、列に割り込む金髪の吉村（27）。おじさん達は厭そうな顔をしているが何も言えない。並ぶのをやめ、吉村の元に近寄る佐々木。

佐々木「並べ」

吉村、一度佐々木の方を見るが無視し、二人と話を始める。

佐々木「並べ」

吉村「あ？」

吉村が口を開くと同時に殴りかかる佐々木。

70　路地裏〈現代から一年前〉

人気のない路地裏。殴り飛ばされる佐々木。地面に倒れこみ、少しして腕時計で時間を確認し、ゆっくりと立ち上がる。左目が少し腫れ、鼻血が出ている。吉村は少し息が上がっている。遠藤と木戸は、怠そうにどちらにも野次を飛ばしながら光景を見ている。

吉村「（遠藤と木戸を睨み、煙草に火をつける）」

遠藤・木戸「（仕方なく黙る）」

佐々木、隙を見て突進するが、二度振り回され、三度目に肩を掴まれ腹に膝蹴りを入れられダウンする。が、前のめりに掴んだまま離れない。そのまま地面にうずくまるが、離さない。吉村、小刻みに腹を蹴り、トドメに腹を踏みつけると佐々木はその足を噛んでまで離さない。振り払うように蹴り上げる。これで終わったと思い、その場を後にしようとする吉村達。うずくまっている佐々木、再度腕時計を確認し、ゆっくりと立ち上がり、吉村の背中を後ろから蹴り飛ばす。地面に倒れこむ吉村。佐々木、吉村に馬乗りになり、ニタアっと笑う。

佐々木「お前今何時だと思う？　もうパチ屋オープンしてお前が座ろうと思ってた良い台はおっさん達が陣取ってるだろうよ」

71　（インサート）ニューパレス・店内〈現代から一年前〉

パチンコを打ってるおじさん達。皆、打っている台がフィーバーしている。

72　同・路地裏〈現代から一年前〉

吉村に馬乗りになっている佐々木。下から殴られ、再び地面に倒れこむ。まだ尚笑いながら足を掴んで離そうとしない佐々木を、嫌そうに振り払う吉村。

吉村「お前いかれてんだろ」

立ち上がりその場を去る。地面に倒れている佐々木。先ほどの余裕は無く、殴られた箇所を痛がっている。少し笑った顔。

73　薬局〈現代から一年前〉

佐々木、店内に入ってくる。壁に掛かる薄汚れた鏡で自分の顔を見る。鼻血を流し、左目が腫れ、泣きそうな顔をしている。

74　ニューパレス・店内〈現代から一年前〉

ざわついた店内。左目に眼帯をしている佐々木。座っている台はフィーバーしている。無表情で画面を見ている佐々木。

75　カラオケ・室内（深夜）〈現代から一年前〉

時計は深夜一時。男二人でカラオケにいる眼帯をした佐々木と晋平（26）。佐々木、中島みゆきの「化粧」を熱唱している。

佐々木「バカだね　バカだね　バカだね　あたし　愛してほしいと　思ってたなんて」

76　同・ドリンクバー〜通路〈現代から一年

前〉
飲み物を入れ、隣の部屋の前でふと足を止める佐々木。中を覗き見ると、女の子・苗村（24）が一人で「プカプカ」を歌っている。部屋の前を行ったり来たりしながらチラッと中を見る。

77　同・室内〈現代から一年前〉
部屋に戻ってくる佐々木。何か考え事をしている。晋平が熱唱していた「wow war tonight」が終わり、モニターにCMが流れ始める。
晋平「次入れないの？」
佐々木「……知らない女の人にいきなり声をかけるのは、やっぱりナンパになっちゃうのかな？」
晋平「……それは、完全なるナンパだね」
佐々木「やっぱそうだよなあ」
晋平「え？　可愛い子いたの？」
佐々木「プカプカ歌ってたんだよなあ」
晋平「え？　何？」
佐々木「本当の本当に、今一緒に歌を歌いたいだけの時はどうしたらいい？」
晋平「やっぱ声かけるしかないんじゃない？」
佐々木「……よし、行ってくる」
晋平「まじ？」
佐々木、出ていく。

78　同・通路〜苗村の室内〈現代から一年前〉
苗村の部屋の前に立っている佐々木。深呼吸し、気持ちを落ち着かせノックをする。

間。

返事がなく再度ノックをする。

間。

返事がなく再度ノックをする。

間。

痺れを切らし、ドアを開ける佐々木。

佐々木「あの、すいません、ノックって聞こえてます？」

苗村「え？　はい聞こえてましたけど、何ですか？」

佐々木「あ、ごめんなさい。そこの通路歩いてて、あなたが、好きな、僕の、好きな歌を、ばっかり歌ってたから、デュエッ、一緒に歌えたらすごく楽しいだろうなって思って。それで、これはナンパとかではなくて一緒にカラオケしませんかって言う、歌の誘いなんですけど」

苗村「……ナンパですよね？」

佐々木「えっと……ナンパですか？」

佐々木のタジタジ具合に笑ってしまう苗村。

苗村「私に聞かないでくださいよ」

79　同・外の道（早朝）〈現代から一年前〉
太陽はまだ沈んでいる。空が青い。カラオケの正面入り口にある階段を下ってくる佐々木、苗村、晋平。佐々木、楽しすぎる夜を過ごし、脱力している。
苗村「誘ってもらってありがとうございました」
佐々木「はあー、楽しかった。じゃあ、また」
歩き始める佐々木を、自転車を引き後ろから呼び止める晋平。
晋平「連絡先交換した？」
佐々木「お前バカか。それすると本当にナンパになっちゃうだろ。だからまた会えたらの、また。だよ」
晋平「意味わかんない」
二人を見て笑っている苗村。
苗村「……じゃあ、また」
佐々木「また」
歩き始める苗村。佐々木も彼女とは逆方向に歩き始め、表情は希望に満ちている。

80　高速道路・車内（朝）
高速道路を走るレンタカーのヴィッツ。

甲府南ＩＣの料金所が見えてくる。

81　**甲府市街（朝）**

市街を走るヴィッツ。ユキが運転し、悠二は助手席に座っている。赤信号で止まる。

82　**墓地**

地方の町の景色を望む見晴らしのいい丘に、ずらっと並んでいるお墓。悠二とユキが石畳の階段を上ってくる。二人、線香を上げ石井家の墓に手を合わせている。墓の周りは葉や草で乱れている。

悠二「……自殺だったんだよね」
ユキ「……え？　おばあちゃん？」
悠二「佐々木の親父。俺らが高校生の時、自殺したんだ」
ユキ「……そっか」
悠二「ばあちゃんは、俺が二十歳の時に病気で。会わせたかったな、ユキに」
ユキ「……うん」

雲ひとつない青々とした空。緩やかな心地良い風が吹き、落ち葉が宙を舞う。

83　**（過去）墓地〈現代から五年前の晩夏〉**

青空の下、石井家の墓の前で、一人手を合わせる悠二（22）。

××××××××××××××

悠二、手桶や柄杓を持ち石畳の階段を下りていると、バイブ音がし、電話に出る。
着信画面、佐々木から。

悠二「え？　佐々木？……どうしたの急に」
佐々木「お前今どこおんの？」
悠二「今？　地元帰ってきてる」
佐々木「やっぱりな。悠二、今から会おうよ」
悠二「え？　今？　佐々木、どこなの」

84　**（過去）ニューパレス・店内〈現代から五年前の晩夏〉**

悠二、入ってくる。何故か見つからないように恐る恐る見渡し、店内を歩く。佐々木を見つけ、静かに横に座る。佐々木の台の後ろには大量に入ったパチンコ玉のケースが置いてある。佐々木はパーカーに大きなヘッドフォンを首にぶら下げている。店内の音がうるさく、会話が聞こえづらい。

佐々木「よお」
悠二「（気まずそうに）元気？」
佐々木「元気って何だよ」

悠二、久しぶりに見た変わらぬ佐々木のおどけた顔に懐かしさを感じ、少しずつ意味のない緊張が解けていく。

悠二「お前はいつも急だな。何年ぶりだっけ」
佐々木「そんな細けーこと知らん」
悠二「（考えて）卒業以来だから、五年かな？」
佐々木「え？」
悠二「（声を張る）多分五年かな」
佐々木「そうか」
悠二「それ、いいね」
佐々木「なんて？」

少し声を張る二人。悠二、佐々木のヘッドフォンを指差し、

悠二「それいいね」
佐々木「これ？　いいっしょ」
悠二「ずっとこっちにいんの？」
佐々木「え？」

さらに声を張る悠二。

悠二「ずっと地元？」

タジタジの二人の会話に笑い出す佐々木。

佐々木「ダメだ、外行こう」

85　**（過去）同・喫煙所〈現代から五年前の晩夏〉**

ベンチと灰皿だけがある簡易的に作られた喫煙所。佐々木は美味しそうに煙草を吸っている。

佐々木「先月まで沖縄に住んでたんだけど

さ」
悠二「沖縄?」
佐々木「うん。で、ほら、高校の頃だったかお相撲さんが新弟子を暴行した事件あったろ?」
悠二「あー、うん? ああ、あったかも」
佐々木「あの話を沖縄で知り合った後輩とバーでしてたんだけどさ、そしたらその後輩が、『佐々木さん根性ないんですからそんな話しないでください』って言うわけよ。それも一時間も。ずっと言うわけよ。だから俺も敢えてその話ずっとするじゃん。さすがにムカついてさ、気付いたらビール瓶でそいつの頭かち割ってた」
(マジで? という感じで) 声を出して笑う悠二。
悠二「前科持ちになったたって事?」
佐々木「いや、30万払ったった。それからたまたま道でばったりそいつに会ったらさ、『佐々木さん俺に何か言う事ないんすか?』って言うんだよ。すごくない? 金もらっといて謝って欲しいんやったら謝ったるわ。ごめんごめんごめんごめんってずっと言ってたらそいつ逃げてったわ」
悠二「いかれてんな」
佐々木「お前は? 東京住んでるんだろ?」
悠二「うん」
佐々木「どう? 俳優。上手くなった?」
悠二「まあ」
佐々木「まあって何だよ。続けろよ。お前は」
小さく頷く悠二。
悠二「仕事は? 何してるの?」
佐々木「これ。あ、俺、一応パチプロ」
悠二「本当に? そんなに稼げるの?」
佐々木「まあ、平均したら月三十くらいはある」
悠二「そんなに? すごいね」
佐々木「でも難しいのがさ、勝ち方って言うか理論的にこういう台で打ち続ければ負ける事は無いみたいな、いわば必勝法みたいなのがあるんだよ」
悠二「へえ、凄いね」
佐々木「でもさ、今それネットに全部書いてるからさ、平日の昼間にサラリーマンがスマホ片手にうようよ来るんだよ。だから今の俺の一番の敵はサラリーマン」
悠二「(笑って) なにそれ」
キーッとチャリのブレーキ音がなり、年齢の割に老けている男、晋平(21)が近づいてくる。
晋平「あれ、タカもいんの? 今日」
佐々木「いないっしょ」
晋平「タカのチャリあるよ」
佐々木「知らん、見てない」
目を合わせる悠二と晋平。互いに小さく会釈をする。お互いを紹介する佐々木。
佐々木「悠二、で、こっちが晋平」
晋平「どうも」
悠二「こんにちは」
佐々木「ちょっと喋ってて!」
入口を清掃していた店員の窪田、店内に戻っていく佐々木に
窪田「佐々木君、調子どう?」
佐々木「余裕。ぼろ勝ち。昇り竜!」
喫煙所に取り残される悠二と晋平。気まずい雰囲気。
晋平「悠二君って、俳優の悠二くんですか?」
悠二「え? 何で知ってるんですか?」
晋平「佐々木、『俺の友達の俳優は今に売れるぞ』ってずっと自慢してくるんすもん。……あ、もしかしてタメっすか?」
悠二「22です」
晋平「あ! じゃ僕の一個上だね!」
悠二「ああ、そうなんだ」
煙草に火をつける晋平。二人とも特に話すことがない。
店内から出てくる佐々木、窪田に笑いを取ろうとマシンガンの如く話しかけている。

晋平「佐々木、昔からああだった？」
悠二「うん、変わってないよ」
　悠二達の元にやってくる佐々木。三万円を晋平に渡す。
晋平「あざす」
　立ち上がり火を消す晋平。
佐々木「決めてこいよ」
晋平「おう。悠二君、また。頑張って」
悠二「うん、また」
　ママチャリに乗りその場を去る晋平。
　佐々木、煙草に火をつける。
悠二「金貸したの？」
佐々木「うん」
悠二「何で？」
佐々木「あいつ今日好きな子の誕生日なんだって」
悠二「へえ」
佐々木「いい奴だよな」
悠二「……佐々木は？　彼女できた？」
佐々木「出来る訳ないだろ。高卒フリーター自称パチプロだぞ俺。誰がそんな奴の事好きになるよ？」
　煙草を咥え、当たり前のように話している佐々木。
悠二「確かに。ならない」
佐々木「でもさ、なんかこう……朝さ、パチ屋の開店前の列に汚ないおっさんたちと並んでるとさ、いや、その人らと『今日はどの台行くんすか？』みたいな話して、面白いのは面白いんだけど……ああ、俺もこんな感じのおっさんになるんだろうなって思ったら死にたくなる」
悠二「……働けばいいじゃん」
佐々木「無理。普通に働いたって絶対面白くないし、まともに働くことなんて俺には無理。でも、彼女……欲しいなあ」
　佐々木を見る悠二。煙草を吸う佐々木の横顔はどこか寂しそうに見える。

86　佐々木の一人暮らしの家・前

　ボロボロの平屋。玄関には古びた赤いポストが掛かり、スクーターが置いてある。
　悠二、ユキ、多田が来ると、玄関前には苗村と抜け殻のように呆然としている木村がいる。
木村「悠二、久しぶり」
悠二「うん」
木村「（ユキに）どうも」
ユキ「（頭を下げる）」
苗村「（三人に頭を下げる）来て頂いてありがとうございます。お電話しました、苗村と申します」
多田「いえ」
悠二「石井です」
苗村「悠二……さん？」
悠二「あ、はい」
多田「多田です」
　ユキ、頭を下げる。苗村、皆に仕切りに頭を下げる。
苗村「中で待ってるので、顔を見てあげてください」
　玄関に上ろうとする多田と悠二。
苗村「あ、すみません。一人分しかスペースがなくて、順番に入った方がいいかもしれないです」
多田「え？」
　アイコンタクトをし、先に玄関に上がっていく多田。
××××××××××××
　家の前で悠二と苗村が話している。
苗村「……普通じゃないって事はわかってるんですけど、佐々木くんの顔を見た時に、亡くなったって事はすぐに分かって。救急車とか警察とか勿論頭によぎったんですけど、なんていうか……死に方がすごく佐々木くんっぽいなあって思って。彼の息が途絶えたその瞬間が残っていて、悠二さんや、皆さんを呼ばなきゃいけない気がしたんです」
悠二「中にいるんですよね？　佐々木は」
苗村「はい」

悠二「……苗村さんもやっぱり変ですよ」
苗村「（少し笑みを浮かべ）そうかもしれないです。でも変じゃないと、仲良くなれなかった気がします」
悠二「……そうですか」
苗村「悠二さんは、佐々木くんと最後に会ったのはいつですか？」
悠二「五年くらい前……ですかね」
苗村「そうですか。すごく会いたがってましたよ。悠二さん、多田さん、木村さんの事は聞いてもないのによく聞かされていました」
悠二「佐々木とは……？」
苗村「……友達（あえて留める）ですかね」
悠二「……」
玄関から出てくる多田。号泣している。
ユキ「行ってきな」
悠二「……うん」
多田と入れ替わるように入っていく悠二。

87 **同・室内**
玄関を上がるとすぐに小説、画材、衣類が散乱していて足の踏み場が一つもなく、物で溢れている。散乱した物を踏みつけ部屋の奥へと進む。部屋の端の方にコタツがあり、その横に丸まった佐々木の背中が見える。佐々木の側まで来る悠二。

顔を見たいが足の踏み場がなく、仕方なく佐々木を跨ぎ、向かいのスペースに座り込む悠二。瞼を閉じた佐々木は無精髭を生やしていて、あの頃よりいくらか老けたように見える。

悠二「（気持ちを塞き止めようとするが上手くいかない）」

悠二、佐々木の顔を、ただただじっと見つめて動けない。

88 **同・前**
家の前にいる苗村、ユキ、多田、木村。
悠二、玄関から出てくる。誰も言葉が出ない。
苗村「こんなに散らかってるのに、私を気にせず家に呼ぶんですよ」
多田「（泣きながら笑う）」
苗村「（つられて泣きながら笑う）癌が見つかって……もう間に合わなくて。でもそしたら佐々木くん、寧ろ好都合だ、鮮やかにポックリ死ぬまでだ、って」
多田「あいつっぽいですね」

89 **旅館・外観（夜）**

90 **同・脱衣所（夜）**
籠が並んでいる。誰もいない。

91 **同・浴場（夜）**
湯船に浸かっている悠二。気が抜けたように、ぼーっとしている。

92 **同・部屋（夜）**
10畳程度の和室。ユキはテーブルの前に座り、何かを考えている。悠二、髪を拭きながら浴衣姿で戻ってくる。
悠二「風呂、いい感じだったよ」
ユキ「うん」
窓を開け、ライターで煙草に火をつける悠二。
悠二「入らないの？」
ユキ「……」
悠二「ん？」
ユキ「ごめん」
悠二「何が？」
ユキ「昨日……ごめん」
悠二「なんで謝んの？」
ユキ「絶対やっちゃダメな事しちゃった」
悠二「絶対……俺とするのは、絶対やっちゃダメな事なの？」
ユキ「……」
悠二「別に昨日があったから、何かが上手くいくとか、そんな事思ってないよ。ただ」
ユキ「分かってたから、悠二の気持ちはなんとなく分かってたから、だから出て行こうと思ってたし、でもだからあれは私が間違った。ごめん」

悠二「……謝られんのが一番きついよ」

　立ち上がる悠二。

悠二「それに、覚えてないだろうけど、昨日は何もしてないよ」

　部屋を出て行く悠二。

93　同・駐車場（夜）

　浴衣姿の悠二、乗ってきたヴィッツに近づき、ポケットの鍵を探すも見つからない。車のドアを開けようとするも鍵が閉まっていて開かない。

悠二「（窓に頭をくっつける）んーーーーーーーーーー」

94　車内（夜）

　走ってくる木村の車。乗っている三人、木村が運転し、助手席には多田、後部座席に悠二が座っている。

木村「悠二、もう少し遅かったら俺ら帰ってたよ」

悠二「悪い」

木村「いいけど。丁度ファミレス出るところだった」

多田「俺の電話も全然出ないと思ったら」

木村「ここまで来て喧嘩するか？　普通」

多田「何してん」

悠二「ね」

多田「ま、いいけど」

　木村、多田、気を使わせないような、友達の笑い方。

多田「あいつの葬儀、明日だってよ」

悠二「え？」

多田「佐々木の葬式。明日で全部やっちゃうんだとよ」

木村「なんか、こう全部が一気にくるからさ。色々ついてくので必死だよな」

多田「一応親戚はいたみたいなんだけど。だから、早く済ましちゃいましょうって事なんじゃねーかな、多分」

悠二「そっか」

　少しの間。

木村「佐々木、寝たふりしてるみたいに動かなかったな」

多田「そうだな」

悠二「……俺たちがさ、脱がしてたのは俺たちだったのかな？　だったら」

　返事をしない多田と木村。

悠二「だったら、もしあの時佐々木コールしてたら」

多田「（被せて）悠二。佐々木、あのまんま。いい顔してたな」

悠二「……」

多田「誰も、何も、悪くないんだよ」

95　バッティングセンター・室内（夜）

　十年前と変わらない店内。閑散としている。

96　同・打席

　機械に三百円を入れ、90キロを選択し打席に入る悠二。

　投球機のランプが点灯し、次々とボールが飛び出てくるが、ボールを前に飛ばせない悠二。多田と木村も打席に立っているが、全然打てない。

多田「打てなくなるもんなんだな」

　それっきり会話はなくフルスイングする三人。打てない。

97　同・室内（夜）

　待機スペースに並べられた椅子に座る悠二、多田、木村。

　ふと壁の上部に取り付けられた額縁に気付く木村。

木村「……おい」

　木村の目線を追う悠二と多田。

　そこには月間ホームラン賞の結果が張り出されている。

「一位　佐々木（韮崎ヤンチャーズ）様五十本、二位　バレソティソ様　四十九本、三位　沼様　三十二本」と書かれてある。確かに佐々木はここにいたんだと、自分たちの知らない数年間の佐々木の時間を感じる悠二、多田、木村。

98　木村の家・玄関（夜）

2LDKマンション、玄関の電気をつける木村。階段を上ると新婚旅行の写真が飾られている。

悠二「ほんとすまん今日」
木村「それ、お前がドタキャンして来なかった式の写真」
悠二「……それも重ねてすまん」
木村「（笑って）気にすんな。灯も喜ぶよ」

99　同・リビング（夜）

暗がり。部屋の奥には、木製の小さな台のような物が見える。小声で話す木村。隣の部屋を指差し、

木村「ここの部屋使っていいから」
悠二「ありがとう」

声を聞いてリビングに出てくる一ノ瀬灯。

灯「おかえり。悠二くん、久しぶり」
悠二「ごめん突然」
灯「全然いいよ。ゆっくりして行きなよ」
悠二「ありがとう」

100　同・洋室（夜）

物置になっている部屋。布団の上に仰向けで寝転ぶ悠二。

××××××××××××××

天井を見つめている。

××××××××××××××

朝。目を開け横になっている悠二の顔に光が射している。木村、部屋に入ってくる。手には喪服を持っている。

木村「悠二、朝だぞ。起きろー」

体を起こす悠二。

悠二「おはよ」
木村「朝飯食うか?」
悠二「うん」
木村「もうできるからあっちきなよ」
悠二「うん」
木村「これ着ていいから」

喪服をかける木村。

悠二「ありがと。窓開けて煙草吸ってもいい?」
木村「いいよ。この家煙草禁止だから、灯には内緒な」

部屋を出て行く木村、扉を閉める。悠二、布団から抜け出し、窓を開け、ライターで煙草を吸う。

101　同・リビング（朝）

悠二、喪服を着て来る。木村はダイニングの椅子に座り、灯は朝食をテーブルに並べている。二人の生活の様子を見て不思議な気持ちになる悠二。

悠二「おはよ」
灯「おはよう。眠れた?」
悠二「うん」
灯「良かった。もう食べれる?」
悠二「ありがとう。なんか変な感じだね」
灯「何が?」
悠二「俺ん中で、昔の二人のままで止まってたから」
灯「うーん、（寄り添うように笑顔で）そうだね」

悠二、奥に組み立てられている木製のベビーベッドに気付く。

悠二「あ、そっか……」

おもむろに近付いて行く。ベッドを覗き込むと、小さな小さな赤ん坊が「何?」と言わんばかりにこちらを真っ直ぐに見つめている。そして満面の笑み。

木村「孝仁。四ヶ月だよ。抱いてみる?」
悠二「……俺、抱いた事ないから、抱き方わからない」

ベビーベッドから赤ん坊を簡単に抱きか

かえる木村。
木村「ほら」
慎重に、慎重に孝仁を預かる悠二。孝仁は真っ直ぐに悠二を見つめている。その命に重みを感じる悠二。表情を変えず、ポロポロと涙が溢れ落ちてくる。
悠二「……ごめん。ちょっと俺行かなきゃ」
木村「え？　どこに」
慎重に孝仁を返す悠二。
悠二「ちゃんと言わないと。俺。ごめん。木村、一ノ瀬、ほんとありがとう」
部屋を飛び出す悠二。

102　**十字路の道（朝）**
駆け抜けていく悠二の背中。

103　**旅館・前の道〜駐車場**
到着するバスから慌てるように降り走ってくる悠二。赤のヴィッツを見つけると、ユキがトランクに荷物を入れている。
悠二「（ユキの前に来て少し息切れ、深呼吸）」
ユキ「どこ泊まってたの？」
悠二「木村の家」
ユキ、喪服姿の悠二を見てニヤッとする。
ユキ「悠二、やっぱそういうカチッとした服あんま似合わないね」
悠二「だよね」
ユキ「あのマフラーは似合ってたよ」
悠二「……俺さ、ユキの事、別れてからもずっと好きだった。今もそう。この歳になっても帰ってこないから全然眠れない日もあったし、寝るとき布団の距離をちょっとだけ近くに寄せて寝た日もあった」
笑うユキ。
ユキ「知ってる」
悠二「気付いてたの？」
ユキ「どんだけ一緒に居たと思ってるの」
悠二「……そう言うところがダメなんだよなあ」
ユキ「そういうところがダサいね」
悠二もユキも頬が緩んでいる。
悠二「俺も出ようと思う……あの換気扇の下で一緒に煙草吸ったり、俺が作った変な形のテーブルで、焼肉ソース入りのカレー食ったり、自分の中で忘れたくない思い出ばっかりで。家を出ると、そういうものを忘れて行くってことが分かってるから。それが怖かった」
ユキ「……」
悠二「でも、だからあの家を出て、もう一度初めからやり直してみようと思う」
ユキ「……本当は私のわがまま」
悠二「（……え？　という顔）」
ユキ「悠二の気持ちを分かりながら、引越しの日をズラしてまでここに来たのは……自分が正しいみたいな顔して、嘘ついた事もたくさんあった」
悠二「嘘？」
ユキ「仕事で遅くなるって言って男の人と飲んでた事もあるし、一人になりたいとか言ったけど、今ちょっとだけいいなって思ってる人もいる。忘れることを怖がってたのは、上手く前に進めてなかったのは、私の方」
悠二「……昨日は？」
ユキ「え？」
悠二「どんな世界だった？」
ユキ「えっと、（笑い出し、思い出しながら誤魔化す様に）忘れた」
悠二「何だよそれ」
二人、わずかに微笑み合う。
悠二「本当に、長い間一緒にいてくれてありがとう」
ユキ「こちらこそ、ありがとう」
ユキ、涙がこぼれないように踏ん張っている。
ユキ「行って」
悠二「………」
ユキ「早く。友達の顔、忘れないようにしっかり目に焼き付けないと」

悠二「……うん、じゃあ。また」
ユキ「うん、また」
駐車場を出て行く悠二。ただその姿を見るユキ。

104 **公道**

高校時代、皆で駆け抜けた公道の真ん中を走っている悠二。舞台の台詞をブツブツと繰り返している。

悠二「『さよなら』も言えないほど、早くはないだろ？」

佐々木の声「（悠二言い掛け、途中で悟ったかの様に納得する）さよなら？　そんな言葉、俺にはないね。『ハロー』が流行りさ）」

悠二、スピードを上げ、止まらない。

悠二「誤魔化すなよ。お前はいつだって言ってるんだ、『さよなら』を」

××××××××××××

（舞台袖を歩く悠二、公道を走る悠二、台詞の切り返しの連続）

××××××××××××

悠二「いつだって、どんな時だって。なぜならそれが人生だから。長い長い『さよなら』なんだ。『さよなら』から、『さよなら』へ、そうしていつか最後の『さよなら』へ辿り着く。それは自分自身への『さよなら』だ」

105 **劇場（S#104からシームレスに）**

S#7の続き。

青白い光が当てられた舞台、観客の前で芝居をする須藤を袖ギリギリに立ち見つめる悠二。一度深呼吸をし、真っ直ぐ先を見つめる悠二の顔。光に吸い込まれる様に板を踏み、舞台上に立つ悠二。

106 **葬儀場・外**

葬儀場の入り口から、遺影と位牌を持った苗村と佐々木が入った棺桶を持って出てくる人たち。走ってくる悠二。多田、木村と合流し、その光景をまっすぐに見つめている。

多田「来たな」

木村「おかえり」

晋平の姿もそこにある。苗村、三人に深々と頭をさげる。佐々木の棺桶を霊柩車に乗せ、扉を閉める。参列者に一礼し、助手席に乗り込む苗村。悠二、ボソボソと佐々木の名前を呼び始める。

悠二「佐々木、佐々木、佐々木、佐々木」

それに続いて佐々木の名前を呼び始める多田と木村。

三人「佐々木、佐々木、佐々木、佐々木」

もう顔なんてどうでもいい、僕は、僕とユキは、僕とこいつらは、そして僕と佐々木が過ごした時間は確かにあった。くしゃくしゃになりながら、頬を伝う涙を垂れ流す悠二。

悠二を見て、多田と木村、落涙。火葬場に向けて発車する霊柩車。後ろで待機するワゴンが走り出そうとする前を横切り、佐々木の名前を叫びながら車を追いかける三人。

三人「佐々木！　佐々木！　佐々木！　佐々木！」

少し走ったところで、突然車が急停車する。ざわつく参列者たち。運転手、慌てて降りてくると、中から奇妙な音が僅かに聞こえ、顔をしかめながら、そろりと後部の扉を開け棺桶を取り出そうとする。助手席にいた苗村、遅れて出てきて心配そうに後ろに回る。運転手、重すぎて上手く取り出せない。すると、「ダンッ!!」という音と同時に棺桶の扉が吹っ飛び、中から全裸の佐々木が勢いよく飛び出してくる。

三人「佐々木！　佐々木！　佐々木！　佐々木！」

苗村、驚きでひるむも、その光景に咄嗟に運転席に回り、目一杯の力でクラクションを押し続け、泣き笑う。

クラクション音と共鳴しながら、いつまでもいつまでも、終わらぬ佐々木コールが響く。あの頃のように百二十パーセントの力で踊り狂う佐々木。もう戻らない日々を懐かしむように、未来の希望を見つけたように、今この瞬間を噛みしめるように佐々木を見ている悠二、笑みがこぼれる。

（了）

化粧　217ページ
作詞　中島みゆき　作曲　中島みゆき

ミセス・ノイズィ

天野千尋　松枝佳紀

〈脚本家略歴〉

天野千尋（あまの　ちひろ）

１９８２年生まれ。約5年間の会社勤務ののち、２００９年に映画制作を開始。ぴあフィルムフェスティバルを始め、多数の映画祭に入選・入賞。主な作品に、短編『フィガロの告白』、短編『ガマゴリ・ネバーアイランド』、長編『どうしても触れたくない』、BeeTVドラマ『10日間で運命の恋人をみつける方法』、アニメ『紙兎ロペ』の脚本、Netflixオリジナルシリーズ『ヒヤマケンタロウの妊娠』の脚本など。長編『ミセス・ノイズィ』は、第32回東京国際映画祭日本映画スプラッシュ部門に選出され、２０２０年12月より全国劇場公開。

松枝佳紀（まつがえ　よしのり）

１９６９年東京亀戸生まれ。京都大学経済学部経済学科卒。日本銀行に6年勤めたのち退社、シナリオ作家協会シナリオ講座で桂千穂・山永明子両氏に学ぶ。山永明子氏の紹介で那須博之監督と知り合い師事。那須監督の病床で書き上げた『神の左手悪魔の右手』（楳図かずお原作）でシナリオライターとしてデビュー。現在、俳優教育を行うワークショップ、アクターズ・ヴィジョン代表。主な作品として、金子修介監督『神の左手悪魔の右手』（脚本）、『デスノート』（監督補）、『デスノート the Last name』（脚本協力）、丹野雅仁監督『ラブレター 蒼恋歌』（脚本）、森田芳光監督『武士の家計簿』（脚本協力）、斉藤久志監督『空の瞳とカタツムリ』（製作総指揮）、天野千尋監督『ミセス・ノイズィ』（共同脚本）、園子温監督『エッシャー通りの赤いポスト』（企画）。

監督：天野千尋
製作：『ミセス・ノイズィ』製作委員会
制作：ヒコーキ・フィルムズ インターナショナル／メディアプルポ
企画協力：アクターズ・ヴィジョン
配給：アークエンタテインメント
特別協力：アミューズメントメディア総合学院

〈スタッフ〉
エグゼクティブプロデューサー　鍋島壽夫
　横山勇人
プロデューサー　高橋正弥
脚本監修　加藤正人
撮影監督　田中一成
録音　星野裕雄
編集　櫻木絵理
音楽　田中庸介&熊谷太輔

〈キャスト〉
吉岡真紀　篠原ゆき子
若田美和子　大高洋子
吉岡裕一　長尾卓磨
吉岡菜子　新津ちせ
若田茂夫　宮崎太一
多田直哉　米本来輝

1　（6年前）真紀の実家・二階・昼

赤ん坊の泣き声が、廊下に響いている。
裕一が階段を駆け上ってきて、部屋の中へ。

×　　×　　×

小さな布団が敷かれた部屋で、授乳する真紀。
隣に座って、眺めている裕一。

裕一「何か……母って感じ」
真紀「（笑って）だって、母だもん」
真紀の横には、ノートパソコンで書きかけの文章。
裕一「（パソコンを見て）え、もう仕事してんの？」
真紀「ああ、忘れないうちに書き留めておきたくて」
裕一「へえー、産んだ時のことを？」
真紀「うん、他にも色々。今書きたいことが沢山浮かんでるの」
裕一「いいね」
真紀「……私、この子が生まれたからって、書くペースを落とすのは嫌だなって。そうじゃなくて、出産も子供も全部を糧にしながら、書いていきたい」
裕一「うん。いいと思う。やっぱさ、子供を持つと世界が広がるって言うし。今までより深い小説が書けるんじゃない」
真紀「うん、そうなるといいな」
裕一「なるよ。絶対なる」
裕一、真紀の胸に顔を近づけ、菜子に頬ずりする。
裕一「菜子～、パパも頑張るからね～」
真紀「（笑って）ちょっとちょっと、やめてよ」
じゃれ合っていると、ガラッと扉が開く。
慌てて離れる2人。
ふみ子「真紀……（見て）買い物いくけど、何かいる？」
真紀「あ……うん、オムツだけお願い。ありがとう」
ふみ子が出て行くと、笑い合う夫婦。
真紀N「しかし、その後、私は長いスランプに陥った。書きたいもの、面白いと思えるものが、自分の中から全く湧き出てこない。それはスランプではなく、才能の枯渇なのだと、自分で認めるのが怖くて、ただただ書き続けた」

2　（6年後）実景・昼

平和な住宅街。その中に建つ一棟のマンション。

3　吉岡家・リビング・キッチン・昼

引越しの段ボールに囲まれた部屋。
6歳の菜子が、カーテンを被ってはしゃいでいる。
真紀「なっちゃん、それ貸して！　付けるから」
真紀、菜子を捕まえ、カーテンを取り上げる。
裕一は、段ボールを次々に開けて何かを探している。
裕一「……ねえ、やっぱテレビのリモコンないけど」
真紀「えー。リビングって書いた箱のどれかに入れたはず」
真紀、カーテンを置くと、裕一の方へ。
真紀「（探して）あ、コレじゃなくて……これこれ。ほら」
裕一「リビングって書いてないじゃん」
裕一、リモコンを受け取り、テレビの設定を始める。

×　　×　　×

片付けが一段落したところで、ベランダに出る真紀。
住宅街が広がる長閑な風景。
真紀「……やっぱり静かでいいね。都心に比べると」
菜子もやってくる。
真紀「なっちゃん、近くに公園あるよ」
菜子「どこどこー？」

真紀「(菜子を抱き上げ)ほら、あそこあそこ」
じゃれ合いながら、部屋に戻る真紀と菜子。
真紀「あそうだ。お隣への挨拶も早めにしとかないとね。ウチのお母さん、そればっか言ってくんだけど(笑う)」
裕一「あ。そういえば明日レコーディング入ったから」
真紀「えっ?」
動きを止め、表情を曇らせる真紀。
真紀「……私、お願いしなかった? 〆切前だから、明日明後日だけは菜子頼みたいって」
裕一「ごめん。でも、そこしかスタジオ空いてないらしくて。俺も言ってはいたんだけど……」
真紀「そんなの、困るよ……私だって、」
裕一「うん。分かってるけど、仕方なかったんだよ! ごめん」
真紀、黙り込む。
裕一が配線を終え、テレビが点く。菜子がはしゃぐ。
裕一「(気にして)や、分かってるよ。真紀にとって久しぶりのチャンスだってことは。そりゃ頑張って欲しいよ」
真紀「……だったら」
裕一「でもこっちの状況も理解してよ。俺だって仕事貰ってる立場だし、我儘言えないんだよ」
真紀「……」
裕一「あ、じゃあ今から書いてきたら? 片付けは俺と菜子でやっとくから」
真紀「……うん、じゃ、そうする」
裕一「よし菜子! ママの分も頑張るぞー」
菜子「おう、まかせとけー!」
真紀「(ため息)じゃ、お隣への挨拶もお願いしていい?」
裕一「おう、まかせとけー!」
菜子「まかせとけー!」
ふざけている2人を横目に、部屋を去っていく真紀。

4　吉岡家・真紀の部屋・昼

真紀、電話しながら、段ボールをゴソゴソ探る。

真紀「(明るく)いえいえ大丈夫ですよー。ちょっと引越しでバタバタしてますけど。はい、明日中には必ず……」

パソコンを引っ張り出し、デスクに設置する。

ふと、荷物の中の小箱が目に入り、気になって開く。

【文藝界大賞『種と果実』】と書かれた賞牌。

デスクの引出しに適当にしまい、執筆ソフトを開く。

×　　×　　×

少し書いては、すぐ消去し、悩んでいる様子。

隣の部屋からは、テレビの音と、父娘の笑い声。

真紀、気になって集中できない。

真紀「……ごめん! テレビの音、少し下げてもらっていい?」

裕一「はいはーい」

真紀「あと……ごめん、声も」

裕一「ああ……うん」

真紀、深呼吸をし、ハアッと気合を入れる。

5　吉岡家・深夜

寝室。ベッドで眠っている裕一と菜子。

真紀の部屋。険しい顔でパソコンを睨んでいる真紀。

6　吉岡家・真紀の部屋・早朝

徹夜した真紀。ドアが開き、菜子が入ってくる。
菜子「ママーおはよー」
真紀「なっちゃん、早いのねえ」

菜子「お引っ越しのお片付けするの」
と、真紀の腰に抱きつく。真紀、菜子に口づけして、
真紀「もう少し寝ておいでよ」
と、執筆を続ける。だが、菜子は真紀に甘えている。
真紀「なっちゃん、まだ早いからベッドに戻って」
その時、ふいに、ベランダの方から、バンバン！　バンバンバン！
と、大きな音が響いてくる。
菜子「……何のおと？」
真紀「何だろう？」
菜子「なっちゃん、見てくるね！（と、ベランダへ）」
真紀、時計を見る。５時47分。
真紀「……やばいやばいやばい……」
しかし、ベランダからの音は続いている。
真紀「（集中できず）……あああ何なの！」
そこに、菜子が戻ってくる。
菜子「ママ、あのね、お布団干してるの」
真紀「え、お布団……？」

７　ベランダ・早朝

バンバン！　バンバン！　大きな音が響いている。
出てきた真紀、恐る恐る仕切りから隣を覗く。
中年女性が、狂ったように激しく布団を叩いている。
真紀「（ためらいつつ）……あのー」
女は布団を叩き続け、時折何やら声を出している。
真紀「あのー、すみません……」
突然、女は布団をまとめ、部屋の中に戻っていく。
真紀「……？」

８　吉岡家・真紀の部屋・昼

執筆中の真紀。退屈そうな菜子が入ってくる。
菜子「ママー、公園行こー」
真紀「ごめん。ママ、今日中にこれ送らないとダメだから」
菜子「えーつまんないーー」
真紀「ごめんね。公園は明日行こ。ね？」
菜子「……本当に明日？」
真紀「うん、本当に本当に明日。約束する！」
菜子「じゃあ指切りして」
真紀「（高速で）♪指切りげんまん嘘つかない！　はいヨシ！」
菜子「……（不満げ）」
真紀「（罪悪感）お絵描きしたら？　ほら、新しいクレヨンで」
菜子「……」
真紀「あ、それかＤＶＤは？　魔女っこちゃん見る？」
菜子「……お絵描きにする」
つまらなそうに、部屋を出て行く菜子。

×　×　×

お絵描きに飽きた菜子、退屈そうにＤＶＤを見ている。
ＤＶＤにも飽きて、そーっと真紀の部屋を覗く。
近づいて甘えてみるが、真紀は全く反応しない。
菜子「……」

×　×　×

玄関。靴を履き、ゴムボールを手にする菜子。
背伸びをしてドアの鍵を回す。カチャ、と開く。

９　（時間経過）吉岡家・真紀の部屋・夕方

書き終えた真紀。うーん……と伸びをして立ち上がる。
真紀「ん？」
リビングに菜子がいない。テレビがつきっぱなし。
描きかけのスケッチブックが広がっている。

真紀「なっちゃーん」
　呼んでみる。返事がない。
真紀「（ちょっとおどけて）かくれてんのかな〜」
　家中のあちこちを探すが、姿はない。
　玄関に行くと、菜子の靴がなく、鍵が開いている。
真紀「うそ、やだ……！」
　慌ててサンダルをつっかけ、外に飛び出す。

10　マンション・廊下・夕方

　菜子のゴムボールが転がっている。
　真紀、駆け寄って拾い上げる……と、その時。
　廊下の奥からひょっこり菜子が現れる。
真紀「な、菜子っっ!!」
菜子「あ、ママー。ただいまー」
真紀「（駆け寄って）どこ行ってたの!?」
　その背後から、中年女性がヌッと現れる。
真紀「！（驚く）」
美和子「まーまー怒らないで。公園で遊んでただけよね」
真紀「えっ？　1人で行ったらダメじゃない！」
美和子「違うわよ、1人じゃない」
菜子「隣のおばちゃんと一緒だよ」
美和子「どうも、隣のおばちゃんです」
真紀「え、あ、どうも……吉岡です」
美和子「ママは越して来たばっかりでお仕事？　お忙しいのねえ」
真紀「いえ……すみません。ここ数日ちょっと立て込んでて」
美和子「そんなに忙しいなんて、何のお仕事なの？」
真紀「え？　その、一応、物を書く仕事と言いますか……」
菜子「水沢玲っていうんだよ」
真紀「いいの、そんな余計なこと……じゃ、ありがとうございました。失礼します」
　真紀、菜子を引き寄せ、立ち去ろうとする。
美和子「ミズサワレイ、って？」
真紀「いえ、まあ、書く時のペンネームです」
美和子「まああ、ペンネーム！　それはご立派なのねえ。へええペンネームですって！」
真紀「（苦笑い）それじゃ、お世話になりました……それから昨日はすみません、主人しかご挨拶に伺えずで」
美和子「主人しか？　ご主人なんて来てないけど」
真紀「えっ……ウソ」
美和子「ウソ言うわけないじゃないの〜（菜子に）ねえ？」
菜子「うん！」
真紀「……（ムッとする）」

11　吉岡家・キッチン・リビング・夜

　風呂上がりの真紀、裕一に夜食を用意している。
　帰宅したばかりの裕一、食卓でスマホを弄っている。
真紀「まさか黙って連れ出されるなんて。本当怖かった」
裕一「うーん、でも、真紀が目を離してたんでしょ」
真紀「え……でも、普通はひと言声かけるよね。ちょっと変だよあの人。（炊飯器を開け）ご飯、どのくらい？」
裕一「あ、少しでいい。軽く飲んできたから」
真紀「……へー、飲んできたんだ（何か言いたげ）」
裕一「まーでもさ、俺らも少し気を付けるようにしよう。最近はおかしな事件もたくさんあるじゃん」
真紀「うん……、でも今日は本当ギリギリだったから」
裕一「万が一何かあってからじゃ遅いしね」

裕一、スマホから音楽を流し始める。
裕一「今日、すげーいい音録れたわ。（聴いて）そもそも曲がいいよね、これ」
ほろ酔いの裕一、曲に乗って体を揺すっている。
真紀、食事を運んでテーブルに並べる。
真紀「ね。裕ちゃんさ、お隣に挨拶行ってくれてなかった？」
裕一「ん？　まだ行ってないよ。週末に行こうと思って」
真紀「やっぱり……それで怒っちゃったんじゃないかなあ」
裕一「え、そんなことで怒んないでしょ」
真紀「でも、実際なんか怒ってる感じだったの。ママお忙しいのねえ〜、とか超嫌味っぽく言われてさ……」
裕一、踊りながら席を立ち、鞄を探り始める。
真紀「あーあ何か、引越し失敗だったかも……そうだ聞いてよ、幼稚園、預り保育入れなかったの。早お迎えも多いし……」
突然、ワインボトルを差し出す裕一。
裕一「はい、真紀。おつかれ！」
真紀「……え？」
裕一「書き終わったんでしょ。乾杯しよう（とキッチンへ）」
真紀「……えー、びっくり。ありがとう」
裕一、ワインの栓を開けると、食器棚を開く。
裕一「（探して）あれ、グラスがない」
真紀「あ……ごめん。まだその中（と段ボールを指す）」
裕一「……ま、いっか。じゃーこのまま」
裕一、ラッパ飲みし、そのまま真紀に渡す。
真紀、少し迷ってから、同様に飲む。笑い合う2人。
裕一「大丈夫、色々うまくいくよ。菜子のことは、俺もなるべく協力するようにするし」
真紀「……うん。ありがとう」
裕一、真紀の手を取り、ふざけて踊り出す。
真紀も踊りながら、次第に楽しくなってくる。

12　吉岡家・朝

朝食を食べながら遊んでいる菜子。急かす真紀。
真紀「ほらほら食べて。時間がない」
次の瞬間、菜子がお茶のコップを倒して溢す。
真紀「あっ……（ため息）」

×　　×　　×

洗面所。外出着を着て、急いで口紅を塗る真紀。
菜子「（興味津々で）貸して！　なっちゃんも！」
真紀「ダーメ！　なっちゃんにはまだ早い」

13　出版社編集部・昼

編集者の南部、誰かと電話で話し込んでいる。
目の前で、じっと待っている真紀と菜子。
南部「（電話を終え）すみません急ぎの件だったので。（原稿を捲り）ええと……一応さっき一通りは読みましたが」
真紀「あ、はい。ギリギリになってすみませんでした」
南部「まー正直言うと、このままじゃ掲載は難しいかな」
真紀「……（落胆を隠し）はい。じゃ、どこを直せば」
南部「や、どこをというより、全体的な問題ですね。何て言うか、物語に深みが無いっていうのかなあ。主人公の……キミヨだっけ？　の言動もすごく一面的に感じるし」
真紀「……あのですね、確かに前半の貴美枝はそうですが、後半で大きく動かしたんです。あと、分かりにくいかもですが、ラストが大っきなどんでん返しになってて

真紀「……」
南部「や、や。そういうことじゃない。個性的なキャラとか展開とか、面白くしようとしてるのは分かりますよ」
真紀「じゃあ……」
南部「もっと、作品の核の部分の、奥深さです」
真紀「……奥深さ」
南部「人間も出来事も、白とか黒の一色だけじゃない。もっと多様で多面的で、あいまいでしょ。そういう部分です」
真紀「……」
南部「確かに『種と果実』は素晴らしかった。でもアレはさ、桜子っていう魅力的なキャラありきだったというか、ある意味、奇跡的に上手くいったと思うんですよ。ああいうことの二番煎じを続けてても難しいのかなと」
真紀「別に、二番煎じを続けては……」
南部「ま、少し時間をかけて、設定から見直してみて下さい。別に掲載を急いでる訳じゃないですし」
真紀「いえ。必ず次号に間に合わせますので。すぐ直し……」
と、携帯が鳴り、南部は再び電話を始める。
真紀「……」

14 出版社前の道・昼

菜子の手を引き、ズンズン建物を出てくる真紀。
菜子「ママー。なっちゃんお腹すいた」
真紀「……ほんっと、種と果実、種と果実ってうるさい……」

15 吉岡家・真紀の部屋・早朝

毛布を被り、眠気をこらえて書き続けている真紀。
バンバン！　バンバンバン！
と、激しい音がまた聞こえ始める。
真紀、耳栓を出して装着する。が、全く効果がない。
真紀「何なの……、毎日毎日毎日……」
耳栓を外し、毛布をまとってベランダへ。

16 ベランダ・早朝

美和子、リズミカルに布団を叩いている。
真紀、毛布に包まったまま柵から身を乗り出し、
真紀「あの！　すみませんが」
美和子「(見て) あら！　お早うございます。先日はどーも」
真紀「あの……もう少し静かにお願いできませんか?」
美和子「ん?」
真紀「それ、その音です。かなり響いてくるので……」
美和子「ちょっとワケがあってね！」
真紀「(戸惑い) え……でもまだ6時前ですよ?　こんな時間にバシバシ布団を叩くワケって何でしょうか?」
美和子「……(バシバシ！　激しく叩き続ける)」
真紀「あの……！」
美和子「……(バシバシ！　激しく叩き続ける)」
真紀「あの」
美和子「(続けながら) 悪かったわね！　もう終わるわよ！」
布団を持って、部屋の中へと去っていく美和子。
真紀「……は?　なんなの?」

17 屋外・自販機前・朝

部屋着でやって来て、栄養ドリンクを2本買う真紀。
その場で1本開け、一気飲みし、ゴミ箱に捨てる。

×　×　×

構想中の真紀、ブツブツと独りごちて歩いている。

真紀「（何かに気づき）ん……？」
少し離れた地蔵の祠の前に、美和子がいる。
美和子、地蔵の前に置かれたお供えをスッと自分の鞄に入れ、自転車で去っていく。
真紀「……え（不信感を抱く）」

18　吉岡家・リビング・昼

菜子がぐずって泣いている。
菜子「やだ！　公園行く！　約束したもん！」
真紀「ごめんね。今日だけ。明日は絶対行く！　ね？」
菜子「やだー！　ママ毎日そう言ってるじゃん！　嘘つき！」
真紀「（声を荒げ）だから、謝ってるでしょう！　仕方ないの。ママお仕事なんだから。少しは我慢してよ」
菜子「やーだー!!」
苛立った菜子、持っていた砂場セットを投げ捨てる。
ガシャン！　と音を立てて床に散らばる。
真紀「菜子！……（ため息）お片付けしといてよ」
泣いている菜子を残し、自室に入っていく真紀。

19　吉岡家・真紀の部屋・夕方

執筆に集中している真紀。カタカタカタ……

気づけば、外が暮れかかっている。

真紀「わ（時計を見て）もうこんな時間……菜子ー？」

物音がしない。立ち上がってリビングへ。

散らかった部屋。洗濯物、洗い物、ゴミとおもちゃの氾濫……そして、菜子の姿はない。

真紀「菜子？　なっちゃーん？」

あちこち探し回り、玄関へ……また靴がない。

真紀「（嫌な予感）……」

20　マンション廊下・若田家前・夕方

飛び出てきた真紀、隣のチャイムを押す。反応なし。

チャイムを連打し、ドンドンとドアを叩く。

反応はなく、不在の様子。

21　吉岡家・ベランダ・夕方

柵から身を乗り出し、隣を覗き見る真紀。

カーテン越しに見える部屋は暗く、人の気配はない。

真紀「……（不安）」

22　近所の道・夕方

真紀、菜子を探して走る。
大家の谷本さんが犬の散歩をしている。
谷本「ああ、吉岡さん。引っ越しは落ち着いた？」
真紀「あっ大家さん、すみません！　菜子見ませんでした？」
谷本「いいえ、見てないけど。いなくなっちゃったの？」
真紀「あの、……若田さんって、どういう方なんですか？」
谷本「若田さん？　ああお隣の。……えーと、そうねえ……」
真紀「あ、いえ、大丈夫です（走り去る）」

23　公園・夕方

数名の親子が遊んでいる。菜子の姿はない。

真紀、携帯を取り出し、裕一に電話をかける。

真紀「……もしもし裕ちゃん。仕事中ごめん。また菜子が……」

24　吉岡家・リビング・夜

電話をしている裕一。青ざめている真紀。

裕一「……はい、よろしくお願いします。（電話を切り）とりあえず警察、来るって」
真紀「ああ……菜子……ごめんね、私が本当に……」
裕一「俺、もう一回近く探してくるから」
すがり付く真紀の手をほどき、リビングを出る裕一。
真紀「待って。……私やっぱり、隣のおばさんだと思うの」
裕一「え？　何が」
真紀「私、今朝ちょっと苦情言っちゃって……あの人が布団をバシバシ叩いてて、すごいうるさかったから……」
裕一「だからって、……その腹いせに……菜子を？」
真紀「あり得るよ。本当に変な人だもん」
その時、ピンポーン、とインターホンが鳴る。
裕一「早いな」
真紀「ねえ……警察の人に聞いてみよ」
裕一「ん？」
真紀「隣の人のこと……犯罪歴とか……」
裕一、黙って玄関に向かう。後を追う真紀。

25　吉岡家・玄関・夜

扉を開けると、そこにいるのは菜子を連れた美和子。
裕一「！……っ、菜子！」
真紀「えっ、菜子……！　菜子ーー!!」
真紀、飛び出して菜子を抱きしめ、涙を流す。
美和子「も～びっくりよ！　一緒にお昼寝しちゃってて（笑う）」
真紀「……（怒りがこみ上げる）」
美和子「目が覚めたら外が暗くて驚いちゃった」
真紀「……何なんですか？」
美和子「ん？」
真紀「何なんですか？　何考えてんですか!?」
裕一、あらぶる真紀を抑えて、
裕一「（落ち着いて）若田さん、うちの菜子連れていくなら、ひと言声かけて頂けませんか」
美和子「いや言おうとしたんだけどね、この子がママに言いたくないって言うから」
裕一「え？」
美和子「（菜子に）ね、言いたくなかったんだよね」
真紀「そんなの……おかしいですよね？　非常識すぎませんか」
美和子「非常識？　私が？　どうして？」
真紀「だって勝手に人の子連れていくなんて」
美和子「勝手にって、アナタが放ったらかしてたから」
真紀「ほ、放ったらかしてって……」
美和子「あんな状態じゃ可哀想で。だからアタシが預かったの。非常識はどっちよ？　毎回毎回子供放ったらかして」
真紀「……！」
美和子「子供が小さいうちは母親が一緒にいてやらないでどうするの。（菜子に）ねえ」
真紀「（怒りを堪え）……あの。ウチはウチのやり方がありますので。お宅には関係ないでしょう」
美和子「偉い小説家だか何だか知んないけど、母親としては失格」
真紀「そ、そんなことあんたに言われる筋合いはない！」
裕一「ちょっと真紀！　やめろって」
美和子「失格よ！　不合格！　はい残念！」
喧嘩を続ける2人。近隣の住人が次々集まってくる。
そこに、松葉杖をついたふみ子が駆け寄ってくる。
ふみ子「なっちゃん！　ああ、良かった……（抱きしめる）」
真紀「もう金輪際、一切、ウチの子に話しかけないで！　話しかけたら通報するから！」
美和子「残念！　失格！　アウト〜！」
　警官と谷本さんがやって来て、2人を止めに入る。

26　吉岡家・リビング・夜

　騒動が一段落し、疲れ果てている吉岡家一同。
裕一「（頬ずりし）菜子……！　無事でよかった……本当に」
菜子「いたいよー。いたいー」
ふみ子「（真紀に）こんな事になって……早めにご近所の皆さんにお詫びに伺いなさいよ。大家さんにも」
　真紀、返事をせず、菜子に話しかける。
真紀「……ねえ菜子。何してた？　変なことされてないよね？」
菜子「えっと、踊るお人形さんで遊んだよ」
真紀「お人形さん？　それだけ？」
菜子「うん。あとね、クッキングとか、ゴリラとか。おばちゃんち、おもちゃいっぱいあるの」
　真紀、ふと、菜子の腕の青アザが目に入る。
真紀「（アザに触れ）……やだ、このアザ、どうしたの？」
菜子「……えっと、机にゴツンしちゃったの」
真紀「え、本当？　あの人に何かされたんじゃない？」
裕一「真紀ちょっとさ……、たしかにあの人変わった人だとは思うけど、真紀も真紀だよ」
真紀「え……、どういう意味？」
裕一「菜子を放っておいたのは事実なわけでしょ」
真紀「放っておいたっていうか……だって、一瞬たりとも目を離さないなんて無理だよ。〆切前だったし……」
裕一「状況は分かんないけど、あの人には菜子が放ったらかしにされてるように見えたんじゃないの」
　裕一とふみ子、真紀を見ている。
　真紀、何も言えなくなる。
真紀「……（呟く）そりゃ裕ちゃんはいいよ……自由だもん」
裕一「自由？　自由って何だよ」
真紀「自由だよ。1人で好きに仕事したり、飲みに行ったり」
裕一「は？（苦笑）俺が仕事しなかったらこの家どうすんだよ」
真紀「だから別に……自由でいいねって言っただけ」
ふみ子「真紀、やめなさいよ。裕一さん、申し訳なかったわね」
裕一「いえ……お義母さんこそわざわざ来て頂いてすみません」

27　吉岡家・真紀の部屋・深夜

　真紀、電気も点けず部屋に入り、パソコン前に座る。
　書きかけの原稿。ブチっと電源を落とす。
真紀「最悪！　最悪！　最っっ悪！」
　物に当り散らし、その後、静かにすすり哭く。

28　出版社編集部・昼

　忙しそうなフロアの隅で、遠慮がちに佇む真紀。
　そこに、若い女性を連れた南部が早足でやってくる。
南部「（早口で）すみません水沢さん。ちょっと急用でこの後すぐ出ちゃうんだけど……あ、こちら笠原凛先生です。（笠原に）こちら、水沢玲先生」
笠原「わー水沢先生！　お会いできて嬉しいですー」
真紀「あ……、はい。はじめまして」
笠原「私、種と果実の大ファンなんです！　あれ読んで作家になったって言ってもいいくらい！　本当嬉しい〜」

真紀「ああそれは、どうも……」
南部「で水沢さん、どうしました？　話って？」
笠原「あ。じゃ私、そっちで待ってますね（と去っていく）」
真紀「その、原稿の件……すみませんでした。私が無理に頼んで、絶対次号に間に合わせますなんて啖呵きったのに」
南部「ああ。それだったら全然、問題ないです」
真紀「というかですね、（顔を近づけ）本当ならすぐに書けてた筈だったんです。アイディアはもう沢山ありますし」
南部「はい、まあ……」
真紀「ただ、実は今、隣にすっごく変な人が住んでるんです。その人のせいで毎日色々大変で……それさえ無ければもう全然書けるんですけど。本っ当あの人が……」
　南部、必死になる真紀を制して、
南部「ごめん水沢さん、その話ならまた今度にしよう。ただ、この間も言ったけど、今の問題はもっと根本的なところにあると思いますよ」
真紀「……はい？」
南部「心の余裕の無さが作品にも出ちゃってるように感じるな。もう少し肩の力抜いて。一旦小説から離れてみたらどう？　ゆったり旅行したりとか、温泉入ったりとかさ」
真紀「……いえ。それより、次号の〆切りはいつですか？」
南部「やー、とにかくね、今は焦らないことですよ」
真紀「でも、南部さん待って下さい。私……」
　真紀、南部を引き止めようと、腕を掴む。その拍子に、南部が抱えていた書類が床に散らばる。
南部「（舌打ち）あー……」
真紀「すみません……」
　無言で書類を拾う2人。
　笠原も駆け寄ってきて、3人で拾い終える。
南部「じゃ水沢さん、時間ないんで、また今度」
　笠原を連れ、早足で去っていく南部。
真紀「（取り残され）……」

29　幼稚園　道・午後・お迎え時間

　真紀、幼稚園の制服を着た菜子を連れて歩く。

30　真紀の実家・玄関外・午後

　真紀に抱き上げられ、チャイムを押す菜子。
真紀「おばあちゃーん、きたよーって」
菜子「おばあちゃーん！　き・た・よーー！」

31　真紀の実家・リビング・午後

　真紀、椅子の上に登り、電球を交換している。
ふみ子「悪かったわね。忙しいのに、わざわざ」
真紀「全然。これ位いつでも呼んで」
　菜子は、いとこの直哉に遊んでもらっている。
真紀「ねー直ちゃんて大学卒業したよね？　どこ就職したの？」
直哉「ん、今の時代、就職なんて負け組がすることだよ」
真紀「え？　じゃ、勝ち組は就職しないで何してるの？」
直哉「まあ、デイトレードとか、色々ね」
真紀「何それ。大丈夫？……てか、何でここに来てんの？」
　作業を終えた真紀、電球を片付けて椅子に座る。
　そこに、直哉が「種と果実」の本の山を差し出す。
直哉「あのさ、これにサインして欲しくて」
真紀「何で？　こんなに沢山？」
直哉「うん、まあ。友達に頼まれて（と、サインペンを渡す)」
真紀「(訝しんで)……何か企んでるでしょ?」
直哉「え、何も何も。マジで友達に頼まれて」
真紀「……」
直哉「や、俺の周り結構いるよ。真紀ちゃんのファンって人」
真紀「へー、どーせ『種と果実』だけでしょ」
直哉「違う違う。最近のもすげー良かったって。言ってた」
真紀「最近の、何て作品?」
直哉「え何だっけな。多分アレ。あの一番最近の。何だっけ」
真紀「……ふーん、そう」
直哉「や、本当すげーよ。俺これでも尊敬してんだからね。ウチの親族の誇りだし。これからも頑張ってよ」
真紀「ま、いいけどね」
　真紀、慣れた手つきでサラサラとサインする。
真紀「はい。こんな感じでいい?」
直哉「バッチリ。でこの1冊だけ『ユナさんへ』って書いて」
真紀「ユナさん? 誰? 彼女?」
直哉「いーからいーから。チャチャッと書いちゃって」

　ふみ子が、人数分のお茶を淹れている。
真紀「(気づいて)ああ、お母さん、私がやるのに……」
ふみ子「いいのいいの。はい。なっちゃんはジュースね」
真紀「どう? 足の調子は?」
ふみ子「うん、大分いいの。もうすぐ杖も卒業できそう」
真紀「ほんと無理しないでね、ゆっくりでいいんだし」
ふみ子「そうゆっくりもしてらんないわ。お父さんの相続のことも溜まっちゃってるし」
真紀「だから、それは私がやるってば。今の原稿が片付いたらすぐやるから。せっかくこっち戻って来たんだし」
ふみ子「(首を振り)いいの、私がやる。それよりあんた、大丈夫なの? 裕一さんとは」
　真紀、サインの手を止め、顔を上げる。
真紀「え? どうして?」
ふみ子「こないだの事もそうだけど、もう少し気を遣わなくちゃ。家の事だってきちんとなさいよ。あんなに散らかり放題じゃ、そのうち愛想尽かされちゃうわよ」
真紀「……大丈夫。家の事しないのは向こうの方だし」

ふみ子「だって、向こうはお勤めしてんじゃないの」
真紀「え、じゃ何? 私は遊んでるって?」
　ふみ子、無言で立ち上がり、お茶を足そうとする。
真紀「お母さん。私がやるってば(と立ち上がる)」
　真紀が替わろうとするが、ふみ子は続ける。
ふみ子「こっちに越してきて貰ったことだって、私、本当は申し訳ないと思ってんのよ。裕一さん、通勤に時間かかっちゃうの我慢してくれてんでしょう」
真紀「……(色々言いたいのを堪え)」

32　マンション・エントランス・午後

　帰宅する真紀と菜子。
　茂夫が郵便受け前に立って、封筒を開封している。
菜子「あ! お隣のおじちゃん!」
茂夫「あっ……こんにちは……(緊張気味に)」
菜子「ねーおじちゃん。また遊ぼうね!」
真紀「……ん? またって?」
菜子「こないだお家で一緒に遊んだんだよ。ね!」
真紀「もしかしてあの日、ご主人もいらっ

しゃったんですか?」
菜子「おじちゃんがお風呂で洗ってくれたんだよ。ね!」
真紀「お……お風呂!?」
菜子「楽しかったね!」
茂夫「(うっすら笑い)うん。本当に楽しかったよ」
真紀「(愕然)……」
そのまま階段を登る3人。
ふと見れば、茂夫の封筒の中身は「種と果実」だ。
真紀「え……」
茂夫「(真紀の視線に気づき)あ、これ……な、なっちゃんがオススメしてくれたので、読ませて頂きます」
真紀「ああ、はい……」
茂夫「でも、小説は、ええと……4年……いや、5年以上は読んでいないので、時間は、かかってしまうかと……」
真紀「……」
無言のまま、揃って家の前まで歩いてくる3人。
茂夫「なっちゃん……また遊びに来てね」
菜子「うん!」
茂夫「……そうだ、お母さんも是非一緒に。つ、妻も喜ぶと思いますから」
真紀「え……(顔が引きつり)はい……」
茂夫、会釈して隣の家に入っていく。
真紀「菜子、どういうこと? お風呂って……、やだ……」

33 吉岡家・リビング・夕方

夕飯。レトルト食品をレンジで温め、並べる真紀。
真紀「さ、食べよ。なっちゃんオモチャおしまい」
菜子「ねえママ。明日、お隣に遊びに行かない?」
真紀「え……(近づいて)なっちゃん。もうお隣には行かないよ。今度誘われても、絶対に付いていっちゃダメだよ」
菜子「えーなんで? おじちゃんまた遊びに来てねって……」
真紀「ダメ!!(テーブルを叩く)」
菜子「(驚いて)うわーん……」
真紀「ごめんごめん……。でも、お隣はダメなの。危ない人達だから。ね? ママの言うこと聞けるよね? あの人たちとはもう絶対口きかない。分かった?」
菜子「……(泣いている)」
真紀「分かったよね? お願い」
菜子「……(うなずく)」
真紀、菜子を抱きしめ、頭を撫でる。

34 道・夕方

スケボーを走らせる直哉。繁華街の中へ。
路駐の車の窓ガラスで髪型をチェックして、店へ。

35 スナック・夜

直哉の隣、ホステスのユナが水割りを作っている。
直哉「これ、プレゼント」
と、真紀のサイン本を差し出し、サインを見せる。
ユナ「(見て)えー。水沢玲のサイン?」
直哉「そうそう(得意げ)」
ユナ「(受け取り)ありがと。本当だったんだ、知り合いって」
直哉「もらうの、結構苦労したけどね。どうにか」
ユナ、サインを見ることなく、本を脇へ置く。
直哉「(その様子を見て)……あれ?……あんまり?」
ユナ「んー? 何が?」
直哉「……ユナちゃん、水沢玲のファンって言ってなかった?」
ユナ「あーうん、ファンだった。中学生の頃だけど」
直哉「ああ……。今は、ちがうんだ?」

ユナ「そうだねー。最近は全然読んでない」
直哉「ふーん……。なんで？」
ユナ「ええー何か、面白くなくなっちゃったし、水沢玲さん。イマイチ登場人物の描写も浅いっていうか。ストーリーも薄っぺらい感じしない？」
直哉「うん。そうなんだ……」
ユナ「今は笠原凛さんにハマってるよ。ベタだけど」
直哉「なんだよー……才能ねーのかよ、水沢玲」
ユナ「ま、でも今の時代、作家も才能だけじゃダメらしいしね」
直哉「ま、そうだよね。才能以外に……何がいるのかな？」
ユナ「何だろ、読者が思わず読みたくなっちゃう斬新な打ち出し方とか……プロデュース力的なやつ？」
　その時、ユナに指名が入る。
ママ「ユナちゃーん。ごめん、お願い」
直哉「あ。それはそうとさ、今度よかったら一緒に……」
ユナ「はーい！（直哉に）ごめんねー。また後でね！」
直哉「え、あ……」
　ユナ、別の客の方へ行ってしまう。

36　吉岡家・真紀の部屋・昼（休日）

　パソコン前。筆が進まずイラついている真紀。
　布団叩きの音と美和子の歌が、ずっと聞こえている。
真紀「……（頭を抱え）っとに、あのババアは……！」

37　ベランダ・昼

　美和子、熱唱しながら布団を叩いている。
真紀「……あの、いい加減やめてもらえませんか？」
美和子「あのさあ、いま昼よ？　昼に布団干して何が悪いのよ」
真紀「うるさいからです！　ちょっと非常識すぎますよ！」
美和子「非常識ぃ？（ため息）あのさ、こないだも言ったけどさ、非常識は、あ・ん・た・な・の！」
真紀「は？」
美和子「昼に布団干すのと、子供放ったらかしにするのと、さて、どっちが非常識？　聞くまでもないわ！」
真紀「な……！」
美和子「非常識♪　非常識♪　どー考えても非常識♪」
　リズミカルに布団を叩く美和子。
真紀「……!!」
美和子「（リズミカルに）ていうか、これ、生活音だから。文句言うなんて筋違いなの！」
真紀「……せ、生活音？（唖然）これが？」
美和子「そうよ。れっきとした生活音！」
真紀「（思わず笑い）そのヘッタクソな歌が？　生活音!?」
美和子「（ムッとして）何よ……ヘタクソって」
真紀「……あれ。まさか、自分は歌が上手いって思ってます？」
美和子「……（上手いと思っていた）」
真紀「思ってんの！　えええ！　ウケる〜（笑）」
美和子「はあああーーーー！！」
　奇声を上げて、部屋の中に走り去っていく美和子。
　真紀、ふぅ、と息をつき、部屋に戻る。
　すると突然。ガッガッガーー♪
　アップテンポの音楽が大音量で響いてくる。
真紀「（飛び出して）えっ、何？？」
美和子「音消しよ、音消し！　私のヘッタクソな歌が聞こえないようにね！」
　美和子、リズムに乗って踊る様に布団を叩いている。

真紀「（愕然）頭おかしいんじゃないの……」
美和子「さあ。アンタのご要望通りにしてあげただけ～」
真紀、怒りが込み上げる。
咄嗟に竿を掴み、美和子の布団を落としにかかる。
美和子「な、なにすんの」
布団の引っ張り合いになる。
美和子「やめろ！！！」
真紀「アンタがやめろ！！！」
美和子、布団叩きで真紀を小突く。
真紀、負けじと竿で小突き返す。
美和子「（布団を叩き）♪非常識！　あ～非常識！」
真紀「（真似て）アンタが非常識！　あ～アンタが非常識！」
騒ぎに驚いた近所の人が、次々と窓から顔を出す。
通行人も足を止め、人だかりができる。
その中にカメラを向ける人物がいる。
……直哉だ。
直哉、ギラギラと目を輝かせて撮影している。

38　**吉岡家・キッチン・リビング・夜**

誕生日の帽子をかぶった菜子。テーブルにはケーキ。
そんな中、グチグチ喋り続けている真紀。
真紀「本っ当最悪だよ！　まじで頭狂ってるよ！　このままじゃこっちまで頭狂っちゃいそう……」
裕一、ケーキをワクワク見つめる菜子を気にして、
裕一「真紀。もうやめようよ。菜子のお祝いなんだから……、ねえ、ライター取りに行ったんじゃないの？」
真紀「あ、ごめん（取りに立ち）……だってさ、あんな狂った人初めてだもん。マジで意味不明だよ（文句を続ける）」
裕一「（遮って）や、でもさ、真紀もヒートアップし過ぎなんだよ。だから向こうが余計怒るんだって」
真紀、ライターを探す手を止める。
真紀「……え、それって、私の方が怒らせてる原因てこと？」
裕一「や、て言うか、これ以上油を注ぐ必要はないんじゃないのってこと……、ねー蝋燭つけるから、早く」
真紀「なーんか……他人事だよね、裕ちゃんは」
真紀、ぶっきらぼうに戸棚を閉める。
真紀「じゃさ、裕ちゃんも1回、試しにあのクッソうるさい騒音の中で仕事してみてよ絶対冷静になんて居られないって分かると思うよ」
裕一「（ため息）……ね、早くライター貸して」
真紀「どう？　それでさ、一回あのババアと話してみたら……」
裕一「あのさ！　だからその、クソとかババアとか、やめようって言ってんの。菜子の前だろ」
菜子「……（仲良くして欲しい）」
真紀「……だって、全然分かってないよ……」
裕一、黙ってライターを奪い取ろうとする。
だが、真紀は渡すまいと抵抗する。
裕一「何？　貸してよ。早く」
真紀「やだ……」
次第に本気の取り合いを始める2人。
揉み合う中、よろめいた裕一の腕がケーキを直撃。
裕一「げっ……（ため息）最っ悪……」
菜子「……うわーーん……!!」
堪えていた菜子、堰を切ったように泣き出す。
真紀「……ごめん、なっちゃん……」
泣きわめく菜子、真紀の手をイヤイヤと振り払う。
裕一は立ち上がり、無言で部屋を出てい

く。

真紀「……どこ行くの？」

裕一「洗濯」

バタン、とドアが閉まる。

潰れたケーキと、散らかった料理。菜子の泣き声。

39 公園・午後

ベンチでうな垂れている真紀。
その周りを、スケボーで回っている直哉。
真紀「あーあ……離婚になったらどうしよう……」
直哉「え、そうなの？（楽しそうに）何かあった？」
真紀「うーん……最近全然上手くいかない。喧嘩ばっかりで」
直哉「まあ、世に言う倦怠期ってやつかー」
真紀「……ていうかね、全部隣のババアのせいだから。アイツのせいで、仕事も家族もめちゃくちゃなの」
直哉「へえー。大変だね……（ふと思い付き）つかさ、作家なんだから、そーいうのこそネタにすればいーじゃん」
真紀「うっさいな……こっちは超深刻な事態なんだから」
直哉「うん。だからこそ、真に迫る描写ができるんでしょ」
真紀「……（顔を上げ）え？」
直哉「最近の真紀ちゃんの小説はホラ、イマイチ人物描写が浅いって言うか、薄っぺらい感じなワケじゃん」
ユナの受け売りをそのまま話す直哉。
真紀「（苛立って）は⁉ アンタに何が分かんの！」
直哉「やや、だからこそ、この逆境をむしろプラスに考えてさ、ネタとして利用すべきなんだって」
真紀「ええ？……そんなの（あれそうかも、と思い始める）」
直哉「作家はさ、自分の経験全てを糧にしないと」
真紀「……もういい。素人は口出さないで」
直哉「俺、面白いと思うよ、騒音おばさんキャラ」
真紀「うるさい。……てか何？ 用があるって？」
直哉「ああ。また、サインして欲しくて」
直哉、サインペンと数冊の本を取り出す。しかしそれは、笠原凛の単行本ばかり。
真紀「もー、また沢山……（笠原の本を見て）ん、これは？」
直哉「適当でいいから、笠原のサインして」
真紀「はあ、なんで私が？」
直哉「なんか、サイン上手いから」
真紀「（呆れて）バカじゃない。嫌に決まってるでしょ」
直哉「大丈夫大丈夫。適当に、それっぽい感じで」
真紀「（ペンを突き返し）ダメダメ。ていうか、私超忙しいんだから。（立ち上がり）もー帰るよ」
直哉「えー、チャチャッと書くだけなのにー」
真紀、そそくさと立ち去る。

40 吉岡家・真紀の部屋・午後

帰宅し、一目散にパソコンに向かう真紀。

執筆ソフトで、新しいノートを開く。

『ミセス・ノイズィ』と題し、書き始める。

41 T「一ヶ月前」

42 若田家・茂夫の部屋・夜明け前

ベッドで眠る茂夫。うなされている。

茂夫「うう……うう……」

布団の上を、数匹の黒い虫が這い回っている。

カサカサカサ……虫の数は徐々に増え、茂夫の身体中を這い回り始める。そして1匹が耳の中へ……

× × ×

茂夫「うわあぁぁぁ!!（パニック）」
目を覚まし、指で耳の中を必死にこする。
美和子「どうしたの⁉ 大丈夫⁉」
駆けつけた美和子、騒いでいる茂夫をなだめる。
茂夫「虫が！ 虫が！ そこに……（と布団を指す）」
美和子「虫が？ 布団の中に？」
美和子、布団をめくるが、虫はいない。
茂夫「……またあの虫が……沢山……（意味不明な事を呟く）」
布団を指して、怯えている茂夫。
美和子「茂夫さん、大丈夫。アタシ虫を払い落としてくる」
と、布団を丸めて担ぎ上げると、ベランダへ。

43 若田家・ベランダ・夜明け
干した布団を勢いよくぶっ叩く美和子。
美和子「虫落ちろ！ 虫落ちろ！ わーどんどん落ちてく！」
ふと、「何してるの？」と声が聞こえる。
仕切りの隙間から、菜子が覗いている。
美和子「あら！ そんな所に。おはよう。引っ越してきたの？」
菜子「……うん」
美和子「おばちゃんお布団干してんのよ。フカフカになーれって」
何も言わず、立ち去る菜子。

44 若田家・朝
量が多く、大皿に雑に盛られた朝食。
美和子、茂夫の皿にせっせとおかずを乗せている。
美和子「お隣さん、越してきたみたいよ」
茂夫、味噌汁に箸を突っ込んだまま、固まっている。
恐る恐る、シジミを摘んで取り出す。
美和子「茂夫さん、それシジミね。虫じゃないからね」
茂夫「うん……（味噌汁を凝視している）」
美和子、そっーと茂夫から味噌汁を遠ざける。
美和子「（明るく）今日、お隣ご挨拶に来るかもしれないわね」
茂夫「うん……（味噌汁を凝視している）」
美和子、味噌汁をさらに茂夫から遠ざける。
美和子「ま、無理して出なくてもいいからね」

× × ×

美和子、残った料理を自分の弁当箱と茂夫の昼食用に分けて入れ、ラップをかける。洗い物を済ます。
仏壇前。手を合わせ、お供えのご飯と水を下げる。
鞄にお菓子とバナナを入れ、上着を着る。
茂夫の部屋のドアをノックし、そっと開ける。
美和子「行ってくるね。デザート、バナナあるから」
茂夫、ヘッドホンを付け、英会話の勉強をしている。
美和子「バナナの虫は取り除いておいたから。じゃあね」
茂夫「……あ、あのさ」
美和子「（振り返り）え？」
茂夫「あの……、ありがとう。ごめんよ」
美和子「（微笑んで）……ううん」

45 道・朝
自転車で走っていく美和子。
大家の谷本さんが、家の前で水を撒いている。
美和子「おはようございま〜す（と走り去る）」
谷本「ああ若田さん、行ってらっしゃーい」

46 農園・朝
広がるビニールハウス。

美和子、駐輪場に駐車し、早足で入っていく。

47　農園・作業場・午前中

黙々と作業する、エプロン姿のパートたち。

大量のキュウリを等級別に仕分けし、箱詰していく。

雇い主の佳代が、美和子に話しかける。

佳代「美和子さん。悪いけど、新しく入った丹羽くんに仕分け教えてもらっていい？」

美和子「はいはい。任せて」

× × ×

美和子、浩平に仕分けを教えている。

美和子「こういう曲がったのは『規格外』ね」

と、曲がったキュウリを「規格外」の大箱に入れる。

次に、やや曲がったキュウリを手に取り、
美和子「これくらいなら、こうして（カーブを両手でキュッキュと直し）ほら。A級で行けるから」

浩平「なるほどっす」

同じように、キュッキュと手で直す浩平。

力を入れすぎて、ボキッと折れる。

美和子「ハイ、アウト～！（得意げに）これはね、ビミョーな力の入れ具合がコツなのよ。見てて」

美和子、得意げにキュッキュ……

次の瞬間、ボキッと折れる。

浩平「ハイ、アウト～」

美和子「……（浩平を小突く）」

48　若田家・昼

茂夫、バナナを一口かじり、その断面をじっと見る。

ふいに、中心の黒い部分から虫が湧き出てくる（ように見える）。慌ててフォークで掘って捨てる。

だが、いくら掘っても黒い部分は奥に続く。

その時。ドン……ドン……ドン……！

どこからか地響きのような音が聴こえてくる。

茂夫「（驚いて）！！！」

固まる茂夫。音は鳴り止まない。

茂夫「ああああ！」

耳を塞いで自室に駆け戻り、ヘッドホンで耳を覆う。

茂夫「She's getting married next month.

She's getting married next month……」

英会話のフレーズを呪文のように唱え続ける。

× × ×

部屋の外。マンションの廊下。

菜子がゴムボールを突いて遊んでいる。

パン！　パン！　パン！　軽い音が響いている。

茂夫の幻聴で、それが地響きのように聴こえている。

49　農園・午後

終業時間。出荷のトラックが出て行く。

おのおの帰宅していくパート作業員たち。

50　マンション・エントランス・午後

美和子が帰宅すると、菜子がタタタと駆け出てくる。
美和子「あら。こんにちは」
菜子「……（黙って行こうとする）」
美和子「ねえ。1人でどこ行くの？」
菜子「……公園」
美和子「公園？　ママは？」
菜子「ママ、お仕事してる」
美和子「でも、1人で行くのは危ないよ」
菜子「……（黙って行こうとする）」
美和子「待って。じゃ、おばちゃんが一緒に行ったげる」
菜子「……（迷う）」
美和子「（手を差し出し）大丈夫。ほら」
菜子、戸惑いつつ、その手を握る。

51　公園・午後
楽しそうに遊んでいる2人。

52　近所の道・夕方
菜子、すっかり美和子になついている。
美和子「だいぶ遅くなっちゃった。ママに怒られちゃうかな」
菜子「へいき」
美和子「どうして?」
菜子「ママずっとお仕事だから」
美和子「じゃ、なっちゃんは、いつも1人で遊ぶの?」
菜子「うん」
美和子「まあ、そうなの……」

53　若田家・夜
夕飯中。ひっきりなしに喋り続ける美和子。
美和子「そしたらその人、急にその子を怒鳴りつけたの。ちょっと変よねえ。自分が子供1人でほっぽり出しといてさ」
茂夫「……うん」
美和子「ま、アタシがかばってあげておいたけど……でも、作家ってそんなに忙しいのかしらねえ。あんなちっちゃな子1人の面倒も見ないで……何だかその子が可哀想で」
茂夫「……うん」
美和子「長い付き合いになるし、変な人だと困るけど。……あ、そうそう、その人ね、ペンネームがあるんだってさ! ペンネームよっ……（喋り続ける）」

54　若田家・早朝
「わあああ!」と、茂夫の叫び声が聞こえる。
美和子、飛び起きて、茂夫の部屋へ駆けつける。
美和子「茂夫さん! 大丈夫?」
茂夫「虫が! また虫が!」

55　若田家・ベランダ・早朝
美和子「虫、落ちろ! 虫、落ちろ! 虫、落ちろ!」
と、茂夫に聞こえるように言いながら布団を叩く。
美和子「（茂夫に聞こえるよう）あ〜どんどん虫が落ちてく〜」
その時、隣から怒鳴り声。
真紀「あの!!」
毛布を被った真紀が、鬼の形相で睨んでいる。
美和子「あら! お早うございます。先日はどーも」
真紀「（怒鳴る様に）もう少し静かにできませんか!?」
美和子「ん?」
真紀「それ! その音!!」
美和子「すみません……でも、ちょっとワケがあって」
真紀「まだ6時前よ? こんな時間にバシバシ布団を叩くワケって何ですか!?」
美和子「……その、実はウチの……」
真紀「（遮って）あの!?……あのっ!!」
美和子「……（たじろぐ）」

56　若田家・茂夫の部屋・早朝
美和子、諦めて部屋に戻り、布団を戻そうとする。
茂夫「（それを制して）待って……まだいるから……」
美和子「大丈夫。もういなくなった」
茂夫「まだいるよ……ダメだ! ダメだ……!」
と、殺虫スプレーをひっ掴み、激しく噴射し始める。
美和子「ちょ! 待って待って! もっかい後で叩き直すから——!」
茂夫を押さえようとして、スプレーを浴びる美和子。

　叫んで暴れる2人。大騒ぎ。

57　（時間経過）若田家・ベランダ・朝

　美和子、隣を気にしつつ、布団を叩き直している。
美和子「よし！　虫いなくなった！　じゃ時間ないから行くね！」
　布団を投げ置くと、そのまま駆け出ていく。

58　農園・作業場・朝

　朝の会。佳代が作業員たちの前で話をしている。
　そこに、美和子が駆け込んでくる。
美和子「ごめんなさーいっ！　もー朝から色々大変で……」
佳代「……えーなので、3cm以上曲がってるものは、こちらのポリバケツに捨てちゃって下さい」
美和子「え？　何？　なんの話ですか？」
佳代「規格外のキュウリは、今日から出荷せず廃棄します」
美和子「え！　どうして？　廃棄なんてもったいない」
佳代「もったいないけど、いま卸値が下がってるから。逆に出荷の経費の方が高くついちゃってる状態なのよ」
美和子「だからって捨てちゃうなんて！　バチ当たりよ？」
佳代「（無視）では、今日もよろしくお願いしまーす」
　それぞれ作業にかかる作業員たち。
　美和子、去っていく佳代を追いかけて食い下がる。
　が、冷たくあしらわれ、ぶつくさ言っている。

59　マンション前の道or駐車場など・午後

　美和子が帰宅すると、壁に赤い線の落書きがある。
　辿っていくと、菜子が壁のかげで遊んでいる。
　地べたに化粧品やおもちゃを広げ、顔中に化粧品を塗りたくり、口紅で壁や床にお絵描きしている。
美和子「こらこらこら！　何してんのー（駆け寄る）」
菜子「なっちゃんの新しいおうちなの」
美和子「こんなになって……ママは？　お家帰ろ（手を引く）」
菜子「いや！」
美和子「どうして？」
菜子「……なっちゃん家出したから。帰らないの！」
美和子「でも、それキレイにしないと。ママんとこ行こ？」
菜子「だめ！　なっちゃん家出したこと、ママには内緒なの」
美和子「うーん、……じゃ、おばちゃんち行こっか？」
菜子「……おばちゃんち？」
美和子「おばちゃんち行って、キレイにしましょ。それからおもちゃで遊んでもいいし」
菜子「……おもちゃってどんなの？」
美和子「そうね、色々あるわよ。ダンスするお人形さんとかね」
菜子「ダンス？　どんな？」
美和子「えーとね、こーんなダンス（激しく踊ってみせる）」
菜子「（笑って）うそー」
美和子「ほんとほんと。（激しく踊ってみせ）こーんなダンス」
菜子「（大笑い）」

60　若田家・夕方

　美和子、菜子の汚れをタオルで拭いている。
美和子「取れないねえ……仕方ない。お風呂で洗おっか」
菜子「ママみたいにお化粧したんだよ」

ふと、菜子の腕にある青アザが目に入る。
美和子「あら？　ここ、どうしたの？」
菜子「えっと、机でゴツンしちゃったの」
美和子「まあ……（アザを撫でる）」
その時、菜子のお腹が鳴る。
美和子「（聞いて）あら、お腹もすいてるの……」
菜子「うん」

×　×　×

お風呂場にて、菜子の汚れを洗っている茂夫。

×　×　×

食卓に、美和子お手製のおむすび。
菜子「おいしい！」
もりもり食べる菜子を見て、嬉しそうな夫婦。
美和子「それにしても……、ママ、いくら忙しくてももう少しちゃんとしてくれないと。なっちゃん可哀想よ」
茂夫「なっちゃんのママは、どんな小説書いてるの？」
菜子「えっとね、すっごく面白いやつ！　そうだ。おじちゃんとおばちゃんも読んでみて！」
茂夫「うん。分かった。読んでみるね」
菜子「約束ね！（と、小指を出す）」
笑顔で指切りを交わす2人。
美和子、おむすびをお皿に乗せて、仏壇の方へ。
気づいた菜子が、不思議そうに近づいてくる。
菜子「それは誰が食べるの？」
美和子「（供えて）ん？　ううん、食べないんだけどね……」
仏壇の奥には、幼い少年の写真が飾られている。
菜子「誰も食べないのに、飾るの？」
美和子「……そうよ」
菜子「どうして？」
美和子、黙って微笑み、菜子の頭を撫でる。

×　×　×

広げられたおもちゃ。打ち解けて遊んでいる3人。
いつになくはしゃぐ茂夫を見て、嬉しそうな美和子。

×　×　×

時間経過。疲れて眠っている三人。

61　吉岡家・玄関・夜

ドアの前。手を繋いで待っている美和子と菜子。
美和子「ごめんねえ。寝過ごしちゃって。ママ心配してるね」
菜子「大丈夫。ママお仕事だもん……」
美和子「……なっちゃん、（哀れんで）ママが忙しい時は、またいつでもおばちゃんち遊びに来ていいからね」
菜子「うん。やったあ（嬉しそう）」
ガチャ、と玄関のドアが開く。
裕一「！……っ、菜子！」
真紀「えっ、菜子……！　菜子ーー!!」
美和子を押しのけて、菜子を抱き寄せる真紀。
美和子「ごめんなさい。もうびっくりよ！　一緒にお昼寝しちゃってて。目が覚めたら外が暗くて驚いちゃって。心配してたでしょう……」
真紀「（美和子を睨みつけ）何なんですか!?」
美和子「ん？　いえね、この子が1人で……」
真紀「何なんですか？　何考えてんですか!?」
話を聞かず、一方的に怒りをぶつけてくる真紀。

62　若田家・夜

美和子「何なのあの態度！　ああー腹が立つ!!」
苛立ちながら、帰宅する美和子。
美和子「ねえ茂夫さん！　あの隣の女、本っ当におかしい……」

シンとした部屋。1人おもちゃを弄っている茂夫。

動くおもちゃを見つめ、不意に泣き出す。

美和子「……茂夫さん……（涙を堪え）」

美和子、そっと近づいて、茂夫の肩を抱く。

63　動画サイトの映像

ベランダで、大喧嘩している真紀と美和子。

2人の必死の形相が、ズームアップされる。

64　地元のバー（徹の店）・夜

飲みながら、動画を見て爆笑している直哉たち。

浩平「（爆笑）これはやべえ。最高」

徹「つか、もー1万回以上見られてんじゃん」

直哉「そーなんす。や、これでちょっと一山当てようかなって」

浩平「……あれ!?　ちょ、これ美和子？　美和子じゃん!!」

直哉「え、知り合いすか?」

浩平「（爆笑）やべえ！　美和子、つええええ！」

65　出版社編集部・昼

幼稚園帰りの菜子を連れた真紀、入ってくる。

山田、2人に気付いて手を上げ、近づいてくる。

山田「水沢先生！　すみませんでした、急にお呼び立てしちゃって（名刺を出し）編集の山田と申します」

真紀「（受け取って）はじめまして。水沢です」

山田「はいお嬢ちゃんにも（と渡し）じゃ、こちらへどーぞ」

山田、打合せの席に2人を案内する。

山田「早速なんですが、先日南部に送って頂いたこの原稿、『ミセス・ノイズィ』、僕も読ませて頂きまして」

真紀「ああ。ありがとうございます」

山田「とっても面白かったです！　この、光子さん？　おばちゃんキャラ、すっごくリアルでいいっすねー！　いるなーこういう人って（笑う）やー、笑った笑った」

真紀「ええ……一応実在の人物をモデルにしたので」

山田「それでですね、南部とも話したんですが、今僕が担当してる若者向けのカルチャー雑誌がありまして。そちらに連載企画として掲載させて頂きたいんです」

真紀「え！　本当ですか」

山田「このテイスト、若い人にウケると思うんすよね。で、僕が強力にプッシュしまして、上からもゴーが出ました！　ま、一旦トライアルなんで、評判がイマイチだと連載3回で打ち切りになりますが」

真紀「（喜びを抑え）分かりました。頑張ります」

66　出版社前の道・午後

建物から出た真紀、突然、菜子の手を取る。

真紀「なっちゃん……今日はお祝いだよ！」

菜子「お祝い？」

真紀「よし！　ご飯食べに行こう！　何がいい？」

菜子「なっちゃん、ハンバーグかオムライス！」

真紀「よっし。じゃ、ハンバーグとオムライス、両方だ！」

菜子「りょうほう？」

真紀「うん両方！　イエーーイ！」

菜子「イエーーイ！」

スキップする2人を、道ゆく人々が眺めている。

真紀、人々に陽気に挨拶をして、立ち去

る。

67 **農園・作業場・午後**

美和子、変形キュウリを手に、ふと作業を止める。
視線の先には、大量に捨てられていく変形キュウリ。
美和子「(独り言)……本っ当、おかしな世の中よ……」

× × ×

美和子、変形キュウリを出荷用の箱に詰めている。
気づいた佳代が、近づいてくる。
佳代「ちょっとちょっと、何してんですか?」
美和子「捨てるんだったらアタシが頂いてきますから」
美和子、佳代に構わず、箱を担いで去ろうとする。
佳代「(後を追い)頂くって……どうするの? そんなに沢山」
美和子「別にいいでしょ~、どうしようと」

68 **スーパーマーケット・夕方**

美和子と店員、キュウリの箱を挟んで揉めている。
店員「……ですから、こういう持ち込み自体受けられないので」
美和子「タダでどうぞって言ってんのよ? 無料! フリー!」
店員「ですから、お金の問題じゃないんです」
美和子「……あのさあ。アナタたち、あたま大丈夫?」
店員「ええ? (苦笑い)」
美和子「どーして曲がってるだけで売ろうとしないのよ!?」
店員「いえ、曲がってることが問題ではなく、手続き上の……」
美和子「(ため息)もういい! どうも、さよなら!」
キュウリを担いで、走り去る美和子。

69 **八百屋・夕方**

スーパー同様に、店主に追い返される美和子。
苛立ちながら、キュウリを担いで立ち去る。

70 **若田家・茂夫の部屋・深夜**

「種と果実」を読んでいる茂夫。目が潤んでいる。
涙が頬を伝う。声をあげて、ああああと泣き出す。
と、その時。突然扉がノックされ、開く。
美和子「まだ起きてるのね。眠れない?」
茂夫、あわてて読んでいた本を隠し、
茂夫「(平然を装って)な、なに?」
美和子「ん。電気点いてるのが見えたから。アタシも眠れなくて」
美和子、茂夫に近づき、手元を覗く。
美和子「何してたの? 読書?」
茂夫「(本を隠し)ううん、別に……どうかしたの?」
美和子、そのままベッドに座り込み、ため息をつく。
美和子「なーんか最近理不尽な事ばっかで……嫌になっちゃって。世の中がせせこましいっていうか、ギスギスしてんのよ」
茂夫「うん……」
美和子「隣の女だってさ……、あーんなトゲトゲしい人が面白い小説なんて書けんのかしら? ねえ」
茂夫「(冷や汗)うん……さあ」
美和子「ねえ茂夫さん。(見つめて)アタシ正しく生きてるわよね? 世の中の方がおかしいのよね?」
茂夫「うん……」
美和子「大丈夫よね、2人なら。生き抜いていけるもんね」
茂夫「うん……」

美和子「よかった（微笑んで）ね、何の本読んでたの？　見せて」
　美和子、茂夫の手から本を抜き取ろうとする。
茂夫「あっ……ちょっ、何でもないって!!」
　焦った茂夫、思わず美和子を突き飛ばしてしまう。
　倒れ込み、呆然とする美和子。
美和子「（驚いて）……何よ……何で、何でアタシに隠すの？」

71　弁護士事務所・朝

　ソファに座り、弁護士と向き合っている真紀と裕一。
遠山「では主な被害としては、騒音と、誹謗中傷や暴言ですね」
真紀「はい。もう毎日毎日酷くて、頭が変になりそうで……」
裕一「先生。この場合、訴訟とかってのはやっぱり……」
遠山「はい、きちんと被害を受けた証拠が提示できれば、損害賠償請求できる見込みはあると思います」
真紀「ほ、本当ですか？（目が輝く）それならもう、是非」
遠山「では、まずは証拠集めをしてもらえますか」
真紀「証拠集め？」
遠山「被害を受けているという具体的な証拠です。例えばビデオや写真で状況を記録したり。あとは、専門の業者に頼んで騒音値を測定してもらうという方法も……」
　真紀、目をキラキラさせて話を聞いている。

72　動画サイトの映像

　ベランダで喧嘩する2人の動画。

　タイトル『水沢玲VS騒音おばさん　極限バトル！』

　と名出しされ、再生回数はすでに30万回以上。

　動画を見ているのは、駅前でたむろする高校生たち。

　スマホを囲み、大笑いしている。

　×　×　×

　部屋の中。動画を見て思わず吹き出す男。

　コメントを書き込む。「何こいつら」

　続いてすぐ書き込みがある。「ババア最強」「水沢玲まだいたの」「誰？」「布団ｗｗｗ」

　×　×　×

　カフェで動画を見ている女性たち。

　真紀の連載小説の雑誌を見比べながら、笑っている。

　×　×　×

　居酒屋の若者たち。2人を真似し、大ウケしている。

　×　×　×

　書き込みはどんどん増えていく。

「基地外ババアｗ」「水沢玲災難」「もっとやれ」

　動画を見る人々の表情と声が重なっていく……

73　室内（どこか）・夜

　タブレットで喧嘩の動画をニヤニヤ眺める直哉。
直哉「（独り言）きてるねェーー」

74　出版社編集部・朝

　ノートパソコンを挟み、向き合っている真紀と山田。
山田「（楽しそうに）もー一気に時の人ですね、水沢先生！」
真紀「山田さん、からかわないでください」
山田「でも実際、連載に対する反応はすごいですよ！　これは実話なのか？って。やっぱりどーみても動画と連動してるように見えますからね」
真紀「違うんですって。こんな動画が出回ってたことなんて、私ちっとも知らなくて

「……」
山田「ミラクルですね。やーもってますねえ
　水沢先生！」
真紀「恥ずかしすぎます、本当に。……それに、これマズくないですか？　一般人をネタにしてるみたいで……」
山田「でも、あくまでフィクションですよね？　先生が書いてるのは。実在モデルだとはどこにもうたってないですし。世間が勝手に解釈して騒いでるだけで」
真紀「それは、勿論そうですが……」
山田「いいんですよ。これこそ今の売り方っていうか。今は作家先生だって生き残るには何でもやらないと。もー利用できるもんは利用してどんどん書いちゃって下さい！」

75　スーパーマーケット・魚売場・昼

サングラスに帽子姿で、食材を購入する真紀。
突然、見知らぬ若い女子2人に声をかけられる。
ルミ「あの、水沢玲先生ですよね？」
真紀「え、あ……はい」
キャー、とはしゃぐ女子たち。
ルミ「ミセス・ノイズィ、凄く好きです！　大ファンです」
真紀「ほんと？　ありがとう」
マリエ「あの、サイン貰えませんか？」
ルミ「あたし、一緒に写真撮って欲しい！」
周りを気にしつつ、サインをし、写真を撮る真紀。
はしゃいで去っていく2人を、笑顔で見送る。
続いて、携帯が鳴る……別の出版社の編集部からだ。
真紀「（出て）もしもし、水沢です」
朝倉「ご無沙汰しておりますー。三鳥社の朝倉です」
真紀「はい、ご無沙汰しております」
朝倉「先生、東羽社さんの連載、読ませて頂きまして。すーごく面白い視点で描かれてますよねー。さすが、話題になってるのも納得です」
真紀「ありがとうございます」
朝倉「それでですね。ぜひウチの雑誌の方にも連載頂けないか、という話に社内でなりまして。もしよろしければ、さっそく詳細お話させて頂きたいなと……」
話を聞く真紀の目、キラキラしている。

76　吉岡家・キッチン・昼

真紀、鼻歌まじりにサバ味噌を煮込んでいる。
気分良さそうに、時折ステップを踏んでいる。
と、ベランダから、例の布団叩きの音が聞こえ出す。
真紀「……ったく、あのババアは……」
その時、インターホンが鳴る。
モニターに映っているのは、直哉だ。
真紀「なによ、またあの子……」
玄関に向かい、しぶしぶドアを開ける真紀。
直哉、両手で真紀の本を山のように抱えている。
直哉「やばいやばい。足りない（勝手に上がり込む）」
真紀「ええ？　何」
直哉「サイン本。すげー勢いで売れ出した」
真紀「あんた、やっぱり売ってたんじゃないの！」
直哉「いーからいーから。サインお願い」
真紀「やだよ。そんなせこいことして」
直哉「あのさ、そもそもこのフィーバーは誰のおかげ？　俺のナイスアドバイスがあってこそでしょ」
真紀「そう！　こっちは大変なのよ！　アンタの変な意見聞いちゃったばっかりに世間に晒されて大恥かいて……」
直哉「大成功じゃん。てかさ、ここから次の

一手を仕掛けた方がいいよ。話題になってナンボなんだから」
真紀「……はあ？　次の一手？」
直哉「俺、協力するけど」

77　若田家・ベランダ・昼

熱唱しながら、布団を叩いている美和子。ふと振り向くと、仕切りの上部に真紀の顔がある。
美和子「（見上げ）びっ！　くりした〜。何よ？」
真紀「いえ別に」
美和子「……あっ、ゴメンなさい。下手クソな歌聞かせちゃったわ。今ラジカセ持ってきますからっ」
部屋に戻り、ラジカセを掴むと、再びベランダへ。
すると、真紀の顔があった場所にはカメラが設置され、レンズと目が合う。
美和子「（驚いて）……！　え。何よこれ」
真紀「気にしないで下さい。訴訟のためにちょっと必要なんで」
美和子「訴訟？」
真紀「賠償金、覚悟してくださいね」
美和子「なに言ってんの！　賠償金払うのはそっちでしょ！」
真紀、黙ってカメラの録画ボタンを押す。
美和子「勝手に人のこと撮って、これ権利の侵害でしょ⁉」
手を伸ばしてカメラを取ろうとするが、届かない。
ぴょんぴょん！　とジャンプ。……届かない。
美和子「ねえ！　何とか言いなさいよ！　ねえ‼」
怒り心頭の美和子、ドン！　と仕切りを殴る。蹴る。
真紀、何食わぬ顔で脚立を片付ける。
すると突然。バサッと頭に何かが降りかかった！
美和子が、大量の塩を撒き始めたのだ。
真紀「キャッ……‼　なに、何これ⁉」
美和子「塩よ！　塩！　厄払い！（激しく撒く）」
真紀「……やめて！　やめてよ！　痛っ……」
塩が顔にかかり、思わずうずくまる真紀。
そんな中、ガラッと引き戸が開き、直哉がサバ味噌の入った鍋を差し出してくる。
直哉「これ使う？」
真紀「……（咄嗟に鍋を掴む）」
真紀、飛んでくる塩に向かい、無我夢中で前進。
真紀「もうっ！　やめてってば！」
素手でサバを1枚掴み、隣に向けてえいっと投げる。
だが、力が弱く、サバは干した布団の上に乗っかる。
真紀「はっ……」
美和子「何これ？（見て）ん……魚？」
真紀「……（戸惑う）」
美和子「（嗅いで）……やだ、サバ味噌」
真紀「じゃ、失礼しまーす」
美和子「な……⁉　こら！　待ちなっ‼」
真紀、一目散に家の中へ逃げ込もうとする。
次の瞬間、バン！‼　凄まじい音。
仕切り板が、美和子によって蹴破られたのだ。
真紀「げっ……」
鬼の形相の美和子。
破れた板をくぐり抜けて迫ってくる。
真紀「ひっ……、ひぃーーー」
部屋の中へ逃げ込み、引き戸を閉めようとするが、間に合わない。殺気立った美和子が踏み込んでくる。
焦った真紀、リビングを逃げ回る。
美和子、すごい剣幕で追いかける。
美和子「こらあっ！　待てーー‼」
真紀「……いやぁあーーー」
2人は靴も履かず、そのまま玄関から飛

び出ていく。

直哉、急いでカメラを構え、後を追う。

階段を駆け降りた2人、下の階の廊下を走り抜ける。

螺旋階段をぐるぐると下っていく……

× × ×

それを、離れた場所から撮影している直哉。

直哉「……（笑いをこらえて）すげえ……」

78 吉岡家・ベランダ・午後

割れた仕切り、無理やり当て板で修理されている。

真紀、脚立に登り、カメラを取り外している。

× × ×

自室にて、カメラの美和子の映像を確認する。

鬼瓦のような美和子の顔の所で、動画をストップ。

真紀「……（笑う）」

× × ×

電話している真紀と直哉。

真紀「だから、ダメなの。あの動画は弁護士に見せるだけ」

直哉「えー何で?」

真紀「これ以上バカみたいな動画で騒がれたくない。小説の面白さはそこじゃないんだから……あ。そういえば、アンタが撮ってたのも絶対アップしないでね。消去してよ」

直哉「でもさあ、炎上マーケティングっていうのは……」

真紀「（遮って）うるさい。もう忙しいから、切るね」

電話を切った真紀。

パソコンで自分のブログページを開く。

「ミセス・ノイズィ読みました!」「めちゃ笑った」「次が楽しみ」などのコメントに、顔がほころぶ。

続けて、新たな書き込みをする真紀。

【デマに注意!】

「小説が実話であるというウワサはデマです! 実在の人物や動画とは、一切無関係です」

ブログを閉じ、執筆ソフトを立ち上げる。

× × ×

（真紀の小説）

「翌日も、そのまた翌日も、井森光子の嫌がらせは続いた。それはまさに、悪夢の始まりだった」

小説と、動画の美和子が、重ねられていく……

――音楽に乗り、狂ったように布団を叩く美和子。

――カメラに罵声を浴びせ、襲いかかる美和子。

「珍獣のようだ、とレンは思った。凶暴で狂った獣が、私の小さな娘を狙っている」

× × ×

深夜。執筆に集中している真紀。

「その日。ついに隣の獣が侵入してきた! レンは恐ろしさのあまり、ただ逃げるしかなかった」

――奇声をあげ、仕切り板を蹴破る美和子。

――真紀の家に、土足で踏み込んでくる美和子。

小説に助長され、美和子は強烈な異常者に見える。

× × ×

（点描）美和子の動画を見ている、世間の人々。

笑ったり、蔑んだり、罵ったり。

小説の効果で、再生回数はどんどん伸びる。

× × ×

朝。真紀、前のめりで執筆を続ける。

「あの人は子育てに失敗しちゃったのよ、と、斜向かいの奥さんがこっそり教えてくれた」

×　×　×

（点描）真紀の小説が載った雑誌を手に取る人々。

雑誌を片手に、動画を見ている人々。

「とにかく娘を守らなくては。レンは命の危険すら感じていた。ああ、獣は今日も吠えている……」

──髪を振り乱し、真紀を追い回す美和子。

──まるで獣のように吠えまくる美和子。

（点描）動画を見ている世間の人の顔。

顔。顔……

79　吉岡家・真紀の部屋・夕方

真紀、メールに原稿を添付し、送信しようとする。
と、その時。突然背後から声がかかる。
裕一「ねえ、もうやめなよ。その小説」
真紀「！（振り返り）……びっくりした。帰ってたの」
裕一「そんな形で人をネタにするの、良くないよ」
真紀「え。でも……、私はあの人がモデルだとは一言も言ってないよ。作家が身の上の出来事から着想を得るなんて、ごくフツーのことだしさ」
裕一「だけど、実際ここまで騒がれちゃってんだから。若田さんの気持ち考えてみろよ」
真紀「だから、あの人を書いてる訳じゃないの。これは完全なフィクション。フィクションをどう描こうと自由でしょ」
裕一「真紀はそのつもりでも、実際に今世間の人が……」
真紀「（遮って）も〜、大丈夫だって！」
真紀、送信ボタンを押し、立ち上がる。
真紀「あ、ご飯まだよね？　久々にパーっと外食しない？」
裕一「……」
真紀「なっちゃーん、お腹空いた？　ご飯お外にいこっかー」
と、部屋を出ていく。裕一、怪訝な表情。

80　マンション前・朝

出勤する美和子。自転車にまたがる。

と、少し先で、数人の若者男女がこちらを見ている。

「え、あの人だよね？」「ホントにいたー！」

などと、コソコソ話している。

美和子「（気づいて）……？」

美和子と目が合うと、騒いで逃げ出す若者たち。

「やべっ！　逃げろ！」「動画は？」「撮ったよ！」

走り去っていく。

美和子「……（不快）」

81　農園・休憩所・昼休憩

浩平ら数人が、スマホで美和子の動画を見ている。
「うおおお」「はんぱねーな」などと笑っている。
そこに、美和子が入ってくる。
美和子「……楽しそうねー。何見てんの？（寄ってくる）」
浩平「あ？……いやいや、別に（画面を閉じる）」
美和子「……何よ」
同僚1「何でもないっすって」
美和子「……へえ」

82　吉岡家・ベランダ・昼

菜子、ベランダで1人でおままごとをしている。
その様子を、隣からそっと覗き込んでいる茂夫。
茂夫「なっちゃん。こんにちは……」
菜子「あ。おじちゃ……（ハッと両手で口をふさぐ）……」

茂夫「げ、元気かな？　またママと一緒に、遊びに来てね」
菜子「……（真紀に話すなと言われて戸惑っている）」
茂夫「そうそう、おじちゃんね、ママの本読み終わったんだよ……すごく良かった。おじちゃん、感動して泣いて……」
菜子「（遮って）おじちゃんとはもう話さないの！」
茂夫「え？　な、なっちゃん……」
菜子「……（すすり泣く）」
茂夫「どうしたの？　大丈夫？」
　身を乗り出し、隣のベランダを覗き込む茂夫。
と、その時。下からピカッとフラッシュが光った！
茂夫「（驚いて）ひっ……」
　恐る恐る下を見るが、それらしき人物はいない。
　出かけていく老夫婦や、下校する子供達。
　しかし、どこからか無数の視線を感じる……
　恐怖のあまり、動けなくなる茂夫。

83　**出版社・編集部・夕方**
　南部、作業しながら携帯で真紀と話している。
南部「ですから、山田はあんな風に言ってますけど、僕としては連載はもうやめるべきだと思ってる、ということです」
真紀「えーと、それは……どうしてでしょうか？」
南部「長い目で見ると、水沢さんのキャリアにマイナスとしか思えない。こういう熱はどうせ一時的なものですから」

×　　×　　×

　吉岡家。キッチンで料理中の真紀、手を止める。
南部「使い捨てられて、作家としての品格を下げて終わり。なんて結果になりかねない。会社は利益を求めますから別の意見でしょうが。これは、ずっと水沢さんと一緒にやってきた僕個人の意見です」
真紀「……でも、山田さんが、来週までに次の2回分を送ってくださいと……」
南部「それを受ける、断るは、水沢さんのご判断です」
真紀「……（困惑）」
南部「それにやっぱり、今回の作品にしても、前に僕が話した問題点は全くクリアされてないと思いますよ」
真紀「え……」
南部「出来事やキャラクターの表面ばかり追ってても意味がない。立体的に捉えることが大事なんです」
　フライパンの食材が、焦げ付き始めている。

84　**地元のバー（徹の店）・夜**
　飲んでいる直哉、浩平、徹。
浩平「しかし、すげー話題だな。キミのいとこの小説」
直哉「まーあれ、実は俺が全部プロデュースしてんすけどね」
徹「え、そうなの？」
直哉「そっすそっす」
浩平「すげーじゃん」
直哉「あの人、そこそこ才能はあるんすけど、まあ古いタイプの人なんで。今の時代の売り方とか分かんないんで」
徹「で、それ儲かってんの？」
直哉「まーまー。まだまだこれからっすけど（得意げ）」

85　**スナック・夜**
　直哉、真紀が連載する雑誌をいそいそと取り出す。
直哉「ねー、これ、読んでる？」
ユナ「んー？」
直哉「水沢玲の連載。今すげー話題になってる」

ユナ「(見て)ああー、読んだよ」
直哉「内緒なんだけど、実はこれさ、俺が……」
ユナ「(かぶせて)あたし、それ、全然ダメ」
直哉「……え?」
ユナ「そもそも全然面白くないしさ、隣の人を一方的に悪者に仕立て上げてる感じじゃん。読んでてすっごいムカついてきて、途中でやめちゃった」
直哉「……へー」
ユナ「あー思い出してもムカついてきた。ていうか、そーいうのもてはやしてる人たちってほんとクソだよね。レベル低すぎ。生理的に無理だなー」
直哉「……(冷や汗)」
ユナ「なんかさー、久しぶりに水沢玲読んだけど、ほんと才能無くなっちゃったんだなーって。藁にもすがってる感じが痛々しくて。あ、何かごめんね」
直哉「う、ううん……」
直哉、冷や汗が止まらない。

86 若田家・茂夫の部屋・朝

目覚めた茂夫。ふと窓のカーテンの隙間に気づく。
そこから、誰かが覗いている(ように見える)。
茂夫「……! (恐怖)」
体を起こし、隙間を閉じようと手を伸ばす……と、その瞬間、目の前に大量の虫が現れる!
茂夫「ひっひいいいーーー……」
その声に、駆けつけてくる美和子。
美和子「茂夫さん! 大丈夫⁉」
茂夫「……むむ虫があ! ひいっ! うわああ!」
殺虫スプレーを振り回し、パニックに陥っている。
茂夫「アイツら虫を……アイツら健太に……(意味不明)」
美和子「大丈夫! 大丈夫よ……アタシが退治するから」
美和子、かつてないほど怯える茂夫を抱きしめる。
美和子「虫は? 布団にいるのね?」
茂夫「そう布団に……アイツら黙って……$★※@#……」

87 若田家・ベランダ・朝

美和子が出てくると、下の方で何やら声が聞こえる。
昨日の若者たちが、コソコソカメラを構えている。
「あ! きた!」「いよいよ始まるよ」
美和子「……何よ、あの子たち」
少し戸惑いながらも、布団を叩き始める。
美和子「虫落ちろ! 虫落ちろ!」
すると、若者たちは大ウケ。甲高い笑い声。
カッとなった美和子、大声で叫ぶ。
美和子「くおら、見るなーーー!」
と、突然、背後から体を押さえられる。
振り向くと、茂夫がすがり付き、首を振っている。
茂夫「……もう、やめよう。やめよう……」
美和子「でも、虫が……」
茂夫「……(首を振り続ける)」
下を見れば、人々が足を止め、見物している。
近隣の窓からも、幾人も顔を出している。
どこからか、カメラのフラッシュが光る。
美和子「……撮るなー!!」
美和子が叫ぶと、面白がってどよめく声が広がる。
言葉を失う美和子。一層怯える茂夫。
美和子「大丈夫。私たちは正しい。世の中がおかしいの……」
茂夫を抱きしめ、必死でなだめる美和子。

88 農園・作業場・昼

無表情で黙々と作業している美和子。

ふと、変形キュウリが空になっているのに気付く。

美和子「ん……?」

× × ×

美和子、佳代を捕まえて問いただす。

美和子「あの、曲がったキュウリ知りませんか?」

佳代「ああ。捨てたわよ」

美和子「……は⁉ なんで? どこに?」

佳代「アナタさ、勝手に色んな店に持ち込んでたでしょう。それ、全部ウチにクレームがきてるのよ」

美和子「クレーム? いやアタシはね、単に善意で……」

佳代「とにかくもう終わり! 今後、曲がったキュウリには絶対に触らないでね」

美和子「でも……捨てちゃうんでしょ。勿体無いじゃ……」

佳代「これ以上ウチの方針に文句言うなら、解雇ですから」

美和子「も⁉ 文句って何よ。私は文句じゃなく意見を……」

佳代「(遮って) 解雇ですよ? いいの?」

美和子「ちょ、ちょっと待っ……」

佳代「解雇でいいのね?」

美和子「……」

黙らされた美和子、怒りを露わにする。

「はあああ!」と、叫びながら飛び出ていく。

様子を窺っていた同僚たち、顔を見合わせて苦笑い。

同僚A「あれじゃ、お隣さんは大変ですねえ」

同僚B「あんな人だったなんて……、ちょっと信じられない」

佳代「まあ、前々から変わった人だと思ってたけど」

89 若田家・夕方

茂夫、パソコンの前で固まっている。

茂夫と菜子の写真が、勝手にネットに上がっている。

茂夫がベランダから身を乗り出して隣を覗き込み、菜子が怯えた顔で泣いている。

コメント:『小説の実在モデル・隣のロリコン』

コメント:『これはキモすぎ』

コメント:『変態しね』

茂夫「……(硬直)」

90 マンション近くの道・夕方

自転車で帰宅する美和子。

犬の散歩をしていた谷本さんが近づいてくる。

美和子「(やや嬉しそうに) あら。こんにちはー」

谷本「若田さん。言い難いですけど、ご近所から苦情出てます」

美和子「苦情、ですか?」

谷本「音ですよ。騒音。お宅の、布団の」

美和子「ああ……いや、ね。アタシだって……」

谷本「こんなこと言いたくないけど……、このままだと警察呼ぶ事態になっちゃいますから」

美和子「えっ? 警察って……」

谷本「地域の印象が悪くなったって、すごく怒ってる方もいて。ご主人のことで大変なのはわかりますけど、くれぐれも、お願いします」

一方的に話を終え、去っていく谷本。

道ゆく男女が、こちらを見てヒソヒソ笑っている。

美和子「(大声で) あの! 何かご用?」

「くぁ!」と威嚇して追い払う美和子。

91 マンション前・夕方

道端に、ザワザワと人だかりができている。

みな上を見上げ、誰かが「やめろー!」と叫ぶ。

やって来た美和子、何事かと上を見ると……茂夫が、ベランダの柵に片足をかけている。

美和子「（仰天）……し、しげ、しげおさんっ！！」

人々が、美和子に視線を送る。

茂夫は、そのまま両足で柵の上に立つ。

美和子「やっ……やめってええ！　おねがいーー……」

次の瞬間。

茂夫の体はフラッと傾き、真っ逆さまに落下。

人々の悲鳴が広がる。

92 吉岡家・真紀の部屋・夕方

パソコン前の真紀、焦って直哉に電話している。

真紀「ねえ！　アンタこの間の動画、勝手にアップした⁉」

動画の再生回数は３００万回以上。

美和子を侮辱する、悪意に満ちたコメントが並ぶ。

真紀「もー何してんの！　消して！　今すぐ！　これじゃ本当に私が仕組んだみたいじゃない」

×　×　×

タブレットを弄っている直哉（カットバック）。
直哉「や、もうとっくに消してんだけど。ダメなんだわ」
真紀「ダメって何が？」
直哉「もう拡散されちゃってて、消しても消してもキリがなくて……（何か気づいて）あれ、……えっ」
真紀「そんな……じゃ、どうすんのよ！」
直哉「やばい！　やばいわ……」
真紀「ええ何？」
直哉「……いま、隣のベランダ、どうなってる？」
真紀「隣？　別に何も……」
窓の方を見ると、赤い光がピカピカ瞬いている。
恐る恐る立ち上がり、外の様子を覗き見る。
直哉「飛び降り自殺だって。隣の旦那さん」
真紀「（絶句）……」

93 吉岡家・リビング・夜（時間経過）

暗い部屋。ソファで縮こまり、電話している真紀。

真紀「そうですか……ありがとうございました（電話を切り）……とりあえず一命は取り留めたって……」

テーブルで頭を抱える裕一、大きなため息。

真紀「ねえ……私のせいだと思ってる……？」

裕一、黙って顔を上げ、真紀を見やる。

真紀、何も言えなくなる。

94 病院・集中治療室・明け方

包帯を巻いて眠る茂夫。隣で放心状態の美和子。
看護師が近づいてきて、
看護師「奥さまも一度、帰って休まれたらどうでしょうか」
美和子「……」
看護師「このままじゃ奥さまが倒れちゃいますよ」

95 駅前通り・朝

美和子、呆然と信号待ちをしている。

賑やかな学生たちが数人、横切っていく。

96 若田家・朝

帰宅し、薄暗い部屋に電気を点ける美和子。

荷物を降ろし、そのまま突っ立っている。

美和子「……う、うう……（泣き崩れる）」

97 吉岡家・リビング・昼

真紀、山田と電話している。
山田「はい、勿論連載はストップです。それで、これ以上マスコミが増えるようなら謝罪会見もやむを得ないかと」
真紀「謝罪会見？……って、あの、何への謝罪ですか？」
山田「ですから、自殺騒動を招いてしまったことへの謝罪です」
真紀「待って下さい。それはおかしくないですか？　だって、別に小説のせいで自殺したって訳じゃ……」
山田「ですが、マスコミや世間はそうは思ってくれませんので」
真紀「だから、むしろそのマスコミの勝手な論調を正すべきじゃないでしょうか？」
山田「まあ、今は何を言っても言い訳って言われちゃいます」
真紀「……」

×　　×　　×

ピンポーン。ピンポーン。インターホンが鳴る。
窓から外を覗くと、記者の群れが押し寄せている。
コンコン！　コンコンコン！　今度は激しいノック。
記者1「水沢先生！　ちょっとお話聞かせてください」
記者2「今回の件、どのように捉えていらっしゃいますか？」
記者3「ペンという武器で、いち市民を自殺に追いやったという認識は、ご自身お持ちなんでしょうか？」
遊んでいた菜子が、不安そうに近づいてくる。
菜子「……ママあ」
真紀「なっちゃん。大丈夫」
真紀、菜子をぎゅっと抱きしめる。
菜子「こわい」
真紀「大丈夫。ママと一緒だから」

×　　×　　×

外では、テレビの中継がなされている。
レポーター「こちら現場のマンション前に来ています。取材によりますと、自殺未遂となったご主人には心の病があり、奥様はその看病をしつつ、農家のパートで家計を支えていたとのことです」
番組画面には、『作家が起こしたご近所トラブル！　悲劇の結末！』『隣人を小説のネタに。問われる倫理観』などのテロップ。
レポーター「更に今回トラブルの元となった布団叩きについてですが、ご主人は布団に無数の虫が這い回っている、といった幻覚に悩まされていたとのことです。奥様はその虫を追い払って安心させる為に毎朝布団を叩いて……」

×　　×　　×

農園にも中継が入り、佳代が取材に応えている。
佳代「本当にお気の毒です……ご家族のことで、昔からずっと苦労されてる方だったんですよ……」

×　　×　　×

（時間経過）菜子は眠ってしまった。

真紀、毛布を掛けてから、そっと外を覗いてみる。

記者やカメラが、まだ大勢うろついている。

98　吉岡家・真紀の部屋・深夜

ネット上でも、真紀が悪者、美和子が被害者のように演出・編集された動画がたくさん並ぶ。

「売れない小説家の醜態」「隣人をネタに売る罪」

「騒音おばさんの勇気ある戦い」

「騒音の裏に……家族を守る健気な母」

真紀、取り憑かれたように動画を見続ける。

99　弁護士事務所・昼

真紀と裕一、遠山と向き合っている。

遠山「では、この件は取り下げということで」

裕一「はい。お手数おかけしました」

遠山「いいご判断だと思います。勝つのは正直難しいので」

真紀「……でも。先生、こないだは大丈夫だって」

遠山「いや、あの時とは状況が違いますから。ここまでの騒動になると、裁判官も人間なので、心証が悪すぎます」

真紀「でも（乗り出して）、その問題とこれとは別ですよね？　だって元々は私の方が被害者なのに」

遠山「まあ、そもそも人の喧嘩って、結局は誰がどこから見るかって問題ですから。例えばあちらのご婦人から事情を聞けば全く別の話が出てくるでしょうし。双方に自分の論理があって、それがズレてるから衝突する」

真紀「……あの、先生も私の方が悪者だと思われてます?」

遠山「いえ、そういうことではなく」

真紀「先生！　あの私、何もしてないんですよ。動画だって先生に送るために撮っただけですし、それに……」

裕一「真紀、もうやめろよ。先生、ありがとうございました」

裕一、真紀を抑え、帰ろうと立ち上がる。

遠山「それはそうと、今後相手方が名誉毀損で訴えてくる可能性は考えておいた方がいいと思います。そうなれば、相当厳しい戦いになりますから」

100　跨線橋の道・昼

真紀の少し前を、スタスタ歩いていく裕一。

真紀「……ね、裕ちゃん」

裕一「（振り向かない）」

真紀「裕ちゃん！……言いたいことあるなら言ってよ！」

裕一、突然立ち止まり、振り返る。

裕一「言ったら、聞く耳持つの?」

真紀「え……」

裕一「自分しか見えてないでしょ。ずっと」

真紀「……」

裕一「（ため息をつき）……俺、もう限界かも」

2人の横を、駅に向かう人々が通り過ぎていく。

裕一「……仕事行くわ。2、3日泊まりになるから」

真紀「あ、待って……」

裕一は振り向かず、早足で駅の方へ去っていく。

101　真紀の実家・玄関外・昼

幼稚園帰り。手を繋いでやってくる真紀と菜子。

実家にも、数人の取材陣が押しかけている。

ふみ子が対応に困っている。

ふみ子「ですから、娘はこちらにはおりませんので」

記者A「お母様は、娘さんの小説は読まれたのでしょうか?」

ふみ子「ええ……はい」

記者B「自殺未遂の一件と合わせて、どのようにお考えですか?」

ふみ子「……ええ、その、大変申し訳なく思っております。ご迷惑おかけした若田さんには何とお詫びしていいか……」

記者A「娘さんからの謝罪のコメントはまだありませんが、その辺りのことはご本人と何か話されて……（云々）」

真紀、離れた場所で立ち尽くしている。

菜子「……ママ?　どうしたの?」

記者の1人が、こちらを振り向く。

真紀、菜子の手を引き、あわてて逃げ出す。

記者B「（気付いて）あっ、水沢さん！　お待ちください！」

×　×　×

菜子を連れ、必死で逃げる真紀。
振り返ると、取材陣はまだ追ってきている。
菜子「ママあ！　足痛いよー」
真紀、菜子を抱き上げ、全速力で走る。
蹴躓いて転ぶも、すぐ起き上がり、走り続ける。

102　古びた中華料理屋・昼

店の隅っこで、ラーメンをすする菜子。
真紀は何も注文せず、呆然と疲れ果てている。
菜子「（心配そうに見て）ママは？　ご飯食べないの？」
真紀「……うん。ママちょっと体調悪くて」
菜子に微笑みかけ、ため息をつく。
スマホを手にし、自分のブログを開いてみる。
予想通り、コメント欄は、非難と攻撃の嵐。
「人殺し」という赤い太文字が目に飛び込んでくる。
真紀「……（しばらく固まっている）」
文字がどんどん拡大し、周りの空気を奪っていくような感覚に陥る。
菜子「ねえママ。お隣のおじちゃんは、どこにいるの？」
真紀「（面食らって）……え」
菜子「死んだの？」
真紀「……死んでないよ。病院に入院してるの」
菜子「どうして？」
真紀「……怪我をしたから」
菜子「どうして怪我したの？」
真紀「どうしてって……（口ごもる）」
菜子「なっちゃんのせい？」
真紀「（驚き）え違うよ！　なっちゃんのせいなんかじゃない」
菜子「じゃあ、どうして怪我したの？（泣きそう）」
真紀「それは……、ママの……（その先が口にできない）」
真紀、涙が込み上げてくる。
菜子「……ママ、どうしたの？」
真紀「（嗚咽が漏れる）」
菜子「ママ、泣いてるの？」
真紀「ごめん、なっちゃん……。ママも、どうしてこうなっちゃったのか……」
しばらくして、ふいに、真紀の電話が鳴る。
真紀「（おそるおそる出て）……はい？」
朝倉「水沢先生。三鳥社の朝倉です。あのー、先月ご依頼させて頂いた連載の件なんですが……やはりこの状況で、上からストップがかかってしまいまして。こちらから依頼しておいて、大変申し訳ありませんが」
真紀「……いえ、わかりました……（電話を切る）」
菜子、真紀にすがりついて顔を埋める。
菜子「ママあ。おうち帰りたい……」
真紀「うん……帰ろっか」

103　マンション前・昼

入口付近、大勢の取材陣が待ち伏せている。
真紀「……（立ち止まり）どうしよう……」
菜子「おうち入れないの？……」
眠たそうな菜子、真紀に寄りかかってグズる。
真紀「うん……、大丈夫」
真紀、菜子を抱き上げる。
呼吸を整え、意を決して、突っ込んでいく。
取材陣が、一斉に駆け寄ってくる。
記者1「あっ、水沢先生！　一言お願いします！」
記者2「若田さんへの謝罪の気持ちはありますか？」
記者3「旦那さんのご病気の件は、ご存知なかったのでしょうか」
　囲まれてしまい、動けなくなる真紀。
　四方八方でフラッシュが光り、無数のマイクが突きつけられる。
真紀「ちょっと……！　やめてください！　通してください」
　真紀、菜子を庇いながら、進もうとする。
記者4「水沢先生！　ズバリ、反省してますか？」
　と、記者とぶつかり、真紀の手から鞄が落ちる。
　財布やポーチなどの中身が、地面に散らばる。
　一瞬、「あーあ」とどよめきが起こる。
　真紀、菜子を下ろし、這いつくばって拾う。
　その時。怯える菜子にテレビカメラが向けられる。
真紀「（半泣き）やめて！　撮らないでよ！」
　菜子を庇おうとするが、バランスを崩して立てない。
　テレビカメラは止まらない。
真紀「お願いですから！　やめてください！　お願い……」
　真紀が必死で手を伸ばした瞬間……
美和子「コラッ!!　何やってんのっ！！」
　と、大声が聞こえる。
　そして、美和子が取材陣を押しのけてやって来る。
　美和子、菜子を抱きかかえ、
美和子「こんな小さな子を！　可哀想だと思わないのかー」
　そのあまりの剣幕に、静まり返る現場。
　美和子、テレビカメラに向かって怒号を浴びせる。
美和子「撮るなーー！　くぁッ！（ガンを飛ばす）」
　その凄まじい形相が、全国に生放送される。
　美和子、菜子を抱いたまま、スタスタ立ち去る。
　真紀、あわてて付いていく。
記者2「……お、お2人は仲直りされたんでしょうか？」
記者3「若田さん、ひと言お気持ちをお聞かせ下さい！」
　記者たちを振り切り、去っていく3人。

104　近所の道・昼

　小走りで美和子を追いかける真紀。
真紀「……あの。ありがとうご（ざいました）……」
美和子「（遮って）何やってんのっ！　アンタ！」
真紀「えっ……はい！」
美和子「こういう時は子供連れ回しちゃダメでしょ！　安全な所に居させときなさいよっ！」
真紀「は、はい！　すみません……」
美和子「アタシに謝っても仕方ないだろ！　アホか！」
真紀「……（何も言えなくなる）」
美和子「（ガンを飛ばし）くぁッ！」
　美和子、菜子を下ろすと、1人で立ち去ろうとする。
菜子「（呼び止めて）おばちゃん！」
　美和子、振り返る。
菜子「……おじちゃんは病院にいるの？」
美和子「え？　うん。そうよ」
菜子「なっちゃん、お見舞い行ってもいい？」
美和子「……いいわよ、もちろん。今から行くけど一緒に行く？」
菜子「行く……（とうなずいて、真紀を見る）」
　美和子も、真紀を見る。
真紀「……（戸惑う）」

105　道・昼

　歩く3人。会話もなく気まずい空気。
　美和子、ふいに早足で道脇に逸れていく。
真紀「……？」

見れば、手前に地蔵の祠がある。
美和子、地蔵に一礼すると、古いお供え物を下げ、鞄から新しいものを出して供える。
真紀「あっ……（息を吞む）」
頭を殴られたような衝撃が走る。
居ても立ってもいられず、美和子に駆け寄る。
真紀「若田さんっ!!」
美和子、冷たい目で真紀を見やる。
真紀「……あ、あの。申し訳ありませんでした！」
美和子、返事をせず、歩き出す。
真紀、美和子を追いかけ、頭を深く下げる。
真紀「ほ、本当にご迷惑おかけして、申し訳ありません。ど、どうやってお詫びしていいか……（声が震える）」
美和子「あのさ、謝って許されると思ってるわけ？」
真紀「……いえ、思ってません……」
美和子「じゃもう謝んないで！　腹が立つから！」
真紀「でも……！」
真紀、思わず美和子にすがりつく。
美和子、それを突き放して、
美和子「アンタを許すことは一生ない！　人の生活めちゃくちゃにしやがって。顔見ると吐き気がする！」
真紀「すみません！　本当に。……でも、」
美和子「詫びる気持ちがあんなら今すぐ引越して！　私らの近くから消えて！」
真紀「これだけは信じてください！　あんな動画や写真を出回らせるつもりは、本当になかったんです！……」
美和子、カッとなって真紀を突き飛ばす。
ふらついて倒れる真紀。
菜子「（駆け寄って）ママっ!!」
美和子「……なっちゃん、ごめん。やっぱりお見舞いはまた今度」
と、1人で立ち去っていく。
真紀「（ヨロヨロ立ち上がり）待ってください！」
美和子を追いかけ、再び頭を下げる。
真紀「行かせてください。お見舞い」
美和子「嫌。来ないで」
真紀「お願いします」
美和子「じゃあアンタは来ないで！　この子だけよ」
真紀「でも……」
美和子「ね分かってる？　あの人、アンタに殺されかけたのよ！」
真紀「こ、殺され……」
美和子「ムリでしょ！　そんな人に会わせるなんて（と、去る）」
真紀「……あの、でも」
真紀、モヤモヤが口を衝いて出てくる。
真紀「悪いのは私です。若田さんを小説に書いてしまったこと、本当に申し訳なく思っています。でも、……ご主人をそうさせたのは……私でしょうか？」
美和子「（即答）当たり前じゃないの！」
真紀「私の小説のせいでご主人が飛び降りたってことですか？」
美和子「そうよ！　アンタの小説のせいで、誰だか知らない奴らが騒ぎ始めて、家の外からカメラ向けられて！　ネットに写真晒されて！　生活ジャマされて！　そのせいであの人の心が壊れちゃったんじゃないのっ!!」
真紀、返す言葉がない。
美和子「違う？　そうでしょ!?」
正しさに圧倒され、その場で動けなくなる。
美和子「どうなの!?　何か言いなさいよ！」
美和子、真紀にお供え物のバナナを投げ付ける。
ポーン！　と見事命中。
と、それが引き金で、真紀の目から涙が溢れ出す。
真紀「……あああ！」

　その場にへたり込み、声をあげて慟哭する。
美和子「泣くな！　何とか言いなさい！」
　倒れた真紀を、鞄でボコボコ殴る美和子。
美和子「アンタに泣く権利はない！」
真紀「＊＠＄％……（言葉になっていない）」
　謝っているようだが、何を言っているか分からない。
美和子「死ね！　死ね！」
菜子「おばちゃんやめて！　ママが死んじゃう！」
美和子「死ぬか！　こんなことで！（殴り続ける）」
菜子「やだ！　おばちゃんお願い！……やだーーうわーーん」
　菜子、必死で真紀を庇おうと、美和子にすがり付く。
　その瞬間。
　ふいに、美和子の目に、亡き息子の姿が見える。
美和子「（驚いて）健太……！」
　美和子、思わず動きを止める。
　健太、腰にギュッと抱きつき、美和子を見上げる。
健太「……おかあさん、おこらないで、わらって」
美和子「……」
真紀「菜子！　菜子！　ごめんね……」
　起き上がり、菜子を抱きしめて、泣き続ける真紀。
　そんな2人をじっと見つめる美和子。

106　広い道・昼

　歩いている3人。
　真紀、泣き過ぎて、しゃっくりが止まらない。
美和子「（ボソッと）……今回が初めてじゃないのよ。ウチの人」
　真紀、美和子を見る。
美和子「息子を亡くしてから、あの人も私も、ずっと自分を責めずには居られなくて……」
真紀「えっ、息子さんが……」
　驚いた真紀、言葉を失う。
美和子「……（涙ぐむ）あの時ああしてたらって、そればっかり考え続けて、私だってもう自分が生きてるのが耐えられなかったし。いっそ2人でって考えたこともあった……」
　美和子、言葉に詰まり、空を仰ぐ。
美和子「でも。神様に生かされてる限りは生きようって決めたの」
真紀「うう……（再び泣きそう）」
美和子「私は強いし。これからは何があっても家族を守ろうって」
真紀「うわああ」
　また号泣し始める真紀。
　つられて、菜子もえーんと泣き出す。
美和子「何、もう、いい加減にしてよ……」
　つられて、美和子も泣き出してしまう。
　オイオイ泣きながら歩く3人。

107　実景など（時間経過）

108　（数週後）谷本さん宅・外・昼

　真紀と裕一、挨拶に来ている。
裕一「短い間でしたが、お世話になりました」
真紀「色々とご迷惑おかけして、申し訳ありませんでした」
谷本「（よそよそしく）いえね、まあ……越して来てまだ1年経たないのに出て行くってのはアレだとは思うけど……やっぱりご近所の皆さんのお気持もあるから……ねえ」
裕一「いえ、それはもう、当然です」
真紀「……」
谷本「ま、お宅の方も居づらいでしょうし。この状況じゃ」

×　×　×

　挨拶を終え、帰り道。

真紀「……大家さん、全然態度が違ったね。越してきた時と」
裕一「仕方ないでしょ。色々あったんだから」
ふいに立ち止まる真紀。
真紀「……裕ちゃん」
先を行く裕一に呼びかける。
真紀「裕ちゃんの言う通りだった。私自分しか見えてなかった。他の人の気持ちも、一番大事な家族の気持ちも、考えられてなかった」
裕一、立ち止まり、振り返る。
裕一「……うん。そうだね」
真紀「謝っても許してもらえないかもだけど。でも、後悔してる。反省してる。裕ちゃんと菜子と、家族でいたい。失いたくない」
裕一、しばらく黙って真紀を見ている。
裕一「……分かった」
真紀「分かったって……」
裕一、黙って歩き出す。真紀、駆足で追いかける。

109 吉岡家・ベランダ・朝
1人、佇んでいる真紀。
誰もいない隣のベランダの方を気にしている。
部屋から、菜子と裕一が顔を出す。

菜子「ママー、行こー」
裕一「真紀、時間ないよ。引越し屋さん待たせちゃう」
真紀「うん……行こっか（と部屋に入る）」
荷物が全て片付けられ、ガランとした部屋。
3人が玄関から出ようとした時。
バンバン！　バンバンバン！
と、音が聴こえてくる。
真紀「（立ち止まり）……ごめん！　ちょっと待ってて！」
真紀、踵を返し、ベランダへと走る。
勢いよく引き戸を開け、外に飛び出し、
真紀「あの！　若田さん！」
美和子、手を止めて、こちらを見る。
真紀「こんなお願い、許して頂けるかわかりませんが……！」

110 （1年後）道・昼
晴れた道。スケボーで颯爽と滑っていく直哉。

111 新しいマンション・玄関前・昼
玄関から出てくる菜子、真紀、裕一。
お隣さんと親しげに挨拶を交わし、出かけていく。

112 マンション（旧）・エントランス・昼
外から帰宅する茂夫、ポストを覗く。
封筒が届いている。差出人は、真紀の名前だ。

113 道・昼
仲良く歩いている吉岡家3人。
真紀は、南部と電話している（カットバック）。
南部「早速読みましたよ。いやあ、正直、面白かったです！」
真紀「ありがとうございます」
南部「編集部内でもすごく好評で。いやほんと、ウチから出せなかったことが悔やまれます」
真紀「（笑って）また、次の作品でぜひ、お願いします」
南部「はい。期待してますんで」

114 若田家・昼
掃除中の美和子。ふと、机の上の封筒に気づく。
手に取り、開けてみる。
『ミセス・ノイズィ』……水沢玲の本が入っている。

115 本屋・店内・昼

「話題の本」のコーナー。
『ミセス・ノイズィ』が、平積みされている。
真紀「……（立ち止まり、見つめている）」
レコメンドするポップには、
《大騒動を乗り越えて……奥が深い！オススメ！》と紹介されている。

116 若田家・昼

『ミセス・ノイズィ』を読み耽っている美和子。
時折、あはは、と声を上げて笑っていたかと思えば、そのうち、ううう、と涙を流している。

117 本屋前の道・昼

本屋を出て、駆けっこを始める裕一と菜子。
真紀、しばし立ち止まり、家族を見つめる。
スッと呼吸し、歩き出す。

（了）

私をくいとめて

大九明子

〈脚本家略歴〉

大九明子（おおく　あきこ）

横浜市出身。1997年に映画美学校第1期生となり、1999年、『意外と死なない』で映画監督デビュー。『恋するマドリ』（07）、『東京無印女子物語』（12）、『ただいま、ジャックリーン』（13）、『放課後ロスト』（14）、『でーれーガールズ』（15）などを手掛け、17年に監督、脚本を務めた『勝手にふるえてろ』で、第30回東京国際映画祭コンペティション部門・観客賞をはじめ数々の映画賞を受賞。『美人が婚活してみたら』（19）、『甘いお酒でうがい』（20）に続き、監督、脚本を務めた『私をくいとめて』（20）が、第33回東京国際映画祭・TOKYOプレミア2020にて史上初2度目の観客賞、第30回日本映画批評家大賞・監督賞を受賞。

監督：大九明子
原作：綿矢りさ『私をくいとめて』（朝日文庫／朝日新聞出版刊）
製作：『私をくいとめて』製作委員会
製作幹事・配給：日活
制作プロダクション：RIKIプロジェクト

〈スタッフ〉
エグゼクティブプロデューサー
　福家康孝
企画プロデュース　谷戸豊
プロデューサー　永井拓郎
　中島裕作
　矢野義隆
撮影　中村夏葉
照明　常谷良男
録音　小宮元
美術　作原文子
編集　米田博之
音楽　高野正樹

〈キャスト〉
黒田みつ子　のん
多田くん　林遣都
ノゾミさん　臼田あさ美
カーター　若林拓也
澤田　片桐はいり
皐月　橋本愛

1 青空の中を飛ぶ飛行機

みつ子「こうやって、くるむ。こんな感じですかね」

2 食品サンプル体験教室

じっと何かを見下ろしているみつ子。

視線の先に、エビ。

エビを見下ろしながら、クスッと笑うみつ子。

みつ子の手元、お湯に放たれる天ぷら衣。

エビ天を手でそっとすくい、持ち上げられる。

先生「食べ物みたいだからって冷蔵庫に入れると硬くなって割れてしまいますからね、皆さん、お部屋に飾ってくださいね」

模造のエビ天であった。

先生の冗談に笑いあう生徒たち。

満足げに見下ろすみつ子。

みつ子「なんかお腹すいてくる」

主観者の声「さっき食べたばっかりじゃないですか」

3 合羽橋商店街

帰途につくみつ子。様々なカッパ像を目にする。
カッパの石像に近づくみつ子。
みつ子「カッパが先か……合羽橋が先か……。合羽橋という名に乗っかったカッパなのか……あるいは、カッパが実在したから、合羽橋なのか……」
主観者の声「カッパが先、というのは無理がありますよね」
みつ子「カッパは実在しないよね」
Aの声「そうとも限らないでしょうけど、十中八九、想像の産物ですよね」
みつ子「想像の産物か。なんかいいね」

4 みつ子のマンション・中廊下

小さな紙袋が二つ、みつ子の手元で揺れている。偽のエビ天と本物のかき揚げ。
Aの声「偽物の天ぷらは合羽橋まで出向いてわざわざ作るのに、本物の天ぷらはデパ地下で調達しちゃうんですね」
みつ子「もうダメ。口がすっかり天ぷらだった」
自宅マンションの鉄の扉を開けるみつ子。

5 同・中

扉をバタンと閉めるみつ子。
みつ子の声「私のような素人がヘイコラ作るより、デパ地下で買う方がよっぽど本物の味を堪能できるでしょ」
Aの声「確かに」
みつ子の声「おっと、否定してくれない。微妙に失礼」
Aの声「おっと。失礼しました」
みつ子の声「ふー。ナイスなサタデーであった」
みつ子、電気をつける。
みつ子「ね」
Aの声「今日のように一日中出歩いた後に天ぷら揚げるとなると確かに一仕事ですよね」
みつ子「そうでしょ。揚げ物、片付け面倒だしね」
腕時計を外し、手洗い、うがいをするみつ子。
みつ子、洗面所の明かりを消して後にする。
天ぷらのサンプルと、本物の天ぷらを並べてひとり晩ご飯。
みつ子「お〜っとっとこっちじゃね〜よ」
おどけてニセモノを食べようとしたりするみつ子。
Aの声「どうかしましたか?」
みつ子「ねえ、A、今日の生徒たち、みんなこれ家でやってると思わない?」
Aの声「やってるでしょうね」
笑うみつ子。
Aの声「うちは、キッチン棚の一番下に仕舞いましょう。あそこならラップ取り出すときに見られるし」
みつ子「うん。そうする」
Aの声「ホントですか？　テレビの前に飾ろうとか考えてらっしゃいませんでした？」
みつ子「考えてない」
Aの声「ならいいんです。視覚は食欲を刺激しますからね。太りますよ」
みつ子「明日の日曜は何のおひとりさまにチャレンジしようかな」
みつ子、ウォールポケットに入ったチラシを取る
Aの声「あれ、掃除をするのではなかったですっけ」
みつ子、Aの声を無視。
みつ子「あ、hanakoに載ってたサンドイッチ屋一人で行っちゃお」

6　クジラのある広場

みつ子「ざっぱーん」

巨大なクジラを見上げニヤニヤするみつ子、スマホで写真を撮ると、広場を歩く。

スケッチをする若者の姿、家族連れなど。

楽しそうな女子二人組が席を立ったので、みつ子そちらへ向かい腰を下ろす。ふう、と一息つき、袋からサンドイッチの包みを出し、嬉しそうに見下ろす。

食べようとして顔を上げると、カップルが座りたそうにしているが、みつ子と目が合うと去ってゆく。

続いて親子連れが、席を探している。

Aの声「ここは譲るところじゃないでしょうか。週末の公園はあなたには眩しすぎます」

みつ子「分かってるってばもー」

みつ子の突然の声に、視線を送る親子。

男の子「変な人ー」

みつ子、親子の視線に気づき、荷物をまとめてそそくさと立ち上がる。

7　みつ子のマンション・中廊下

みつ子帰宅。部屋の前に宅配業者。

8　同・中

ダンボールを抱えて入って来たみつ子。

ダンボールを開けるみつ子。

箱には「GIFT」「Rome,Italy」などの文字。

リモンチェッロが入っている。

卓上に広げられたサンドイッチの包み、コルクなど。

スマホでグラスを撮ると、ニヤニヤしながらLINEで送っている。送り先は『皐月』となっている。続けて入力。

みつ子メッセージ『皐月、いつもリモンチェッロをグラーツェ。東京で流行ってるサンドイッチのお供にいただいてます。』

みつ子「グラ～ツェ」

リモンチェッロの杯を重ねているみつ子
スマホを置く、酔ってご機嫌なみつ子。

そこへ着信。

皐月メッセージ『おみつさん、早速リモンチェッロやってくれてますね。日本は深夜ですよね。そろそろ眠りましょう』

ニヤニヤ読んでいると。

Aの声「そろそろ眠りましょう」

みつ子「皐月？　Aか。あーびっくりした」

Aの声「夜更かしはあなたが思っているよりもずっと、体に毒ですよ。真夜中の沈黙に身を浸すのは危険です」

みつ子「はいはいはーい」

Aの声「やがて孤独に足を取られてしまいます」

みつ子「そもそもとっくに孤独です」

Aの声「シャワーは浴びなくても構いません。歯だけ磨いて、ちゃっちゃと寝ちゃいましょう。さ」

みつ子「やだ。なんでAの言うこと聞かなくちゃいけないの」

Aの声「聞く聞かないはどうぞご自由に。ですがあなたのためになることを進言して

いるまでです。なぜなら私はあなたなのですから」
みつ子「じゃあさ、この際質問するけど。下のホーミーどう思う?」
　ホーミーの声に耳をかたむけるみつ子。
Aの声「音楽のセンスのことでしたら、この都会でホーミーを習得したいというニッチな趣味、悪くないでしょう」
みつ子「そうなんだよね。凄いよね。上の音と下の音一緒に出ちゃうみたいなね、倍音とかいうんだっけ?　ひっろーい放牧地で羊をコントロールするためのものなんでしょ」
Aの声「ただ、時間帯と場所が不気味です。夜中に一人でホーミーの練習をするような人が下に住んでると思うと」
みつ子「そうなのよ!　じゃあどうすればいい?」
Aの声「苦情を申し立てるのです。直接言ってはいけません。不動産屋に訴えて、ほかでやるよう進言してもらうのです」
みつ子「そっか。わかった。じゃあ次の質問。私、もう少し人に好かれるにはどうすればいい?　ただいるだけで話しかけたくなるような親しみやすさをゲットしたい」
Aの声「……哀しい質問ですね」
　みつ子、カラフルで派手な下着を畳みつつ、
みつ子「人に聞くには恥ずかしすぎるよね。ググるのも。けどさあ、自分に答え求めるならいいじゃん。AはアンサーのAなんだからさあ。答えてよ」
Aの声「下着だけは相変わらず派手ですけど、誰にも何年も下着なんて見せてませんよね。かれこれ何年ですかね」
みつ子「忘れたよそんな大昔のことは。そもそも人に見せようと思って下着選んでないし。下着だけじゃないよ、これでも生活にカラフル足しつつあるんだよ、ほら、緑」
Aの声「盆栽ですね」
みつ子「は?　それが?　なんか文句あんの」
Aの声「それからその話し方。無機質かと思えばネガティブな時だけ妙に感情がこもりがちです。親しみやすさを増したければ、プラスの言葉を形で表現するようにしましょう」
みつ子「言葉なんて形にできるわけないじゃん」
Aの声「もったいないことおっしゃる。言葉は形にできます」
みつ子「……へー」
Aの声「感情を乗せるのです。話す時、語尾にハートマークをつける喋り方をすればよろしいと、私は提案します」
みつ子「ハート?　何それ」
Aの声「イメージするんです」
　みつ子、電話をかけるフリ。
みつ子「……もしもし、不動産屋さんですか♡黒田みつ子です♡下の階の騒音の件でご相談があるんですけど……♡」
Aの声「いいですね。ハートが見えました」
みつ子「うっそ。どこらへん?　ここらあたり?」
　みつ子、空間を手でくるりと囲んで指し示す。
Aの声「はい。あ、ハートが出口探してますよ。玄関に向かってます」
　みつ子、笑う。

9　会社・商品企画チームフロア・エレベーターホール（翌日）
ハイヒールの音が近づいてくる。上司の澤田。
　みつ子、会心の笑顔で挨拶。
みつ子「おはようございます♡」
すれ違う上司の澤田に挨拶するみつ子。
　澤田、え、という感じでみつ子を見て、
澤田「おはよう……あ、黒田さんゴメン」

10　同・給湯室

先輩のノゾミとお茶を準備しているみつ子。
ノゾミ「澤田さんの分入れて5つだって？」
みつ子「はい……いつもすみませんノゾミさん」
ノゾミ「いえいえ～」
サクサク準備をするノゾミ。
ノゾミ「客が来たから誰かが茶を出す。必要悪だね。シンプルに考えよ」
みつ子「はい……」
ノゾミ「私が今何考えてるかわかる」
みつ子「え」
ノゾミ「どえらいスケベなこと妄想してやってんの。会社の時間使って、スーパー破廉恥なこと」
みつ子「……えーーー」
ノゾミ「ふふふ……どうだ会社め、恥ずかしかろう。ね、これでおあいこ」
笑うみつ子。
ノゾミ「あ、みつ子ちゃん。みつ子ちゃんだめだって、そんな、あっ」
みつ子「私で妄想するのやめてください」
ノゾミ「みつ子ちゃん、えっ、みつ子ちゃん、え、そんな」
みつ子「私、ノゾミさんのこと尊敬してます」
ノゾミ、突然のみつ子の発言に言葉が出ない。
みつ子「ノゾミさんがいてくれたから、私、こんなに長く働けてると思ってます。死ぬほど不器用でよく注意されましたけど」
ノゾミ「……私もそうだったもん。みつ子ちゃんに注意できる資格、本当は無いんだよ」
みつ子「いい先輩がいてくれて、ありがたいです。寒いんでこれ以上言いませんが」
ノゾミ「ありがとう。寒かった。このスケベめ」
みつ子「はい、もうスケベでいいです」

11 同・廊下～ロビー

お茶の盆と資料を持ち、歩くみつ子とノゾミ。
ポスターを小脇に抱えエレベーターから降りてくるカーターとすれ違う。
ノゾミ「お疲れ様です」
みつ子「お疲れ様です」
カーター「お疲れ様です」
カーター、こちらに目線もくれず返事。
ノゾミ「彼って、どうして、ああなんだろうね」
みつ子「カーターですか？　カッコイイカッコイイってちやほやされるからじゃないですか？　結局バカなところとかセンス悪いところとか性格悪いところとかすぐバレて誰も寄り付きませんけど」
ノゾミ「………」
みつ子「え」
ノゾミ「え」
応接室へ消えるノゾミ。追うみつ子。

12 同・応接室

澤田と中高齢の男3人と若い男1人、商談をしている。
澤田が談笑しつつ手で「そちら」というような動きを示す。
ノゾミとみつ子、その指示に従いお茶を出す。
澤田「ゲートで見ているときよりも……こっちのほうがメリハリがないっていうか」
若い客・多田、口を開く。
多田「ありがとうございます」
みつ子、目線を上げないまま会釈を返す。
続けて社員側にもお茶を配すみつ子とノゾミ。
澤田「（小声で）アリガト」
みつ子、お辞儀をして室を出しな、多田と目があう。

13 みつ子のマンション・玄関（数日前）

托鉢坊主姿の多田。笠に雪が降り積もっ

ている。
恭しくおりんをならす多田。
ジャージ姿の多田、托鉢僧のようにボールを抱えて立っている。恭しくお辞儀。
みつ子「……いらっしゃい」
多田「いつもお世話になっております」
みつ子「どうぞ」
多田「あ、はい」
　みつ子と多田、互いに挨拶を交わす。
みつ子「じゃあ……持って帰る？　よね」
多田「あ、はい、ご迷惑かけられませんから」
みつ子「そう？　じゃあちょっと待ってて」
　みつ子、ボールを受け取り、スリッパをパタパタさせて笑顔で室内奥へ消える。
キッチンで、そわそわと肉じゃがを盛り、ツナサラダをビニールに入れるみつ子。
玄関。笑顔で料理を渡すみつ子。二人に漂う謎の緊張感。多田、料理に目が釘付け。
みつ子「相変わらず、ついでのものしかなくて……。美味しかったらいいんだけど」
多田「おいしいに決まってます。黒田さんのお料理はいつもおいしいです。あ、これ、今日は……マカロンです」
　お礼に可愛い小袋を差し出す多田。
みつ子「いいのにいつも」
多田「来週ぐらいまた御社にお邪魔するかもしれません。その時はよろしくお願い致します」
みつ子「お願いします」
多田「ありがとうございました」
　玄関先で帰っていく多田。
　ホッと一安心するみつ子。
みつ子「なんなんだろ毎度毎度この関係。ねえ、Aはどう思う？　托鉢坊主と檀家って感じしない？」
Aの声「上手いこと言いますね」
みつ子「私のこと敬虔な檀家さんぐらいに思ってるんだよ」
Aの声「本人に直接訊いてみたらどうですか」
みつ子「訊けるわけないじゃん。そもそもうちの会社に来るイチ営業マンなんだよ」
Aの声「どう思ってるのか訊くぐらいいいじゃないですか」
みつ子「ばかばか、ばか言ってるよ。『彼女に怒られるんでもう来るのやめます』とか言われて、ひーやっぱり彼女いたかー、しかももう来ないのかー、ってなったら終わるよ？」
Aの声「気持ちはわかります。あなたは多田さんのことが好きだから」
みつ子「……やはりそうであったか」
Aの声「1年前に彼が来るようになってから、ずっとあなたは彼を好きでしたよ」

14　商店街（回想・一年前）

　商店街を抜け、自転車を押しながら帰宅中のみつ子、何かに気づく。
　お総菜屋さんの行列の中にスーツ姿の多田。
多田「黒田さん！」
みつ子「いつもお世話になっております」
　多田、ヘドモドとお辞儀。
多田「いや、こちらこそお世話になっております。えー。黒田さん、この辺りに住んでるんですか？」
みつ子「はい、ここから自転車で5分くらいかな」
　列が進む。多田、進もうとしてみつ子を気にする。みつ子、付き合って歩を進める。
みつ子「へー。ここってそんなに人気のお店なんだ……」
多田「黒田さんは自炊ですよね」
みつ子「ん？　まあ。でもたまには使ってみようかしら……」
　みつ子、少々図に乗った態度。
多田「俺、炊飯器は買ったんですけど使ったこと無いんですよ」

みつ子「わー勿体無い。炊飯器一台で煮込みとかも出来るのに」
多田「今日は晩御飯どんな感じですか」
みつ子「え、鍋」
多田「鍋！　え、ご家族と……ですか」
みつ子「えー……なんでなんで～？　一人ダヨ」
多田「えー！　いいなあ！　凄いなあ、さすがだなあ！」
みつ子「いや、たいしたこと無いですよー、鴨鍋と豆ご飯です」
微笑んで言いながら、自転車カゴのエコバッグからチラ見えしている鶏胸肉ブツ切りと鍋の素を隠すように、バッグの口をさりげなく閉じる。
多田「鴨鍋、えーーー！　鴨鍋を家でするんですか……京都……」
多田、尊敬と羨望の眼差しをみつ子に向ける。みつ子、調子こきが止まらない。
みつ子「じゃあ私、駅ビル行くんで。九条ネギがね、ないんですよここらの八百屋さんじゃ」
多田「うっわー、九条ネギ……はい、お気をつけて……」
多田の番が来て、注文を始める。
多田「肉じゃがとーコロッケとハムカツ2個ずつとー」
うふ、と見ていたみつ子、ご機嫌で自転車に跨る。
多田「ネギ……ネギマの串、3本ください」
ヒゲの男「ネギマ、九条ネギじゃないけどいいかい？」
みつ子、ヒヤリとして振り返る。
ヒゲの店員、愛想笑いでネギマを包んでいる。
みつ子と多田、気まずい感じで目があう。
みつ子、黙って会釈し、そっと去ろうとする。
多田「あー、ちょっと、待って！」
多田、みつ子を呼び止め、ヒゲの男に言う。
多田「コロッケひとつ追加で、別にしてください」
ヒゲの男「別で、おー。じゃあ、ねぇ、これとこれが別のコロッケね」
多田「すみません！」
多田、会計し品物を受け取ると、みつ子の元へ。
コロッケの袋をみつ子に差し出す。
多田「これ……。良かったら鴨鍋の間に食べてみてください」
みつ子「……え！　なんか……申し訳ないです」
多田「いやいや、コロッケひとつでそんな、マジ美味いんですよここの」
みつ子「じゃあ……ありがとう」
受け取り、中を覗き込むみつ子。
コロッケが黄金色。見つめて温かな気持ちになる。
みつ子「なんてこった……」
多田「え？　あ、じゃあ、鴨鍋楽しんでください」
みつ子「良かったら今度食べに来てくださ い」
多田、ぽかんとみつ子を見つめている。
みつ子、慌てる。
みつ子「あ、ごめん気にしないで」
多田「……え？　いや、そんな厚かましいことは、さすがに……すみません、物欲しそうにしてたでしょうか」
みつ子「いえいえ、そんなこと……」
多田「…………」
みつ子「じゃ」
みつ子、発言を後悔し、帰ろうとする。
多田「……あー、あれですかねえ……」
みつ子「？」
多田「あ……今度ですよねえ……やはり、あの。晩ご飯を作られた折に、もしご迷惑でなければ、お宅に…………取りに行くってなら……いや、十分図々しいか……」
みつ子「……」

多田「って、いいッスか？　図々しいことこの上ないのですが」

15　みつ子のマンション・中

ソファに寝転んだままスマホを眺めているみつ子。

多田メッセージ『明日頂きに行ってよろしいでしょうか』

みつ子「めんどくせーーーっけど、そろそろ買い物行くか……」

財布を手に、いそいそと出てゆくみつ子。

16　準備する点描

商店街で肉じゃがの材料を買うみつ子。

スマホでレシピを見ながら料理するみつ子。

化粧するみつ子。

鏡の前でエプロンを選ぶみつ子。

靴箱からスリッパを出し、履く。

インターホンが鳴り、モニターに緊張気味の多田。

みつ子、一息ついてからインターホンを取る。

みつ子「はーい」

多田「多田です」

みつ子「はい。いらっしゃい」

多田「いつもお世話になっております」

みつ子「どうぞ。持って帰る、よね？」

17　会社（現在）・商品企画チーム

デスクでノゾミと仕事をしているみつ子。

離れた席に澤田。その足元、裸足。

脇に置かれたハイヒール。

何となく靴を見ているみつ子。

澤田、忙しそうにハイヒールを履きながら、

澤田「行ってきます」

みつ子「……行ってらっしゃい」

ノゾミ「あ、澤田さん、傘持ちました？」

澤田「あ、そらそうだ、すごいことになってきた」

机に戻って傘を持ち、出かける澤田。

澤田「サンクス」

カーターがなんらかのオーラを放って通りかかるのが見える。澤田含め、万人が無視。

ノゾミ「なにー、言いたいことあるがあるならいえばー」

みつ子「え、何がですか」

手を止めず、返事をするみつ子。

ノゾミ「ノゾミさんよ、いい歳こいてあんたが惚れてる男は、あのイケメンだよ？　この身の程知らずが、って叱ればいいさ」

みつ子、手を止め、笑う。

みつ子「いやいや、ノゾミさんはすごいですよ。もはやカーターの味方はノゾミさんぐらいですから。私なんて昔カーターに突然『黒田さんは会社でいつもたった今自分の部屋から出てきたみたいな緩んだ顔してる』って言われたことあって、何だこのハンサムだけが取り柄の男、いやそもそもハンサムでもねえだろって目がなってますもん」

ノゾミ「ありがとう」

みつ子「褒めてません」

18　焼肉屋

みつ子「ざっぱーん」

白い前掛けをして、一人、肉を焼くみつ子。達成感に溢れた満足顔。

みつ子「ざっぱーん」

19　みつ子のマンション・中

風呂上がり、頭にタオルを巻き、洗面台前で歯を磨いてるみつ子。泡だらけの口でもごもご話す。

みつ子「店入る瞬間はドキドキしたけど、席に着いたら順調だった。最近おひとりさま焼肉の人多いみたい」

Aの声「あなたは自分のこと、おひとりさまって呼びますね」

みつ子「うん。自分はおひとりさまでございって居直ると堂々としてられるんだよね。だけど『女子』は私ムリ。大人女子ってなんだよそれ。黒い白馬のやつじゃん。ムリ」
Aの声「いいじゃないですか、自分のことを脳内で誰がどう呼ぼうと」
みつ子「一人焼肉達成したなー。来週何しようかなー、ひとりディズニーランドとか。パンフ片手にヘドモドしている自分が眼に浮かぶけどね、おえー」
Aの声「多田さんをさそってみたらどうですか」
みつ子、泡をプッと吐き捨てる。
みつ子「二十代じゃないんだよ？ 付き合ってもない年下の男をディズニーなんかに誘えますかい。あーあ、いっそ子供でもいたら行きやすいのになー、ずりーなちくしょー」
Aの声「大胆なことおっしゃいますね」
みつ子、頭のタオルを取り、
みつ子「あれ。髪伸びた?」

20 美容院

オシャレな美容室で髪をカットされているみつ子。

21 カフェ

美容室帰り、お茶しているみつ子。
隣の席、二人組の30代女性が話し込んでいる。
エミリオ・プッチのワンピースの方がまくしたてる。
プッチ「結婚とか私そんなにいいかなー。焦る人の気持ちってぜんぜん分かんない。ミキちゃんはどうなの?」
ミキちゃん「うーん……焦り? は無いけどねー……どうかなー」
プッチ「あ、前言ってた年下の子?」
みつ子、モンブランにフォークを入れ、食べる。
ミキちゃん「うん。実は何回かあってるうちにね、『おつきあいして下さい』とか言われちゃってさ、向こうから」
プッチ「……えー、良かったじゃんー」
ミキちゃん「いや、でも年下過ぎだし。色々あって迷ってるんだよねー。ってか一応付き合うとは思うけど」
プッチ「……なんだー、ミキちゃんいい線いってる人いたんじゃんー。良かった良かったー」
Aの声「プッチのワンピの声にかすかに元気が無くなってることを敏感に察知するのはおよしなさい」
吹き出すみつ子。
隣の二人、みつ子を見る。
みつ子、素知らぬそぶりでモンブランを食べる。

22 商店街・総菜屋前

みつ子「コロッケ1つと」
ヒゲの男「コロッケ」
みつ子「ハートコロッケも」
コロッケとハートコロッケを買うみつ子。
ヒゲの男「ハートコロッケ、ハートコロッケね。ハートコロッケは、いいよね」
道ゆく人々を眺めて目を彷徨わせるみつ子。
親子、学生、主婦、中に、長髪で大柄の男。
ヒゲの男「はい、お待たせしました、はい、2つで80円」
みつ子「やす!」

23 路地～公園

誰もいない裏路地を、帰途につくみつ子。
みつ子「私、山羊の匂いしてるかな」
Aの声「おや。疲れている人は山羊の匂いがするって、いつだったか整体師さんが言ってましたね」
みつ子「今私、気疲れを自覚してる……」

Aの声「商店街で多田さんがいるかどうか探してましたもんね」
みつ子「うん。やっぱり私、多田君のこと好きみたい。虚しいね。女に縁遠そうな年下の男を好きになっちゃうなんて」
Aの声「どうしてですか。今の時代、年の差なんてファッションの一部です。カフェのミキちゃんだって年下すぎるけど一応付き合うって言っていましたよ」
みつ子「あれは油断してたよ、私もワンピも」
Aの声「大丈夫ですよ。多田さんはあなたのこときっと好きです」
みつ子「そうかな」
Aの声「わざわざ手作りご飯をもらうためだけに人の家の玄関またぎませんよ普通」
みつ子「そうかもね。やっぱいいねAは。絶対私を傷つけないもんね。今日も最高のおひとりさまサタデーだったよ。ありがと。明日は掃除の日にする。頑張るよ」
Aの声「テレビの裏を見て見ぬ振りし続けるのやめましょう」
みつ子「はいはい。午前中頑張って、午後は片付いた部屋でのんびり過ごそっと。それって最高の贅沢だと思うんだよね」

24　みつ子のマンション・中

窓が開け放たれ、カーテンが揺れる部屋。
部屋の掃除に勤しむみつ子。
洗濯機の水音。
床に大の字に寝転んでいるみつ子。
オーディオから『君は天然色』が流れている。
みつ子「水の音と大滝詠一の声って、親和性高いよねえ……」
鼻歌で口ずさむみつ子。
Aの声「あなたは雨も嫌いじゃないですよね」
みつ子「うん。水の音って無条件にいいじゃん。おひとりさまチャレンジで、一人海水浴でも行こうかな」
Aの声「夏はハードル高いでしょうね。家族、カップル、学生集団、半グレ集団。ひとりでいるのは盗撮マニアくらいでしょうから」
みつ子「あらやだ。じゃ、一人海水浴はやめとくか……」
天井を見上げていたみつ子、満足そうにため息。
みつ子「はあ〜♡」
みつ子、右手をまっすぐ挙げ、くるっと輪を描く。
みつ子「見えた？　今、ここらへんにハート」
Aの声「はい。あ、窓から逃げて行きましたよ」
寝転んだまま、笑って窓の方に目を向けるみつ子。
みつ子「音符も！」

25　商店街

自転車で商店街を走るみつ子、表情がパッと輝く。
クリーニング店から現れた、ワイシャツを肩に背負った多田に遭遇。
自転車を止め、平静を装い挨拶するみつ子。
みつ子「こんにちは」
多田「こんにちは。いや、こんばんはかな、そろそろ」
みつ子「あ、そうだね」
多田「買い出しですか？」
みつ子「あ、うん」
多田「俺も。昼まで寝ちゃったけど腹は空くもんですね。今日こそ掃除しようと思ってたのに結局だらだらしちゃったな」
みつ子「ふふふ」
多田「黒田さんみたいな綺麗好きの人には、男の一人暮らしの凄惨な部屋、想像つかないと思いますけど」
みつ子「えー、うちだってぜんぜん、ちゃんとしてないよー」

多田「いやいや、わざわざ大掃除しなくてもマメにきれいにしてる感じでしたよ。いつでも人を呼べる部屋です」

みつ子「いやー、大してそんな。人を呼べるって。えー」

みつ子、調子に乗る。そしてひらめく。

みつ子「じゃあさ、よかったら今日……呼ばれる?」

多田「え……」

みつ子「揚げ物したいけど一人前だけ揚げるのちょっとなーとか、ちょうど今思ってたの。だから私も助かる」

多田「……いいんですか……じゃあ……お言葉に甘えて……」

みつ子「うん」

多田「あ、じゃあ俺、これ（ワイシャツ）置いてきちゃいます」

みつ子「うん」

多田「あ、6時ごろで、いいですか」

みつ子「うん」

多田「じゃあ、あとで」

去ってゆく多田の背中。

みつ子「………」

視線を感じてそちらを見ると、タバコ屋の店先、総菜屋のヒゲの男がみつ子を見てニッコリしている。

26　魚屋

ガラスケースを覗いているみつ子。

魚屋「いらっしゃい」

みつ子「こんにちは」

魚屋「はいお客さん、どれにしましょう」

みつ子「おきゃくさん」

みつ子、嬉しそうに顔を上げる。

27　路上

顔を上気させたみつ子、自転車を漕いでいる。

みつ子「今日は掃除をする日、って日じゃなくなった。今日は」

Aの声「はい」

みつ子「お客さんが来る日、ひひひ」

×　×　×

みつ子のマンション・エントランス。

自転車で入って来るみつ子。

28　同・中

ダイニングテーブルを、ぐい！っと引っ張るみつ子。

Aの声「お！　おおおおーっ！」

サイズアップしたテーブル。ほくそ笑むみつ子。

本置き場になっていた椅子。本を片し、椅子をテーブルにセットするみつ子。ドキドキしている。

29　同

玄関先、花の植木鉢を抱えて立っている多田。

多田「来ちゃいました。どうぞよろしくお願いします」

みつ子「こちらこそ。上がって下さい」

多田「あ、これ。途中で花屋に寄って買って来たんですけど、もし良かったら」

袋に入った花を見せる。

みつ子「きれい。ありがとう」

味わうように見つめながら受け取るみつ子。

多田「……生きてるものは迷惑でしたかね……」

みつ子、窓辺に向かい、盆栽の脇に鉢を置きつつ、

みつ子「いえ、ほらこれ、盆栽も育ててるので一緒に世話します」

振り返り、微笑むみつ子。

みつ子「どうぞ、中入って」

多田「あ、その前にバイクの位置変えて来ていいですか。マンションの前にとりあえず停めちゃったんで」

みつ子「どうぞ、あのね、マンション玄関向

かって右からぐるーっと裏に回るとお客様用の駐輪場あるから」

多田「了解です！」

バタン、と閉まる玄関。

玄関の照明が、チカ、チカする。

みつ子、再び花に目を落とす。

みつ子「焦ったー、ピンクと白だよ。こんな可憐な花くれちゃう人が、少なくともさあ、私に、好意を持って欲しくない、とは思ってないよね、A」

Aの声「おっしゃる通りです！」

×　×　×

玄関。チカチカする灯り。

多田「お邪魔します」

奥に声をかけ、置いてあるスリッパにそっと足を通す多田。

キッチンからパチパチと揚げ物の音。

×　×　×

みつ子「どうぞー」
キッチン。かき揚げが揚がるのを見つめながら、多田の足音が近づいてくるのを聞くみつ子。

×　×　×

多田、部屋を見渡す。

その姿をキッチンの狭い視界から見ていたみつ子と目が合う。

微笑む二人。

多田「え？　これ、何だ？」
多田、テレビの横にかがんで何か見ている。
ハッとするみつ子。キッチンを飛び出す。
みつ子「あ、変なのみられちゃった。偽物だよ。結局しまわず目立つとこ飾って置いたんだよね、なんか見てたくてさ」
多田「？」
みつ子「あ、いや、触ってみていいよ？」
多田、ケースを開け、エビ天の食品サンプルを触る。
多田「……うわー。よくできてますね」
みつ子「一人で合羽橋行って体験講座受けたんだよね。休みの日に。暗いよね」
多田「いや、楽しそう」
キッチンからパチパチと揚げ物の音。
多田「……シュール」
みつ子、笑ってキッチンに戻る。

×　×　×

かき揚げなど盛られた食卓。
総菜屋のコロッケとハムカツも載っている。
多田「いただきます」
みつ子「いただきます。……あ、これも……どうぞ」
多田「や、せっかくなので今日はこっちから」

かき揚げをもりもり食べる多田。
多田「美味い！　はー。美味い。出来たてはさらにうまいですね」
みつ子「そう？　じゃ、良かった」
多田「得したなあ。ホントは今日めんどくさくなっちゃってクリーニング取りに行くの明日にしよって思ってたんですけど、頑張って行ったお陰でこんなうまいもの食えてる」
みつ子「クリーニング屋、犬いなくなっちゃったけどね」
多田「え？　そうなんですよ！　最近見ないんです」
みつ子「去年死んじゃったんだって。老衰で」
多田「いや、そうかな、とは思ってましたけど。黒田さん誰に聞いたんですか」
みつ子「店主のおばあさん。だってね、ある日行ったら、いつもの場所に犬いるなーと思って特に意識してなかったんだけど、よく見たらいつもの茶色い犬じゃなくて、茶色の丸太の椅子だったんだよ」
多田「……そういえばそうですね」
みつ子「ギョッとしちゃって反射的に、犬はどうしたんですかって聞いちゃったら、亡くなったって言われて。それ以上何も聞けなかった。いつもいた場所に茶色い椅子置くなんて切ないよ。老夫婦と老犬ってだけでも泣けるのに」
多田「……黒田さんって……案外、社交的なんですね。会社では存在消してる感じなのに」
みつ子「……」
多田「応接室でニコニコしてる時は愛想いいけど温度がないっていうか。こんなに親しみやすい人とは敢えて感じさせないようにしてるっていうか」
みつ子「当たってる。私、ぜんぜん殊勝な女じゃないから、来客のお茶だしなんて仕事の中で一番嫌い。この時間さっさと終われって思いながら笑顔向けてるもん」
多田「こえー。そうだったんですね」
みつ子「多田君、タメ口でいいよ。私こんな馴れ馴れしい口調なのに恥ずかしいよ」
多田「え、そうですか、あ、これも敬語か。すぐには難しいかもしれないけど、じゃあ、直すように努力する、よ?」
　ぎこちなさに、みつ子、笑う。楽しい。
多田「がんばるよ」
みつ子「アンドロイド?」
多田「おかわり」
みつ子「まだ入ってるよね?」

× × ×

玄関。
　椅子に立って、照明の電球を替えてあげている多田。
多田「これ、すごい熱い」
みつ子「あ、はい。ありがとう」
　見上げていたみつ子、ふと多田の足元を見る。
　靴下に、新品のシールが貼られたまま。
みつ子「なんかついてるよ」
　電球を替え終わり、椅子から降りた多田、慌てる。
多田「あ、剥がし忘れた。今日おろしたんで」
　ぴ、っとはがすとポケットにねじ込む。
　みつ子、ゴミを受け取ろうとするが気付かれず。
多田「ごちそうさまでした」
　出て行く多田。閉まる扉。

× × ×

　キッチン。洗い物をするみつ子。

× × ×

　リビングを見渡すみつ子、大きく安堵の一息。
　ソファに体を預ける。
みつ子「この部屋、こんなに広かったっけ……」
　静かな夜。

30 会社・社員食堂

　ノゾミと食事中のみつ子。
ノゾミ「やった?」
みつ子「やってません」
ノゾミ「何だ勿体無い。さすが多田真面目。Cで」
みつ子「Bで。どちらかというと、多田君が帰ってホッとしたんです」
ノゾミ「初めはそんなもんだよ」
みつ子「でもやっぱり、一人、落ち着くんですよ」
ノゾミ「当たり前じゃん。人間なんてみんな、生まれながらのおひとりさまなんだよ。誰かといるためには努力が必要なの」
みつ子「……なるほど。だから今まで独身なんでしょうねお互い」
　みつ子、何かに気づき視線を送る。
　一隅で、一人ゼリードリンクのようなものを吸いながらタブレットで仕事をしている澤田。
　ノゾミ、みつ子の視線に気づき、一緒に見る。
ノゾミ「いっつも忙しそうだよね、澤田さん。ヘッドハンティングでウチに来たからさ、プレッシャー凄そう」
みつ子「………」
ノゾミ「私はあの人、好きだよ」

みつ子「……やめてくださいよ、私だって好きですよ勿論」
ノゾミ「はいはい」
と。ノゾミが目を見開く。
見ると、カーターがカレーの列に並んでいた。
ノゾミ「カーター！　めっずらしい！　味噌汁辛いだご飯硬いだ社食で食う気が知れんだ散々悪態ついてたのに」
みつ子「何様ですか」
ノゾミ「カーター様」
　ノゾミ、カーターに小さく手を振る。
カーター、カレーの盆を手にやってくる。
ノゾミ「片桐君お疲れ様！　今日はカレーなんだね？」
カーター「カレーならまあ食べられるかなと思って。まあカレーなんてあるレベルまではどこでも一緒でしょ」
ノゾミ「確かに。社食で食べられるものあって良かったね」
　立ち去るカーター。

31　同・トイレ

無言で化粧を直している若い女性社員・中島達。

みつ子とノゾミ、入ってくる。

脇の小さな引き出し。上の段のホットカーラーのコードが垂れ下がっているのを避け、「黒田」の名札の戸を開け、歯ブラシを取り出す。

みつ子「ごめんねー」

中島「あ、すみません」

　歯を磨くみつ子。

32　みつ子のマンション・中

コンビニのおでんをつまみに、リモンチェッロを飲んでいるみつ子。
みつ子「多田君が来た時、お酒出してたら展開違ったかもしれない。気分が高揚して、すぐ、好きーってなったかもしれない」
Ａの声「あなたは多田さんのことが好きです」
みつ子「……分かってるってば。けど気持ち伝えるほどの情熱が足りんってこと。お酒があれば情熱溢れたかもしれないけど、多田君バイクで来てたでしょ？　ね、そうゆうこと。私と多田君は持ってないんだよ」
　ホーミーが聞こえ出す。
みつ子「遊牧民が住んでるんだろうか。逸ノ城みたいなでっかい人」
Ａの声「商店街でたまに会う人ですか」
みつ子「うん。妻子を草原に残して留学しに来ててさ、夜になると恋しくなって、ホーミーで妻子に一日の報告してるの」
Ａの声「発想が大陸的ですね」
　みつ子、スマホを手に取る。
みつ子「皐月がね、年末年始でローマ来ないかって」
Ａの声「いいじゃないですか、大学からの唯一の親友なんだし」
みつ子「確かに……結婚して日本離れてからだから、2年？　会ってないんだ」
Ａの声「いつもリモンチェッロ頂いてばかりですから、日本のお土産持って行って差し上げたら喜んでくれますよきっと」
みつ子「おひとりさまの総本山だよね、ひとり海外旅行は。けど飛行機がねえ……どうしてもねえ……卒業旅行以来飛行機乗ってないけど、まあ……直行便あるみたいだし、現地につけば皐月がいるし……」
　みつ子、リモンチェッロをグイっと飲み、
みつ子「大陸に呼ばれてみるか……」
ＬＩＮＥで皐月にメッセージを送る。
みつ子「皐月さーん、みつ子いくよー」

33　旅支度の点描

自室のパソコンでローマについて調べる。

手帳の年末年始の升目を使って「イタリアローマ」と一文字ずつ色を変えて書き込む。

店頭で明るい色のスーツケースを選ぶみ

つ子。

34 通勤路

ノゾミ「……あれ持ってる？　サスコム」
みつ子「なんですかそれ」
ノゾミ「貸してあげる。あと換金はさぁ、レートがどうのとか言うけど、現金なんてどうせそんな使わないんだから、なんやかんや日本にいるうちやっちゃった方がいいよ。空港で」
みつ子「そうなんですか」
ノゾミ「そっか。距離伸ばして来たねー。一人海外旅行とは」
みつ子「はい。命取りにならないようにお守り持っていきます」
ノゾミ「神頼みか。そうだね。それもいいでしょう！　あとはひとり旅の予行演習かぁ……あ、そうだ」
　ノゾミ、カバンから財布を出し、
ノゾミ「私すっごくいいもの持ってた、えーとね、これ、あげる」
　ノゾミ、財布から日帰り温泉のチケットを出す。
ノゾミ「ちょっとしたひとり旅。日帰り温泉、行っといで」
みつ子「え！　いいんですかいただいちゃって」
ノゾミ「いいのいいの。あんま好きじゃない人の結婚式で貰った引き出物の冊子のやつだから。消えものならまあいいかーって温泉チケットにしたんだけどさ、やっぱり、せっかく行っても一日中やな気持ちになっちゃうのもなーって」
みつ子「え、あんまり好きじゃない人って誰ですかそれ」
ノゾミ「聞かないでよ。あんま好きじゃない人の話なんてしたくないんだからさ」
みつ子「……それもそうですね。さすがですノゾミさん。では私が愉快に使って成仏させてやります」
ノゾミ「よろしゅう」
　会社のビルに入っていく二人。

35 日帰り温泉・駐車場

　バスから降りてくるみつ子。

36 日帰り温泉　同・ロビー

　浴衣を選ぶみつ子。

　いそいそと温泉に向かおうとしていたが、ふと壁の一隅に目を奪われて振り返る。

　『湯～湯～爆笑ライブ』『第一ステージ13時～／第二ステージ15時～』などの文字が踊るポスター。

　みつ子、腕時計を確認。13時33分
　ロッカールームにて大慌てで浴衣の帯を締めているみつ子。

37 同・大広間

　舞台で芸人の吉住がネタを披露している。入浴客向けのお笑いライブが行われている模様。

　ローマのガイドブックとタオルセットを手に、浴衣姿でいそいそと入って来たみつ子。

　顔を輝かし、一隅にそろりそろりと進んで座ると、楽しそうに笑って見はじめる。

　舞台上、ネタが終わり、司会者の呼び込みとともに7、8組の芸人たちが壇上に現れ、ライブ終了の挨拶をしている。

　みつ子、拍手。

　若者集団が舞台に上がり、芸人たちと自撮りを始める。愛想よく応じる芸人たち。

　吉住が集団に抱きつかれ、愛想笑いで応じている。

　司会者がやんわりと言葉で制すも、無視している若者集団。浴衣を脱いで吉住に抱きつきながら、仲間に「撮って撮って」と言ってる男も。

　一同、「おめーマジおもしれー」「ばかだなー」などと言いながら爆笑している。

　みつ子、表情を固くして見つめている。

×　×　×

怒りで呼吸が荒くなり、涙がこみ上げてくるみつ子。
立ち上がり、男たちの前に進む。

みつ子「やめなさいよ」

×　×　×

妄想であった。一隅に座ったままのみつ子。
若者たち、SNSにあげていいですかー、と明るく尋ねたりしている。どうぞどうぞ、と応じる芸人たち。吉住、張り付いたような笑顔で応じている。
徐々に人が去ってゆく広間。

38　同・真冬のプールサイド

誰もいない。ベンチに座っているみつ子。

みつ子「あの人はうまくやってたよ」
Aの声「そうですね」
みつ子「だけど大丈夫かなって思っちゃう」
Aの声「そうですね」
みつ子「あの人、大丈夫かな」
Aの声「大丈夫です」
みつ子「私が大丈夫じゃないよ。やめなさいよって、言いたかったのに。言えなかったよ、A」
Aの声「落ち着きましょう」
みつ子「あいつら何笑ってんだろう。下品でバカでくそつまんないくせに。彼女の面白さ1ミリも理解できない低脳野郎のくせに。不愉快すぎて記憶から飛ばしてた嫌なことずるずる思い出しちゃう」
Aの声「いけませんね」
みつ子「……会社でさあ。簡単に今ののんきなミニお局におさまったわけじゃないんだよ、私」
Aの声「……分かってますよ」

みつ子、思いが溢れ出す。自分の手首を握って、

みつ子「私。手首が細いんだってさ。気色悪い。細いねーとか言っていきなり握って来たセクハラ上司がいたなあ。笑ってごまかしたら『のんきを装ってる』って言ってきた女の先輩がいた。あの先輩すごいね。私のクソ芝居見抜いてたってことだもんね。『は？　何がですか』って誤魔化しながら息を殺してさあ。でも絶対見逃してくれないのあの先輩。『思ってること言いなよ』って。けど私ぜったい腹割ってやんなかった。私って激しいんだよ」
Aの声「そうですね」
みつ子「あの先輩。らしい辞め方してったな。なんか粘着質の肉親の面倒を見なくちゃとかそんな感じのこと匂わせてさあ。辞めてくれて正直ホッとしたけど。でも手首握ってきた上司もさあ。ホッとしてやんの。ホッとしてるどころか、急に彼女の悪口言い出してさあ。彼女の優秀さに散々世話になってたくせにさあ。胸糞悪」
Aの声「そうですね」
みつ子「あの男の上司ざまあみろだよ。次から次に優秀な女が現れてさ。ついにうちの会社もヘッドハンティングなんか始めたもんだから澤田さんみたいな人現れちゃってさ。そのうち澤田さんならあの男追い抜くよきっと。けどさ。私だって澤田さんの優秀さをどこか歓迎してないんだよ。私、クソだよね」

みつ子、こみ上げて来る感情を抑えられない。

みつ子「優秀じゃないの私。だけど会社に居座り続けてきたの。私にはノゾミさんがいてくれたから。私にいつも、大丈夫？　って聞いてくれるノゾミさんがいてくれたから息できた」
Aの声「そうでしたね」
みつ子「私、あの芸人さんに何もできなかった……苦しいよA」

みつ子、タオルで顔を押さえ、泣く。

Aの声「大丈夫。あのひと、バカな男を見下して、ますます面白くなっていきますよきっと」

みつ子「そうかな……だといい」
Aの声「さぁ、そろそろ温泉に浸かってきたらいかがですか。そうするうちにあっという間に15時ですよ。そしたらまた彼女の舞台観てゲラゲラ笑って帰れますよ」
みつ子、タオルに顔をうずめたまま、こくりと頷く。

39　広大な工事現場の見える場所
昼休み、ノゾミとみつ子、手にストローの刺さったカップをそれぞれもって佇んでいる。
ノゾミ「みつ子ちゃんはココアの齢だね」
みつ子「は？　何ですかそれ」
ノゾミ「年齢を飲み物に例えるとさ。みつ子ちゃんはココア」
みつ子「そうなんですか、まぁ、好きですけどココア」
ノゾミ「私は赤ワインの齢」
みつ子「ずるい。ノゾミさんなんかいいですね」
ノゾミ「飲み頃です」
みつ子「イタリアでワイン買って来ますね」
ノゾミ「ん！　なんかこれ、ワインの気がしてきた。効く――」
みつ子「タピオカミルクティーですよ？」
ノゾミ「あ、アンディパストのオリーブ、ズコっと来た。合う合う」
みつ子「タピオカです」
ノゾミ「地中海」
みつ子「築地です」
ノゾミ「ほら、目をとじてごらん」
二人目をつぶる
ノゾミ「はい、開けて。……ね、トリップしない？」
みつ子「？」
ノゾミ「ここが私の知ってる東京だとは、まだ信じられないもん」
二人工事現場を眺める。

40　空港
スーツケースを引いたみつ子、緊張の面持ち。

41　飛行機内
爆音。みつ子、呼吸が荒い。目の前に下げたお守りを見つめて吐きそうになっている。
離陸するとお守りが斜めになる。もぎ取るみつ子。
Aの声「大丈夫。ずっと話をして気をそらせてあげますから」
みつ子「よろしく頼みます」
隣の乗客、話すみつ子をいぶかしげに見る。
Aの声「あなたは飛行機が本当に苦手ですね」
みつ子「飛行機の何もかもがうさんくさいじゃん。だって」

×　×　×

みつ子「何万メートルも上空を凄いスピードで移動してるのにご飯食べたりしてるのがうさんくさい」
安定飛行に入った機内で客室乗務員がカートを引っ張り飲み物を配る。
みつ子「トゥメァトジュース！」
トマトジュースを受け取るや否や一気飲み。

×　×　×

隣の乗客、イヤホンをして映画を見て泣いている。
みつ子「ふだんろくに映画館も行かないくせにわざわざ映画見たりして嘘つけっ！　平気なふりしてるだけだろ！　って感じでうさんくさい」

×　×　×

客室乗務員が回って来て、シェードを閉める。
みつ子「昼なのにシェードしめて夜を演出するのもうさんくさい」
客室乗務員、愛想笑い。手を伸ばす時に

パンプスのかかとが浮いている。それをじっとみていたみつ子、客室乗務員が遠ざかるや否や、
みつ子「かかと浮いちゃうのにあえてパンプス履いてるのもうさんくさい。どうせ非常事態になればそれ脱ぎ散らかして運動靴にするんだろ？　って、私思ってるから」
暗くなった飛行機内。
みつ子「パンプス履いてくれてるうちは安全だって思えるけどね」
Ａの声「そうゆうことです。寝なさい」
みつ子「……妙に揺れてる感じしない？　卒業旅行で乗った時はこんなに揺れなかった」
みつ子、まだ何か悪態をつきたそうだが、仕方なく目を閉じる。

×　×　×

明るくなる飛行機内。シェードが開けられる。

みつ子、少しホッとしてトイレに立つ。

×　×　×

トイレの中。急に激しく揺れ出し、ビクッとするみつ子。

続けて、トントンとノックされ、更にビビる。

客室乗務員の声「シートベルト着用のサインが点灯しました、お席になりシートベルトをおしめください」

慌てて扉を開けて飛び出すみつ子。

×　×　×

よれよれと席に戻り、震える手でベルトする。

隣の客は落ち着き払って、ワインを傾けている。

みつ子、信じられないという感じで睨む。

客室乗務員が客席を巡回している。

機内アナウンス「みなさまにご案内いたします、当機は間も無くフィウミチーノ空港へ到着いたします」

と。更に激しく揺れ出す。

隣の席のワイングラスが倒れる。

機内アナウンス「ただいまフィウミチーノ空港は離着陸で込み合っております。着陸の許可が下りるまで今しばらくお待ちください」

客室乗務員たちも足早に走り、一人を残し着席する。

みつ子、駆け抜ける客室乗務員を振り返って目で追い、パニック寸前。

耳を劈く自身の鼓動。

みつ子、シートにしがみつき、息ができない。と。

Ａの声「音楽をききましょう。大音量で。さあ早く」

Ａの指示が。

みつ子「無理！　意味ない！」

Ａの声「実行してください。今あなたが音楽を聴いたところで何か困りますか？　ほら、スマホを取り出して。あなたの右ポケットに入ってます」

機内の轟音と、自らの鼓動が、爆音となってみつ子の耳に迫り来る。

スマホをまさぐるみつ子。飛行機の揺れと指の震えでなかなかお目当の操作ができず焦る。

息ができない。

Ａが呼びかける。

Ａの声「息を吸ってください」

みつ子、気が遠くなる。

Ａの声「息を吸って！」

返事ができないみつ子に、なおもＡが呼びかける。

Ａの声「声を出すんです。くー。はい！」

みつ子「…………」

Ａの声「感情を形にするんです！　出来ます！　はい、くーー！」

震える指でイヤホンを耳に詰めようとするが、うまく入らず、膝に落ちる。

機体の揺れを表すように、みつ子の膝の上でポンポン跳ねるイヤホン。

もはや絶望か、と思ったその時。

× × ×

真空地帯のような、耳が痛いほどの無音。

跳ねるイヤホンをすくい取り、みつ子の耳に装着する男の手。

男の両手、そっとみつ子の耳を包む。

みつ子の両手が、その上に重ねられる。

× × ×

ジェットの爆音、鼓動、復活。

両耳に手を添えたみつ子。その耳に音楽が届く。

ようやく声が出るみつ子、絞り出す。

みつ子「くーーーーーーーーーーーーーーーー」

くちびるつんと尖らせて。

続けて流れ出す、大滝詠一の歌声。

『君は天然色』の美しいメロディと歌が、爆音とみつ子の鼓動を凌駕。

「く」「ち」「び」「る」「つ」「ん」「と」「と」「が」「ら」「せ」「て」。

ドラえもんのコエカタマリンのように、機内に続々現れる歌詞の文字。大きい。

カラフルな風船のような文字たち、機内を埋めて漂う。

慌てる乗客や、平静を装う客室乗務員の間を、「つ」や「て」や「ら」などの文字たちが浮遊してゆく。

微笑んで静かに涙を流し、ゆっくり漂う文字たちを目で追うみつ子、やがて目を閉じる。

42 タクシー車内

目を閉じているみつ子。

理解できない言葉が耳に流れ込んで来る。

目を開けると、タクシー車内。ラジオの音。

車窓をすごい速さで流れる見慣れない街。

達成感でいっぱいのみつ子、車窓を見つめる。

43 皐月のアパート・外

アパート前で待つみつ子。扉が開く。

マルコ「ハイミツコ〜、×××〜」

皐月の夫マルコがイタリア語で出迎える。

ヘラヘラと片言の英語とイタリア語で応じるみつ子。

みつ子「ボンジョルノ〜、センキュ〜」

マルコ、みつ子のスーツケースを持ってアパートの階段を登ってゆく。ついてゆくみつ子。

× × ×

皐月とマルコの部屋の扉が開く。

皐月「おつかれさまです」

明るく迎える皐月。

みつ子、声が出ない。

皐月のお腹、大きい。臨月か。

マルコ、みつ子のスーツケースを持って奥へ消える。

我に返るみつ子。

みつ子「お世話になります」

皐月「来てくれてありがとう。疲れたでしょう？」

皐月、抱きついて来る。

みつ子、少し迷ってから、口を開く。

みつ子「飛行機めっちゃ揺れた」

皐月「そうなんだ！　晴れてたんだけどね」

皐月、みつ子から離れ、室内へ。みつ子も続く。

みつ子「じゃあ異空間飛んでたんだ。外国だね。ローマだね。ついに来ちゃったね、部屋ん中暗いね」

みつ子、核心に触れられない。

皐月「みつ子」

一同「ミツコー！」

マルコの両親や、クリスマス休暇で集まっていた親戚一同の歓迎を受けるみつ子。

皐月「マルコのマンマとパパとノンナ、おばあちゃんね。クリスマス休暇だからみんな来てるの」

みつ子「……そうなんだ」

紹介を受け、笑顔で挨拶するみつ子。

× × ×

クリスマスディナー、プレゼント交換。
みつ子がみんなにプレゼントした食品サンプルは大ウケ。寿司をかじるフリをするパパ。

44　同・バスルーム

みつ子、バスタオルを巻いた姿で腕や足にボディクリームを塗っている
皐月「みつ子はいっていい？」
みつ子「うん」
皐月「シャワーどうだった？　大丈夫だった？」
みつ子「うん、大丈夫」
皐月が入ってきて歯を磨く。
みつ子「髪、その色似合ってる」
皐月、笑う。
みつ子「皐月がさあ。褒められた時にだけ笑うってこと、ここの人たち知ってるかな」
皐月「何それ。褒められた時だけってことないです」
笑う皐月。
派手なパンティが傍に置かれている。
皐月「（手に取り）相変わらず……おみつさんは攻めたのをお召しですねえ……イタリア人顔負け」
みつ子「いいね。もっと攻撃的なの買って帰ろっと」

45　ローマ市街地（翌日）

早朝、皐月とマルコに市街地を案内されるみつ子。

×　　×　　×

皐月「はぁ、きもちいい！」
皐月、陽の光の中、気持ちよさそうに目を細める。
マルコが皐月をいたわる。微笑む皐月。
見つめるみつ子

46　皐月のアパート（夜）

みつ子、皐月、マルコの3人がいる室内。
マルコが皐月に、スマホで動画を見せている
スマホの動画、昼間の様子。
コロッセオを見上げて歩いているみつ子の後ろ姿。
皐月「わーい、みつ子ー、」
みつ子「私ここ」
「ミツコー」というマルコの呼びかけに振り返ったみつ子。
「あ。はーい」みつ子、こちらに向かって愛想よく手を振る。
皐月、笑ってスマホのみつ子に手を振り返す。
皐月、ふざけてスマホに語りかけ続ける。
皐月「おーい、おみつさーん、コロッセオどうですかー」
みつ子、乗る。
みつ子「……巨大ですよー。なんぼでもライオンと闘えますよー」
皐月「なんですかそれ」
みつ子「グラディエーターで戦ってなかったっけ。あれ？　スパルタカスだっけ？」
笑う皐月
皐月「よかったー。絶対コロッセオ見せたかったんだよねー、みつ子に。好きでしょ？」
みつ子「……うん、巨大建造物、好き」
皐月、独り言のように続ける。
皐月「なんかどうしてもね。カフェより先はなんか怖くて。私、あんまりあんまり出かけないようにしちゃってるんだよね」
みつ子「……」
皐月「……」

47　ローマ・某所（翌日）一人で街を散策しているみつ子

景色を見るでもなくぼんやりと歩く。
すれ違う人々。
みつ子には理解不能な言葉が流れてゆく。

48　皐月のアパート・バスルーム

サスコムで充電中のスマホ、着信。
多田からＬＩＮＥであった。
多田メッセージ『ご無沙汰しております。先日はごちそうさまでした』
みつ子、ニヤつく。昼間撮った写真を多田に送る。
みつ子メッセージ『私が今どこにいるか分かる？』
すぐ返信が来る。
多田メッセージ『外国？』
みつ子メッセージ『ローマです。友達の家に泊めてもらってます』
多田メッセージ『羨ましいです。こちらは初めて炊飯器を使ってみました』
みつ子「へー」
みつ子メッセージ『ごはん美味しく炊けましたか？』
しばらく待つとすぐメッセージが。
多田メッセージ『スリや変な人には気をつけて！』
質問とズレた回答に、一瞬ん？　となるが。
多田メッセージ『良い旅を！』
続けて来たメッセージに微笑むみつ子。
みつ子メッセージ『グラーツェ！』
送信し、愛しそうにスマホをさする。

49　同・リビング

薄暗い室内。
本を読んでいる皐月。
外をぼんやり眺めているみつ子。
皐月とみつ子思い思いに過ごしている。
皐月「今日は出かけなくていいの？」
みつ子「……うん。今日はいいや」
皐月「ほんと？」
みつ子「うん」
皐月「じゃ、久々に描いちゃおうかな」
皐月、一隅からはがきサイズのスケッチブックを取り出し、画材セットを抱えるとみつ子の脇に座る。
みつ子「？」
皐月、みつ子の顔を描き始める。
みつ子、おどけてお澄まし顔をする。
皐月「……ごめんね、気を使わせちゃってるよね」
みつ子「そんなことないよ。もらっていい？」
みつ子、置かれた画材の中から紙とペンを取り、自分も絵を描き始める。
室内の写生。
皐月「懐かしいね。大学のサークルでさあ、よく写生した。クジラとか」
みつ子「ね」
皐月「ね。あのクジラまだあるのかなあ」
みつ子「あるよ」
皐月「えー！　ぼろっぼろ？」
みつ子「そんなことない。この前写真送ったよ」
皐月「あれ？　そうだっけ」
みつ子「……皐月にとっては懐かしい大昔かもしれないけど、私にとっては現在だから」
皐月「？」
みつ子「あの公園の周辺から、私一歩も動けてない」
返事に窮する皐月。みつ子、目を合わせない。
皐月「みつ子。ごめんね」
みつ子、黙々と筆を走らせる。
皐月「なんか色々変わりすぎて、私自身もよくわかんないんだよね。受け入れるのに必死」
みつ子「皐月はどこでも生きていける人だね」
皐月「そうみたい。でもちょっとだけ後悔してるんだよ。いつのまにかこんな遠いところまで来てしまった」
みつ子「すごいよ。一人で」
みつ子、筆から目を離し、皐月を見る。と。皐月、泣いていた。
みつ子、心がほぐれだし、こみ上げる。
二人、見つめ合って泣く。

皐月「心細かった……」
みつ子「……」
皐月「私こそ、このアパートから一歩も動けなくなっちゃって。みつ子のこと、しつこく誘ってしまった」
みつ子「皐月……お母さんになるんだね」
皐月、泣き笑い。
皐月「うん。みつ子。私、もうすぐお母さんになるんだよ」
みつ子も泣き笑い。
みつ子「おめでとう」
皐月「ありがとう。報告してなくてごめんね」
みつ子「ううん、おめでとうすぐ言えなくてごめんね」
照れながら泣き笑いする二人。

50　皐月のアパート

カウントダウンを始めるマルコ、家族達。
街中に爆竹の音が鳴り響いた。
皐月「Buon Anno!（ブオナンノ）！」
みつ子「ブオナンノ！　あけましておめでとうー」
皐月「あけましておめでとうー！　嬉しい！　面と向かってあけましておめでとう言ったの久しぶり！」
みつ子「あー、そっかぁー」
と。耳を擘く花火の爆音。

51　同・テラス

登って来たみつ子と皐月。
白く照らされる二人の顔。
みつ子「お母さん、ほら」
皐月「あー、ありがとう」
路地の隙間から見える、大きな白い花火。
皐月「みつ子と見れた」

52　飛行機内

イヤホンを耳にして、俯いて目をつぶっているみつ子。手にはお守りとスマホが握り締められている。

機内アナウンス「当機は只今、東京国際空港に着陸いたしました」

顔を上げ、イヤホンを取り、ホッとするみつ子。

客席のあちこちでスマホの着信音が聞こえる。

みつ子、機内モードを解除するが、特に何も来ていない。多田とのメッセージを開いて『ただいま日本に戻りました』と入力。しかし送信が押せない。

53　みつ子のマンション・エントランス

アパート前の道を、ガラガラとスーツケースを引いて帰って来たみつ子。
ホーミーが聞こえる。
Aの声「おかえりなさい」
一瞬立ち止まるみつ子。
みつ子の表情から、笑みが消えて行く。す、と再び歩き出し、
みつ子「ただいま」
戻って来た日常を受け止めるように、静かに答えて建物に消えるみつ子。

54　同・中

暗い玄関。
みつ子「いたね」
Aの声「いますよ、私はあなたですから」
みつ子「だよね」
みつ子、灯りをつける。
Aの声「飛行機、お疲れ様でした」
みつ子、スーツケースを広げながら、
みつ子「私、思い出したんだよね」
Aの声「あ、チーズの密輪！　多田さんへのお土産ですね！　あ、ノゾミさん用ですか？」
話をそらすようなA。
みつ子「多田君、炊飯器使ったってさ。知ってるでしょA。私はもう用無しだよ」
Aの声「あなたの影響で自炊に興味を持ったのなら良かったじゃないですか。今度か

ら一緒に料理すればいいんですから」
みつ子「自炊したとは書いてなかったじゃん。彼女がいてさあ、その人が使ったのかもしれないじゃん」
Aの声「あなたは物事を悪く考えすぎです」
みつ子「Aは日和見すぎだよ」
Aの声「…………」
みつ子「皐月に会って、色々、思い出したんだよね」
　みつ子、淡々と荷を解く。
みつ子「2年前にさあ。皐月がさ、結婚するってローマ行くことになってさ。私、あの頃不安定だったんだよね。そりゃ美大卒じゃないからさあ、ただの美術サークルくらいじゃさあ、デザインとか建築とかの専門職につけるとは思ってなかったけどさあ、皐月とそうゆうくすぶりを転がしあってどうにかしのいで来たんだよ。それが一人勝ち抜けみたいに日本から消えちゃうなんてさ、たまんない。それなのにさあ」
　返事はない。みつ子、話し続ける。
みつ子「あの時さあ。Aもさあ。消えたよね」

55　映画館前（2年前）

　映画館から一人出てくるみつ子。ぼんやりと彷徨う。
　と、突如。
Aの声「では作りましょう」
みつ子「え！」
Aの声「はー、皐月ローマ行っちゃうのかー、寂しい、恋がしたい、恋人でもいたらなと思ってたでしょう今」
みつ子「は？　何が？」
Aの声「はいはい、そうゆうのいいです。自分相手にカッコつけるのやめましょう。先週行った歯医者さん、遼先生、彼で。47歳独身です。歯がある限り接点はありますよ」
　呆れるみつ子。
が、足はさっさと進み、デパートへ運ばれていく。
みつ子「ちょ、ちょちょちょちょ」
Aの声「ふん！（鼻息）」

56　デパート・靴売り場～服売り場（2年前）

　ずらっと並んだ靴のなか、ハイブランドのピンヒールを手に取るみつ子、傍にいる店員に差し出す。

みつ子（Aの声になっている）「これにするわ」

　ぎょっとするみつ子。

みつ子「嘘でしょ」

靴店員「はい？」

　いぶかしげな店員。

みつ子（Aの声になっている）「23はあるかしら？」

靴店員「はい、少々お待ちください」

　バックヤードへ向かう店員。

　みつ子、店員を呼び止めようとするが。

くるっと踵を返し、通路を挟んだショップへずかずか進む足。運ばれてゆくみつ子。

服店員「いらっしゃいませ」

　目を爛々とさせて服を選ぶみつ子。

みつ子（Aの声になっている）「これ着てみていいかしら」

服店員「どうぞ」

　みつ子、試着室へ運ばれつつ値段を見る。

みつ子「！　11万！」

　ギョッとするみつ子。

背後でバタンと閉じられる更衣室の扉。

鏡に向かって問いただすみつ子。

みつ子「知らなかった……Aの男の趣味。歯医者ってオイオイ」

Aの声「私の趣味ではありません」

×　×　×

靴店員・服店員「ありがとうございました」
　袋を下げて、ヘドモドとデパート廊下を進むみつ子。

57　みつ子のマンション・中（2年前〜現在）

デパートで買った例の衣装に身を包み、玄関の扉を開けて入ってきたみつ子。灯りはつけない。

鉄の扉にもたれて体を冷やし、ピンヒールをのろのろと脱いで、裸足で玄関タタキの冷たさを味わう。

Aの声「このまま消えて無くなってしまいたい」

死ぬほど落ち込んでいるAの声。

みつ子、灯りをつけ、のろのろと室内へ進む。

洗面所。手を洗い、うがいをするみつ子。

コップについた濃い口紅の跡。

さめざめと見下ろしてから、キュッキュと洗う。

×　　×　　×

フラッシュ。カウンターの上、みつ子の手の上に重ねられる遼の手。

×　　×　　×

みつ子、コップを置いて、手をゴシゴシ洗う。
Aの声「患者に手を出したって周囲にバレたく無いから表立って会えないし、君を彼女にはできないが、今日はホテルを取ってるって。あんな薄汚い言葉、どの口が言うんでしょうか。歯医者のくせに」
みつ子「だけどA、そんなに怒ってる割には食事中帰らなかったじゃない」

×　　×　　×

フラッシュ。みつ子の腰に回される遼の手。

×　　×　　×

みつ子、記憶を振り払うように目をつぶり首を振る。
Aの声「……すみません」
みつ子「あのスケベおやじのご機嫌損ねないように気をつけながらホテル行き断るの大変だったんだから」
Aの声「こちらによっぽど人間的魅力がなかったんでしょうか」
みつ子「ちょっとやめてよ。へこむ」
Aの声「最善を尽くしたのですが」
みつ子「すごいよAは。一目惚れした相手と一回でもデートできたんだから。私ならぜったい無理だった」
Aの声「慰めは結構です。私は見る目がなかった」
みつ子「何言ってんの。すごいよ、Aは。戦ったよ」
Aの声「私は役立たずです。消えます」
みつ子「元気出して、A」
しんとしている。
みつ子、ビシャビシャと顔を洗う。
水を止め、鏡を見る。あれ？　という表情。
みつ子「……私、今しゃべってた？」
少し考え、口を開く鏡の中のみつ子。
鏡の中のみつ子「誰と？」

×　　×　　×

洗面台の前に佇んでいたのは、現在のみつ子。
みつ子「……A？」
Aの声「……はい」
みつ子「もう二度と……あんな風に消えたりしないでね」
Aの声「すみませんでした」
みつ子「……気まぐれで、消えたりしないって約束してね？　だって。あなたは、私なんだから」
みつ子、手を洗い、うがいをして。
涙がこみ上げるのを必死で堪える。
みつ子「あんな思いするくらいなら、今の生活の方が、百万倍極楽」
Aの声「多田さんは、遼のヤブ医者野郎とは全然別の異性です」
みつ子「どうでもいいよ。Aがいてくれれば」
みつ子、電気を消す。

58 商店街

正月の商店街、行き交う人々。
心の会話がみつ子に聴こえて来る。
老婦人の声「あの子たちいつまでいるのかしら。孫に買ってやった服はきっと持って帰ってくれない。そう思わない?」
子供の声「私はお姉ちゃんなのに妹とお年玉がいっしょ。お手伝いは私だけなのにずるくない?」
店員の声「俺だけ出勤させられて、独身ってだけで休みの仕事押し付けられる。舐められてると思わねえか?」
方々からネガティブな心の声。みつ子、息苦しい。
クリーニング屋の前。茶色い犬がじっとこちらを見ている。
みつ子「ほらA、犬」
Aの声「はい」
みつ子「うそ。もういない。あれ本当は椅子なんだよ」
Aの声「はい」
行き交う人々。誰もみつ子の一人語りに耳を貸そうとしない。
みつ子「悲しいね」
Aの声「そんなことありません」
茶色い犬に気にもとめず、クリーニング屋の老婦人が淡々と働いている。
みつ子「うそだ。みんな悲しいんだよ。みんな頭の中で悲しい話ばっかりしてるんだよ」
Aの声「そんなことありません」
いつかの大柄な男とすれ違う。無言。
みつ子「無理してるんだ」
Aの声「良くないですね。なんでもネガティブに感じ過ぎています。多田さんに、日本に戻りましたの連絡しましたか」
みつ子「なんでそんなことAが気にするの」
Aの声「そうするべきだからです」
みつ子「うそ。多田君に面倒なこと押し付けてまた自分は消えようとしてるんでしょ」
Aの声「……消えません」

59 みつ子のマンション・中

スマホ。未送信のメッセージを見つめているみつ子。『ただいま』を消して、『日本に戻りました』として、意を決し送信を押す。

スマホを見つめている。と。返信が来た。

多田メッセージ『明けましておめでとうございます』

続けてメッセージ。

多田メッセージ『御免なさい、』

みつ子「……ごめ」

多田メッセージ『いつもご馳走になっているお礼に、今度どこかのお店でお食事ご馳走させてもらえませんか? 本来なら自炊でお返しするべきなのでしょうが、悲惨な結果になると思うので……』

予想外のメッセージに、安堵とともに喜びがこみ上げるみつ子。

みつ子メッセージ『よろこんで。』

室内がじわじわ明るくなる。

60 通勤路

免税店の大きな袋を提げて歩くみつ子。
澤田に会う。
みつ子「明けましておめでとうございます」
澤田「明けましておめでとうございます。今年もよろしくお願いします」
澤田、みつ子の袋に目をやり、
澤田「海外?」
みつ子「ローマです。友達がローマの人と結婚したんで行ってきました」
澤田「いいなー。イタリア行ったことないんだよね。20年ぐらいまえだけどさ、一人でヨーロッパ回ったんだけどさ、列車で」
みつ子「え! すごい! バックパッカー!」
澤田「うん。すっごい前だよ。ユーロになる前だもん。国境またぐ度に換金したんだよ。ヒースローから南下してって、ニースからマドリッド行って、お金尽きて帰ってきた」
みつ子「すっごーい……あ、あの、チーズ、よければこれ」
　みつ子、包みを一つ差し出す。
澤田「え、いいの？　やだ嬉しいありがとう。じゃあさ、お礼に林檎もらってくれる？」
みつ子「え、林檎好きです」
澤田「良かった、明日持ってくる。すっごい貰っちゃって困ってるのよ、夫の実家から」

61　会社・商品企画チーム

　澤田と入ってくるみつ子。
みつ子「澤田さんって結婚してたんですね……」
ノゾミ「そうだよ。それが？」
みつ子「あ、いや……あけましておめでとうございます。ローマ土産、飲んでください」
　席に着きつつ、ノゾミにワインを渡すみつ子。
ノゾミ「あ、おめでと。ありがと。うん、はいはい」
　ノゾミ、素早く受け取る。どこか上の空。
ノゾミ「あのさ。…………実は私、カーターとデートした。初詣」
みつ子「え！　おめでとうございます！」
ノゾミ「あ、私と出かけたこと、社内ではみつ子ちゃん以外の誰にも言うなって口止めされてるからよろしくね」
みつ子「心配ご無用。社内で話す人思いつきませんから」
ノゾミ「カーター、今の彼女に振られそうなんだって。チャンス」
みつ子「え？　カーター、彼女いたんですか。驚きです」
ノゾミ「バレンタインに、東京タワーを階段で登るイベントあるの、知ってる？」
みつ子「知りません」
ノゾミ「多田君と4人でさあ、チャレンジしない？」
みつ子「……えー」
ノゾミ「みつ子ちゃんは社内に友達いないし、多田君は出入りの営業の中で一番出世しなそうだから、二人になら初詣行ったこと言ってもいいって言ってくれたんだよね」
みつ子「ノゾミさんそれ私本人に伝えちゃいます？　もろ悪口なんですけど」
ノゾミ「私、東京タワーでカーターに告白するわ」
　絶句するみつ子。
みつ子「分かりました……多田君にはこれから聞いてみます。いざとなったら私が一人で付いて行って、はぐれてあげます」
ノゾミ「サンキュー。私たち、先に華麗に駆けのぼっとくわ。そんでてっぺんで告る。よっしゃー」

62　一軒家フレンチレストラン・外

　大きな袋を手に、入ってゆくみつ子。ホールスタッフに荷物を預け、案内されるみつ子。
　背筋を伸ばして座っていた多田を見て微笑む。
　みつ子に気づきホッとしたように微笑む多田。
多田「船、海」
みつ子「そういうことか」
多田「ざっぱーん」
　乾杯する二人。
多田「黒田さんが無事に帰ってきてよかったです」
みつ子「嬉しいな。ここ、一人じゃ来られないから」
多田「そうですよね。入ってみたかったんですけど」
みつ子「なんか、あれですね、言葉、戻っちゃってる。丁寧語」
多田「ほんとだ。ごめんね」
みつ子「ＡＩみたいな話し方、上達してる」

笑うみつ子。
敢えてＡＩっぽさを強めておどける多田。
多田「やめよう」
楽しそうな二人。
多田「いいねぇ、ピアノ」
みつ子「いいねぇ、素敵だねぇ」

63　街頭（夜）
夜道を歩くみつ子と多田。
多田「また来たいなぁ、そうだな」
みつ子「あ、そうだ。これ」
立ち止まって、紙袋を渡すみつ子。
多田「なんだこれ……チーズと……？」
みつ子「リモンチェッロ。密輸して来た」
多田「ありがとう……もらってばっかりだな」
みつ子「ううん」
多田「今度また、外食でお礼するよ！」
嬉しそうな多田。みつ子も嬉しい。
歩き出す二人。
みつ子「あのさあ、ノゾミさんとカーターにね、来月、東京タワーの外階段を上るイベント、行ってみないかって言われてるんだけど……」
多田「東京タワー！」
多田、突如みつ子の後ろの方を指差し声を上げる。
指の方を振り返るみつ子。
と。東京タワーが、綺麗に見える。
多田「黒田さんが東京タワーの話ししてる後ろに、東京タワーがこんな風に見えるなんて、なんか面白かったな」
嬉しそうな二人。

64　みつ子のマンション　ポスト前
郵便物を確認するみつ子。
皐月からの手紙を見つける。
みつ子「あ」
中にはみつ子の顔が描かれた手紙。

65　公園
写生をしているみつ子。
時折コロッケをかじりながら必死にクジラの絵を描く。
満足げ。
みつ子「ざっばーん」

66　東京タワー・ふもと〜階段（夜）
『聖バレンタインデーは外階段で東京タワーに昇ろう！』と書かれた看板。
チェックインするみつ子、多田、のぞみ、カーター。
カーター「足の先が冷たい」
ノゾミ、バッグから足用カイロを出し、かがんでカーターの足に貼ってあげる。
多田とみつ子、呆れて顔を見合わせる。
ノゾミ「大丈夫？」
カーター「すごい」
ノゾミ「いける？」
歩き出すカーターに、続くノゾミ。
みつ子と多田、階段を見上げて、
多田「さあ、頑張るぞ」
みつ子「頑張ろう」
ノゾミとカーターに続き、登ってゆく二人。
カーター「喉乾いたな」
赤い階段の踊り場で立ち止まるカーター。
カーター「あったかいのがいい」
ノゾミ、ポットの温かいお茶を蓋に注ぎ渡す。
受け取り飲むカーター。
カーター「すごい」
嬉しそうに見守るノゾミ。
多田、鉄骨の隙間から外を見下ろし、
カーター「もう登りたくない」
多田「まだスタート地点すぐそこだけどね……」
みつ子「うん……（はたと何か思いつき）じゃあ、私たち先行ってようか多田君」
多田「え」

ノゾミ「うんそうだね待たせちゃ悪いから先に華麗に駆けのぼっててよ、はい後ほど〜！」
カーター「ありがとう」
ノゾミ「よく頑張ったよね」
　みつ子と多田、並んで階段を上る。
多田「ノゾミさんの鞄、ドラえもんのポケットみたい」
みつ子「うん。惚れたものの弱みだね。今日告白するんだってノゾミさん。だから二人にしてあげた」
多田「……へえ」
　みつ子と多田、階段を上る。
　はあはあ息を切らすみつ子。追い抜いてゆく若いカップル。みつ子と多田、目が合い、微笑み合う。
みつ子「いい運動……」
　多田、ポケットからペットボトルを出して差し出す。
多田「俺の飲みかけだけど、喉乾いたら言ってね」
みつ子「ありがとう……」
　夜風を浴びて階段を上るみつ子。
　スマホが鳴動。取り出す。
　ノゾミからLINE。『成功』『付き合うことになった』
みつ子「やった！」
多田「ん？」
　続けて『ただし期間限定だって』と届く。
みつ子「なんじゃそりゃ！（多田に）のぞみさん付き合うことになったって！　しかも、期間限定だって！　何それー！　見て」
　息を切らせながら顔をほころばせるみつ子。
多田「俺たちも付き合ってみますか」
　みつ子、言葉が出てこない。
多田「すみません、変なタイミングで」
みつ子「……」
多田「思いつきとか雰囲気に流されてとかじゃないです、今日ずっと言おうと考えてた」
　赤い階段の踊り場で、立ちすくむみつ子。
多田「うまくいくと思いませんか。家近所だし、週末は今日みたいにどこか行ったり。楽しそうな気がする」
　みつ子、ようやく口を開く。
みつ子「一人で行きにくいところとか？」
多田「うん」
みつ子「多田君が、私と付き合おうなんて、言ってくると思ってなかった」
多田「なんで？　年下だから？」
みつ子「いや……」
多田「2コしか変わんないよ？」
　多田、言いながら指を二本立てる。
　みつ子、つられて指を二本たてる。
みつ子「2個」
多田「2個」
みつ子「にこにこ」
　みつ子、ついふざけるが。
多田「……ガキっぽいかな。こんなところで告白とか」
みつ子「ううん」
　しばらく考えて、多田に問うみつ子。
みつ子「多田君と付き合ったら、私の生活何が変わるんだろ」
多田「何も変わらないよ、俺が隣にいるだけ」
みつ子「それなら、私にもできそう」
多田「できるよ」
　多田が手を繋いでくる。
　手をじっと見下ろすみつ子。
　吹きさらしの階段を、手を繋いで再び上り出す二人。

67　みつ子のマンション・中

　玄関。灯りをつけ、掌を見下ろすみつ子。
　不意にニヤニヤして靴を脱ぎつつ、Aに話しかける。
みつ子「Aの言う通りだったね」
　返事がない。

みつ子「多田君にお礼のメールしなくちゃ」
玄関の電気を消し、居室へ消えるみつ子。
スマホの操作音だけが聞こえる、薄暗い
玄関。

68　会社・商品企画チーム

会社に営業に来ていた多田。澤田が見
送っている。
多田、みつ子をちらと見て、小さく会釈。
ノゾミ「私たちいま二人とも彼氏持ち、いえ
～い」
みつ子に小さくハイタッチを求めてくる
ノゾミ。

69　商店街

総菜屋でコロッケを買い食いする多田と
みつ子。
旅行代理店の前を通る。様々なポスター。
多田「あ、今度、沖縄旅行かない？」
沖縄のポスターを指差して言う多田。
みつ子、ポスターを見つめてコロッケを
食べている。
多田「こう毎日寒いとつい、あったかいとこ
ろに行きたくなってさ。ま、待ってりゃ春
は勝手に来るか」
みつ子「旅行、いいよね……」
多田「……行く？」
みつ子「行きたい」
目を合わせる二人。
多田「じゃあ行こう！」
みつ子「だけどね。私、飛行機が病的に苦手
なの」
みつ子、伏し目がちに告白する。と。
Ａの声「大丈夫。ずっと話をして、」
ハッとして顔を上げるみつ子。
多田「気をそらせてあげるから」

×　×　×

フラッシュ。飛行機内でお守りを握りし
めるみつ子。
Ａの声「気をそらせてあげますから」

×　×　×

ぽかんとするみつ子。
みつ子「空耳でしょうか」
多田「ん？　どう？」
みつ子「……じゃあ行く」
多田「やった」
嬉しそうな多田。
みつ子、狐につままれたような気分。

70　アウトレットモール・駐車場（後日）

大雨の中レンタカーを駐車している多田。
助手席のみつ子、ニコニコ。
仲良くモールへ歩いてゆく二人。

71　同・店内

季節先取りの水着などを選ぶみつ子と多
田。
変な水着を腰にあてがいふざける多田。
のりのりで　笑うみつ子。

72　車中

ラジオから天気予報。関東一円、突然の
寒波で雪になる模様とのこと。
不機嫌な多田。
多田「参ったなあ……チェーンも巻いてない
のに。レンタカー返却間に合わねえじゃん。
はー」
みつ子「……ごめんね」
多田「……なんで黒田さんが謝るの」
返答に困り、曇ったガラスを指でこする
みつ子。
隙間から見える世界、吹雪。

73　ビジネスホテル・駐車場

車を止め、エントランスへ向かう多田と
みつ子。

74　同・ロビー

カウンターでチェックインする多田とみ
つ子。
カウンター係「お部屋はセミダブルでよろし

いでしょうか」
みつ子「……」
多田「あ、はい」

75　同・廊下

先を歩く多田。ついて行くみつ子。
多田「ここか」
立ち止まり鍵をあてがう多田。
一瞬、目があう二人。

76　同・客室

暗い部屋へ入る多田とみつ子。
多田、灯りをつける。
みつ子の目に、セミダブルベッドが一つ映る。
多田、上着を脱ぐ。
みつ子「寒いね。ここかな」
みつ子、エアコンをつける。
と。多田がみつ子を抱きしめてくる。
みつ子「違うから」
みつ子、やんわり腕をほどく。
多田「……何が」
多田、じっとみつ子を見ていたが。
多田「……ちょっと飲もうかな」
ため息交じりに言って冷蔵庫の中を漁る多田。
その背中をじっと見つめていたみつ子、息苦しい。
みつ子「じゃあ私、氷取ってくるね」
アイスペールを手に、部屋を飛び出すみつ子。

77　同・廊下

ホテルの廊下を進みながら、胸を押さえるみつ子。
みつ子「一人で孤独に耐えてる頃の方がよっぽど楽だった」
みつ子の目から、涙がこぼれる。
みつ子「朝まできっと私、息殺して身動きひとつできない」
早足で歩きながらなお続けるみつ子。
みつ子「多田君が愛しいけど距離の取り方が分かんないよ。どうすれば良かったの？よそよそしくシングル2部屋って言えばよかったの？　そんなことわざわざ口に出して言い合わないと人って付き合えないんだっけ？　ねえA、A！　A！！」
みつ子、独り言を言いながら廊下を進む。
みつ子「ああ、バカバカしい。Aと話すのなんて所詮狂った独り言じゃん。私このまとめどなく一人で喋り続けてぶっ壊れるんだきっと！　誰か私をくいとめて！」
ようやく、Aの声が。
Aの声「大丈夫ですから、ちょっと落ち着いて下さい」
一瞬、立ち止まり、激昂するみつ子。
みつ子「Aやっぱり居たんじゃん！　また消えたかと思ったじゃん！　逃げたいよA、私ここから逃げたい。一人になりたい。寒い冬なんて大っ嫌い！　真夏のギラつく太陽の海に行きたい！」
Aの声「無理言わないでください。外は吹雪いてますよ」
みつ子「何なの？　どうして私のくせに私に口答えするの？」
怒りをあらわにしながら歩き続ける……
みつ子「私はAの言うとおりにしてる！　不動産屋に下の階の苦情言ってみたけどぜんぜんホーミーやめてくれない！」
Aの声「たまには上手くいかないこともありますが……」
みつ子「澄先生の時だって！」
製氷機の前に到着し、アイスペールに氷を落とす。
みつ子「Aが勝手に暴走して勝手に落ち込んで勝手に消えちゃってさあ！……嘘。ホントは落ち込んでたのは私！　記憶抹消するほど悲しかったんだよ！」
Aの声「……そうでしたね」
みつ子「もういいよ今更そんなこと！　今はとにかく逃げたい！」

Aの声「無理言わないで下さい」
みつ子「こんなにお願いしてるのに！　役立たず！」
Aの声「そんな言葉、あまりにもひどい……今のあなたは自分を見失っています」
みつ子「逃げたいよー！」
製氷機の前で崩折れ、膝に顔を埋め泣き喚く。

78　浜辺

波の音。

ふと顔を上げると、そこは灼熱の渚。膝を抱いていたみつ子、眩しさで目をつぶる。

と、光が遮られる。

見上げると太陽を背にして立つ男が一人。もち肌の男、赤白ストライプの海水パンツ姿で立って、みつ子に日陰を作ってくれている。

A「ご希望通り海にしました」

その声は、A。

みつ子、まじまじとAを見る。

毒のない眼差し、少し緩んだ身体、色白のもち肌。

みつ子「ちょうどいい」

思わず呟くみつ子。

A「いいです。私が太ってるという感想は、即座に伝わりましたから」

みつ子「ごめん。でも、ちょうどいい。うん」

A「……ありがとうございます」

笑うみつ子。
A、砂の熱さにビビりながらみつ子の隣に座る。
手についた砂を丁寧に払うA。
旧知の仲の二人、静かに話し始める。
A「久しぶりの恋愛で不安になるのは分かりますが、もう必要以上に怖がらないでくださいね」
みつ子「この世界……Aが用意してくれたの？」
ひとけのない、静かな浜辺。
A「そうです。役立たずと叱責されたので言わせていただきますが、私はただのアドバイザーではなく、色々と多才なのです」
A、手を丸め、そこから水を出す。
目を丸くしてはしゃぐみつ子、Aが出す水の下に足を差し出す。膝に落ちる水。
みつ子「気持ちいい！」
楽しそうに、眩しそうに笑い転げるみつ子。
A「幻ですよ。何の解決にもならない」
A、眩しげに微笑む。
みつ子「そんなことない」
丸めていた掌を広げるA。水が止まる。
見つめあう二人。
何かを察するみつ子。
みつ子「行かないで」
A「私と離れようとしているのはあなた自身です」
みつ子「うそだ」
A「あなたはあなたであることから逃れられません」
言葉を失うみつ子。
何を言おうか、考えめぐらし、涙が滲んで来る。
みつ子「Aがいなくちゃ寂しいよ」
A「楽しかったですね。呼び出されるのは嬉しかったですからね。私はあなた自身ですよ」
みつ子「……Aがいなくなったら、きっと私は誰ともおしゃべりできない」
A「大丈夫」
A、みつ子の手を握る。
繋がれた手と手。が、するりと解ける。

顔を上げるみつ子。

少年のようなエネルギーで、海に向かって渚を駆けるA。その表情、子供のような輝く笑顔。

座ったまま見送るみつ子も、そっくりな

輝く笑顔。
みつ子「アハハハハハ！」
Ａ　「アハハハハハ！」
思わず笑い声もこぼれる。
Ａ、そのままのエネルギーで海へ飛び込んだ。
人間のものとは思えぬスピードで水しぶきをあげ、あっという間に沖に消えるＡ。

引き止めず、座ったまま見つめているみつ子。

79　ビジネスホテル・廊下
目を開けたみつ子。

膝の上のアイスペール、溶けた氷。びしょ濡れの膝。

みつ子、製氷機の前の床にうずくまっていた。

80　同・客室
アイスペールを持って部屋に戻ったみつ子。
多田が心配そうに待っている。
多田「製氷機、壊れてた？」
みつ子「ちょっと海の風に当たってきた。見覚えあるなと思ったらね、子供の時家族で行ったことのある渚だったよ」
言いながら、涙がこみ上げるみつ子。笑顔で抑えて、
みつ子「フフフ……悲しいね」
多田「え」
みつ子「寂しいのって、悲しいね」
心配そうな多田、申し訳なさそうに詫びる。
多田「……さっきごめん」
みつ子「こちらこそごめん。冷たい態度とってしまった」
多田「ううん。俺も黒田さんとはゆっくりで構わないんだ」
みつ子「……ありがとう」
多田「ううん。黒田さん」
みつ子「ん？」
多田「すごく、好きです」
しばしの間があって、笑うみつ子。
多田「なんだよ」
みつ子「私も。すごく好きだよ、多田君」

×　　×　　×

ベッドに寝転んでいる二人。手をそっと繋ぐみつ子。

みつ子「消えないでいてくれてありがとう……」

まどろみつつニッコリ微笑む多田。すぐに寝息をたてる。規則的な寝息。

みつ子「ねえＡ、いるんでしょ」

Ａの声は返ってこない。

みつ子「どうかしましたか」

みつ子、おもむろに自身で答えた。

寂しい平和。暗転。

81　みつ子のマンション・中
スーツケース片手に家を出ようとしているみつ子。

みつ子「鍵鍵……」

鍵を探して慌てふためく。

部屋中あちこち駆けずり回り、涙がにじむ。

みつ子「多田君、黒田さん本当は沖縄行きたくなかったんだとかって絶望して、一人で行っちゃうかもしれない。どうしようＡ！　そんなのやだ　ねえ、Ａ！」

不意に下の階のホーミーが始まる。室内中がビリビリと振動しはじめた！

探す手をとめ、部屋を見回すみつ子。

ガタン！　戸棚の上から振動で何かが落ちた。

ビクッとして見に行くと、鍵。

みつ子「………………」

我に返り、鍵を拾うと玄関へ急ぐ。

みつ子「Ａ！　これから飛行機乗るんだよ！　飛行機だよ！　怖いよ！　助けてくれないと大変だよ！　知らないよ！」

みつ子、自分に言い聞かせるようにつぶやく。
みつ子「今回は大丈夫だよね。きっと」
返答はない。
みつ子「そうだよね」
返事はない。
みつ子「……そうだよね？」
やはり返事はない。
意を決し、力強く玄関の扉を開けるみつ子。
閉じられた扉。鍵のかかる音。
去ってゆくみつ子の足音。

82 **飛行機内**

爆音の中、イヤホンをしてガクガク震えているみつ子のアップ。手が現れ、片方のイヤホンが外される。
みつ子、手の主の方を見る。
徐々に鎮まる爆音、徐々に鎮まるみつ子の鼓動。
みつ子「よろしくたのみます」
やがて、世界が無音になる。
エピローグ・エンドロール
みつ子「ん」
多田「……」
みつ子「……」
多田「大丈夫？」
みつ子「……だいじょうぶ……」
CA「お客様、お飲み物はいかがいたしましょうか？」
多田「えっと、なにが？」
CA「冷たいお茶、ウーロン茶、コーラ、アップルジュースと」
多田「お水で」
CA「承知しました。奥のお客様はいかがいたしましょうか？」
みつこ「……」
CA「……」
みつ子「ジュース」
CA「承知しました」
多田「あ、すいません」
みつ子「ありがとうございます」

『'20年鑑代表シナリオ集』出版委員会を終えて

（委員・荒井晴彦　新井友香　いながききよたか　今井雅子　川嶋澄乃　長谷川隆　吉村元希）

松下隆一（長）

「デタラメが多すぎますよ」と、荒井さんが言ったのである。

今回のある作品の選考中、史実をよく調べていないで書いているという厳しい指摘であった。映画が実際にあった事件・事象を題材にとった場合、観客はそれを事実として受け止める側面がある。脚本家は、ストーリーを成立させるために史実を都合よく解釈して曲げることなく描く使命もあろうかと感じる。今回の委員会ではそうしたことを考えさせられる作品がいくつかあり、自戒したいと考えさせられた次第である。

さて、新型コロナの影響で昨年は書面選考と対面・リモートを併用した委員会となったが、今年は状況があまり変わっていないということもあり、予備選考（四月）の一回目と本選の二回目（五月）ともリモートでの開催となった。

候補作としてあがったのは全部で二八作品（順不同）――『罪の声』『ミッドナイトスワン』『浅田家！』『れいこいるか』『ひとくず』『アルプススタンドのはしの方』『朝が来る』『37セカンズ』『影裏』『佐々木、イン、マイマイン』『ＶＩＤＥＯＰＨＯＢＩＡ』『風の電話』『恋するけだもの』『ＭＯＴＨＥＲ　マザー』『スパイの妻　劇場版』『本気のしるし　劇場版』『アンダードッグ（前・後編）』『喜劇　愛妻物語』『ホテルローヤル』『劇場』『横須賀奇譚』『私をくいとめて』『ミセス・ノイズィ』『クシナ』『酔うと化け物になる父がつらい』『のぼる小寺さん』『窮鼠はチーズの夢を見る』『劇場版「鬼滅の刃」無限列車編』——が各委員より推薦され、この中から一六本を本選の候補作とし、最終的には一〇本の作品を選定した。

尚、『劇場版「鬼滅の刃」無限列車編』に関しては製作者側より辞退されたことを付記しておく。また『本気のしるし　劇場版』『アンダードッグ（前・後編）』については テレビシリーズとして再編集されたものが劇場公開となっており、映画用に書かれたシナリオで判断をしたかったが、そのシナリオが存在しないということで候補を取り消した。『ひとくず』も取り寄せた作品が決定稿ではなく撮影後の完成台本であったため、決定稿を要望したが返答がなく辞退されたとみなした。

『朝が来る』（脚色）は内容については評価する声があったものの、カメラのアングルやカット割の指定が散見され、さらには掲載の際には撮影で使用したセリフを追記させて欲しいとの話もあった。一部の委員からはシナリオ形式の多様性を認める声もあがったが、年鑑代表シナリオ集は映画というより脚本（決定稿）で評価するという、脚本家の独立性を担保する数少ない選考の場でもあるので、そういう主旨から取り消させていただいた。

これらの作品について、取り寄せ先の関係者の方々にはお手を煩わせたこと、深くお詫び申し上げたい。

その上でまず、本選に残らなかった七本——『浅田家！』『VIDEOPHOBIA』『風の電話』『恋するけだもの』『スパイの妻　劇場版』『ホテルローヤル』『クシナ』——について書いておきたい。

『浅田家！』（脚色）は、実話をもとにして、ユニークなコスプレをする家族写真を撮影する写真家や、彼を取り巻く家族の生き様を描いたホームドラマである。温かな家族の情愛を描いているのは好感が持てるものの、シナリオとしては時系列に進行するだけの印象で、構成に工夫が感じられなかったのが惜しまれる。特に後半で東日本大震災のエピソードが出てくるが、これをもっと早い段階で組み込んで、映画としてもう少し主人公の人物像を深く描くような構成にできなかったのかと感じた。

『VIDEOPHOBIA』（オリジナル）は、女優になる夢が破れた主人公の女性が行きずりの男と一晩限りの関係を持ち、その動画が流出させられたことから苦悩し、精神が蝕まれてゆく様が描かれている。「映像勝負の作品であることが織り込み済みの脚本になっていて、読むことで伝わってくるものがない」という長谷川さんの意見のように、シナリオだけ読むと現象はわかるが主人公の心情の流れがわからず、人物像もつかめなかった。作家性を感じる意欲作だが、シナリオ構成として、むしろ整形後の主人公から始めてはどうだったろうと思われた。

『風の電話』（オリジナル）は、東日本大震災で家族を失った主人公の少女が、旅先で出会う様々な人々との交流を通して再生してゆくロードムービーである。題材には良心を感じたものの、出会いと別れのサイクルが十分な芝居として煮詰められないまま続いていくので、メリハリがなく単調であった。これも構成にひと工夫加えれば、少女の心情がさらに繊細に奥深く描けたのではないかと惜しまれた。

『恋するけだもの』（オリジナル）は、過去ある主人公の青年が働き始めた暴力的な工務店から女と逃げ出そうとするが、さらなるトラブルに見舞われ、自らの暴力性を呼び覚まして敵対する者たちと対決する作品である。戯画的でファンタジーとしては面白く、オリジナリティも感じたが、「前半は非常に面白いが、途中から趣味に走った感があり尻すぼみに終わっていて自主映画の域を出ていない」との長谷川さんの評の通り、中盤からは作家の暴走が際立ち、読み手（観客）が置き去りにされる感覚が否めなかった。

『スパイの妻　劇場版』（オリジナル）は、一九四〇年、国家機密を知り、正義のためにその非道を国際世論に訴えかけようとする夫（商社の社長）を支え、スパイの妻として自らも命がけの行動を起こして時代の荒波に飲み込まれてゆく女性を描いた作品である。「ゾルゲもそうだけど、スパイとなれば（捕まったら）死刑ですよ」と荒井さんが指摘したのは、当時の歴史認識の常識についてであった。おそらくは七三一部隊のことであろう人体実験の証拠をアメリカに持ち込んで参戦させようという認識も、部隊長だった石井四郎中将が戦後、戦犯を逃れるためにアメリカに詳細な研究資料を提供したこと、その資料が後にベトナム戦争における化学兵器に利用されていることなどを荒井さんはあげ、「アメリカはパールハーバーでやっと戦争をする気になったわけで、そんなことで参戦はしませんよ」という意見であった。他方、

そういう価値観の人物なのだから、創作なのだから、仕方がないという向きもあるかもしれないが、一旦それを許してしまうと際限なく歴史認識が疎かに扱われてしまう危惧がある。実際の戦争や事件によって犠牲となった一人ひとりの命について寄り添うのも作家の役割だと思えば、こうしたことに配慮するのは大切に感じられる。また、なぜ商社の一社長がそれを持ち帰ってそうした行動をとるのか、戦争を引き起こし人を死に至らしめることに反対だった妻が、どうして加担するようになったのかという心情の変化が、シナリオでは乏しく感じられた。

『ホテルローヤル』（脚色）は、ラブホテルを経営する親のもとで生まれ育った娘の視点を軸に、ホテルで繰り広げられる人間模様を描いた作品である。「これは難しいんですよ」と言ったのは荒井さんで、無理にラブホテルの娘を主人公にしようとしたあまりにバラバラになってしまった印象だという意見だった。無理にやろうとしないで原作通りにエピソード集にすればよかったという案はもっともであると肯けた。逆に「よくここまでオムニバス感を減らして（つくった）」という新井さんの評価もあったが、シナリオの構成としてまとめ切れていない印象は否めなかった。

『クシナ』（オリジナル）は、女だけが住む山奥の村を舞台に、村を探し当てた人類学者たちとの交流などを通して描く寓話風の物語である。これは「変わった作品もいいのではないか」ということで吉村さんが取り寄せを希望された。まず欠番が多くて世界観がよくわからなかった。そもそもどうしてこんな生活をしているのかも理解できず、それは人物たちが作家の観念のままに生かされているからではないかと感じた。特殊な世界を語るにはより具体的な人物像が必要ではないだろうか。

次に本選に残った一六本の作品――『罪の声』『ミッドナイトスワン』『れいこいるか』『アルプススタンドのはしの方』『37セカンズ』『影裏』『佐々木、イン、マイマイン』『ＭＯＴＨＥＲ　マザー』『喜劇　愛妻物語』『劇場』『横須賀奇譚』『私をくいとめて』『ミセス・ノイズィ』『酔うと化け物になる父がつらい』『のぼる小寺さん』『窮鼠はチーズの夢を見る』――について選考経過を書いていきたい。

『罪の声』（脚色）は、実際にあった企業脅迫事件をもとに描いた作品で、事件を追う記者と思いがけず自らが事件関係者であると知った男が、真相に迫ってゆく物語である。冒頭に「デタラメが多すぎますよ」という荒井さんの言葉を書いたが、それはこの作品に対してのものだった。

まず、幼少期とはいえ、脅迫に使われていたテープの声を三五年間忘れていたのはご都合主義でおかしいということ。ニュース映像でも流れていただろうし、俊也（事件関係者と知った男）は何度も練習をさせられただろうから「何でこんなことをするの？」ということを尋ねるだろうし、覚えているはずだと荒井さんは疑問を呈した。

続いて荒井さんは、一九七〇年代、俊也の祖父が過激派組織から敵対組織の人物だと間違われて殺されるのだが（これを誤爆と呼んだという）、当時は学生同士ではそうした事件は確かにあったものの、四〇歳をすぎているであろう一サラリーマンを殺すというのはあり得ない。なぜならその歳なら大幹部であって、間違えて殺さないはずだ。また祖父は新聞の誤報によって会社からも過激派の一員だと認定され線香の一本もあげに来ず、それを恨んだ祖父の息子、つまり俊也の伯父自らも過激派になるのだが、自分の父親を殺した過激派になるのもあり得ないと指摘した。

さらには大犯罪の打ち合わせの場として、小料理屋の二階を使うなどもあり得ない。それを板長が聞いていて、何十年も経った現在になって喋るというのも不自然である。過激派となった俊也の伯父には幼なじみの警官がいたというくだりも、「いくら幼なじみでも学生運動やってる人と警官は絶対に仲良くはなりませんよ」という荒井さんの意見であった。犯人グループの一員の娘が家族とともに逃走している途中、ひき逃げをされるシーンについても、ひき逃げ事件の捜査をすれば犯罪の全貌がわかるはずだと言い、これも全く同感であった。

この他にも幼い俊也が指示文を読み上げさせられ、録音していく描写が簡単すぎてリアリティがない、七〇年以降は街頭闘争をやらなくなり、撤去されているはずの街頭バリケードがあるという描写、欠番があり完成台本だということなど、多岐にわたる指摘であった。

一方、原作を読んでいる長谷川さんは、事実の羅列が非常に多く、記者の目線で描いた原作を、事件関係者の俊也という人物を早い段階から動かしたことで、映画的に面白くした脚色は見事だと評価した。また、真相が全部解き明かされた後で、ひき逃げされた娘がどれだけつらい思いをしたか、その怨念のようなものをすくいとろうとする場面はこの作家らしさで、映画を観た時も一番心に残ったという話であった。だが、それだけに犯罪そのものの成り立ちをもう少し踏み込めなかったのか、犯人側の被害者意識がとってつけたようで、説得力を感じなかったという意見だった。

新井さんも原作を読んでから脚本を読み、「こんなにわかりやすくなってたんだ」と脚色を評価した。また人物も共感しやすいキャラクターになっていて、展開にもすごく臨場感があったと話した。ただ、事件に関わった子供がどういう人生を歩んだのかという着眼点は良いとしつつ、無理やり被害者をつくっている作為にとらわれ、それがモヤモヤとして煮え切らないものを感じたという。犯罪に巻き込まれて、人生を潰されたと訴えられても、これは嘘なんだと思い、悲しみをそそろうとするがための仕組みがそれほど必要なのかという話であった。

「情報の整理が上手」と評価し、脚本を勉強している人にとってはお手本になるのではないかと言ったのは今井さんだった。人物の過去がお誂え向きにつくられていることも含めて、情報を出すタイミングが巧みであること、セリフがうまく書かれているという評価であった。荒井さんの指摘にあった録音されたことを覚えているのではという点については、録音させられたこともニュース映像で流れていたことも、俊也は実はわかっていてフタをしていたのではないかと、脚本を読みながら思っていたというのである。

私はあまりにも展開がスムースに運びすぎて安易に感じられ、人物の描写が浅い印象で、例えば誤認逮捕の具体的な状況はどうだったのかなどが明らかにされておらず、ストーリーに人物を当てはめてつくっているといった印象であった。

荒井さんは、たとえ原作通りの情報であっても、情報そのものがおかしいのなら、脚本家が脚本を書く段階で直すべきであり、単純に原作通りにやるのではダメだと話した。最後に主人公の記者が、子供たちを不幸にしたと、学生運動や犯罪によって日本を変えようとした俊也の伯父を批判する場面がある。荒井さんは明らかにそれをやりたいがための映画なのではと指摘し、学生運動で日本を変えようとしたことまで否定されたようで、それが隠れたテーマなら許しがたいという話であった。

この作品は一旦保留されたが、多数決により、最終的には選外となった。

『ミッドナイトスワン』（オリジナル）は、トランスジェンダーの主人公の男（凪沙）と、バレエダンサーを夢見る虐待被害者の姪の少女（一果）が様々な葛藤を乗り越え、異形の母子関係を結ぶまでを描いている。「凪沙と一果が、あまりうまく噛み合っていない印象」と評したのは、いながきさんだった。そして凪沙が最後に死ぬところは納得できないとの意見だった。

長谷川さんは最初映画を観た時から、一果の母親が水商売をしていることに引っかかったと言う。シングルマザーは水商売だと、ある種映画の記号のように扱われることへの指摘であった。また、一果がどんな風に虐待されているのかが描かれていないので、上京して凪沙と同居するという「セットアップがうまくいってない」と話した。凪沙が母親になろうとするきっかけが弱く、性転換の術後に体調を崩した凪沙が、ラストに海辺で一果がバレエを踊るのを見ながら死んでゆくという場面ありきの逆算で、設定を「置きにいった」感が否めない印象という意見であった。結果、「本当はジェンダーのことなんか考えてなかったんじゃないのか」と言うのである。また、今回は同性愛を扱った作品がいくつか選考にあがっているが、その中では一番「作為的で不自然だった」とのことで、『影裏』や『窮鼠はチーズの夢を見る』の方がはるかに「作り手が勝負してる」印象だという話だった。

それを受けて荒井さんが「考えていないからツイッターで炎上したんじゃないの」と言った。訊けばジェンダーへの理解の疑問の書き込みに対し、監督（脚本家）が娯楽映画だからと居直って炎上したとのことであった。「シナリオ読んだら手術のところからおかしいですよ。なんで手術を決意したのかと。死なせる必要は全然ない」と言い「古いよね」という意見だったが、私はオーソドックスな人情を描いているという、その古さがいいようにも感じて申し上げた。

ジェンダー問題とは別に、山岸涼子氏の漫画『舞姫テレプシコーラ』と似ている設定があると指摘したのは新井さんだった。この漫画には、ポルノ写真のモデルをやってまでバレエのレッスン代を稼ぐ少女や、誰もがプリマドンナになると思っているような少女が主人公の姉として登場する。だが、その姉は怪我に悩み自殺をしてしまう。主人公は、後にコリオグラファー（振付師）としての才能を開花させるのだが、「『大切な人の死という惨い代償』で目覚める天才がいる……というような事がやりたかったのでは？」と、新井さんは言い、それをニューハーフの人物を入れて、童話風にしたと思えば、泣く観客が多かったというのも納得ができるという話だった。だが、一方で、ジェンダー問題の当事者の方が許せない感情を持つかもしれないということも、理解できるというのである。

結構面白く読んだと言う吉村さんは、「古いのは古いが、おそらく今でもこうした方々がいらっしゃる」と話し、実際にタイに行って手術をして本当に死ぬかと思ったという方の話を直に聞いたという経験から、あながち嘘っぽい物語でもないという意見であった。また、『影裏』や『窮鼠はチーズの夢を見る』と比較して、と言うご意見もあったが、「あちらはいわばBLでファンタジーなので、こちらの方がリアルだと思う」と。とはいえ、シナリオだけでは急にお母さんになりたいというのが違和感が残るという指摘だった。

川嶋さんは一五年ほど前にLGBTのドラマを書いた経験から、今はもっとジェンダーのとらえ方もワイドになっていると思うので古臭さは否めず、泣かせに走っている気がしたとの話だった。

こうした流れで問題点を指摘する声が多数であったことから選外となった。

『れいこいるか』（オリジナル）は、阪神・淡路大震災で一人娘を亡くした夫婦（伊智子・太助）とその周辺の人たちの二〇年以上にわたる生き様を描いた物語である。

低予算と思われる作品だが、登場人物それぞれの造型が確かで、作家が慈愛を込めて書いたという良心が行間にそこはかとなく感じられ、下読みした時点で掲載したいと強く思わせる作品だった。

川嶋さんも「面白く読ませていただいた」と言い、切なさもあって良いという意見であった。太助が誤って殺人を犯したエピソードが作り込みすぎている気がしたものの、全体的には人間が生き生きと描けていた作品だという評価だった。

「自分が推薦しといて何ですが」と言い出したのが荒井さんで、「（伊智子の）目が急によくなるとこが気にならないですかね」と。後半で伊智子の目が悪くなり、いつの間にか治っているのだが、網膜剥離と白内障と緑内障という三大眼病を患った私がそれほど気にならなかったところを見れば、大きな瑕疵ではないのだろう。荒井さんが監督に訊いたところ、「忘れてました」という返事であったとのことで笑ったが、実際私もこの作品のオリジナリティある世界観、魅力ある人物たちに引き込まれて忘れてしまっていたのである。

というわけで他に問題点を指摘する声もあがらず、掲載作として選出された。

『アルプススタンドのはしの方』（脚色）は、母校の応援のために甲子園にやって来た野球音痴の女子高生二人を中心に、クラスメートや周辺の高校生たちの人間模様を描いた作品である。この脚本は、全国高等学校演劇大会で最高賞となる文部科学大臣賞を受賞した兵庫県立東播磨高校演劇部の戯曲をもとに書かれている。

この作品においてクローズアップされたのが、戯曲を脚色するという点であった。高い評価を受けた戯曲をそのまま踏襲しているとすれば、脚色のオリジナリティがどれだけあるかということである。長谷川さんはその点を問題提起した後、アルプススタンド内での場所や通路など、舞台をいろいろ振り分けていて「立体的な交通が成り立っている」ので「脚本は脚本で映画にするために頑張っている」という評価であった。

今井さんも戯曲を脚本にする場合は劇作家も脚本家としてクレジットされるべきではないかという意見であった。ただその点については戯曲が原作としてクレジットされているし、逆に書かれた脚本家の立場からすれば、単独クレジットされていることを尊重されるべきであろうと思い、それを申し上げた。

ともあれ著名な俳優が出演しているのでもなく、高校演劇が映画となってＳＮＳなどの口コミで評判となってヒットしたという点においても「嬉しかった」という今井さんの話があり、内容についても「野球に興味のなかった人たちが野球を応援するようになっていくという感情の高まりが、すごくエモーショナルで、それをきちんとシナリオに落とし込んでいた」（長谷川さん）「（野球を観に行った高校生たちの）セリフにリアリテイがある」（今井さん）と言った評価で選出された。

『37セカンズ』（オリジナル）は、脳性麻痺により車椅子生活を送る主人公の女性が、漫画家として自立するために性体験を試みようとするうち、様々な人たちと出会い、自らのルーツを辿ってゆく物語である。

主人公が性体験にトライしようとする途中までは「うまくいくといいなあ」と、いながきさんは思ったと言うが、彼女が父親を探す流れになり、自分が双子だったと知ってその姉に会うべくタイに渡航してというあたりから、「最終的には通俗的な美談になるのか」と残念に感じたという話であった。

主人公は編集者から漫画にリアリティを持たせるために性体験を勧められ、一度は相手を見つけるのだが、寸前になって失禁して頓挫する。最終的には編集者に対して「（性体験を）一応した」と答えるが、実際にはしていない。

荒井さんは障がい者の性の問題について語っていると思っていたので、それでは「ダメ」で、どこかで経験しないと物語にならないではないかと指摘をした。そして障がい者の性の問題が本来のテーマだろうと思わせて、それを全面にはやらずに、途中から逸脱して父親探しになるのはどうなのかと疑問を口にした。

障がい者の性を扱った作品をやろうして、誰も出演したがらず、誰も出資したがらないと言う理由で企画が流れた経験のある今井さんは「この作品が評価されたことはすごく嬉しい」と語り、「性的場面や障がい者の描き方がポップでいい」「漫画家の友人の描き方も、この残酷さが良くて、それだけでも一本できる」と高く評価した。

トータルとしては困難な題材や設定に挑戦する姿勢を評価する声が多く選出された。

『影裏』（脚色）は、転勤で岩手に移り住んだ主人公が仕事場の同僚と懇意になるが、同僚が突然失踪した上、再会してからの言動に不審を抱くようになり、やがて彼の裏の顔を知るという物語である。

この作品については脚色のレベルの高さが評価のポイントとなった。百ページほどの原作を「書き手の想像力で広げている」と評価したのは長谷川さんだった。例えば同性愛者の部分は原作でも触れられているが、実際にキスをする場面を導入することで「ドラマを立ち上げようとしている」と話し、「シナリオは具体であるということをしっかりわきまえた上で書かれている」のが一番の評価だという。しかも純文学で延々と地の文が続く原作で、セリフはほとんどが脚本家の創作であり、それでいて原作の関係性を壊すこともないという意見だった。

大学の脚色の講義でこの原作を取り上げたという荒井さんは、ラストで新しい恋人が出てくるところは説明が足りないと指摘しつつ、「よくここまでつくるな」という脚色の点においてはさすがで、「学生には（そこまで）つくれなかった」という話であった。

以上のように脚色の手腕が大きく評価されてこの作品は選出された。

『佐々木、イン、マイマイン』（オリジナル）は、俳優を志すもうまくいかない主人公が、高校時代の同級生との再会によって、在学当時佐々木という裸踊りが得意なヒーロー的人物を思い出し、現在と過去が交錯する中で生き方を見つめ直す物語である。

「粗いところはたくさんあるんですけど、勢いがあって新人枠で選ぶのもいいかなと思いました」と推薦したのは、いながきさんであった。ただ、佐々木が一旦死んだのにラストで生き返って踊り出すというシーンについて、「このラストはどういうことなんですか？　リアルなんですか？　イメージなんですか？」と、荒井さんからの指摘があった。「まあイメージでしょう」と答えさせていただいたが、確かにやりたいことはわかるが、そのあたりがいいも悪いも若さなのだろう。

吉村さんはこれを選ぶと「半径一メートル以内みたいな作品が多くなる」との意見であり、確かにそういう傾向になるのも否めなかった。また主人公と佐々木との現在進行形をもっと見せて欲しいと感じて私はそれを申し上げたが、今しか書けない青春期の哀切、哀感の表現が随所に光っており、一旦は保留扱いになったものの最終的には選出された。

『MOTHER　マザー』（オリジナル）は、毒母のようなシングルマザーが主人公であり、彼女に虐げられ翻弄され続けた末に祖父母を殺すという息子の目線で描いた、実話をもとにした作品である。

「よくわからなかったというのが正直なところですね」と口火を切ったのは長谷川さんだった。母親は息子にとって決定的な存在だというのは理解できるが、どうしてここまで酷い仕打ちをされながらも依存し続けるのか、その答えを脚本は見つけないといけないのではないかという指摘であった。

自分のせいで息子は祖父母を殺したというのに、それでも裁判で言い逃れをする徹頭徹尾ずるくて酷い、悪い母親なのだが、ラストで息子と関わりのあった施設職員の女性（亜矢）から頬を摺り寄せられ「周平くん、あなたのこと好きだって……今も好きだって……」と言われて微かに心を動かすかのような場面がある。荒井さんはそのシーンについて「お母さんからあれほどの（酷い）めにあわされて、これはカタルシスにはならないですよ」と指摘した。どうせやるなら母親を刺して「好きだ」って言ったほうがまだわかりやすいというのである。そして大島渚監督のこれも実話をもとにした映画『少年』を引き合いに出し、「親のために当たり屋をやるが、（『少年』には）自立してゆこうとする過程があった」と言い、事件のままであることが疑問だということであった。

今井さんは、こんな悲惨な事態になっているのに、息子を救えたかもしれない立場の亜矢が頬を摺り寄せて「好きだった」というラストに、「え？　ここまで観続けて、これを言いたかったのか」というのがモヤッとしたという指摘だった。

　事件のまま描いてフィルターをかけない姿勢に対し新井さんは、「こっちはどう思えばいいのか困惑が残ったというか、どうすりゃいいんだと」と。また母親のことが好きだと言っているが、そのようにも見えなかったし、好きだという表現もできないほどの育ち方をしたのかなど、疑問が残るという話だった。

「映画の一番最初と終わりで、出てくる人物は変わっていないといけないと教わりませんでしたか？」という荒井さんの疑問には肯くよりほかなかった。確かにこの変化が大きいことでテーマが浮き彫りになるとも教わった記憶がある。

　ただ、私としては、逆にこれが狙いなのではないかと思い申し上げた。事実を事実として貫くことを描きたかったのではないか。そこにフィクションを入れるとかえって嘘になってしまうのではないか。脚本を読みながら、作家が人物たちの切実な痛みを分かち合い、もがき苦しみながら書いている様を勝手に想像して、今のままでもいいのではないかと思ったのである。

　といった議論の中で一旦は保留にさせていただいたが、最終的には多数決により選外となった。


『喜劇　愛妻物語』（脚本家の原作兼脚色）は、セックスレスで悩む売れない脚本家の主人公が、妻と娘を連れ、妻とのセックスの目論見や、企画の実現のための取材旅行に出かけるというロードムービーコメディである。

　これぞ王道の喜劇といった軽快なテンポの作品で面白く、主人公と妻の人物像が鮮やかで、セリフのキレが凄まじく、笑いはもちろん泣かせどころもあり、委員の間からも「これは好き」と思わず声があがるほどで、さしたる議論もなく選出された。

「私は足立さん（脚本家）のことを〝身売り作家〟と呼んでいる」と言ったのが、足立氏と懇意にされている今井さんである。ほぼ自伝と呼んでも差し支えないほどのようだが、ともすれば私小説のように陰にこもりがちになるところを、逆手に取って開き直りとも言えるような明るさと諧謔に満ちていて、殊にセリフはリアルであった。余談ながら今井さん情報によれば、「愛妻」のモデルになった夫人は、だいたいあのようなイメージというか、それ以上にパワフルとのことで、歯切れの良いセリフに関して「『特別脚本賞』をあげてください」とのことであった。

『劇場』（脚色）は、劇作家を志す主人公の若者と、彼を支える恋人との日々の生活、恋愛模様を描いた作品である。

まず長谷川さんが劇中で多用しているナレーション（主人公のモノローグ）について評価をした。嫌われがちのナレーションだが、状況や人物の内面を説明するものにはなっておらず、表現の可能性を感じたと言うのである。これに対し、いながきさんは、逆に読みづらいと言い、若気の至り、青臭さみたいなものを描く気概を認めつつ、書き手の自己陶酔に満ちている点をもう少し距離をとって描いてくれればちゃんとした劇になっていたのではないかという指摘であった。私もそれを感じて、自己愛が主人公の切実な痛みに勝っていると思った。

原作を読んだという新井さんは、過不足なくきちんと原作が収まっている印象で「上手に書かれているなあ」と思ったというが、一方でその恋愛のあり方については腹が立ったという話であった。主人公に振り回されながら最後も自分の方が悪かった、会えて本当に嬉しかったと彼女は吐露するのだが、そんなものは「三年経てばバカな思い出にしかならないのに、気持ちよさそうにしている」ことに怒りを感じたと。吉村さんもまた、彼女を主人公からの視点でしか描かれていないことに納得いかないものを感じたという。

また、長谷川さんによれば、作品のラストでいわゆる〝屋台崩し〟があり、それが寺山修司氏の映画『田園に死す』の真似だという説がＳＮＳで流れたというが、「それは違うだろう」と思ったと言う。『田園に死す』は異化効果を狙ったものだが、この作品は逆に「ストーリーをいかに簡潔に語るかという仕掛けになっていて、物語的だ」と言い、そこが面白いといった意見だった。

他方、吉村さんは異化効果そのものになっていた方が、これはある意味、主人公の書いた台本による空想だったと思えた方が、先に話した納得いかない部分がスッキリと解消されたかもしれないと話した。

「俺もダメな人間を書くのは好きなんだけど、これは流石に好きにはなれない」と言ったのは荒井さんで、一同の笑いを誘った。自意識過剰というか、ナレーションもそうだが、原付バイクを壊すシーンで「呆れた」という。「どんな芝居を書いているのか一つでもちゃんとあればわかるが、結局何を書いているのかわからない」といった指摘だった。確かにあまりに自己中心的な感覚では芝居にはならないだろう。

「演劇の世界を劇作家の方が書いたということで、すごく演劇の閉じた感じはよく出ていて、自己完結感もそういう意味で成功している」という今井さんの評価もあり、一旦は保留となったが、最終的には多数決により選外となった。

『横須賀奇譚』（オリジナル）は、東日本大震災で亡くなったと知らされた元恋人が実は生きていたとわかり、探し当て、ともに時を過ごす男（主人公）の姿を描いた物語である。

この作品では〝夢おち〟とも取れるラストの仕掛けが議論の中心となった。主人公と東日本大震災で家族を失ったショックによって記憶を喪失している元恋人、その周辺の人々との交流が物語の軸となるのだが、ラストでそのすべてが夢の中の出来事で、しかも主人公が目覚めた時、東日本大震災前の、付き合っている頃の二人にまで遡るという仕掛けであった。

「映画を観てよくわからなかったが、シナリオを読んでなんだ夢だったのか」と荒井さんは言い、劇中である人物がお婆さんに（東日本大震災で）助けられた命を救えなかったと吐露しているのも無理筋だが、それをお婆さんがノートにつけて、しかもそれらが結局全部夢だというのは「何だそれみたいな」という指摘であった。

映画を観てシナリオをリクエストしたという、いながきさんは、映画では「震災のことをちゃんと描こうとしているのだろう」と思ったという。夢のところで真正面から何かを言おうとしているのはわかるが、それ以上うまくはいっていないという結果に終わっていると指摘をした。

新井さんも「面白く読んだ」としながらも、〝辛い思い出は忘れなければ〟〝だからこそ覚えていることが大事〟などという点を「難解な形」で見せようとしていると思ったという。この物語の感動が、わかる人にはわかるがわからない人にはわからないという意味で省かれた印象で、「その感動を教えて欲しい」という気持ちになったという。川嶋さんも今井さんと同じ意見で、途中までは面白かったが、最後の夢落ちで「すべてを台無しにされた」という指摘であった。「積み上げたものを返してくれという気持ちになった」（新井さん）と言うように、夢落ちはよほど上手く組み込まないと成立し難いのだろう。

以上の経緯から、この作品は選外となった。

『私をくいとめて』（脚色）は、おひとりさま生活を送る主人公の女性が、脳内のAという存在とのやり取りをしながら、ある男性との恋愛模様を描いた作品である。

主人公は〝イマジナリーフレンド〟ともいえる存在のAとの問答を繰り返すのだが、この点についての議論となった。

内容は面白いと感じたが、シナリオとしてこれをどうやって撮るのかと疑問に感じたというのは、いながきさんだった。所々に同じ人物のセリフが並んでいたりして想像ができず、つまずいてしまったと言う。

荒井さんは「どうして（Aが）男の声なのか。それがわからない」と。脳内の声ならば女だろうし、映画にするなら声だけではなく、姿も出せばいいのではなかったのかという話であった。例えばもう一人の自分と部屋にいて、男と同棲している。だが外にはついて来れないというルールをつくる方が映画的だというのである。

もう少しルールがはっきり提示されていればよかったと指摘したのは新井さんだった。Aという存在がもう一人の自分であるなら、最後に消えてしまうのがどういうことなのかがわからなかったという。面白くは読めたが、表現の仕方のルールがはっきりしていれば、腑に落ちただろうという話だった。

逆にルールがわからないことが楽しめたというのが吉村さんで、Aが誰なのかわからず、想像して探ることに面白さを感じたという。

最近の傾向として暗いトーンの作品が多い中で、読んで幸せになれる本作のような作品も貴重ではないかと思い、私はそれを申し上げた。ただ、脚本を勉強する人にとっては、同じ人物のセリフが並ぶのは狙いであったとしても不親切であると思い、それを訂正する要望を出すことで選出した。

『ミセス・ノイズィ』（オリジナル）は、かつて実話としてあった〝騒音おばさん事件〟をもとに、小説家の主人公が隣に住む女性の騒音に悩まされ、勝手に娘が手懐けられるなどのトラブルに見舞われ、やがて大きな事件へと発展してゆく物語である。

「着眼点が面白い」と推薦したのは吉村さんだった。長谷川さんも、みんなが知っている騒音おばさんには、実は裏側があったというところが丁寧につくられ、しかもそのことで主人公が追い詰められ、さらには主人公の窮地を救うのも騒音おばさんだったという逆転の構図も面白く、巧みにつくられているという評価であった。

だが、騒音おばさんにはこんな事情があったという裏側を、前半部分で隠しておいて中盤で見せるという構成に荒井さんは疑問を呈し、「それはずるいんじゃないか。姑息だと思う」と言い、別に隠さなくても成立するという話であった。川嶋さんも同調し、「構成としてずるいとは言わないまでも、感情移入ができなかった」という意見だった。

これに対し吉村さんは、社会問題になったこの話について、観る人にしてみれば前半部分のような展開しか知らなかったわけで、そういう意味では実はこうだったという前半部分をひっくり返す描き方は、「この作品に関してはいいのではないか」と言った。

また長谷川さんは、情報が一旦流されると、みんながそれに乗じて叩き始める今の風潮に対する批判を観客に訴え、突きつけるためにこうした手法を活用した良さを感じたという。

このような経緯ではあったが、オリジナル作品であり、意欲作だという判断からこの作品を掲載作に選定した。

『酔うと化け物になる父がつらい』（脚色）は、原作者自らの実体験をベース（コミックエッセイ）にしており、アルコールに溺れる父親を持つ主人公の娘が、それによって家族が崩壊してゆく様を描いた物語である。

この映画の後半では主人公の心の声に吹き出しが出るという趣向になっているのだが、それが前半ではないのに後半で続いていく点に、長谷川さんが「手法としてはわかるが、中途半端な気がした」と指摘した。やるのであれば主人公のキャラクターとして一貫させるか、あるワンシーンだけに使って、「違うギミックを使ってきたなとハッとさせるとか」あるのではないかというのである。

荒井さんは、「エピソード集にナレーションを被せているだけで、（構成に工夫がなく）ダメでしょう」という指摘であった。確かにエピソードを羅列しているだけの印象で現象面だけが強調され、人物をもっと掘り下げて深く描こうという意欲に乏しいのが残念に感じられた。以上のような経緯からこの作品は選外となった。

『のぼる小寺さん』（脚色）は、ボルダリングに燃える女子高生を中心に、彼女に惹かれてゆく様々な周囲の高校生たちの姿を描いた作品である。

この作品については主人公の〝小寺さん〟を筆頭に、的確な各人物の造形が光り、終始清新な清々しいムードで描かれており、大きな問題点を指摘する委員もおらず掲載作として選ばれた。

ただ良い作品とは認めつつ、長谷川さんが一つだけ不満が残ると言ったのは、小寺さんのキャラクターが太陽系の太陽のような存在で、彼女に触発される周囲の高校生たちは理解できるが、小寺さん自身が正体不明でよくわからなかったという点にあった。例えば周囲の人物で一人くらい触発されないで前を向き切れない人物がいて、「なぜあなたはそんなに前向きなのか？」と小寺さんに突っ込めば、小寺さんのキャラクターが見えて関係性も面白くなったのではないかという指摘だった。

それに対して荒井さんが、「小寺さんに裏をつくる手はあるが、そんなのはよくある手法だ」と言ったが、長谷川さんは、小寺さんに突っ込みを入れるが裏が何もないことがわかることで、突っ込みを入れた人物がもっと惹かれてゆく、影響を強く受けるという風になるのではないかということであった。

尚、荒井さんの指摘だが、シナリオ中に出て来る芭蕉の句で『閑けさや　岩にしみ入る　蝉の声』とあるが、正しくは『閑《しずか》さや』であることを書いておく。映画の中でも『閑けさや』と言っていたそうだが、こうした間違いも作家として細心の注意を払って書いて欲しいものである。

いずれにせよ、大きな瑕疵ではないということで選ばれた次第である。

『窮鼠はチーズの夢を見る』（脚色）は、二人の若い男の腐れ縁のような恋愛模様を描いた作品である。

男女のことだと手垢に塗れたようになるが、本作のように男と男という形で描くと純愛っぽくなり伝わりやすいと評価したのは新井さんだった。また、原作の漫画は自分語りが多いのだが、この脚本では自分語りは一切なく表現して、的確に伝えているのが素晴らしいということであった。

主人公は先の小寺さんと同じように周囲の人物たちを惹きつけるが、それは批判されるという全く逆の意味においてだと言ったのは長谷川さんで、その批判を「屁とも思っていない」主人公が面白かったと評価した。

荒井さんは「根本的な問題だけど、ノンケ（の主人公）がこうなるもんですかね？」と疑問視した。その点については長谷川さんも同調しつつ、「そこを突破してしまえばしっかり恋愛映画になっていると言った。いながきさんも「男女だと成立しないものが、男と男だから純愛映画になってしまう」ところが「逆にすごい可能性」を感じたと評価し、これが今の最先端であり、まさにファンタジーになっているという話であった。

私も荒井さんと同意見であるし、偶然出会うシーンが多く、人物同士の距離感が近すぎると感じてそれを申し上げ、主人公の気持ちの流れが理解できなかったと指摘したが、吉村さんは、前述のようにBLは恋愛をファンタジーとして描く傾向が強いので、そここそが観客の望むところなのではないかと言った。

最終的には他に大きな問題点の指摘もなく、選出された。


以上、選考経過の顛末を書いた。

「素人のシナリオが多すぎるんじゃないですかね」と選考後に荒井さんが呆れ半分に言ったが、それは柱に〝雑感〟だとか、ト書きに〝(一連ルーティン)〟と入れたり、演劇用語の〝暗転〟が多用されていたり(使うならF・Oや溶暗)、〝日替わり〟〝現代から○年前〟といった時制表記など、基本的な書き方や映像にならない表現の問題が多いという批判であった。そういえば私がシナリオを学んでいた頃は、こうした問題を孕んだシナリオはほとんどなかったと記憶している。

ところで例年この報告文というのは月刊シナリオに掲載されていたのだが、今年からは年鑑代表シナリオ集そのものに掲載するということになった。毎回のことだが、大変な労力を払って書かれた脚本について脚本家が評価をするのはとてもしんどい。SNSにおいては名指しで「わかっていない」との批判を賜ったこともある。実際、今回も委員の長谷川さんがある作品を選考中、ぽろっと「(今)えらそうに言ったと、ドキドキしてますけど」と本音を漏らされたが、全ての委員がそうした緊張感にさらされていることを付記させていただく。

また、今回の選外になった作品の中で、『スパイの妻 劇場版』はキネマ旬報脚本賞、『ミッドナイトスワン』は日本アカデミー賞最優秀脚本賞、『罪の声』は日本アカデミー賞最優秀作品賞をそれぞれ受賞している。「それなのになぜ?」と思われた方がおられるかもしれないが、選考経過を読んでいただくことで、これが映画を観て脚本もよかろうと類推しての評価ではなく、実際に脚本を読むことの絶対評価なのだと理解してもらえたかと思う。もとより『年鑑代表シナリオ集』は、一九五二年より毎年発行されており、映像文学とも呼ぶべき脚本を、プロの脚本家たちが評価する希少なシナリオ選集であることも書き加えておきたい。

最後に、委員会において大変お世話になった桂千穂さんについて書いておく。昨年八月に亡くなられたが、長年にわたり年鑑代表シナリオ集の編纂に携わっていただき、支えてもらった。

私は心密かに荒井さんと双璧の存在として、桂さんのご意見を〝良いシナリオかどうか〟推し量るひとつの基準としてとらえ、全幅の信頼をおかさせていただいた。

　ある時は「なぜこんなものを選んだんですか」と厳しいお叱りを受けたり、またある時は私の苦衷を察して「これを入れたら売れるんですから入れましょうよ」と、冗談めかして周囲を和ませ推してくださった。裏表のない率直な物言い、公平無私の方であり、心根の優しい方で、私事で恐縮だが、帰るみちみちに「うちに遊びに来てください」と言われたがそれもかなわなかった。ここに心からのお悔やみとお礼を申し上げたい。

　末筆にはなるが、本委員会に尽力して下さった委員各位、関事務局長、佐藤さん、三上さんを始め作協事務局の方々、候補作を提供して下さった関係者各位に御礼を申し上げて結びとしたい。

　ありがとうございました。

（了）

二〇二〇年　日本映画封切作品一覧

（　）内は、配給会社

〈1月〉

『シライサン』（松竹メディア事業部）脚本・監督：乙一　出演：飯豊まりえ　稲葉友

『カイジ　ファイナルゲーム』（東宝）脚本：福本伸行　徳永友一　原作：福本伸行　監督：佐藤東弥　出演：藤原竜也　福士蒼汰

『アパレル・デザイナー』（BS-TBS）脚本：川口清人　山崎佐保子　監督：中島良　出演：高嶋政伸　堀田茜

『巨蟲列島』※アニメ（クロックワークス）脚本：森田繁　原作：藤見泰高　総監督：高橋丈夫　監督：龍輪直征

『ロバマン』（TOCANA）脚本：河崎実　木川明彦　監督：河崎実　出演：吉田照美　小池美波

『明日、キミのいない世界で』（イオンエンターテイメント）脚本：吉崎崇二　監督：HiROKi　出演：そらちい　三戸なつめ

『音楽』※アニメ（ロックンロール・マウンテン）脚本・監督：岩井澤健治　原作：大橋裕之

『あの群青の向こうへ』（アルミード）脚本・監督：廣賢一郎　出演：芋生悠　中山優輝

『ラストレター』（東宝）脚本・監督：岩井俊二　出演：松たか子　広瀬すず

『コンプリシティ／優しい共犯』（クロックワークス）脚本・監督：近浦啓　出演：ルー・ユーライ　藤竜也

『記憶屋　あなたを忘れない』（松竹）脚本：鹿目けい子　平川雄一朗　原作：織守きょうや　監督：平川雄一朗　出演：山田涼介　芳根京子

『劇場版メイドインアビス深き魂の黎明』※アニメ（角川ANIMATION）脚本：倉田英之　原作：つくしあきひと　監督：小島正幸

『太陽の家』（REGENTS）脚本：江良至　監督：権野元　出演：長渕剛　飯島直子

『mellow』（関西テレビ放送／ポニーキャニオン）脚本・監督：今泉力哉　出演：田中圭　岡崎紗絵

『花と雨』（ファントム・フィルム）脚本：堀江貴大　土屋貴史　原案：SEEDA　吉田理美　監督：土屋貴史　出演：笠松将　大西礼芳

『帰郷』（時代劇専門チャンネル）脚本：杉田成道　小林政広　原作：藤沢周平　監督：杉田成道　出演：仲代達矢　常盤貴子

『劇場版ハイスクール・フリート』※アニメ（アニプレックス）脚本：鈴木貴昭　監督：中川淳　総監督：信田ユウ

『オルジャスの白い馬』※日本＝カザフスタン（エイベックス・ピクチャーズ）脚本・監督：竹葉リサ　エルラン・ヌルムハンベトフ　出演：森山未來　サマル・イエスリャーモワ

『ロマンスドール』（KADOKAWA）脚本・監督：タナダユキ　出演：高橋一生　蒼井優

『風の電話』（ブロードメディア・スタジオ）脚本：狗飼恭子　諏訪敦彦　監督：諏訪敦彦　出演：モトーラ世理奈　西島秀俊

『サヨナラまでの30分』（アスミック・エース）脚本：大島里美　監督：萩原健太郎　出演：新田真剣佑　北村匠海

『his』（ファントム・フィルム）脚本：アサ

ダアッシ　監督：今泉力哉　出演：宮沢氷魚　藤原季節

『シグナル100』（東映）脚本：渡辺雄介　原作：宮月新　近藤しぐれ　監督：竹葉リサ　出演：橋本環奈　小関裕太

ドラマ『聖☆おにいさん　第Ⅲ紀』脚本・監督：福田雄一　原作：中村光　出演：松山ケンイチ　染谷将太

『OFFICE AUGUSTA presents SHORT FILM『ボクと君』脚本：小嶋健作　監督：金井紘　出演：青柳翔　北香那

『AI崩壊』（ワーナー・ブラザース映画）脚本・監督：入江悠　出演：大沢たかお　賀来賢人

『嘘八百　京町ロワイアル』（ギャガ）脚本：今井雅子　足立紳　監督：武正晴　出演：中井貴一　佐々木蔵之介

『前田建設ファンタジー営業部』（バンダイナムコアーツ／東京テアトル）脚本：上田誠　原作：永井豪　監督：英勉　出演：高杉真宙　小木博明

『Last Lover ラストラバー』（アストロサンドウィッチ・ピクチャーズ）脚本・監督：岡元雄作　出演：優美早紀　安藤慶一

〈2月〉

『ゴブリンスレイヤー　―GOBLIN'S CROWN―』※アニメ（ショウゲート）脚本：倉田英之　原作：蝸牛くも　監督：尾崎隆晴

『生きる、理屈』脚本：片山享　安楽涼　監督：片山享　出演：片山享　辻凪子

『犬鳴村』（東映）脚本：保坂大輔　清水崇　監督：清水崇　出演：三吉彩花　坂東龍汰

『37セカンズ』（エレファントハウス）脚本・監督：HIKARI　出演：佳山明　神野三鈴

『ヲタクに恋は難しい』（東宝）脚本・監督：福田雄一　原作：ふじた　出演：高畑充希　山﨑賢人

『転がるビー玉』（パルコ）脚本：宇賀那健一　加藤法子　監督：宇賀那健一　出演：萩原みのり　吉川愛

『静かな雨』（キグー）脚本：梅原英司　中川龍太郎　原作：宮下奈都　監督：中川龍太郎　出演：仲野太賀　衛藤美彩

『ファンシー』（日本出版販売）脚本：今奈良孝行　廣田正興　原作：山本直樹　監督：廣田正興　出演：永瀬正敏　窪田正孝

『フェイクプラスティックプラネット』（アルミード）脚本・監督：宗野賢一　出演：山谷花純　市橋恵

『劇場版　騎士竜戦隊リュウソウジャーVSルパンレンジャーVSパトレンジャー』（東映）脚本：香村純子　原作：八手三郎　監督：渡辺勝也　出演：一ノ瀬颯　伊藤あさひ

『魔進戦隊キラメイジャー　エピソードZERO』（東映）脚本：荒川稔久　原作：八手三郎　監督：山口恭平　出演：小宮璃央　木原瑠生

『未来の唄』脚本・監督：片山享　出演：月野もあ　水野ふえ

『影裏』（ソニー・ミュージックエンタテインメント）脚本：澤井香織　原作：沼田真佑　監督：大友啓史　出演：綾野剛　松田龍平

『バイバイ、ヴァンプ！』（ロハスプロダクションズ）脚本：中村啓　植田尚　監督：植田尚　出演：寺坂頼我　高野海琉

『性の劇薬』（フユーチャーコミックス）脚本・監督：城定秀夫　原作：水田ゆき　出演：北代高士　渡邊将

『山中静夫氏の尊厳死』（マジックアワー／スーパービジョン）脚本・監督：村橋明郎　原作：南木佳士　出演：中村梅雀　津田寛治

『グッドバイ～嘘からはじまる人生喜劇～』（キノフィルムズ）脚本：奥寺佐渡子　原作：ケラリーノ・サンドロヴィッチ　監督：成島出　出演：大泉洋　小池栄子

『劇場版　声優男子ですが…？～これからの声優人生の話をしよう～』（東北新社）脚本：

奈佐はぢめ　ゴージャス染谷　監督：鈴木あゆみ　出演：上村祐翔　梅原裕一郎

『ACCA13区監察課 Regards』※アニメ（松竹メディア事業部）脚本：鈴木智尋　原作：オノ・ナツメ　監督：夏目真悟

『囀る鳥は羽ばたかない The clouds gather』※アニメ（ティ・ジョイ）脚本：瀬古浩司　原作：ヨネダコウ　監督：牧田佳織

『轟音』脚本・監督：片山享　出演：安楽涼　太田美恵

『BOY』（ニューシネマワークショップ）脚本・監督：籔下雷太　出演：井口翔登　松木大輔

『とってもゴースト』（シンカ）上映脚本：中井由梨子　監督：角川裕明　出演：安蘭けい　古館佑太郎

『サンキューフォーカミング』（ニューシネマワークショップ）脚本・監督：吉田真由香　出演：ぎぃ子　長岡明美

『デジモンアドベンチャー LAST EVOLUTION 絆』※アニメ（東映）脚本：大和屋暁　原案：本郷あきよし　監督：田口智久

『スマホを落としただけなのに 囚われの殺人鬼』（東宝）脚本：大石哲也　原作：志賀晃　監督：中田秀夫　出演：千葉雄大　白石麻衣

『新卒ポモドーロ』（エムエフピクチャーズ）脚本・監督：井上博貴　出演：渋江譲二　大野いと

『COMPLY＋－ANCE コンプライアンス』（SPOTTED PRODUCTIONS）脚本：齊藤工　はしもとこうじ　監督：岩切一空　飯塚貴士　齊藤工　総監督：齊藤工　出演：秋山ゆずき　平子祐希

『Red』（日活）脚本：池田千尋　三島有紀子　原作：島本理生　監督：三島有紀子　出演：夏帆　妻夫木聡

『世界一初恋～プロポーズ編～』※アニメ（KADOKAWA）脚本：中村能子　原作：中村春菊　監督：高橋知也

劇場版『Gのレコンギスタ II』「ベルリ撃進」※アニメ（バンダイナムコアーツ／サンライズ）脚本・監督：富野由悠季　原作：矢立肇

『恋恋豆花』※日本＝台湾（アイエス・フィールド）脚本：いしかわ彰　監督：今関あきよし　出演：モトーラ世理奈　大島葉子

『映画ねこねこ日本史～龍馬のはちゃめちゃタイムトラベルぜよ！～』※アニメ（アニプレックス）脚本：清水匡　原作：そにしけんじ　監督：河村友宏

『架空OL日記』（ポニーキャニオン／読売テレビ）脚本：バカリズム　監督：住田崇　出演：バカリズム　夏帆

『初恋』（東映）脚本：中村雅　監督：三池崇史　出演：窪田正孝　大森南朋

劇場特別版『カフカの東京絶望日記』（アークエンタテインメント）脚本：アサダアツシ　原案：平松昭子　頭木弘樹　監督：加藤拓也　坂下雄一郎　出演：鈴木拡樹　奈緒

『仮面ライダージオウ NEXT TIME ゲイツ、マジェスティ』（東映ビデオ）脚本：毛利亘宏　原作：石ノ森章太郎　監督：諸田敏　出演：押田岳　大幡しえり

劇場版『SHIROBAKO』※アニメ（ショウゲート）シリーズ構成：横手美智子　原作：武蔵野アニメーション　監督：水島努

『子どもたちをよろしく』（太秦）脚本・監督：隅田靖　出演：鎌滝えり　杉田雷麟

〈3月〉

『Fukushima 50（フクシマフィフティ）』（松竹／KADOKAWA）脚本：前川洋一　原作：門田隆将　監督：若松節朗　出演：佐藤浩市　渡辺謙

『酔うと化け物になる父がつらい』（ファントム・フィルム）脚本：久馬歩　片桐健滋　原作：菊池真理子　監督：片桐健滋　出演：松

本穂香　渋川清彦
『星屑の町』（東映ビデオ）脚本：水谷龍二　監督：杉山泰一　出演：大平サブロー　ラサール石井
『仮面病棟』（ワーナー・ブラザース映画）脚本：知念実希人　木村ひさし　原作：知念実希人　脚本協力：小山正太　江良至　監督：木村ひさし　出演：坂口健太郎　永野芽郁
『劇場版　おいしい給食 Final Battle』（AMGエンタテインメント／イオンエンターテイメント）脚本：綾部真弥　永森裕二　監督：綾部真弥　出演：市原隼人　武田玲奈
『祭りの後は祭りの前』（スターキャット）脚本・監督：塚本連平　脚本協力：せきしろ　出演：寺坂頼我　野々田奏
『サクリファイス』（Recolte&Co.）脚本・監督：壷井濯　出演：青木柚　半田美樹
『逆位置のバラッド』脚本構成：中村元樹　監督：山崎賢　出演：高山猛久　内田慈
『踊ってミタ』（東映ビデオ）脚本・監督：飯塚俊光　出演：岡山天音　武田玲奈
『エキストロ』（吉本興業）脚本：後藤ひろひと　監督：村橋直樹　出演：萩野谷幸三　山本耕史
『貴族降臨 -PRINCE OF LEGEND-』脚本：松田裕子　監督：河合勇人　出演：白濱亜嵐　片寄涼太
『岡野教授の千年花草譚』（トリプルアップ）脚本・監督：今野恭成　出演：井澤勇貴　松本岳
『フィルムに宿る魂』（キャンター）脚本：霞翔太　敦賀零　監督：霞翔太　出演：飯山裕太　大和田南那
『ひとくず』（渋谷プロダクション）脚本・監督：上西雄大　出演：上西雄大　小南希良梨
『時の行路』（『時の行路』映画製作・上映有限責任事業組合）脚本・監督：神山征二郎　原作：田島一　出演：石黒賢　中山忍
『一度死んでみた』（松竹）脚本：澤本嘉光　監督：浜崎慎治　出演：広瀬すず　吉沢亮
『もみの家』（ビターズ・エンド）脚本：北川亜矢子　監督：坂本欣弘　出演：南沙良　緒形直人
『弥生、三月—君を愛した30年—』（東宝）脚本・監督：遊川和彦　出演：波瑠　成田凌
『パラダイス・ロスト』（tough mama）脚本・監督：福間健二　出演：和田光沙　我妻天湖
『岡野教授の南極生物譚』（トリプルアップ）脚本・監督：今野恭成　出演：井澤勇貴　松本岳
『いざなぎ暮れた。』（吉本興業）脚本・監督：笠木望　出演：毎熊克哉　武田梨奈
『カゾクデッサン』（今井文寛）脚本・監督：今井文寛　出演：水橋研二　瀧内公美
『GEEK BEEF BEAT』（SPOTTED PRODUCTIONS）脚本・監督：鳥皮ささみ　出演：狐火　山口まゆ
『PSYCHO-PASS サイコパス3 FIRST INSPECTOR』※アニメ（東宝映像事業部）シリーズ構成：冲方丁　脚本：深見真　冲方丁　監督：塩谷直義
『SHELL and JOINT』（ギグリーボックス）脚本・監督：平林勇　出演：堀部圭亮　筒井真理子
『青の生徒会参る！season1 花咲く男子たちのかげに』（ジェイロック）脚本：島野伸一　監督：進藤丈広　出演：凰稀かなめ　結木滉星

〈4月〉

『ケアニン～こころに咲く花～』脚本：藤村磨実也　原作：山国秀幸　監督：鈴木浩介　出演：戸塚純貴　島かおり
『すずしい木陰』（cogitoworks）脚本・監督：守屋文雄　出演：柳英里紗
『ワンダーウォール劇場版』（SPOTTED PRODUCTIONS）脚本：渡辺あや　監督：

前田悠希　出演：須藤蓮　岡山天音

〈5月〉

『心霊喫茶「エクストラ」の秘密-The Real Exorcist-』（日活）脚本：大川咲也加　原作：大川隆法　監督：小田正鏡　出演：田中宏明　千眼美子

『映画「犬鳴村」恐怖回避ばーじょん劇場版』（東映）脚本：保坂大輔　清水崇　原案：清水崇　監督：清水崇　出演：三吉彩花　坂東龍汰

〈6月〉

『許された子どもたち』（SPACE SHOWERFILMS）脚本：内藤瑛亮　山形哲生　監督：内藤瑛亮　出演：上村侑　黒岩よし

『ドロステのはてで僕ら』（トリウッド）脚本：上田誠　監督：山口淳太　出演：土佐和成　朝倉あき

『燕 Yan』（catpower）脚本：鷲頭紀子　監督：今村圭佑　出演：水間ロン　山中崇

『三大怪獣グルメ』（パル企画）脚本：右田昌万　河崎実　原作・監督：河崎実　出演：植田圭輔　吉田綾乃クリスティー

『凪の海』（コギトワークス）脚本：いながききよたか　監督：早川大介　出演：永岡佑　小園優

『死神遣いの事件帖—傀儡夜曲—』（東映ビデオ）脚本：須藤泰司　監督：柴﨑貴行　出演：鈴木拡樹　安井謙太郎

『最短距離は回りくどくて、雨とソーダ水』（オーピー映画）脚本・監督：山内大輔　出演：向理来　CIMA

『あなたにふさわしい』（アルミード）脚本：高橋知由　監督：宝隼也　出演：山本真由美　橋本一郎

『君がいる、いた、そんな時。』（とび級プログラム）脚本・監督：迫田公介　出演：マサマヨール忠　坂本いろは

『泣きたい私は猫をかぶる』※アニメ（東宝）脚本：岡田麿里　監督：佐藤順一　柴山智隆

『HERO～2020～』（ベストブレーン）脚本・監督：西条みつとし　出演：廣瀬智紀　北原里英

『いつくしみふかき』（渋谷プロダクション）脚本・監督：大山晃一郎　出演：渡辺いっけい　遠山雄

『水曜日が消えた』（日活）脚本・監督：吉野耕平　出演：中村倫也　石橋菜津美

『最短距離は回りくどくて、落花流水』（オーピー映画）脚本・監督：山内大輔　出演：向理来　CIMA

『東京の恋人』（SPOTTED PRODUCTIONS）脚本：下社敦郎　赤松直明　監督：下社敦郎　出演：森岡龍　川上奈々美

『蒼のざらざら』脚本・監督：上村奈帆　出演：和田光沙　小見波結希

〈7月〉

『癒しのこころみ～自分を好きになる方法～』（イオンエンターテイメント）脚本：鹿目けい子　ますもとたくや　監督：篠原哲雄　出演：松井愛莉　八木将康

『一度も撃ってません』（キノフィルムズ）脚本：丸山昇一　監督：阪本順治　出演：石橋蓮司　大楠道代

『のぼる小寺さん』（ビターズ・エンド）脚本：吉田玲子　原作：珈琲　監督：古厩智之　出演：工藤遥　伊藤健太郎

『MOTHER マザー』（スターサンズ／KADOKAWA）脚本：大森立嗣　港岳彦　監督：大森立嗣　出演：長澤まさみ　阿部サダヲ

『クソみたいな映画』（KATSU-do）脚本：石田明　監督：芝聡　出演：内田理央　稲葉

友

『**エンボク**』（キングレコード／ブラウニー）脚本：増本庄一郎　原作：山本英夫　こしばてつや　監督：鈴木浩介　出演：秋乃ゆに　山本浩司

『**ダンスダンスダンス**』※ベルギー＝日本　脚本：ヘンドリック・ウィレミンズ　監督：落合賢　出演：ディーン・フジオカ　森川葵

『**もち**』（フィルムランド）脚本・監督：小松真弓　出演：佐藤由奈　蓬田稔

『**私がモテてどうすんだ**』（松竹）脚本：吉川菜美　福田晶平　渡辺啓　上條大輔　平沼紀久　原作：ぢゅん子　監督：平沼紀久　出演：吉野北人　神尾楓珠

『**ミは未来のミ**』（アルミード）脚本：磯部鉄平　永井和男　監督：磯部鉄平　出演：櫻井保幸　佐野弘樹

『**銃　２０２０**』（KATSU-do）脚本：中村文則　武正晴　原案：中村文則　監督：武正晴　出演：日南響子　加藤雅也

『**二人ノ世界**』（エレファントハウス）脚本：松下隆一　監督：藤本啓太　出演：永瀬正敏　土居志央梨

『**浅草花やしき探偵物語　神の子は傷ついて**』脚本・監督：堀内博志　出演：玉城裕規　伊万里有

『**BLOOD-CLUB DOLLS2**』（NEGA／ムービック）脚本・監督：奥秀太郎　原作：productionI.G　CLAMP　出演：松村龍之介　北園涼

『**おばけ**』（wubarosler film）脚本・監督：中尾広道　出演：中尾広道　小林圭輔

『**横須賀綺譚**』（MAP + Cinemago）脚本・監督：大塚信一　出演：小林竜樹　しじみ

『**河童の女**』（ENBUゼミナール）脚本・監督：辻野正樹　出演：青野竜平　郷田明希

『**縁側ラヴァーズ**』（ユナイテッドエンタテインメント）脚本・監督：今野恭成　出演：松田岳　三山凌輝

『**縁側ラヴァーズ２**』（ユナイテッドエンタテインメント）脚本・監督：今野恭成　出演：日向野祥　瀬戸啓太

『**劇場**』（吉本興業）脚本：蓬莱竜太　原作：又吉直樹　監督：行定勲　出演：山﨑賢人　松岡茉優

『**ドンテンタウン**』（SPOTTED PRODUCTION）脚本・監督：井上康平　出演：佐藤玲　笠松将

『**ステップ**』（エイベックス・ピクチャーズ）脚本・監督：飯塚健　原作：重松清　出演：山田孝之　田中里念

『**今日から俺は!!劇場版**』（東宝）脚本・監督：福田雄一　原作：西森博之　出演：賀来賢人　伊藤健太郎

『**八王子ゾンビーズ**』（東映ビデオ）脚本・監督：鈴木おさむ　出演：山下健二郎　久保田悠来

『**オーバーナイトウォーク**』（アルミード）脚本：磯部鉄平　永井和男　監督：磯部鉄平　出演：高田怜子　屋敷紘子

『**コンフィデンスマンＪＰプリンセス編**』（東宝）脚本：古沢良太　監督：田中亮　出演：長澤まさみ　東出昌大

『**劇場版　ひみつ×戦士ファントミラージュ！～映画になってちょーだいします～**』（KADOKAWA／イオンエンターテイメント）脚本：加藤陽一　監督：三池崇史　出演：菱田未渚美　山口綺羅

『**アルプススタンドのはしの方**』（SPOTTED PRODUCTIONS）脚本：奥村徹也　原作：籔博晶　監督：城定秀夫　出演：小野莉奈　平井亜門

『**破壊の日**』（IMAGINATION）脚本・監督：豊田利晃　出演：渋川清彦　マヒトゥ・ザ・ビーボー

『**クシナ**』（アルミード）脚本・監督：速水萌巴　出演：郁美カデール　廣田朋菜

『**STAND STRONG**』（ギグリーボックス）脚本・監督：菊池久志　原作：岡田晋　出演：

中田海斗　佐川涼

『シュウカツ4人狼面接』（ノースシーケーワイ）脚本・監督：千葉誠治　出演：安里勇哉　伊藤昌弘

『恋する男』（マーメイドフィルム／コピアポア・フィルム）脚本：村田信男　佐向大　出演：小木茂光　佐々木心音

『8日で死んだ怪獣の12日の物語―劇場版―』（ノーマンズ・ノーズ）脚本・監督：岩井俊二　原案：樋口真嗣　出演：斎藤工　のん

『#ハンド全力』（エレファントハウス／イオンエンターテイメント）脚本：松居大悟　佐藤大　監督：松居大悟　出演：加藤清史郎　醍醐虎汰朗

『海辺の映画館―キネマの玉手箱』（アスミック・エース）脚本：大林宣彦　内藤忠司　小中和哉　監督：大林宣彦　出演：厚木拓郎　細山田隆人

『いけいけ！バカオンナ～我が道を行け～』（アークエンタテインメント）脚本：北川亜矢子　原作：鈴木由美子　監督：永田琴　出演：文音　石田ニコル

『テイクオーバーゾーン』（キャンター）脚本：岩島朋未　監督：山嵜晋平　出演：吉名莉瑠　糸瀬七葉

『君が世界のはじまり』（バンダイナムコアーツ）脚本：向井康介　原作・監督：ふくだももこ　出演：松本穂香　中田青渚

『がんばれいわ!!ロボコン　ウララ～！恋する汁なしタンタンメン!!の巻』※アニメ（東映）脚本：浦沢義雄　原作：石ノ森章太郎　監督：石田秀範

〈8月〉

『映画ドラえもん　のび太の新恐竜』※アニメ（東宝）脚本：川村元気　原作：藤子・F・不二雄　監督：今井一暁

『劇場版ウルトラマンタイガ　ニュージェネクライマックス』（松竹ODS事業室）脚本：林壮太郎　中野貴雄　監督：市野龍一　出演：井上祐貴　諒太郎

『追い風』（すねかじりSTUDIO）脚本：片山享　安楽涼　監督：安楽涼　出演：DEG　安楽涼

『ぐらんぶる』（ワーナー・ブラザース映画）脚本：英勉　宇田学　原作：井上堅二　吉岡公威　監督：英勉　出演：竜星涼　犬飼貴丈

『悲しき天使』（キングレコード／ブラウニー）脚本・監督：森岡利行　原作：山之内幸夫　出演：和田瞳　水野勝

『おかあさんの被爆ピアノ』脚本・監督：五藤利弘　出演：佐野史郎　武藤十夢

『れいこいるか』（ブロードウェイ）脚本：佐藤稔　監督：いまおかしんじ　出演：武田暁　河屋秀俊

『不完全世界』※オムニバス　脚本：水津亜子　監督：古本恭一　齋藤新　出演：小林康雄　新宮明日香

『思い、思われ、ふり、ふられ』（東宝）脚本：米内山陽子　三木孝浩　原作：咲坂伊緒　監督：三木孝浩　出演：浜辺美波　北村匠海

『弱虫ペダル』（松竹）脚本：板谷里乃　三木康一郎　原作：渡辺航　監督：三木康一郎　出演：永瀬廉　伊藤健太郎

『東映まんがまつり』※アニメ　オムニバス（東映）脚本：高橋ナツコ　原作：トロル　監督：芝田浩樹

『僕の好きな女の子』（吉本興業）脚本・監督：玉田真也　原作：又吉直樹　出演：渡辺大知　奈緒

劇場版『Fate/stay night [Heaven's Feel]III. spring song』※アニメ（アニプレックス）脚本：桧山彬　原作：奈須きのこ　TYPE-MOON　監督：須藤友徳

『13月の女の子』（チーズfilm）脚本：角畑良幸　監督：戸田彬弘　出演：小宮有紗　秋本帆華

『糸』（東宝）脚本：林民夫　原案：平野隆　監督：瀬々敬久　出演：菅田将暉　小松菜奈

『狂武蔵』（アルバトロス・フィルム）脚本：灯敦生　原案：園子温　監督：下村勇二　出演：TAK∴　山﨑賢人

『メビウスの悪女　赤い部屋』（ブラウニー）脚本・監督：窪田将治　原案：江戸川乱歩　出演：清水楓　川野直輝

『テロルンとルンルン』（SPOTTED PRODUCTIONS）脚本：川之上智子　監督：宮川博至　出演：岡山天音　小野莉奈

『映画ギヴン』※アニメ（アニプレックス）脚本：綾奈ゆにこ　原作：キヅナツキ　監督：山口ひかる

『ソワレ』（東京テアトル）脚本・監督：外山文治　出演：村上虹郎　芋生悠

『ふたつのシルエット』（chiyuwfilm）脚本・監督：竹馬靖具　脚本協力：池田健太　出演：足立智充　佐藤蛍

『事故物件　恐い間取り』（松竹）脚本：ブラジリィー・アン・山田　原作：松原タニシ　監督：中田秀夫　出演：亀梨和也　奈緒

『青くて痛くて脆い』（東宝）脚本：杉原憲明　原作：住野よる　監督：狩山俊輔　出演：吉沢亮　杉咲花

『劇場版　忍者じゃじゃ丸くん』（トリプルアップ）脚本：平谷悦郎　原作：「忍者じゃじゃ丸くん」　監督：柴田愛之助　出演：杉原勇武　川連廣明

〈9月〉

『大仏廻国　The Great Buddha Arrival』脚本：横川寛人　米沢有機　米山冬馬　原作：枝正義郎　監督：横川寛人　出演：菊沢将憲　米山冬馬

『キスカム！～COME ON, KISS ME AGAIN！～』（吉本興業）脚本：リンリン　脚本監修：山﨑ケイ　監督：松本花奈　出演：葉山奨之　堀田茜

『宇宙でいちばんあかるい屋根』（KADOKAWA）脚本・監督：藤井道人　原作：野中ともそ　出演：清原果耶　桃井かおり

『劇場版　田園ボーイズ』（AMGエンタテインメント）脚本：池浦さだ夢　監督：西海謙一郎　出演：有澤樟太郎　伊万里有

『リスタートはただいまのあとで』（キャンター）脚本：佐藤久美子　原作：ココミ　監督：井上竜太　出演：古川雄輝　竜星涼

『人数の町』（キノフィルムズ）脚本・監督：荒木伸二　出演：中村倫也　石橋静河

『メグ・ライオン』（TOCANA）脚本：小林弘利　河崎実　監督：河崎実　出演：長谷摩美　浅野杏奈

『眠る虫』脚本・監督：金子由里奈　出演：松浦りょう　佐藤結良

『それはまるで人間のように』脚本・監督：橋本根大　出演：志々目知穂　櫻井保幸

『特別上映版「はたらく細胞!!」最強の敵、再び。体の中は“腸”大騒ぎ！』※アニメ（アニプレックス）脚本・シリーズ構成：柿原優子　原作：清水茜　監督：小倉宏文

『喜劇　愛妻物語』（キュー・テック／バンダイナムコアーツ）脚本・監督：足立紳　出演：濱田岳　水川あさみ

『窮鼠はチーズの夢を見る』（ファントム・フィルム）脚本：堀泉杏　原作：水城せとな　監督：行定勲　出演：大倉忠義　成田凌

『映画クレヨンしんちゃん　激突！ラクガキングダムとほぼ四人の勇者』※アニメ（東宝）脚本：高田亮　京極尚彦　原作：臼井儀人　監督：京極尚彦

『海辺のエトランゼ』※アニメ（松竹ODS事業室）脚本・監督：大橋明代　原作：紀伊カンナ

『荒野のコトブキ飛行隊　完全版』※アニメ（バンダイナムコアーツ／ショウゲート）脚

本：横手美智子　吉野弘幸　檜垣亮　シリーズ構成：横手美智子　監督：水島努

『妖怪人間ベラ』（DLE）脚本：保坂大輔　原作：ADKエモーションズ　監督：英勉　出演：森崎ウィン　emma

『東京バタフライ』（SDP）脚本：河口友美　監督：佐近圭太郎　出演：白波多カミン　水石亜飛夢

『はぐれアイドル地獄変』脚本：赤間つよし　原作：高遠るい　監督：東海林毅　出演：橋本梨菜　西山咲子

『ロストベイビーロスト』（イハフィルムズ）脚本：相良大起　監督：柘植勇人　出演：松尾渉平　村上由規乃

『スモーキー・アンド・ビター』脚本・監督：神威杏次　出演：工藤俊作　平塚千瑛

『劇場版　ヴァイオレット・エヴァーガーデン』※アニメ（松竹）脚本：吉田玲子　原作：暁佳奈　監督：石立太一

アニメーション映画『思い、思われ、ふり、ふられ』（東宝）脚本：吉田恵里香　原作：咲坂伊緒　監督：黒柳トシマサ

『Daughters』（イオンエンターテイメント／Atemo）脚本・監督：津田肇　出演：三吉彩花　阿部純子

『アボカドの固さ』脚本：城真也　山口慎太朗　前原瑞樹　監督：城真也　出演：前原瑞樹　多賀麻美

『白爪草』（ホリプロ）脚本：我人祥太　監督：西垣匡基　出演：電脳少女シロ　花京院ちえり

『ミッドナイトスワン』（キノフィルムズ）脚本・監督：内田英治　出演：草彅剛　服部樹咲

『マウスマン　愛の塊』※アニメ（ガチンコ・フィルム）脚本・ピエール伊東　八木橋拓美　監督：ピエール伊東

『HARAJUKU～天使がくれた七日間～』（アイエス・フィールド）脚本・監督：松田圭太　出演：馬場良馬　椎名鯛造

『甘いお酒でうがい』（吉本興業）脚本：じろう　監督：大久明子　出演：松雪泰子　黒木華

『映像研には手を出すな！』（東宝映像事業部）脚本：英勉　高野水登　原作：大童澄瞳　監督：英勉　出演：齋藤飛鳥　山下美月

『もしもあたしたちがサイサイじゃなかったら。』（プラチナムピクセル）脚本・監督：高橋朋広　出演：吉田菫　梅村妃奈子

『マウスマン　愛の塊』※アニメ（ガチンコ・フィルム）脚本：ピエール伊藤　八木橋拓美　原作・監督：ピエール伊藤

『夢を与える』（WOWOW）脚本：高橋泉　原作：綿矢りさ　監督：犬童一心　出演：小松菜奈　菊地凛子

『ATEOTD 同時上映　でぃすたんす』（イオンエンターテイメント）脚本・監督：齊藤工　出演：門脇麦　宮沢氷魚

『その神の名は嫉妬』脚本・監督：芦原健介　出演：芦原健介　新井郁

『TOKYOドラゴン飯店』（ライツキューブ）脚本・監督：西村喜廣　出演：本宮泰風　山口祥行

〈10月〉

『浅田家！』（東宝）脚本：中野量太　菅野友恵　原案：浅田政志　監督：中野量太　出演：二宮和也　妻夫木聡

『LOVE STAGE!!』（ユナイテッドエンタテインメント）脚本：影木栄貴　原作：影木栄貴　蔵王大志　監督：井上博貴　出演：杉山真宏　仲田博喜

『小説の神様　君としか描けない物語』（HIGH BROW CINEMA）脚本：鎌田哲生　原作：相沢沙呼　監督：久保茂昭　出演：佐藤大樹　橋本環奈

『BURN THE WITCH』※アニメ　脚本：涼

村千夏　原作：久保帯人　監督：川野達朗

『WAVE!!～サーフィンやっぺ!!～第一章』※アニメ　シリーズ構成：筆安一幸　原作：MAGES.　監督：尾崎隆晴

『劇場版　BEM～BECOME HUMAN～』※アニメ（クロックワークス）脚本：冨岡淳広　原作：ADKエモーションズ　監督：博史池畠

『名刺ゲーム』（WOWOW）脚本：渡部亮平　原作：鈴木おさむ　監督：木村ひさし　瀧悠輔　出演：堤真一　岡田将生

『Share the Pain』脚本：中嶋駿介　岡本丈嗣　原作・監督：中嶋駿介　出演：藤主税　有佐

『生きちゃった』（フィルムランド）脚本・監督：石井裕也　出演：仲野太賀　大島優子

『アイドルスナイパー THE MOVIE』脚本：高橋祐太　監督：稲葉司　出演：遠藤三貴　瀬野ユリエ

『応天門の変』（カエルカフェ）脚本：落合雪江　監督：秋原北胤　出演：柳沢慎吾　木村匡也

『星の子』（東京テアトル／ヨアケ）脚本・監督：大森立嗣　原作：今村夏子　出演：芦田愛菜　永瀬正敏

『メカニカル・テレパシー』脚本・監督：五十嵐皓子　出演：吉田龍一　白河奈々未

『実りゆく』（彩プロ）脚本・監督：八木順一朗　出演：竹内一希　田中要次

『望み』（KADOKAWA）脚本：奥寺佐渡子　原作：雫井脩介　監督：堤幸彦　出演：堤真一　石田ゆり子

『本気のしるし〈劇場版〉』（ラビットハウス）脚本：三谷伸太朗　深田晃司　原作：星里もちる　監督：深田晃司　出演：森崎ウィン　土村芳

『悪党～加害者追跡調査～』（WOWOW）脚本：鈴木謙一　原作：薬丸岳　監督：瀬々敬久　出演：東出昌大　松重豊

『TOKYO TELEPATH 2020』（AFOOL）脚本・監督：遠藤麻衣子　出演：夏子　琉花

『あざみさんのこと誰でもない恋人たちの風景vol.2』（コピアポア・フィルム）脚本・監督：越川道夫　出演：小篠恵奈　奥野瑛太

『スーパーミキンコリニスタ』脚本・監督：草場尚也　出演：高山璃子　松川星

『劇場版「鬼滅の刃」無限列車編』※アニメ（東宝／アニプレックス）脚本制作：ufotable　原作：吾峠呼世晴　監督：外崎春雄

『みをつくし料理帖』（東映）脚本：江良至　松井香奈　角川春樹　監督：角川春樹　出演：松本穂香　奈緒

『夜明けを信じて。』（日活）脚本：大川咲也加　原作：大川隆法　監督：赤羽博　出演：田中宏明　千眼美子

『鬼ガール!!』（SDP）脚本：中村航　作道雄　瀧川元気　監督：瀧川元気　出演：井頭愛海　板垣瑞生

『WAVE!!～サーフィンやっぺ!!～第二章』※アニメ　シリーズ構成：筆安一幸　原作：MAGES.　監督：尾崎隆晴

『スパイの妻　劇場版』（ビターズ・エンド）脚本：濱口竜介　野原位　黒沢清　監督：黒沢清　出演：蒼井優　高橋一生

『劇場版　ほんとうにあった怖い話2020～呪われた家～』※オムニバス（NSW）脚本・監督：天野裕充　出演：和田琢磨　井桁弘恵

『ファンファーレが鳴り響く』（渋谷プロダクション）脚本・監督：森田和樹　出演：笠松将　祷キララ

『アイヌモシリ』（太秦）脚本・監督：福永壮志　出演：下倉幹人　秋辺デボ

『ただ傍にいるだけで』※日本＝韓国　脚本：八方ねこ　監督：上田時高　出演：ソン・ミンギョン　大野洋史

『彼女は夢で踊る』（アークエンタテインメント）脚本・監督：時川英之　出演：加藤雅也　犬飼貴丈

『朝が来る』（キノフィルムズ／木下グループ）

脚本：河瀬直美　高橋泉　原作：辻村深月　監督：河瀬直美　出演：永作博美　井浦新

『きみの瞳《め》が問いかけている』（ギャガ）脚本：登米裕一　監督：三木孝浩　出演：吉高由里子　横浜流星

『オレたち応援屋!!』（東宝映像事業部）脚本：徳尾浩司　監督：竹本聡志　出演：橋本良亮　戸塚祥太

『どうにかなる日々』※アニメ（ポニーキャニオン）脚本・監督：佐藤卓哉　原作：志村貴子

『リトル・サブカル・ウォーズ―ヴィレヴァン！の逆襲―』（イオンエンターテイメント）脚本：いながききよたか　監督：後藤庸介　出演：岡山天音　森川葵

『瞽女　GOZE』（エムエフピクチャーズ）脚本：加藤阿礼　椎名勲　瀧澤正治　監督：瀧澤正治　出演：川北のん　吉本実憂

『空に住む』（アスミック・エース）脚本・監督：青山真治　原作：小竹正人　出演：多部未華子　岸井ゆきの

『VIDEOPHOBIA』（bold/VOICE OF GHOST）脚本・監督：宮崎大祐　出演：廣田朋菜　忍成修吾

『青い』脚本・監督：鈴江誉志　出演：丸本拓永　風見慎乙

『それぞれ、たまゆら』脚本・監督：土田英生　出演：金替康博　鳥谷宏之

『罪の声』（東宝）脚本：野木亜紀子　原作：塩田武士　監督：土井裕泰　出演：小栗旬　星野源

『超擬態人間』（イオンエンターテイメント）脚本・監督：藤井秀剛　出演：杉山樹志　田中大貴

『とんかつDJアゲ太郎』（ワーナー・ブラザース映画）脚本・監督：二宮健　原作：イーピャオ　小山ゆうじろう　出演：北村匠海　山本舞香

『MISSION IN B.A.C.THE MOVIE ～幻想と現実の an interval ～』脚本：安江渡　監督：山口ヒロキ　出演：岸本勇太　上田堪大

『WAVE!! ～サーフィンやっぺ!!～第三章』※アニメ　シリーズ構成：筆安一幸　原作：MAGES.　監督：尾崎隆晴

『Life 線上の僕ら』ディレクターズカット版　脚本：山本タカ　原作：常倉三矢　監督：二宮崇　出演：白洲迅　楽駆

『クローゼット』（アークフィルムズ）脚本：澤田文　監督：進藤丈広　出演：三濃川陽介　栗林藍希

『わたしは元気』(SPOTTED PRODUCTIONS)脚本・監督：渡辺紘文　出演：久次璃子　須戸奈々香

『叫び声』（SPOTTED PRODUCTIONS）脚本・監督：渡辺紘文　出演：渡辺紘文　平山ミサオ

『映画プリキュアミラクルリープ　みんなとの不思議な1日』※アニメ（東映）脚本：村山功　原作：東堂いづみ　監督：深澤敏則

〈11月〉

『461個のおべんとう』（東映）脚本：清水匡　兼重淳　原作：渡辺俊美　監督：兼重淳　出演：井ノ原快彦　道枝駿佑

『おらおらでひとりいぐも』（アスミック・エース）脚本・監督：沖田修一　原作：若竹千佐子　出演：田中裕子　蒼井優

『モンスターストライク THE MOVIE ルシファー絶望の夜明け』※アニメ（イオンエンターテイメント）脚本：本田雄也　監督：静野孔文

『ネクタイを締めた百姓一揆』（アルミード）脚本・監督：河野ジベ太　出演：金野佳博　千田秀幸

『ジオラマボーイ・パノラマガール』（イオンエンターテイメント）脚本・監督：瀬田なつき　原作：岡崎京子　出演：山田杏奈　鈴木

仁
『十二単衣を着た悪魔』（キノフィルムズ）脚本：多和田久美　原作：内館牧子　監督：黒木瞳　出演：伊藤健太郎　三吉彩花
『ビューティフルドリーマー』（エイベックス・ピクチャーズ）脚本：守口悠介　原案：押井守　監督：本広克行　出演：小川紗良　藤谷理子
『感謝離　ずっと一緒に』（イオンエンターテイメント）脚本：鈴木史子　原作：河崎啓一　監督：小沼雄一　出演：尾藤イサオ　中尾ミエ
『青い、森』（SPOTTED PRODUCTIONS）脚本：内山拓也　監督：井手内創　内山拓也　出演：清水尋也　門下秀太郎
『魔女見習いをさがして』※アニメ（東映）脚本：栗山緑　監督：佐藤順一　鎌谷悠
『さくら』（松竹）脚本：朝西真砂　原作：西加奈子　監督：矢崎仁司　出演：北村匠海　小松菜奈
『ドクター・デスの遺産 -BLACK FILE-』（ワーナー・ブラザース映画）脚本：川崎いづみ　原作：中山七里　監督：深川栄洋　出演：綾野剛　北川景子
『水上のフライト』（KADOKAWA）脚本：土橋章宏　兼重淳　監督：兼重淳　出演：中条あやみ　杉野遥亮
蒼穹のファフナー THE BEYOND 第七話『帰らぬ人となりて』第八話『遺されしを伝え』第九話『第二次L計画』※アニメ（ムービック）シリーズ構成：冲方丁　原作：XEBEC　監督：能登隆
『人狼ゲーム　デスゲームの運営人』（AMGエンタテインメント）脚本・監督：川上亮　出演：小越勇輝　中島健
『ホテルローヤル』（ファントム・フィルム）脚本：清水友佳子　原作：桜木紫乃　監督：武正晴　出演：波瑠　松山ケンイチ
『タイトル、拒絶』（アークエンタテインメント）脚本・監督：山田佳奈　出演：伊藤沙莉　恒松祐里
『日本沈没２０２０　劇場編集版―シズマヌキボウ―』※アニメ（エイベックス・ピクチャーズ）脚本：吉高寿男　原作：小松左京　監督：湯浅政明
『Malu 夢路』※マレーシア＝日本（エレファントハウス）脚本・監督：エドモンド・ヨウ　出演：セオリン・セオ　永瀬正敏
『ヴァニタス』脚本：内山拓也　村山辰寛　監督：内山拓也　出演：細川岳　小川ゲン
『the believers ビリーバーズ』（800 LIES PRODUCTION）脚本・監督：平波亘　出演：松川遥菜　田中爽一郎
『泣く子はいねぇが』（スターサンズ／バンダイナムコアーツ）脚本・監督：佐藤快磨　出演：仲野太賀　吉岡里帆
『ばるぼら』※日本＝ドイツ＝イギリス（イオンエンターテイメント）脚本：黒沢久子　原作：手塚治虫　監督：手塚眞　出演：稲垣吾郎　二階堂ふみ
『ヤウンペを探せ！』（吉本興業）脚本：髙石明彦　渋谷未来　監督：宮脇亮　出演：池内博之　宮川大輔
『脳天パラダイス』（TOCANA）脚本：金子鈴幸　山本政志　監督：山本政志　出演：南果歩　いとうせいこう
『フード・ラック！食運』（松竹）脚本：本山久美子　監督・原作：寺門ジモン　原作協力：高橋れい子　出演：EXILE NAOTO　土屋太鳳
『おろかもの』脚本：沼田真隆　監督：芳賀俊　鈴木祥　出演：笠松七海　村田唯
『STAND BY ME ドラえもん２』※アニメ（東宝）脚本・山崎貴　原作：藤子・F・不二雄　監督：八木竜一　共同監督：山崎貴
『滑走路』（KADOKAWA）脚本：桑村さや香　原作：萩原慎一郎　監督：大庭功睦　出演：水川あさみ　浅香航大

『グラフィティ・グラフィティ！』（ギグリーボックス）脚本：松尾豪　宮本佳奈　吉澤太智　監督：松尾豪　出演：渡邉梨香子　萩原正道

『佐々木、イン、マイマイン』（パルコ）脚本：内山拓也　細川岳　監督：内山拓也　出演：藤原季節　細川岳

『10万分の1』（ポニーキャニオン）脚本：中川千英子　原作：宮坂香帆　監督：三木康一郎　出演：白濱亜嵐　平祐奈

『アンダードッグ　前編』（東映ビデオ）脚本：足立紳　監督：武正晴　出演：森山未來　北村匠海

『アンダードッグ　後編』（東映ビデオ）脚本：足立紳　監督：武正晴　出演：森山未來　北村匠海

『君は彼方』※アニメ（ラビットハウス／エレファントハウス）脚本・監督：瀬名快伸

『グリザイア：ファントムトリガー　THE ANIMATION　スターゲイザー』※アニメ（KADOKAWA）脚本：あおしまたかし　原作：フロントウィング　原案・原作：藤崎竜太　監督：村山公輔

『完全なる飼育　etude』（『完全なる飼育 etude』宣伝委員会）脚本：山本浩貴　原作：松田美智子　監督：加藤卓哉　出演：月船さら　市川知宏

『真・鮫島事件』（イオンエンターテイメント）脚本・監督：永江二朗　出演：武田玲奈　小西桜子

『記憶の技法』（KAZUMO）脚本：高橋泉　原作：吉野朔実　監督：池田千尋　出演：石井杏奈　栗原吾郎

〈12月〉

『ミセス・ノイズィ』（アークエンタテインメント）脚本：天野千尋　松枝佳紀　監督：天野千尋　出演：篠原ゆき子　大高洋子

『夏、至るころ』（キネマ旬報ＤＤ／映画24区）脚本：下田悠子　監督：池田エライザ　出演：倉悠貴　石内呂依

『サイレント・トーキョー』（東映）脚本：山浦雅大　原作：秦建日子　監督：波多野貴文　出演：佐藤浩市　石田ゆり子

『恋するけだもの』（白石晃士と坪井篤史の映画狂人ロード）脚本・監督：白石晃士　出演：田中俊介　宇野祥平

『劇場版 Fate/Grand Order —神聖円卓領域キャメロット—前編 Wandering; Agateram』※アニメ（アニプレックス）脚本：小太刀右京　原作：奈須きのこ　TYPE-MOON　監督：末澤慧

『されど吉祥とする』（菱沼康介）脚本・監督：菱沼康介　出演：根矢涼香　佐藤陸

『天外者』（ギグリーボックス）脚本：小松江里子　監督：田中光敏　出演：三浦春馬　三浦翔平

『新解釈・三國志』（東宝）脚本・監督：福田雄一　出演：大泉洋　ムロツヨシ

『BOLT』（ガチンコ・フィルム）脚本・監督：林海象　出演：永瀬正敏　佐野史郎

『レディ・トゥ・レディ』（トラヴィス）脚本・監督：藤澤浩和　出演：大塚千弘　内田慈

『イエスかノーか半分か／まるだせ金太狼(BL FES!!2020)』※アニメ（ティ・ジョイ）脚本・監督：たかたまさひろ　原作：一穂ミチ

『無頼』（チッチオフィルム）脚本：佐野宜志　都築直飛　井筒和幸　監督：井筒和幸　出演：松本利夫　柳ゆり菜

『電車を止めるな！呪いの6．4km』（銚子電気鉄道）脚本：赤井宏次　竹本勝紀　寺井広樹　吉村みやこ　監督：赤井宏次　出演：コウガシノブ　末永百合恵

『約束のネバーランド』（東宝）脚本：後藤法子　原作：白井カイウ　監督：平川雄一朗　出演：浜辺美波　城桧吏

『劇場版　仮面ライダーゼロワン REAL × TIME』（東映）脚本：高橋悠也　原作：石ノ森章太郎　監督：杉原輝昭　出演：高橋文哉　岡田龍太郎

『私をくいとめて』（日活）脚本・監督：大久明子　原作：綿矢りさ　出演：のん　林遣都

『日本独立』（シネメディア）脚本・監督：伊藤俊也　出演：浅野忠信　宮沢りえ

『SEASONS OF WOMAN』（『SEASONS OF WOMAN』製作委員会）脚本・監督：川崎僚　出演：斉藤結女　瀧本七菜恵

『ネズラ１９６４』脚本・監督：横川寛人　出演：螢雪次朗　菊沢将憲

『映画　えんとつ町のプペル』※アニメ（東宝／吉本興業）脚本：原作：西野亮廣　監督：廣田裕介

アニメ映画『ジョゼと虎と魚たち』（松竹／KADOKAWA）脚本：桑村さや香　原作：田辺聖子　監督：タムラコータロー

『劇場版ポケットモンスターココ』※アニメ（東宝）脚本・監督：矢嶋哲生　原案：田尻智

『AWAKE』（キノフィルムズ）脚本・監督：山田篤宏　出演：吉沢亮　若葉竜也

『HoneyWorks 10th Anniversary "LIP × LIP FILM × LIVE"』※アニメ（東映）脚本：成田良美　原作：HoneyWorks　監督：室井ふみえ

『特別上映版　ワールドトリガー 2nd シーズン』※アニメ（東映ビデオ）シリーズ構成：吉野弘幸　原作：葦原大介　シリーズディレクター：畑野森生

＊掲載は主な劇場公開作品。

日本シナリオ作家協会
「'20年鑑代表シナリオ集」出版委員会

松下隆一（長）
荒井晴彦
新井友香
いながききよたか
今井雅子
川嶋澄乃
長谷川隆
吉村元希

'20年鑑代表《ねんかんだいひょう》シナリオ集《しゅう》

2021年7月20日　初版発行
編　者　日本シナリオ作家協会
「'20年鑑代表シナリオ集」出版委員会
発行所　日本シナリオ作家協会
〒103-0013
東京都中央区日本橋人形町2-34-5
TEL 03(6810)9550

ISBN 978-4-907881-11-5